# 알렉스
## Alex

ALEX by Pierre Lemaître
Copyright © 2011 by Editions Albin Michel - Paris
Korean Translation Copyright © 2012 by Dasan Books Co.
All rights reserved.

The Korean edition is published by arrangement with Editions Albin Michel S.A
though Sibylle Books Literary Agency Co. Seoul

이 책의 한국어판 저작권은 시빌에이전시를 통해 Albin Michel 출판사와
독점 계약한 (주)다산북스에 있습니다.
저작권법에 의해 한국 내에서 보호를 받는 저작물이므로 무단전재 및 무단복제를 금합니다.

PIERRE LEMAITRE

**피에르 르메트르** 장편소설
서준환 옮김

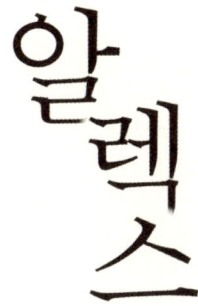

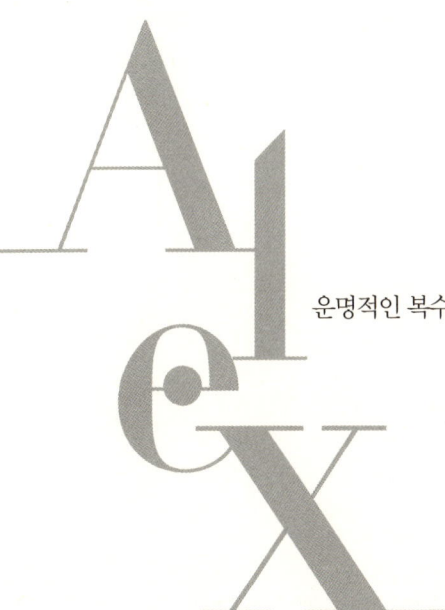

운명적인 복수의 톱니바퀴가 돌아가기 시작한다…

†

파스칼을 위하여.


제라르에게,
우리들의 우정을 위하여.

| 차례 |

1부 9
2부 215
3부 395

감사의 말 529
옮긴이의 말 530

1부

# 1

알렉스는 여기가 참 좋다. 벌써 한 시간째 그녀는 살까 말까 망설이고 있다. 그냥 발길을 돌렸다가도 돌아와서 다시 망설인다. 가발과 붙임머리들. 어쩌면 여기서 그녀는 오후 내내 시간을 보낼 수도 있을 것이다.

그녀가 스트라스부르 대로에 있는 가발 가게를 우연히 발견한 것은 3, 4년 전이다. 처음에는 딱히 살피지도 않고 점포 안으로 무심코 발을 들였다. 그리고 빨강머리 가발을 쓴 자신의 모습에 커다란 충격을 받았다. 내면의 모든 게 변하는 듯 느껴졌다. 그래서 그녀는 그 가발을 곧장 사버렸다.

알렉스는 웬만한 가발이 다 어울린다. 그녀의 모습이 아주 귀엽기 때문이다. 하지만 언제나 그랬던 건 아니었고, 사춘기 때는 지금과 많이 달랐다. 예전의 그녀는 못생기고 끔찍할 정도로 깡마른 소녀였다. 하지만 변화는, 빗장이 풀리자 무섭게 밀어닥친 파도와도 같았다. 그녀의 몸은 어느 날 한순간에 비루한 허물을 벗어던지고 다시 태어났으며, 점점 더 빠르게 생기 넘치는 아름다움을 뿜어냈다. 불과 몇 달 만에 알렉스의 모습은 매혹적으로 탈바꿈했다. 그것은 누구도 기대하지 못한 한순간의 변화였다. 그러므로 이 느닷없는 매력의 축복과, 그것이 이제 시작일지도 모른다는 사실에 대해 그녀는 아무것도 실감하지 못했다. 지금도 마찬가지였다.

가령 그 빨강머리 가발만 해도, 그녀는 그것이 자신과 그렇게까지 잘 어울릴 거라고는 미처 상상하지 못했다. 그것은 하나의 새로운 발견이었다. 그녀는 그토록 가슴이 벅차오르는 기분만으로도 그것이 자신에게 일어날 변화의 조짐일 거라고 확신했다. 가발이 그녀에게 안겨줄 수 있는 것은 그저 피상적인 변화에 지나지 않는다. 하지만 불가사의하게도 그녀는 앞날에 뭔가 새로운 일이 생겨나리라는 예감에 사로잡혔다.

사실 그녀는 그 빨강머리 가발을 전혀 쓰고 다니지 않는다. 집에 돌아와서 다시 눈길을 줄 때면 그녀는 그게 실은 아주 질 떨어지는 물건이라는 자괴감에 시달렸다. 쓰기만 하면 금세 가짜라는 게 들통 나거나, 추해 보이거나 어쩌면 딱하게까지 여겨질 것만 같았다. 그녀는 가발을 수납장 서랍 속에 내팽개쳐두었다. 이따금 그것을 다시 꺼내 쓰고 거울에 비춰보기도 했지만, 아무리 봐도 가발은 너무 형편없었다. 알렉스는 속으로 자탄하듯 중얼거렸다. '나는 그저 싸구려만 긁어모으며 사는구나.' 그래도 알렉스는 거울에 비치는 자신의 모습을 보며, 앞으로 생겨날지도 모를 변화의 가능성에 기대를 걸어보고 싶었다. 그런 마음을 억누를 수 없었다. 하지만 그녀는 이내 얼굴을 돌렸다. 스트라스부르 대로. 그곳에서 그녀는 값비싼 고급 가발들을 둘러보며 많은 시간을 보냈다. 그중에는 요양원 간호사의 월급으로는 선뜻 구매하기 벅찬 고가의 제품들도 있었다. 하지만 정말로 써보고 싶었다. 그래서 그녀는 큰마음을 먹고 과감하게 뛰어들기로 했다.

처음에는 실행하기 쉽지 않지만, 그래도 일단 저지르고 봐야 한다. 알렉스처럼 뭔가에 위축된 심성의 소유자들은 최소 반나절만이라도 이런 일을 시도해보는 뻔뻔함이 필요하다. 짙은 화장을 한 후 거기에 옷과 핸드백과 구두를 맞춰본다. (이미 가지고 있는 것들 중에 가장 어울리는 것을 우선적으로 활용하는 게 좋다. 변신을 시도할 때마다 매번 신상품을 살 수는 없는 노릇이니까) 그러고는 거리로 나간다. 그러면 그 즉시 다른 사람이 된다. 삶을 변화시키는 것까진 어렵다 해도, 살면서 더 이상 뭔가 별다른 걸 기대할 수 없는 사람으로서는 최소한 시간을 흘려보내는 데 도움이 될 것이다.

알렉스는 특징적인 메시지를 드러내주는 가발을 선호하는 편이다. 가령 '나는 당신이 어떤 여잘 마음에 두고 있는지 알아요' 라든가 '나도 수학 성적은 꽤 좋은 편이야' 같은 메시지를 암암리에 흘려줄 수 있는 것들. 그녀가 오늘 쓰고 나온 걸 보면서 누군가는 '나를 페이스북에서 찾진 말아줘' 같은 말을 떠올릴지도 모른다.

그녀는 '어반 쇼크'라는 이름이 붙은 모델 하나를 집어든다. 바로 그 순간이다. 쇼윈도 너머로 한 남자가 눈에 들어온다. 그는 맞은편 보도 위에서 뭔가 기다리듯이 서성거리고 있다. 두 시간 동안 벌써 세 번째다. 그는 그녀의 뒤를 밟고 있다. 이제는 확실하다. 왜 하필 나를? 그녀는 가장 먼저 이렇게 자문해본다. 여느 여자들과 달리, 자기를 따라올 남자는 이 세상에 없다는 듯이. 전철 안이나 길거리, 그 어디에서도 남자들의 시선을 전혀 느껴보지 못했다는 듯이. 그런데 가발 가게 안이라고 예외일까. 어쨌든 삼십대 이상의 나이 든 남자들은 알렉스를 즐겨 힐끔거리는데, 그녀는 이런 시선조차 여전히 의아하다. '나보다 훨씬 괜찮은 여자들이 수두룩한데.' 알렉스에겐 자신감이 부족했다. 그녀는 늘 스스로에 대한 회의로 흔들린다. 어렸을 때부터 그랬고, 사춘기 시절까지 말을 더듬었다. 당황하게 되면 요즘도 그렇다.

그녀는 이 남자가 누군지 모른다. 행여 비슷하게라도 떠오르는 사람이 있는지 기억을 더듬어본다. 없다. 그녀는 그와 만난 적이 없다. 쉰 살쯤 먹은 남자가 서른 살밖에 안 된 여자의 꽁무니를 쫓아다닌다는 건…… 상식적으로 흔한 일도 아니거니와 황당한 경우다.

알렉스는 다른 가발들 쪽으로 시선을 내리깐다. 그러고는 잠시 망설이는 체하다가 매장을 가로질러 길가를 살필 수 있는 각도로 몸을 옮긴다. 남자는 운동을 즐겨 하는 근육질이 틀림없다. 옷이 몸에 꽉 끼는 육중한 체격이다. 거의 백색에 가까운 블론드 가발 하나를 어루만지며 그녀는 그의 존재를 처음 의식한 게 언제였는지 헤아려본다. 전철 안에서였다. 그녀는 객차 구석에서 그의 미행을 알아차렸다. 눈길이 엇갈리자, 마치 그녀의 마음을 얻고 싶다는 듯이 다정하게 지어 보인 그의 미소를 그녀는 충분히 알아볼 수 있었다. 그의 표정에서 꺼림칙하게 여겨진 부분은, 시선 속에 어떤 확고한 결심이 서려 있는 것 같다는 느낌이었다. 특히나 그의 입술은 거의 지워져 있는 듯 보였다. 입매가 흐릿한 사람들은 고백할 수 없는 비밀이나 냉혹한 악의를 간직하고 있다는 듯, 그녀는 본능적으로 경계심을 곤두세웠다. 또한 그의 이마는 흉할 정도로 불룩 튀어나와 있었다. 아쉽게도 그의 눈까지 유심히 들여다볼 여유는 없었다. 그녀는 눈이 마음의 창이라고 여겼고, 시선을 사람에 대한 판별 기준으로 삼았다. 하지만 전철 같은 곳에서, 바로 이런 순간에 이런 유형의 남자를 상대로 뭔가를 기대하고 싶지는 않았다. 너무 표 나지 않게 유의하면서, 그녀는 그를 등지고 설 수 있도록 몸을 다른 방향으로 살짝 틀었다. 그러고는 핸드백에서 MP3플레이어를 꺼내 〈Nobody's Child〉를 들었다. 그녀는 혹시 전날이나 전전날쯤, 동네 근처에서 남자와 이미 마주친 적이 있지 않은지 문득 궁금해졌다. 기억은 계속 헷갈리고, 확실치 않았다. 기억이 뚜렷하지 않으니, 되살리기 위해서라도 몸을 돌려 다시 한 번 그를 유심히 살펴볼 필요가 있다. 하지만 그녀는 그런 부담을 무릅쓰고 싶지 않다. 확실한 건, 전철 안에서 마주친 이후 불과 반시간

만에 다시 그가 여기 나타났다는 점이다. 그녀는 생각을 바꿔 중간 정도 길이의 타래가 달린 갈색머리 가발을 두고 다시 망설였다. 그러다 불현듯 반쯤 몸을 돌렸을 때 그가 시야에 들어왔다. 이번에는 조금 더 멀리 떨어져 있었다. 보도 위에 갑자기 멈춰선 그가 어느 쇼윈도 쪽으로 시선을 고정하고 있는 게 보였다. 여성 의류 진열창에. 그 모습이 퍽 골똘해 보였다.

알렉스는 가발을 내려놓는다. 그럴 만한 이유가 전혀 없는데도 무슨 영문인지 손이 덜덜 떨린다. 바보스럽다. 그는 그녀에게 반한 것이다. 그래서 그녀의 뒤를 밟기 시작했다. 이제 그는 기회만 노리고 있지만, 그래도 거리에서 그녀를 어쩌지는 못할 것이다. 알렉스는 생각을 정리하려는 듯 머리를 뒤흔든다. 그러나 그녀가 다시 보도 쪽으로 눈길을 돌렸을 때 그는 어디론가 사라지고 없다. 그녀는 오른쪽으로 몸을 기울여 본다. 그다음엔 왼쪽으로. 역시 아무도 없고, 남자는 보이지 않는다. 그녀는 과장스럽게 안도한다. '바보 같으니라고' 하며 아무리 되뇌어도, 호흡이 여전히 평소보다 더 가쁜 듯 느껴진다. 상점 문을 나서려던 그녀는 문턱에 잠시 멈춰 서서 또 한 번 둘러본다. 그가 사라져버린 것에 오히려 더 불안해진 게 아닐까 싶을 정도다.

알렉스는 손목시계로 현재 시각을 확인하고는 하늘을 올려다본다. 포근한 날씨. 날이 저물려면 아직 한 시간이나 더 남았고, 집에는 돌아가고 싶지 않다. 그녀는 식료품 가게에서 걸음을 멈추고 냉장고에 아직 먹을 만한 것들이 있나 떠올려본다. 그녀는 장을 보고 먹을거리를 챙겨두는 데 좀 소홀한 편이다. 그녀의 관심은 언제나 일과 대충 편히 사는 데에만 쏠려 있다. (이런 측면에서 보면 약간 지나치다 싶을 정도다) 그리고 비록 사실을 인정하기는 쑥스럽지만, 옷이나 구두 같은 것에도 관심이 많다. 여기엔 가방도 포함되고, 가발은 물론이다. 예전에는 누군가와 빨리 사랑에 빠지고 싶어하기도 했지만, 그건 좀 다른 문제다. 그녀의 앞길에 음산한 그림자를 드리우는 위협 요인이 될지도 모른다. 그래도 그녀는 희망을 버리지 않고 사랑할 수 있기를 원했으나, 결국 단념했다. 요사이 그녀는 이 문제에 더 이상 집착하려 하지 않는다. 실현 가능성이 희박하다는 생각이 들기 때문이다. 이제는 그저 히스테리 발작으로 TV 받침대나 망가뜨리지 않도록, 몸무게가 더 불지 않도록, 얼굴이 너무 추해지지 않도록 조심하려 할 뿐이다. 하지만 독신으로 늙어간다 해도 그녀가 외로움을 타는 일은 드물다. 그녀에겐 회심의 계획이 있기 때문이다. 그것 속에서 그녀는 주된 하루 일과를 꾸려간다. 사랑은 글렀지만, 상관없다. 혼자서 끝낼 준비를 하기 시작한 이후부터는 그런 고민으로부터 한결 자유로워진 것 같다. 이처럼 고독하게 지내지만, 그녀는 평온한 하루하루를 보내며 가능한 한 일상의 즐거움을 찾으려 한다. 다른 사람들과 마찬가지로 그녀 또한 소소한 즐거움을 누리며 살 수 있다는 생각, 그럴 권리가 충분하다는 생각으로 스스로를 다독인다. 예를 들면, 오늘 저녁에는 보지라르 거리에 있는 몽 토네르 레스토랑에 가서 저녁식사를 하기로 마음먹었다.

그녀는 예약 시간보다 조금 일찍 도착한다. 그녀가 여기 온 건 두 번째이고, 첫 번째는 지난주였다. 귀여운 빨강머리 아가씨가 혼자 저녁을 먹었으니 레스토랑 사람들은 그녀를 필시 기억해줄 것이다. 오늘 저녁, 레스토랑 사람들은 단골손님을 대하는 듯한 인사말로 그녀를 맞아준다. 종업원은 그녀에게 한쪽 팔꿈치를 내밀며 다소 서툰 태도로 이 귀여운 손님에게 붙임성을 표하려 한다. 그녀가 싱긋 미소 짓자, 종업원들은 그녀가 참 매력적인 아가씨라고 여긴다. 그녀는 지난주와 같은 테이블로 달라고 부탁한다. 테라스를 등지고 홀과 마주한 자리다. 그녀는 역시 지난주와 마찬가지로 얼음에 재운 알자스 산 와인 반병을 주문하고는 가볍게 한숨짓는다. 그녀는 먹는 걸 좋아한다. 자신의 왕성한 식욕을 조금은 억제할 필요가 있다고 되뇌기도 한다. 실제로 그녀의 몸은 요요현상을 보이는 중이나, 어쨌든 그녀는 문제의 심각성을 충분히 인지하고 있다. 이 상태로 가다가는 두 달쯤 후에 15킬로그램 정도는 더 쪄서 못 알아볼 만큼 변할 수도 있다. 그리고 그 상태가 원래의 몸 상태였던 것처럼 자연스럽게 여겨질 수도 있다. 그런 식으로 몇 년이 더 지나고 나면, 그녀는 더 이상 이렇게 나돌아다닐 수조차 없게 될지도 모른다.

그녀는 책을 꺼낸다. 그리고 그녀가 식사하는 동안 펼쳐둔 페이지에 끼워두기 위해 포크를 하나 더 달라고 부탁한다. 지난주처럼 그녀의 맞은편 약간 오른쪽 테이블에는 밝은 밤색 머리의 남자가 똑같이 자리하고 있다. 그는 친구들과 식사를 하는 중이다. 지금 자리에는 두 명뿐이지만, 아직 오지 않은 친구들이 곧 도착할 거라는 이야기가 들려온다. 그는 그녀가 레스토랑에 들어오는 순간부터 그녀에게 눈길을 주었다. 그녀는 그의 집요한 눈길을 전혀 알아차리지 못한 척한다. 저녁식사 시간 내내 아마도 이럴 것이다. 다른 친구들이 도착하여 서로 만나기만 하면 오늘의 주인공을 정해 한바탕 늘어놓게 되는 자기들의 일과 딸내미와 와이프 등에 관해 끊이지 않는 잡담을 주고받기 시작하면서도, 그는 그녀를 향한 눈길을 거두지 않을 것이다. 알렉스는 이런 상황을 은근히 즐기긴 하지만, 그를 대놓고 북돋아주고 싶지는 않다. 그는 마흔 살, 아니 마흔다섯쯤 되어 보이지만, 그런대로 괜찮다. 젊었을 땐 꽤 준수했을 용모다. 다소 과음을 한 듯한데, 술기운 때문인지 얼굴에 비장한 기운이 서려 있는 것처럼 보이기도 한다. 그의 이런 얼굴은 알렉스에게 묘한 감정을 불러일으킨다.

알렉스는 커피를 마신다. 그러면서 교묘하게 계산된 타협의 제스처를 보낸다. 자리를 뜨면서 남자에게 슬쩍 한 번 눈길을 흘려주는 것이다. 무심하게 스쳐가는 단 한 번의 눈길. 알렉스는 이를 빈틈없이 해낸다. 그 은밀하기 이를 데 없는 제스처를 통해 그 순간 그의 시선에서 그녀를 향한 욕망의 불길이 너울거리는 게 드러나자, 알렉스는 참으로 고통스러운 감정을 느낀다. 불현듯 그녀의 아랫배가 들썩인다, 불쾌한 통증의 전조와도 같이. 오늘 저녁 같은 일에 대해서라면, 알렉스는 결코 아무런 말도, 아무런 사실도 입 밖에 내지 않으려 한다. 그녀는 마치 그녀의 내력을 다룬 영화의 필름이 훼손되어 한 장면에 정지해버리기라도 한 듯, 어떤 기억들이 자신의 뇌 속에 고정돼 있음을 잘 안다. 그것을 복원하고 이어붙인 후, 거기서부터 다시 다른 이야기를 짜나가는 게 그녀로선 불가능하다. 다음에 만일 그녀가 레스토랑에 더 늦게까지 머문다면, 아마도 그는 바깥에 남아 그녀를 기다리려 할 것이다. 물론 그때 가봐야 알 일이긴 하지만, 결국 그렇게 될 것이다. 알렉스는 일이 어떻게 돌아가는지 잘 알고 있다. 양상은 언제나 비슷하다. 그녀는 남자들과 다시 만났을 때 단 한 번도 좋았던 적이 없다. 마치 이미 한 번 보아서 분명히 기억하고 있는 영화의 한 부분처럼. 그래, 다 그런 거야.

시간이 이슥해져 사위는 완연히 어둠에 싸여 있다. 그래도 날씨는 여전히 포근하다. 버스 한 대가 막 도착했다. 그녀는 걸음을 재촉한다. 백미러로 그녀를 본 버스 운전사가 기다린다. 그녀는 더욱 서두른다. 하지만 버스에 타려던 순간, 그녀는 생각을 바꾼다. 조금 더 걷기로 한다. 그러다가 다른 버스가 오면 그때 타고 갈 것이다. 그녀는 운전사에게 그냥 가라는 손짓을 보낸다. 그러자 운전사는 조금 아쉽다는 표정으로 응답한다. 누구도 앞일은 알 수 없다고 말하려는 듯한 표정으로. 운전사는 계속 차문을 열어두고 있다.

"다음 차는 없어요. 이 버스가 오늘 밤 막차인데……"

알렉스는 고맙다는 표시로 미소를 지어 보인다. 할 수 없지, 그녀는 걸음을 옮긴다. 그녀는 팔귀에르 거리를 따라 걷는다. 그렇게 쭉 걷다보면 라브루스트 거리로 통할 것이다.

그녀가 방브스 항구 인근의 이 동네에 거주한 지는 석 달째다. 그녀는 자주 이사를 한다. 전에는 클리냥쿠르 항구 근처에 살았고, 그 전에는 커머스 거리에도 산 적이 있다. 이사를 지겨워하는 사람들도 많지만, 그녀는 그렇지 않다. 오히려 그것을 기분전환에 꼭 필요한 절차쯤으로 여긴다. 그녀는 이사를 즐긴다. 마치 가발을 썼을 때처럼 자기 삶이 바뀌는 듯한 기분마저 느껴지고, 그 덕분에 동기 부여가 된다. 언젠가 그녀는 자신의 삶을 송두리째 변화시키고야 말 것이다. 앞바퀴를 보도 위에 올려놓은 채로 주차한 흰색 소형 화물차 한 대가 몇 미터 앞에서 진로를 가로막고 있는 게 보인다. 그 옆으로 지나기 위해 그녀는 건물에 바짝 밀착한다. 그때 거기에 누군가 있다는 낌새가 느껴진다. 한 남자다. 뒤돌아 달아날 시간적 여유도 없다. 남자의 기습적인 주먹질이 그녀의 등골로 날아든다. 순간적인 충격으로 숨결이 끊어질 것만 같다. 그녀는 몸의 균형을 잃고 앞으로 고꾸라진다. 둔중한 소음과 함께 그녀의 이마가 세차게 차체를 들이받는다. 그녀는 목숨이라도 구걸하기 위해 수중에 지닌 모든 것을 그 앞에 털털 털어놓으려 하지만, 아무 소용이 없다. 남자는 그녀의 머리채를 움켜잡으려 하나, 손아귀에 잡힌 것은 가발이다. 그는 알아듣기 힘든 쌍욕을 내뱉은 후 한 손으로는 그녀의 진짜 머리채를 무자비하게 한 움큼 움켜쥐고, 다른 한 손으로 그녀의 복부 한복판에 거센 일격을 가한다. 알렉스는 고통의 비명을 내지를 겨를조차 없이 상체를 숙이고 이내 토하기 시작한다. 그러나 남자는 소름 끼칠 정도로 냉혹하다. 마치 종잇장 넘기듯 그녀를 자기와 등지도록 돌려세운 후,

몸통을 압박해서 그녀를 완전히 제압한다. 그러고는 목구멍이 막히지 않을까 싶을 만큼 깊숙이 그녀의 입에 동그란 실뭉당이를 쑤셔넣는다. 그자다. 전철 안에서 마주쳤고, 가발 가게 쇼윈도 너머로 눈에 띄었던 바로 그 남자다. 한순간 그들의 눈길이 날카롭게 맞부딪친다. 그녀는 발길질을 하려고 버둥거려보지만, 그는 손으로 그녀의 양쪽 팔뚝을 강하게 억누른다. 마치 압착기처럼. 이토록 엄청난 완력 앞에 그녀는 속수무책일 뿐이다. 그가 그녀를 끌어당기자 그녀의 무릎이 꺾인다. 그녀가 화물차의 짐칸 바닥에 쓰러지자, 그가 그녀의 허리를 있는 힘껏 걷어찬다. 알렉스는 안쪽으로 난폭하게 내동댕이쳐지고, 그녀의 뺨이 바닥에 닿는다. 뒤이어 짐칸에 오른 그는 그녀를 함부로 돌아눕히더니 그녀의 배 위에 꿇어앉아 주먹으로 그녀의 얼굴을 후려갈긴다. 정말로 심하게…… 이 남자는 내게 정말로 참혹한 폭행의 고통을 느끼게 하려는 걸까. 정녕 나를 죽이고 싶어하는 걸까. 폭행을 당하는 순간 알렉스의 정신에 그런 상념들이 스쳐간다. 그녀의 머리가 바닥에 부딪혔다가 튕겨져 올라오기를 반복한다. 아찔한 쇼크가 그녀의 머리를 강타한다. 거기, 두개골 뒤쪽, 맞아, 후두부야, 알렉스는 웅얼거린다, 그건 후두부야. 단어 너머로 그녀의 일념이 솟아난다. 난 죽고 싶지 않아, 적어도 이런 식으로는, 지금은 아니야. 마치 태아와도 같이 그녀는 몸을 잔뜩 웅크리고 있다. 입 안에 토사물을 가득 머금은 채. 그녀의 머리는 터져버리기 직전이다. 등 뒤로 자기의 손발을 결박하는 남자의 손길이 느껴진다. 난 지금 죽고 싶지 않아, 알렉스는 웅얼거린다. 짐칸의 문이 돌연 쾅 하고 닫힌다. 그리고 시동이 걸린다. 차가 심하게 요동치며 보도 위에서 앞바퀴를 뺀다. 난 지금 죽고 싶지 않아.

　심하게 얻어맞아 정신이 혼미해져 있지만 알렉스는 자기에게 무슨 일이 벌어졌는지 분명히 인식하고 있다. 그녀는 흐느껴 운다. 눈물로 숨이 멎을 지경이다. 왜 하필 나를? 왜 나를?
난 죽고 싶지 않아. 지금은 아니야.

# 2

 카미유 반장과의 전화통화에서, 르 구엔 서장은 선택의 여지를 남겨두려 하지 않았다.
 "반장, 글쎄, 당신 마음 상태야 어찌됐든 나하고는 상관없는 문제라니까. 그렇게 나오면 내 입장이 곤란하다고. 진짜 지금 그 사건을 맡아줄 사람이 아무도 없다니까. 아무도 없다는 말, 무슨 뜻인지 모르시나? 지금 차량 한 대를 보낼 테니 당장 현장으로 출발하도록."
 거기서 그는 잠시 한숨을 돌리더니 적절한 순간을 노려 이렇게 덧붙였다.
 "이제 작작 좀 피곤하게 굴라고!"
 말을 맺자마자 그는 바로 전화를 끊었다. 그게 그의 스타일이다. 다혈질. 카미유는 평소와 마찬가지로 그런 서장의 태도에 별로 신경을 쓰지 않는다. 그는 원칙에 맞춰 서장과 협상을 벌일 줄 안다.
 납치 사건을 맡는 건 딱 이번뿐이다.
 그래도 카미유는 내키지 않는다. 더 이상 맡고 싶지 않은 일이 두세 가지 있는데, 특히 납치 사건이 그렇다, 라고 그는 늘 말해왔다. 아내인

이렌의 죽음 이후로는.* 그녀는 거리에서 갑자기 쓰러졌다. 임신 8개월째를 넘긴 시점이었다. 황급히 병원으로 옮겨야 했으나, 그 직후 그녀는 누군가에 의해 납치당했다. 그리고 결국 살아 돌아오지 못했다. 이 사건은 카미유를 허물어뜨렸다. 그의 충격이 어떠했는지를 말로 표현하는 건 불가능하다. 날벼락이었다. 그는 여러 날 동안 온몸이 마비된 채 혼수상태에 빠져 있었다. 심지어 정신착란 증세까지 보이자 사람들은 서둘러 그를 병원에 입원시켰다. 그는 정신요양원으로 보내졌다. 다시 멀쩡해진다는 건 기적일 거라 여겨졌고, 아무도 그럴 수 있을 거라 기대하지 않았다. 그가 강력반에 부재한 수개월 동안, 모든 경찰 동료들은 그가 언젠가 다시 당당한 모습으로 나타날 수 있을지를 두고 고개를 갸웃거렸다. 끝끝내 이곳으로 복귀했을 때, 그는 다소 괴이해 보이기까지 했다. 마치 이렌의 죽음 이전으로 완전히 돌아간 듯한 느낌이었기 때문이다. 그저 그때보다 약간 더 늙어 보일 뿐. 아무튼 그 후로, 그는 부차적인 사건들밖에 맡지 않았다. 그는 치정에 얽힌 범죄나 조폭들 간의 패싸움, 또는 지인들 사이에서 벌어진 참극 따위만 취급하려 했다. 그러니까 같은 살인이라 할지라도 사람들 앞에서 공공연히 벌어진 게 아니라 뒤편에서 자행된 사건들. 그러나 납치 사건은 그렇지 않다. 카미유는 죽을 만하니까 맞게 된 죽음, 요컨대 안타까워할 필요가 별로 없는 죽음만 다루고 싶어하는 셈이다.

"그래도 그게." 르 구엔 서장이 말했다. 그는 카미유의 심경을 헤아려, 할 수 있는 바를 정말 다하려는 입장이다. "생존자들을 외면한다는 건 적절한 방향이 아니지. 장의사를 자처하는 거나 마찬가지 아닌가."

---

* 작가의 데뷔작 『세밀한 작업 *Travail soigné*』에 등장하는 내용. 피에르 르메트르는 형사반장 카미유가 주인공으로 등장하는 '카미유 반장 3부작'을 집필하고 있는데, 『세밀한 작업』은 3부작의 첫 번째 작품이고 이 소설은 그 두 번째 작품에 해당된다.

"글쎄요……" 카미유가 대답했다. "지금 우리가 처해 있는 상황과 비슷하지 않은가 싶군요."

그들은 20년 전쯤부터 알고 지내왔다. 그들은 상대방을 존중하며, 거의 허물없는 사이나 마찬가지다. 르 구엔 서장은 속세를 등진 또 하나의 카미유나 마찬가지이고, 카미유는 권좌에 뜻을 잃은 또 하나의 르 구엔 서장인 셈이다. 원칙적으로 이 두 사람을 가르는 것은 직위와 약 80킬로그램 정도의 몸무게 차이이다. 거기에 약 30센티미터쯤의 신장차도 추가된다. 겉으로 볼 때, 이러한 상이함은 꽤 압도적이다. 그들이 함께 있는 모습은 사실 극대화한 풍자화나 다름없다. 르 구엔 서장은 그리 큰 편이 아니지만, 카미유는 정말로 작다. 상상해보라, 성인 남자의 키가 1미터 45센티미터밖에 안 되는 모습을. 그러니 그는 세상을 열세 살 소년의 눈높이에서 바라볼 수밖에 없다. 이런 발육부진에는 모친의 책임이 크다. 모드 베르호벤, 저명한 화가. 그녀의 그림들은 열 곳이 넘는 국제 미술관의 카탈로그에 올라 있다. 대단한 예술가인 동시에 담배연기를 영원한 후광처럼 두르고 살다시피 했을 만큼 엄청난 애연가이기도 했다. 이 푸르스름한 뭉게구름과 함께하지 않은 그녀의 모습을 상상한다는 게 불가능할 정도로. 가장 주목할 만한 카미유의 두 가지 특성에는 이러한 모친의 영향이 크다. 우선 예술적 자질에 미친 영향이 있다. 그는 일찍부터 그림에 놀라운 재능을 보였다. 문제는 골초인 모친이 끼친 신체적 악영향이다. 태중에서부터 시작된 영양장애성 발육부진으로 인해 그의 키는 다 자란 후에도 고작해야 1미터 45센티미터에 불과하도록 억눌렸다.

그는 지금껏 자신이 조금이라도 더 높은 각도에서 내려다볼 수 있는 사람과 만나본 적이 거의 없다. 그 반대의 경우라면 모를까…… 이 정도로 작은 키는 단순한 신체적 장애가 아니다. 이십대에는 끔찍한 수치이다. 삼십대에는 저주이다. 이건 어쩔 수 없는 숙명으로 받아들여야 할 일이다. 또한 그것은 자신의 불행을 감추기 위해 남용할 수밖에 없는 너스레의 소재이기도 하다.

이렌 덕분에 카미유의 왜소한 키는 오히려 활력소가 되었다. 이렌은 그가 내면적으로 성장할 수 있도록 도왔다. 그녀가 없었다면 자신은 결코 이만큼…… 그는 다음 말을 찾아 헤맨다. 이렌이 사라지자, 그에게서는 더불어 단어도 새어 나가고 만 것만 같다.

그와는 달리, 르 구엔 서장의 덩치는 동상만큼이나 우람하다. 그는 과체중의 비만이다. 그가 정확히 몇 킬로그램이나 나가는지는 아무도 모른다. 그가 결코 자기 몸무게를 밝히지 않기 때문이다. 한 120킬로그램쯤 될 거라 예상하는 이들도 있고, 130킬로그램이 넘을 것 같다고 말하는 이들도 있다. 그중 몇몇은 지나치게 황당한 무게를 부르기도 한다. 이젠 그다지 별스러울 것도 없는 일이다. 르 구엔 서장의 몸은 햄스터와도 같이 쭉 늘어진 턱살과 더불어 비대하고 육중하다. 하지만 총명한 시선에서 짐작할 수 있듯이 그는 꽤 해박한 남자다. 게다가 여자들은 서장이 성적으로 꽤 끌리는 타입이라는 사실에 대체로 동의하는 편이다. 이 불가해한 면에 특히나 남자들은 어리둥절해한다.

카미유의 귓전에 르 구엔 서장의 고함 소리가 울리는 일이 왕왕 있지만, 그는 서장의 광분에 휩쓸려 덩달아 자극받지는 않는다. 그때 이후로는…… 그는 서장에게 다시 전화를 걸기 위해 태연한 태도로 다이얼을 누른다.

"서장님, 납치사건 현장에 가보겠습니다. 하지만 모렐이 복귀하는 대로 이 사건을 그 친구한테 넘기세요(그는 모음을 딱딱 끊어가며 주의 깊게 악센트를 붙여 말하는 습성이 있는데, 이것이 상대를 위협하는 어투로 들리기도 한다). 나는 이 사건을 절대 맡지 않겠습니다!"

카미유 베르호벤은 결코 소리를 지르지 않는다. 그런 일은 극히 드물다. 그는 단호한 유형에 속하는 남자다. 키가 작고 머리가 벗어진데다 섬약해 보이기까지 하지만, 경찰 동료들은 그가 어떤 사람인지 잘 알고 있다. 그는 면도날 같은 남자다. 카미유의 그런 통고에도, 그의 성격을 잘 아는 르 구엔 서장은 끄떡하지 않는다. 둘 중에 여자 거들을 착용하고 다닐 만한 변태는 카미유 쪽일 거라고 우스갯소리를 지껄이는 치들도 있는데, 그들에겐 그냥 웃자고 하는 말이 아니다. 카미유는 전화를 끊는다.

"빌어먹을!"

운이 좋지 않다. 이런 납치사건이 노상 벌어지는 건 아니다. 여긴 멕시코 같은 나라도 아니고, 그가 다른 임무를 수행중일 때나 다른 곳에서 휴가를 즐기는 동안 사건이 터질 수도 있었는데. 카미유는 주먹으로 테이블을 내리친다. 하지만 과하지 않을 정도로. 그는 절제할 줄 아는 남자다. 공공장소에서 남들의 이목이 쏠리도록 소란을 피우는 건 그의 성향에 맞지 않는다.

시간이 촉박하다. 그는 자리에서 일어나 외투와 모자를 착용하고 서둘러 계단을 내려간다. 카미유는 왜소한 체구에도 불구하고 걸음이 무거운 편이다. 그래도 이렌이 죽기 전까지는 지금보다 훨씬 걸음이 날렵했다. 이렌은 자주 이렇게 말했다. "당신은 꼭 새처럼 걷네요. 그렇게 걷다가 꼭 하늘로 날아오를 것만 같아요." 이렌이 죽은 지도 벌써 4년이 흘렀다.

차가 그 앞에 멈춘다. 카미유는 차에 올라탄다.

"자네 이름이 뭐지? 혹시 전에 본 적 있나?"

"알렉상드르입니다, 보스……"

알렉상드르는 말을 이어가려다 말고 얼른 입을 닫는다. 경찰 동료들은 카미유가 '보스'라는 애칭에 거부감이 심하다는 사실을 익히 알고 있다. 카미유에 따르면, 그 따위 호칭이 통용될 만한 곳은 병원이나 TV 연속극뿐이다. 독설로 표현되는 사리분별. 그의 별난 성깔은 그런 데서 잘 드러난다. 그는 가히 괴팍한 까탈로 무장한 비폭력주의자라 할 만하다. 종종 심한 노기를 드러낼 때도 있다. 나이가 들어가고 홀아비 생활이 이어지면서, 그의 이런 성정은 더욱 심해졌다. 그는 까다롭고 흥분하기 쉬운 사람이 되었다. 이러면 주변 사람들이 힘들어진다. 이렌은 그런 그를 추궁한 적이 있다. "여보, 당신은 어째서 늘 그렇게 화를 내는 거죠?" 1미터 45센티미터의 높이에서 이렌을 올려다보며 카미유는 짓궂게도 당혹스러움을 과장한 목소리로 대답했다. "맞아, 사실이야…… 화낼 이유가 전혀 없었는데 말이야." 벌컥벌컥 화를 내면서도 절제심이 강하고, 거친가 하면 능수능란하니, 카미유를 처음 만나서 그가 어떤 사람인지를 파악한다는 건 쉬운 노릇이 아니다. 그저 가늠해볼 수나 있을 뿐이다. 게다가 그는 그다지 활달하지도 않다. 그러니 인기가 그리 많다고는 할 수 없는 편이다.

약 3년 전쯤 반장으로 복귀한 이후, 카미유는 업무에 차질을 빚을까 봐 다른 부서장들이 모두 회피하는 연수교육자들을 몽땅 받아들였다. 자신의 예전 팀이 해체된 뒤로, 그는 정규 요원으로만 이루어진 팀을 원치 않았다.

그는 알렉상드르에게 흘낏 눈길을 준다. 얼굴을 보니 예전에는 다른 이름으로 불렀던 것 같은데, 그게 알렉상드르인지는 확실치 않다. 그래도 그 다른 네 명의 얼굴이 누구였는지 일일이 따지느니, 그냥 알렉상드르로 부르면 족하리라. 누가 상 줄 일도 아닌 바에야.

그는 카미유가 그러라고 하기도 전에 출발했다. 그만큼 자기 앞에서 긴장하고 있다는 뜻일 수도 있다.

알렉상드르는 쏜살같이 차를 몬다. 그는 운전을 꽤 좋아하는 듯 보인다. 내비게이션이 속도를 늦추라고 다그치는데도 그는 출발할 때의 속도를 계속 유지한다. 상관에게 자기가 얼마나 운전에 능한지를 과시하고 싶은 모양이다. 사이렌까지 울린다. 차는 신호 대기에도 아랑곳하지 않고 거리와 교차로와 대로를 거침없이 질주한다. 카미유의 두 발은 바닥에서 20센티미터쯤 떠올라 대롱거리고 있다. 그는 오른손으로 안전띠를 꽉 움켜잡는다. 목적지에 도착하기까지 채 15분도 걸리지 않는다. 밤 9시 45분. 그리 늦은 시각이 아니지만, 파리는 이미 한산하고 평온한 분위기에 젖어들고 있다. 여자들이 납치되는 도시라는 게 믿기지 않을 정도다. "어떤 여자 한 명이었어요." 경찰에 신고한 목격자가 말했다. 심하게 충격을 받은 표정이었다. "제 눈앞에서 납치사건이 벌어졌다고요!" 그는 흥분을 가라앉히지 못했다. 하긴 이런 일이 흔한 경험은 아닐 것이다.

"그만, 저기서 차 세워." 카미유가 말한다.

카미유는 모자를 바로하며 차에서 내린다. 차가 다시 출발한다. 첫 번째 통행차단 테이프에서 약 50미터쯤 떨어진 길목 끝에 사람들이 모여 있다. 그는 걸어가며 현장 주변을 둘러본다. 시간 여유가 있을 때는 언제나 사건 현장에서 다소 떨어진 지점에서부터 사태를 파악해보려는 게 그의 수사 방식이다. 시야에 처음으로 포착된 것은 사건의 전모를 개관해보는 차원에서 많은 단서들을 암시해줄 수 있다. 그 후에는 극도로 세세한 사실관계 파악으로 좁혀 들어가게 되는데, 그 단계에서는 다시 넓은 방향으로 물러날 수 없다. 그게 카미유가 늘 사건 현장으로부터 약 100미터쯤 떨어진 곳에 하차한 후 사람들이 기다리고 있는 지점까지 천천히 걸음을 옮기는 공식적인 이유이다. 하지만 진짜 이유는 사건 현장에 있고 싶지 않기 때문이다.

회전경광등이 시야의 정면을 교란하는 경찰차 쪽을 향해 발길을 옮기면서 그는 지금 자신의 기분을 헤아려본다.

심장이 요동치고 있다.

몸 상태가 그리 좋지 않은 것 같다. 이런 상태에서 벗어나려면 앞으로 10년 넘게 걸릴지도 모른다.

그토록 느릿느릿 발길을 옮겼는데도, 어느새 그는 사건 현장에 도착한다.

4년 전에도 엇비슷한 사건이 벌어졌다. 그가 살고 있는 거리에서. 그러고보니 장소도 이 동네와도 흡사하다. 이렌이 증발했다. 당시 그녀는 두 달 후면 아이를 출산할 예정이었다. 아마도 산부인과에 다녀오는 길이었을 것이다. 카미유는 미친 듯 달려갔다. 뛰고 또 뛰었다. 그녀를 다시 찾기 위해 그날 밤 할 수 있는 모든 것을 다했다…… 그는 미친 듯 발버둥쳤지만, 얼마 후 그녀는 싸늘한 주검이 되어 돌아왔다. 카미유의 삶을 덮친 악몽은 바로 지금, 이와 비슷한 순간에 시작되었다. 그 때문인지 심장이 요동치며 날뛴다. 귓가가 윙윙거린다. 어느 정도 가라앉았다고 믿었던 죄의식이 다시금 깨어나는 듯했다. 그러자 욕지기가 밀려온다. 한 목소리가 그에게 달아나라고 외친다. 또 다른 목소리는 당당히 마주하라고 타이른다. 가슴이 바이스에 낀 듯 꽉 죄어드는 것만 같다. 카미유는 이러다 자기가 쓰러지는 게 아닌가 하는 생각이 든다. 하지만 쓰러지는 대신 그는 통행차단 테이프를 지나 보안구역으로 들어간다. 현장보존 요원 하나가 멀리서 그에게 가벼운 거수경례를 해 보인다. 모든 사람이 베르호벤 반장을 알고 지내는 건 아니지만, 그를 알아보기는 한다. 반드시 그가 레전드급에 속하는 형사여서라기보다는 그의 작은 키, 그리고 그가 겪은 비극 때문이다.

"아, 반장님이세요?"

"왜? 실망스러운가……"

이내 루이는 화들짝 놀라며 손사래를 친다.

"아닙니다. 아니에요. 전혀 그렇지 않습니다."

카미유는 미소 짓는다. 그는 상대방의 기선을 제압하기 위해 일부러 늘 세게 나가곤 했다. 루이 마르티니는 그의 오랜 부하였고, 카미유의 패턴을 마치 뜨개질한 것처럼 훤히 꿰고 있다.

이렌이 피살된 이후 루이는 처음에는 면회하러 자주 병원에 찾아왔다. 카미유는 그다지 대화를 나누고 싶어하지 않았다. 그는 과거 어느 때보다 더한 열정으로 그림을 그리는 데 매달렸다. 그림 그리기가 하루 일과의 대부분을 차지했다. 스케치, 밑그림, 정밀 묘사 등이 그의 환자실에 쌓여갔다. 다른 관점에서 보자면, 그것은 자기를 벗어나 몰아의 세계로 가려는 몸부림이기도 했다. 루이는 그의 환자실에 한 자리를 마련했다. 한 사람이 공원의 나무를 바라보는 동안, 다른 한 사람은 자기의 발을 굽어보았다. 그들은 이런 침묵 속에 나타나는 여러 현상들에 대해 서로 의견을 피력하려 했다. 그러나 그런 것들에는 말이 유효하지 않았고, 그들은 결국 거기에 적합한 말을 찾지 못했다. 그러던 어느 날, 카미유는 불쑥 혼자 있는 게 더 나을 듯하며 루이를 더 이상 자신의 슬픔 속으로 끌어들이고 싶지 않다고 털어놓았다. "슬픔에 빠진 형사가 즐거운 교제 상대일 수는 없지." 그는 말했다. 그렇게 두 사람은 그 순간 작별의 고통을 겪었다. 그래도 시간이 흘렀다. 모든 것이 비로소 치유되기 시작한 시점은 너무 뒤늦게 찾아왔다. 문턱을 넘어서고보니, 남아 있는 것은 약간의 황량함뿐이었다.

그들은 오랫동안 만나지 못했다. 회합이나 상황보고 같은 자리에서 어쩌다 한 번씩 마주쳤을 뿐이다. 루이는 많이 변하지 않았다. 나이는 꽤 들었지만 여전히 젊어 보인다. 죽을 때도 젊은 얼굴을 유지할 것만 같다. 그런 사람들이 있다. 또한 언제나 세련된 차림새이다. 언젠가 카미유는 그에게 말한 적이 있다. "아무리 새신랑처럼 차려 입어도 자네 옆에 서면 나는 아마 부랑자 같을걸." 게다가 루이는 꽤 부유하기까지 하다. 그의 재산은 르 구엔 서장의 몸무게처럼 아무도 정확한 총액을 알지 못하는 극비사항이다. 하지만 다들 그 액수가 굉장하거니와 거기서 계속 불어나는 중이리라는 사실쯤은 눈치 채고 있다. 루이는 금리만으로도 충분히 먹고살 수 있으며 향후 4, 5대까지는 끄떡없다는 말도 있다. 그렇게 편히 살 수 있는데도 그는 강력반 형사의 길을 택했다. 그는 이 직업에 별로 쓸모없어 보이는 여러 분야까지도 공부했는데, 그 덕분에 카미유가 빈틈을 찾으려 해도 찾을 수 없을 만큼 문화 예술 쪽에도 조예가 깊어졌다. 정녕 수수께끼 같은 사나이이다.

그가 싱긋 웃는다. 이런 식으로 카미유와 재회하게 된 것이, 전혀 예기치 못한 상태에서 이런 만남이 이루어진 것이 그에게는 마냥 흥미로운 모양이다.

"저쪽입니다." 그는 통행차단 테이프를 가리킨다.

카미유는 젊은 루이를 뒤따라 걸음을 재촉한다. 실은 그렇게 젊은 것도 아니지만.

"올해 나이가 몇이지, 루이?"

루이가 돌아선다.

"서른넷인데, 왜요?"

"아니, 그냥."

카미유는 여기서 부르델 미술관이 꽤 가깝다는 걸 깨닫는다. 〈헤라클레스의 활〉이라는 조각상의 얼굴이 갑자기 생생히 떠오른다. 괴물을 딛고 일어선 영웅의 승리. 카미유는 조각을 해본 적도 없고 조각상을 소장해본 적도 없다. 마지막으로 그림을 그린 지도 꽤 오래전이다. 하지만 스케치만은 계속하고 있다. 기나긴 우울증을 앓기 시작한 이후에도 스케치를 하려는 욕구는 우울증보다 강했다. 스케치는 억제할 수 없는 그 자신의 일부이다. 언제나 손에 4B연필을 들고 있다. 그게 세상을 바라보는 카미유만의 방식이다.

"부르델 미술관에 있는 〈헤라클레스의 활〉이라는 작품 아냐?"

"그럼요." 루이가 답한다. 그러면서도 다소 어리둥절해하는 기색이다.

"긴가민가해서. 혹시 오르세에 있는 게 아닌가 싶어서 말이지."

"반장님은 여전히 피곤하게 사시는군요."

루이가 가볍게 웃음 짓는다. 카미유에게 이런 표현은, 나는 당신이 좋습니다, 라는 의미이다. 또한 시간이 얼마나 빨리 흐르는가, 당신과 내가 그동안 얼마나 되었는가, 라는 질문도 내포하고 있다. 결국 이는 사실상 그가 이렌을 죽음으로 내몬 이후로 그들이 거의 보지 못하지 않았던가, 라는 메시지를 함축한다고 볼 수도 있다. 어찌 됐든 범죄 현장에서 이렇게 다시 마주친다는 건 재미있는 일이다. 불현듯 카미유는 명확히 해두지 않으면 안 되겠다는 생각을 한다.

"르 구엔 서장이 지금 투입할 만한 인력이 없다고 해서 모렐 대신 임시로 온 거야. 서장이 요청하니 뿌리칠 수가 있어야 말이지."

루이가 알았다며 고개를 끄덕이지만, 그의 얼굴에는 반신반의하는 기미가 엿보인다. 베르호벤 반장은 이런 사건은 한사코 마다해왔는데 여하튼 예상치 못한 일이다.

"자네가 서장한테 전화 한번 넣어봐." 카미유가 말을 잇는다. "요원들이 더 필요해. 곧바로. 시간을 보니 오늘 중으로는 이렇다 할 수사를 진행하기는 어려울 수도 있어. 그래도 조금은 시작해야겠지만……"

루이는 고개를 주억거리고 휴대폰을 꺼내든다. 그는 매번 같은 방식으로 사건을 바라본다. 이런 종류의 범행은 두 가지 중 하나의 목적에 집중한다. 납치범 아니면 피해자. 납치범이 누군지 알아내는 게 아직 요원하다는 점은 분명하다. 피해자는 아마도 동네 부근에 거주하는 여성일 듯싶다. 아마도 자기 집 가까운 곳에서 납치당했을 것이다. 두 형사로 하여금 이런 생각을 하게 한 건 비단 이렌의 경우만이 아니다. 통계상으로도 그렇다.

팔귀에르 거리. 확실한 건 오늘 밤, 이곳 주민들이 조각가가 되어볼 수 있다는 사실이다.* 그들은 접근이 차단된 거리 한복판으로 걸음을 내딛는다. 카미유는 고개를 들어 앞 건물을 올려다본다. 모든 창문에 불이 켜 있다. 저녁나절의 쏠쏠한 구경거리이리라.

"목격자가 있는데, 혼자랍니다." 휴대폰을 접으며 루이가 말한다. 납치는 주차구역에서 일어났으며, 신원조사팀이 곧 도착할 것이다.

이내 조사팀이 도착하고, 사람들이 황급히 통행차단 테이프를 거두어들인다. 루이가 그들에게 두 대의 차량 사이에 비어 있는 주차 공간을 가리킨다. 네 명의 기술 요원들이 장비를 들고 차에서 내린다.

"모렐은 대체 지금 어디 가 있는 거지?" 카미유가 웅얼거린다.

그는 초조해한다. 거기 남아 있고 싶지 않은 심경이 역력한 기색이다. 그의 휴대폰이 진동한다.

"아닙니다, 검사님." 그가 대답한다. "15구역 관할서를 통해 정보가 입수되면, 통행차단을 하기에 시간이 너무 늦어질 것 같습니다."

검사에게 보고하면서 최대한 예의를 갖추려는 건조한 어조. 루이는 그로부터 다소곳이 떨어져 있다. 그는 카미유의 초조함을 이해한다. 피

---

\* 카미유 반장은 루이 형사의 준수한 외모를 계속 헤라클레스의 조각상에 빗대고 있는데, 팔귀에르 거리에 사는 주민들이 취조중인 루이 형사를 보며 자기처럼 조각상을 떠올릴 것이라는 뜻의 표현이다.

해자가 어린아이였다면 이미 유괴 경보를 발령했겠지만, 이건 성인 여성이 납치된 문제다. 우리끼리 해결해가야 한다.

"지금 요구하신 것은 다소 어렵지 않을까 싶습니다, 검사님." 카미유가 대답한다.

그는 언성을 더욱 낮추며 느릿느릿 말을 이어간다. 그를 잘 아는 이들은 그의 이런 태도가 뭔가를 알리는 신호임을 파악하고 있다.

"검사님은 잘 모르시겠지만, 통화하고 있는 지금 이곳엔…… (그는 눈을 치켜뜬다) 그러니까 제가 드리고 싶은 말씀은…… 창가에 사람들이 꽤 많이 나와 있다는 겁니다. 짜임새 있게 움직일 수 있는 팀이 있다면 지금보다 2, 3백 배는 많은 정보를 얻게 될 겁니다. 하지만 지금 이런 상황에서 정보가 새어 나가지 않을 방법을 검사님이 혹시 아신다면, 제가 좀 빌리고 싶습니다만."

루이는 조용히 미소 짓는다. 베르호벤은 여전히 기분 내키는 대로다. 루이는 지금 그가 그러고 있는 게 아주 마음에 든다. 카미유가 예전과 같은 모습대로 살고 있다는 생각이 들기 때문이다. 지난 4년 동안, 다소 늦긴 했어도 그는 여전히 고삐 풀린 모습으로 견디고 있는 것이다. 이따금 위계상의 공적 위험성을 감수해가면서.

"물론입니다, 검사님."

그의 어조로 미루어보아 카미유가 방금 검사와의 약속을 전혀 지킬 의향이 없다는 것을 미루어 짐작할 수 있다. 카미유는 전화를 끊는다. 통화 덕분에 기분이 현재 상황에서 더 악화되었다.

"그런데 딴 건 둘째 치고, 빌어먹을 자네 상관 모렐은 어디 가 있는 거지?"

루이로서는 뜻밖이었다. '자네 상관 모렐'이라니, 부당한 표현이다. 하지만 그는 이해한다. 이런 사건을 베르호벤처럼 정신적 풍파에 시달

릴 대로 시달린 사람에게 맡긴다는 건 무리다······
 "리옹에 있습니다." 루이가 차분히 답한다. "세미나가 있어서요. 내일 모레쯤에는 돌아올 겁니다."
 그들은 정복 입은 순경 한 사람이 보호하고 있는 목격자를 향해 다가갔다.
 "사람 참 피곤하게 하는군!" 카미유는 거칠게 말을 내뱉었다.
 루이는 묵묵히 듣고만 있다. 카미유는 거기서 멈춘다.
 "미안하네, 루이."
 그러나 그렇게 말하면서도 그는 루이를 올려다보는 대신 자기 발만 내려다보고 있다. 그러더니 많은 사람들이 고개를 길게 늘인 채 구경하고 있는 건물 창가로 또다시 시선을 옮긴다. 그들의 시선은 마치 전쟁 중의 피난열차에 올라탄 것처럼 일제히 한 방향으로 쏠려 있다. 루이는 뭔가를 말하고 싶었지만, 굳이 그럴 필요가 없겠다는 생각을 한다. 카미유는 마음을 굳힌 듯 루이 쪽을 바라본다.
 "그러니까 이건 아마도 우리가 맡아야 한다는······?"
 루이는 자기 소맷부리를 올려붙인다. 오른쪽 손목, 소매 끌어올리기. 루이에게는 이것도 하나의 언어다. 이런 순간에는 '물론입니다. 그래야죠'를 의미하는. 이건 아마도 우리가. 루이는 카미유의 뒤로 길게 끌리는 그림자를 가리켜 보인다.


 그는 사십대의 남자로, 개를 데리고 산책하던 중이었다. 필경 조물주가 어느 날 강렬하게 몰려온 피로에 못 이겨 조립에 실패한 게 분명한 그의 발에는 보조기구가 달려 있다. 카미유와 개는 서로를 바라보고는 서로를 증오하기로 한다. 개가 으르렁거리더니, 이내 제 주인의 발치에 부딪칠 때까지 깨갱거리며 뒤로 물러난다. 그러나 카미유가 버티고 선 모습에 가장 크게 놀란 쪽은 개의 주인이다. 그는 이렇게 왜소한 신장으로도 경찰 간부가 될 수 있다는 데 새삼 경악을 금치 못하며 루이 쪽을 본다.

"베르호벤 수사반장입니다." 카미유가 말한다. "제 신분증을 보여드릴까요, 아니면 그냥 제가 밝힌 대로 믿으시겠습니까?"

루이는 고압적인 표정을 짓는다. 그는 어떻게 해야 일을 풀어갈지 훤히 알고 있다. 목격자는 입을 열게 될 것이다.

"아니요. 아닙니다. 됐습니다. 이런 건……"

카미유가 그의 말을 끊고 묻는다.

"이런 게 뭡니까?"

목격자는 곤혹스러움을 피할 수가 없다.

"미처 생각을 못했네요. 저기…… 그게 오히려 이럴 수도 있다는 걸……"

그 순간에 카미유에게는 두 가지 해결책이 있을 수 있다. 이 남자를 구석으로 몰아붙인 후 자비를 구할 때까지 (이따금 그는 아주 비정해질 수도 있다) 머리통을 쥐어박든가, 아니면 그냥 자중하는 것. 이번 경우에는 자중하는 쪽을 택하기로 한다. 납치사건은 화급을 다투는 사안이므로.

그러니까, 목격자는 자기 개와 산책에 나선 길이었다. 그런데 한 여인이 납치당하는 걸 보았다. 그의 두 눈 앞에서.

"21시경." 카미유가 묻는다. "시간은 확실합니까?"

목격자는 다른 사람들과 마찬가지다. 이야기하는 걸 가만히 들어보면 결국 제 얘기만 하려 든다.

"확실합니다. 왜냐하면 30분 전쯤에는 〈노 리미트〉의 자동차 추락 장면을 보고 있었거든요. 제가 개를 데리고 내려간 게 바로 그 전이었어요."

가해자의 외모부터 시작해야 한다.

"이해되실지 모르겠지만, 그 사람은 비스듬히 옆모습만 보였어요. 하지만 꽤 덩치가 있는 사내였다는 건 분명합니다. 억세고 건장한 부류로 보이더군요."

그는 구체적인 목격담으로 도움을 주고 싶은 마음이 간절한 듯 보인다. 카미유는 그를 바라보면서 벌써부터 진력이 난 표정을 짓는다. 루이가 대신 심문한다. 헤어스타일은? 나이는? 옷차림은? 잘 보이지 않아 대답하긴 곤란한데, 그냥 평범한 것 같았다. 이렇게밖에는……

"좋습니다. 그럼 차종은 어땠나요?" 용기를 북돋아주는 태도로 루이가 그런 질문을 내놓는다.

"흰색 화물차였어요. 인부들이 모는 그런 종류, 아시죠?"

"어떤 종류의 인부를 말하는 겁니까?" 카미유가 끼어든다.

"글쎄요, 어떤 종류라고 해야 할지 잘 감이 안 오네요. 무슨 인부라고 해야 할지."

"그런데 무슨 근거로 그렇게 말씀하신 거죠?"

베르호벤은 남자에게 다그치듯이 묻는다. 그 질문에 사내는 멀거니 서서 입을 반쯤 벌리고 있다.

"인부들은," 결국 사내가 말한다. "차에 온갖 걸 다 싣고 다니잖아요. 짐칸 같은 것도 있고. 그렇지 않나요?"

"맞습니다." 카미유가 그 대답을 받아 말한다. "인부들은 짐칸에 자기 이름과 전화번호 그리고 주소까지 써붙이고 다니면서 홍보하기도 하지요. 아시다시피 그래야 여러 군데로 이동하면서 광고 효과를 볼 수 있으니까. 자, 인부라고 하셨으니까 말인데, 차의 짐칸 위로 뭐라고 쓰여 있었나요?"

"글쎄요, 아무것도 쓰여 있지 않은 것 같았어요. 아무튼 저는 아무것도 보지 못했습니다."

카미유는 수첩을 꺼내들었다.

"여기까지 한번 정리해보겠습니다. 우리는 지금 신원을 알 수 없는 한 여성에 대해 얘기하는 중인데…… 그녀는 익명의 어떤 인부에게 납치당했다. 그 정체가 확실치 않은 차량 속으로. 제가 뭐 빠뜨린 거라도 있습니까?"

개주인은 어찌할 바를 몰라 입술이 파르르 떨린다. 그는 도움을 호소하듯 루이를 향해 돌아선다. 내가 혹시 잘못 증언한 대목이 있을까, 모르겠다, 는 듯이.

카미유는 맥 빠진 표정으로 수첩을 다시 덮고는 돌아선다. 다시 루이가 조사를 이어받는다. 이 유일한 목격자의 증언에서는 건질 만한 게 별로 없다. 조금 더 캐봐야 한다. 그들을 등지고 선 카미유는 계속되는 심문 과정에 귀를 기울인다. 확실히 밝혀지지 않는 차종의 마크("아마 포드였던 것 같습니다…… 제가 자동차 마크 같은 건 잘 몰라요. 차를 소유해본 지가 워낙 오래전이라서……"), 그 반면 피해자가 여자 한 명이라는 분명한 사실. 사내의 묘사는 애매하게 뭉개져 있다("남자는 혼자였던 것 같은데, 아무튼 다른 사람은 보이지 않았어요……"). 그런 정도의 목격담에서 더 나아가지 못한다. 거칠게 뭉개져 있는 답변.

"여자가 소리를 지르더니 저항했습니다…… 그러자 그자는 여자의 배에 주먹을 날렸지요. 죽이려고까지 하는 것 같지는 않더군요. 제가 비명을 지른 건 바로 그 순간이었습니다. 그 작자에게 겁을 주려는 목적에서였지요, 이해하실 수 있을지 모르겠습니다만……"

마치 그 순간에 여자에게 가해진 구타의 통증이 직접 그에게 와 닿기라도 한 듯, 이 세부사항들이 카미유의 가슴을 후비는 아픔으로 전해져온다. 이렌이 납치당한 날, 그녀를 본 건 한 영업사원이었다. 다 이런 식이다. 할 말이 없다. 아무것도 보지 못했다, 혹은 겨우 일부만 보았을 뿐이다. 똑같다. 그래도 계속 따라가보자. 그는 곧 현재의 순간으로 돌아온다.

"그럼 그 순간에 선생은 정확히 어디 있었습니까?" 그가 묻는다.

"저쯤에요……"

루이가 땅바닥을 내려다본다. 사내는 손을 뻗어 검지로 어딘가를 가리키려 한다.

"직접 보여주세요."

루이는 눈을 감는다. 그도 카미유와 같은 생각을 하고 있다. 하지만 베르호벤을 짓누르는 감정의 강도에는 미치지 못한다. 두 형사에게 에워싸인 목격자는 개를 이끌고 보도 위로 나아간다. 그러다 어느 한 지점에서 걸음을 멈춘다.

"대충 여기 이쯤인 것 같은데……"

그는 가늠해보다 이쪽저쪽을 기웃거리면서 우물쭈물한다. 어림잡아 대충. 카미유는 확답을 원한다.

"여기요? 더 멀리 떨어져 있지는 않았나요?"

"아니요, 아닙니다." 목격자가 의기양양하게 대답한다.

루이는 카미유와 동일한 결론에 도달한다.

"짐작하시겠지만, 그 작자는 여자한테 발길질도 여러 번 했어요……" 사내가 말한다.

"충분히 짐작이 가고도 남습니다." 카미유는 말을 자른다. "그러니까 선생은 여기 있었다는 건데, 범행 현장과 얼마나 떨어진 거리죠?"

그의 시선은 목격자를 추궁하고 있다.

"······글쎄요, 한 40미터 정도?"

그래, 사내는 자신의 짐작에 만족한다는 표정을 지어 보인다.

"당신은 불과 40미터밖에 떨어져 있지 않은 거리에서 한 여자가 무뢰한에게 무자비하게 두드려 맞다가 납치당하는 것을 본 셈이로군요. 그런데도 당신이 한 일은, 대단히 용감하게도, 소리를 지른 게 고작이었습니다."

그는 목격자를 향해 눈을 치켜뜬다. 목격자는 감정적 동요에 사로잡힌 듯 눈꺼풀을 빠르게 깜박일 뿐이다.

카미유는 아무 말 없이 한숨짓는다. 그러고는 제 주인만큼이나 용맹무쌍해 보이는 개를 마지막으로 한 번 흘겨본 후 그들에게서 천천히 발길을 돌린다. 걷어차버리고픈 욕구를 겨우 참듯이.

그는 뭔가 느낀다. 그리고 그것을 어떻게 표현해야 할지 몰라 적합한 말을 찾는다. 그건 일종의 무력감이다. 그리고 전기가 통할 때처럼 강렬한 격정이다. 이렌 때문이다. 그는 돌아서서 황량한 거리를 둘러본다. 그러고 있자니 이 일에서 벗어나고 싶다는 유혹에 마음이 뒤흔들린다. 그는 안다. 지금까지 그는 자기 일에 충실했다. 기술적으로나, 방법적으로나, 조직적으로나. 사람들이 자신에게 기대한 대로 수사 지휘권을 떠맡았지만, 그건 어디까지나 현재까지에 불과하다. 복귀한 후 처음으로 그는 지금 자신이 맡게 된 사건의 상황을 절실히 의식하고 있다. 이 장소에서 한 시간 전에 한 여자가 납치당했다. 그녀는 비명을 질렀고, 무참히 폭행당했으며, 트럭 안으로 떠밀렸다. 아마도 억류당한 상태에서 상상도 못 할 고초를 겪으며 미칠 듯한 공황감에 짓눌릴 것이다. 그런데도 카미유는 매순간마다 그 사건 속으로 발을 들여놓지 않으려 하며, 그저 멀찍이 떨어져 참혹한 기억의 난입에 더 이상 고통당하고 싶어하지 않는다. 스스로 선택한 일이긴 하지만, 이런 경찰직 수행에 자신이 염증을 느끼고 있다는 사실을 그는 새삼 절감하고 있다. 다른 일을 할 수도 있었을 거야, 그가 웅얼거린다. 하지만 그래도 그러지 않았겠지. 바로 이 순간에 너는 지금 여기 있어. 네가 존재한다는 사실을 증명할 길은 오로지 한 가지 방법뿐이야. 바로 납치당한 그 여자를 다시 찾아내는 일.

돌연 현기증이 카미유를 엄습했다. 그는 한 손으로 차체를 짚고, 다른 한 손으로 넥타이 매듭을 푼다. 불행에 민감한 그의 영혼은 사건의 상황을 대충 헤아려보기만 해도 뒤흔들린다. 루이가 막 그를 따라왔다. 이럴 때라면 누구라도 괜찮은지 묻는 게 보통이겠지만, 루이는 그러지 않는다. 그는 카미유 곁에 서서 인내와 긴장과 근심과 함께, 평결을 기다리듯이 묵묵히 다른 곳을 바라볼 뿐이다.

카미유는 마치 자신의 쓰라린 개인사에서 헤어나려는 듯 몸을 부르르 떨더니, 3미터쯤 떨어진 거리에서 일하고 있는 신원조사팀의 두 기술 요원들에게 말을 건다.

"뭐, 나온 거라도 있나?"

그는 목울대를 거칠게 긁어대며 그들에게 한 발 다가선다. 거리 한복판에서 벌어진 범행 현장을 수사할 때 가장 큰 문제는, 이곳저곳에서 그러모은 많은 증거품 중 어떤 것은 그 출처가 실은 요원 자신의 소지품일 경우도 있다는 점이다.

둘 중 키가 더 큰 요원이 고개를 돌린다.

"담배꽁초들하고 동전 하나…… (그는 작은 트렁크 위에 놓인 플라스틱 용기 안으로 머리를 기울인다) 외국 돈이군요. 그리고 전철 승차권, 좀더 떨어진 쪽에서는 이미 사용한 화장지 하나랑 플라스틱 만년필 뚜껑을 찾았습니다."

카미유는 전철 승차권이 든 투명 봉지를 살피다가 그것을 조금 더 밝은 방향으로 비춰본다.

"그런데 겉보기에는," 그 요원이 덧붙인다. "많이 닮은 것 같아요."

그리고 얕은 도랑 속에는 그의 동료가 살균 스푼으로 조심스럽게 샘플 채취한 토사물의 흔적이 남아 있다.

통행차단 테이프 쪽에서 가벼운 소요가 일었다. 한 무리의 몇몇 정복 경관들이 도착한 것이다. 카미유는 알겠다는 듯 고개를 끄덕거린다. 르구엔 서장이 다섯 명 정도를 뽑아 지원 인력으로 보냈겠지.

루이는 자신이 뭘 해야 할지 잘 안다. 그들을 세 팀으로 나누는 일. 그는 그들에게 가장 우선시해야 할 사항들을 전할 것이다. 최소단위로 나누어 수사망을 좁혀 들어갈 것, 지금 시각이 너무 늦었으니 너무 멀리 갈 필요는 없을 것이다. 그다음으로는 지시 사항을 분담해서 처리할 것. 그것은 카미유와 일하며 익숙해진 방식이다. 그러고는 마지막 요원 하나가 루이와 함께 현장에 남아, 창가에서 구경하는 주민들을 내려오게 한 후, 납치 현장에서 가장 가까운 곳에 사는 사람들부터 조사하게 될 것이다.


23시경, '매혹적인' 루이는 1층에 여성 관리인이 근무하는 도로변 건물을 하나 찾아냈다. 관리인이, 그것도 여성 관리인이 근무하는 건물은 이제 파리에서 흔치 않다. 그녀는 루이의 우아함에 매혹된 듯 보인다. 덕분에 그녀는 선선히 자기의 관리사무소를 경찰의 수사본부로 쓰도록 내어준다. 수사반장의 작은 키를 본 그녀는 약간 충격을 받은 것처럼 보인다. 반장의 신체적 장애는 버림받은 동물들이 그러하듯 그녀의 가슴에 비수처럼 파고든다. 그녀는 금세 손을 입가에 가져다 대더니, 세상에 어쩜 좋아 세상에, 라고 되뇐다. 이런 모습과 마주할 때면 그녀는 심경이 연민으로 젖어들고 흐물흐물해지면서 하염없는 감상에 빠진다. 제발 더는 불행해지지 않기를. 그녀는 고통스럽게 눈가를 찌푸리며 은밀히 반장을 힐끔거린다. 마치 아물지 않은 그의 상처가 눈에 밟혀 그 아픔을 나누고 싶기라도 하다는 듯이.

소곤거리는 목소리로 그녀는 루이에게 묻는다.

"저기, 반장님한테 작은 의자라도 하나 가져다드릴까요?"

아무래도 그녀로서는 카미유가 너무 왜소해 보이니, 뭔가 조치를 해야 할 필요가 있겠다고 여긴 모양이다.

"아니요, 괜찮습니다." '충직한' 루이가 두 눈을 지그시 감으며 대답한다. "그냥 이대로 다 괜찮을 것 같은데요. 아무튼 정말 감사합니다, 부인."

루이는 그녀에게 화사한 미소를 지어 보인다. 후덕하게도 그녀는 사람들에게 돌릴 커피를 준비한다.

카미유의 잔에는 특별히 모카 한 스푼을 더 넣어준다.

모든 팀원들이 일하는 동안, 카미유는 측은해하는 관리인의 시선을 받으며 커피를 홀짝거린다. 그 사이에도 루이는 자신의 장기인 사고思考를 멈추지 않는다. 그는 지적인 타입으로 늘 골똘한 생각에 매달려 있다. 그리고 사건의 발단을 파악하기 위해 부단히 노력한다.

"혹시 원한에 의한……" 그는 신중하게 자신의 추단을 제시해본다.

"글쎄, 섹스와 연관된 쪽일 수도 있지……" 카미유가 말한다. "아니면 그저 광기의 발작일 수도 있고……"

이러고 있다가 인간들에게서 나타날 수 있는 온갖 병적 정념들을 다 열거할 수도 있다. 파괴욕, 편집광적 행동, 반사회적 장애, 정복욕 등등. 그것들이 서로 상승작용을 일으켜 응집하는 지점이 결국 열병과도 같은 살인의 욕구이다. 그런데도 그들은 이 관리사무소에서 거의 빈둥거리다시피 꼼짝도 못 하고 묶여 있을 수밖에 없다.


경찰은 계속해서 수사망을 좁히려 했고, 인접 건물의 사람들을 내려오게 했으며, 각각의 증언들과 견해들을 대조해보았다. 요원들은 확실하리라는 믿음 속에 각 과정의 관문을 두드려보았지만, 이내 자신감은 덧없는 것으로 판명 났다. 이러느라 얼마간의 밤 시간이 날아갔다.

지금으로서는 아무런 소득도 없다. 납치당한 여자가 이 동네에 거주할 거라는 전제도 불확실해 보인다. 납치 현장에서 아주 가까운 곳에 사는 것 같지도 않다. 동네 주민들은 아무도 그녀를 알지 못한다. 여행중이거나, 이사 가서 지금 집에 없는 여자들 가운데 해당될 만한 인상착의를 셋 정도로 추려본다……

물론 이런 것들은 카미유의 눈에는 전혀 부질없어 보인다.

# 3

 냉기가 그녀를 깨운다. 온몸에 타박상 흔적이 있다. 여기까지 오는 여정이 길고 험난했기 때문이다. 손발이 꽁꽁 묶인 탓에, 그녀는 떼굴떼굴 구르거나 벽에 부딪히는데도 어찌할 수가 없었다. 이윽고 차가 멈추자 남자가 짐칸 문을 열었다. 그러고는 그녀의 몸 위로 손수 엮은 비닐 방수포 같은 것을 뒤집어씌운 후 어깨에 걸머졌다. 사람이 하나의 짐짝처럼 취급된다는 건 끔찍한 일이다. 한 사람의 운명이 이토록 거칠게 자신을 걸머진 남자의 손에 좌우된다는 것 역시 끔찍한 일이다. 자신의 운명을 그가 어떻게 처분하려는지 곧 상상해보지 않을 수 없다.
 그는 아무런 조심성도 없이 걸머진 짐짝을 바닥에 아무렇게나 내팽개치더니, 질질 끌고 다니다가 심지어 계단 아래로 굴러떨어뜨리기까지 했다. 그녀의 몸 구석구석이 계단의 모서리들에 짓찧었다. 그러니 머리를 보호하는 것도 불가능했다. 알렉스는 비명을 질렀지만 남자는 아랑곳하지 않았다. 후두부를 두 번이나 부딪힌 후, 그녀는 결국 실신했다.
 시간이 얼마나 흘렀을까. 전혀 알 수가 없다.
 이제 더 이상 아무런 소음도 들리지 않지만, 대신 어깨와 겨드랑이 사이를 파고드는 냉기가 무시무시하다. 발이 언 것 같다. 손발에 칭칭 감긴 접착테이프로 인해 더 이상 피가 돌지 않을 지경이다. 그녀는 눈을 뜬다. 아니, 두 눈을 떠보려고 시도한다. 왼쪽 눈이 떠지지 않고 맞붙어 있기 때문이다. 입도 벌어지지 않는다. 큼지막한 셀로판테이프가 입을 봉하고 있다. 그녀는 언제 이렇게 결박당했는지 전혀 기억할 수 없다. 그동안 실신해 있었기 때문이다.

바닥에 눕혀진 알렉스의 몸은 비스듬히 반으로 접혀 있다. 팔은 등 뒤로 결박되어 있고, 두 발은 가지런히 포개진 채 묶여 있다. 허리로 몸의 하중을 고스란히 지탱하느라 심한 통증이 느껴진다. 그녀는 차츰 혼수상태에서 헤어난다. 교통사고 직후처럼 온몸이 쑤시고 결린다. 그녀는 자신이 지금 어떤 상태에 처해 있는지 알아내려 한다. 몸을 꿈틀거려 상반신까지는 간신히 일으켜 세우는 데 성공한다. 그러느라 어깨가 몹시 아프다. 맞붙어 있던 왼쪽 눈이 떨어지지만, 그 눈으로는 아무것도 보이지 않는다. 한쪽 눈이 실명했나, 알렉스는 어찌 할 바를 몰라 그렇게 웅얼거린다. 하지만 몇 초가 흐르자, 반쯤 떠진 그녀의 왼쪽 눈에는 수억 광년 떨어진 행성에서 도착한 듯한 영상들이 희뿌옇게 들어온다.

그녀는 코를 킁킁거린다. 텅 빈 머리로 집중해보려 애쓴다. 이곳은 헛간이나 차고 같다. 널찍하긴 해도 휑뎅그렁하게 비어 있는 공간은 높은 쪽에서 빛이 새어들어오고 있다. 바닥은 딱딱하고 축축한데, 진흙탕이나 고여 있다가 썩은 물의 악취가 올라온다. 바닥이 이 지경이다보니, 공간에 고인 싸늘함이 한층 더 심하게 느껴진 모양이다. 한마디로 음침하고 눅눅하기 그지없는 곳이다.

그녀의 머릿속에 다시 떠오른 최초의 기억은 자신을 제압한 남자의 손아귀였다. 그의 체취는 몹시 시큼하고 독했다. 지독한 땀 냄새나 동물에게서 풍길 법한 냄새 같았다. 비극적인 순간에 엄습하는 생각이란 무의미한 상념일 때가 많다. 예컨대 그녀에게 가장 먼저 떠오른 상념은 바로 이런 것이다. 그는 내 머리털을 뿌리째 뽑아내려 했어. 그녀는 머리카락이 한 움큼 뽑혀나갔을 머릿속의 빈터를 상상하자 울음이 북받쳐 오른다. 사실 그녀로 하여금 울음을 터뜨리게 한 건 흉측한 머릿속 이미지만이 아니라 지금까지 일어난 일들과 피로와 육체적 통증일 것이다. 거기에 공포까지 겹쳐서. 그녀는 운다. 하지만 우는 것도 쉽지만은 않다. 접착테이프가 입을 틀어막고 있기 때문이다. 그녀는 숨이 막힌다. 급기야 쿨럭쿨럭 기침이 쏟아져나오려 하지만 그러기조차 쉽지가 않다. 목이 졸려오는 듯하고, 눈은 눈물로 그렁그렁해진다. 배에서 욕지기가 올라온다. 게우는 것도 불가능하다. 그녀의 입 안에 도로 삼킬 수도 없는 위액이 가득 고인다. 미쳐버릴 것 같은 시간이 흐른다. 구역질이 나서 견딜 수가 없다.

　알렉스는 호흡을 하고, 이해하고, 분석해보려고 노력한다. 절망적인 상황이지만 약간의 평정심을 회복하기 위해 몸부림친다. 냉정함만으로 모든 게 해결되는 건 아니지만, 최소한 냉정을 유지하지 못하면 돌이킬 수 없는 심신상실에 빠질 수도 있다. 알렉스는 되도록 차분함을 유지하며, 벌렁거리는 심장박동의 진폭을 누그러뜨리려고 애쓴다. 방금 무슨 일이 일어났으며 자기가 여기 와서 무엇을 하고 있는지, 왜 여기 와 있는지 이해하려 해볼 것.

　곰곰이 생각해보자. 여러 이유에서 괴롭지만 가장 괴로운 건 꽉 찬 상태에서 억눌려 있는 방광이다. 그녀는 배뇨 문제 같은 것을 오래 참아본 적이 없다. 그녀가 결단을 내리기까지는 20초도 채 걸리지 않는다. 그녀는 방광을 풀어버리고 아주 길게 오줌을 누기 시작한다. 이런 자포자기는 파탄이 아니다. 그러기로 선택한 게 바로 그녀 자신이기 때문이다. 만약 오줌을 계속 참았다면, 그녀는 오랫동안 더욱 괴로워했을 테고, 아마도 참는 동안 온몸을 배배 꼬았겠지만, 그래봤자 결국 똑같은 결과에 이르고 말았으리라. 그런데 돌아가는 상황을 보면 그녀에겐 더 큰 위험이 도사리고 있다. 그러니 배뇨의 욕구 같은 걸로 방해받는다는 건 안 될 말이다. 불과 몇 분이 흘렀을 뿐인데도, 한층 더 심해진 추위에 고통스럽다. 그러니 그런 문제는 염두에 둘 수조차 없다. 알렉스는 오들오들 떤다. 그녀는 자신이 왜 추위와 공포에 허덕여야 하는지 더 이상 헤아려 보지 않는다. 그녀는 두 장면을 다시 떠올린다. 전철 안 객차 구석에서 그녀를 향해 미소 지은 남자. 그리고 짐칸에 내동댕이치기 바로 직전 그녀를 억세게 제압한 순간의 그 얼굴. 몸이 짐칸 바닥에 떨어졌을 때 그녀는 정말 아팠다.

별안간 멀리서 철문이 쾅 하고 닫히더니 쇳소리를 내며 울린다. 알렉스는 순간적으로 울음을 그치고, 긴장한 태도로 몸을 잔뜩 움츠리며 삐걱거린 소리가 난 근처로 시선을 집중한다. 하지만 곧 허리의 통증에 몸을 옆으로 다시 눕히고 눈을 감는다. 그녀는 이제 다시 시작될 매질을 각오한다. 그는 폭력을 휘두를 것이다. 그러자고 그녀를 납치한 것일 테니까. 알렉스는 더 이상 숨을 내쉬지 못한다. 멀리서부터 평온하면서도 묵직한 남자의 발소리가 자기 쪽으로 다가오는 게 들린다. 이윽고 그가 그녀 앞에 멈춰 선다. 자신의 미간 사이에 반질반질하게 왁스칠이 잘되어 있는 그의 구두가 멈춰서는 걸 느낀다. 그는 아무 말도 하지 않는다. 그저 아무 말 없이 그녀 앞에 오래도록 버티고 서 있을 뿐이다, 마치 그녀가 혹시라도 잠드는지 감시하겠다는 듯이. 그녀는 마침내 눈을 번쩍 뜬 후 그를 올려다보기로 결심한다. 그는 뒷짐을 진 채, 어떤 의도도 내보이지 않는 태도로 아래쪽을 내려다보고 있다. 그는 뭔가⋯⋯ 하나의 사물을 굽어보듯 그녀 위로 고개를 기울이고 있다. 밑에서 올려다보니, 남자의 얼굴은 퍽 특이하게 생겼다는 생각이 든다. 짙고 풍성한 속눈썹이 눈자위의 일부를 가리며 눈가에 짙은 그늘을 드리우고 있다. 얼굴의 나머지 면적보다 훨씬 더 넓어 보이는, 흡사 범람하고 있는 듯 보일 정도인 그의 이마가 가장 눈에 띈다. 그 덕분에 그는 어딘가 정신지체아나 원시인 같다는 느낌을 준다. 이런 걸 두고 고집불통처럼 보인다고 해야 하나. 그녀는 표현을 떠올려보지만 생각나지 않는다.

 알렉스는 뭔가를 말하고 싶어하지만, 접착테이프가 그녀의 입을 틀어막고 있다. 여하튼, 그녀에게서 튀어나왔을 말은 그저 살려달라는 애원일 뿐이다. 만일 그가 풀어준다면 그에게 무슨 말을 할 수 있을지 그녀는 애써 찾아본다. 애원 같은 것 말고 다른 말을 찾고 싶지만, 아무것도 떠오르지 않는다, 아무것도. 뭔가에 대한 질문도 아니고, 어떤 요구도 아니다. 이토록 절실한 간청 말고는 아무것도. 말이 나오지 않는다. 알렉스의 뇌는 굳어버렸다. 그런데 두서없이 다음과 같은 생각들이 이어진다. 그는 나를 납치했고, 결박했으며, 이렇게 내동댕이쳐두었다. 이제 그는 나를 데리고 뭘 어떻게 할 속셈일까?

 알렉스는 운다. 그녀는 울음을 억누를 수 없다. 남자는 아무 말 없이 발길을 돌려 실내의 한 모퉁이에 멈춘다. 그러고는 단번에 방수포를 벗겨낸다. 그녀의 몸 위로 다시 무엇이 씌워질지는 알 수 없다. 제발 저 사람이 나를 죽이지만 않도록 해주세요, 라는 기도가 비현실적인 마법을 가져왔으면 하고 바랄 뿐이다.

 남자는 구부정하게 등을 구부린 자세로 뭔가 무거운 것을 끌어내는 중이다. 무슨 금고 같은 걸까? 그것이 콘크리트 바닥 위에서 소름 끼치는 마찰음을 낸다. 그는 닳아빠진 잿빛 면바지와 몸보다 커서 후줄근해 보이는 줄무늬 스웨터 비슷한 걸 입고 있는데, 여러 해 동안 갈아입지 않은 듯한 인상을 풍긴다.

 몇 미터쯤 그것을 뒤로 끌어낸 후, 그는 일단 멈추었다가, 마치 겨누 보듯 한동안 천장 쪽을 올려다본다. 두 손은 허리에 짚고 있는데, 뭔가를 수행할 방법에 대해 신중히 자문하고 있는 듯 보인다. 그러더니 마침내 그는 다시 돌아선다. 그리고 그녀를 유심히 바라본다. 가까이 다가와서 몸을 낮추고는 그녀의 얼굴 가까이에 무릎을 가져다댄 후, 팔을 뻗어 난데없이 그녀의 발목에 감긴 접착테이프를 자른다. 또한 거친 손길로 그녀의 입가에 붙은 것도 단숨에 뜯어낸다. 순간 알렉스는 고통의 비명을 내지른다. 한 손만으로도 그는 그녀를 일으켜 세우는 데 전혀 문제가 없다. 물론, 알렉스의 몸무게는 그리 무겁지 않다. 하지만 그렇다고 해도 한 손만으로 그럴 수 있다는 건 완력이 범상치 않다는 이야기이다. 온몸의 피가 거꾸로 도는 듯, 현기증이 그녀를 짓누른다. 갑작스럽게 일어나는 바람에 피가 머리 위로 치솟는다. 그녀는 또 다시 휘청거린다. 그녀의 이마가 남자의 가슴께에 닿는다. 그는 그녀의 어깨를 사정없이 움켜잡고 돌려세운다. 그녀는 한마디 말조차 꺼낼 여유가 없다. 건조한 움직임으로 그는 팔목의 결박도 끊어버린다.

  알렉스는 마지막 남은 용기까지 그러모아—이제는 곰곰이 따져보지도 않는다—자기 입속에 고여 있는 말들을 발음하려 한다.

  "제발 저를…… 사…… 살려주세요……"

  그녀는 이게 자기 목소리인지 분간할 수조차 없다. 게다가 그녀는 어렸을 때처럼, 사춘기 때처럼 말을 더듬고 있다.

  그들은 마주서 있다. 진실의 순간이다. 알렉스는 그가 과연 자기를 어떻게 할 것인지를 두고 가슴 졸여야 한다는 게 너무 끔찍해서 차라리 빨리 죽어버렸으면, 아무것도 요구하지 말고 그가 곧바로 자기를 죽여줬으면 하고 바랄 정도이다. 그녀가 가장 두려워하는 것은, 끔찍한 상상이 회오리치는 와중에 앞으로 닥칠 재앙을 기다리는 일이다. 그녀는 그가 자기를 어떻게 할 수 있을지 생각해본다. 그리고 눈을 감은 후 자신의 몸을 그려본다. 마치 그 몸이 더 이상 자기 소관이 아니라는 듯이. 방금 전까지 유지해온 자세 그대로 바닥에 늘어져 있는 몸. 그 몸은 치명적인 외상을 입고, 철철 피를 흘리며 고통당하게 되겠지. 그녀가 아니었던 듯 보일지 모르나, 그것은 분명 그녀다. 그녀는 필경 죽음에 내맡겨지리라.

추위, 오줌 냄새, 그녀는 부끄럽고 두렵다. 이제 무슨 일이 벌어질 것인가. 그가 나를 죽이지만 않는다면. 그가 나를 죽이지만 않도록 해주세요.

"옷 벗어." 남자가 말한다.

엄중하게 내리누르는 듯한 목소리이다. 그의 명령 또한 거역할 수 없을 만큼 내리누르는 듯하다. 알렉스는 입을 열려고 한다. 하지만 단 한마디를 발음할 틈조차 없다. 그가 그녀의 따귀를 강하게 후려치고, 그녀의 몸이 한 발 정도 옆으로 튕겨져 나가며 중심을 잃고 비틀거린다. 한 발쯤 더 옮겨가던 그녀는 결국 쓰러지며 머리를 바닥에 부딪힌다. 남자는 그녀 앞으로 천천히 다가와서 머리채를 틀어쥔다. 극심한 아픔이 몰려온다. 그가 그녀를 일으켜 세운다. 알렉스는 머리카락이 송두리째 두피에서 뽑혀나간 것 같다고 느낀다. 두 손으로 머리를 감싸 쥐고 모발이 뽑혀나가지 않도록 억누르려 한다. 지금 상황과 무관하게, 그녀의 다리는 기력을 되찾는다. 알렉스는 간신히 버티고 선다. 그는 두 번째로 따귀를 올려붙이면서, 그녀의 몸이 튕겨져 나가지 않도록 아예 머리채를 틀어쥐고 고정해둔다. 몸이 움찔하고 고개만 옆으로 휙 돌아갈 뿐이다. 철썩하는 소리가 선명한 강도로 공간에 울려 퍼진다. 그녀는 통증에 멍해져 있을 뿐 더 이상 아무것도 느끼지 못한다.

"옷 벗어." 남자가 명령을 반복한다. "완전히 다."

그러고는 그녀를 놔준다. 알렉스는 비틀거리며 한 걸음 비켜선다. 몸을 가누려 노력한다. 하지만 무릎을 꿇고 주저앉는다. 고통의 신음소리가 입에서 새어 나오지 않도록 조심한다. 그가 다가와 몸을 앞으로 기울인다. 그녀 위로 기웃거리는 그의 커다란 얼굴과 희한하게 생긴 두상의 아둔해 보이는 머리통, 그리고 회색 눈빛……

"무슨 말인지 알아들어?"

그는 대답을 기다리다 손아귀를 넓게 다시 들어올리려 한다. 그제야 알렉스는 허둥거리며 "네, 네, 네, 네"라고 여러 번 대답한다. 그러고는 곧바로 일어난다. 더 이상 얻어맞지만 않는다면 무엇이든 그가 원하는 것을 다 들어주겠다. 그에게 복종할 자세가 되어 있음을 이해시키기 위해, 아주 빨리 그녀는 티셔츠를 벗어던지고 브래지어를 푼다. 그리고 황급히 청바지의 단추들도 끌러내린다. 마치 옷에 돌연 불이 옮겨붙기라도 한 것처럼. 그가 또 다시 그녀를 후려갈기지 않게 하려면 아주 빨리 알몸이 되어야 한다. 그녀는 휘청거리면서도 몸 위에 남아 있는 옷가지 모두를 재빠르게 벗는다. 그리하여 결국 알몸으로 그 앞에 선다. 그녀는 팔뚝으로 몸을 가려보지만, 이 순간, 자기가 모든 것을 잃었으며, 이런 상실감이 언제까지도 아물지 않으리라는 사실을 분명히 깨닫게 된다. 그녀의 이 참담한 몰락은 절대적이다. 되도록 빨리 옷을 벗어던지면서 그녀는 무엇이든 응하고 말았으며, 모든 요구에 "네"라고 답했다. 어떤 의미에서, 그녀는 방금 전에 죽은 거나 마찬가지다. 또 다시 자신의 감각이 아득해져가는 걸 느낀다. 마치 자기 몸 바깥에 머물러 있는 것 같다. 그녀에게 질문을 할 수 있는 용기가 생겨난 것도 아마 그래서였을 것이다.

"당신이 원하시는 게…… 뭔가요?"

아무리 봐도 그의 얼굴에서는 입술이 거의 지워져 있다. 미소 지을 때조차 그 표정은 보이지 않고 시늉만 드러난다. 지금 이 순간, 그것은 반문을 띤다.

"더러운 화냥년 주제에 네가 뭘 해줄 수 있는데?"

마치 진심으로 그녀를 유혹해보겠다는 듯이, 그는 이 물음 속에 음흉한 욕정의 기색을 담으려는 듯 보였다. 알렉스에게 이런 말은 의미가 있다. 아니, 모든 여자들에게 이런 말은 의미가 있다. 그녀는 침을 꿀꺽 삼키고 생각한다. 이자가 나를 죽이진 않을 것 같아. 그녀의 뇌는 그 가능성 주위를 돌며, 일체의 반대 논리가 끼어드는 것을 완강하게 봉쇄하려 한다. 내면에서는 그래도 그가 곧 자기를 죽이고 말 거라는 속삭임이 들려오지만, 그녀는 생각이 거기서 더 나아가지 않도록 머릿속의 매듭을 아주 꽉 조여둔다.

"제 모…… 몸을…… 드릴 수 있어요." 그녀가 말한다.

아니야, 이게 아니야. 그녀는 그렇게 직감한다. 이렇게 표현해선 안 돼……

"저를 가…… 강간하셔도 돼요." 그러고는 이렇게 덧붙인다. "하고 싶은 대로…… 다 해도……"

순간 남자의 미소가 굳었다. 그는 한 발 뒤로 물러나며 그녀를 훑어보기 위해 거리를 둔다. 발끝에서 머리 꼭대기까지. 알렉스는 팔을 벌려 자신의 몸을 허락한다는 듯한 포즈를 취한다. 그녀는 자신이 이미 자포자기 상태에 빠져 있으며, 자신의 몸이 오로지 남자의 처분에 달려 있다는 것을 보여주려 하고 있다. 다른 무엇보다도 오로지 시간을 벌기 위해서다. 이런 상황 속에서 시간은 곧 목숨이나 다름없다.

남자는 침착한 태도로 그녀의 몸을 샅샅이 살핀다. 그의 눈길이 위에서 아래로 느리게 지나간다. 그러다 결국 그녀의 음부 위에 한참 동안 머문다. 그녀는 움직이지 않는다. 그는 가볍게, 의문스럽다는 듯이 고개를 갸웃거린다. 알렉스는 지금 그녀가 처한 상황이, 남자의 시선 앞에 자기의 음부를 노출하고 있다는 사실이 너무나 수치스럽다. 그런데 만약 그가 자신을 마음에 들어하지 않으면, 만족스러워하지 않으면, 그녀로서는 해줄 것도 거의 없는 상태에서 그가 또 무슨 짓을 하려 들까? 그는 실망스럽다는 듯 고개를 가로젓는다. 그러고는 좀 더 꼼꼼히 파악해보겠다는 듯이 손을 뻗어 엄지와 검지로 알렉스의 오른쪽 유방을 집고 빠르고 강하게 비튼다. 그녀는 비명과 함께 다급히 상체를 아래로 수그린다.

그는 그녀를 놓아준다. 알렉스는 가슴에서 손을 떼지 못한다. 안구가 튀어나오고 숨길이 끊긴다 싶을 정도로 아파서 그녀는 춤추듯 다리를 꼰다. 눈앞이 캄캄할 정도로 고통스럽다.

"도대체…… 뭘 하시려는 건가요?"

그녀에게 자명한 사실을 일깨워주고 싶다는 듯 남자가 가볍게 웃음 짓는다.

"뭐…… 나는 네가 말라 죽어가는 꼴을 보려는 거야, 이 더러운 화냥년아."

그러고는 배우 같은 몸짓으로 옆으로 한 걸음 옮긴다.

그 순간 그녀의 눈에 뭔가가 들어온다. 남자의 뒤편. 바닥 위에 한 대의 전기 드릴이 있고, 그 옆에는 성인 한 사람의 몸이 겨우 들어갈까 싶은 크기의 나무 궤짝이 있다.

4

 카미유는 파리 시내 지도를 주의 깊게 들여다보며 이 근방의 지리에 대해 샅샅이 조사중이다. 관리인 아주머니 앞에 서 있는, 파견 나온 정복 요원 하나가 괜한 호기심으로 얼쩡거리는 주민들에게 이 납치 사건의 실제적인 목격담이나 증언이 없으면 여기서 빨리 나가달라고 알리느라 시간을 지체하고 있다. 납치 사건이라니! 무슨 무대 공연이라도 열린 것처럼 사람들의 관심은 식을 줄 모른다. 주인공의 모습은 안 보이지만, 그건 큰 문제가 아니다. 무대 배경만 있어도 사람들을 홀리기에 충분하다. 저녁나절 내내 사람들은 같은 말을 반복한다. 이곳이 무슨 평화로운 부락이기라도 한 듯, 사람들은 이런 사건에 분개하고 어이없어한다. 하지만 이 여자가 도대체 누구냐, 그녀가 누군지 모르냐는 질문에는 하나같이 제가 잘 모르겠다고 말씀드리지 않았나요, 라는 대답뿐이다. 그래도 아마 다른 사람들은 알 거예요. 뭐, 그 여자를 안다고? 입소문이 부풀어 오른다. 지금 시각이면 잠자리에 들어야 할 조무래기들까지도 몰려나온다. 동네 주민들은 예기치 못한 상황에 들떠 있다. 방송국에서도 오느냐고 묻는 사람도 있다. 끊임없이 되풀이되는 이 따위 질문들이 수사 요원들을 괴롭힌다. 뭔가 더 흥미로운 게 나타날지, 자극적인 새

소식이 날아들지 몰라 사람들은 45분 넘게 현장 주변에서 어정거려보지만, 더 이상 별다른 건 없다. 입소문이 수그러들면서 사람들의 흥미도 시들해진다. 게다가 시간도 꽤 늦었고 조금 후면 야심한 시각이다. 이제 시끌벅적한 호기심은 이웃의 단잠을 방해하는 소란으로 취급된다. 몇몇 창가에서 조용히 좀 해달라는 항의와 신고가 벌써 빈발한다. 자야 할 시간이다. 주민들은 흥분된 소요 대신 적막한 고요를 원하기 시작한다.

"다들 경찰에 전화만 하면 모든 게 다 되는 줄 아나보군." 카미유가 냉소적으로 말을 내뱉는다.

언제나 그랬듯, 루이는 침착하게 생각을 가다듬고 있다.

그는 평소 휴대하고 다니는 지도에 실린, 납치 장소로 이어지는 간선도로에 표시를 해두었다. 피해자가 납치되기 전, 이곳으로 접근할 수 있는 경로는 네 가지 정도였다. 팔귀에르 광장 또는 파스퇴르 대로, 비제르브룅 거리 또는, 그 반대 방향의 코탕탱 거리. 그녀는 88번이나 95번 버스를 탔을지도 모른다. 전철역은 납치 현장에서 너무 멀리 떨어져 있지만, 일단 또 하나의 가능성으로 남겨둔다. 페르네티, 플레장스, 볼롱테르, 보지라르 거리……

여전히 아무것도 발견하지 못하면, 내일부터는 수사 구역을 전면 확대해 최소한의 단서라도 찾을 수 있도록 더 멀리 수색해가야 한다. 그러자면 파견 간 부대원들이 깨어나 출근할 시간까지 기다려야 한다. 시간이 넉넉하다는 듯 내일 아침까지 무작정 기다리고 있어야 한다니.

납치 사건은 특수한 유형의 범죄다. 피해자의 모습이 어떤지는 알 수 없으나, 살해 위협에 직면해 있을 것이므로 상상을 통해 대강의 윤곽이나마 그려보지 않을 수 없다. 카미유는 지금 바로 그걸 시도해보려는 참이다. 그의 4B연필 아래로 밤거리를 걷는 여인의 실루엣이 나타난다. 그는 뒤로 물러나서 데생을 검토해본다. 너무 우아하게 그려져서 꼭 사교계의 부인 같다. 이렇게 그려진 여인의 모습이 맞다면, 피해자의 나이는 생각보다 더 많아야 할 것이다. 걸려온 전화벨을 묵살하면서 그는 줄을 그어 지우고 다시 시작해본다. 왜 나는 그녀가 꽤 젊을 거라는 생각이 들지? 나이 든 여자도 납치 당할 수 있지 않나? 처음으로 그는 피해자가 어떤 여자일지 생각을 집중해본다. 성숙한 여인이 아니라 아가씨 같은 모습으로. '한 아가씨'가 팔귀에르 거리에서 납치를 당했다. 그는 데생을 다시 한다. 청바지 차림에 보브 커트의 헤어스타일, 어깨에 둘러멘 크로스백. 아니다. 다시. 이번에는 타이트스커트를 입고 빵빵한 가슴에. 그는 다시 가위표를 긋는다. 짜증이 난다. 그는 그녀가 젊을 거라고 상상해보지만, 정작 그가 떠올리는 여자는 피해자가 아니다. 그가 떠올리는 여자는 이렌일 뿐이다.

지금까지 살아오면서 그에게는 다른 여자가 없었다. 여자들을 소개받긴 했지만, 자기 같은 키의 소유자가 보통 여자들의 욕망에 부합하려면 충족시켜줘야 할 요구 조건들이 너무 많았다. 게다가 아직 남아 있는 한 토막의 죄의식과 약간의 자격지심, 그리고 반복해서 여자들과 흥정을 벌이는 부담감 등으로 인해 잘 이루어질 수가 없었다. 그래도 딱 한 번, 여자가 있긴 했다. 수렁에 빠진 젊은 여자였다. 그는 그녀의 잘못을 묵인해주었다. 이번 한 번만 딱 눈감아주자. 그는 그녀의 시선에서 안도감을 읽었다. 하지만 곧바로 별다른 진척이 일어나진 않았다. 그러다가 그는 우연을 가장해서 그녀의 집 근처에서 그녀와 만났다. 라 마린 레스토랑의 테라스에서 와인을 곁들인 저녁식사. 필경 둘은 서로 끌리게 된다. 그리고 마지막 술잔을 기울인다. 그리고 그다음은…… 이런 것이 일반적으로 올바른 경찰의 행동이라고는 할 수 없다. 하지만 준엄한 규범에서 벗어나 호의를 베푸는 차원에서, 서로 진심 어린 감사를 나누고 싶어했던 걸로 이해될 수는 없을까. 그래, 카미유는 자기변명 삼아 그런 말을 수시로 뇌까리곤 했다. 2년이 넘도록 그녀를 전혀 건드리지 않고 지낸 것도 다 그런 이유였다. 하지만 그걸로는 충분치 않았다. 그는 실수를 저질렀다. 평온하고 쾌적한 어느 저녁, 둘은 서로의 감정에 대한 믿음을 유지한다는 게 부질없다는 생각을 하지 않을 수 없었다. 그녀는 강력반 재직 시절에 겪은 그의 비극, 모든 사람들이 다 알고 있는 이야기, 즉 베르호벤 부인이 살해당했다는 사실을 알게 되었다. 그 이후에도 그녀는 평소와 다름없이 사소한 일상사만 이야기하다가, 난데없이 알몸으로 그의 옆에 다가와 상호 간의 사전 조율도 없이 곧바로 자신의 몸을 카미유 위에 포개려 했다. 그들은 서로의 눈을 들여다보았다. 하지만 카미유로서는 그저 그녀의 눈을 감겨줄 뿐, 달리 할 수 있는 일이 없었다. 요새도 그들은 이따금 마주친다. 그녀는 그리 멀지 않은 곳에 산다. 아마도 마흔 살쯤 되었을 것이다. 카미유보다 15센티미터쯤 더 큰 그녀, 안. 그녀는 그와 잠을 자지 않았는데, 자기 집에서 자는 게 더 좋기 때문이라고 말할 만큼 예민한 심성의 소유자다. 안과의 만남은 약간이나마 울적함을 달래준 좋은 추억이었다. 분명 그랬다. 다시 만날 때면 그녀는 아무 일도 없었다는 듯이 행동한다. 그녀와 마지막으로 만난 건 많은 사람들이 북적이는 자리에서였고, 그녀는 카미유의 손을 꼭 잡은 채 한동안 놓지 않았다. 그런데 왜 지금 이 순간 그녀가 생각나는 걸까. 남자들로 하여금 납치하고픈 욕구를 불러일으키는 게 바로 안 같은 타입인 걸까?

  카미유는 납치범의 정신적인 면으로 관심을 돌린다. 살인은 제각각 다른 방식과 다양한 이유로 이루어질 수 있지만, 납치는 대부분 서로 엇비슷하다. 그리고 한 가지 확실한 점이 있다. 즉, 누군가를 납치하려 할 때는 발작에 가까운 돌파력을 발휘해야 한다는 점이다. 물론 돌발적인 충동이나 순간적인 분노를 못 이겨 그런 짓을 할 수도 있지만, 그런 경우는 꽤 드물다. 설령 그런다 해도 대부분 실패하게 마련이다. 대부분의 경우, 주모자는 치밀하게 기획하고 충분히 모의하며 주도면밀하게 준비하는 과정을 거친다. 통계자료만 봐도 피해자가 얼마나 불리한지 알 수 있다. 사건 발발 직후 처음 몇 시간이 결정적이다. 시간이 흐를수록 피해자의 생존율은 급격히 낮아진다. 납치한 인질을 거추장스럽게 여기다가 결국 해치워버리고 싶다는 욕구에 사로잡히기 때문이다.

가장 먼저 과녁을 적중시킨 것은 루이다. 그는 19시에서 21시 30분 사이에 근무하는 모든 버스 기사들에게 전화를 걸었다. 한 명, 한 명씩 깨워가며.

"88번 막차를 운행한 운전사가," 휴대폰 덮개를 닫으며 그가 카미유에게 보고한다. "한 아가씨를 기억해냈습니다. 그녀는 21시경에 막 도착한 버스에 타려고 달려왔다가 마음이 변해서 그냥 버스를 보냈다고 하는군요."

카미유는 4B연필을 놓고 고개를 든다.

"어느 정류장이지?"

"파스퇴르 연구소랍니다."

척추를 훑어내리는 전율.

"어떻게 운전사가 그 여자에 대해 기억하고 있는 걸까?"

루이는 자기의 심문 내용을 그대로 전한다.

"예뻤답니다." 루이가 말한다.

그는 휴대폰을 손안에서 주물럭거린다.

"아주 예뻤다고 하더군요."

"아……"

"거기다 막차 운행시간이었으니까요. 여자가 운전사한테 세워달라고 손짓을 했답니다. 운전사가 버스를 세우고 기다리니 미소도 지었다는군요. 하지만 이게 오늘밤 막차라고 말해주었는데도 그녀는 팔귀에르 거리를 걷겠다는 쪽으로 마음을 바꾸더랍니다."

"어떤 쪽 보도?"

"오른쪽 내리막길이었다는군요."

방향이 맞다.

"인상착의는?"

루이는 세부적인 단서로 넘어가려 했지만 결말에 다가가기에는 아직 이른 모양이다.

"흐릿하다는군요. 기억나는 게 거의 없답니다."

아주 예쁘게 생긴 아가씨들의 인상착의에서는 이런 문제가 생긴다. 상대방이 매력적이라고 여길수록 오히려 구체적인 묘사로 넘어가지 못하는 것이다. 기억하는 것이라고는 고작해야 눈이나 코 또는 뒷모습 아니면 세 가지 한꺼번에 다. 하지만 무슨 옷을 입고 있었는지 기억하느냐면, 그게…… 하면서 고개를 돌려버린다. 그게 바로 남성 목격자들의 결정적 결함이다. 이 경우엔 여성들이 훨씬 더 구체적이다.

카미유는 밤늦도록 이런 생각거리들을 두고 되새김질한다.


카미유는 새벽 2시 30분경까지 사건 해결에 조금이라도 다가가기 위해, 이제부터 시도해볼 수 있는 모든 방안을 궁리해보았다. 하지만 지금으로서는 납치범 쪽에서 조속히 뭔가 움직임이 있기를 기대하는 수밖에 없다. 그것이 사건 해결의 첫 번째 실마리로 이어질 수도 있다. 가령 몸값의 요구 같은 것이 수사에 새로운 활로를 열어줄지도 모르는 일이다. 일단 희생자가 누군지 시야에 들어오면 이토록 갈팡질팡할 필요도 없을 테니까. 어떠한 방증이라도 좋다. 물고 늘어질 만한 무언가가 절실하다.

그러니 현재 시급한 것은 할 수만 있다면 물론 희생자의 신원을 확보하는 일이다. 현 단계에서는 그게 가장 명백한 핵심사항이다. 하지만 접수된 실종사건 중 어떤 인상착의도 이 여자와 일치하지 않는다.

납치사건 발발 이후 수사망에 걸려든 단서는 아직 아무것도 없다.

그렇게 덧없이 6시간이 허비되고 만다.

# 5

그녀의 눈에 들어온 건 살 울타리로 이뤄진 궤짝이다. 판자 사이의 간격은 대략 10여 센티쯤으로 바깥에서 안이 훤히 다 들여다보인다. 지금은 아무것도 없고, 궤짝은 텅 비어 있다.

남자는 무지막지한 악력으로 알렉스의 어깻죽지를 움켜쥐고 그녀를 궤짝까지 끌고 간다. 그러고는 빙 둘러보더니, 마치 그녀가 없다는 듯 행동한다. 알고보니 드릴은 전동 드라이버다. 그는 등을 보이고 서서 잔뜩 수그린 자세로 궤짝 상단의 판자들을 하나씩 뜯어낸다. 벌겋고 굵직한 목덜미에서 땀방울이 쏟아진다…… 마치 네안데르탈인 같다. 그런 생각이 알렉스의 머리에 떠오른다.

그녀는 그의 바로 뒤편에 서 있다. 조금 물러난 위치에서 한쪽 팔뚝은 가슴에 대고 다른 쪽 손으로는 조가비처럼 음부를 가린 나체 상태로. 아무리 상황이 이렇다 해도 여전히 참담할 만큼 수치스럽다. 일반적으로 보자면 꽤나 기묘한 광경이다. 추위에 발끝에서 머리까지 온몸이 오들오들 떨린다. 그저 기다릴 뿐, 무기력한 그녀는 철저히 남자의 명에 따를 수밖에 없다. 사실 뭔가 시도해볼 수도 있을 것이다. 남자에게 달려들거나 뒤에서 후려치거나 아니면 도망치기. 창고는 휑뎅그렁하고 널찍하다. 그런데 저기, 15미터 정도 떨어진 정면 쪽에 거대한 구멍처럼 뚫린 통로 입구가 하나 보인다. 예전에는 커다란 문짝으로 이 공간을 막아두고 있었던 게 틀림없지만, 지금은 사라졌다. 남자가 판자를 뜯어내는 동안, 알렉스는 대뇌를 원활히 작동시키는 데 골몰한다. 도망칠까? 아니면 일단 뒤에서 후려칠까? 우선 저놈한테서 드릴을 빼앗아야겠지? 이 궤짝을 조립해서 대체 뭘 하려는 거지? 그가 말하기를 그녀가 말라 죽어가도록 만들겠다고 했다. 그게 정확히 무슨 뜻일까? 도대체 자기를 어떤 식으로 죽이려는 속셈일까? 그녀는 몇 시간 동안 자신의 정신이 지나온 불안의 궤적으로 주의를 돌린다. '난 죽고 싶지 않아'라고 되뇐 순간부터 '제발 그가 빨리 해치웠으면' 하고 바란 방금 전까지. 그녀가 그걸 깨달은 순간, 두 가지 모험이 시작된다. 먼저 그녀의 머릿속에 명료하고 단호하며 완강한 생각이 솟아난다. 절대로 당하고 있지 마. 응해주지 마. 저항해. 맞서 싸워. 남자가 뒤돌아서더니 알렉스의 옆에 전동 드라이버를 놓고 어깨 쪽으로 팔을 뻗어 그녀를 잡으려 한다. 순간 그녀의 뇌수 속에서 한 가지 결단이, 난데없이 터져버린 물집처럼 작렬한다. 그녀는 실내의 반대편 출입구 쪽으로 뛰기 시작한다. 남자도 재빨리 따라잡으려 하지만, 미처 몸을 움직일 여유가 없었다. 촌각을 헤아리는 다급함으로 그녀는 궤짝을 뛰어넘어, 할 수 있는 한 가장 빨리 사력을 다해 달린다. 추위도 끝이고, 두려움도 끝이다. 그녀의 진정한 동력은 도망쳐야 한다는, 여기서 탈출해야 한다는 욕구이다. 바닥은 얼음장만큼이나 차갑고 딱딱하며 미끄덩거린다. 우툴두툴한 콘크리트 맨바닥에 습기가 가득하다. 하지만 그녀는 문자 그대로 도주에만 정신이 팔려 아무것도 느끼지 못한다. 어디선가 새어들어온 빗물이 바닥을 흠뻑 적시고 있다. 알렉스의 발이 넓은 물구덩이를 가로지르자 사방으로 거센 물줄기가 튄다. 그녀는 뒤돌아보지 않는다. 오로지 '뛰자, 뛰자, 뛰자'라는 말만 되뇔 뿐이다. 그녀는 남자가 그녀 뒤로 바싹 따라붙기 시작했는지 어떤지도 모르고 있다. 너는 더 빨라. 그건 틀림없는 사실이야. 그 작자는 늙다리에다 둔하기까지 하지만 너는 젊고 날씬하니까. 너는 아직 생기 발랄하니까. 알렉스는 출입구에 거의 다다르자 속도를 조금 늦춘다. 좌측 공간 구석에 또 다른 통로 입구가 나 있는 게 보인다. 방금 전 그녀가 빠져나온 통로 입구와 비슷해 보인다. 여긴 모든 공간이 다 비슷비슷하다. 출구는 어디일까? 갑자기 이 흉흉한 건물을 떠나야 한다는, 어서 바깥으로 나가야만 한다는 절박함이 덜해진다. 그녀의 심장은 변덕스러운 엇박자로 쿵쾅거린다. 알렉스는 불현듯 뒤돌아서 자기가 남자보다 얼마나 앞서 있는지 보고 싶다는 욕구에 사로잡힌다. 그러면서도 동시에 여기서 탈출하는 게 가장 절실하다는 생각에 쫓기고 있다. 세 번째 실내 공간. 여기서 알렉스는 멈춰 선다. 숨이 턱 밑까지 차오른다. 그대로 이 자리에 허물어질 것만 같다. 아니야. 그녀는 마음을 다잡는다. 그녀는 다시 발길을 뗀다. 벌써 눈물이 솟구친다. 그녀는 건물의 한쪽 끝에 와 있다. 그리고 앞에는 바깥과 면해 있을지도 모를 통로의 입구가 보인다.

입구에 들어서자 뜻밖에도 담벼락이 나타난다.

누군가 황급히 쌓느라 아직 마르지 않은 틈새로 시멘트 점액이 질질 흘러내리는 붉은 벽돌 담벼락으로 앞길이 막혀 있다. 알렉스는 벽돌을 두드린다. 그녀의 눈에서 눈물이 흘러내린다. 갇힌 것이다. 추위가 다시 위로부터 난폭하게 덮쳐온다. 그녀는 벽돌을 주먹으로 두드리며 비명을 지르기 시작한다. 아마도 너머에 있을 누군가의 귀에 소리가 전해질 수도 있다. 그녀는 비명을 질러보지만, 제대로 된 말은 튀어나오지 않는다. 제발 여기서 나가게 해주세요. 살려주세요 제발. 알렉스는 더욱 힘껏 두드리지만 이미 지치기 시작했다. 나무에 매달리는 아이처럼 그녀는 담벼락에 찰싹 달라붙는다. 마치 벽 속으로 스르르 녹아들고 싶다는 듯이. 그녀는 더 이상 소리치지 않는다. 더 이상 목소리도 나오지 않는다. 입 밖으로 새어 나오지 못하는 애원이 그녀의 목울대 안에 맺혀 있을 뿐이다. 그녀는 포스터처럼 담벼락에 달라붙은 채 조용히 흐느껴 운다. 그러다 갑자기 울음을 멈춘다. 바로 뒤에서 남자의 인기척이 느껴졌기 때문이다. 그는 서두르지도 않고 침착하게 그녀를 따라잡았다. 점점 더 가까이 다가오는 그의 구둣발 소리가 그녀의 귓가에 울린다. 그녀는 더 이상 움직이지 않는다. 발걸음도 그 자리에 멎는다. 그의 가쁜 숨결이 느껴진다고 생각했지만, 정작 그녀의 귀에 들려온 건 자신의 두려움일 것이다. 그는 아무 말도 하지 않고 일단 그녀의 머리채부터 낚아챈다. 거리에서나 여기서나 그 방식 그대로. 손아귀 가득 한 움큼 잡고 난폭하게 잡아당기자, 알렉스의 몸이 뒤쪽으로 쏠려나간다. 그녀는 둔탁하게 남자의 등판 위로 쓰러지며 숨통이 죄어오는 듯한 소리를 내지른다. 그녀는 자기 몸이 마비된 게 틀림없다고 확신하며 신음하기 시작한다. 하지만 그는 그녀를 놔주지 않는다. 그러기는커녕 발로 강하게 걷어찬다. 그녀가 더 빨리 따라오지 않자 그는 강도를 높여 다시 한 번 그녀에게 드센 발길질을 한다. "쌍년." 알렉스는 비명을 지른다. 그녀는 발길질이 멈추지 않으리라는 것을 잘 알고 있다. 그래서 최대한 힘을 모아 몸을 움츠리려 한다. 오산이다. 그녀가 그에게 순응하지 않자, 그는 무자비한 폭력을 휘두른다. 이번에는 뾰족한 구두 앞창으로 허리를 걷어찬다. 그녀는 통증에 못 이겨 다시 비명을 지른다. 발꿈치를 괴고 겨우 몸을 일으킨다. 그러고는 투항하겠다는 손짓을 해 보인다. 이 동작이 가리키는 바는 명확하다. 그만하세요. 당신이 원하는 대로 정말 다 하겠어요. 그는 더 이상 몸을 움직이지 않고 기다린다. 알렉스는 휘청거리며 간신히 일어선다. 그리고 방향을 잡는다. 앞뒤로 기우뚱거리는 것이 금세라도 넘어질 것만 같다. 지그재그로 걸으며 앞을 향해 나아간다. 하지만 그녀는 충분히 빨리 걷지는 못한다. 그가 뒤에서 다시 그녀를 걷어찬다. 그러자 그녀의 몸이 몇 미터 앞으로 나동그라진다. 잠시 배를 깔고 누워 있다가 다시 일어난다. 정강이에 피가 맺힌다. 좀 더 빨리 걸음을 옮기기 시작한다. 이것으로 끝이다. 그는 더 이상 아무것도 요구하지 않는다. 알렉스는 단념한다. 그녀는 첫 번째 실내 공간을 향해 걷는다. 통로 입구를 지난다. 이제 남은 것은 각오를 다지는 일뿐이다. 그녀는 완전히 탈진했다. 그 괴이한 궤짝 근처에 서서 그녀는 그를 향해 돌아선다. 이제 축 처진 두 팔은 양쪽에서 건들거릴 뿐이다. 그녀는 이제 수치심도 버렸다. 그 역시 움직이지 않는다. 그가 마지막으로 던진 말이 무엇이었나? "난 네가 말라 죽어가는 꼴을 보려는 거야, 이 더러운 화냥년아."

그는 묵묵히 궤짝을 바라본다. 알렉스도 그쪽으로 눈길을 돌린다. 돌아올 수 없는 다리를 건너는 지점. 이제 그녀는 돌이킬 수 없는 위험한 상황에 처해질지도 모른다. 다시는 뒤로 되돌릴 수 없게 될 것이다. 그가 그녀를 강간할까? 그녀를 죽일까? 강간한다면 그녀를 죽이고 나서, 아니면 그 전에? 그녀를 오래도록 고문할까? 아무 말도 하지 않고 있는 이 형리가 원하는 것은 도대체 무엇일까? 이 질문들에 대한 대답을 이제 몇 분 후면 얻게 될 것이다. 남은 수수께끼는 오직 하나다.

"마…… 말해주세요." 알렉스는 애원한다.

마치 꼭 비밀을 지키겠다고 약속하듯이 그녀는 소곤거린다.

"왜, 왜 하필 전가요?"

남자는 구태여 제 입으로 털어놓고 싶지 않다는 듯 미간을 찔룩거린다. 그러고는 그 질문의 의미가 무엇인지 짐작하는 듯한 표정을 짓는다. 알렉스는 저도 모르게 손을 뒤로 뺀다. 그녀의 손가락 끝에 궤짝의 꺼칠꺼칠한 나뭇결이 만져진다.

"왜 하필 저를 고르신 건가요?"

남자의 얼굴에 서서히 미소가 떠오른다. 그 입술 없는 얼굴에서.

"왜냐하면 내가 말라 죽어가기를 보고 싶은 상대가 바로 너라는 화냥년이니까."

너무도 자명하다는 어조. 그로서는 질문에 대한 답으로 그 이상 명확한 게 없는 모양이다.

알렉스는 눈을 감는다. 감긴 눈꺼풀 사이로 눈물이 주르륵 흐른다. 그녀는 자기 삶을 찬찬히 돌아보고 싶지만, 아무것도 생각나지 않는다. 그녀의 손가락은 이제 궤짝의 나뭇결을 어루만지는 게 아니라, 축 늘어지지 않도록 자기 손 전체를 거기에 걸쳐두고 있다.

"자, 이제……" 그는 다소 짜증 섞인 어조로 입을 연다.

그러면서 궤짝을 가리켜 보인다.

돌아서는 그 순간부터 그녀는 더 이상 그녀 자신이 아니다. 궤짝 속으로 발을 내딛는 것은 더 이상 그녀가 아니다. 그렇게 움츠리고 있는 육신 속에는 더 이상 그녀의 어떤 부분도 남아 있지 않다. 그녀는 판자 위에서 몸이 한쪽으로 쏠리지 않도록 다리를 벌려 지탱하며 양팔로 무릎을 감싸 안는다, 마치 그 궤짝이 감방이 아니라 그녀의 마지막 피난처라도 된다는 듯이.

남자는 다가오더니 궤짝 속에서 몸을 최대한 웅크리고 있는 알몸의 여인을 한 폭의 그림처럼 바라본다. 희한한 종을 관찰하는 곤충학자처럼 매료되고 경이로워하는 눈길로. 그는 완전히 도취된 듯 보인다.

그는 몸을 한 번 부르르 떨더니 결국 다시 드라이버를 집어든다.

# 6

 관리인은 경찰들에게 사무소를 넘겨준 후 자러 들어갔다. 그녀는 나팔수처럼 밤새도록 코를 골았다. 그들은 커피 값을 남겨두고 나왔다. 루이는 거기에 감사의 인사말이 담긴 메모지도 덧붙였다.
 3시. 그사이에 모든 팀원들이 떠났다. 납치사건이 발생한 지 6시간이 흘렀지만 아직 이렇다 할 실마리를 잡지 못한 형편이었다.
 카미유와 루이는 보도 위에 있다. 그들은 일단 각자 집으로 귀가해서 샤워를 한 후 곧 다시 만나기로 한다.
 "힘내라고." 카미유가 말한다.
 그들은 택시 정류장 앞에 도착한다. 카미유는 고개를 젓는다.
 "아니, 나는 조금 걸어서 내려갈까 싶군."
 그들은 거기서 헤어진다.
 카미유는 납치된 여자의 모습을 헤아릴 수 없을 만큼 여러 번 상상이 가는 대로 그려보았다. 그녀가 보도 위를 걷는 모습, 버스 운전사에게 손짓하는 모습 등을 그리고 또 그렸다. 그가 그린 그녀의 모습에 이렌의 잔영들이 조금씩 아른거리는 것 같았기 때문이었다. 이렌에 대해 그리워하는 것 말고는 아무것도 할 수 없다는 생각이 들자, 카미유는 기분이 썩 좋지 않다. 그는 걸음을 재촉했다. 이 여자는 다른 여자다. 바로 이게 스스로 되뇌어야 할 말이다.

그녀가 아직 살아 있을 거라는 점이 이렌과 이 아가씨 사이에 가로놓인 치명적 차이이다.

거리는 무심히 가라앉아 있고, 차들이 드문드문 지나다닌다.

그는 논리학적 증명을 시도해보기로 한다. 원래부터 논리학은 그에게 골치 아픈 분야다. 아무튼 사람이 우연히 납치되지는 않는다. 대부분의 경우, 납치는 알고 지내는 사람에 의해 발생한다. 이따금 빗나가기도 하지만, 적어도 동기를 얻어내기 위해서는 이것으로 충분하다. 그러니 틀림없이 범인은 그녀가 어디 사는지 알고 있었을 것이다. 카미유는 이 말을 한 시간 전부터 계속 반복하고 있다. 그는 걸음을 재촉한다. 그런데 그가 그녀를 집이나 집 앞에서 납치할 수 없었다면, 그것은 그게 불가능했기 때문일 것이다. 아직 그 이유까지는 알 수 없다. 하지만 아무튼 그건 불가능했던 것 같다. 그렇지 않다면 굳이 여기서 그녀를 납치했을 리가 없다. 모든 위험부담을 무릅쓰면서까지 길거리에서. 그런데도 그가 납치를 감행한 곳은 여기다.

카미유가 걸음을 더 빨리하자 그의 추리도 보조를 맞춘다.

두 가지 해결 방안이 있었을 것이다. 그녀의 뒤를 밟든가 아니면 그녀를 기다리든가. 자기 트럭으로 그녀의 뒤를 따라다닌다? 아니다. 그녀는 버스를 타지 않고 보도로 걸어왔다. 그런데도 자기 화물차로 그녀를 미행한다? 속도를 늦춰서? 결정적인 순간이 닥치기를 기다리면서…… 그건 전혀 아니다.

그렇다면, 범인은 그녀의 길목을 지키고 있었을 것이다.

그는 그녀를 안다. 그녀의 하루 행로가 어떻게 되는지도 알고 있다. 그에게는 그녀가 여기까지 오는 것을 훔쳐볼 수 있는, 그녀를 덮치기 위한 엄청난 돌파력을 발휘할 만한 장소가 필요하다. 그렇다면 이런 장소는 필경 범인이 그녀를 납치한 범행 현장 바로 앞에 있어야만 한다. 거리는 오로지 한쪽 방향으로만 통하기 때문이다. 범인이 그녀를 본다. 그녀는 그를 지나간다. 그가 그녀를 따라잡는다. 그리고 납치한다.

"내가 사건을 보는 방식은 늘 그런 식이지."

카미유는 종종 목소리 높여 혼잣말을 한다. 홀아비로 오래 지낸 건 아니지만, 혼자 사는 남자의 습관은 빨리 뿌리 내리는 법이다. 바로 이런 까닭에 루이에게 같이 가자는 말을 하지 않은 것이다. 그는 집단생활의 반사적 본능을 잃은 채 혼자 있기만을 고집하며, 너무 오랫동안 자기 생각에 빠져 그것을 되새기는 데 익숙해지고 말았다. 하지만 그는 자신과 싸울 것이다. 그는 그렇게 변해간 자기 모습이 별로 마음에 들지 않으니까.

그는 이런 생각거리들을 되새기며 몇 분 동안 걷는다. 그는 찾아 헤맨다. 그는 어떤 사실들로부터 명징한 해답을 얻을 때까지 오류 속에 고집스럽게 머무를 수 있는 타입이다. 친구들 사이에서라면 그런 성향은 감당이 되지 않는 결함이겠지만, 한 사람의 경관으로서는 높이 평가 받을 만한 자질이기도 하다. 그는 어느 거리를 지나고, 다시 걸음을 내디뎌 다른 거리로 접어든다. 그 무엇도 제동을 걸지 않는다. 그런데 결국, 뭔가 번뜩이는 생각이 그의 정신에 신호를 보내온다.

르그랑댕 거리.

30미터도 채 되지 않는 골목길이지만, 차량들이 각 방향으로 주차할 만큼 넓다. 그가 만일 납치범이라면, 차를 세워둘 만한 곳은 바로 여기다. 카미유는 앞길을 쭉 따라 걷다가 다시 거리로 돌아온다. 교차로에 한 건물이 보인다. 1층에는 약국이 있다.

순간 그는 번쩍 고개를 든다.

두 대의 폐쇄회로 카메라가 약국의 진열창을 향해 설치되어 있다.

얼마 지나지 않아 흰색 화물차가 화면에 뜬다. 베르티냐크 씨는 다소 끈적하다 싶을 정도로 친절하지만, 동시에 경찰 업무에 협조하기를 즐기는 장삿속도 겸비한 타입으로 보인다. 늘 카미유의 신경을 거스르는 타입이다. 아무튼 카미유와 베르티냐크 씨는 조제실 뒷방에 앉아 큼지막한 컴퓨터 모니터를 들여다보고 있다. 외관상으로는 약사 같아 보이지 않지만, 태도는 충분히 그렇다. 카미유에게는 이런 직종의 사람들이 그리 낯설지 않다. 그의 부친이 바로 약사였기 때문이다. 은퇴했을 때도 그의 부친은 은퇴한 약사 같아 보였다. 부친은 거의 1년 전에 유명을 달리했다. 사망했을 때조차 카미유는 부친이 사망한 약사처럼 보인다는 생각을 하지 않을 수 없었다.

여하튼 베르티냐크 씨는 경찰에 협조를 아끼지 않는다. 이를 위해 그는 기꺼이 새벽 3시 반에 일어나서 베르호벤 반장이 들어올 수 있도록 약국 문을 열어주기까지 했다.

그는 꽤 무던한 사람인 듯 보인다. 베르티냐크 약국은 그동안 온갖 약품을 노린 마약 밀매상들의 무단침입을 다섯 차례나 당했다고 했다. 밀매상들의 거듭된 약탈에 대한 그의 대응방식은 기술공학적이다. 매번 그는 폐쇄회로 카메라를 새로 구입하며, 지금도 다섯 대나 설치해두고 있다. 약국 앞의 보도를 감시하는 데 할당된 두 대가 바깥에 있고, 나머지는 약국 안에 있다. 촬영은 24시간 지속되지만, 일정 기간이 지나면 자동으로 화면이 지워진다. 베르티냐크 씨는 이 카메라 설비를 꽤 마음에 들어한다. 그는 이 장비의 효력을 보증해주고 챙길 수 있었을 광고용 수수료를 청구하지 않았다. 장비가 너무 만족스러워서였다. 카메라에 찍힌 골목길의 한쪽을 재생하는 데는 불과 몇 분밖에 걸리지 않았다. 아직 별다른 건 보이지 않는다. 그저 보도를 따라 주차한 차량들의 아래쪽, 즉 바퀴밖에 보이지 않는다. 그런데 21시 4분에 흰색 화물차 한 대가 도착해 주차하려 한다. 그러고 나서 운전자가 팔귀에르 거리를 집중적으로 볼 수 있는 지점까지 앞으로 나아간다. 카미유가 원하는 것은, 그의 유추가 사실로 확인되는 것만이 아니라(그것에 대해서라면 그는 이미 만족한다. 그는 자기 생각이 적중했다는 데 뿌듯함을 느낀다), 거기서 한 걸음 더 나아간 부분이다. 베르티냐크 씨가 정지시켜둔 화면을 보니, 차체와 앞바퀴로 차량의 특징이 포착될 수도 있을 것 같다. 그렇다면 여기서는 정확한 범행 시각과 그 양상에 대해 한 걸음 진전하여 파악할 수 있다. 하지만 여전히 납치범에 대해서는 오리무중이다. 아쉽지만 화면에서는 아무런 사건도 벌어지지 않는다. 아무것도. 일단 접기로 하자.

그럼에도 카미유는 미련이 남아 선뜻 철수하겠다는 결정을 내리지 못한다. 여기에라도 기대를 걸 수 없다면 납치범이 누군지 파악한다는 건 여간 까다롭지 않은 일일 것이다. 그런데도 이놈의 카메라는 애먼 곳만 세세히 비추고 있으니…… 21시 45분에 화물차가 골목을 빠져나간다. 그런데 바로 그 순간, 클릭.

"여기!"

베르티냐크 씨는 과감하게도 스튜디오 엔지니어의 흉내를 낸다. 뒤로 되감기. 바로 거기. 모니터에 가까이 다가간다. 화면을 확대해봐야 한다. 베르티냐크 씨는 정지된 화면을 작품처럼 다룬다. 출발하기 위해 차가 앞으로 향하는 순간, 아래쪽 부분에서 차체가 수작업으로 새로 도색된 흔적이 선명하게 드러난다. 그쪽 부위에 나타난 글자의 흔적도 식별할 수 있다. 하지만 거기 쓰여 있는 내용을 읽는 것은 쉽지 않다. 모니터의

해상도로는 그게 글자라는 것만 겨우 알아볼 수 있을 정도인데, 그나마도 위쪽이 화면 밑단에 가려 반쯤 잘려 있다. 감시카메라로 잡을 수 있는 촬영 각도의 한계 때문이다. 카미유가 그것을 종이에 출력해줄 수 있는지 묻자 베르티냐크 씨는 그뿐 아니라 친절하게도 이 순간의 촬영분을 통째로 복사해서 USB 포트에 담아주겠다고 한다. 최대 비율로 확대해서 출력해보니 바탕에 어떤 무늬가 나타나는 게 보인다. 그것은 아래와 같다.

━━ ━ ━━━ ━━ ━ ━━ ━

모스부호 비슷해 보이는 모양새이다.
짐칸 밑단은 몇 군데 긁혀 있으며 희미한 녹색 페인트 자국도 알아볼 수 있다.
과학 수사가 필요한 작업이다.


카미유는 집으로 돌아온다.
그를 뒤흔들어놓은 간밤의 동요는 그만하면 그럭저럭 원만히 무마된 셈이었다. 그는 4층에 살지만 터벅터벅 계단을 밟으며 올라간다. 엘리베이터를 이용하지 않는다는 철칙 때문이다.
경찰로서는 할 수 있는 바를 다했다. 앞으로 닥쳐올 일은 훨씬 더 무시무시할 수도 있다. 기다려보자. 누군가 여자의 실종을 신고해오겠지. 그러기까지 하루가 걸릴지 이틀이 걸릴지 아니면 그 이상이 걸릴지 알 수 없다. 그러면 그러는 동안…… 이렌이 납치당했을 때, 시체로 변한 그녀를 다시 발견하는 데는 10시간도 채 걸리지 않았다. 그런데 이번 사건의 경우에는 벌써 그 시간의 절반을 넘기고 있는 중이다. 만일 신원조사팀이 유력한 단서를 찾아냈다면 벌써 연락이 오고도 남았을 것이다. 신원조사팀 앞으로 벨소리를 따로 지정해두었다. 카미유는 그 슬프고도 느린 수신음에 익숙하다. 그것은 대조 검증된 상황증거를 알리는 음악이며, 이제 신경이 파괴될지도 모를 광기의 시간 속으로 돌입해야 함을 알리는 소모전의 서곡이기도 하다.

그는 참으로 길고 길었던 간밤의 시간을 되새겨본다. 그는 몹시 피곤하다. 지금은 샤워와 몇 잔의 커피가 절실한 시간이다.

그는 이렌과 함께 살았던 아파트를 처분했다. 거기 혼자 남아 있고 싶지 않았다. 집 안 구석구석 여전히 생생한 그녀의 흔적과 계속 마주한다는 건 견디기 어려운 노릇이었다. 거기 혼자 남아 있기 위해서는, 다른 관심사에 매달리지 않으면 도무지 견딜 수 없을 정도의 공허한 열의가 필요했다. 그는 이렌의 죽음 이후로 산다는 것이 열의나 의욕과 관련된 문제가 아닐까 자문해보았다. 더 이상 주위에서 자리를 지켜줄 이가 아무도 없음을 느낄 때, 그 고독을 혼자서 어떻게 견뎌낼 것인가. 자신의 전락을 막는 일이 우선 시급했다. 그는 이렌과 함께 지낸 아파트 때문에 절망의 구렁텅이로 빠질 수 있다고 느꼈지만, 그럼에도 섣불리 그 보금자리를 버리고 떠날 엄두가 나지 않았다. 그는 우선 부친에게 고민을 털어놓았다(무슨 내용이든 간에 부친은 그에게 가장 명쾌한 답을 줄 수 있는 상대였다). 그러고는 루이. 그는 대답했다. "소유하려거든 먼저 버려야 한다, 는 말이 있더군요." 노장사상의 금언이라고 했다. 카미유는 그것이 무슨 뜻인지 확실히 이해할 수 없었다.

"그럼 「떡갈나무와 갈대」*에서 나온 말이라고 해두죠, 그게 더 좋으시다면."

카미유에게는 그 편이 더 와 닿았다.

그는 돌연 아파트를 처분했다. 그리하여 3년 전부터는 발미 강변 근방에 살고 있다.

그가 집에 돌아오면 두두슈가 이내 마중을 나온다. 그래, 카미유에게는 두두슈가 있다. 두두슈는 온몸에 줄무늬가 그어진 새끼 고양이다.

"암고양이와 사는 홀아비라." 카미유는 물어보았다. "어때, 너무 틀에 박힌 것 같다는 생각 안 드나? 내가 너무 궁상을 떤다 싶지?"

"어떤 고양이냐에 따라 다른 것 아니에요?" 루이는 그런 반문으로 대답을 대신했다.

그런데 문제의 핵심이 바로 그 지점이다. 사랑을 지나치게 많이 받아서인지, 환경에 적응하려는 조심성 때문인지, 모든 것에 경계심을 곤두세우는 탓인지, 혹은 아직도 낯을 가려서인지는 몰라도 두두슈는 나이에 비해 믿을 수 없을 정도로 몸집이 작다. 나중에라도 검사해봐야 할 일이다. 두두슈는 귀여운 생김새에 카우보이처럼 살짝 굽은 다리로 아장아장 걷는다. 문제는 몸이 자라지 않는다는 점이다. 이 문제에 관한 한, 해박한 루이조차도 섣부른 억측을 삼간다. 그만큼 녹록치 않은 수수께끼이다.

"이 녀석도 주인을 따라 너무 궁상맞게 지내고 있는 걸까?" 카미유가 다시 물었다.

카미유가 두두슈를 동물병원에 데려가서 고양이의 발육부진에 대해

---

\* 거센 바람 앞에서 강하다고 뻗대다가 뿌리 뽑힌 떡갈나무에 비해 갈대는 스스로 약하다는 것을 겸허히 인정하며 바람이 부는 대로 휩쓸리면서도 결국 살아남을 수 있었다는 내용의 라퐁텐 우화.

묻자, 질문받은 수의사는 카미유를 슬쩍 내려다보며 당황한 표정을 감추지 못했다.

카미유의 귀가시각이 어떻게 되든 상관없이, 두두슈는 깨어나서 그를 마중하러 달려나온다. 지난밤과 오늘 새벽, 카미유는 두두슈의 등줄기를 살짝 긁어주는 정도의 애정표현에 그친다. 너무 과하게 감정을 쏟아붓는 건 금물이다. 하루치 만으로도 이미 과하다.

지금은 무엇보다 납치당한 여자에 집중해야 한다.

그런데 이런 상황에서 루이와 다시 만나 같은 수사팀에서 뛰게 된 점이 불현듯 심상치 않게 여겨진다. 혹시 르 구엔 서장이……

카미유는 문득 생각을 멈추고 혼잣말을 내뱉는다.

"이런 염병할."

# 7

알렉스는 궤짝 속에 갇혔다. 등을 잔뜩 구부리는 것만으로도 모자라 몸을 바짝 웅크리고 있다.

남자는 덮개를 닫고 그것을 드라이버로 고정했다. 그러고는 뒤로 한 발 물러나서 자신이 창조한 제작물을 감상했다.

오들오들 떨고 있는 알렉스의 온몸에는 머리부터 발까지 시퍼런 피멍이 들어 있다. 그녀의 눈에는 자기 몸이 인간의 형상을 한 돌연변이 개체처럼 보일 지경이고, 실제로 그렇다 해도 부인할 수 없겠다는 생각이 든다. 하지만 한편으로, 그녀는 이 궤짝 속에서 까닭 모를 안도감도 느낀다. 마치 임시 대피소인 것처럼. 방금 전까지 그녀는 그가 자신을 어떻게 할지, 자기에게 무엇을 할지에 대한 상상을 멈추지 못했다. 하지만 자기를 납치하면서 난폭하게 군 것을 빼면, 그리고 자신에게 퍼부은 손찌검을 빼면…… 뭐, 별것도 아니다. 여전히 머리는 깨질 듯 지끈거리고, 심하게 손찌검당한 볼이 욱신거린다. 그가 가한 폭행은 꽤 강력했다. 하지만 그녀는 여하튼 아직 살아 있다, 비록 궤짝 속에 갇혀 있을지언정. 그는 그녀를 강간하지도 않았다. 고문하지도 않았고 죽이지도 않았다. 물론 그녀 안의 어떤 목소리가 "이제 시작일 뿐"이라고 속삭이고 있다. 하지만 알렉스는 거기에 귀 기울이고 싶지 않다. 그녀는 1분, 1초라도 시간을 버는 게 이기는 것이며, 앞으로 다가올 순간들은 아직 도래하지 않았다고 스스로 달래본다. 그러면서 가능한 한 깊게 숨을 들이쉬려고 노력한다. 남자는 여전히 별다른 움직임을 보이지 않는다. 그녀의 눈에 그의 투박한 작업화와 바지 밑단이 들어온다. 그가 그녀를 바라본다. "나는 네가 말라 죽어가는 꼴을 보려는 거야……" 그게 남자가 했던 말이다. 그 말이 가리키는 건 사실상 거의 한 가지뿐이다. 그녀가 죽게 만들겠다는 것? 혹은 그녀가 죽는 꼴을 보고 싶다는 것? 그녀를 어떤 식으로 죽이려는 걸까? 알렉스는 더 이상 왜냐고 자문해보지 않는다. 대신 그녀는 이제 언제, 어떻게라고 자문한다.

그는 왜 그렇게 여자를 증오하는 걸까? 이와 같은 짓을 꾸미고, 그렇게나 혹독하게 그녀를 폭행할 수밖에 없는 사연은 무엇일까? 추위는 한풀 누그러든 것 같지만 이번에는 피로와 통증과 두려움과 어둠 등으로 그녀는 얼어붙기 시작한다. 자세를 바꾸려고 꿈틀거려본다. 그러나 쉽지 않다. 그녀는 살 울타리에 등을 둥그렇게 기대고 있으며, 머리는 무릎을 감싼 팔뚝 위에 얹어놓고 있다. 돌아서려고 몸을 조금 일으키다가 그녀는 그만 비명을 지른다. 어깨 부근의 상박에 기다란 나무 가시가 꽂혔기 때문이다. 그녀는 그것을 앞니로 뽑아내는 수밖에 없다. 공간적 여유가 전혀 없다. 궤짝의 목재는 거칠고 까끌까끌하다. 어떻게 해야 돌아앉아 손을 짚을 수가 있을까? 골반부터 돌려야 하나? 그녀는 우선 다리를 옮겨보기로 한다. 그녀는 점점 감당 못 할 두려움이 차오르는 걸 느낀다. 비명을 내지르며 이리저리 몸을 움직여보기 시작하지만, 거칠게 깎인 목재의 위협이 두렵다. 그래도 몸을 움직여야 한다. 미칠 노릇이다. 그녀가 최대한 움직인 끝에 확보한 공간은 기껏해야 몇 센티미터에 지나지 않는다. 소름끼치는 동요와 불안이 그녀를 사로잡는다.

그때 남자의 투실한 머리가 그녀의 눈앞에 불쑥 나타난다.

너무 갑작스러워서 그녀는 뒤로 물러나려다 머리를 부딪친다. 그는 몸을 낮춰 그녀를 바라본다. 보이지 않는 그의 입가에 미소가 길쭉이 번지는 것 같다. 그가 이렇게까지 위협적이지 않다면, 유쾌한 기색이라곤 없는 그 미소의 무게감이 차라리 우스꽝스러워 보였을지도 모른다. 그의 목울대에서 짐승의 울음소리 비슷한 것이 흘러나온다. 여전히 말이 없는 그는 "자 이제 이해가 가나?"라고 말하려는 듯이 고개만 주억거린다.

"당신······" 알렉스가 입을 연다. 하지만 그녀는 그에게 무슨 말을 하고 싶은지, 무엇을 묻고 싶은지 알지 못한다.

그는 그렇게 고개를 주억거리며 그저 바보스러운 미소만 짓고 있다. 미친 거다. 알렉스는 속으로 웅얼거린다.

"당신은 머리가 살짝 도, 돈······"

하지만 말을 이을 새도 없이 그는 곧장 뒤로 물러서더니 발길을 돌려버린다. 그러고는 더 이상 보이지 않는다. 그녀의 전율이 점점 더 심해진다. 그가 사라지자마자, 그녀는 불안에 더욱 떨기 시작한다. 그는 무슨 짓을 하고 있는 걸까? 그녀는 고개를 돌린다. 약간 떨어진 곳에서 휑뎅그렁한 실내 공간을 울리며 뭔가 소리가 들려온다. 방금 전부터 주위가 움직이기 시작했다. 미세하게 궤짝이 흔들렸다. 그러면서 나무가 쪼개지는 소음도 난다. 그녀는 허리를 최대한 옆으로 기울이며 곁눈으로 바로 자기 머리 위에 동아줄이 달려 있다는 걸 확인한다. 아까는 보이지 않던 줄이 궤짝의 덮개 위에 매달려 있다. 알렉스는 몸을 틀어 머리 위의 판자 사이로 손을 올려보려 한다. 쇠고리가 아주 완강하게 엇물려 있다. 그녀는 동아줄의 매듭을 움켜잡는다. 매듭은 엄청나게 굵고 아주 단단히 죄어 있다.

동아줄이 잠시 울리다가 이내 팽팽해진다. 궤짝에서 외마디 절규와도 같이 삐거덕거리는 소리가 난다. 이제 궤짝은 떠오르고 있다. 이미 지면을 벗어난다. 그리고 앞뒤로 흔들리다가 저 혼자 느리게 회전하기 시작한다. 남자가 다시 그녀의 시야에 들어온다. 그는 그녀와 7, 8미터 정도 떨어진 벽 옆에 서 있다. 그는 큰 동작으로 두 대의 도르래에 연결된 동아줄을 잡아당긴다. 궤짝이 아주 천천히 올라간다. 그러면서 다시 앞뒤로 흔들리는 것 같다. 하지만 알렉스는 움직이지 않는다. 남자가 그녀를 응시한다. 궤짝이 약 1미터 50센티미터쯤 바닥에서 떠오르자 그는 멈추고 도르래의 작동을 정지시킨다. 그러고는 반대편 통로 입구 근처에 놓인 잡동사니 더미로 다가가 뭔가를 뒤적이더니, 곧 다시 돌아온다.

그들은 같은 눈높이에서 얼굴을 맞대고 서로 마주본다. 남자가 휴대폰을 꺼낸다. 휴대폰 카메라로 그녀를 찍어두기 위해서. 그는 적당한 촬영 각도를 찾아 옆으로 이동하다가 뒤로 물러나기를 반복한다. 한 번, 두 번, 세 번…… 이어 그는 찍힌 것을 점검해보고 마음에 들지 않는 것을 바로 지운다. 얼마 지나지 않아, 그는 다시 벽 근처로 돌아간다. 궤짝이 다시 위로 올라간다. 이제 그것은 바닥에서 2미터 이상 떠올라 있다.

남자는 동아줄을 고정해둔다. 그쯤에서 만족하는 눈치다.

그는 외투를 걸친다. 혹시 잊은 게 없는지 확인하기 위해 주머니를 툭툭 쳐본다. 이제 그에게 알렉스는 더 이상 존재하지 않는 것 같아 보인다. 나가기 전에 궤짝 위로 흘낏 가벼운 눈길 한 번을 던질 뿐이다. 진정 자신의 창조물에 만족스러워하는 기색이다. 마치 직장에 출근하기 위해 자신의 아파트를 나서는 듯한 모습이다.

그는 떠났다.

정적.

궤짝이 동아줄 끝에 매달려 무겁게 흔들린다. 차가운 한 줄기 바람이 회오리치면서 이미 얼어붙어버린 알렉스의 몸을 그 파동으로 휘감고 지나간다.

그녀는 혼자다. 궤짝에 갇힌 상태에서, 완전히 벌거벗겨진 몸으로.

그 순간 문득, 그녀는 깨닫는다.

이건 궤짝이 아니야.

이건 새장이야.

# 8

"이런 염병할 경우를 봤나……"

'그 따위 너스레를 곧장 부리다니……' '내가 당신 상관이라는 걸 잊지 말라니까!' '이제 내 자리까지 넘보려는 거야?' '쓸데없는 말까지 지껄여대느라 참 피곤하게도 산다.' 지난 몇 년 동안, 르 구엔 서장은 카미유에 대해 거의 온갖 수를 다 쓰다시피 했다. 끊임없이 제자리로 다시 돌아오느니 카미유는 아예 응대하지 않는 쪽을 택하고 있다. 그런데 갑자기 늘 하던 대로, 노크도 없이 사무실로 들이닥쳐 자기 상관 앞에 꼿꼿이 버티고 선 카미유에게 선제공격으로 이런 욕설이 날아온다. 가장 좋은 건 서장이 체념한 듯 어깨를 으쓱할 때이고, 가장 나쁜 건 그가 시선을 내리깔며 거짓으로 자책하는 척하는 경우이다. 나이 지긋한 한 쌍의 커플처럼 치열하게 티격태격하는 이 두 남자의 공통점은, 오십 줄을 바라보는 나이에도 둘 다 혼자 살고 있다는 것이다. 즉, 둘 다 집에 여자가 없다. 카미유는 홀아비이고, 르 구엔 서장은 작년까지 도합 네 번 이혼했다. "거, 묘하네. 서장님은 허구한 날 같은 여자하고만 결혼하니 말입니다." 서장이 마지막으로 식을 올릴 무렵 카미유는 그렇게 말했다. "익숙하니 좋기만 하구만, 그게 뭐 어쨌다는 거야." 르 구엔 서장이 응수했다. "내가 결혼 입회인\*을 전혀 안 바꾼다는 사실도 알아차렸을 텐데. 그것도 늘 당신이잖소!" 그러고는 투덜거리며 덧붙였다. "그리고 와이프를 갈아타지 못할 거라면, 차라리 내내 같은 여자를 고르는 게 나아." 초연한 표정으로 보아, 이 문제에 대해 그는 정말 누구의 시선도 개의치 않는 듯하다.

서로 이해하기 위해 더 이상 굳이 많은 말을 주고받을 필요도 없다는 게 오늘 아침 카미유가 르 구엔을 들쑤시며 맞서지 않은 첫째 이유다. 그는 이 사건에 다른 사람을 기용할 수도 있었으나, 휘하에 가용 인력이 전혀 남지 않은 척한 서장의 막후 공작에 놀아나지 않을 참이다. 카미유의 마음에 와 닿은 것은, 그가 자기 생각을 즉시 눈치 챈 게 틀림없으며 그 같은 속내가 겉으로 불거져나왔다는 점이다. 상당히 야릇한, 아니, 솔직히 말해 다소 수상쩍기까지 한 일이다. 둘째는, 그가 잠을 자지 못해 지금 몹시 지쳐 있다는 것이다. 그에게는 공연히 허비할 에너지가 없다. 모렐이 도착해서 그와 교대하기 전까지 기나긴 한나절이 남았다.

오전 7시 30분이다. 피로에 찌든 요원들이 심문을 이어가며 사무실과 사무실로 분주히 돌아다닌다. 문들이 다 열려 있고, 이따금 고함 소리가 들려온다. 복도에는 사람들이 굳은 표정으로 대기하고 있다. 여느 날과 마찬가지로 하얗게 밤을 지새운 경시청 청사에 새날이 열리는 중이다.

루이가 도착한다. 그도 역시 잠을 자지 못했다. 카미유는 살짝 그의 옷차림을 곁눈질해본다. 브룩스 브라더스 정장에 루이뷔통 넥타이, 핀스버리 구두. 언제나 정말로 수수하기 그지없다. 양말에 대해 말하자면, 카미유는 그 상표 이름조차 아직 제대로 발음하지 못할 정도다. 여하튼 그런 쪽으로 그는 아무것도 모른다. 루이는 멋쟁이이고 말끔하게 면도

---

\* 결혼식에 입회하여 그 결혼이 법적으로 유효함을 증명하는 사람. 주로 신랑의 가장 가까운 동료나 친구일 경우가 많다.

를 하고 나왔지만, 안색이 다소 꺼칠해 보인다.

그들은 마치 지금까지 계속 같이 근무해온 동료와 일상적인 아침인사를 주고받는 듯한 태도로 악수를 한다. 간밤에 오랜만에 재회한 이후로 그들은 아직 그들만의 실질적인 대화를 주고받지 않았다. 지난 4년의 시간에 대해 서로 아무것도 환기시키지 않았다. 그들 사이에 비밀은 없다. 그렇듯, 거기서 미묘한 갈등과 상처가 생겨날 수도 있다. 이러한 실족 앞에 무슨 할 말이 남을 수 있을까. 루이와 이렌은 서로 사랑하는 사이였다. 카미유의 생각에는 루이 또한 그녀의 피살에 책임을 통감하는 것 같았다. 카미유만큼 침통해한 건 아니었지만 그도 자신과 다르지 않았다. 그것은 소통될 수 없는 문제였다. 사실 그들의 넋을 고통스럽게 짓이겨놓은 것은 같은 재앙이었다. 그것은 그들 두 사람의 말길을 모두 틀어막아버렸다. 많은 사람들이 망연자실한 나머지 말문을 잃은 게 사실이었다. 하지만 그들은 억지로라도 상대방과 대화해야만 했으나, 정작 그러지 못했다. 그러면서도 차츰 서로에 대해 떠오르는 생각들을 막을 수가 없었다. 결국 그들이 암암리에 합의한 것은 더 이상 서로 보지 않는 게 좋겠다는 결정이었다.

신원조사팀에서 나온 첫 조사 결과는 고무적이지 않다. 카미유는 순식간에 보고서를 훑어보면서 다 읽은 페이지들을 즉시 루이에게 넘겨준다. 현장에 찍힌 타이어 자국만 해도 그렇다. 그런 타이어는 너무 흔해서 그것에 기초해 수사하자면 그걸 달고 굴러다니는 500만 대 이상의 차량들을 다 뒤져야 한다. 짐칸차도 가장 흔히 널려 있는 부류이긴 마찬가지. 피해자가 게워낸 것으로 추정되는 토사물에서도 생야채, 덜 익은 고깃덩어리, 푸른 완두콩, 백포도주, 커피 따위가 나왔다고 하는데 도무지 이것만으로는……

지금 두 사람은 카미유의 사무실에 걸린 파리 시내의 대형 지도를 앞에 두고 있다. 그때 전화벨이 울린다.

"아, 서장님." 카미유가 말한다. "마침 전화 잘하셨네요."

"그래, 다시 아침인사나 나누자고. 이미 아까 했지만."

"한 15명 정도의 요원이 필요합니다."

"그건 전혀 불가능하겠는데."

"여성들로만 채워서 보내주시면 좋겠는데요." 카미유는 거기에 보탤 내용이 더 없을지 몇 초간 생각을 더듬어본다.

"최소한 이틀 정도 필요할 것 같군요. 어쩌면 사흘이 될 수도 있고요, 피해자를 찾아내지 못하면. 그리고 차량도 한 대 정도 추가로 지원해주셨으면 좋겠습니다. 아니, 두 대."

"이봐요……"

"그리고 아르망 형사도 좀."

"그래, 그건 가능하겠군. 당신한테 그 친구를 바로 보내도록 하지."

"고맙습니다, 전부 다. 그럼." 그렇게 말하고 카미유는 전화를 끊은 후 지도 쪽으로 돌아선다.

"어떻게 될까요?" 루이가 묻는다.

"지원 요청한 것 중에서 절반 정도. 거기에 아르망까지."

카미유는 지도 위에 머문 시선을 거두지 않는다. 그가 팔을 들어 가리켜 보일 수 있을 높이인 6구가 지도상에서 수사 지역에 해당되면 딱 좋다. 가령 19구를 가리키자면 걸상이나 지시봉이 필요해지고, 그 덕분에 꼬맹이 교수처럼 보일 우려가 있다. 지난 몇 년간 그는 이 지도 문제를 어떻게 처리할지 여러 방식을 두고 고심해왔다. 좀 더 낮은 곳에 지도를 걸어볼지, 바닥에 반듯하게 펼칠지, 해당 구역들만 따로 잘라내어 줄 맞춰 이어붙일지…… 하지만 묘안을 찾아내진 못했는데, 자신의 키 문제를 해결할 각각의 방안에는 제각기 또 다른 골칫거리가 따라붙어 있기 때문이었다. 자기 집이나 법의학 연구소에서처럼 여기서도 다행히 카미유에게는 자기만의 도구들이 있다. 손수레, 사다리, 발 디딤대, 보조 발판 등의 활용에 관한 한 그는 가히 전문가급이다. 사무실에서 서류나 보존 자료들을 찾고 비품 관리와 기술 자료를 처리해야 할 때, 그는 중간 사이즈의 알루미늄 사다리를 동원하곤 하지만, 이처럼 파리 지도와 관련된 난항에는 역시 도서관용 손수레가 상책이다. 그가 주로 쓰는 것은 당연히 굴러다니지만 그 위에 올라서야 할 때는 바퀴를 고정할 수 있는 모델이다. 카미유는 그것을 지도 밑으로 가져와 그 위로 기어올라간다. 그리고는 납치 장소로 합류하는 간선도로망을 유심히 들여다본다. 곧 이 구역 전체의 탐색을 분담할 수사팀이 편성될 것이다. 문제는 탐색 반경을 어디까지로 한정해야 할지가 막연하다는 데 있다. 그는 한 지구를 가리키다 말고 문득 발밑을 내려다보며 골똘한 생각에 빠진다. 그러더니 루이를 향해 돌아서서 이렇게 묻는다.

"나는 참 형편없는 상관이야. 그런 생각 안 드나?"

"글쎄요, 반장님의 관점에서 '형편없는 상관'이란 수사법상 동어반복이라고 알고 있는데요."

그들은 농담을 주고받는 체하지만 실제로는 서로의 말에 귀 기울이지 않고 있다. 그저 각자 자신의 고민에 빠져 있을 뿐이다.

"그런데……" 루이가 생각에 잠긴 듯 말을 잇는다. "이런 모델의 집차를 도난당했다는 신고가 최근 전혀 접수된 바 없다는 사실은 뜻밖입니다. 여러 달 동안 범행을 준비하지 않고 자신의 소유 차량만으로 여자를 납치한다는 건, 범인이 황당할 정도로 무모하다는 얘기밖에 안 되거든요." 그때 그들 뒤편에서 낯선 목소리가 들려온다.

"범인의 골통 속에는 아마 아무것도 든 게 없을 겁니다. 이 작자는 그러니까……"

카미유와 루이는 동시에 돌아본다. 아르망이다.

"골통에 아무것도 든 게 없다면, 범인은 정말 예측불허라는 얘기구먼." 가볍게 웃어 보이며 카미유가 말한다. "사태가 더 힘난해지겠는걸."

그들은 서로 악수를 교환한다. 아르망은 10년이 넘도록 카미유와 함께 근무했고, 이중 9년 반은 그의 휘하에 있었다. 그는 몹시 깡마른데다 그의 삶을 도탄으로 내몬 편집광적 수전노 근성에 짓눌리다 못해 우울해진 형색의 사내이다. 그의 일상은 매순간 경제 문제에 쏠려 조바심으로 점철되어 있다. 카미유의 가설에 따르면, 그는 죽음을 너무나도 두려워하는 셈이었다. 가능한 한 모든 학문을 다 섭렵하다시피 한 루이는 그것이 정신분석학적으로 자기방어기제와 관련돼 있다고 확인해주었다. 카미유는 생판 무식한 그쪽 분야에 대해 자기가 좋은 가설을 제시한 셈일지도 모른다고 생각하니, 뿌듯해졌다. 직업상으로도 아르망은 지칠 줄 모르는 일벌레다. 도시 하나를 아무 거나 골라 그곳의 전화번호부를 그에게 건네준 뒤, 일 년 후쯤 돌아온다고 해보자. 그는 거기 등재된 모든 가입자들이 실재하는지 죄다 점검해놓고도 남았을 것이다.

아르망은 늘 카미유에게 더할 나위 없는 존경을 표해왔다. 함께 근무하기 시작한 초기에 카미유의 모친이 유명 화가라는 사실을 알게 되자, 상사에 대한 아르망의 존경심은 열정으로 옮아갔다. 그는 그녀와 연관된 신문기사들을 스크랩하기 시작했다. 그리고 자신의 컴퓨터 안에는 인터넷에서 검색이 가능한 그녀의 작품들을 모조리 복사해서 저장해두었다. 하지만 모친의 줄기찬 끽연으로 인해 반장의 키가 그 모양 그 꼴로 왜소하다는 사실을 알았을 때는 적잖이 곤혹스러워했다. 자신이 이해할 수 없는 세계이긴 하나, 여하튼 유명한 화가라는 사실만으로 카미유의 모친을 우러러보지 않을 수 없었지만, 한편으로는 자식의 발육 문제는 안중에도 없을 만큼 이기적인 어머니라는 지탄도 금할 수가 없었다. 아르망은 이 두 가지 감정을 적절히 조화시키고자 노력했다. 물론 너무나 상반된 양자의 감정은 화합하기 어려운 문제였음에도, 그의 논리 안에서는 과히 크게 틀어지지 않았다. 그는 요즘도 계속 그녀와 관련 있는 신문기사들을 찾아보는 것 같다. 그러다가 카미유의 모친 모드 베르호벤 여사의 작품이나 이름이 헤드라인으로 걸린 뉴스를 보면 자기도 모르게 자제심을 잃고 환호작약한다.

"나중에 언젠가 어떻게 될지 모른다는 속셈에서 그런 걸 모아두는 게지." 카미유가 그를 올려다보며 말했다.

"에이, 그건 너무 저속한 생각이죠." 아르망은 유머를 잃지 않은 태도로 대들었다.

카미유가 일을 쉬어야 했을 무렵, 루이처럼 그도 병원에 자주 면회를 왔다. 그는 교통비를 아끼기 위해 병원에서 그리 멀지 않은 방향으로 지나가는 차편이 날 때까지 기다리곤 했다. 그는 매번 다른 핑계거리를 우물거리며 늘 빈손으로 오긴 했지만, 그래도 면회를 거르지 않았다. 카미유가 처한 정황이 그를 뒤흔들었다. 그의 괴로움이 교감할 수 있는 현실로 전해졌다. 당신이 아주 여러 해에 걸쳐 어떤 사람들과 함께 일한다고 해보자. 그러면 결국 그들과 서로 익히 알고 지낼 수밖에 없다. 하지만 어떤 사고가, 비극적 상황이, 질병이, 죽음이 들이닥치는 순간, 당신은 당신이 그들에 대해 알고 있다고 여겨온 것이 얼마나 하찮은 우연을 통해 입력된 정보들에 지나지 않는지 깨닫게 될 것이다. 아르망의 심성에는 이타심이 있다. 뭔가 앞뒤가 어긋난 얘기처럼 보일 수도 있다. 물론 이런 태도는 돈 될 만한 일과는 전혀 상관이 없으며, 반드시 돈이 드는 일이 아닐 수도 있다. 하지만 그 나름대로, 아르망의 영혼이 다소 성숙해진 것은 틀림없어 보인다. 강력반에서는 아무도 그 말을 믿으려 하지 않을 것이다. 아르망에 대해 이런 얘기를 했다가는, 그가 이미 열 번 넘게 돈을 꾸어간 모든 이들로부터 비명 섞인 실소를 유발할 수도 있다.

아르망이 병원에 면회하러 올 때마다, 카미유는 그에게 신문과 잡지 한 부씩을 사 보고 자판기 커피 두 잔을 사 마실 수 있도록 돈을 주곤 했다. 아르망은 그 돈을 쓰지 않고 챙겨두었다. 그리고 그가 마지막으로 면회 온 날, 창가를 서성대던 카미유는 아르망이 주차장에서 지금 병원을 나서는 면회객들 가운데 혹시 비슷한 방향으로 가다가 자신을 내려줄 만한 사람이 없는지 찾아다니는 모습을 보았다.

4년이나 지난 이 시점에 다시 만나 함께한다는 것은 썩 내키지 않는 일이 될 수도 있다. 오리지널 팀원들 가운데, 그에게 생각나는 사람은 말발Maleval 하나뿐이다. 그는 여러 달 동안 방범초소를 전전하다 결국 경찰에서 제명당했다. 그는 어떻게 되었을까…… 카미유가 생각하기에, 루이와 아르망은 이따금씩 자신을 떠올렸을 것 같기도 하다. 하지만 그로서는 그러기가 쉽지 않았다.

그런데 지금 그들 세 사람이 파리 시내의 대형 지도 앞에 모여 있다. 그들은 아무런 회포를 드러내지 않는다. 이 상황이 일종의 묵도 비슷한 것 같아, 카미유는 어색하게 콧바람을 내쉰다. 그는 다시 지도를 가리킨다.

"좋아. 루이, 말한 대로 실행에 옮기자고. 자네는 모든 인원들을 현장으로 데리고 가서 바로 수색에 들어가도록 해."

그가 아르망을 향해 돌아선다.

"그리고 아르망, 당신은 말이야, 규격화된 흰색 짐차, 거기에 일반적으로 맞춰 쓰는 타이어, 피해자가 게워낸 토사물의 내용성분, 전철 승차권 등등…… 선택의 폭이 너무 넓어서 좀 황망하겠네만."

아르망은 알아들었다는 듯 고개를 끄덕여 보인다.

카미유는 사건 해결의 열쇠들을 그러모은다.

모렐이 복귀하기 전까지 아직 한나절을 더 버텨야 한다.

# 9

 그가 돌아왔다는 게 느껴진 첫 순간, 알렉스의 심장은 뒤집어지는 것만 같다. 그녀는 그가 다가오는 발소리를 그저 듣기만 할 뿐, 돌아서서 바라보는 건 도무지 여의치 않다. 그의 발소리는 무겁고 느리며 바닥에 위협적으로 울려 퍼진다. 지난 시간 동안, 알렉스는 자기에게 닥칠 수난들을 미리 머릿속에 그려보았다. 그녀는 강간을 당하고, 가혹한 매질에 버둥거리다 결국 죽임을 당했다. 그녀의 생생한 예견 속에서 새장이 하강하는 게 보였다. 그러고는 다음과 같이 이어지는 상황이 마치 현재 일처럼 느껴졌다. 남자가 어깻죽지를 움켜잡고 자신을 끄집어낸다. 일단 따귀를 후려친다. 꼼짝 못하도록 손발을 비틀어버린다. 결국 완력으로 가랑이를 벌린다. 비명을 지르지 않을 수 없을 만큼 무자비하게 자신을 욕보인다. 끝으로 남자는 그녀를 죽인다. 그가 기약한 대로. '나는 네가 말라 죽어가는 꼴을 보려는 거야, 이 더러운 화냥년아.' 여자를 '더러운 화냥년' 취급한다는 건 결국 그녀를 죽이고 싶다는 말이나 다름없지 않을까?

 아직 이런 상황은 벌어지지 않았다. 그는 아직 그녀를 건드리지 않는다. 아마도 그 순간의 유예를 마음껏 즐기고 싶은 모양이다. 새장 안에 갇힌 생활은 그녀를 하나의 짐승으로 다루고, 한 인간으로서의 존엄성을 지워 없애며, 가축처럼 길들이자는 포석에 따라, 그녀로 하여금 철저히 그를 주인으로 받아들이게 하려는 것인지도 모른다. 그래서 그는 그녀를 그토록 난폭하게 때렸던 것이다. 떠올릴수록 끔찍하지만, 이런 짐작이 그녀를 사로잡고 놓아주질 않는다. 죽는 건 아무것도 아니다. 하지만 죽음을 기다리는 일은……

알렉스는 늘 그가 언제 오는지 메모해두려고 마음먹지만, 시간의 좌표축이 너무도 빨리 흐릿해져서 쉽지 않다. 아침, 낮 시간, 저녁, 밤, 그녀의 정신은 연속적인 시간의 흐름을 따라가는 것조차 점차 버거워지고 있다.

돌아오자마자 그는 우선 새장 아래에 붙박인 듯 멈춰 선다. 두 손은 바지 주머니에 찔러 넣은 채, 그는 한동안 길게 그녀를 바라본다. 그러더니 입고 있던 가죽 재킷을 벗어 땅에 내려놓고 자기 눈높이에 맞춰 새장을 끌어내린다. 그런 다음 주머니에서 꺼내든 휴대폰 카메라로 다시 몇 장을 더 촬영하며 몇 미터쯤 더 떨어진 지점에 자리 잡는다. 그 언저리엔 여러 가지 잡동사니들이 흩어져 있다. 반 이상 남은 물병들과 비닐 방수포 그리고 함부로 바닥에 내팽개쳐진 알렉스의 옷가지들. 그녀로서는 거의 손이 닿을 듯 말 듯한 거리에 갇혀 자기 옷가지들이 그렇게 다뤄지고 있는 것을 지켜보는 게 서글프다. 그는 자리에 앉는다. 그러고 나서 한동안 그녀를 바라볼 뿐 그 밖에 다른 짓은 하지 않는다. 그는 뭔가를 기다리고 있는 것 같기도 하지만, 말을 하지 않는다.

그런데 무엇 때문인지는 알 수 없지만, 그가 갑자기 일어나서 스스로 힘내자는 듯 자기 엉덩이를 툭툭 치더니 새장을 다시 원래 높이로 끌어올리고는 마지막으로 눈길을 한 번 던진 후 다시 바깥으로 나간다.

그는 말을 해주지 않는다. 알렉스는 여러 질문을 던져보았지만, 그가 화를 낼까 두려워 많이 자제하느라 묻고 싶은 것을 다 물을 수도 없었다. 그는 딱 한 번 대답해주었을 뿐, 그 나머지 시간 동안에는 아무런 말도 하지 않는다. 심지어는 아무 생각도 하고 있지 않은 것처럼 보일 정도다. 그는 그저 그녀에게 눈길을 고정해두고 있을 뿐이다. 하긴 그는 말했다. 나는 네가 말라 죽어가는 꼴을 보려는 거야.

지금 알렉스의 체위는, 말 그대로 오래 견딘다는 게 불가능한 자세다. 우선 똑바로 서는 게 불가능하다. 새장이 그다지 높지 않기 때문이다. 그렇다고 눕는 것도 쉽지 않다. 높이만큼이나 너비도 좁기 때문이다. 편히 앉아 있기에는 덮개가 너무 낮다. 그러니 그녀는 몸을 공처럼 둥글게 말다시피 하여 잔뜩 쭈그리고 있을 수밖에 없다. 고통이 삽시간에 견딜 수 없을 정도로 온몸에 퍼져나간다. 근육이 경직되고 관절은 굳기 시작하는 것 같다. 몸의 모든 부위가 다 쑤시고 저리며 욱신거리는 게 느껴진다. 그러니 추위는 고려할 겨를도 없다. 그녀의 온몸이 이미 다 뻣뻣해져 있다. 더뎌진 혈액순환 때문에 그녀가 강요당하고 있는 경직의 고통이 더욱 가중된다. 순간 그녀는 간호사 수업 때 본 환부 사진들과 내상절개도 같은 걸 떠올린다. 감퇴된 근육, 얼어붙고 경화된 관절. 마치 방사선 외과 전문의처럼, 지금 망가져가고 있는 자신의 몸을 통해 신체 내부의 훼손이 진전되는 과정에 입회하고 있다는 생각이 들 정도이다. 또한 그녀는 이대로 가면, 지금 여기 있는 존재와 현실을 부정하고 다른 곳에 있는 존재와 현실에 집착하는 식으로, 자신이 정신분열을 일으키기 시작하리라는 사실도 잘 알고 있다. 광기의 초기 증세가 그녀의 정신을 낚아채가기 위해 고문의 길목을 지키고 있다. 이토록 비인간적이고 고통스러운 자세로 오래 머문다면 누구라도 정신이 이상해지지 않을 수 없다.

그녀는 그동안 엄청나게 울었다. 하지만 그래서인지 이젠 더 이상 흘릴 눈물도 남지 않았다. 잠도 별로 자지 못했다. 제대로 눈도 붙이지 못하고 잠깐씩 조는 게 다였다. 근육에 일어나는 경련이 수시로 그녀를 들쑤시기 때문이다. 심하게 고통스러운 첫 번째 경련이 간밤에 그녀를 엄습했다. 그녀는 비명을 지르며 선잠에서 깨어났다. 그녀의 다리 근육 전체가 참을 수 없는 마비 증세로 뒤틀리는 것 같았다. 조금이라도 통증을 누그러뜨리기 위한 몸부림으로, 그녀는 있는 힘껏, 마치 새장을 부숴버리고 말 듯이 다리를 판자에 일부러 짓찧었다. 경련은 조금씩 가라앉았지만 그녀는 자기의 노력이 부질없다는 것을 알고 있다. 경련은 사라질 때처럼 돌아오고야 말 것이다. 그런 몸부림을 통해 그녀가 얻어낸 것은 기껏해야 새장이 간들간들 좌우로 흔들리기 시작했다는 사실밖에 없다. 한번 흔들리기 시작하자 그것은 다시 제자리로 돌아와 평형상태를 유지하기까지 꽤 오랫동안 진자운동을 지속한다. 하지만 어느 순간이 지나자 그녀의 심장박동에 부담을 준다. 알렉스는 그런 경련이 다시 엄습하리라는 걱정에 사로잡혀 여러 시간을 보냈다. 그녀는 자기 몸의 각 부분이 정상적인지 확인해보려 하지만, 그럴수록 그녀의 몸은 더 아파오는 것 같다.

드물게 졸음이 찾아오는 동안 그녀는 감옥에 갇혀 있는 꿈을 꾼다. 그녀는 산 채로 매장당하거나 수장에 처해진다. 경련이 일지 않을 때는 추위와 공황 증세 따위가 악몽처럼 그녀를 깨우며 찾아온다. 10시간 동안 불과 몇 센티미터밖에 움직이지 못했으므로, 이제 그녀의 근육은 마치 운동 상태를 모방하듯 저 혼자 움찔거린다. 그녀가 어떻게 통제할 수 없는 반사적인 근육경련이다. 그러다가 돌연 그녀의 수족이 튀어 올라 난폭하게 판자에 부딪힌다. 그녀는 다시 단말마의 비명을 지를 뿐이다.

지옥에 떨어져도 좋으니 딱 한 시간만 몸을 쭉 펴봤으면, 그저 잠깐이라도 몸을 눕혀봤으면.

그녀가 이곳에 처음 끌려온 날, 남자는 새장 높이까지 내려와 있는 또 하나의 동아줄에 버들고리 바구니 하나를 매달아두었다. 바구니는 정지 상태에 도달하기까지 꽤 오랫동안 흔들거렸다. 그게 새장에서 멀리 떨어져 있지 않음을 알게 된 알렉스는 절박할 정도로 왕성한 의욕을 드러내지 않을 수 없었다. 바구니에 든 내용물의 일부, 즉 물 한 병과 개나 고양이 등 애완동물들의 사료로 만든 듯 보이는 크로켓 등을 손에 넣기 위해 그녀는 판자 틈에 손등이 살짝 찢기는 것도 마다하지 않았다. 알렉스는 숨도 쉬지 않고 달려들었다. 그러고는 순식간에 물병을 다 비웠다. 뒤늦게 그가 혹시 그 안에 뭘 타지나 않았을까 하는 걱정이 밀려왔다. 그녀는 다시 몸을 오들오들 떨기 시작했다. 하지만 정확히 무슨 이유에서 그렇게까지 떨리는지는 알 수 없었다. 추위, 피로, 갈증, 두려움…… 크로켓은 허기를 거의 덜어주지 못하고 오로지 갈증만 악화시켜놓았을 뿐이다. 그녀는 되도록 가장 적은 양만 입에 넣기로 한다. 정말 허기로 고문당하는 것 같을 때에만. 그런 다음에는 오줌을 비롯하여 나머지 생리적 욕구를 해결해야 한다…… 처음에는 지독한 수치심에 치가 떨렸다. 하지만 달리 어찌 할 수도 없지 않은가. 거대한 조류의 배설물처럼, 알렉스는 오줌 줄기를 새장 밑으로 힘껏 내뿜을 수밖에 없다. 부끄러움은 금세 사라졌다. 육체적 고통에 견주면 이쯤은 정말 아무것도 아니다. 이렇게 여러 날 동안 살아낼 수 있을지를 걱정하는 초조함에 견줘도 이쯤은 정말 별 것 아니다. 움직이지도 못하고 숨통이 틀어막힐 듯한 자세로 움츠린 채 도대체 얼마나 더 여기에 갇혀 있을지 알 수 없는 상황에서. 그가 자기를 이런 식으로 새장에서 죽도록 하려는 게 정녕 사실이라면.

이런 방식으로 죽음에 이르려면 시간이 얼마나 걸릴까?

처음 그가 돌아왔을 때, 그녀는 그에게 애원했고, 자기가 왜 그래야 하는지도 모르면서 잘못을 빌었다. 심지어 저도 모르게 자기를 죽여달라는 요구가 입에서 새어 나오기도 했다. 그녀는 여러 시간 동안 잠을 자지 못했다. 갈증은 그녀를 피 말리는 괴로움 속으로 몰아넣었다. 위장은 그녀가 오랫동안 씹어댄 크로켓을 자꾸만 게워냈다. 그녀는 오줌과 토사물의 악취를 고스란히 맡아야 했다. 게다가 새장에 갇힌 자세의 경직성으로 인해 미쳐가지 않고는 견딜 수가 없었다. 그러니 이 순간의 그녀는 다른 무엇보다도 차라리 죽음을 택해 이 고통에서 벗어나자는 생각이 절실했을지도 모른다. 하지만 이내 죽여달라고 요구한 것을 후회했다. 사실 그녀는 죽고 싶지 않았다. 지금은 아니다. 그녀가 원한 삶의 끝은 이런 게 아니다. 그녀에겐 아직 할 일들이 많이 남았다. 그러나 그녀가 뭐라고 하든, 무엇을 요구하든, 남자는 아무 반응도 보이지 않는다.

오로지 딱 한 번만 제외하고.

알렉스는 심하게 울다 지쳐 쓰러졌다. 정신이 착란으로 뒤엉켜가고 있는 게, 제어하거나 묶어둘 좌표도 없이 뇌가 원자핵에서 튕겨나가 자유전자처럼 되어가는 게 느껴졌다. 그는 그런 그녀의 모습을 사진 속에 담아두기 위해 새장을 끌어내렸다. 알렉스는 물었다. 이미 수백 번도 넘게 한 그 질문을.

"왜 하필 나예요?"

마치 그런 질문을 전혀 받아본 적이 없었다는 듯 남자는 고개를 쳐들었다. 그러더니 그녀 쪽으로 몸을 숙였다. 살 울타리를 가로질러 그들의 얼굴이 겨우 몇 센티미터를 사이에 두고 마주했다.

"왜냐하면…… 왜냐하면 그게 바로 너니까."

나오는 순간, 그 대답은 알렉스를 송두리째 움켜잡았다. 마치 모든 것이 일순간에 정지된 것처럼, 신이 우주의 스위치를 내려버린 것처럼, 그녀는 경련도 갈증도 위의 통증도 골수까지 파고든 뼛속 냉기도, 아무것도 느끼지 못했다. 그저 그가 내놓을 대답을 향해서 모든 것이 팽팽히 당겨져 있었다.
 "당신은 도대체 누구예요?"
 그는 그저 슬며시 웃음 짓기만 했다. 아마도 그는 말을 많이 하는 데 익숙지 않은 것 같다. 몇 마디 말만으로 쉽게 피로를 느끼는 체질일지도 모른다. 그는 재빨리 새장을 다시 끌어올린 후 재킷을 입고 눈길도 주지 않은 채 떠나버렸다. 난데없이 화가 치민 것처럼 보였다. 어쩌면 생각한 것보다 더 많은 말을 했다고 여긴 것 같기도 했다.
 이제부터 그녀는 크로켓에 손을 대지 않을 작정이었다. 그는 그것이 아직 남아 있는데도 몇 개를 더 얹어놓고 갔지만, 그녀는 물병만 자기 쪽으로 끌어당긴 후 그것을 조금씩 아껴 마셨다. 그러면서 방금 전 그의 대답에 대해 생각을 해보고자 했다. 하지만 이토록 험한 고초를 겪고 있는 상황에서 다른 문제에 정신을 집중한다는 건 거의 불가능한 일이다.
 그녀는 위로 팔을 들어올려 마주 잡은 손으로 새장에 묶여 있는 동아줄의 굵직한 매듭을 가늠해보며 시간을 보낸다. 남자의 주먹만큼이나 강인하고 투박한 매듭은 상상을 초월할 정도로 단단히 죄어져 있다.
 이어진 밤 시간 동안 알렉스는 일종의 코마 상태에 빠졌다. 그녀의 정신은 그 무엇에도 고정되지 않았다. 모든 근육 덩어리가 모조리 녹아내려 이제 그녀의 몸에는 뼈밖에 남지 않았으며, 총체적인 경직상태, 머리에서부터 발끝까지 사지가 오그라든 단계에 접어들었다는 생각이 들었다. 지금까지는 그래도 몸에 관한 통제력을 유지할 수 있었다. 거의 매 시간 방식을 바꿔가며 최소한의 체조 연습도 했다. 우선 발가락 움직이기, 이어서는 한 방향으로 발목 돌리기 세 번, 그다음에는 다른 방향으로 역시 세 번 돌리기, 장딴지를 밀어올려 가볍게 마사지해준 후 풀어주기, 다시 마사지하기, 양쪽 다, 최대한 멀리 오른쪽 다리 뻗기, 그것을 거

뒤들였다 다시 시작하기, 그것도 세 번 등등. 하지만 이제는 그녀가 실제로 그런 체조 연습을 했는지, 아니면 그런 꿈을 꾸었을 뿐인지 더 이상 분간할 수조차 없다. 그녀를 깨운 것은 자기 신음소리인데도 그게 다른 사람이 낸 외부의 소리였다고 여길 만큼. 배에서 밀려 올라오는 헐떡거림, 그것은 그녀가 알지 못하는 여러 음향이 겹을 이루고 있었다.

 아무리 완전하게 깨어 있으려고 해도 그녀는 자기 입에서 새어 나오는 신음소리를 억제할 수 없었다. 그것이 숨결의 리듬감을 타고 들려온다.

 이제 알렉스는 확실히 깨닫는다. 자기가 죽어가기 시작했다는 사실을.

# 10

 나흘. 나흘 동안 수사는 제자리걸음만 하고 있다. 분석은 허탕을 치는 중이고, 증언들에서도 별다른 성과를 얻지 못하고 있다. 여기서는 흰색 짐차를 보았다고 하는데, 다른 데로 가니 그건 청색이었다고 한다. 사건 현장과 다소 떨어진 지점에서 이웃집 여자가 실종되었다는 제보가 들어왔지만, 수소문해보니 그녀는 직장에 있다. 경찰이 이미 주목한 바 있는 다른 여자 하나는 자기 여동생 집에 머물다 돌아왔다고 하는데, 남편은 그녀에게 여동생이 있다는 사실을 몰랐다고 했다. 혹시 어디 숨어 매춘이라도 하다 온 건지……
 검사는 예심판사 한 명을 선임했다. 꽤 활달하고, 역동적인 것을 추구하는 세대에 속하는 젊은 남자다. 언론은 이 사건을 거의 다루지 않았다. 여러 사건사고 소식란에 단신으로만 짧게 보도되었을 뿐, 곧 일상적인 생활정보들의 홍수에 뒤덮였다. 요점은 아직 납치범의 신원 파악이 전혀 이뤄지지 않고 있으며, 피해자가 누군지도 밝혀지지 않았다는 것이다. 신고 접수된 모든 실종사건은 이미 확인이 끝났고, 그 가운데엔 팔귀에르 거리에서 납치당한 이 사건의 피해자가 있을 수 없다. 루이는 모든 관할 범위로 조사를 확대했다. 그는 오래전의 실종사건들까지 거슬러 올라갔다. 며칠 앞서 벌어진, 그러고는 몇 주, 심지어 몇 달 전의 실종사건까지. 하지만 말짱 허탕에 그쳤다. 젊고 상당히 귀여운 인상으로 파악되며, 파리 4구의 팔귀에르 거리를 주요동선 삼아 오가는 이 사건의 피해자와 맞춰볼 수 있는 대상은 아무도 없었다.

"도대체 이 여잘 아무도 모른다는 말인가? 벌써 나흘 동안이나 보이지 않고 있는데 주변에서 이 여자의 행방을 걱정하는 사람이 아무도 없다는 말인가?"

시각은 거의 밤 10시에 가까워지고 있다.

그들은 나란히 벤치에 앉아 운하를 바라보는 중이다. 경관들이 가지런한 대오 속에 한 줄로 정렬해 있다. 카미유는 새로운 수습요원에게 사무실을 맡겨놓은 후 루이와 아르망을 이끌고 저녁식사를 하러 나왔다. 어떤 레스토랑에서 밥을 먹을 것인가 하는 문제는 언제나 까다로운 고민거리였다. 딱히 생각나거나 기억나는 곳도 없고, 일부러 주소를 알아둔다는 것도 번거롭다. 아르망에게 묻는 것은 바보스러운 짓이다. 그는 언젠가 어느 자리엔가 초대받았을 때를 마지막으로, 레스토랑에 간 적이 없다. 누가 초대해줄 때를 빼곤 레스토랑 출입을 하지 않는다는 게 그의 오래된 철칙임에 틀림없다. 루이에 관해 말해보자면, 그가 주문할지 모를 메뉴는 카미유가 낼 수 있는 수준을 벗어난다. 저녁 때 카미유가 즐겨 이용하는 단골 식당은 타유방이나 르두아양이다. 순간 그는 결단을 내린다. 집에서도 가까운 발미 강변 부근의 라 마린으로.

서로 나눌 말들은 산더미처럼 쌓여 있었다. 함께 일하던 시절, 퇴근이 늦을 때는 집에 들어가기 전에 함께 저녁을 먹는 일이 드물지 않았다. 원칙은 언제나 카미유가 내는 것으로 했다. 그에 따르면, 그중 가장 부자라는 이유로 루이가 계산하게 하는 것은 나머지 사람들에게 좋지 않은 습관으로 굳어질 수 있다는 것이었다. 그러니 비록 자기 월급이 많

99

지는 않지만 그 정도 액수는 전혀 문제될 게 없다고 그는 말했다. 아르망에 대해서는, 아무도 어떻게 하고 싶은지 묻지조차 않았다. 아르망을 초대하려면, 나와 저녁을 함께 들겠냐고 제의할 경우에만 가능하다. 말발Maleval의 경우에는 항상 돈 문제에 쪼들리는 형편이라, 사람들은 그가 어떤 결론을 내릴지 알고 있다.

이날 저녁, 카미유는 자기가 저녁을 산다는 데 만족스러워했다. 아무런 내색도 하지 않았지만, 두 부하 형사들과 오랜만에 이런 자리를 함께 하는 것이 즐겁다. 그건 전혀 예기치 못한 일이다. 사흘 전까지만 해도 그는 이런 자리를 상상도 하지 못했다.

"정말 이해가 안 가는군……" 그가 입을 연다.

저녁식사 자리의 즐거움을 이제 뒤로하고, 그들은 다시 사건 해결의 중압감에 사로잡혀 거리를 가로지르고 운하를 따라 걷다가, 부두에 정박해 있는 거룻배를 바라본다.

"피해자의 직장엔 아무도 없나? 남편도 없고, 약혼자도 없고, 남자친구도 없고, 여자친구도 없고, 아무도 없다는 게 말이 되나? 가족도 없다는 건가? 요즘 같은 이런 도시에서는 이제 누가 없어지든 말든 아무도 상관 안 하는……"

이날 저녁의 대화 역시 예전에 나누던 대화와 그다지 다른 것 같지 않다. 뒷말을 맥없이 얼버무리는 대화 패턴의 반복. 그들은 각자 자기 방식에 따라 생각에 잠기거나, 되새겨보거나, 집중한다.

"반장님은 부친과 매일 연락을 주고받으셨나요?" 아르망이 묻는다.

당연히 그렇지 않다. 사흘에 한 번씩도 아니었다. 부친은 카미유의 집에서 급작스레 숨을 거둘 수도 있었다. 사망하기 한 주 전까지만 해도 거기 머물렀기 때문이다. 그런데 그의 집을 떠나고 한 주 후에…… 부친은 평소 자주 만나던 여자친구가 한 사람 있었다. 그의 죽음을 처음 발견한 사람도 그녀였다. 그녀는 이미 그것을 예견하고 있었다. 카미유는 부친의 장례식 이틀 전에 그녀와 만났다. 카미유의 부친은 그녀에 대해 언급할 때면 애매한 방식으로 대충 얼버무리곤 했다. 그럼에도 그녀가 자기 집에 놔두고 간 것을 도로 가져다주기 위해 자동차로 세 번이나 왕복하기도 했다. 그녀는 아담하고 사과처럼 싱그러우며, 주름이 졌으나 살짝 장밋빛 감도는 피부를 지닌 여인으로, 나이보다 훨씬 젊어 보였다. 그녀의 몸에서는 라벤더 향이 풍겼다. 이 여인이 부친의 침대에서 어머니의 자리를 차지하고 있다는 게, 카미유로서는 솔직히 말해서 잘 상상이 되지 않았다. 두 여인 사이에는 비슷해 보이는 지점이 전혀 없었다. 하나의 다른 세계, 혹은 다른 행성처럼. 극단적으로 말해, 카미유는 부모 사이에 공통점이 단 하나라도 존재했을까 궁금해할 정도였는데, 적어도 외관상으로는 아무것도 없어 보였다. 예술가인 모드 베르호벤이 약사와 결혼하다니, 이해하려면 어느 정도 노력이 필요한 대목이 아닐 수 없다. 그는 천 번 가까이 그 문제를 되뇌어보았다. 아버지 곁에는 아담하고 귀엽게 주름진 사과 같은 여인이 함께 있는 게 훨씬 자연스러운 그림으로 여겨졌다. 그의 부모가 함께 해로했다는 사실은 어느 모로 보나 하나의 불가사의로 남아 있다. 그런데 몇 주 후, 카미유는 그 아담한 사과 여인이 몇 달 동안 사이펀으로 흡입하듯 부친의 자산 일부를 빼돌렸다는 사실을 알게 되었다. 카미유는 껄껄 웃어댔다. 그녀는 어디론가 잠적한 듯했다. 아쉬운 일이지만, 결국 그런 사람이었던 모양이다.

"내 경우엔 말이죠." 아르망이 말을 이어받는다. "우리 아버지는 자리를 잘 잡고 살았지요. 방금 그런 예하고는 사정이 좀 달랐어요. 하지만 사람이 혼자 산다고 하면, 뭘 어쩌겠어요? 자기가 얼마 안 있어 죽는다, 그런 문제에 대해 잘 대처하려면 확실히 운수가 좋기를 바라는 수밖에 없어요."

카미유로서는 상당히 당혹스러울 수밖에 없는 생각이다. 이런 화제를 주고받자니 뭔가 떠오르는 게 있다. 그는 이야기를 풀어놓는다. 조르주라는 사내가 있었다. 여러 사정이 겹치다보니, 그와 5년 넘도록 연락이 두절된 것을 아무도 의아하게 받아들이지 않고 있었다. 그는 행정상으로도 실종 처리되었다. 사실에 대한 조사도 없이 전기와 수도가 끊겼다. 1996년부터 아파트 관리인은 그가 병원에 가 있을 거라고 여겼으나, 정작 그는 아무도 알아차리지 못하는 사이에 병원에서 돌아와 있었다. 2001년 그는 자신의 방에서 시신으로 발견되었다.

"어떤 책에서 읽은 얘긴데, 그 책 제목은……"

책제목이 그의 기억에서 빠져나간 것 같다.

"에드가 모랭이 쓴 건데……『팡세』비슷한 책이야."

"『문명의 정치를 위하여』." 루이가 담담한 어조로 말한다.

그러고는 자기의 왼쪽 소매를 걷어올린다. 그것은 '미안해요'라는 뜻을 담은 루이만의 보디랭귀지인 셈이다.

카미유는 미소 짓는다.

"이렇게 다시 보니 꽤 좋은걸." 카미유가 말한다.

"이러고 있으니 알리스 생각이 나네요." 아르망이 툭하니 내뱉는다.

그렇다. 알리스 헤지, 아칸소에서 온 소녀, 우르크 운하의 제방에 세워져 있던 덤프트럭 안에서 사체로 발견되었던. 신원조사팀은 그녀를 3년 동안이나 신원미확인으로 남겨두고 있었다. 아무 단서 없는 실종 사건은 보통 생각하는 것보다 훨씬 더 자주 일어난다. 이 일은 한 번쯤 되짚어볼 필요가 있다. 카미유는 생 마르탱 운하의 푸른 수면 앞에 있다. 그는 며칠 후에 사건이 미제로 분류될 것임을 알고 있다. 그는 신원을 알 수 없는 이 소녀의 실종이 그 누구에게도 아무런 일로 받아들여지지 않을 거라는 사실을 의아하게 여긴다. 그녀의 삶이란 수면 위에 겨우 동그랗게 그려졌다 지워지는 파문에 지나지 않았던 셈이다.
 카미유가 이 사건에 대해 늘 마음 아파하고 있다는 사실을 아무도 짐작하지 못했다. 그는 알리스의 실종과 피살 사건을 맡기를 극구 거부했다. 그저께 르 구엔 서장이 모렐의 복귀를 알리기 위해 그를 호출했을 때였다.
 "모렐 문제로 사람 그만 좀 피곤하게 하시죠, 서장님." 카미유는 그렇게 응수했다.
 말하자면, 처음부터 이런 사건을 임시로 맡는다는 건, 결국 끝까지 맡을 수밖에 없음을 르 구엔 서장이 알고 있었던 거라고 카미유는 받아넘겼다. 그는 르 구엔 서장이 자기를 실종 관련 사안에 투입한 사실에 감사를 표해야 할지 말아야 할지 망설였다. 순서로 보자면 이 사건의 피해자에게는 더 이상 우선권이 없다. 익명의 납치범이 신원미상의 한 여인을 납치했다. 그러나 한 목격자의 증언을 제외하면, 수백 번이 넘게 심문하고 또 심문해보아도 이 납치사건을 입증해주는 건 어디에도 없다. 물론 도랑의 토사물 자국도 있고 여러 사람들이 짐차 바퀴의 굉음을 듣기도 했다. 어떤 식으로든, 보도 위에 앞바퀴를 올려놓고 정차해 있는 소형 화물차를 기억해낸 도로변 주민 한 사람도 있는데, 그는 당시 주차하려고 그쪽으로 들어오다 이런 차량을 보았다고 증언했다. 하지만 이런 일련의 수사 과정이 아무리 치열하게 이루어진다 해도, 실제로는 한 구의 시신, 한 구의 시체로 돌아올지도 모를 죽음에 대해 보상해주지 못한다. 그러므로 카미유는 자기 자신은 물론, 루이와 아르망을 이런 사건으로부터 보호하기 위해 적지 않은 곤경을 치를 수밖에 없었던 것이다. 하지만 정작 르 구엔 서장은 다른 사람들과 마찬가지로 베르호벤 강력반의 재결성을 보며 반가워하고 있다. 재결성된 반은 오래갈 수 없을지도 모른다. 어쩌면 하루나 이틀. 하지만 일단 지금은 눈 딱 감고 있어보기로 하자. 르 구엔 서장이 이 일을 바라보는 관점이 사건 하나의 해결 차원이 아니라면, 그건 일종의 투자의 의미라고밖에 말할 수 없다.

세 남자는 저녁식사 후에 한동안 걸었다. 그러고는 강둑을 따라 산책하는 행인들이나 연인들, 개를 데리고 나온 사람들을 한가로이 관찰할 수 있는 벤치를 발견했다. 마치 어느 지방도시에 와 있는 듯한 기분이다.

아무튼 참 묘한 팀이야, 카미유가 그렇게 웅얼거린다. 한쪽에서는 부유하고 지적인 댄디보이가 있고, 다른 한쪽에는 구제불능의 구두쇠가 있다. '혹시 나도 돈 문제로 시달리게 되진 않을까?' 그런 우스꽝스런 생각이 문득 떠오른다. 며칠 전 그는 모친의 작품들을 경매에 부친다는 통지 서류를 받았다. 그는 아직 그 봉투를 열어보지 못하고 있다.

"그러니까," 아르망이 말한다. "반장님은 그 작품들을 파실 의향이 별로 없다는 거겠죠. 적어도 제가 보기에는 그게 더 나은 것 같네요."

"당연하죠. 반장님이 소장하셔야 합니다."

그것도 모드 베르호벤 여사의 작품들인데. 아르망의 목구멍에는 이 말이 걸려 있는 듯하다.

"아니, 다는 안 그럴 거구." 카미유가 말한다. "그래도 어머니의 그림들은……"

"지금 말씀하시는 건 엄청난 걸작이라구요!"

"글쎄, 그냥 가보 정도라고 해두지."

루이는 화제가 카미유의 개인사로 넘어가자 입을 다문다.

카미유는 다시 납치사건으로 되돌아온다.

"짐차의 소유자들에 대해선 좀 알아낸 게 있나?" 그가 아르망에게 묻는다.

"계속 박박 기는 중이죠, 뭐. 박박……"

지금 시점에서 유일하게 따라갈 수 있는 종적은 오직 차량 사진뿐이다. 베르티냐크 약국의 보안 카메라에 찍힌 영상 덕분에 짐차의 모델은 파악 가능하다. 하지만 그런 차종은 현재 등록된 것만 수십만 대가 넘는다. 과학수사 지원팀은 페인트 자국에 가려진 글씨를 분석하여 추정해볼 만한 명단을 뽑아 그들에게 제출했다. '아바장'에서 '체르둥'까지, 모두 354개의 이름들이다. 아르망과 루이는 하나씩 검토해본다. 이 명단에서 범인의 짐차를 소유했거나 빌려준 누군가의 이름이 밝혀지기만 하면, 그가 누구에게 되팔았는지 알아낼 수 있으며, 지금 경찰이 찾고 있는 자와 연락이 되는지도 확인해볼 수 있을 터이다. 우선 그 차량을 조사하기 위해 요원을 파견해야 한다.

"여기가 지방이었다면 일이 참 쉬웠을 텐데."

게다가 이런 소형화물차들은 팔리고 또 팔리니, 그 사람들을 찾아 연락이 닿으려면 필경 끔찍스러울 만큼 길게 이어져 있을 연쇄고리를 추적하는 과정을 거쳐야 한다…… 밝혀진 부분이 적을수록, 일이 더 험난할수록 아르망은 더 활기를 띠게 된다. 어떤 경우든 간에 '활기를 띠다'라는 말은 아르망에게 그다지 잘 어울리는 말은 아니지만. 카미유는 오늘 아침 그가 유행에 뒤떨어진 스웨터를 뒤집어쓰고 웅크린 채 일하고 있는 모습을 보았다. 그는 여분의 이면지들을 탁자 옆에 챙겨둔 채로, 손에는 '생 앙드레 세탁소'라는 상호명이 적힌 홍보용 볼펜을 들고 있었다.

"그래가지고는 몇 주가 넘게 걸리겠구먼." 카미유는 혀를 끌끌 차며 단정지었다.

하지만 그건 사실이 아니었다.

그의 휴대폰이 진동한다.

잔뜩 흥분한 듯한 연수생의 목소리다. 횡설수설하며 떠드는 그는 심지어 침착하라는 카미유의 권고도 흘려 넘긴다.

"반장님? 납치범의 이름이 트라리외로 밝혀졌답니다. 방금 전 그의 소재를 알아냈습니다. 서장님이 지금 즉시 오라십니다."

# 11

알렉스는 거의 아무것도 먹지 않는다. 그녀는 급속도로 허약해졌다. 하지만 무엇보다도, 그녀의 정신이 시들어가고 있다. 새장은 갇힌 사람의 몸을 극도로 억압하며, 그의 뇌수가 구름 너머로 떠돌 수밖에 없도록 강요한다. 이런 자세로 한 시간을 견뎌야 한다면, 아마도 그 고통에 눈물을 흘리지 않을 수 없을 테고, 하루가 지나면 죽음을 생각할 것이다. 이틀이면 정신이 혼미해지기 시작할 것이고, 사흘이 지나면 미쳐가지 않을 수 없을 것이다. 그런데 지금 그녀는 도대체 언제부터 이 속에 갇힌 채 매달려 있었는지 더 이상 헤아릴 수도 없다. 이미 그 정도로 많은 날이 흐른 것 같다.

그녀는 시간의 흐름을 더 이상 염두에 두지 않는다. 그녀의 배에서는 쉬지 않고 고통의 탄식이 흘러나온다. 그녀는 끙끙 앓는 소리를 낸다. 이제는 울 수도 없다. 그녀는 판자에 머리를 짓찧는다. 오른쪽으로 한 번. 다른 쪽으로 다시 한 번. 또 한 번, 다시 또 한 번. 그녀는 머리를 때린다. 머리를 주먹으로 쥐어박는다. 계속해서 또 다시. 그러다보면 그녀의 탄식은 고통에 물든 울부짖음이 되고, 이마에는 핏방울이 송글송글 맺힌다. 그리고 그녀의 머릿속에는 스산한 광기의 잔향이 울려 퍼진다.

그녀는 가능한 한 빨리 죽음을 맞고 싶다. 살아 있다는 것이 이제 더 이상은 도저히 견딜 수 없는 수난으로 굳어져버렸기 때문이다.

남자가 이곳에 있을 때, 그녀는 앓는 소리를 내지 않으려 한다. 알렉스는 그에게 말을 하고 또 하려 한다. 그에게 계속 질문을 던진다. 그가 대답하기를 기대해서가 아니라 (그는 여전히 아무 말도 하지 않는다) 그가 떠나면 참혹할 정도로 외로워지기 때문이다. 그녀는 인질들이 뭘 느끼는지 이해할 것만 같다. 그녀는 그에게 제발 거기 남아 있어달라고 애원한다. 그만큼 혼자 있는 게 두렵고, 혼자 죽어야 한다는 게 무섭기 때문이다. 그는 그녀의 형리이지만, 그가 여기 있는 한 그녀는 죽지 않을 것만 같다.

물론, 진실은 그 반대이다.

그녀는 병이 든 것이다.

그것도 자발적으로.

그녀는 죽음을 맞아들이기 위해 노력한다. 지금으로서는 아무런 가호도 기대할 수 없기에. 이 마비되고 경직된 몸을 더 이상은 어떻게 뜻대로 가누고 조정할 수가 없다. 그녀는 발치에 그냥 오줌을 지린다. 경련이 엄습하면 아무렇게나 몸을 뒤튼다. 그런 뒤, 잠시 후부터는 머리 꼭대기부터 발끝까지 경직이 온다. 그러면 그녀는 다리를 꺼칠꺼칠한 판자 모서리에 절망적으로 비벼댄다. 처음에는 화상을 입었지만 그래도 멈추지 않는다. 고통에 갇힌 몸이 너무나도 가증스럽기 때문이다. 그것을 없애버리고 싶다. 그래서 있는 힘을 다해 다리를 비벼대는 것이다. 그러다보니 가벼운 화상이 흉터가 깊은 자상으로 도진다. 그녀의 눈은 상상 속의 한 지점에 고정되어 있다. 예리한 나무 가시 하나가 그녀의 살갗을 뚫고 장딴지 속으로 파고들지만, 알렉스는 비비고 또 비빈다. 그러면서 그 자상에서 시뻘건 핏줄기가 콸콸 터져나오기를 기다린다. 그녀가 소망하는 것, 원하는 것은 자신의 피를 모조리 비우고 그대로 죽어 버리는 것이다.

그녀는 세상으로부터 버림받았다. 아무도 그녀를 구하러 여기까지 오지 않을 것이다.

죽기까지 얼마의 시간이 더 필요할까? 그리고 사람들이 자신의 시신을 발견하려면 얼마나 걸릴까? 그는 그녀의 시신을 불태워 없앨까, 아니면 암매장할까? 그렇다면 어디에? 그녀는 악몽을 꾼다. 한밤중, 어느 숲속에서 그녀의 시신이 난잡하게 뒤엉켜 비닐 방수포 속에 담겨 있는 게 보인다. 그것을 깊이 파인 구덩이 속에 던져 넣는 손들이 보인다. 음산하고 비통한 소음이 인다. 그녀는 자기 죽음을 본다. 그녀는 이미 죽은 사람과도 같다.

기나긴 순간이 있었다. 그녀가 그것을 언제 체험했는지 여전히 알고 있을 때, 머릿속에 가장 먼저 떠오르는 사람은 그녀의 오빠였다. 오빠에 대해 생각해보는 일은 그녀에게 언제까지나 도움이 될 것이기 때문이다. 그는 자기를 무시한다. 그녀는 그 사실을 잘 안다. 오빠는 그녀보다 일곱 살이 많다. 그 사실은 그녀의 삶에 평생토록 따라다닐 관계의 한계선일지도 모른다. 게다가 그는 그녀보다 아는 것도 더 많다. 그래서인지 아무 거나 함부로 요구하기도 한다. 그는 원래부터 그녀보다 강했다. 때로는 가르침을 설파하는 사람이기도 했다. 마지막으로 보았을 때, 그녀가 수면용 오블라투 약병을 꺼내들자, 그는 이렇게 말하며 기세등등하게 그녀를 가로막았다.

"아직도 이 따위 바보 같은 짓이나 하면서 뭘 어쩌겠다는 거냐?"

오빠는 언제나 아버지, 정신의 길잡이, 혹은 그녀의 주인이라도 된다는 듯 굴면서 그녀의 삶 위에 군림하려 들었다. 원래부터 그랬다.

"응? 이 따위 병신 같은 건 또 뭐냐?"

그는 눈이 튀어나오겠다 싶을 정도로 툭하면 화를 내곤 한다. 참으로 소름 끼치는 일이다. 그날 알렉스는 그의 화를 가라앉히겠다고 손을 내밀어 그의 머릿결을 부드럽게 쓰다듬어주었다. 그런데 그만 그녀의 반지가 머리카락에 걸리고 말았다. 그녀는 황급히 손을 빼내려 했다. 그는 소리를 지르며 그녀의 따귀를 후려쳤다. 그렇게, 다른 사람들이 보는 앞에서. 그는 정말이지 너무도 쉽게 짜증을 부린다.

알렉스의 실종은 그에게…… 마음 편해질 수 있는, 너무도 만족스런 일이 될 것이다. 그가 대체 어찌된 영문인지 자문해보기 시작하려면, 족히 2주나 3주 정도는 걸릴 것이다.

그녀는 어머니에 대해서도 생각했다. 모녀 사이에는 대화가 오간 적이 거의 없다. 어머니와 알렉스는 한 달 가까이 전화 연락을 하지 않고 지내기도 한다. 그런데 먼저 연락을 하는 쪽은 유감스럽게도 어머니 쪽이 아니다.

아버지에 관해서는…… 떠올릴 만한 것이 거의 없다. 아버지를 생각하면, 그저 막연한 상상만 떠오를 뿐이다. 그가 자기를 해방시켜줄 것이며 그것을 믿는다는, 거기에 희망을 건다는 상상. 이런 상상 덕분에 자신을 다독여 편히 잠들 수 있었지만, 동시에 절망에 빠졌을 수도 있다. 알렉스는 아버지가 있다는 사실로부터 무엇을 얻을 수 있는지 전혀 알지 못한다. 보통 그녀는 아버지에 대해 거의 생각해보지 않는다.

하지만 처음 이곳에 갇혔을 때부터 이런 생각들이 줄곧 그녀를 따라다녔다. 그리고 이제, 그녀는 더 이상 두세 가지로 이어지는 생각의 마디를 정상적으로 분류해 정리할 수가 없다. 그녀의 정신으로는 그것이 불가능하다. 정신은 몸이 그녀에게 부과한 고통을 그저 아로새기고 있을 뿐이다. 그 전에는 자신의 일에 대해서도 생각해보았다. 남자가 그녀를 납치했을 때, 그녀는 다시 얻은 일자리에 사표를 던진 참이었다. 그녀는 추진하던 일을 마무리 짓고 싶었다. 살고 있던 집에서, 그리고 궁극적으로는 자신의 삶에서. 모아둔 돈으로는 최소한 두 달에서 석 달까지 넉넉히 버틸 수 있다. 살면서 필요한 것도 거의 없다. 그래서 그녀는 다른 일자리를 구하지 않기로 했다. 난데없이 그러면 안 된다고 참견하는 사람이 나타날 가능성도 없다. 직장에서 일할 때는 이따금 연락해오는 동료들이 있기도 했지만, 지금은 아무도 없다. 게다가 그녀는 남편도, 약혼자도 없으며 애인도 없다. 아무도 없이 그냥 혼자 살아가고 있다.

아마도 그녀가 여기서 탈진하고 미쳐버린 나머지 죽은 후 몇 달이 지나면 그녀를 걱정하는 사람들이 생길 수도 있다.

정신이 여전히 정상적으로 작동한다면, 대체 무슨 질문을 해야만 할까? 죽기 전까지 며칠이나 걸릴까? 죽는 순간에는 어떤 고통이 찾아올까? 시체는 어떤 식으로 썩어갈까?

그는 나의 죽음을 기다리고 있다. 그는 그렇게 말했다. '네가 말라 죽어가는 꼴을 보려는 것'이라고. 그게 바로 지금 일어나고 있는 일이다.

그런데, 집요하게 그녀를 들쑤셨던 '왜'라는 의문이 돌연 물집처럼 터졌다. 알렉스는 눈을 크게 떴다. 알지도 못하고 원하지도 않았던 그에 관한 생각을 뒤적이기 시작했다. 생각은 지저분하고 고집스런 식물처럼 멋대로 발아했다. 시동 장치가 철컥하고 걸리는 듯한 순간. 어떻게 알게 되었을까. 그녀의 머릿속을 다시금 기분 나쁜 혼돈이 휘젓고 지나간다. 마치 방전 현상처럼.

그래 봐야 별로 중요한 것도 아니지만, 이제 그녀는 알 것 같다.

남자는 파스칼 트라리외의 아버지다.

그 두 사내는 전혀 닮지 않았다. 서로 모르는 사이라 해도 전혀 이상하지 않을 것처럼, 부자지간이라기엔 너무나 다르게 생겼다. 아니, 맞아. 그 코. 그녀는 진작 그런 생각을 한 것 같기도 했다. 틀림없는 그자다.

하지만 이것은 알렉스에게 아주 불길한 기별일 수밖에 없다. 그가 말한 것이 사실이며, 그가 그녀를 여기까지 데려온 건 오로지 죽이기 위해서라는 확신이 그로 인해 한층 더 강해졌기 때문이다.

그는 그녀를 정말 죽이고 싶어한다.

지금까지는 그래도 진짜 그럴 거라는 생각을 거부해왔다. 하지만 이제는 그것이 사실로 확고하게 굳어지고 있다. 첫 순간에 그러했듯이, 아무런 잡념의 방해 없이 절대적으로. 이로써 그녀에게는 모든 탈출구가 잠긴 셈이다. 마지막으로 최소한이나마 남은 희망의 찌꺼기조차 이 확신에 쓸려 떠내려갔다.

"아, 끝났구나……"

그녀는 두려움에 짓눌려, 그가 찾아왔음을 알아차리지 못했다. 목을 비틀어 그가 와 있는지 확인하려 했지만, 그러기도 전에 새장이 가볍게 춤추듯 움직이기 시작하더니 저 혼자 회전한다. 곧 그가 그녀의 시야에 들어온다. 그는 새장을 끌어내리느라 벽 근처에 서 있다. 새장이 적당한 높이까지 내려오자 그는 밧줄을 고정해두고 가까이 다가온다. 알렉스는 미간을 찌푸린다. 그의 태도가 평소와는 다르기 때문이다. 그가 바라보는 것은 그녀가 아니다. 그는 그녀를 비껴 어딘가에 눈길을 두고 있는 듯하다. 그는 마치 지뢰를 밟을까 두려워하듯이 아주 느리게 걷는다. 그녀가 그를 가장 가까이에서 볼 수 있는 건 바로 지금이다. 그렇다. 과연 그의 아들과 닮은 구석이 있다. 특히 그 완고한 표정이.

그는 새장에서 2미터쯤 떨어진 위치에 멈춰서더니 움직이지 않는다. 그러다 자기 휴대폰을 꺼낸다. 그녀는 머리 위에서 서걱거리는 마찰음이 지속되는 것을 감지하고는 돌아서려고 낑낑댄다. 역시나 아무것도 할 수 없다. 이미 천 번도 넘게 시도해보았지만, 그럴 때마다 절대적으로 불가능하다는 사실만 깨달을 뿐이다.

알렉스의 몸 상태는 매우 좋지 않다.

남자는 팔을 쭉 펴서 일정한 거리를 두고 휴대폰을 든 채 싱긋 미소 짓는다. 뭔가 흉흉한 전조 같은 이 표정을 그녀는 이미 본 적이 있다. 귓가에 또 다시 머리 위의 서걱거리는 마찰음이 들려온다. 곧이어 찰칵하는 휴대폰 카메라의 셔터 소리. 그는 고개를 끄덕이며 알 수 없는 뭔가를 수긍하는 듯한 표정을 짓는다. 그러고는 다시 모퉁이로 돌아가서 새장을 끌어올린다.

그 순간, 알렉스의 시선은 손대지 않은 크로켓이 가득 차 있는, 바로 옆자리에 매달린 채 버들고리 바구니로 향한다. 바구니가 괴이하게 간들거리더니 뭔가가 움찔거리는 게 보인다. 마치 살아 있는 생명체들의 꿈틀거림처럼.

불현듯 알렉스는 알아차린다. 그것은 그녀가 생각했던 개나 고양이의 사료 크로켓이 아니다.

바구니 한쪽 끝에서 솟아오르는 우람한 쥐의 대가리를 본 순간 그녀는 깨닫는다. 그녀의 시야에서, 새장의 덮개 위로 서로 다른 두 개의 어두운 그림자가 빠르게 지나간다. 그녀가 이미 들었던 마찰음과 함께. 두 개의 그림자가 멈춰서더니 대가리를 살 울타리 사이로 들이민다. 그녀의 머리 바로 위쪽이다. 방금 전 것보다 훨씬 더 비대한 두 마리의 쥐가 시커먼 눈을 반짝거리고 있다.

알렉스는 뒤로 물러날 수도 없다. 그녀는 허파에서부터 솟구쳐오르는 비명을 지른다.

그가 크로켓을 거기에 자꾸 놔둔 까닭이 바로 그것이다. 그녀를 먹이기 위한 게 아니라, 쥐들을 끌어들이기 위한 미끼였던 것이다.

그리고 앞으로, 그녀를 죽음으로 내몰게 될 존재는 그가 아니다.

그것은 바로 쥐 떼일 것이다.

# 12

클리시 어귀의, 사방이 높은 담벼락으로 에워싸인 고색창연한 주간 병원. 지어진 시기는 19세기까지 거슬러 올라가며, 너무 낡고 노후해 급기야 용도가 변경된 대형 건축물로, 한동안은 파리 외곽의 반대편 끝 쪽에 들어선 대학의 부설병원으로 사용된 바 있다.

하지만 2년 전부터 건물 전체가 텅 비고 다시 퇴락한 상태인 것이, 황폐하게 변한 공단을 연상시킬 정도다. 부동산 투자를 주도하고 있는 일부 사회단체에서는 불법체류자와 노숙자, 무단거주자 등이 머물지 못하도록 경비 인력을 파견해서 그곳을 지키고 있다. 사회의 낙오자와 불청객들. 건물 1층에 작은 거주시설을 배정받은 이곳 수위는 그런 이들의 출입을 감시하고 월급을 받는다, 넉 달 후쯤에는 새로운 일자리를 주선해주겠다는 단체 측의 기약에 일말의 기대를 품고.

장 피에르 트라리외, 올해 55세. 그는 병원 청소 용역업체의 전前 직원이었다. 이혼했고, 전과는 없다.

과학수사 지원팀이 넘겨준 추정 명단에서 짐차의 정체를 끄집어낸 건 아르망이다. 그가 끄집어낸 이름은 르그랑주로, PVC 창틀 설비 기술공인데, 2년 전 퇴직하면서 모든 장비들을 팔았다. 르그랑주의 소형화물차를 구입한 사람이 바로 트라리외였다. 그는 르그랑주가 첨부한 홍정용 약정사항에 후다닥 약식으로 기재하고 서명하는 걸로 거래를 서둘러 끝냈다. 아르망은 요원 한 사람을 급파해준 관할구역 경찰서에 짐칸 하단의 사진을 이메일로 전송했다. 관할서의 강력반 요원 시모네는 퇴근길에 병원 건물 앞을 지나고 있었다. 늘 그가 지나다니던 길목이었다. 그리고 태어나서 처음으로, 휴대폰 구입을 미뤄온 게 후회스러워졌다. 귀가하는 대신 그는 경찰서로 부랴부랴 되돌아왔다. 너무나도 분명했다. 옛날 병원 건물 앞에 주차해 있던 트라리외의 차량에 덧칠된 청색 페인트 자국은 사진의 그것과 정확하게 일치했다. 그럼에도 카미유는 냉정을 잃지 않으려 했다. 엄청난 조심성 없이는 알라모 요새의 빗장을 벗기지 못하는 법이다. 그는 요원 한 사람에게 둘러쳐진 담벼락을 조심스럽게 타넘어가도록 지시했다. 위치 측정 사진을 촬영해두기엔 이 일대에 내린 밤의 어둠이 너무 짙다. 하지만 한 가지는 확실하다. 지금 짐차는 자리에 없다. 이런저런 정황을 유추해볼 때, 트라리외는 현재 저 안에 머물러 있지 않다. 건물에서는 빛줄기가 전혀 새어 나오지 않으며, 그가 현재 거기 있다는 자취도 찾을 수 없다.

체포하기 위해 그가 도착하기를 일단 기다린다. 숙소 앞에 덫을 놓았고, 모든 준비는 완료되었다.

경찰은 즉시 달려들기 좋은 위치에 자리를 잡고 잠복했다.

적어도 예심판사와 서장이 출현하기 전까지는.

수뇌부의 회의는 건물 정문에서 적잖이 떨어진 곳에 주차해둔 일반 차량에서 진행된다.

예심판사는 삼십대의 사내로, 지스카르 데스탱 또는 미테랑 정부의 전직 보좌관 비슷한 성씨이다. 비다르, 아마도 그가 이 예심판사의 조부일 것으로 추측된다. 호리호리하고 건조한 타입의 그는 세련된 줄무늬

의상에 캐주얼한 단화를 착용하고 있다. 상아빛 커프스단추로 양쪽 소맷부리를 단정히 여민 모양새가 인상적이다. 이런 디테일들이 그의 특질을 외관상으로 드러내주는데, 꼭 의류업체나 넥타이 제조업자의 집에서 태어난 것처럼 보일 정도다. 머릿속으로 아무리 상상해봐도, 벌거숭이가 된 그의 모습을 상상하기는 거의 불가능하다. 구리촛대처럼 뻣뻣해서 상대방에게서 반감을 자아내는 교만이 두드러져 보이는데, 마치 정치가를 꿈꾸는 보험업자처럼 풍부한 머리숱에 가르마를 내서 옆으로 단정히 빗어 넘겼다. 곱게 늙은 미래의 외모가 현재의 모습에서 벌써 읽힐 정도다.

이렌은 그를 처음 보았을 때, 손으로 입을 가린 채 한바탕 폭소를 터뜨리더니 카미유에게 말했다. "세상에, 어쩜 너무 잘생겼다! 난 왜 저런 미남을 신랑으로 맞지 못했담?"

그러니까 그는 누구에게나, 어지간히도 머저리 같은 인상을 주는 관상이었다. 이 작자의 출생 배경이 어떻게 되더라, 하고 카미유는 생각한다. 그는 다급해하고 있다. 저 안에 곧바로 요원들을 투입시켜 덮쳐버려야 한다고 주장한다. 아마 조상 중에 보병연대 사령관이라도 있나보다. 되도록 일찍 트라리외와 한 판 붙어보겠다는 기대 이상의 전의를 불태우고 있는 모양이다.

"그럴 순 없습니다. 그건 미련한 수작일 뿐입니다."

그는 위계질서를 거스르지 않도록 조금 더 신중을 기할 수도 있다. 하지만 이 판사라는 인간이 벌이려는 놀이는 닷새 동안이나 납치돼 있는 여자의 목숨을 안중에도 두고 있지 않다. 보다 못한 르 구엔 서장이 끼어든다.

"판사 영감님, 보시다시피, 베르호벤 반장은 종종…… 다소 거칠어지기도 합니다. 반장은 그저 범인 트라리외가 돌아올 때까지 조금 더 신중을 기할 필요가 있다는 말을 하려던 게 아니었나 싶습니다."

예심판사는 카미유 반장의 거친 성격 따윈 전혀 개의치 않는다. 그는 심지어 자신이 어떤 역경에도 굴하지 않을 것이며 자신이 결단의 사나이라는 걸 보여주고 싶어한다. 결단 같은 것보다는 전략이 더 바람직했을 텐데.

"나는 일단 현장을 점거해서 인질을 풀어준 다음, 그 안에서 납치범을 기다리자고 제안하고 싶습니다만."

이렇듯 예심판사의 눈부신 제안은 구두점을 찍는 듯한 경관들의 침묵 앞에 가로막힌다.

"납치범을 한번 함정에 빠뜨려봅시다."

모든 이들이 한숨을 내쉰다. 예심판사는 이것을 경탄의 마음이 우러난 것으로 해석한다. 역시 카미유가 가장 먼저 나선다.

"판사님은 어떻게 인질이 저 안에 있다고 믿으시나요?"

"그럼 당신들은 그게 인질이라는 확신이 서지 않는다는 말입니까?"

"그의 차량이 그 시각에 피해자가 납치당한 장소에 은밀히 대기하고 있었다는 사실에 대해서는 확신합니다."

"그러니까 그게 그 여자잖아요."

침묵. 르 구엔 서장은 이들 사이의 갈등을 완화시킬 방안이 없을까 찾는 사이, 예심판사는 거기서 한걸음 더 내딛는다.

"나는 반장의 직위를 잘 이해하고 있습니다. 하지만 보세요, 세상이 많이 변했습니다……"

"영감님 말씀, 귀담아 듣고 있습니다." 카미유가 대꾸한다.

"이런 말을 해서 미안합니다만, 이제는 범죄자의 검거만을 앞세우는 시대가 아닙니다. 오늘날은 피해자를 최우선으로 보호하는 시대라고 할 수 있습니다."

그는 두 경관을 번갈아 바라보더니, 가슴 벅찬 결론으로 마무리한다.

"범인들을 뒤쫓는 일은 극찬받아 마땅합니다. 하나의 의무이기도 하고요. 하지만 우리의 관심을 끄는 것은 무엇보다 피해자여야 합니다. 우리가 지금 여기 모여 있는 건 납치당한 여성을 위해서입니다."

카미유는 뭔가 말하려는 듯 입을 열지만, 예심판사는 미처 발언할 틈조차 주지 않고 차 문을 열고 나간다. 그러다 되돌아온다. 그의 손에는 휴대폰이 들려 있다. 그가 허리를 숙여 열린 차창으로 르 구엔 서장을 바라본다.

"특수기동대에 즉각 출동해달라고 요청했습니다."

카미유가 르 구엔에게 투덜거린다.

"이 작자는 정말 등신 같은 짓만 골라 하네요!"

예심판사는 아직 차에서 그다지 멀리 떨어져 있지 않지만, 그냥 아무것도 못 들은 척하고 넘어간다. 아마 혈통상의 영향일 것이다.

르 구엔 서장은 하늘을 올려다보며 휴대폰으로 어딘가에 전화를 건다. 기동대가 출격한 순간에 때마침 트라리외가 도착할 경우에 대비해, 이 일대를 막아 미리 도주로를 끊어놓자면 아무래도 지원 병력이 필요할 것이다.

한 시간이 채 넘기 전에 모든 인력이 준비될 거라고 한다.


새벽 01시 30분이다.

모든 출구들을 열기 위해 경찰은 위급 상황에서 활용하는 열쇠꾸러미를 총동원했다. 카미유는 특수기동대 대장 노르베르와는 모르는 사이이다. 성씨로만 그를 부를 뿐 아무도 그의 이름이 정확히 뭔지는 모른다. 잘 면도한 민머리에 고양이처럼 사뿐사뿐한 걸음걸이 등, 카미유는 그를 지켜보며 이미 여러 번 만난 적이 있다는 인상을 받았다.

지도와 위성사진의 판독을 마친 후 특수기동대의 요원들은 네 군데로 나뉘어 배치되었다. 한 그룹은 지붕에, 한 그룹은 정문에, 그리고 나머지 두 그룹은 창가에. 강력계에 속한 팀들은 이 일대의 포위를 맡았다. 카미유는 각각의 진입로를 지키고 있는 형사 차량들에 세 팀을 할당했다. 네 번째 팀은 배수로 입구 안쪽에 은밀히 잠복중이다. 그쪽은 범인이 도주하려 들 경우 유일한 탈주로로 선택될 가능성이 가장 높은 곳이다.

카미유에게는 이런 군사작전의 결과가 썩 좋지 못할 수도 있을 거라는 예감이 든다.

노르베르는 신중하다. 서장과 동료 경찰, 그리고 예심판사 사이에서 그는 자신의 전문 분야를 과시하려 하지 않는다. 다음과 같은 질문에는 더더욱. 대장은 이 장소를 점거한 후 거기 억류되어 있는 피해자를 바로 구출할 수 있겠습니까(물론 질문자는 예심판사이다). 그는 지도를 검토해보고 건물을 한 바퀴 돌아본 후 약 8분 만에, 점거하는 일만은 가능할 수도 있겠다는 대답을 내놓는다. 시의가 적절하다는 것과 타당하다는 것은 전혀 다른 문제일 것이다. 그는 그 문제에 대해 자신이 왈가왈부할 직책이 아니라는 듯한 태도를 보인다. 과묵한 그의 성향은 뭇 사람들의 호감을 살 만하다. 카미유 역시 그것을 인정한다.

물론, 트라리외가 돌아오기를 기다리며 대기하고 있는 건 꽤 힘든 일이다. 그 안에 억류당한 여인이 감히 상상할 수조차 없는 위험 상황에 놓일지도 모른다는 것을 사람들은 잘 알고 있다. 하지만 그에 따르면, 그래도 그게 최선이다.

노르베르는 한 발 뒤로 물러나고, 예심판사는 한 걸음 앞으로 나선다.

"조금 참고 기다리면 무슨 손해가 생기기라도 하나요?" 카미유가 묻는다.

"시간이지요." 예심판사가 말한다.

"신중히 접근해서 발생할 만한 손실은요?"

"아마도, 한 사람의 목숨일 것 같습니다만."

르 구엔 서장은 개입할지 말지 망설인다. 문득 카미유는 자신이 외로운 처지임을 오랜만에 다시 느낀다.

특수기동대의 돌격은 10분 후로 예정되어 있다. 기동대는 각자 제 위치를 잡기 위해 뛰기 시작한다. 작전에 들어가기에 앞서 마지막 정렬이다.

카미유는 자신의 지시에 따라 둘러쳐진 담벼락을 넘어갔다온 요원을 따로 불러낸다.

"안쪽 상황은 지금 어떤가?"

요원은 어떻게 대답해야 좋을지 몰라 우물거린다.

"내가 묻고 싶은 건 그러니까 (카미유는 신경질적으로 언성을 높인다) 자네가 뭘 보았느냐는 거야, 안에서?"

"글쎄요, 그게 별다른 건 없었습니다. 일할 때 쓰는 연장들이랑 컨테이너 박스, 작업장으로 사용하는 것 같은 바라크 막사, 이런저런 기계장치의 잔해 같은 것들이 다인데, 제 생각에는 그러니까 그 장치들이……"

기계장치라는 말에 카미유는 잠시 생각에 잠긴다.

노르베르와 그의 부대원들은 제자리에 대기한 채 수신호를 보낸다. 르 구엔 서장은 그들을 뒤따르지만, 카미유는 입구의 길목을 지키고 있기로 결정한다.

그는 노르베르가 작업에 돌입한 시각을 정확하게 체크해둔다. 01시 57분. 어둠에 잠긴 건물의 상단에서 실내를 비추는 불빛이 새어 나오는 게 보이고, 간혹 다급한 발걸음 소리도 들려온다.
 카미유는 되새겨본다. 작업장의 기계장치들이라. 그리고 '일할 때 쓰는 연장들'이라.
 "어쩌면 이곳은 그냥 하나의 연결지점일지도 모르겠군." 그가 루이에게 말한다.
 루이는 무슨 뜻인가 싶어 미간을 찌푸린다.
 "잘 모르긴 해도, 직공들이나 기술자들이 기계장치들을 가져온다는 건, 아마 그런 것들을 모아두는 작업실이 따로 있다는 이야기일 거야. 그렇다면……"
 "……피해자가 억류되어 있는 곳은 여기가 아닐 수도 있다는 말씀이시군요."
 카미유가 답하려는 바로 그때, 마침내 트라리외의 흰색 화물차가 거리의 모퉁이로 들어오는 게 보인다.
 그 순간을 기점으로 사태가 급박하게 돌아가기 시작한다. 카미유는 서둘러 루이가 모는 차에 올라탄다. 그리고 이 구역 일대를 포위하고 있는 네 개 중대에 현재 상황을 타전한다. 범인 추적에 돌입한다. 카미유는 차에 장착된 무전 통신기로 파리 외곽 지역을 향해 달아나는 용의 차량의 방향을 알린다. 용의자의 소형화물차는 그다지 속력을 내지 못한다. 시커먼 연기도 많이 새어 나온다. 아주 낡은 모델이다. 달리고 싶은 만큼 달리려고 하면 차가 헐떡거리는 것처럼 보일 지경이다. 트라리외는 시속 70킬로미터도 넘길 수 없을 것이다. 운전 솜씨는 둘째치고라도, 도무지 용맹무쌍한 타입인 것 같지는 않다. 그는 망설이다가 터무니없는 경로를 떠올리느라 결정적인 몇 초간을 허비해서 카미유에게 외곽 지역의 포위망이 더욱 좁혀지도록 구체적으로 지시할 시간적 여유를 준다. 그사이에 루이는 루이대로 별다른 어려움을 겪지 않고 용의자 차량의 뒤꽁무니를 바싹 따라붙는 데 성공한다. 회전경보등을 켜고 사이렌을 울린다. 이내 모든 차량들이 용의자의 도주 차량 옆길로 비켜난다. 이런 상황으로 이어지기까지는 순식간이다. 카미유는 신호로 계속 위치를 알린다. 루이는 화물차 뒤편에서 전조등의 깜박거림으로 트라리외를 동요시키고, 그로 하여금 더 이상 가속하지 않도록 유도하려 한다. 두 대의 다른 차량이 따라온다. 한 대는 오른쪽에, 나머지 한 대는 왼쪽에 있다. 그때 제4중대가 수평 방향으로 파리 외곽 순환도로를 가로질러 맞은편 방향으로 집결하는 게 보인다. 이제 끝장이다.

르 구엔 서장이 카미유를 호출한다. 카미유는 안전띠를 단단히 여미며 응답한다.

"어떻게, 따라잡았나?" 서장이 묻는다.

"거의 다요!" 카미유가 소리를 지른다. "그쪽 상황은 어떻습니까?"

"여기서는 피해자가 안 보이니까 그 차를 절대 놓치면 안 돼!"

"알고 있습니다."

"뭐?"

"아무것도 아닙니다."

"여긴 텅 비어 있다고, 내 말 들려?" 르 구엔 서장이 소리를 지른다. "아무도 없단 말이오!"

이 사건은 몇몇 이미지들이 겹쳐지다가 여러 갈래로 가지를 치고 뻗어나가기 시작하는 기점에 해당될 것이다. 카미유는 이제 곧 그 사실을 깨닫게 되리라. 그 이미지들의 첫 장면은 외곽 지역의 대로를 잇는 다리에서 펼쳐진다. 거기서 트라리외는 곧 체포될지도 모를 위기 상황을 맞아 결국 도로 갓길에 화물차를 멈춰 세운다. 그 뒤로는 두 대의 경찰차가 따라붙는 중이었고, 그 앞으로는 차도를 차단한 3중대가 있었다. 다 같이 차에서 내린 요원들은 차문을 방패막이 삼아 차창 틈새로 내민 총

부리를 그에게 겨눈다. 카미유도 뛰어나가서 자기 총기를 꺼내들고, 차에서 나와 다리 난간을 향해 달음박질치는 범인이 보이자마자 그 자리에 정지하라고 소리친다. 괴이하게도, 트라리외는 다리 난간 앞에서 경찰들과 마주서더니 그 위에 걸터앉는다. 마치 자신이 그들을 이 자리에 초대하기라도 한 듯이.

경찰은 어쩐지 조짐이 심상치 않음을 즉각적으로 알아차린다. 그는 외곽 지역의 대로를 등진 채 콘크리트 난간 위에 다리를 건들거리고 앉아, 자기에게 총부리를 겨누고 다가오는 경관들과 대치하고 있다. 이 첫 번째 이미지는 조금 더 지속된다. 남자는 점점 더 가까이 다가오는 형사들을 물끄러미 바라본다.

그는 팔을 벌린다, 마치 역사적인 선언이라도 하려는 듯.

하지만 곧이어 다리를 들어올린다, 아주 높이.

그러자 뒤쪽으로 몸이 기운다.

형사들이 난간까지 도착하기도 전에, 그의 몸이 다리 밑 고속도로 위로 떨어져 으깨지는 충격음이 들려온다. 연이어 그것을 들이받은 트럭의 소음과 급제동에서 빚어진 바퀴의 비명, 클랙슨, 미처 피하지 못한 차량들의 차체가 뭉개지는 굉음들이 어지럽게 뒤섞인다.

카미유는 멀거니 바라본다. 그의 발밑에는, 전조등을 켜고 비상등을 깜박인 채 멈춰 선 차량들이 줄지어 있다. 그는 돌아서서 서둘러 다리를 건넌 후 다른 쪽 난간 아래로 몸을 기울여본다. 방금 전 세미트레일러가 남자의 몸 위로 지나갔다. 반토막 나버린 그의 시신이 눈에 들어온다. 특히나 머리통은 산산이 으깨져 있다. 또한 사체에서 끊임없이 뿜어져나오고 있는 피는 유유히 길바닥 타르 위로 번져가는 중이다.

카미유가 두 번째 이미지와 맞닥뜨린 것은 약 20분쯤 후이다. 외곽지역 대로는 전면 통제되었다. 구역 전체가 회전경광등과 온갖 불빛과 사이렌과 경보기와 앰뷸런스와 소방차와 형사들과 운전자들과 구경꾼으로 만화경처럼 요동치고 있다. 다리 위에서, 차 안에서. 루이는 아르망이 전화로 불러주는, 트라리외에 관해 취합된 중요 정보들을 받아적는다. 그의 곁에는 카미유가 고무장갑을 낀 손으로 사체에서 거둔 휴대폰을 들고 유심히 살펴본다. 그것은 기적적으로 세미트레일러의 바퀴에 깔리지 않고 온전한 상태로 남아 있다.

휴대폰에는 휴대폰 카메라로 찍은 여러 장의 사진들이 저장되어 있다. 모두 여섯 장. 사진들에는 일종의 나무궤짝이 찍혀 있는데, 나무판자들이 일정한 간격으로 충분한 너비에 따라 벌어져 있을 뿐 아니라 바닥에서 몇 미터 정도 떠올라 어딘가에 매달려 있는 것이 눈에 띈다. 그런데 그 안에 한 젊은 여인이 갇혀 있다. 그녀는 서른 살쯤 되어 보인다. 지저분하게 기름진 모발을 길게 늘어뜨리고 있으며 실오라기 하나 걸치지 않은 알몸으로 너무나도 비좁아 보이는 공간에 잔뜩 웅크리고 있다. 각각의 사진 속에서 그녀는 모두 사진 찍는 사람을 똑바로 바라보고 있다. 눈가에는 거무스레한 그늘이 져 있고 시선은 몽롱하기 그지없다. 윤곽이 뚜렷해 보이는 인상이지만 서늘할 정도로 어두운 시선이다. 그녀는 극도의 쇠약 상태에 짓눌려 있는 게 틀림없다. 그럼에도 그녀가 평상시에는 상당히 예뻐 보일 외모라는 사실이 감춰지진 않는다. 하지만 지금으로서는 모든 사진들이 공통된 한 가지 사항을 단정적으로 가리키고 있는데, 귀엽든 아니든 간에, 갇혀 있는 이 여자는 현재 죽어가고 있다는 사실이다.

"어린 소녀네." 루이가 말한다.

"무슨 소리? 적어도 서른 살쯤은 된 것 같은데!"

"아니요, 이 여자 말고 새장이요. 그거 이름이 '어린 소녀'라고요."

그 말에 카미유가 눈썹을 씰룩거리자 그는 혀를 끌끌 차며 걱정이 담긴 목소리로 웅얼거린다.

"사람이 앉을 수도 일어설 수도 없는 상태로 견뎌야 하는 새장이라."

거기서 루이는 말을 멈추었다. 그는 현학적인 지식의 나열을 과히 즐기지 않는 편이다. 또한 그는 알고 있다. 카미유 앞에서는…… 하지만 이번에는 카미유도 루이에게 다급한 손짓을 해 보인다. 자, 빨리, 어서 계속 얘기해봐.

"그 체형이 처음으로 고안된 것은 루이 11세 치하였어요. 제가 알기로는 베르됭 주교를 징벌하기 위해서였지요. 그는 거기에 10년 넘게 갇혀 있어야만 했다고 합니다. 효력이 강한 일종의 소극적 고문이지요. 뼈마디는 물러지고 근육이 극도로 위축되는데…… 나중에 가면 결국 누구든 미치지 않을 수 없었다는군요."

판자에 매달린 여자의 손이 보인다. 보는 이의 뱃속을 헤집어놓을 수도 있는 사진이다. 마지막 사진에서는 얼굴의 윗부분밖에 보이지 않는데, 놀랍게도 우람한 쥐 세 마리가 새장 덮개 위를 살금살금 기어다니고 있는 것이 눈에 들어온다.

"이런 우라질……"

마치 불이라도 옮겨 붙을까 무섭다는 듯, 카미유는 루이에게 황급히 휴대폰을 떠넘긴다.

"찍힌 날짜하고 시각이 어떻게 되는지 봐봐."

카미유는 아연실색한다, 이 따위 짓거리가 대체…… 루이는 4초 후 답한다.

"마지막으로 찍힌 사진은 3시간 전에 올라온 거네요."

"그럼 통화는? 통화 내역을 빨리 확인해봐!"

루이는 재빨리 휴대폰을 두드린다. 아마도 기기를 조작해서, 그가 통화한 장소를 설정해두는 방법이 따로 있는 모양이다.

"마지막 통화는 열흘 전인데요……"

그가 여자를 납치한 후부터는 단 한 건의 통화도 없었다.

침묵.

아무도 이 여자가 누군지, 지금 어디에 있는지 모른다.

그리고 그것을 알고 있는 단 한 사람은 세미트레일러에 깔려 방금 전 죽고 말았다.

트라리외의 휴대폰에서 카미유는 여자의 사진을 두 장 고른다. 그중 하나는 쥐 세 마리가 새장의 덮개 위로 올라와 있는 사진이다.

그는 예심판사에게 보낼 멀티미디어 첨부 메시지를 작성한 후, 르 구엔 서장에게도 같은 메시지를 전송한다.

'현재 '범인'은 사망했음. 피해자를 구출하려면 어찌해야 할지?'

# 13

 알렉스가 눈을 떴을 때, 쥐는 거의 그녀의 코앞에 다가와 있었다. 얼굴에서 불과 몇 센티미터밖에 떨어지지 않은 거리까지 육박해온 셈이다. 가까이서 보니 쥐는 그녀의 눈에 실제 크기보다 세 배나 네 배쯤은 더 커 보였다.

 그녀는 비명을 질렀다. 그러자 쥐는 움찔거리며 바구니가 있는 위치까지 물러나더니, 재빨리 동아줄 위로 다시 올라갔다. 하지만 거기 한참 동안 머무르며, 어디로 향할지 망설이면서 위험을 가늠해보듯 쫑긋 내민 코로 킁킁거렸다. 마치 상황에 호기심이 동한 듯했다. 그녀는 쥐에게 거친 어투로 욕설을 퍼부었다. 하지만 그녀의 노력에 아랑곳하지 않고, 쥐는 여전히 동아줄에 달라붙어 대가리를 낮춘 채 그녀 쪽으로 몸을 기울이고 있었다. 살짝 장밋빛을 띤 코, 번뜩이는 눈빛, 번들거리는 동체의 털, 길고 흰 수염 그리고 한없이 기다란 꼬리. 알렉스는 두려움에 몸이 바짝 얼어붙었다. 호흡을 제대로 가눌 수도 없을 정도였다. 그녀는 목청 높여 욕설을 퍼붓느라 목이 쉬고 말았다. 그나마도 지금 너무 기력이 쇠한 탓에 그만두어야만 했다. 쥐들은 서로 마주보듯이 한동안 움직이지 않고 제자리에 남아 있었다.

방금 전 가까이 왔던 그 쥐는 이제 그녀와 40센티미터 정도의 간격을 유지한 상태에서 숨죽인 기색으로 머물러 있다. 하지만 이내 조심스러운 걸음걸이로 바구니에 내려와 크로켓을 먹기 시작한다. 그러면서 알렉스를 계속 곁눈질한다. 그러다 한 번씩, 갑작스러운 공포에 사로잡힌 듯, 대피하듯이 날렵한 움직임으로 서둘러 물러나기도 한다. 하지만 채 몇 초도 지나지 않아 되돌아온다. 쥐는 여자가 전혀 위협적이지 않다는 사실을 알아가고 있는 것처럼 보인다. 녀석은 배고프다. 거의 다 자란 쥐였다. 몸집이 머지않아 30센티미터까지 자랄 것임이 틀림없다. 알렉스는 새장 먼 구석으로 가능한 한 몸을 바싹 붙여본다. 그녀는 적의에 불타는 눈길로 쥐를 노려보고 있다. 하지만 그 눈빛의 적의란 쥐와 어느 정도 간격이 벌어졌을 경우에만 보여지는 것이라, 조금 가련해 보이기까지 하다. 크로켓을 다 먹어치우고도 쥐는 곧장 동아줄 위로 돌아가지 않았다. 그러더니 그녀를 향해 조금씩 다가가기까지 했다. 이번에 알렉스는 비명을 지르지 않았다. 그저 눈을 질끈 감아버렸을 뿐이다. 감긴 눈꺼풀 사이로 눈물이 흘러내렸다. 그녀가 다시 눈을 떴을 때 다행히 녀석은 떠나고 없었다.

파스칼 트라리외의 아버지. 그가 어떻게 자기를 다시 찾을 수 있었을까? 그녀의 두뇌 작용이 이렇게 더뎌지지 않았다면, 그녀는 아마 그에 대해 자답해볼 수도 있었을 것이다. 하지만 그녀의 생각은 사진처럼 굳어버린 이미지들로 변하고 말았다. 입체적으로 엮을 수 있는 게 아무것도 없다. 그런데 지금 이 순간에, 그 사실은 어떤 가치가 있을까? 여차하면 협상해볼 수도 있다는 것. 그래, 지금은 그게 가장 필요해. 일단 이야기를 하나 찾아야 한다. 신뢰가 갈 만한 것으로. 그래서 그가 자기를 이 새장에서 나오게 해주면, 그다음에는 어떻게든 손을 써볼 수 있겠지. 알렉스는 써먹을 만한 소재거리들을 모조리 그러모아보기로 한다. 하지만 그녀가 사고를 제대로 발휘하기도 전에 두 번째 쥐 한 마리가 또 나타났다.

훨씬 더 크다.

두목인가보다, 아마도. 몸의 털도 더 시커멓다.

그런데 이놈은 버드나무 바구니 쪽의 동아줄로 내려오지 않고 새장이 매달려 있는 동아줄을 타고 바로 내려왔다. 그래서 지금은 알렉스의 머리 바로 위쪽에 이르러 있다. 앞선 쥐들과 달리, 그녀가 비명을 질러대고 욕설을 퍼부을 때조차 놈은 전혀 꽁무니를 빼려는 일말의 기색도 드러내지 않았다. 계속해서 새장을 향해 수직으로 하강해올 뿐이었다. 기민하고 돌발적으로 움직이던 그 두목 쥐는 덮개의 판자 위에 앞발을 내디뎠다. 순간 알렉스는 시큼하고 비린 녀석의 냄새를 맡았다. 정말이지 아주 우람한 쥐다. 번들거리는 몸에, 수염도 꽤 길고 눈도 새카맣다. 게다가 꼬리가 너무 길어서 단번에 살 울타리를 가로지르고 지나갈 뿐 아니라 알렉스의 어깨에도 살짝 끝이 닿을 정도다.

찢어질 듯한 비명. 놈이 그녀를 향해 돌아섰다, 조금도 서두르지 않고. 이어 여러 번 오다가다를 반복하며 판자를 따라 걸었다. 이따금씩 걸음을 늦추고 그녀에게 눈길을 고정하다가는 다시 발길을 옮기기도 한다. 아마도 놈은 크기를 측량해보는 모양이다. 알렉스는 눈으로 놈을 뒤쫓는다. 공포감에 너무 오그라들어 호흡이 곤란할 지경이다. 그녀의 심장은 금세라도 터져버릴 듯이 쿵쾅거린다.

이건 나한테서 나는 악취야, 하고 그녀는 생각한다. 땟국 냄새, 오줌 냄새, 토사물 냄새 따위가 풍기고 있어. 놈은 썩은 시체 냄새를 맡았을 거야.

두목 쥐는 그녀 위에서 코를 쿵쿵거리며 뒷발을 짚고 일어선다.

알렉스는 동아줄로 시선을 옮긴다.

또 다른 쥐 두 마리가 새장을 향해 방금 막 내려오기 시작했다.

# 14

 옛 병원 건물의 작업장은 어느 영화 촬영팀에서 촬영 장소로 빌려 썼던 것 같다. 특수기동대는 그 장소에서 철수했고, 기술 지원팀이 남아 10여 미터 정도 되는 케이블과 입식환등기 따위를 찾아냈다. 그 환등기의 불빛으로 앞뜰을 비출 수 있었다. 불과 1센티미터의 그림자도 깔리지 않을 만큼 주위는 온통 심야의 어둠에 잠겨 있었다. 버려진 길은 붉고 흰 나선형 셀로판 띠 장식들로 말끔히 정비되었고, 덕분에 사람들은 현장을 훼손할지도 모를 위험부담 없이 그 길로 편히 드나들 수 있었다. 기술 요원들이 건물의 도면 작성에 착수한다.
 문제는 납치한 후 트라리외가 그녀를 데리고 이쪽으로 지나갔는지 알아내는 데 있다.
 아르망은 사람이 많이 모이는 걸 좋아한다. 어딘가에 사람이 득시글거린다는 건, 우선 담배를 얻어 피울 기회가 많아진다는 뜻이다. 그는 이미 너무 자주 얻어 피운 상대들 사이로 당당하게 잘도 피해다닌다. 그리고 곧 신참들을 맞이하게 될 거라고 예상하기가 무섭게, 그는 벌써 나흘 치쯤을 두둑이 챙겨두곤 했다.
 앞뜰에 우두커니 선 그는 손가락이 델 정도로 마지막 몇 밀리미터까지 담배를 다 피운 뒤, 스스로 돌아봐도 이런 몸부림이 민망한지 난처해진 눈길로 허공만 노려본다.

"어, 뭐야?" 카미유가 묻는다. "예심판사는 현장에 없나?"

아르망은 이제 그런 짓을 그만두려고도 노력해보았지만, 어떤 면에서 그렇게 사는 것은 그의 철학적 소신이기도 했다. 그는 인내의 미덕을 잘 알고 있는 남자이니까.

"판사도 외곽 구역에는 안 갔습니다, 라고 대답하려는 거겠지." 카미유는 계속한다. "아쉽겠군. 범인이 세미트레일러에 체포당했는데. 이런 장면은 언제나 볼 수 있는 게 아니거니와, 게다가……"

카미유는 공공연히 손목시계를 들여다본다. 아르망은 침착한 태도로 제 구두끈만 헤아려보고 있다. 루이는 작업장의 기계장치에서 드러나는 형태학에 문자 그대로 빨려 들어간 듯한 표정을 짓고 있다.

"게다가 새벽 3시인데, 판사 나리야 물론 잠을 주무셔야지. 우리가 이해해드려야지. 그가 행한 바보짓의 비율에 비춰볼 때, 틀림없이 그에게는 뿌듯하고 알찬 일과였을 거야."

아르망은 한숨을 내쉬며 나노 단위까지 짧아진 담배꽁초를 바닥에 슬쩍 던진다.

"뭐 하는 거야! 내가 지금 무슨 말이라도 했어?" 카미유가 묻는다.

"아무 말도 안 하셨어요." 아르망이 툭 내뱉는다. "아무 말도 안 하셨다고요. 어쨌든 우린 열심히 일하고 있습니다. 안 그런가요?"

그가 옳긴 하다. 카미유와 루이는 이렇다 할 단서 하나 없는 오리무중의 미로에서 트라리외의 거처까지 길을 트는 데 성공한 셈이다. 아르망 역시 신원조사팀에 결정적인 기여를 했다. 그렇게 보면 바닥이 그다지 넓지 않은 만큼, 서로 공생하려는 노력 속에 여기까지 끌고 온 것이라 할 수 있다.

베르호벤은 우선 쭉 한 번 둘러본다. 단출하고 소박한 숙소이다. 방들도 그럭저럭 깨끗하고, 식기들과 주방용품들도 잘 정돈되어 있으며, 농기구 총판장의 진열창처럼 연장들 또한 가지런히 정렬되어 있다. 냉장고를 열어보니 상당량의 맥주들이 보관되어 있는 것도 인상적이다. 그런데 다른 한편으로는, 신문도 보이지 않고 책도 한 권 없으며 수첩 같은 것도 아예 찾을 수 없다. 한마디로 문맹이 사는 거처라는 게 확연하다.

이 숙소의 실내 도면에서 유일하게 호기심을 끄는 부분은 청소년 또래 아이의 방이 있다는 점이다.

"아들이죠, 파스칼이라고……" 자신의 메모를 참고하며 루이가 말한다.

나머지 다른 내부 공간들과 달리 트라리외 가족은 오랫동안 이 방을 제대로 관리해오지 않은 것 같다. 문을 열자마자 퀴퀴한 냄새가 진동하고, 축축한 세탁물도 곰팡내를 풍기며 방치되어 있다. XBOX 360 게임의 콘솔 박스와 2인용 조이스틱이 먼지에 뒤덮여 있다. 데스크톱 컴퓨터와 모니터만이 그나마 유일하게 구석구석 청소가 잘돼 있는 것 같다. 곧 컴퓨터를 가져가서 철저히 분석하겠지만, 그전에 먼저 기술 요원은 하드디스크의 기본적인 조사를 위해 벌써 작업에 돌입한다.

"온통 다 게임들뿐이군요." 요원이 말한다. "인터넷 접속……"

카미유는 해당 분야의 전문 인력들이 사진 촬영을 하고 있는 붙박이장의 내용물을 낱낱이 뜯어보면서 기술 요원의 말에 귀를 열어두고 있다.

"그러고는 다 포르노 사이트네요." 그가 덧붙인다. "게임하고 포르노. 조무래기들이란 정말 다 거기서 거기죠."

"36세입니다."

사람들의 시선이 뒤돌아 루이에게로 향한다.

"서른여섯, 그게 아들의 나이죠." 루이가 말한다.

"물론," 기술 요원이 그 말을 받는다. "사람 취향에 따라 조금 달라질 수도 있긴……"

카미유는 붙박이장에 든 트라리외의 비품을 세밀히 관찰한다. 작업장 정비와 장비 관리를 책임질 미래의 주인장은 자신의 역할을 눈에 띨 만큼 진지한 마음가짐으로 준비하고 있었던 모양이다. 야구 배트, 소 힘줄로 엮은 채찍, 주먹질용 쇠붙이 등, 그는 주로 무섭게 휘두르는 걸 즐겼던 듯하다. 그중에서 투견이 나오지 않은 게 오히려 의아할 지경이다. 루이는 그렇게 웅얼거린다.

"여기서 투견은 트라리외 자신이었겠지." 루이의 웅얼거림에 카미유가 답한다.

이어서는 기술 요원 차례.

"그리고 뭐 또 다른 건?"

"이메일들이요. 양이 많지는 않네요. 일단 말씀드려둬야 할 게 뭐냐면, 이 사람의 맞춤법 상태를 봐서는……"

"꼭 자네 아들처럼?" 카미유가 묻는다.

이번에는 기술 요원도 약간 불쾌해진 모양이다. 제 아들이 메일을 쓸 때는 최소한 이렇지는 않을 테니까.

카미유는 모니터에 가까이 다가간다. 과연 그렇다. 직접 보니 메일의 내용은 별게 아닌데, 철자가 모두 발음 나는 대로 적혀 있다.

카미유는 루이가 내민 고무장갑을 끼고 수색하던 중, 수납장 서랍에서 발견된 사진 한 장을 집어든다. 수개월 전 찍힌 게 틀림없어 보이는데, 사진 속에는 아들이 아버지의 작업장에 와 있는 모습이 담겨 있다. 뒤편 창가를 통해서 기계장치들이 쌓여 있는 이곳의 앞뜰도 알아볼 수 있다. 그다지 잘생긴 편도 아니고, 키가 상당히 큰 편이지만 꽤 말랐으며 썩 호감을 줄 만한 인상이 아닌데다 코가 무척이나 길다. 새장에 갇힌 그 아가씨의 사진들이 기억난다. 고통에 찌들어 있긴 하지만 그래도 아름다운. 정확히 말해 둘 다 뭔가 어긋나 있는 모습이다.
 "이 친구는 몽당 빗자루처럼 어딘가 얼빠져 보이는군." 카미유는 그런 말을 불쑥 내뱉는다.

## 15

어디선가 들은 적이 있는 속담 하나가 머릿속에 떠올랐다. 우연히 보인 쥐 한 마리가 실은 열 마리라는 말. 새장 근처에 출몰한 쥐들은 벌써 일곱 마리다. 녀석들은 동아줄을 점거하기 위해 계속 몸싸움을 벌이는데, 정작 목적은 크로켓을 독차지하려는 데 있다. 묘하게도 가장 탐욕스러운 무리는 가장 몸집이 큰 놈이 아니다. 녀석들은 퍽 교활하고 전략적으로 움직이는 듯 보이는데, 특히 그중 두 마리가 그렇다. 녀석들은 알렉스의 비명과 고함에도 전혀 개의치 않고, 천연덕스럽게 새장의 덮개 위에 남아 있곤 한다. 특히나 몸서리쳐지는 건 이것들이 뒷발로 버티고 일어서서 사방에 대고 코를 쫑긋거리며 킁킁거릴 때이다. 괴이하게 비대해서 거의 괴물 같아 보일 지경이다. 시간이 흐르자, 어떤 놈들은 조금 더 서두르는 기색을 드러내기 시작한다. 이제는 그녀가 전혀 위험하지 않은 상대임을 충분히 간파했다는 눈치다. 놈들은 점점 더 대담해지고 있다. 날이 저물 무렵, 놈들 중에 중간 크기쯤 되는 하나가 제 무리들 위로 지나가려다 새장 속으로 떨어지는 일이 발생했다. 놈이 알렉스의 등 위에 얹혔다. 그녀는 그 접촉에 기겁해서 찢어질 듯 비명을 질러댔다. 그로 인해 쥐 떼들 사이에 한순간 어수선한 파장이 일어났다. 하지만 혼란은 그다지 오래가지 않았다. 불과 몇 분 만에 놈들은 다시 한 곳에 빽빽이 모여 대오를 가지런히 정비했다. 알렉스가 생각하기에는 그 가운데 한 놈이 아직 어리긴 해도 가장 조급하게 굴면서 그녀에 대한 탐욕을 노골적으로 드러내고 있는 것 같다. 놈은 그녀의 체취를 탐지해보기 위해 정말로 가까운 거리까지 접근해온다. 그녀는 뒤로 물러나고 또 물러난다. 놈은 그치지 않고 계속 전진한다. 그녀가 젖 먹던 힘까지 다해 비명을 지르거나 침을 뱉을 경우에만 잠시 주춤거릴 뿐이다.

트라리외는 아주 오래전부터 오지 않고 있다. 적어도 하루, 아니면 이틀, 어쩌면 그 이상. 지금은 다른 하루가 이어지는 중이다. 그녀가 시간을, 날짜를 알 수만 있다면…… 그녀로서는 그가 오지 않는다는 사실이, 그래서 서너 가지 예비해둔 것을 미처 이행하지 못할지도 모른다는 사실이 아쉽게 여겨진다. 무엇보다 그녀를 불안하게 하는 건, 물이 떨어지면 어째야 하느냐는 점이다. 그녀는 물을 극도로 아껴 마실 수밖에 없다. 다행히 어제는 전혀 마시지 않고도 버틸 수 있었다. 현재 남아 있는 물의 양은 약 반병 정도다. 그녀는 그가 남은 물을 새로 채워줄 거라 생각하고 있었다. 쥐들 또한 크로켓이 남아 있을 때까지는 그래도 잠잠하겠지만, 그것을 다 먹어치운 후부터는 더욱 포악해져서 더 이상 참을 수 없게 될지도 모른다.

역설적이게도, 알렉스를 공황으로 몰아넣고 있는 것은 트라리외가 그녀를 방치해둘 경우이다. 그가 그녀를 새장에 남겨놓고, 굶주림이나 갈증 때문에, 혹은 지금보다 더 과격해져서 모험의 감행을 미루지 않으려 할지도 모를 쥐들의 도사림 속에서 죽어버릴 때까지 기다리고자 한다면. 가장 큰 놈이 벌써 초조해하는 눈빛으로 그녀를 주의 깊게 뜯어보고 있다. 그녀가 이 쥐들에게 목표의식을 불러일으키는 모양이다.

언제 줄을 타고 기어 내려왔는지도 알 수 없게 처음 한 마리가 나타난 이후로부터, 바구니 안에 크로켓이 더 이상 남지 않았다는 사실을 확인하기까지는 채 20분도 걸리지 않았다.

쥐 몇 마리가 그녀를 뚫어지게 바라보며 간들거리는 버들고리 바구니 위로 올라타고 있다.

# 16

아침 7시.
서장은 카미유를 따로 불러냈다.
"이번에는 제발 내 체면 좀 세워주시지, 엉?"
카미유는 아무것도 약속하지 않는다.
"약속한 거야?" 르 구엔 서장은 혼자 결론짓는다.
하지만 막상 비다르 판사가 도착하자마자 카미유는 문을 열고 들어가, 벽 위로 도배되어 있다시피 한 피해자의 사진에 손가락질해대며 이렇게 외치고픈 욕구를 결국 억누르지 못한다.
"판사 영감님, 피해자를 정말 끔찍이도 위하시는군요. 이번에야말로 아주 제대로 빠져들겠어요. 이 아가씬 정말 괜찮으니까."
확대판 사진들은 거의 벽보만 한 크기를 차지하고 있다. 사진들에서는 가학적 관음증의 징후가 엿보인다고도 할 수 있다. 사진 속에 찍힌 그녀의 상태가 매우 좋지 않기 때문이다. 한쪽에는 병적인 흥분 상태에 빠진 젊은 여자의 시선이 판자 틈새에 끼어 수평으로 분할된 프레임 속에 갇혀 있는가 하면, 다른 쪽에는 둥글게 말리다시피 움츠린 모습으로 억눌려 있는 그녀의 몸과 목뼈가 부러진 듯 새장 덮개에 짓눌리고 기울어진 머리가 찍혀 있다. 그런가 하면, 틀림없이 나무를 긁어대느라 종국에는 끝에서 피가 솟구쳤을 손톱과 손의 클로즈업도 있다. 다시 손. 이번에는 그녀가 판자 틈새로 빼내기에는 너무 부피가 큰 물병을 붙들고 있다. 조난자와도 같은 갈망으로 마실 것을 손아귀에 넣으려고 발버둥치는 여죄수를 연상시키는 사진이다. 또 상상하기를, 그녀는 분명히 그 새장에서 단 한 번도 풀려나본 적이 없을 듯한데, 그 안에서 기본적으로 필요한 것을 다 해결해온데다 무엇보다 그녀의 몸이 땟국으로 찌든 것처럼 보이기 때문이다. 그냥 더럽기만 한 게 아니라 온몸에 피멍 자국도 많아, 필경 심하게 얻어맞고 짓밟혔으며 강간까지 당한 게 분명해 보인다. 그녀가 여전히 살아 있다고 전제하면 할수록, 사진들의 전체적인 인상은 너무나도 참혹하다. 과연 무엇이 그녀를 기다리고 있을지는 아무도 감히 예측하기 어렵다.

하지만 이토록 참담한 광경 앞에서, 카미유의 도발이 있었음에도 비다르 판사는 평온을 잃지 않고 사진들을 하나하나 살펴본다.

여기 모인 다른 사람들은 침묵을 지킨다. 다른 사람들이란 아르망, 루이, 그리고 르 구엔 서장이 부른 여섯 명의 수사관들을 말한다. 예고도 없이 이렇게 인원을 다른 쪽으로 빼내는 일은 사실 별게 아니다.

예심판사는 담담하면서도 근엄한 표정으로 사진들을 쭉 훑어내려간다. 그 모습은 마치 엑스포 낙성식을 준비하는 정부 보좌관과 흡사해 보이기도 한다. 머리에 똥만 가득 찬 풋내기 머저리, 라고 카미유는 생각한다. 하지만 예심판사는 겁쟁이가 아닌 모양이다. 카미유가 그런 말을 속으로 웅얼거리자마자 바로 그를 향해 돌아섰기 때문이다.

"베르호벤 반장님." 그가 말한다. "반장님은 트라리외의 거처를 습격하자는 제 결정에 이의를 제기하신 바 있습니다. 그런데 저는 시작단계부터 반장님이 이번 수사를 이끌어온 양상에 대해 이의를 제기하고자 합니다."

 카미유가 말문을 열려고 하자 예심판사는 손을 높이 들어 그것을 제지한다. 그러더니 손바닥을 앞으로 내민다.

 "우리 사이에 가로놓인 차이점을 인정합니다만, 그것의 해결은 일단 나중으로 미루도록 합시다. 내가 보기에 지금 가장 시급한 것은, 반장님이야 어떻게 생각하든, 조속한 시간 안에…… 피해자를 찾아내는 일일 테니까요."

 엿같은 얼간이이긴 해도 영악한 구석이 있는 작자다. 인정하지 않을 수 없다. 르 구엔 서장은 2, 3초간 침묵이 흐르도록 놔두다 자기도 할 말이 있다는 듯 헛기침을 한다. 하지만 예심판사는 팀원들을 향해 돌아서며 재빨리 말을 이어간다.

 "서장님께서는, 부하 경관들이 별다른 단서도 없이 트라리외의 거점을 그토록 빨리 확보했다는 데 대해 뜻 깊은 찬사를 드리고 싶습니다. 정말 괄목할 만한 성과였습니다."

 그 대목에서 예심판사는 말할 나위도 없이 선을 넘어서 멀리 나아가고 있다.

 "지금 무슨 선거 운동 하십니까?" 카미유가 묻는다. "판사님 집안에서는 혹시 그런 말투가 트레이드마크 같은 건가요?"

 르 구엔 서장이 또 헛기침을 한다. 다시 침묵. 루이는 터져나오는 웃음을 참지 못하고 입술을 쫑긋댄다. 아르망은 시선을 구두코에 둔 채 슬며시 미소 짓는다. 나머지 수사관들은 지금 자기들이 무슨 상황 속에 빠졌는지 몰라 어리둥절해하고 있다.

 "반장님." 예심판사가 대답한다. "저는 반장님의 이력을 잘 압니다. 또한 저는 반장님의 직분과 내밀하게 연결되어 있는 개인사에 대해서도 알고 있습니다."

이번에는 루이와 아르망의 미소가 그대로 굳어버린다. 카미유와 르 구엔 서장은 속으로 가장 높은 단계의 경계경보를 발령한다. 예심판사는 카미유를 향해 한 걸음 더 다가왔지만, 혹시 반장과 눈싸움을 벌이게 될까 싶어 너무 바싹 붙지는 않는다.

"만약 반장님이 이번 사건에 어떤 감정을 개입하고 있다면…… 어떻게 말씀드려야 할지 모르겠지만…… 감정적으로 이번 사건을 반장님의 개인사와 연관 지어 받아들이신다면, 제가 아마도 그것을 가장 처음으로 알아차린 사람이 되리라고 봅니다."

경고임에 분명한 이 말에는 위협의 저의도 희미하게나마 드러나 있다.

"저는 르 구엔 서장님이 이번 사건에 대해 사심이 덜한 사람을 기용하시리라고 확신합니다. 그래도, 그래도…… (그와 함께 그는 손아귀에 구름이라도 담으려는 듯 양손을 활짝 편다) 그래도…… 저는 카미유 반장님을 재신임하겠습니다. 저의 모든 믿음을 걸고 말입니다."

카미유에게 이런 수작은 가히 결정적이다. 이 작자는 정말 확 밟아버리고 싶은 버러지다.

살아오는 동안 수천 번 이상, 카미유는 우발적으로 범행을 저지르는 자들이 느낀 감정, 아무 의도도 없이 그저 한순간의 분노에 사로잡혀 눈이 멀어버린 나머지 살인의 유혹에 빠진 이들(그는 열 명 이상 그런 범죄자들을 검거해왔다)의 감정을 이해했다. 제 아내를 목 졸라 살해한 남자들, 제 남편을 칼로 찌른 여자들, 창가에서 아버지를 밀어버린 아들들, 친구들에게 방아쇠를 당긴 아이들, 옆집 아들을 때려죽인 이웃 등등. 그는 지급받은 총기로 예심판사를 저격하여 이마 한복판에 탄알을 박아 넣은 강력반 반장의 경우가 경찰사에 혹시 있었는지 기억을 더듬어본다. 하지만 그러는 대신, 그는 그냥 입 다무는 쪽을 택한다. 그는 그저 고개를 주억거릴 뿐이다. 이럴 때 입을 다물고 있다는 건 그에게 엄청난 고역이다. 멋도 모르는 사법관이 이렌을 비열한 맥락 속에서 섣불리 들먹이고 있기 때문이다. 하지만 그가 지금 입 다물고 있어야 하는 것도 바로 그 이름에 누를 끼치지 않기 위해서이다. 이렌의 납치 사건이 벌어졌을 때, 그는 그녀가 생존해서 돌아오리라는 사실을 굳게 확신하고 있었고, 예심판사는 그 점을 알고 있다. 그리하여 그는 명백히 이 침묵을 딛고 카미유에 우위를 점하려 하고 있다.

"좋습니다." 만족스러운 어투로 그가 말한다. "지금 시점에서 각자의 에고이즘은 경찰로서의 본분에 자리를 내주고 멀찍이 물러난 듯하군요. 이제 다시 각자 업무로 돌아가셔도 좋겠다는 생각이 듭니다."

카미유는 언젠가 그를 죽이고 말 것이다. 그건 확실하다. 그러기까지 시간이 좀 걸리긴 하겠지만 이 작자를 죽이고야 말 것이다. 그의 두 손으로 직접.

예심판사는 카미유가 나가는 것을 지켜본 후, 르 구엔 쪽으로 몸을 돌린다.

"서장님, 서장님은 물론," 그는 깊이 심사숙고했다는 듯한 목소리로 말한다. "저와 정보 수집 차원에서 연락을 계속 긴밀하게 유지하셔야지요."


"두 가지 긴급사항이 있다." 카미유는 팀에 향후 수사 방침을 설명한다. "우선, 트라리외의 초상화를 작성할 것과 그가 살아온 내력에 대해 알아볼 것. 우리가 피해자의 흔적, 또는 그녀의 신원을 찾을 수 있는 관건은 그가 살아온 내력에 달려 있다 해도 과언이 아니다. 첫 번째 걸림돌이 바로 거기 있기 때문이지. 그녀에 대해서는 아직도 아무것도 알아낸 게 없다. 누군지, 지금 어디에 있는지, 그리고 이게 무엇보다 중요한데, 그가 그녀를 납치한 까닭 등등. 우리를 두 번째 지점으로 이끄는 것은, 이게 우리가 끄집어낼 수 있는 단 하나의 실마리인데, 그의 휴대폰과 그가 종종 사용한 듯 보이는 아들의 컴퓨터에 일부 노출되어 있는 트라리외의 대외적 인간관계다. 지금 상황에서 살펴보면, 그건 물론 이미 예전 일에 불과하지. 시간 순서에 따른 흐름을 고려하면 이미 몇 주 전 일이 돼버린 셈이니까. 하지만 우리가 가진 거라고는 이게 다다."

아주 적다. 그나마 지금 이 시각에 그들의 손에 들어와 있는 단 하나의 확실성이라는 것도 정황이 썩 좋지 않다. 트라리외가 허공에 매달린 새장 속에 여자를 가둬놓고 도대체 뭘 하려는 의도였는지는 아무도 확언할 수 없다. 하지만 지금 확실한 것은 그가 죽었고, 그녀에게는 살 수 있는 시간이 이제 많지 않다는 점이다. 그 위험성이 구체적으로 어떤 건지 요약할 말이 마땅치 않긴 하지만, 아무튼 그녀가 처한 상황은 탈수현상과 기아를 야기할 게 확실해 보인다. 이런 상태로는 참으로 질깃질깃한 고통 속에서 허우적거리다 죽음에 이르게 될 것임을 누구나 잘 알고 있다. 구태여 그 쥐들을 염두에 두지 않더라도, 마르상이 처음으로 발언에 나선다. 그는 베르호벤 강력반과, 주로 등받이 의자에 앉아 근무하는 기술지원팀 사이에서 가교 역할을 하는 기술 요원이다.

"비록 그녀를 살아 있는 상태로 찾아낸다 해도," 그가 말한다. "탈수현상이 돌이킬 수 없는 신경계통의 후유증을 남길 가능성이 매우 높거든요. 자칫하다간 아직 살아 있다 해도 그사이에 식물인간이 돼버린 피해자와 마주칠 우려가 있습니다."

마르상은 현실을 직시하고 있다. 그가 옳다. 나? 나는 자꾸만 회피하고 싶다. 두렵기 때문이다. 그러나 그것은 내가 이 여자를 찾아낸 순간의 그런 두려움 때문이 아니다. 그는 한 번 몸서리를 친다.

"짐차는?" 그가 묻는다.

"어젯밤 참빗으로 싹 훑어본 결과," 자신의 기록을 참고하며 마르상이 답한다. "머리카락들하고 혈흔이 나왔습니다. 피해자의 DNA로 추정되는 것을 확보하긴 했는데 피해자가 경찰정보카드에 입력되어 있는 인물이 아닌 듯 보여서 확실히 누군지는 아직 알아내지 못한 상탭니다."

"몽타주는?"

트라리외는 안주머니에 장터 축제 때 찍힌 자기 아들의 사진을 간직하고 있었다. 아들의 목에는 한 여자가 팔을 두르고 있다. 하지만 사진이 핏물을 흠뻑 뒤집어쓴데다 멀리서 찍힌 탓에 제대로 알아보기가 어려웠다. 여자는 상당히 체구가 풍만한 편이어서 피해자와 동일인물인지 확신할 수 없다. 차라리 휴대폰에 저장된 사진들 쪽이 훨씬 더 유망해 보인다.

"꽤 좋은 결과를 얻어낼 듯합니다." 마르상이 말한다. "싸구려 휴대폰 카메라로 촬영한 것에 불과하긴 해도, 다양한 각도에서 얼굴의 여러 면면이 담긴 덕에 우리한테 필요한 요소들은 거의 다 뽑아낼 수 있지 않을까 기대하고 있습니다. 아마 오후 안으로는 완성된 몽타주를 받아보실 수 있을 겁니다."

소재 파악을 위한 분석도 중요할 것이다. 사진들이 지나치게 근접 촬영되었거나 피사체로 프레임을 꽉 채우고 있는 탓에 여자가 갇혀 있는 장소의 여타 사물들이 잘 보이지 않는다. 기술 요원들은 사진들을 스캔해서 가늠해보고, 분석하고 화면에 투사해가며 정밀조사에 몰두하고 있다……

"이 건물의 실체는 아직 밝혀지지 않았습니다." 마르상이 조사결과를 전한다. "다만 사진상의 이미지가 찍힌 시간과 빛의 질감 등을 고려해볼 때, 북동쪽 방향이라는 것은 확실한 듯합니다. 또한 극도로 평면적이

더군요. 사진들에서는 입체적인 거리감이나 심도 등이 전혀 나타나 있지 않습니다. 그래서 공간의 크기를 산정하는 게 어려워지는 겁니다. 그런데 빛이 아래로 쏟아지는 것을 보면, 천장까지의 높이가 적어도 4미터쯤 되지 않을까 유추해볼 수 있습니다. 어쩌면 더 높을 수도 있겠죠. 확실치는 않습니다. 지면은 콘크리트 바닥인데 누수의 흔적이 남아 있는 것 같고요. 모든 사진들이 자연광 상태에서 찍힌 것으로 미루어보아 아마도 전원 공급은 안 되나봅니다. 납치범이 사용한 촬영 장비들과 관련해서는 별다른 특기사항이 없습니다. 궤짝은 가공하지 않은 생목들로만 제작된 게 틀림없고요, 그저 나사로만 고정해서 허공에 띄워올린 듯합니다. 그것을 지탱하고 있는 스테인리스 고리는, 사진에서 금세 알아볼 수 있는 동아줄과 마찬가지로, 일반적으로 자주 쓰는 표준규격 제품이네요. 동아줄의 재질도 전통적인 대마 섬유로, 뭐, 별다르게 특기할 만한 건 없습니다. 그런데 저 쥐는, 태생적으로, 사육할 수 있는 동물이 아닙니다. 그러므로 이 건물은 폐쇄되고 비어 있는 게 아니냐는 쪽으로 추론이 기울고 있는 상황입니다."

"사진들의 날짜와 시간을 고려해볼 때, 트라리외가 적어도 하루에 두 번씩은 거기에 가 있었다는 사실이 입증되지." 카미유가 말한다. "그러니까 구역은 파리 근교 일대로 한정할 수 있을지도 모르지."

카미유 주위에 있는 팀원들이 고개를 끄덕인다. 다들 동의한다, 그는 자기가 방금 무슨 말을 했는지 스스로 잘 파악하고 있다. 다들 이미 그 점을 알고 있었다. 그는 달아나듯 두두슈가 기다리는 자기 집에 가서 머문다. 더 이상 거기 있고 싶지 않다. 모렐이 복귀했을 때 그와 바통 터치를 했어야 했다. 그는 눈을 감는다. 의욕을 회복하기 위해.

루이는 주어진 요소들에 기초해서 아르망이 맡은 피해자 소재지의 대략적인 건축 도면을 작성한 후, 그것을 일드프랑스\* 전역에 긴급속보로 방송하면 어떻겠느냐고 제안한다. 카미유는 그러자고 말한다. 좋아, 물론 그래야지. 하지만 섣부른 환상은 금물이다. 주어진 정보들이 너무 소략해서 다섯 건물 중 세 건물은 그런 요건에 해당될 수 있을 것이다. 아니나 다를까, 아르망이 경시청 통계를 통해 알아본 관련 자료에 따르더라도 파리 시내에만 이른바 '방치된 공단'으로 분류된 지역이 자그마치 64곳이나 되며, 그나마 이것도 폐쇄된 여러 건물들과 다가구 주택들을 포함시키지 않은 수치이다.

"언론에서는 별 말 없나요?" 르 구엔 서장을 바라보며 카미유가 묻는다.

"지금 장난하나?"


루이는 복도에서 출구 쪽으로 향하고 있었다. 그러다 갑자기 되돌아온다. 뭔가 짚이는 게 있다.

"그런데 말이죠……" 그가 카미유에게 말한다. "트라리외 같은 사람이 '어린 소녀' 같은 새장을 만든다는 게 어딘지 묘하고 석연치 않다는 생각 혹시 안 해보셨나요? '어린 소녀'를 기억할 정도라면 꽤 박식한 사람이라야 어울리지 않을까요?"

"아니 그렇지 않아, 루이. 트라리외에 비해 너무 박식한 건 바로 자네야! 그 인간은 '어린 소녀'를 지으려 한 게 아니었을 거야. '어린 소녀'라는 건 자네나 떠올릴 수 있는 역사적 참고사항일걸? 물론 자네가 그런 면으로 교양으로 철철 넘친다는 걸 드러내줄 수야 있겠지. 하지만 그 인

---

\* 파리 수도권 지역.

간이 지으려 한 건 '어린 소녀'가 아니라 그냥 새장일 뿐이야. 단지 그게 너무 작았던 거지."

르 구엔은 서장 전용 안락의자에 늘어져 있다. 그는 눈 감은 채, 카미유의 말에 귀 기울이는 중이다. 얼핏 보면 꼭 자빠져 자는 듯하지만, 사실 그 나름대로 집중하는 방식이다.

"장 피에르 트라리외." 카미유가 읊어간다. "1953년 10월 11일생. 올해 55세. 기계조립공 자격증 취득. 해군 항공대 관련 작업장에서 27년간 근무. (그가 경력을 시작한 건 1970년 남부 지역 공군기지임) 1997년 인력 감축에 따라 정리해고를 당한 후 2년간 실직자 생활. 르네 퐁티비아우 병원의 기계관리 부서에 재취업. 그곳에서 2년 넘게 근무했으나 역시 해고당한 후 다시 실직. 하지만 이번에는 직종을 바꿔 2002년 방치된 폐쇄 공단의 관리인 자리를 얻음. 이후 살던 아파트에서 나와 그곳 관리사무소에 들어와 거주하기 시작."

"성격은 어떻게, 폭력적인가?"

"다소 난폭한 데가 있었다는군요. 인사기록카드에는 그가 더러 싸움판이나 뭐 그런 짓을 벌이기도 한 것으로 적혀 있네요. 아주 불같은 성질머리의 소유자였답니다. 어쨌든 그의 부인은 그렇게 봤다는 것 같습니다. 이름이 로즐린인데 1970년에 그와 결혼했고, 같은 해에 바로 아들을 낳았습니다. 그 아들의 이름이 파스칼이죠. 이 아들내미와 관련된 대목이 흥미로우니 잠시 후 그리로 향해볼까 합니다."

"아니," 르 구엔은 카미유의 제안을 마다한다. "가던 대로 갑시다."

"이 아들 녀석이 실종되었습니다. 작년 7월에."

"계속해보시오."

"보충 설명들이 계속 올라오고 있긴 합니다만, 대체로 파스칼은 살아오면서 뭐든 잘해내지 못하고 뒤처졌으며 초등학교 시절부터 중학교, 기술고등학교, 그리고 직장생활에 이르기까지 그 어디에도 제대로 적응하지 못하고 항상 실패만 거듭한 모양입니다. 아무튼 이런 실패와 부적응의 기록에 관한 한, 서류함으로 한 상자쯤 되나봅니다. 잡역부 생활도 하고 이삿짐센터라든가 뭐 그런 데서도 일해보았지만 전혀 정착할 수 없었다는군요. 아버지가 간신히 그를 자기가 일하는 병원에 취직시키는 데 성공해서 (그때가 2002년입니다) 직장 동료처럼 같이 근무한 적도 있답니다. 하급 근로자로서의 연대감 같은 것까지 느껴가면서 아버지와 아들은 같이 병원 카트를 미는 직장 동료로 지낸 모양입니다. 그러다 이듬해에 함께 신변상의 변화를 맞게 됩니다. 아버지가 2002년에 경비직 일자리를 얻어서 관리사무소로 떠나자, 아들도 직장을 그만두고 그리로 가서 아버지와 같이 살려고 했답니다. 여기서 또 다시 분명히 해둬야 할 사항은, 그가 실종 당시 서른여섯 살이나 먹은 성인이라는 점입니다, 파스칼이라는 이 친구 말이죠! 우리들은 그 부친의 숙소에서 파스칼의 방을 볼 수 있었습니다. 비디오 오락게임기, 축구경기 포스터, '포르노 사이트'들로만 가득한 인터넷의 검색 기록 등등. 침대 발치에 여러 개의 빈 맥주캔들이 나뒹굴고 있지 않았다면, 진짜 사춘기 소년의 방인 줄만 알았을 겁니다. 이와 같은 경우, 무슨 맥락인지 몰라 어리둥절해지면 '사춘기 소년' 바로 앞에 '지체된'이라는 수식어만 덧붙여주면 될 테지요. 그런데 맙소사, 2006년 7월에 이르자 아버지는 아들이 실종되었다는 신고를 하게 됩니다."

"수사는?"

"당연히 했을 테지만, 글쎄요. 물론 아버지의 걱정은 이만저만이 아니었겠지요. 경찰 쪽에서는 당시 정황에 비춰볼 때, 일단 연락이 닿게 하는 데 치중했답니다. 왜냐하면 그 아들 녀석이 제 옷가지와 소지품들 그리고 625유로 정도 되는 아버지의 계좌 잔고를 들고 한 아가씨와 달아났기 때문이지요. 대충 어떤 부류의 얘긴지 감이 오시죠? 그 순간, 파스칼의 아버지는 경시청 관련 부서에 한 가닥 희망을 걸게 됩니다. '실종 가족 찾기 센터' 지역 일대가 다 수색망에 포함되었지만, 끝내 아무것도 찾아내지 못했습니다. 3월에 이르자, 수색망은 전국으로 확대되었습니다. 그래도 내내 마찬가지였지요. 트라리외는 격노해서 거칠게 항의를 하기도 했다고 합니다. 그가 원한 것은 분명한 결론이었다는군요. 8월 초순, 그러니까 아들의 실종 사건이 벌어진 지 일 년이 다 된 시점에서, 해당 부서는 결국 그에게 '행방미확인 통지서'를 발부하고 끝냈답니다. 지금까지도 아들 녀석은 계속 행방불명 상태로 나타나지 않고 있습니다. 그런데 제 부친이 죽었다는 사실을 알면 그가 혹시 돌아올지도 모른다는 생각이 들긴 하는데, 어떨지 모르죠."

"그런데 모친은?"

"트라리외는 1984년에 이혼했어요. 이혼을 원한 건 부인이었다는군요. 부부간 손찌검, 포악한 성격, 알코올중독 등을 사유로 해서. 아들은 아버지가 맡아 키우는 쪽으로 합의를 봤답니다. 부자 사이가 꽤 좋았던 가보네요. 최소한 파스칼이 도망치기로 결심하기 전까지는 말이죠. 모친은 재혼해서 지금은 오를레앙에 산답니다. 무슨 부인이랬더라…… (카미유는 자기 수첩을 뒤적여보지만 찾지 못한다) 뭐 그런 건 아무려나 상관없으니까. 어쨌든 파스칼의 모친을 찾으라고 지시해두었으니 곧 이쪽으로 오게 될 겁니다."

"그 밖에 또 다른 건?"

"네, 트라리외의 휴대폰은 직업상의 회선이더군요. 고용주는 트라리외가 설령 다른 지역에 가 있더라도 어느 순간에든 그를 호출할 수 있도록 그렇게 한 거랍니다. 이런 사실에서 알 수 있는 것은, 그가 휴대폰을 거의 사용하지 않았으며 대부분의 통화 상대는 자기 사장이거나 아니면 흔히 '콜서비스'라고 부르는 것들에 국한되었다는 점입니다. 그런데 갑자기 그는 전화를 쓰기 시작합니다. 많이는 아니지만, 아무튼 새로운 일이죠. 한 열두어 명가량의 수신자가 그의 통화 내역에 갑자기 새로 등장하는데, 통화를 한 사람들과는 한 번, 두 번, 세 번에 걸쳐 계속……"

"그런데?"

"그런데, 이처럼 급작스럽게 늘어난 통화 횟수는 자기 아들내미와 관련 있는 '행방미확인 통지서'를 수령하고 나서 두 주일 후부터 시작되었다가, 납치사건 3주 전쯤부터 뚝 그칩니다."

르 구엔 서장이 눈썹을 씰룩거린다. 카미유는 서둘러 결론을 꺼내놓을 수밖에 없다.

"트라리외는 경찰 쪽에서 아무것도 하지 못하자 이제는 자기가 직접 찾아나서야겠다고 결심한 게 확실합니다."

"그럼 새장 속에 갇힌 우리의 피해자가 혹시 그 아들과 함께 도망친 여자일 수도 있다는 거요?"

"제가 생각하기로는, 그렇습니다."

"아까 보고하기로는, 사진에 나온 아가씨는 살집이 많은 반면, 피해자는 전혀 그렇지 않다고 한 것 같은데."

"살집 많은 아가씨라, 그랬지요…… 하지만 살 같은 거야 얼마든지 빠질 수도 있는 거니까요. 어쩌면 일부러 뺏을지도 모르고요. 그건 내 알 바 아니죠. 여하튼 내 생각에 그 둘은 동일인이 틀림없습니다. 이제 서장님한테 보고 드려야 하는 사항은 파스칼, 이 녀석이 도대체 어디 있느냐 하는 문제인데……"

# 17

지금까지 알렉스는 이곳에서 주로 추위에 시달려왔다. 그래도 9월이면 아직까지는 포근한 편이지만 그녀는 우선 전혀 움직이질 못하며, 제대로 먹지도 못한다. 게다가 지금은 상황이 더 악화되고 말았다. 난데없이 몇 시간 동안 기온이 급격하게 가을 날씨로 돌아섰기 때문이다. 탈진 상태에 빠진 그녀로서는 실제보다 훨씬 더 낮게 느껴지는 기온에 따라 추위를 체감할 수밖에 없다. 유리창에 비끼는 빛살로 짐작해보건대, 하늘은 구름에 뒤덮여 있으며 그로 인해 조도도 많이 줄어든 것 같다. 알렉스는 이어 처음으로 돌개바람이 실내에 휘몰아치는 소리를 들었다. 음산하게 휘파람을 부는 것 같기도 하고, 고통스럽게 흐느껴 우는 것 같기도 하다. 또한 절망의 신음소리처럼 들리기도 한다.

쥐들도 대가리를 쳐들었다. 놈들의 수염이 전에 없이 파르르 떨리기 시작했다. 장대 같은 빗줄기가 난데없이 내리치듯 건물을 덮쳤다. 떠내려가는 배처럼 건물에서는 으르렁거리는 포효와 뭔가가 우지끈 박살나는 파열음이 동시에 났다. 알렉스가 미처 알아차리기도 전에 모든 쥐들이 일제히, 줄줄 흘러넘치기 시작한 빗물에 이끌려 벽을 타고 내려왔다. 이제 보니 쥐들의 수는 벌써 아홉 마리로 불어나 있었다. 내내 여기 있던 놈들인지는 확실치 않다. 가령, 털이 검붉은 덩치 하나는 최근 새로 온 듯한데, 다른 놈들은 녀석을 두려워하는 것 같다. 그녀는 이 녀석이 물구덩이 속에서 뒹굴뒹굴하는 것을 보았다. 놈은 혼자서 그곳을 다 차지하고 있었다. 처음으로 뛰어올라온 것도 그 녀석이다. 놈이 가장 먼저 동아줄에 돌아온다. 뭔가 머리가 조리 있게 돌아가는 듯 보이는 놈이다.

털이 축축하게 젖은 쥐는 마른 쥐보다 훨씬 더 혐오스럽다. 털도 더 더러워 보이고 눈빛도 어쩐지 더 날카로워 보이는데, 음험하게 숨어 뭔가를 잔뜩 노리고 있다는 인상마저 자아낸다. 젖어 있으니 놈의 긴 꼬리에서 끈적거리는 점착성이 느껴져 마치 뱀 같은 동물이 꿈틀거리면서 쥐의 꽁무니에 달라붙어 다니는 것으로 보일 지경이다.

장대비에 이어 천둥번개가 잇따라 내리치고, 습기에 이어 추위가 잇따라 몰려온다. 손가락 한 번 까딱하지도 못하고 알렉스는 석고처럼 굳어간다. 어떤 파동들로 인해 그녀는 신체적 이상 징후를 느끼고 있다. 그것은 단순한 오한이 아니라 정말 극심한 경련이다. 그녀는 이를 달그락거리기 시작한다. 새장이 저 혼자 돌아가기 시작할 정도로 바람이 공간 속을 난폭하게 헤집고 다닌다.

검붉은 놈은 저 혼자 동아줄로 기어올라와서는 덮개 위를 성큼성큼 쏘다닌다. 그러다 멈춰 서서 뒷발로 높이 몸을 일으킨다. 아마도 녀석은 무리에게 모이라는 신호를 보내는 것 같다. 그러고는 불과 몇 초 만에 거의 모든 쥐들이 다 기어올라왔기 때문이다. 이제 쥐들은 모든 곳에 다 자리해 있다. 덮개 위 오른쪽과 왼쪽에, 그리고 간들거리는 광주리 속에도.

번개가 번쩍하며 순간적으로 공간을 환히 밝힌다. 그러자 거의 모든 쥐들이 감전된 듯 일률적인 동작으로 하늘을 향해 주둥이를 내밀며 뒷발로 버티고 서서 몸을 일으킨다. 그러고는 사방으로 이동한다. 놈들은 내리치는 천둥번개에도 기겁하지 않는다. 아니, 기겁하기는커녕 춤추며 즐기듯 움직인다. 오히려 놈들은 활기를 띤다.

검붉은 놈만이 알렉스의 얼굴과 가장 가까운 판자 위에 붙박인 듯 머물러 있다. 녀석은 그녀에게 대가리를 내밀어보기도 하고 눈깔을 크게 벌리기도 하다 결국에는 일어선다. 녀석의 붉은 배는 비대해 보일 정도로 불룩하다. 놈은 찍찍 하고 짖어대며 앞발을 사방으로 휘젓는다. 앞발은 장밋빛을 띠고 있다. 하지만 알렉스의 눈에는 예리한 발톱밖에 보이지 않는다.

이 쥐들은 퍽 전략적이다. 놈들은 이제 배고픔과 목마름과 추위 따위에 대처하려면, 언제든 무리 지어 공포스러운 위협을 가하기만 하면 족하다는 사실을 알아차렸다. 놈들이 찍찍대는 소리로 합창을 한다, 그녀를 겁주기 위해. 알렉스는 얼음장만큼 차갑긴 하지만 그래도 바람에 실려온 빗물을 받아 마신다. 그녀는 이제 울지도 못한다. 그저 오들오들 떨 뿐이다. 그러면서 해방처럼 죽음을 생각한다. 하지만 쥐에게 물어뜯기게 될 거라는 걱정이, 결국 뜯어먹히고 말 거라는 상념이 앞선다……

열두어 마리쯤 되는 쥐새끼들이 인간의 몸 하나를 다 먹어치우는 데는 대략 며칠이나 걸릴까?

상상만으로도 너무 참혹해서, 알렉스는 비명을 지르기 시작한다.

하지만 처음으로 그녀의 목울대에서는 아무런 소리도 튀어나오지 않는다.

탈진 상태가 그녀를 송두리째 집어삼킨 것이다.

# 18

르 구엔 서장은 기지개를 켜며 자리에서 일어나더니, 카미유가 보고를 이어가는 동안 그 앞에서 잠시 서성거렸다. 다시 자리에 앉아 턱을 괸 그는 사색에 잠긴 뚱보 스핑크스의 모습으로 돌아갔다. 카미유는 서장이 다시 자리에 앉은 순간 그의 얼굴에 만족의 미소 같은 게 살짝 번지려다 감춰지는 것을 보았다. 아마 하루치로 할당된 운동을 마쳐 흡족한 모양이지, 카미유는 속으로 웅얼거린다. 서장은 하루에 세 번씩, 일어나서 잠시 문가까지 갔다 돌아오는 것을 운동이랍시고 매일 반복한다. 더러는 네 번까지일 때도 있다. 이런 그의 하드 트레이닝은 강철 같은 규율에 따라 이루어진다.

"트라리외 휴대폰에 일고여덟 명 정도의 흥미로운 통화 상대들이 보이는데요." 카미유가 말을 잇는다. "트라리외는 그들에게 꽤 여러 차례 전화를 걸었습니다. 늘 같은 질문을 하기 위해서였죠. 아들의 실종에 대해 묻는 질문이었습니다. 그 사람들을 만나러 간 적도 있는데, 그럴 때마다 아들이 장터 축제에서 그 아가씨와 함께 있는 사진을 보여주곤 한 모양이네요."

카미유는 그중 두 명의 증인과 접촉했을 뿐이고, 나머지는 루이와 아르망이 맡았다. 상황보고 때문에 르 구엔 서장의 방을 거쳐야 하긴 했지만, 정작 그가 강력반에 돌아온 것은 서장을 만나기 위해서가 아니다. 방금 전에 오를레앙에서 갓 도착했다는 트라리외의 전 부인을 만나기 위해서다. 헌병이 임의동행의 형식으로 그녀를 이곳까지 데려왔다.

"트라리외는 자기 아들의 이메일에서 그 사람들의 연락처를 찾은 게 틀림없습니다. 거의 다 있더군요."

카미유는 자신의 메모를 들여다본다.

"발레리 투케. 올해 33세. 파스칼 트라리외와 같은 클래스였고, 15년 동안 어떻게든 한번 해볼 수 없을까 해서 절박하게 매달려온 예전 여자 친구."

"그 친구가 그런 쪽으로는 꽤 밝은가 보군."

"파스칼의 부친은 자기 아들내미가 어떻게 되었는지 혹시 알고 있을까 싶어서 그녀에게 수차례 전화를 한 일이 있습니다. 그녀는 파스칼, 이 친구가 정말 지진아였다고 하더군요. 왜 요즘 시쳇말로 '찐따'라고 하죠. 서장님이 기다리는 동안, 이렇게 털어놓더군요. '톡 까놓고 말해서 정말 아무짝에도 쓸모없는 녀석이었어요. 파스칼은 늘 또라이 같은 이야기들로 여자애들을 꼬시는 데만 정신이 팔려 있었거든요.' 한마디로, 진짜 쪼다였다는 거죠. 하지만 착하긴 했답니다. 아무튼 그녀는 파스칼이 어찌되었는지 전혀 아는 바가 없어 보였습니다."

"다른 사람은?"

"파트릭 쥐피앙이 있습니다. 세탁업소의 배달차 운전사로, 파스칼 트라리외가 장외마권 판매소에서 일하던 시절의 동료죠. 그 친구도 역시 파스칼의 근황에 대해서는 들은 바가 없었습니다. 사진에 나온 그 아가씨도 전혀 본 적이 없다고 했고요. 또 다른 사람으로는 중학교 시절의 같은 반 친구이자 지금은 영업사원으로 일하는 토마스 바쇠르가 있고, 파스칼이 배송판매 위탁업소에서 일하던 시절 친하게 지낸 운반 관리원 디디에 코타르 등이 있는데, 내내 같은 식이었나 봅니다. 난데없이 전화를 걸어와서는 자기를 파스칼의 아비 되는 사람이라고 밝힌 사내가 제 아들의 행방을 꼬치꼬치 캐물으며 성가시게 굴었다는군요. 물론 오래전부터 연락이 끊긴지라 누구도 파스칼의 소식을 알 턱이 없었어요. 그나마 거기서 얻은 최고의 수확이라면, 이 실종사건에 여자가 하나 끼어 있다는 사실을 알아냈다는 것이었을 테죠. 그건 그 아비에게 아주 경악할 뉴스였을 겁니다. 파스칼 트라리외가 여자와 같이 있다니. 그런 얘기에 파스칼의 친구 바쇠르 씨는 '이번에야말로 모처럼 하나 건졌구나, 자식'하는 태도로 아주 박장대소를 하더군요. 하지만 또 다른 친구인 배달차 운전사는 파스칼이 틈날 때마다 나탈리라는 아가씨 얘기를 하도 해대서 주위 사람들이 성가셔한 게 사실이었다고 말했습니다. 그런데 이 나탈리가 어떤 아가씨인지는 주변에서 아무도 몰랐다네요. 파스칼이 아무한테도 그녀를 소개시켜주고 싶어하지 않아서."

"설마……"

"아니요. 그다지 의아한 일도 아니지요. 파스칼은 그녀를 6월 중순에 만나 한 달 후쯤 그녀와 야반도주를 감행합니다. 그러니 자기 친구들한테 그녀를 소개시키고 말고 할 시간적 여유도 별로 없었던 셈이지요."

두 남자는 이런저런 생각에 골똘해진다. 카미유는 미간을 잔뜩 찌푸린 채로 자기 메모를 다시 읽으며 이따금 창가 쪽을 바라본다. 마치 거기서 문제에 대한 해답을 찾아내려는 것처럼. 그러다 다시 자기 수첩에 파묻힌다. 르 구엔 서장은 그를 잘 알고 있다. 카미유의 보고를 한순간 끊더니 그는 문득 이렇게 말한다.

"자, 허심탄회하게 한번 털어놔보시오."

카미유는 당황해서 어찌할 바를 모른다. 서장이 그렇게 나오는 건 흔한 일이 아니다.

"글쎄요, 솔직하게 말하자면…… 이 아가씨에 대한 예감이 별로 좋지 않네요."

그는 두 손을 들어올려 얼굴을 감싸 쥔다.

"알아요, 알아! 안다고요, 서장님. 지금 문제는 피해자예요! 그런데 우리는 아직 피해자가 정확히 누군지 파악도 못 하고 있어요! 그런데도 서장님은 내가 어떻게 생각하는지를 물은 거고, 나는 거기에 그렇게 답한 것뿐이라고요."

르 구엔 서장은 팔꿈치로 책상을 짚으며 안락의자에서 자세를 고쳐 앉는다.

"그건 너무 무기력한 답이군, 카미유."

"나도 압니다."

"지금 이 아가씨는 한 주 전부터 약 2미터쯤 공중에 매달린 새장에 참새처럼 갇혀 있는데……"

"나도 안다니까요, 서장님……"

"사진상으로는 그녀가 현재 죽어가고 있는 게 확연해 보이고……"

"그렇죠……"

"이 아가씨를 납치한 범인은 난폭하고 알코올중독에 빠진 일자무식으로……"

카미유는 대꾸하지 않고 그저 미소를 지어 보이는 데 그친다.

"……생쥐들이 들끓는 새장에 그녀를 가둬놓았으니……"

카미유는 무겁게 고개를 끄덕인다.

"……그런데도 이 작자는 우리한테 그녀를 순순히 넘겨주기보다 다리 아래로 투신하는 쪽을 택하다니……"

카미유는 자기가 유발한 재앙의 결과를 외면하고 싶어하는 사람처럼 차라리 눈을 질끈 감아버린다.

"그런데도 '이 아가씨에 대한 예감이 별로 좋질 않다'라는 말이 나오나? 아니 혹시 다른 사람한테도 그렇게 말한 적이 있나? 그게 본인의 의중에서 핵심적인 부분이라고 말이야?"

하지만 카미유가 아무런 반박이나 변명도 하려 하지 않자, 르 구엔 서장은 뭔가 이상하다고 느낀다. 침묵이 흐른다. 하지만 잠시 후 카미유가 느린 어조로 말문을 열며 침묵에서 빠져나온다.

"나로서는 아무도 이 아가씨의 실종을 신고하지 않았다는 사실을 납득하기가 어렵더군요."

"이런! 하지만 그런 경우야 수……"

"……천 건에 달하지요. 알고 있습니다, 서장님. 아무도 신고조차 하지 않은 사람들의 수가 수천여 명에 달한다는 것. 하지만 어쨌든…… 트라리외는 계획적인 지능형 범죄자는 아니었어요. 그렇지요?"

"그렇지."

"아주 교묘하거나 치밀하지도 않았고요."

"군말이 필요 없지."

"자 그럼, 그자가 왜 그토록 제 아들 문제를 가지고 이 여자에게 분노할 수밖에 없었는지 한번 생각해보세요. 이런 방법까지 동원해가면서 말이죠."

르 구엔 서장은 헤아려보려는 듯 눈을 치뜨고는, 이내 잘 모르겠다는 표정을 짓는다.

"트라리외는 자기 아들의 실종에 대해 조사하던 중 갑자기 판자들을 사들여 그런 새장을 짓더니, 며칠 동안이고 여자를 가둬둘 만한 장소까지 물색한 셈이거든요. 그러고는 여자를 납치해서 가둬둔 후 서서히 고통을 주는 수법으로 말려 죽이려고 들었지요. 게다가 그녀가 자기 뜻대로 돼간다는 것을 확실히 해두기 위해 사진을 찍어두기까지 했어요…… 그런데 서장님은 이게 돌발적인 욕망이라고 생각되시나요!"

"나는 그런 말 한 적 없는데, 카미유 반장."

"아니, 맞아요. 서장님이 해온 말이 그 말이에요. 혹은 어찌 됐든 내내 같은 맥락이라고 할 수 있지요. 그런데 트라리외에게는 다음과 같은 생각이 떠올랐던 겁니다. 평생을 기계조립공으로 살아온 입장에서 그는 이렇게 웅얼거렸겠지요. 내 아들을 꼬드겨낸 년이 내 손에 잡히기만 하면 내가 직접 짠 나무 새장 속에 처넣고 말겠다! 여기서 아주 묘한 우연이 뭐냐면, 이 아가씨가 도무지 신원을 확인할 수 없는 여자라는 점이죠. 그런데도 몽당 빗자루처럼 우둔하기 그지없는 이 트라리외는 별 어려움 없이 그녀를 찾아냈다는 거고, 지금 우리가 풀지 못해 난항을 겪고 있는 것도 바로 이 지점입니다."

19

 그녀는 이제 거의 자지도 못한다. 너무 두렵다. 그녀의 몸은 새장의 크기에 맞춰 한층 더 비틀려 있다. 그녀의 고통은 더욱 커져간다. 처음 갇혔을 때부터 전혀 자세를 바꾸지 못했고, 정상적으로 먹지도 못했으며, 정상적으로 잠도 자지 못했다. 다리와 팔을 쭉 펼 수도 없으며 몇 분간이나마 편히 쉴 수도 없었다. 그리고 지금은 이놈의 쥐들이…… 그녀는 점점 더 정신을 놓고 있다. 몇 시간 동안 이따금 그녀가 본 모든 것이 부옇고 흐릿하다. 아주 먼 거리에서 아련히 날아오는 메아리처럼 모든 소음이 그녀의 귀에 먹먹하게 와 닿는다. 그러면서도 자기가 내는 신음 소리와 끙끙 앓는 소리, 뱃속에서부터 치솟아 오르는 절규 등으로 청각이 어지럽다. 그녀의 모든 기력은 빠른 속도로 쇠약해져가고 있다.
 그녀의 머리는 푹 꺼졌다 솟아오르기를 끊임없이 반복한다. 얼마 전 그녀는 피로에 짓눌리고 잠기운과 고통에 겨워 잠시 혼절해 있었다. 그녀의 정신은 야릇한 망상에 사로잡혀 헛소리를 주절거렸다. 그리고 모든 곳에서 쥐들이 들끓고 있는 게 보였다.
 그런데 문득, 그녀로서는 왜인지 알 수 없지만, 트라리외가 이제 다시 돌아오지 않을 것이며, 그녀를 그냥 그 상태로 방치해둔 것이라는 확신이 든다. 만일 그가 돌아온다면, 자기는 그에게 모든 것을 다 말할 것이다. 그녀는 그가 제발 돌아오게 해달라는, 그러면 끝장을 보기 위해서라도 그가 원하는 것을 죄다 털어놓으리라는 말을 주문처럼 되뇌고 또 되뇐다. 그녀는 체념하듯 소망한다, 그가 그녀를 이 쥐들보다는 빨리 와서 자신을 죽일 수 있기를.

하루가 새로이 시작될 무렵, 놈들은 일렬종대로 줄지어 동아줄을 기어내려와 작은 소리로 찍찍거린다. 놈들은 알고 있다, 알렉스가 자기들의 수중에 떨어져 있다는 사실을.

녀석들은 그녀가 버틸 수 있는 마지막 순간까지 기다리지 않을 것이다. 녀석들은 너무 격앙되어 있다. 오늘 아침에는 놈들 사이에 전에 없을 정도로 격한 싸움이 벌어졌다. 그녀의 체취를 맡기 위해 놈들은 점점 더 가까이 전진하고 있다. 쥐들은 일단 그녀가 완전히 지쳐 떨어질 때까지 기다리려는 것 같다. 하지만 동시에 도발적인 욕구로 활활 불타오르고 있다. 그 첫 신호는 무엇일까? 무엇이 놈들로 하여금 결정을 내리게 할까?

그녀는 황급히 정신적 마비 상태에서 헤어나려 한다. 한순간이나마 명료한 정신으로 돌아온다.

'나는 네가 말라 죽어가는 꼴을 보려는 거야'라는 그 말은 사실상 '나는 네가 말라 죽어 있는 꼴을 보겠다'와 같은 의미였을 것이다. 그는 이제 돌아오지 않을 것이다. 그녀가 죽고 나서야 비로소 돌아올 것이다.

그녀 위로 무리에서 가장 몸집이 크고 검붉은 그 놈이 뒷발로 버티고 서서 날카롭게 찍찍거리는 소리를 내고 있다. 놈은 이빨까지 드러내 보인다. 이제 할 수 있는 일은 오로지 한 가지뿐이다. 그녀는 극한 흥분에 떨리는 손으로, 그 손가락 끝으로, 아래쪽 판자의 꺼칠꺼칠한 가장자리를 더듬는다. 새장에 갇혔을 때부터 그 날카로움 때문에 애써 피하려 해온 부분으로, 그저 닿기만 해도 살갗을 찢어놓을지도 모른다. 그녀는 나뭇결의 굴곡 속으로 손톱을 살금살금 들이밀어본다. 생목의 표면이 미세하게 쪼개지기 시작한다. 그녀는 손톱이 파고들 수 있는 약간의 틈새를 조금 더 확보한다. 그리고 집중한다. 할 수 있는 한 최대치의 압박을 그 틈새에 가한다. 억겁 같은 순간이 흐른다. 그녀는 여러 번 반복할 수밖에 없다. 이윽고 단번에 나뭇결이 뜯겨나간다. 알렉스의 손가락 사이로 거의 15센티에 이를 만큼 기다란 가시가 집힌다. 상당히 날카롭다. 그녀는 위로 시선을 돌려 덮개의 판자 사이로 고리의 옆쪽을, 이 새장이 매달려 있는 동아줄의 옆쪽을 바라본다. 그러더니 순식간에 손을 내밀어, 쥐가 새장 바깥의 허공으로 내몰리도록 나무 가시를 휘저어댄다. 놈은 달라붙으려 발버둥치며 판자 가장자리를 절박하게 앞발로 긁어댄다. 그러다 결국 단말마의 비명처럼 찍찍거리고 짖어대며 2미터 아래로 추락한다. 다시 기다릴 것도 없이, 알렉스는 손아귀에 나무 가시를 움켜쥐고 위쪽으로 푹푹 쑤셔대다가 급기야 칼날처럼 그것을 휘두른다. 그러면서 고통에 찌든 울부짖음을 토해낸다.

그러자 얼마 후 피가 철철 넘쳐흐르기 시작한다.

## 20

로즐린 브뤼노는 자신의 전남편에 대해 이런저런 말을 늘어놓고 싶어하지 않는다. 그녀가 원한 것은 일 년 넘게 실종 상태로 남아 있는 아들의 소식이다.

"7월 14일이었죠." 마치 그날의 실종사건이 어떤 상징적 가치를 띠고 있기라도 하다는 듯이 꺼림칙한 표정으로 그녀가 입을 연다.

카미유는 자기 사무실을 비워둔 채 그녀의 옆자리에 앉아 있었다.

예전에 그는 높이가 각기 다른 의자 두 개를 마련해두고 있었는데, 하나는 상당히 높고 다른 하나는 아주 낮았다. 그로 인한 심리적 효과는 꽤 달랐다. 그때그때 상황을 봐가며 그는 둘 중 하나를 택하곤 했다. 이렌은 이런 잔꾀를 별로 좋아하지 않았지만, 카미유로서는 어쩔 수 없었다. 그 의자들은 얼마 동안 강력반에 그대로 남아 있었는데, 다른 이들이 신참이 오면 장난을 치기 위해 그 의자들을 써먹기도 했다. 하지만 그런 장난은 기대만큼 재미나지 않았고, 그러던 어느 날 의자들은 감쪽같이 사라지고 말았다. 카미유는 아르망이 그것들을 평범한 의자들로 보수해둔 것이리라 확신했다. 그는 이렌과 함께 테이블에 자리할 때 이 의자들을 사용하면 어땠을지 상상해보기도 한다. 높은 의자에는 자기가 앉고, 낮은 의자에는 이렌이 앉았다면⋯⋯

브뤼노 부인과 마주하자, 그는 이 의자들을 다시 떠올린다. 그 의자들이 친근한 효과를 자아내는 데 썩 유용했기 때문이다. 요즘 들어서는 부쩍 이런 감정적 효과를 유발하고 싶다는 생각이 들 때가 많다. 그건 그렇고, 시간이 촉박하니 정말 서둘러야 한다. 카미유는 심문에 집중하려 한다. 갇혀 있는 여자 생각만 하면, 여러 이미지들이 한꺼번에 몰려와 서로 뒤섞여버린다. 그것들이 생각을 흐트리며 그로 하여금 자꾸만 여러 방면에 걸쳐 예전으로 거슬러 올라가도록 부추긴다. 그러다보면 자칫 방향을 잃을 위험에 처할 수도 있다.

그런데 안타깝게도 로즐린 브뤼노와 마주하자, 그 이미지들의 파장이 평정을 잃는다. 그녀는 아담하고 가냘픈 여인으로, 평소에는 활달하게 지낼 것처럼 보이지만, 이 순간만은 몹시 조심스럽고 불안해 보인다. 그녀는 경계하는 표정으로 건조하게 까딱 목례를 건넨다. 자기 아들이 죽었다는 소식을 전해주기 위해 부른 게 틀림없다는 생각을 하는 듯하다. 그녀는 자신이 일하는 운전학원에 헌병이 찾아왔을 때부터 그런 예감을 곱씹고 있다.

"당신의 전남편이 어젯밤에 사망했습니다, 브뤼노 부인."

아무리 20년 전에 이혼했다 해도, 난데없는 전남편의 사망 소식은 그녀의 감정에 영향을 끼치지 않을 수 없다. 그녀는 카미유와 똑바로 눈을 맞춘다. 그녀의 시선은 원한(나는 그가 고통받았기를 바랍니다)과 무관심(생각보다 큰일은 아니네요) 사이에서 머뭇거린다. 하지만 무엇보다 근심이 이 모두를 압도하고 있다. 일단 그녀는 침묵한다. 카미유는 이 여자의 모습이 새와 비슷하다고 느낀다. 짧고 뾰족한 콧날, 예리한 눈매, 좁은 어깨, 작지만 봉긋 솟은 앞가슴 등. 이 여자의 캐리커처를 그린다면 어떻게 해야 할지 훤히 보이는 것만 같다.

"그이는 왜 죽었나요?" 그녀가 마침내 입을 열어 그렇게 묻는다.

이혼 사유서의 내용을 믿는다면, 그녀가 전남편의 죽음을 그리 슬퍼하지 않는 것도 무리는 아니다. 그렇다면 일반적으로 생각해볼 때 그녀는, 카미유는 속으로 웅얼거린다, 오히려 자기 아들의 소식을 먼저 물어보았어야 했을 텐데. 그녀가 그렇게 하지 않은 건 다 이유가 있기 때문일 것이다.

"사고가 있었습니다." 카미유가 말한다. "경찰에게 쫓기던 중이었지요."

아무리 전남편에게서 좋은 점을 찾으려 해도 브뤼노 부인은 자신에게 몹시 난폭하게 군 기억 외에는 떠오르는 게 없다. 그녀는 아무 때나 주먹을 휘두르고 손찌검이나 해대는 깡패와 결혼한 게 아니었다. '경찰에 쫓기고 있었다'는 말은 상대에게 놀라움을 안겨주는 게 보통이다. 하지만 그녀의 경우는 아니다. 아무 반응도 없다. 그녀는 그저 고개만 끄덕일 뿐이다. 자기 전남편을 그런 상황에 빠질 만한 인간으로 보고 있었다는 게 그녀의 반응에서 전해져온다. 그렇다 해도 그녀는 눈물은커녕 땀 한 방울 흘리지 않는다.

"브뤼노 부인…… (카미유는 일단 인내심 강한 태도를 보인다. 아직갈 길이 멀기 때문이다) 저희가 볼 때 파스칼의 실종은 부친의 죽음과 모종의 관련이 있습니다. 사실상 저희는 그렇다고 받아들이는 입장입니다. 저희의 질문에 가급적 빨리 대답해주실수록, 부인의 아들을 찾아내는 일이 한결 빨리 이루어질 수도 있다는 점 우선 말씀드립니다."

여러 시간 동안 사전을 뒤적여 카미유 반장의 태도를 특징적으로 나타내는 말을 찾고자 한다면, '뻔뻔한'이라는 표현이 가장 적합한 말이 아닐까 싶기도 하다. 사실 그에게는 파스칼의 생존가능성이 반반에 불과해 보이기 때문이었다. 그러면서도 그녀의 아들을 볼모로 삼아 이런 공갈을 일삼는다는 건 상당히 비열한 술책이 아닐 수 없다. 하지만 그는 전혀 낯붉힐 필요를 느끼지 않는다. 어쩌면 절반의 가능성 속에서 아직 살아 있는 파스칼을 실제로 그녀에게 찾아줄 수도 있기 때문이다.

"며칠 전에 부인의 전남편은 한 아가씨를 납치했습니다. 그는 그녀를 감금했는데, 자신이 그녀를 어디에 감금했는지 말해주지 않고 죽었습니다. 이 아가씨는 현재 어딘가에 있습니다만, 우리는 거기가 어디인지 모릅니다. 그리고 그녀가 지금 죽어가고 있습니다, 브뤼노 부인."

카미유는 현재 상황이 어떻게 돌아가고 있는지 명확히 간추려 알려준다. 로즐린 브뤼노의 동공이 비둘기의 눈처럼 좌우로 흔들린다. 그녀는 상반된 상념들에 사로잡힌 것 같다. 문제는 그녀가 어떤 선택을 할 것인지 알아내는 일이다. 이 납치사건의 전말과 내 아들의 실종 사이에 어떤 연관성이 있을까? 바로 이게 그녀가 던지고 있는 물음일 것이다. 그녀가 질문을 하지 않는다면, 그것은 이미 그 답을 알고 있기 때문일 수도 있다.

"저한테 부인이 아시는 대로 다 말씀해주실 필요가 있습니다…… 아니, 아니, 브뤼노 부인, 잠깐만요! 저한테 부인이 전혀 모르고 있는 사실들을 말씀하실 수도 있는데, 혹시 그러시면 모두한테 아주 안 좋습니다. 모든 것 중에 최악입니다. 그런 만큼, 저는 부인께 잠깐 동안 숙고해보실 시간을 드리고자 합니다. 부인의 전남편은 아들의 실종에 연루되어 있는, 그 내막은 아직 저도 모릅니다만, 한 여자를 납치했습니다. 그런데 지금 이 여자가 죽어가고 있습니다."

부인의 동공이 계속 좌우로 흔들린다. 머리를 움직여보지만 눈은 따라 움직이지 않는다. 카미유는 부인이 확인할 수 있도록 갇혀 있는 그 아가씨의 사진을 탁자 위에 가져다놓아볼까 하는 생각도 한다. 쇼크를 일으키기 위해서. 하지만 무슨 이유에서인지 이내 그런 생각을 접는다.

"전남편이 저한테 전화를 걸어온 적이 있었어요……"

카미유는 큰숨을 내쉰다. 완벽하게 압도한 건 아니지만 어쨌든 그녀로 하여금 입을 열게 하는 데까지는 성공한 셈이다.

"그게 언제였나요?"

"정확히 기억이 나진 않는데, 아마 한 달 전쯤이었을 거예요."

"그래서요……?"

로즐린 브뤼노가 부리로 바닥을 쪼듯 입을 연다. 느리게 이야기하기 시작한다. 트라리외는 '행방미확인 통지서'를 받고 분개한다. 이것이 명확하게 의미하는 바는, 경찰이 이 실종을 일종의 단순 가출사건으로 간주하므로, 더 이상 찾아보지 않고 수사를 종료하겠다는 것이다. 경찰로서는 이제 아무것도 할 수 있는 게 없으니까. 트라리외는 그녀에게 자신이 직접 나서서 파스칼을 찾아내겠다고 말한다. 나름의 생각이 있다는 말도 덧붙이며.

"그러면서 염두에 둔 게 바로 그 걸레……"

"걸레라……"

"그이가 파스칼의 여자친구를 그런 식으로 불렀거든요."

"그렇게까지 그녀를 멸시한 데는 뭐 특별한 이유라도 있었나요?"

로즐린 브뤼노는 한숨짓는다. 그에 관해 설명하자면, 한참 거슬러 올라가야 한다.

"이해되실지 모르겠지만, 파스칼은, 뭐랄까, 상당히 단순한 아이예요. 무슨 말인지 아시겠어요?"

"그런 것 같습니다."

"파스칼은 어떠한 악의도 없고 복잡한 생각도 할 줄 몰라요. 그런데 저는 그 아이가 제 아빠하고 계속 사는 것을 원치 않았어요. 제 전남편은 걔한테도 술을 먹였고요, 어떨 때는 주먹질까지 서슴지 않았어요. 그런데도 파스칼은 제 아빠를 아주 좋아했어요. 그 아이가 아빠의 어떤 점에 그렇게 끌리는지 정말 궁금해지지 않을 수 없죠. 아무튼 그런 식으로, 제 전남편 장 피에르에게는 그 아이밖에 남지 않은 셈이었지요. 그러던 어느 날 이 아가씨가 파스칼의 인생에 나타난 거예요. 그 아가씨는 파스칼을 아주 쉽게 홀렸을 테죠. 걔는 푹 빠졌어요. 파스칼 혼자서만 주로 그러는 편이고, 여자애들 쪽에서는…… 그 이전까지 뭐, 일단 걔가 여자를 만나거나 한 경험 자체가 별로 많지 않았어요. 게다가 늘 나쁘게 끝나곤 했지요. 파스칼은 여자애들을 어떻게 대해야 하는지 잘 모르거든요. 아무튼 그런 그 아이 앞에 여자가 나타난 겁니다. 그리고 그녀는 파스칼에게 그럴듯한 패를 꺼내 보였겠죠. 파스칼은 완전히 그 아가씨한테 정신이 나간 것 같았어요. 그렇게 되지 않을 수 없었을 거예요."

"그 아가씨의 이름이 뭔지, 혹시 알고 계신가요?"

"나탈리라고 했던가? 그런데 실은 그 여자애를 단 한 번도 본 일은 없어요. 성씨도 모르고 그저 이름만 알 뿐이죠. 우연히 파스칼의 휴대폰을 본 적이 있었는데, 여기저기에 나탈리라는 이름이 보이더군요."

"파스칼이 부인에게 그녀를 인사시키지 않았나요? 혹은 부친에게라도?"

"아니요. 파스칼은 늘 다음에 그녀를 데리고 같이 오겠다면서, 보면 제가 그녀를 아주 좋아할 거라든지, 뭐 그런 식으로 그냥 말만 했어요."

이야기의 흐름이 퍽 가파르다. 브뤼노 부인이 아는 바대로라면, 파스칼이 나탈리를 만난 것은 6월인데, 부인은 어디서 어떻게 만났는지 전혀 모른다는 것이다. 그가 그녀와 함께 사라진 것은 7월이다.

"처음에 저는," 부인이 말한다. "별로 걱정하지 않았어요. 속으로, 그녀가 파스칼을 떠나면 우리 가여운 아이는 다시 아빠한테 돌아가게 될 테고 그렇게 모든 게 다시 제자리를 찾게 되겠지, 라고만 생각했어요.

제 전남편은 화가 나서 미칠 지경이었죠. 어찌된 영문인지 저한테는 그런 모습이 꼭 질투를 토해내는 것처럼 보이더군요. 자기 아들을 그는 금지옥엽처럼 돌봐왔거든요. 장 피에르는 분명 나쁜 남편이긴 했지만 좋은 아빠임에는 틀림없었어요."

그녀는 고개를 들고 카미유를 바라본다. 스스로도 예기치 못한 평가가 입 밖으로 튀어나오자 오히려 스스로 놀란 듯하다. 부인은 자기도 모르는 사이에 평상시 생각해온 내용을 방금 털어놓은 셈이다. 그녀는 다시 시선을 내리깐다.

"파스칼이 아빠의 돈을 몽땅 훔쳐서 사라졌다는 말을 들었을 때 저 역시도 딱 떠오른 생각은 이 계집이 결국, 보시다시피⋯⋯파스칼은 아빠의 돈을 훔쳐서 도망치거나 할 그런 애가 절대 아니었거든요."

부인은 고개를 흔든다. 이 문제에 관한 한, 그녀는 확고하다.

카미유는 아버지의 품에 있었던 파스칼 트라리외의 사진을 다시 떠올려본다. 지금 이 순간, 사진의 기억이 그의 마음을 강하게 압박한다. 카미유처럼 스케치를 즐겨하는 사람의 이점이 바로 그런 것이다. 그의 시각적 기억력은 출중하다. 소년이 작업장의 트랙터 측면에 한 손을 올리고 있는 사진 속의 모습이 눈에 선하다. 다소 어색하고 부자연스러운 포즈. 그의 바지는 살짝 짧고, 그래서인지 조금은 궁상맞아 보인다. 그래도 그는 여유롭게 미소 짓고 있다. 아들이 조금 모자란 아이일 때, 부모로서 그것을 깨닫게 될 때 우리는 어떻게 해야 할까?

"여하튼 결국에 부인의 전남편은 다시 찾아낸 셈이군요, 그 여자를 말이죠."

반응은 즉각적이다.

"저는 아무것도 모르겠어요! 전남편이 한 말은 자기가 그 아가씨를 꼭 찾아내고야 말겠다는 게 전부였어요! 그리고 그녀로 하여금 지금 파스칼이 어디 있으며…… 그녀가 자기 아들을 어쨌는지 반드시 말하게 하겠다는 것도요."

"그 아가씨가 자기 아들을 어쨌는지?"

로즐린 브뤼노는 창가로 눈길을 돌린다. 그녀의 눈가가 그렁그렁해져 있다.

"파스칼은 결코 달아난 게 아니었을 거예요. 걔는 그런 아이가 아니에요…… 사실을 말씀드리자면…… 이만큼 용의주도하게 달아나서 숨어 살 만큼 지능이 높지도 못해요."

그녀는 다시 카미유 쪽으로 고개를 돌리고는 그의 따귀를 후려치듯 그렇게 말했다. 하지만 그녀는 곧 그것을 후회한다.

"그저 좀 심하게 단순한 아이라고만 받아들이시면 돼요. 파스칼은 세상을 잘 몰라요. 그냥 제 아빠밖에 모르죠. 설령 어딘가로 떠났다 해도 기껏해야 한두 달도 견디지 못하고 자기 소식을 전했을 거예요. 아무런 기별도 없이 몇 개월 이상을 자기 아빠와 끊고 지낸다는 건 상상도 할 수 없는 일이에요. 왜냐하면 애초부터 그럴 수가 없는 아이니까요. 그렇다면 걔한테 무슨 변고가 생긴 게 틀림없다는 얘기일 수밖에 없어요."

"부인의 전남편은 정확히 당시 무슨 말을 했습니까? 그가 이제 무얼 하려고 하는가에 관해 밝히던가요? 말하자면……"

"아니요. 남편과는 오래 통화하지 않았어요. 그이는 여느 때처럼 술을 잔뜩 마시고 취한 상태였는데, 그런 경우에는 난폭해지기 쉽거든요. 세상을 금방이라도 끝장낼 것처럼 굴 때도 있어요. 아무튼 이 아가씨를 찾으려는 참이었고, 그녀를 찾아내게 되면 지금 아들이 어디 있는지 자기한테 말해줬으면 한다고 했어요. 그 얘길 하려고 전화한 거라고 하더군요."

"그래서 부인은 어떤 반응을 보였습니까?"

일반적인 경우에, 조리 있게 거짓말을 이어가려면 그 자체로 상당한 재능이 필요하다. 그런 일은 에너지와 창의성과 냉정함과 기억력을 요하는 문제로, 흔히 생각되는 것보다 훨씬 더 어렵다. 어떤 권력을 앞에 두고 거짓말을 한다는 건, 이 모든 능력들을 총동원하는 걸로도 모자라 최고 단계에 올라야만 가능한 회심의 시도일 것이다. 그렇다면, 경찰에게 거짓말을 늘어놓는다는 건 어떨까……

로즐린 브뤼노는 이런 종류의 시도를 하기에는 그다지 잘 다듬어지지 않은 인물로 보인다. 그녀는 있는 힘껏 발버둥치는 중이지만 벌써 그녀의 가드는 내려가고 말았다. 카미유는 그녀 안으로 들어가서 훤히 드러나기 시작한 부인의 속마음을 읽는다. 물론 이는 무척 피곤한 일이다. 그는 한쪽 손으로 자기 눈을 부빈다.

"그럼 그날 부인은 어떤 방식으로 전남편에게 대들겠다고 생각했습니까? 추측해보건대, 적어도 그에 대해서는 더 이상 조심스런 태도를 버리고, 부인이 그에 대해 생각하는 바를 허심탄회하게 털어놓지 않으면 안 되었을 것 같은데, 제가 틀렸나요?"

문제는 꼬여 있다. '예'나 '아니오' 중 하나를 선택하면 각각 다른 길로 접어들게 된다. 하지만 그녀에게는 확실히 빠져나올 구멍이 잘 보이지 않는 것 같다.

"글쎄요, 잘 모르겠군요……"

"아니, 아실 텐데요, 브뤼노 부인. 부인은 제가 무슨 말을 하고 싶은지 아주 잘 아십니다. 그날 저녁, 부인은 생각하시는 바를 전남편한테 다 털어놓았을 겁니다. 즉, 경찰이 실패한 그 문제를 전남편이 성공할 수 있으리라는 건 말도 안 된다고 여기는 자신의 생각을 말이지요. 그쯤에 그치지 않고 어쩌면 더 심한 말을 했을지도 모르죠. 구체적으로 부인이 어떤 말을 골라 썼는지는 저도 잘 모르겠습니다마는, 어쨌든 부인은 그

동안 쌓인 말을 다 쏟아부었을 거라는 확신이 드는군요. 제 생각에는 아마도 부인은 전남편한테 이렇게 말했을 것 같군요. '장 피에르, 당신은 정말 아무것도 제대로 해내지 못하는 머저리이고 얼간이이며 무능력자야.' 혹은 뭐 거기에 근접한 모욕을."

그녀는 입을 열려고 한다. 하지만 카미유는 그녀에게 그럴 틈을 주지 않고 의자에서 벌떡 일어나더니 언성을 높인다. 이제 빙빙 둘러가기에도 진력이 났기 때문이다.

"브뤼노 부인, 제가 부인의 휴대폰을 압수해서 거기 남아 있는 메시지들을 조사한다면, 앞으로 무슨 일이 벌어질까요?"

부인은 미동도 하지 않는다. 그저 부리 같은 입을 반쯤 벌리고 있을 뿐이다. 마치 그 부리로 땅을 쪼고 싶은데 어디가 좋을지 망설이고 있다는 듯이.

"앞당겨 먼저 말씀드리자면, 저는 전남편이 부인한테 보낸 사진들을 찾아내려들 겁니다. 빠져나갈 구멍이 있을지도 모른다는 희망은 진작 버리시는 게 좋습니다. 전남편의 휴대폰 속에 다 저장되어 있으니까요. 그러면 저도 그 사진들 속에 나타나 있는 걸 부인께 말씀드리게 될 수 있겠지요. 나무궤짝 속에 갇혀 있는 한 아가씨의 모습. 전남편이 그런 모욕에 자극 받아 적극적으로 나설 수도 있겠다고 기대하면서, 부인은 그에게 할 수 있으면 어디 해보라고 했을 겁니다. 그런데 막상 그 사진들을 받게 되자 덜컥 겁이 났을 겁니다. 이러다간 공범으로 몰릴지도 모른다는 두려움 때문이었겠지요."

카미유는 문득 한 가지 의혹에 사로잡힌다.

"혹시……"

그는 거기서 멈추고 가까이 다가간다. 그러고는 몸을 낮추더니 아래쪽에서 고개를 돌려 그녀의 시선을 포착하려 한다. 부인은 움직이지 않는다.

"아, 이런 젠장." 다시 몸을 일으키며 카미유가 말한다.

이 직업에는 참으로 고단한 순간들이 있다.

"경찰에 알리지 않은 것은 그런 까닭이 아니었군요, 그렇지요? 공범이 될지도 모른다는 두려움 때문이 아니었어요. 그건 부인 또한 이 아가씨가 아들의 실종에 대해 책임이 있다고 믿었기 때문이지요. 그런 사진들을 받아놓고도 부인은 아마 아무 말도 하지 않았을 거예요. 왜냐하면 부인도 그녀가 그토록 참혹하게 보복당할 만한 짓을 했다고 여긴 거였을 테니까요. 그런 거지요?"

카미유는 심호흡을 한다. 정말 피곤하다.

"저는 그녀가 생존한 상태로 발견되기를 바라고 있습니다, 브뤼노 부인. 우선은 그녀를 위해서지만, 당신을 위해서도 그렇지요. 그렇지 않을 경우 저는 고문과 폭행 등에 의한 살인 공모 혐의로 부인을 체포해야만 할 테니까요. 그뿐 아니라 여기에는 다른 죄목들도 잔뜩 추가될 수 있을 겁니다."

취조실을 나서는 순간, 카미유는 신경이 더할 나위 없이 날카롭게 곤두선다. 시간은 엄청난 속도로 빠르게 흐르고 있다.

그래서 우리가 얻은 건? 그는 속으로 이렇게 자문해본다.

아무것도 없다. 이런 결론이 그를 거의 미칠 지경으로 몰아간다.

# 21

 가장 탐욕스러워 보이는 쥐는 검붉은 놈이 아니다. 그건 가장 몸집이 비대한 회색 쥐다. 놈은 피 맛을 좋아한다. 놈은 쏟아진 핏물을 처음으로 차지하려고 다른 쥐들과 한바탕 사투를 벌인다. 극히 과격하고 혈기 왕성한 놈이다.
 몇 시간 전부터 알렉스에게는 매순간이 전쟁이다. 우선 그중에서 두 마리를 죽여야 했다. 녀석들의 화를 돋우기 위해, 녀석들을 더욱 자극하기 위해, 그리고 자신에 대한 두려움을 심어주기 위해. 우선 그녀는 자신의 유일한 무기인 나무 가시를 쥐의 몸통에 꽂았다. 그러고는 맨발로 있는 힘을 다해 죽을 때까지 그 쥐를 밟아 뭉갰다. 쥐는 지옥에 떨어진 악마처럼 버둥거리다 목이 졸린 돼지처럼 찍찍거리고 짖어댔다. 그러면서 그녀를 물려고 발버둥쳤다. 알렉스는 쥐보다 훨씬 험악하게 비명을 질러댔다. 다른 쥐 떼들까지 감전된 듯 뒤흔들릴 정도였다. 극도의 긴장감에 사로잡힌 쥐 떼는 놀란 물고기처럼 퍼덕거렸다. 그런데 이 고약한 쥐새끼들은 오히려 죽어갈 때 훨씬 강해진다. 숨통을 결정적으로 끊어놓기 직전까지 그 완강한 저항에 힘이 부쳤다. 그래도 그 고비만 잘 넘기면 발밑에 깔린 쥐는 더 이상 움직이지 못한다. 피를 싸질러놓고 경련을 일으킨다. 헐떡임. 돌출된 안구. 파르르 떨리는 입술. 그 입술이 열리며 언제든 물어뜯을 태세를 하고 있는 이빨을 내보인다. 그러면 그녀는 밟아 죽인 쥐를 새장 바깥으로 밀어내곤 했다.

이건 선전포고였다. 놈들은 그것을 이해하는 눈치였다.

두 번째 쥐다. 그녀는 놈이 아주 가까이 다가오길 기다렸다. 놈은 쿵쿵거리는 코로 피 냄새를 맡았다. 수염이 재빠르게 움직였다. 놈은 매우 달아올라 있는 것 같았지만 동시에 경계도 늦추지 않았다. 알렉스는 놈이 다가오도록 내버려두었다. 심지어 오라고 부르기까지 했다. 어서 와. 더 가까이. 이 염병할 놈의 종자야. 엄마를 보러 오란 말이야…… 그리하여 놈이 지척까지 다가오자, 그래서 판자 틈새에 몰아넣을 수 있게 되자, 그녀는 놈의 목에 자신의 무기를 꽂아넣었다. 쇼크를 받은 놈의 몸이 꼬이더니 배를 까 보이며 확 뒤집혔다, 마치 고난도의 재주넘기를 하려는 듯이. 뒤이어 그녀는 놈을 살 울타리 사이로 툭 차서 떨어뜨렸다. 놈의 몸이 바닥에 부딪쳐 축 늘어졌다. 예리한 꼬챙이에 목이 뚫렸는데도 놈은 한 시간 넘도록 찍찍대기를 그치지 않았다.

이제 알렉스에게는 무기가 없다. 하지만 녀석들은 그 사실을 모른다. 녀석들은 그녀를 겁내고 있다.

그래서 그녀는 녀석들에게 먹잇감을 던져주며 유인해보기로 한다.

그녀는 농도를 희석하기 위해 자기 손에서 흐른 피를 남아 있는 물에 뒤섞었다. 그러고는 머리 위로 손을 내밀어 새장이 매달려 있는 동아줄에 그렇게 희석된 핏물로 고루 적셔놓았다. 물이 다 떨어지자, 그녀는 하는 수 없이 순전히 피만 가지고 동아줄을 계속 적신다. 순수한 피라니, 쥐들에게는 한층 더 기꺼운 노릇일 수밖에 없다. 출혈이 멎자마자 그녀는 조금 더 작은 가시 하나로 자기 몸의 다른 부위를 다시 찌른다. 이렇게 작은 가시로는 이토록 많은 쥐들, 그중에서도 비대한 놈들과 끝장을 볼 순 없다. 하지만 출혈이 필요해서 팔뚝이나 장딴지의 정맥을 찌를 목적이라면 이 정도로도 충분하다. 그러면 모든 게 차질을 빚지 않고 끝날 수 있다. 이따금 고통이 심해져왔는데, 그게 그녀의 착각인지 아니면 실제로 너무 많은 피를 흘렸기 때문인지는 확실히 알 수 없다. 하지만 분명한 건 현기증이 느껴진다는 점이다. 극심한 피로감이 뒤따른다는 건 두말할 나위도 없다.

출혈이 시작되자마자, 그녀는 덮개 판자 사이로 다시 손을 내밀어 동아줄을 움켜잡는다.

그녀의 피가 줄에 흠뻑 스며든다.

그 주위에서 비대한 쥐들이 잔뜩 도사리고 있다가 그녀의 손에 달려들지 말지 망설인다. 그 순간 그녀는 재빨리 손을 빼낸다. 그러자 녀석들은 신선한 피를 게걸스럽게 빨아먹기 위해 아귀다툼을 벌이기 시작한다. 녀석들은 한 입이라도 더 차지하기 위해 동아줄을 갉아댄다. 쥐들은 동아줄을 적신 핏물에 환장한다.

지금 녀석들은 피 맛을 확실히 익히고 있다. 지금 그녀는 녀석들에게 자기의 피 맛을 알려준 셈이다. 더 이상 그 무엇도 놈들을 멈추게 할 수 없을 것이다.

피는 쥐들을 광적인 탐닉에 허덕이도록 몰아간다.

## 22

상피니 쉬르 마른.

붉은 벽돌로 지어진 강기슭의 대형 빌라. 여긴 여자를 납치하기 직전 트라리외가 마지막으로 전화를 한 통화상대가 있는 곳이다.

그녀의 이름은 상드린 봉탕이다.

루이가 도착했을 때 그녀는 점심식사를 마치고 막 직장으로 출발하려는 참이었다. 그녀는 일단 직장에 전화를 해둬야 했다. 젊은 루이는 그녀에게 예의 바른 태도로 휴대폰을 넘겨받은 후 직장 상사에게, 경찰인데 그녀를 상대로 몇 가지 '중점 심문'을 할 게 있으니 양해 바란다고 설명했다. 임의동행이 가능해지면 곧장 요원으로 하여금 그녀를 데리고 오도록 할 예정이라는 말도 덧붙였다. 그녀에 대한 심문 절차는 원활한 속도로 진행된다.

그녀는 올해 나이가 스물다섯이나 스물여섯쯤 되었을 듯한데, 약간 부자연스러워 보일 만큼 말쑥하고 단정한 자태가 인상적인 아가씨이다. 이케아 소파의 한쪽 끝에 엉덩이만 걸치고 앉아 카미유는 그녀의 얼굴에서 20년이나 30년쯤 지난 후의 모습을 상상해본다. 조금은 우수를 머금은 얼굴일 듯싶다.

"아, 이분…… 트라리외 씨. 전화로 집요할 만큼 묻고 또 묻고 하던 게 생각나네요." 그녀가 설명을 이어간다. "그러다 급기야 이쪽으로 찾아오기까지 했는데, 너무 위협적으로 느껴져서 살짝 겁이 나기까지 했어요."

지금은 경찰이 그녀를 겁주고 있다. 특히 난쟁이처럼 키가 작달막한 대머리 남자가. 그는 다른 경찰들을 지휘하고 있다. 방금 전의 그 젊은 부하 형사가 전화로 그를 불렀는데, 그는 20분 정도 거기 머물러 있는 동안 무척이나 바쁘게 움직였다. 남의 말에 거의 귀 기울이지 않는 듯한 태도로 이 방에서 저 방으로 옮겨다니며 독백하듯이 혼자 웅얼거리기도 하고, 신경이 곤두선 표정으로 부엌 층계를 올라갔다 금세 다시 내려오기도 한다. 뭔가 냄새를 맡으려고 킁킁대는 것처럼 보이기도 한다. 그는 단도직입적으로 이렇게 말했다. "우린 지금 허투루 보낼 시간이 없어요." 하지만 그녀의 진술이 생각대로 빨리 진행되지 않자, 그는 바로 나서서 그녀의 말을 가로막는다. 그녀는 문제가 무엇에 관한 것인지조차 정확히 알지 못하고 있으며, 이제는 자기가 늘어놓은 말들을 정리하려고 노력중이다. 하지만 그녀에게 쏟아지는 질문 공세에 당황해서 어찌할 바를 모른다.

"이게 그 여자 맞습니까?"

난쟁이 남자는 그녀에게 여자의 얼굴이 그려진 데생 한 장을 내밀어 보인다. 흔히 영화나 신문 같은 데서 볼 수 있는 일종의 몽타주다. 그녀는 여자 얼굴을 금세 알아본다. 나탈리다. 하지만 그녀가 알고 있는 예전의 모습은 아니다. 몽타주 속 여자는 실제보다 훨씬 더 예쁘장하고 훨씬 더 멋을 부린 모습인데, 무엇보다 살이 쪄 보이지 않는다는 게 제일 다르다. 그런데 그런 모습이 원래 본인의 외모였던 것처럼 훨씬 더 잘 어울린다. 헤어스타일도 다르다. 가만히 보면 눈도 약간 달라진 것 같다. 예전에는 코발트블루였는데, 흑백으로 그려진 데생에서는 무슨 색깔인지 분간하는 게 불가능하지만 여하튼 실제만큼 밝아 보이지는 않는다. 그러니까 이 몽타주를 처음 보면 단번에 그녀라고 알아볼 수도 있지만, 찬찬히 뜯어보면 아닌 것 같다는 인상이 들 수도 있다. 형사들은 한 가지 대답을 원한다. 반드시 예 혹은 아니오, 둘 중 하나여야 한다. 그 둘 사이에 모호하게 끼어 있는 답 따위는 있을 수 없다. 약간의 의혹이 없지는 않지만, 결국 상드린은 확답한다. 그녀가 맞다.

나탈리 그랑제.

두 형사가 서로 시선을 교환했다. "그랑제라……" 난쟁이 남자가 의심스럽다는 어조로 웅얼거렸다. 젊은 형사는 휴대폰을 꺼내들고 전화를 하며 정원으로 나갔다. 그리고 돌아와서는 아니라는 듯 고개를 모로 저어 보였다. 난쟁이 남자는 어깨를 으쓱하는 걸로 대답을 대신했다. 내 그럴 줄 알았어……

상드린은 나탈리가 근무하던 의학연구소에 대해 말했다. 그곳은 도심에 속한 넬리 쉬르 마른의 플라네 거리에 있다.

루이는 그곳으로 즉시 출발했다. 그러고 나서 30분 후쯤 카미유에게 전화가 걸려왔다. 상드린은 전화를 걸어온 사람이 그 형사일 거라고 짐작한다. 난쟁이 남자는 통화하면서 아주 시큰둥해 보였다. 그는 쉬지 않고 계속 같은 대답만 반복했다. 그래, 알아, 안다고, 안다니까. 상드린에게는 이 남자가 퍽 신경질적인 사람으로 보인다. 그는 이미 다 아는 사실이니까 별 관심 없다는 투로 일관한다. 전화로 전달받은 내용이 실망스러운 눈치다. 루이가 자리를 비운 동안 그는 나탈리에 대해 여러 질문들을 던지며 집요하게 물고 늘어졌다.

"나탈리의 머리카락은 늘 지저분했어요."

상대가 형사라 할지라도 여자들에게는 남자에게 털어놓기 껄끄러운 내용들이 더러 있을 수 있다. 하지만 나탈리는 정말 아무렇게나 하고 산 모양이었다. 청소를 언제 했는지는 가물가물하고, 탁자는 전혀 행주로 닦지도 않으며, 늘 흥청망청하는 씀씀이에 한 번은 그대로 내팽개쳐져 있는 생리대가 욕실에서 발견된 적도 있으니…… 욱하고 욕지기가 치밀지 않을 수 없다. 그러다보니 방세 분담을 목적으로 했던 그녀와의 동거 생활은 위태로울 수밖에 없었다. 이런 문제로 상드린은 나탈리와 대판 싸운 적도 여러 번 있었다.

"나탈리와 그런 식으로 계속 함께 살 수 있을지 도저히 자신이 없더라고요."

그녀와 함께 살기 전 상드린은 벼룩신문에 공동 세입자를 구하기 위한 광고를 냈다. 거기에 응해온 사람이 바로 나탈리였다. 상드린은 그녀와 만나본 후 괜찮을 것 같다고 생각했다. 당시만 해도 나탈리는 아무렇게나 대충대충 게을리 사는 여자로 보이지 않았다. 그녀는 멀쩡해 보이는 여자였다. 이곳에서 특히 나탈리가 마음에 들어한 것은, 집에 정원이 있는 데다 옥탑방이라는 점이었다. 그녀는 낭만적이라며 만족스러워했다. 상드린은 한여름으로 넘어가면 방이 찜통처럼 펄펄 끓을 수도 있어서 걱정이 되었으나, 그녀에게 내색하지는 않았다.

"좋지 않게 끝났어요……"

난쟁이 남자는 멍한 시선으로 그녀를 빤히 바라본다. 어떻게 보면 그의 표정은 석고처럼 굳어 있는 것 같기도 하고, 멀거니 딴생각에 잠겨 있는 것 같기도 하다.

나탈리는 바로 집세를 지불했는데 언제나 현금이었다.

"6월 초쯤이었을 거예요. 저는 빨리 공동 세입자를 알아봐야 할 형편이었어요. 그 무렵에 남자친구가 떠나갔거든요……"

이 얘기였나? 열애에 빠져 동거해온 남자친구가 두 달 후 아무런 예고도 없이 별안간 떠났다는 상드린의 개인사에 그는 곧바로 기분이 거슬린다. 그런 줄도 모르는지 상드린은 남자친구와 두 번 다시 만나지 못했다는 말까지 덧붙인다. 어쩌면 태어날 때부터 자신도 미처 알지 못하는 숙명 속에서, 그녀는 급작스러운 결별을 되풀이하도록 예정된 팔자인지도 모른다. 남자친구에 이어 나탈리도 그랬다. 그녀는 7월 14일이라는 날짜까지 정확히 기억하고 있다.

"사실, 나탈리는 여기서 오래 살지 않았어요. 이곳에 이사 온 후 바로 남자를 만났거든요. 그러니 뭐, 어떻게 보면 필연적으로……"

"필연적으로, 뭐요?" 그가 까칠한 어투로 묻는다.

"뭐랄까, 나탈리는 여기를 떠나 그 남자와 함께 살고 싶어했던 것 같아요. 그건 당연한 일 아닌가요?"

"아……"

역시 시큰둥하게 '아, 겨우 그런 얘기였어?'라고 되묻는 기색. 이 남잔 아마 여자에 대해 아무것도 모를 거야, 딱 그렇게 생겼네. 젊은 형사가 의학연구소에서 돌아오고 있었다. 그가 울리는 경찰차의 사이렌 소리가 멀리서 들려왔다. 그는 꽤 여러 가지 일들을 신속하게 처리하면서도 언제나 한가로이 산책하고 다니는 듯한 인상을 풍긴다. 그 이유는 아마도 그의 우아한 옷맵시와 그 분위기 때문일 것이다. 그래서 그가 입고 있는 옷가지들의 브랜드를 상드린은 곧바로 메모해두었다. 그것들은 모두 명품이었다. 한 번 슬쩍 보기만 해도 그녀는 그가 신고 있는 구두의 가격을 산정할 수 있다. 그 가격은 자기 월급의 두 배다. 형사들이 이토록 돈을 많이 벌 줄이야, 그녀로서는 정말 놀라운 발견이다. 텔레비전에 나오는 형사들은 전혀 그래 보이지 않는데.

두 형사는 서로 머리를 맞대고 얼마간 밀담을 나누었다. 상드린의 귀에는 젊은 형사 쪽의 목소리만 들려왔다. '전혀 본 적이 없답니다……'

그리고 '…… 네, 그 사내도 거기 간 적이 있다는군요……'
 "나탈리가 떠났을 때 저는 여기 없었어요. 여름에는 이모네 집에서 지내곤 하는데 거기가 어디냐면……"
 이야기가 이런 쪽으로 흐르면 작달막한 형사는 신경이 거슬리는 모양이다. 증언의 내용이 그가 원하는 방향에 썩 부합하지 못하기 때문일 것이다. 하지만 그건 그의 잘못이 아니며, 우선 그녀에게 책임이 있다. 그는 한숨지으며 마치 파리를 쫓으려는 듯 앞쪽을 손으로 휘휘 젓는다. 최소한 매너는 있어 보여야 하니까, 라는 식으로. 그의 젊은 부하 형사는 부드럽게 미소 지어 보인다. 마치 원래 그런 분이니까 너무 당혹해하지 마시고 그냥 하던 이야기의 중심줄기에 계속 집중하시라고 자분자분 속삭여주는 것 같다. 그런데 그가 사진 한 장을 꺼내 보여준다.
 "아 네, 이 사람 맞아요. 파스칼. 방금 말씀드린 나탈리의 남자친구예요."
 이번에는 긴가민가하지 않는다. 그리고 다음은 장터 축제에서 찍힌 그 사진이다. 그녀의 기억이 아무리 가물가물하다 해도, 이 사진의 주인공만은 확실히 알아볼 수 있다. 지난달에 파스칼의 아버지도 사진 한 장을 들고 자기에게 찾아왔다. 그는 자기 아들뿐 아니라 나탈리도 찾는 중이었다. 그때 그가 자기에게 보여준 게 바로 이 사진이었다. 상드린은 그에게 나탈리가 당시 근무하던 직장의 주소를 적어주었다. 그런데 그 후로 그녀에게서는 연락이 뚝 끊겼다.
 사진을 한 번 보는 것만으로도 누구든 충분히 알아차릴 수 있다. 파스칼이 그다지 약삭빠르게 보이지 않는다는 걸. 그리고 별로 잘생기지도 않았다는 걸. 옷차림새도 마찬가지이다. 대체 저런 걸 어디서 돈 주고 사 입었을까 싶은 옷만 입고 있다. 그런데 나탈리는 아무리 몸에 살집이 많다 해도 꽤 예쁜 얼굴이었다. 그녀가 정작 원했던 건…… 그녀에 비하면 그는 어떻게 보인다고 해야 할지……
"좀 무기력해 보인다고 할까요, 굳이 표현하자면."
그녀가 표현을 골라 말한다. 과히 악의를 담고 있는 것 같지는 않다. 파스칼은 나탈리를 정말 좋아했다. 그녀는 두 번인가 세 번쯤 이곳에 파스칼을 데려온 적도 있다. 하지만 그는 밤을 보내고 가지는 않았다. 상드린은 그들 사이에 잠자리가 있었는지도 확실치 않다고 여겼다. 파스칼이 여기 왔을 때, 상드린은 그가 몹시 흥분해 있는 모습을 보았다. 나탈리에게 눈길을 줄 때마다 그는 욕망에 못 이겨 군침을 뚝뚝 흘릴 정도였다. 흰자까지 희번덕하게 드러낸 채 살짝 돌아간 눈으로 그가 기다리는 건 오로지 하나뿐이었다. 즉, 그녀 위에 올라탈 수 있도록 나탈리가 응해주는 것.
"한 번만 빼고요. 딱 한 번, 그는 여기 늦게까지 남아 있다 잠을 자고 간 적이 있어요. 제가 기억하기로는, 아마 그게 7월이었을 텐데 제가 이모네 집으로 떠나기 바로 전날이었어요."
그러나 상드린은 그들이 섹스하는 소리를 듣지는 못했다.
"저는 눕자마자 바로 곯아떨어졌거든요."
그러면서 그녀는 살짝 입술을 깨문다. 그 말은 그녀가 혹시나 해서 기다리며 귀 기울이고 있었음을 은근히 드러내버렸기 때문이다. 그녀의 얼굴이 슬며시 붉어지지만 다행히 홍조는 오래가지 않는다. 하지만 형사들은 알아보았다. 그날 밤 상드린의 귀에는 아무것도 들려오지 않았다. 그럼에도 그녀는 그 소리가 듣고 싶었다. 나탈리와 파스칼이 분명히 하긴 했을 텐데 도대체 어떻게 하기에 이다지도…… 서서 하나보다, 아마도. 아니면 정말로 아무 짓도 하지 않았을 수도 있고. 나탈리가 원치 않았을 수도 있으니까. 그렇다 해도 상드린은 아주 잘 이해되었다. 이 파스칼이란 인간을 처음 보았을 때……

"순간적으로 뭐가 떠올랐느냐 하면 말이죠……" 뾰로통한 태도로 그녀는 또 시작하고 있다.

순간, 작달막한 형사가 목청 높여 지금까지 이어져온 이야기의 맥락을 다시 갈무리해 들려준다. 아주 크지도 않고, 꽥꽥거리지도 않고, 적당히 생기 넘치는 목소리로. 나탈리와 파스칼은 부엌 식탁에 두 달분의 방세를 남겨두고는 어디론가 떠난다. 거기에 한 달 정도의 끼니거리도 고스란히 남겨놓았다. 또한 그녀가 가져가지 않은 일상용품들도.

"일상용품들? 어떤 일상용품들을 말하는 거지요?" 그가 불쑥 묻는다. 별안간 몹시 열정적인 반응을 보이며.

하지만 상드린은 하나도 보관해두지 않았다. 나탈리는 자기보다 두 치수 더 큰 옷을 입었는데, 그와 상관없이 그녀의 옷들은 하나같이 별로여서…… 아, 있다. 욕실에 있는 확대 거울. 하지만 그녀는 경찰에 그것을 알리지 않는다. 기껏해야 여드름을 짜거나 코털을 뽑을 때 사용하기 위해서인데 어차피 이 형사들과는 별 상관도 없을 일이다. 그래도 그녀는 그 밖에 나머지 물품들을 털어놓는다. 전기 커피포트, 암소 모양의 찻주전자, 보일러 축열기, 마르그리트 뒤라스의 책들. 나탈리는 이 책들밖에 읽지 않는 것 같았다. 그녀의 서가에는 마르그리트 뒤라스의 거의 모든 작품들이 다 꽂혀 있었다.

그때 젊은 형사가 말했다.

"나탈리 그랑제…… 그러고보니 그것도 뒤라스의 작품 속에 나오는 인물 이름 같은데요."

"아, 그래?" 작달막한 남자가 물었다. "무슨 작품이지?"

다소 난처해하는 표정을 지으며 젊은 형사가 대답했다.

"영환데요, 제목이…… 〈나탈리 그랑제〉라고."

난쟁이 남자가 마치, 난 참 무식해, 라고 말하듯 제 이마를 탁 쳤지만,

상드린에게는 괜한 호들갑으로만 여겨질 뿐이다.

"빗물을 활용하기 위해서였죠."

이 까칠한 소인족 남자가 마르그리트 뒤라스로부터 방금 전의 축열기 이야기로 돌아와 묻자, 상드린은 그렇게 답한다. 그녀는 그것에 대해 예전에 생각해보았다. 나탈리는 분명 환경보호주의자라고 해야 할 것이다. 이 대형 바라크 건물 위에는 10여 평방미터가량의 지붕이 있고 그 위로 비가 쏟아진다. 아까운 일이다. 그래서 그녀는 그에 관해 부동산중개소와 집주인 등에게 말해보았다. 그들의 마음을 움직이려는 목적뿐 아니라 환경보호의 실천 차원이기도 했다. 이런 이야기의 무엇이 특별히 그녀의 흥미를 자극했느냐는 궁금증으로 작달막한 형사가 신경을 곤두세운다.

"그녀는 떠나기 바로 전에 축열기를 구입했어요. 저는 집에 돌아와서야 그걸 보았죠. 그녀가 써놓고 간 쪽지가 있었어요. 느닷없이 떠나서 미안해하는 내용으로, 떠나기 전에 사둔 그 물건을 그에 대한 일종의 보상이자, 괜찮다면 깜짝선물로 받아줬으면 한다는 말이 적혀 있었어요."

기습적인 깜짝선물. 불현듯 그 말이 난쟁이 남자의 마음에 꽂힌다.

그는 앞뜰에 면한 창가 앞에 붙박인 듯 우두커니 머물러 있다. 그는 모슬린 커튼을 걷었다. 함석 빗물받이 홈통이 빗물을 받아내고 있는 집 한 귀퉁이에, 녹색 플라스틱의 이런 대형 저수조는 사실 그리 보기 좋지는 않다. 너무 인공적이라는 느낌이 강하다. 하지만 그가 지금 눈여겨보고 있는 점은 그게 아니다. 또한 상드린의 말에도 귀 기울이고 있지 않다. 그녀가 어떤 말을 한창 하는 도중이긴 하나, 황급히 전화를 걸어야 하기 때문이다.

"서장님?" 그가 말한다. "제 생각엔 방금 트라리외의 아들내미가 어디 있는지 찾아낸 것 같습니다."

시간이 흘렀다. 상드린은 상사에게 다시 전화를 해야 했다. 이번에도 직장 상사에게 그녀를 붙잡아두고 있는 데 대해 또 다시 양해를 구하는 것은 젊은 형사의 몫이었다. 긴급하게 심문할 내용들이 추가되었다며 그가 말했다. "우리는 지금 채취 작업에 돌입하려는 상황입니다." 애매하기 짝이 없는 전언이다. 왜냐하면 상드린의 근무처가 바로 의학연구소이기 때문이다. 나탈리와 마찬가지로, 그들은 둘 다 생물학자이다. 하지만 나탈리는 결코 자기 직업에 대해 밝히고 싶어하지 않는 편이었다. 그녀는 늘 이렇게 말하곤 했다. "나는 퇴근할 때마다 퇴직하는 거야!"

그리고 20여 분쯤 지나자, 일대에서는 난데없이 전투준비와도 같은 소란이 일기 시작했다. 여러 경찰들이 들이닥쳐 거리통행을 제한했고, 기술 요원들이 우주비행사 같은 복장으로 도착했다. 그들은 정원 안으로 동원 가능한 일체의 장비들을 끌어들였다. 작은 철제 가방, 투광기, 방수포 등등. 그들은 정원에 핀 꽃들을 모조리 짓이겨가며 축열기의 사이즈를 측정한 후 상상을 초월하는 조심성으로 그것을 비웠다. 그들은 그 안에 든 물이 땅 위로 쏟아져 흐를까봐 경계하는 것 같았다.

"그들이 뭘 찾아낼지는 훤해." 난쟁이 남자가 말했다. "그게 틀림없어. 그사이에 난 어디 가서 잠시 눈을 좀 붙이고 와야겠어."

그는 상드린에게 나탈리가 쓰던 방이 어디냐고 묻고는 곧장 그리로 향했다. 그러고는 옷도 벗지 않고 그 자리에 그대로 몸을 눕혔다. 심지어 구두도 벗지 않았다. 이 난쟁이 남자라면 충분히 그러고도 남으리라고 상드린이 짐작한 대로다.

젊은 형사는 정원에 다른 요원들과 함께 남아 있었다.

이런 남자, 너무 괜찮다. 이 옷하고 구두하며…… 게다가 매너까지 완벽하다! 상드린은 젊은 형사와 조금 더 개인적인 차원의 화제로 대화 내용을 진전시켜보고자 노력했다. 저 같은 여자가 혼자 살기에는 집이 너무 커요, 같은 식의 추파. 하지만 아무런 반응도 얻어내지 못했다.

그녀는 이 짭새가 필시 게이일 거라고 확신했다.

기술 요원들은 축열기를 비우고 그것을 다른 곳으로 옮겨놓은 후, 정원 바닥을 파내기 시작했다. 채 깊이 파기도 전에 그들은 바로 시체 한 구와 맞닥뜨렸다. 시체는 시중 철물점에서 흔히 구입할 수 있는 비닐 방수포로 에워싸여 있었다.

경찰들이 상드린이 정원에 머물러 있지 못하도록 떠밀었다. 여기 계속 남아계시면 안 됩니다, 아가씨. 한 방 먹은 기분이 들었다. 그녀는 집 안으로 들어가서 창밖으로 내다보았다. 적어도 여기서 이러고 있는 것까지 막을 사람은 없다. 아무리 그래도 여긴 내 집인데. 그녀가 경악한 것은, 요원들이 힘을 합쳐 벗겨낸 방수포를 널빤지 위에 올리려 할 때였다. 그녀는 즉시 저건 파스칼이라고 확신했다.

그녀가 가장 먼저 알아본 것은 그의 발에 신겨져 있는 테니스화였다. 방수포의 늘어진 자락을 옆으로 벌린 후 그들은 여럿이 함께 앞으로 몸을 기울였다. 그러고는 그녀의 시야에는 들어오지 않는 뭔가에 대해 밝히고자 서로 의견을 교환하는 중이었다. 그녀는 그 말에 귀 기울이려고 창문을 열어젖혔다.

한 기술 요원이 말했다.

"오, 아니에요. 그렇다면 이 정도로까지 심하게 타지는 않을 텐데요."

바로 이 순간에 우리의 난쟁이 남자가 방에서 뛰어내려왔다.

그는 깡충거리는 걸음걸이로 정원에 도착해서 곧바로 시체 위에서 무슨 일이 벌어졌는지 기웃거렸다.

그러고는 그저 고개를 주억거리기만 했다. 방금 본 것에 몹시 충격을 받은 표정이었다.

　이윽고 그가 입을 열었다.

　"나도 브리쇼의 견해가 옳다고 보네. 이렇게까지 할 수 있는 건 황산뿐이야."

## 23

 이 동아줄은 구식 모델이다. 선박에서 쓰이는 것처럼 인조섬유와 가죽용 인두가 합성된 동아줄이 아니라, 대마를 굵직한 직경으로 엮은 것일 뿐이다. 이런 새장을 매달려면 그런 밧줄을 써야 했을 것이다.
 그사이 쥐들은 열 마리 안팎으로 불어났다. 원래부터 있던 것들도 있고, 새로 몰려든 것들도 있다. 그녀는 이 쥐들이 대체 어디서 자꾸 나오는지, 그들 사이에 어떻게 연락이 이루어지는지 모른다. 놈들은 무리를 짓는 쪽으로 전략을 수정하려는 것 같다. 즉, 그녀를 포위한 후 떼거지로 밀어붙이겠다는 것이다.
 서너 마리가 새장 속에 틈입하여 그녀의 발 근처에 포진하고, 두서너 마리는 다른 쪽으로 자리 잡는다. 판단컨대, 놈들은 이때다 싶을 때 갑자기 한꺼번에 그녀에게 튀어올라 달려들려는 계획을 세우고 있는 것 같다. 하지만 한동안은 뭔가가 그러지 못하도록 놈들을 억누르고 있다. 아마도 그건 아직 남아 있는 알렉스의 에너지일 것이다. 그녀는 쉴 새 없이 놈들에게 고함을 쳐대고, 놈들을 도발하고, 비명을 질러대고 있다. 놈들은 이 궤짝 속에서 어떤 생명이, 그 생명의 저항이 꿈틀거리고 있음을 느끼며 이제 곧 그것과 치열하게 맞부딪칠 수밖에 없다는 사실을 예감하고 있을지도 모른다. 밑에는 이미 그녀에게 당한 두 마리의 쥐가 죽어 있다. 이 참상에 놈들은 신중히 숙고하지 않을 수 없는 것이다.

그러나 쥐들은 계속해서 풍겨오는 피 냄새에 일제히 일어나 동아줄을 향해 뾰족 내민 주둥이로 입맛을 다신다. 식탐의 자극으로 열병에 휩싸여, 쥐들은 차례차례 이빨로 동아줄을 갉아대기 위해 몰려든다. 쥐들이 어떻게 조직을 이뤄 어떤 놈이 가장 먼저 동아줄의 핏물을 배불리 포식하게 되는지 알렉스는 알지 못한다.

아무튼 그녀에겐 아무래도 좋은 문제다. 그녀는 장딴지 밑과 발목 위쪽 사이에 다시 새로 상처를 냈다. 그녀는 선연하고 풍성해 보이는 혈맥을 발견했다. 가장 어려운 것은, 동아줄을 핏물로 적시는 동안 놈들과 거리를 유지하는 일이다.

줄의 굵기가 반으로 줄어들었다. 동아줄과 알렉스 사이에 목숨을 건 사투가 벌어지고 있으며, 그 결과에 따라 둘 중 하나는 끝장을 보게 될 것이다.

알렉스는 쉬지 않고 몸을 흔들어댄다. 새장이 한쪽에서 다른 쪽으로 그네 타듯 흔들거린다. 이렇게 흔들고 있으면, 쥐들이 마침내 그녀에게 몰려들기로 결정했을 때, 그 시도를 수포로 돌아가게 할 수도 있다. 또한 그녀는 새장의 흔들림 속에서 동아줄이 그녀의 절박한 몸부림 앞에 빨리 기권하고 물러나주기를 바라고 있다.

마찬가지로 그녀의 전략이 유효하려면, 얼기설기 잇닿은 새장의 판자 조각들이 박살날 수 있도록 평평한 바닥이 아닌 모서리를 아래로 하여 추락해야 한다. 그러므로 그녀는 가능한 한 새장이 가장 심하게 흔들릴 수 있도록 몸을 좌우로 움직이면서, 동시에 쥐들을 유인하기 위해 자신의 피로 동아줄을 적셔둔다. 놈들 중 한 마리가 동아줄을 갉으러 올 때 그녀는 다른 쥐들과 거리를 떨어뜨리려 한다. 알렉스는 극단적으로 지쳐 있다. 게다가 갈증으로 인해 죽어갈 지경이다. 하루 넘게 지속된 뇌우 이후로 그녀는 완전히 마비되고 만 듯 자기 신체의 몇몇 부위들에서 더 이상 아무런 감각도 느끼지 못한다.

비대한 회색 놈이 안달 난 게 보인다.

한 시간 전부터 그 쥐는 다른 녀석들이 동아줄에서 배불리 마시도록 내버려두고 있다. 거기엔 더 이상 관심이 없는 것이다. 방향을 다른 쪽으로 돌릴 생각이다.

그 쥐가 동아줄 따위에는 흥미를 보이지 않는다는 것은 명백하다.

쥐는 대신 알렉스를 뚫어져라 노려보더니 날카롭기 그지없는 소리로 찍찍거리기 시작한다.

그러더니 처음으로, 대가리를 살 울타리 틈새로 들이밀고 위협하듯 쉭쉭거리는 소리를 낸다.

날름거리는 혀끝으로 입맛을 다시는 한 마리 구렁이처럼.

다른 쥐들은 그놈에게 다가가지 않는다. 알렉스는 비명을 지르고 고함을 친다. 그러자 놈은 일단 움직임을 멈춘다. 새장의 흔들림 때문에 미끄러지지 않도록 생목의 나뭇결에 발톱을 깊이 박아둔 채.

쥐는 그렇게 달라붙어 그녀를 단호한 눈빛으로 노려본다.

알렉스도 쥐에게 시선을 고정해두고 있다.

알렉스와 그 비대한 쥐는 마치 깊은 시선 교환 속에 함께 회전목마 위에 몸을 실은 한 쌍의 연인과도 같다.

어서 와, 미소를 띠며 알렉스는 그렇게 소곤거린다. 허리를 깊이 굽히며 그녀는 새장에 가할 수 있는 최대치의 반동을 준다. 그러면서 그녀의 발치에 도사린 그 비대한 쥐에게 미소 짓는다. 어서 와 얘야. 날 좀 봐. 엄마가 널 위해 맛있는 걸 준비해놨어······

## 24

 스스로 생각해봐도 재미났던 건, 자기가 하필 나탈리의 방에서 잠시나마 눈을 붙였다는 사실이었다. 어째서 그럴 마음이 들었던 걸까? 자신도 모른다. 걸음을 옮길 때마다 삐걱대는 목조 계단, 다 해지다시피 한 층계참의 모켓, 사기 재질의 문 손잡이, 위쪽 공간에 응축되어 있는 듯한 집 안의 열기, 대가족이 모여 사는 전원주택의 정취, 평소에는 굳게 닫혀 있지만 화사한 계절에 손님들이 찾아올 때 열리는 저택의 여러 방들.
 아무튼 현재, 나탈리가 쓰던 방은 휑뎅그렁하게 방치되어 있다. 결코 많은 사람들이 그 방을 거쳐간 것 같지는 않았다. 그래서인지 호텔 객실처럼 여행객들이 일정 기간만 묵었다 떠나가는 방과 비슷하다는 인상을 자아낼 정도이다. 벽장 위로 비스듬히 보이는 몇몇 낙서들, 한쪽 다리가 부러진 수납장, 그 옆자리에는 버려진 책 한 권이 굴러다니고 있다. 침대는 실내 한 귀퉁이에 음습해 보일 정도로 깊숙이 처박혀 있는데, 그렇게 배치되어 있는 모양새가 퍽 인상적이다. 한순간의 낮잠에서 깨어난 카미유는 윗몸을 베개 위로 끌어올려 침대 머리맡에 기대어 앉는다. 그러고는 수첩과 4B연필을 찾는다. 정원에서 기술 요원들이 빗물로 가득 찬 축열기 주위의 바닥을 파헤치는 동안, 그는 얼굴 하나를 스케치하고 있다. 자신의 얼굴이다. 젊은 시절 미술학교 입학을 준비할 무렵 그는 100장도 넘는 자화상을 그렸다. 자화상을 그리는 것만이 진정한 수련이요, 자기 자신과 '적정한 거리감'을 유지할 수 있는 단 하나의 비결이라고 누누이 강조한 모친의 영향 때문이었다. 모친은 열 장가량의 자화상을 그렸는데, 그중에서 단 한 장만 남겨놓았다. 유채로 그려진 걸작이었다. 카미유는 그런 모친의 주장을 고스란히 받아들이고 싶지는 않다. 물론 모드 베르호벤 여사의 지적은 옳다. 카미유의 문제는 늘 자기 자신과 적정한 거리를 유지해야 한다는 데 있다. 그는 너무 자신과 밀착해 있거나 아니면 반대로 너무 멀리 떨어져 있곤 한다. 달리 표현하자면, 수면 밑에 너무 깊이 가라앉아 아무것도 보려 하지 않는다. 그러고는 익사 지경에 이르도록 자기 자신과의 싸움에만 몰두한다. 혹은 극히 조심스럽게 멀리 떨어진 곳을 맴돌며, 아무것도 이해하지 못하는 상태로 남아 있으려 한다. "그러니 지금 절박하게 파악해야 할 것은, 모든 정황이 생겨난 씨앗이지"라고 카미유는 중얼거린다. 그의 손끝에서 수척하게 야윈 얼굴과 초점 잃은 시선이 수첩 위로 떠오르고 있다. 고난의 불길에 휩싸인 한 남자의 초상이다.

남자의 주위로는 지붕이 심하게 경사져 있다. 이런 세상 속에 산다는 건, 제멋대로 변해가는 세상의 틀에 자기의 심신을 끼워 맞추는 일이다. 단, 이 남자의 경우는 예외일지도 모른다. 그는 열의 없이 되는 대로 그린다. 갑자기 욕지기가 인다. 심장이 무겁다. 상드린 봉탕 양과의 열없는 조사 장면을 다시 떠올려본다. 자신의 신경질, 자신의 성급함이 이따금 스스로도 참기 어려울 때가 있다. 그것은 그가 이 사건을 결판내고 싶고, 빨리 해치워버리고 싶기 때문이다.

그는 컨디션이 좋지 않다. 왜 그런지는 안다. 분명한 씨앗을 찾아야 한다는 강박 때문이다.
 방금 전, 그에게 이런 영향을 끼친 건 나탈리 그랑제의 초상화다. 지금까지 트라리외의 휴대폰 사진들은 오로지 피해자의 모습만을 보여줄 뿐이었다. 사건에 대한 이야기도 마찬가지였고. 그는 이런 요소들만 접하고 이 여자를 납치당한 피해자의 역할 속에 고정해두고 있었다. 하지만 신원조사팀이 넘겨준 몽타주에서, 그녀는 피와 살이 있는 하나의 인물로 변했다. 한 장의 사진, 그것은 단순한 실제일 뿐이다. 그러나 한 장의 그림은 상상과 환상과 문화와 삶에 의해 덧입혀진, 실제 이상의 현실일 수 있다. 그가 그것을 상드린 봉탕의 코밑에 내밀었을 때, 그러면서 이 얼굴을 거꾸로 보았을 때, 각도를 달리한 그 얼굴은 완전히 새로웠다. 그녀가 이 칠뜨기 같은 파스칼 트라리외를 죽였을까? 현재로는 그랬다는 게 유력한 사실로 보인다. 하지만 이제 그런 건 아무래도 좋다. 뒤집힌 모습의 이 데생에서 그는 그녀에게 가슴 뭉클한 애틋함을 느꼈다. 그녀는 지금 위급한 상황에 처해 있으며, 그는 그녀가 아직 살아 있기만을 간절히 바랄 따름이다. 결국은 좌절하게 되리라는 비관의 공포가 그의 흉골을 압박하는 것 같다. 이렌. 카미유는 그녀를 끝내 구하지 못했다. 이 아가씨에 대해 그는 무엇을 해야만 할까? 그녀가 그냥 죽어가도록 놔둘 수밖에 없을까?
 첫 걸음을 디뎠을 때부터, 이 사건의 첫 순간을 맞았을 때부터, 그는 담벼락 너머에서 쌓여가는 개인적 감정들이 수사 방향에 영향을 미치지 않도록 부단히 노력해왔다. 그런데 지금 그 담벼락은 균열을 일으키는 중이다. 그 표면에는 붕괴를 예고하는 실금들이 조금씩 번져가고 있다. 이대로라면 조만간 모든 것이 단 한순간에 와르르 허물어지면서 그를 덮칠 것이고, 그는 거기 파묻히고 말 것이다. 그렇다면 그는 곧장 영안실로 돌아가서 여전히 죽은 아내의 영정 앞을 배회하든가, 아니면 다시 정신병원의 칸막이 병동에서 자신의 정신적 고통과 싸우는 일과를 되풀이해야만 할 것이다. 그는 언젠가 수첩에 어마어마한 돌덩어리, 커다란 바윗돌 하나를 소묘해둔 적이 있다. 그것은 자기 자신을 시시포스에 빗댄 카미유의 자화상이다.

# 25

 부검은 수요일 아침 일찍 실시된다. 카미유와 루이도 그 자리에 와 있다.
 르 구엔 서장은 늘 그랬듯이 조금 늦는다. 그가 법의학 연구소에 도착했을 때는 이미 핵심적인 정황들이 대체로 밝혀진 직후다. 어느 모로 보나 시신의 정체는 파스칼 트라리외가 맞다. 모든 것이 일치한다. 나이, 신장, 모발, 사망 추정 일자 등, 상드린이 확인해준 물증인 테니스화를 굳이 감안하지 않더라도, 비록 이 모델을 신은 사람의 수가 수백만을 헤아린다손 치더라도. 실종자의 시신이 정말 맞는지 확정 짓기 위한 마지막 요식 절차로 이제 DNA 테스트만을 남겨두고 있을 뿐이다. 하지만 시체가 파스칼 트라리외이며, 나탈리 그랑제가 곡괭이일 가능성이 가장 큰 둔기로 (경찰은 빌라에서 발견된 원예용 도구들을 모두 수거했다) 그의 후두부에 치명적인 일격을 가한 후 삽으로 다시 그의 머리통을 내리쳐서 살해했다는 사실은 이미 부검 결과에 의해 결정적인 사건의 요지로 받아들여지고 있다.
 "그렇다면 나탈리 그랑제는 그가 쓰러진 후에도 계속 둔기로 내리쳤다는 얘기로군요." 카미유가 말한다.

"그렇지요. 적게 잡아도 서른 번 넘게 가격한 것 같습니다." 법의학자가 말한다. "나중에 좀 더 확실한 가격 수치가 밝혀지겠지만요. 어떤 부위에서는 삽날로 내리찍은 흔적이 보이는데, 그런 부분은 피살된 남자가 무뎌진 도끼날로 폭행당한 듯한 인상을 주기도 하지요."

카미유는 일단 만족스럽다고 여긴다. 그만하면 됐다는 게 아니라, 흡족한 것이다. 전체적인 사건의 프레임이 그가 느껴온 바와 상당 부분 일치하기 때문이다. 그는 머저리 같은 예심판사 녀석에게 사건 정황을 설명해야 한다. 다행히 오랜 지기인 르 구엔 서장도 그 자리에 있다. 카미유는 그에게 눈짓을 한 번 찡긋해 보인 후, 목소리를 낮춰 이렇게 소곤거리는 걸로 만족한다.

"내가 말했잖아요, 이 아가씨에 대한 예감이 별로 좋지 않다고……"
"정밀분석에 들어가야 확실해지겠지만 황산이 틀림없습니다." 법의학자가 말한다.

파스칼 녀석은 서른 번도 넘게 삽으로 폭행당했다. 그를 살해한 나탈리 그랑제는 이 살인극의 대미를 장식하기 위한 방편으로 그의 목구멍에 꽤 많은 리터의 황산을 쏟아부었다. 그런데 신체 부위가 훼손당한 파괴력에 근거하여 법의학자는 달리 유추해볼 수 있을 화학물질 하나를 조심스럽게 제시한다. 고밀도 농축 아황산.

"아주 농도가 짙더군요."

이 화학물질이 신체에 닿을 경우 엄청난 상해를 입힐 수 있다는 건 주지의 사실이다. 그 농도에 비례하는 빠르기로 살가죽은 극렬한 비등의 폭발 속에 녹아내린다.

카미유는 어젯밤부터, 시체를 발견한 직후부터 사건 수사팀으로 하여금 고민에 빠지게 했던 질문을 과감하게 던져본다.

"그럼 그 순간에 파스칼은 여전히 살아 있었던 겁니까, 아니면 이미 죽은 상태였던 겁니까?"

 그는 예상 가능한 답을 이미 알고 있다. 분석 결과를 기다려봐야 한다는 것. 하지만 이번에는 고지식하게 접근하려는 듯한 답변이 법의학자의 입에서 새어 나온다.

 "남아 있는 신체부위, 특히 팔뚝 근처에서 발견된 자국들로 판단해보건대, 그 사내는 묶여 있었던 게 틀림없습니다."

 잠시 그 답에 대해 숙고해보는 순간이 지나간다.

 "제 견해로 충분한 답이 되셨나요?" 법의학자가 묻는다.

 아무도 그의 견해에 가타부타 토를 달려 하지 않는다. 거기에 힘입은 듯 법의학자는 자기 소견을 이어간다.

 "제가 생각하기에는, 삽에 의한 폭행이 가해지면서 혼절한 후 그는 먼저 묶였던 것 같습니다. 그런 다음에 황산이 부어질 때 그 충격으로 잠시 깨어났겠지요. 때리는 요령만 있다면, 삽에 의한 폭행으로 일단 혼절까지만 시키는 건 별로 어려운 일이 아닐지 모릅니다…… 요컨대 저의 미천한 소견에 따르면, 그 남자는 황산이 목구멍으로 흘러드는 걸 분명히 느끼지 않았을까 싶습니다."

 그런 순간을 상상한다는 건 고역이다. 하지만 수사관 입장에서 그 살해 방식의 양상은, 그것이 극도로 잔인하든 아니든 간에 당장은 중요한 변수가 아니다. 반면 법의학자의 소견이 사실이라면, 피해자의 입장에서는, 황산이 살아 있을 때 투여되었느냐 아니냐의 차이가 꽤 중요해질 수 있다.

 "그렇다면 배심원에게도 상당히 심각하게 받아들여지겠군요." 카미유는 혀를 끌끌 찬다.

카미유의 가장 큰 문제는 적당히 물러설 줄 모른다는 데 있다. 전혀. 그가 그런 생각을 하고 있을 때, 르 구엔 서장이 언젠가 자신에게 한 말이 떠올랐다.

"당신, 정말 또라이 아니야! 폭스테리어 같은 개조차도 때로는 뒷걸음칠 줄 안다고!"

"아주 우아한 예로군요." 당시 그 말에 카미유는 답했다. "왜, 기왕이면 다리 짧은 개랑 비교하지 그래요. 아니면 난쟁이 복슬강아지도 괜찮고."

걸핏하면 누구와든 시비를 따지다가 일단 싸움이 붙으면 끝까지 가는 성질머리.

그런데 지금도 카미유는 적당히 물러설 줄 모르는 그 성격을 고스란히 드러내고 있는 셈이다. 르 구엔 서장이 보기에 어제부터 그의 안색은 꽤 어두웠는데, 가끔은 전혀 상반되게 속으로는 환희에 넘쳐 돌아다니는 것처럼 보이기도 한다. 그들은 복도에서 마주친다. 카미유는 안녕하시냐는 아침인사만 하고 그냥 지나간다. 2시간 후, 그는 서장의 방을 떠나지도 못하고 거기서 내내 어슬렁거리고 있다. 마치 꼭 하고 싶은 말이 있는데 서장이 아직 오지 않았다는 듯이. 결국 그는 마지못해 서장의 사무실을 나선다. 그런데 그때 얼굴에 잔뜩 노기가 서린 서장과 마주친다. 르 구엔은 아무리 언짢은 일이 발생해도 직위에 요망되는 정도의 인내심을 발휘할 줄 아는 사람이다. 그들은 화장실 문으로 함께 들어섰다. (그들이 소변기 앞에 나란히 붙어 서서 일 보는 장면이 얼마나 가관일지 상상해보라) 소변을 보다 말고 르 구엔은 불현듯 한마디 툭 던졌다. "당신이 원하는 때가 왔어." 이 말을 풀어보면 이렇다. "난 이제 기운을 충전했으니, 한번 맞붙어보려면 지금이라고."

그리고 그게 바로 지금이다. 점심시간 직전, 테라스에서 카미유는 휴대폰을 끄고 탁자 위에 올려둔다. 이제부터 자기가 늘어놓으려는 말에 다들 주목해야 한다는 걸 보여주기 위해서였다. 들어야 할 이는 모두 넷이다. 카미유, 르 구엔, 아르망 그리고 루이. 뇌우가 한 번 하늘을 말끔히 쓸고 간 이후로 날씨는 다시 매우 포근해졌다. 아르망은 술잔을 단숨에 비운다. 그러고는 곧바로 감자칩 바구니 하나와 올리브를 주문한 후, 계산서를 챙겨 오늘 낼 만한 사람 앞에 슬쩍 밀어둔다. 계산할 때 다들 또 어떻게 나올지 알 수 없는 일이니까.

"이 여자는 계획적인 살인범입니다, 서장님." 카미유가 말한다.

"계획적인 살인범이라, 어쩌면 그럴 수도 있겠지." 르 구엔 서장이 말한다. "정확한 분석 결과가 나오면 좀 더 확실히 말할 수 있겠지. 지금으로서는 모든 얘기가 추정에 불과할 거요. 그건 반장도 나만큼이나 잘 알 테지."

"그래도 이런 추정에는 묵직한 중량감이 실려 있죠."

"당신 말이 아마 맞긴 할 텐데…… 그럼 어떤 게 달라지는 거지?"

르 구엔은 루이를 자기 쪽 증인으로 끌어들이려 한다. 이런 게 가장 난처한 상황이다. 하지만 루이는 대가족 출신이며 최고 학부에서 교육받았다. 그리고 그의 숙부 중 한 사람은 대주교이며 다른 숙부는 극우정당의 하원의원이다. 이는 그가 아주 어렸을 때부터 도덕과 실천 사이의 상이한 요소들에 대해 신중히 고려하도록 배웠을 수도 있음을 드러내준다. 그는 또한 예수회 부설학교에서 약간의 수업을 맡아 가르친 적도 있다. 이중성에 관한 한, 그는 과도할 정도의 수련을 쌓은 셈이다.

"저에게 서장님의 질문은 법적으로 어떤 관련성이 있느냐인 것 같군요." 루이는 차분한 목소리로, 그래서 무엇이 달라지느냐는 질문의 요지를 명확히 제시해 보인다.

"루이, 나는 자네가 더 명민할 줄 알았어." 카미유가 말한다. "뭐가 달라지느냐면 바로…… 접근방식이야!"

다른 사람들은 모두 의외라는 표정을 짓는다. 옆 테이블에서 담배 한 개비를 얻어내느라 바쁜 아르망조차 놀란 표정으로 돌아앉는다.

"접근방식?" 르 구엔 서장이 되묻는다. "이런 제길, 그건 또 무슨 똥딴지같은 소리야?"

"진짜로 이해 못 할 줄 알았어요." 카미유가 말한다.

비슷한 경우, 평소라면 농담으로 얼버무리고 떠들썩한 웃음과 함께 너스레를 떨며 넘어가곤 하는데, 이번만은 카미유의 어투가 조금 다르다. 억양에 어떤 의중이 실려 있다.

"서장님은 전혀 이해가 안 가시겠지요."

그는 수첩을 꺼내든다. 그가 아무 때나 펼쳐놓고 데생 연습을 하는 바로 그 수첩이다. 잠시 메모를 하기 위해 (그는 메모를 많이 하는 편이 아니다. 그는 주로 기억력에 의존한다) 사람들을 등지고 돌아앉아 뭔가를 스케치해둔 페이지에 뭔가 끼적이고 있다. 아르망이 다른 사람 눈에 띄지 않게 의식하면서 세금 계산서를 작성할 때 어김없이 보이는 모습과 흡사한 포즈다. 루이의 눈에 수첩에 그린, 쥐들의 크로키가 언뜻 눈에 들어온다. 그의 데생 솜씨는 언제 봐도 뛰어나다.

"내가 보기에 이 아가씨한테는 흥미로운 구석이 아주 많은 것 같아요." 카미유는 침착한 어조로 다시 입을 연다. "정말 그렇지. 아황산 애기도 마찬가지로 아주 흥미롭지. 다들 그렇지 않나?"

그러나 자기 말에 적극적으로 찬동하고 나서는 이가 없자, 그는 이렇게 덧붙인다.

"그사이에 별것 아닐 수도 있는 문제에 대해 조금 내사를 해봤어요. 더 다듬고 파고들 필요가 있지만 적어도 내 생각으로는 이미 핵심적인 게 나온 것 같아요."

"좋은 결실을 내면 좋겠구먼." 르 구엔이 말한다. "아주 약간만 과도해지는 선에서."

이어 그는 맥주 한 잔을 단숨에 비운 후 종업원을 불러 똑같은 것으로 한 잔 더 시킨다. 아르망은 그 기회를 놓치지 않는다, 나도 똑같은 것으로 한 잔 더.

"작년 3월 13일," 카미유가 말한다. "당시 나이 49세의 베르나르 가테뇨라는 사람이 에탕프 부근의 에프윈 호텔 객실에서 죽은 채 발견되었습니다. 결정적인 사망원인은 80퍼센트 고농축 아황산 흡입."

"휴, 또 시작인가……" 지친다는 표정으로 르 구엔이 탄식을 흘린다.

"부부 사이가 악화됐던 걸 고려할 때, 단순 자살로 추정되기 쉬운 사건입니다."

"그냥 신경 끄지, 카미유 반장."

"아니, 일단 한 번 들어봐요. 좀 묘한 데가 있습니다. 그렇다는 걸 곧 알게 되실 겁니다. 그로부터 8개월 후인 11월 28일, 랭스의 카페 주인 스테판 마시아크라는 남자의 살인 사건이 벌어집니다. 시체는 아침에 카페 안에서 발견됩니다. 사망원인은 폭행 후 아황산에 의한 치명적 상해로 결론 납니다. 농도도 동일하고, 목구멍에 투여된 점도 똑같습니다. 도난당한 금액은 2천 유로가 조금 넘습니다."

"당신 생각에는 이 아가씨가 내내 그런 짓을 저지르고 다녔다는 거요?" 르 구엔이 묻는다.

"아황산으로 자살한다는 게 과연 가능할까요? 서장님 같으면 그럴 수 있겠어요?"

"하지만 그거야 자살한 사람의 소관이지 우리 일이 아니지 않소?" 탁자를 주먹으로 내리치며 르 구엔 서장은 언성을 조금 높인다.

카미유는 항복이라는 듯 두 손을 들어 보인다.

"오케이, 서장님. 알았어요."

냉랭하게 가라앉은 분위기 속에서 종업원이 르 구엔과 아르망 앞에 맥주 한 잔씩을 내려놓은 후 빈 접시를 거두어들이며 행주로 테이블 위를 훔친다.

루이는 이제 무슨 일이 벌어질지 너무도 잘 알고 있다. 그 내용을 봉투 속에 써두었다가, 버라이어티 쇼의 한 꼭지처럼 카페 어딘가에 감춰두고 실제로 알아맞혔는지 나중에 확인받을 수도 있을 정도다. 카미유는 이제 곧 반격을 재개할 것이다. 아르망은 흡족한 표정으로 다 피운 담배를 재떨이에 비벼 끈다. 그는 단 한 번도 제 돈 주고 담배를 사 피워본 적이 없다.

"딱 이거 한 가지만……"

르 구엔은 눈을 감고 있다. 루이는 미소 짓는다, 속으로만. 서장이 앞에 있으면 루이는 늘 속으로만 미소 짓는다. 그건 하나의 불문율이다. 아르망은 이제 곧 격돌이 시작되리라는 걸 예감하고 링사이드로 물러나 앉는다. 그는 항상 반장이 우세하다는 쪽에 30대 1로 배팅할 준비가 돼 있다.

"뭘 좀 명확히 밝혀주시죠." 이윽고 카미유가 포문을 연다. "서장님 말씀에 따르면, 누군가가 아황산으로 사람을 죽인 경우는 이 사건들이 처음이 아니라는 이야긴데, 그게 정확히 언제부터일까요?"

그는 르 구엔에게 퀴즈를 내는 어투로 한 번 알아맞혀보라고 제의한다. 하지만 서장은 그런 퀴즈놀이에 응할 생각이 별로 없어 보인다.

"11년 전부텁니다, 아시겠어요! 내가 지금 말한 건 다 미제 사건들이에요. 그런데 그런 사건들에 대해 잊지 않고 꼬박꼬박 상소를 하는 아주 재미난 사람들이 더러 있지요. 하지만 그 사람들은 추가보상을 노리는 것뿐이에요. 죽은 자의 넋에 대해 할증료를 물리겠다는 거나 다를 바 없지요. 아무튼 우리는 미제 사건의 범인들을 반드시 찾아내서 체포하고 제압하고 재판에 넘겨야 합니다. 간단히 말해, 사려 깊게 복수를 대행하는 국가의 위상을 철통같이 지켜줘야 하는 거지요. 고농축 아황산에 대해 말하자면, 민주경찰로서 우리는 11년 전부터 임전무퇴의 근무태세로 타협하지 않고 대처해온 셈이지요."

"당신, 또 무지 피곤하게 굴기 시작하는군." 르 구엔은 한숨을 내쉰다.

"네, 존경하는 서장님. 다 이해할 수 있어요. 하지만 어쩌겠습니까. 당통이 말했듯이 '사건의 진상은 완고하게 버티고 있는 것'을요. 그리고 바로 그 말에 사건의 진상이 담겨 있습니다!"

"레닌인데요." 루이가 참견한다.

카미유는 짜증난 표정으로 고개를 홱 돌린다.

"뭐, 레닌?"

루이가 오른쪽 소맷부리를 끄집어 올린다.

"'사건의 진상은 완고하게 버티고 있다'라고 말한 사람은," 루이는 후환을 두려워하지 않고 과감하게 정정한다. "레닌이라고요, 당통이 아니라."

"그래서 달라지는 게 뭔데?"

루이의 낯빛이 살짝 붉어진다. 그는 뭐가 달라지는지에 관해 시동을 걸어볼까 마음먹지만, 그럴 틈을 주지 않고 르 구엔이 먼저 반격에 나선다.

"그래 당신, 말 한 번 잘했어! 도대체 10년 묵은 아황산 사건으로 달라지는 게 뭔데, 엉?"

그는 정말 화가 크게 난 듯하다. 그의 언성이 테라스를 쩌렁쩌렁 울린다. 하지만 르 구엔이 목청 높여 화내는 모습은 마치 셰익스피어 사극 주인공의 어투 같아서 그저 옆자리 손님에게나 깊은 인상을 심어줄 뿐이다. 카미유는 자중하려는 표정으로 테라스 바닥에서 15센티 이상 떠올라 있는 자기 다리가 대롱거리는 것을 담담한 눈으로 내려다보고 있다.

"10년이 아닙니다, 존경하옵는 경찰서장님. 11년이라고요."

카미유에 대해 떠도는 뒷말 하나가 있는데, 그가 화를 억제하려 할 때는 목소리가 연극 무대에서 대사를 읊듯이 변한다는 것이다. 어떤 이들에 따르면, 그 모습은 흡사 라신 비극의 주인공을 연상시킨다고도 한다.

"그리고 8개월 동안 두 건의 사건이 떠안겨졌습니다. 방금 얘기한 그 남자들. 여기에 트라리외 사건까지 추가되었으니 현재로서는 도합 세 건이군요."

"하지만 말이오······"

루이가 카페 어딘가에 숨겨둘 글을 쓴다면, 바로 이다음 장면에 서장이 '트림한다'라고 썼을 것이다. 과연 그대로다. 경이로운 적중률이다.

그런데 이번에는 서장의 트림이 퍽 짧다. 아마도 딱히 할 말이 없어서였을 것이다.

"이 아가씨와 다른 아황산 사건들이 대체 무슨 상관이오?"

카미유는 회심의 미소를 짓는다.

"결국 좋은 질문이 하나 나왔네요."

서장은 의례적인 몇 마디를 웅얼거리는 데 그친다.

"당신은 사람을 참 피곤하게 해······"

이 시점 이후의 일이긴 하지만, 피로감을 드러내기 위해 그는 자리에서 일어나 몹시 지쳤다는 동작을 하면서, 아마도 당신이 옳을 거요, 하지만 나중에 합시다, 나중에, 라고 말한다. 르 구엔을 잘 모르는 사람의 눈에는 그가 현저하게 의기소침해하는 걸로 비칠 수도 있다. 그는 탁자 위에 한 움큼의 동전을 던져놓고 자리에서 물러나며 공명정대한 판결을 맹세하는 배심원 같은 태도로 모두에게 손을 들어 보인다. 자, 그럼 다들 나중에 또 보십시다. 그러고는 등을 돌리고 둔중한 걸음걸이로 멀어져간다. 그 등판이 트럭만큼 넓어 보인다.

카미유는 크게 한숨을 내쉰다. 너무 이른 시점에 옳은 것은 언제나 그른 것이다. 하지만 나는 틀리지 않았다. 이를 공언하듯, 그는 검지로 코를 톡톡 두드린다, 마치 루이와 아르망에게 자신의 명민한 후각을 믿어보라고 말할 필요가 있다는 듯이. 지금은 그저 시기가 적절치 않을 뿐이다. 어쨌든 지금까지는 여자가 피해자라는 사실 말고 명시적으로 밝혀진 사항이 아무것도 없으니까. 그래서 그녀를 찾지 않기로 한다면, 그 결정으로 인해 책임져야 할 몫은 단순한 과실의 차원을 훌쩍 넘어설지도 모른다. 그 순간에 그녀가 실은 여러 번 같은 방식으로 사람을 죽인 살인마였다고 주장한다 해도, 그건 썩 유효한 변명거리가 되지 못할 것이다.

그들은 모두 자리에서 일어난다. 이제 일터로 다시 돌아갈 시간이다. 아르망은 옆 테이블에 있던 사람이 남겨두고 간 엽궐련 한 개비를 챙겼다. 세 사람은 카페에서 나와 전철역으로 걸음을 옮긴다.

"수사팀을 재편성했어요." 루이가 말한다. "처음에는……"

카미유가 루이의 팔뚝에 손을 얹으며 그의 말을 제지한다. 마치 한 발 앞에서 코브라라도 발견하고 멈칫한 것처럼. 루이는 화들짝 고개를 들고 귀 기울인다. 아르망도 청각을 곤두세우고 함께 귀 기울인다. 카미유가 옳다. 여기는 정글 속이나 다름없다. 세 남자는 서로 눈길을 교환하며 먹먹하고도 둔중한 리듬에 따라 발밑의 지표면이 쿵쿵 울리는 것을 느낀다. 그들은 동시에 돌아서서 난데없이 터질지도 모를 돌발 사태에 대비한다. 20여 미터쯤 떨어진 맞은편에서 어마어마한 거구 하나가 믿기 어려운 속력으로 그들을 향해 돌진해오고 있다. 육중한 르 구엔 서장이 그들을 찾아 다시 돌아오는 길이다. 양쪽으로 펄럭거리는 그의 상의 자락 때문에 안 그래도 거대한 어깨 폭이 더욱 넓어 보인다. 그는 팔뚝을 높이 걷어붙였으며 손에는 휴대폰이 들려 있다. 순간 카미유는 자기가 아까 휴대폰을 꺼두었다는 데 생각이 미친다. 그가 미처 한 걸음 물러나 휴대폰을 다시 켤 겨를도 주지 않고 르 구엔은 그들 앞에 들이닥친다. 자리에 멈춰 서려면 그는 여러 번 큰 걸음을 해야 하는데도, 그는 목적지점이 철저히 계산되어 있다는 듯 정확히 카미유 앞에 멈춘다. 묘한 것은 숨을 헐떡거리지도 않는다는 점이다. 그는 바로 자기 휴대폰을 가리킨다.

"그 여자를 찾아냈다는 연락이 왔소. 팡탱에 있다는군. 즉시 서두르시오!"

서장은 다시 강력반으로 출발했다. 이제부터 처리해야 할 일들이 산더미처럼 쌓여 있다. 예심판사에게 연락한 것도 서장이다.

루이는 태도만 차분하게, 미친 속력으로 차를 몬다. 그들은 불과 몇 분 만에 현장에 도착한다.

이전에 화물 창고로 사용되던 이 공간은 운하의 언저리에 거대한 산업 시설로서 자리 잡고 있었던 듯 보인다. 그와 동시에 선박 보관소와 공장 시설로도 한동안 계속 사용돼온 게 틀림없다. 네모반듯한 황갈색 건물이다. 배가 놓인 쪽에는 드넓은 바깥 복도들이 조밀하게 얽혀 있는데, 각각의 층이 건물 사방으로 이어져 있다. 그리고 공장 설비가 있는 쪽 위편에는 폭이 좁고 빽빽하게 밀집한 유리창들이 공간 내부에서 유일하게 바깥으로 열린 환기구 역할을 하고 있다. 1930년대에 지어진 콘크리트 건축물 중에서는 꽤 뛰어난 준공물이었을 것이다. 제국주의 시대의 이 기념비에는, 오늘날에도 꽤 준수한 상태를 유지하고 있는 글자들이 여전히 제자리에 남아 이곳의 정체를 알리고 있다. 종합 제철제련소.

인근의 다른 건물들이 거의 다 철거된 와중에도 이 건물만 남아 개축을 기약하고 있는 것 같기도 하다. 여러 군데에 하얗고 파랗고 노란 낙서들이 큼지막하게 그려져 있지만, 그런 퇴락의 기미에 아랑곳하지 않고 건물은 의연한 자태로 남아 계속 강기슭을 지켜오고 있다. 축제를 맞아 머리부터 발끝까지 치장한 인도코끼리가 무겁고 신비스럽게 걸음을 내디디며 알록달록한 색종이 테이프와 현수막 아래로 지나가는 장면이 연상되는 정경이다. 지난밤 사이에 어린 낙서꾼 둘이 2층 복도까지 기어올라갔다. 단속에 몇 번 걸리고 나서 건물에 접근금지처분을 받은 후로 한동안 멀리해온 취미생활을 오랜만에 다시 즐기기 위해서였다. 이쯤이야 체포당할 중죄는 아니리라고 여겼으리라. 그들은 새벽녘까지 그라피티 작업을 실컷 즐겼고, 그러다 그들 중 하나가 깨진 유리창 틈새로 우연히 눈길을 던졌다. 거기서 아이는 똑똑히 보았다, 위태롭게 흔들거리며 허공에 매달린 궤짝 속에 사람의 알몸 하나가 갇혀 있는 것을. 아이들은 아침 내내 이를 경찰에 알릴 경우 혹시 져야 할지도 모를 위험부담을 가늠해보다가 결국 신분을 숨기고 경찰에 신고하기로 결정했다. 경찰서에서는 2시간도 채 걸리지 않아 아이들을 찾아낸 후 그 장소에서 그 시간 동안 무슨 짓을 하고 있었는지부터 추궁했다.

경시청 강력반과 소방서 구급대에 연락이 갔다. 건물은 여러 해 전부터 폐쇄되어 있었다. 건물을 다시 매입한 기업은 모든 출입구 앞에 벽담을 쌓아 봉쇄해놓았다. 한 팀이 복도 쪽에 대형사다리를 설치하는 동안, 다른 팀은 해머로 벽담을 허물어뜨리기 시작했다.

구급대 구조 요원들 외에도 건물 주위에는 이미 많은 사람들이 몰려

들고 있었다. 정복 경관들과 사복경찰들, 수많은 차량, 여기저기 번쩍거리는 회전경광등의 불빛, 그리고 어디서 자꾸 튀어나오는지 알 길이 없는 구경꾼들. 그들은 군사 작전이 벌어지는 광경 같은 데 흥미가 많은 모양이다. 결국 경찰은 현장에서 찾아낸 작업 선반으로 방벽을 치기 시작한다.

카미유는 부랴부랴 차에서 내린다. 신분증 카드를 꺼내들 여유조차 없다. 그러다 깨진 벽돌조각에 발이 걸려 엉덩방아를 찧을 뻔한다. 다시 몸을 바로 일으키며 한동안 벽담을 허물고 있는 구조 요원들을 관찰하다 말고 불현듯 입을 연다.

"잠깐만요!"

그는 가까이 다가가본다. 구급대장이 통행을 제한하기 위해 앞으로 나온다. 카미유는 그가 미처 제지할 틈도 주지 않고 그처럼 왜소한 사람만이 통과할 수 있는 구멍을 찾아 건물 내부로 틈입하는 데 성공한다. 구조 요원들의 망치질을 통해 벽담이 조금 더 허물어져야 다른 팀원들은 여기까지 들어올 수 있을 것이다.

건물 내부는 완전히 텅 비어 있다. 넓은 공간에는 부서진 창문에서 쏟아져 들어온 햇살이 먼지와 함께 내려앉고 있다. 빛줄기가 실내의 어둠과 맞닿아 푸르스름하게 변색된다. 똑똑하고 물방울 떨어지는 소리가 끊임없이 들려오는데, 층계 어딘가의 함석판이 제대로 고정되어 있지 않은지, 거기서 나는 소음의 공명이 널찍하고 텅 빈 공간에 지속적인 잔향을 일으키며 퍼져가고 있다. 바닥으로 흘러내리는 물줄기가 발밑을 어지럽게 가로지른다. 누구라도 이런 장소에 놓이면 썩 쾌적한 기분을 느끼기는 어려울 것이다. 흡사 버려진 성당 같은 으스스함이 느껴지는가 하면, 고도산업사회의 지배가 종말에 이르고 난 이후의 폐허를 드러내 보이는 것 같기도 하다. 여하튼 내부 공간의 분위기나 광도로 보아 이곳은 납치된 여자의 모습이 찍힌 장소와 거의 일치하는 듯 보인다. 카미유의 뒤에서는 해머로 벽을 허무는 작업이 계속되고 있다. 블록을 부수는 해머들의 울림이 음산한 조종(弔鐘)처럼 들린다.

카미유는 곧바로 빈 공간에 대고 큰소리를 질러본다.

"누구 없어요?"

그는 몇 초간 기다리다 이내 뛰기 시작한다. 첫 번째 홀은 아주 크다. 측면 길이만 15미터나 20미터쯤 될 것 같다. 천장도 무지 높아서 얼추 잡아도 4, 5미터쯤 되어 보인다. 바닥은 물에 잠겨 있다. 벽에서 물이 새어들어오는 것 같다. 싸늘하고 농도 짙은 습기가 이곳을 잠식하고 있다. 그가 뛰어서 가로지르는 홀들은 재고품 보관 공간이다. 하지만 그다음으로 이어질 통로 입구에 다다르기도 전에, 그는 이쪽이 바로 사건 현장임을 알아본다.

"누구 없어요?"

카미유는 자신의 목소리가 이전과 다르다는 것을 분명히 느끼고 있다. 범행이 일어난 장소에 발을 들여놓은 순간, 바로 여기가 그곳임을 알아차리는 직업상의 직관 때문이다. 몸 전체에 강렬한 긴장감이 흐르기 시작한다. 그것은 하복부에서부터 올라온다. 그리고 자신의 목소리에도 전해져온다. 방금 전과도 다르게 팽팽히 조율되도록 심신의 걸쇠를 연 것은 바로 악취이다. 지독한 냄새가 차갑게 회오리치는 공기 속에 떠다니고 있다. 부패한 시신의 살집에서나 풍길 법한 악취다. 거기에 똥과 오줌 냄새까지 뒤섞여 있다.

"거기 누구 없어요?"

그는 달린다. 황급히 걸음을 재촉하는 발소리들이 멀리서 뒤따라오는 게 들린다. 마침내 팀원들이 건물 내부로 입성한 것이다. 카미유는 두 번째 홀에 들어간다. 그러고는 그 광경 앞에 넋이 나간 듯 우뚝 멈춰 선다. 두 팔을 축 늘어뜨린 채.

그때 루이가 막 도착한다. 그는 도착하자마자 카미유가 내지르는 분노의 소리를 듣는다.

"이런 망할……"

목조 새장은 한쪽 바닥에 으스러져 있다. 그리고 두 개의 살 울타리 판자가 뽑혀 있는 것도 보인다. 아마도 추락할 때 일단 한 번 부러졌을 테고, 여자는 마지막 힘을 모아 그 살 울타리들을 뜯어내는 데 성공했을 것이다. 부패의 악취는 죽은 생쥐들에게서 나는 냄새이기도 하다. 총 세 마리인데, 그 가운데 두 마리는 궤짝 밑에 깔려 납작하게 으깨져 있다. 내장이 터져나온 몸통 위로 새카맣게 파리들이 달라붙어 오글거린다. 궤짝에서 몇 미터쯤 떨어진 거리에는 반쯤 말라붙은 배설물 덩어리들이 쌓여 있다. 카미유와 루이는 위쪽으로 눈길을 돌린다. 들쭉날쭉하게 잘려나간 동아줄이 보인다. 무엇으로 절단했는지는 알 수 없다. 천장에 설치되어 있는 도르래에 그 끝부분이 여전히 매달려 있다.

바닥 여기저기에 흩어져 있는 핏자국들을 제외하면 여기서 그녀의 자취는 더 이상 찾을 수 없다.

갓 도착한 해당 부서 요원들이 혈흔을 채취해두기 위해 다가간다. 카미유는 회의적인 표정으로 고개를 갸웃거린다. 그래봐야 별 쓸모도 없을 텐데.

어디론가 증발했다.

처해 있던 이 극한의 상황 속에서……

도대체 무슨 방법으로 그녀는 여기서 헤어날 수 있었던 걸까? 정밀분석이 그 답을 말해주겠지. 어디로, 그리고 어떻게 탈출한 것일까? 기술 요원들이 밝혀주겠지. 결과가 나왔다. 사람들이 구해줘야 한다고 생각해왔던 그 아가씨는 자력으로 여기서 탈출했다.

카미유와 루이는 침묵에 빠져 있다. 커다란 창고 안 이곳저곳이 이런 저런 지시를 외치는 목소리와 분주한 발걸음의 반향으로 울리는 동안, 그들은 석상처럼 굳은 자세로 이 참극의 괴이한 종막을 지켜보고 있다.

여자는 사라졌다. 그리고 여느 인질들과 달리 그녀가 자유로워진 것은 경찰력에 의한 게 아니다.

그녀는 죽였다, 몇 달 전에 한 남자를 삽으로 때려서. 그리고 그를 정원에 매장하기 전 머리통의 절반을 아황산으로 녹여 없앴다.

경찰이 이 시체를 찾아낸 건 우연을 통해서였다. 그러니 다른 희생자가 있는지 알아내는 문제가 시급해진다.

그리고 만약 더 있다면 얼마나.

두 구의 시체가 비슷한 특징을 공유하고 있는데다, 이 사건들이 모두 동일범의 소행이라 여기는 카미유가 그 시체들과 파스칼 트라리외의 죽음이 결코 무관치 않다는 데 자신의 직분을 걸고 있는 이 상황에서.

이토록 절망적인 상황에도 굴하지 않고 끝끝내 탈출하는 데 성공한 것으로 보아 그녀는 그냥 평범한 여자가 아니다.

그녀를 반드시 찾아내야 한다.

그러나 그 행방을 전혀 알 길조차 없다.

"내가 보기에 확실한 건," 이윽고 카미유가 담담한 어조로 입을 연다. "이제 르 구엔 서장도 이 문제의 범위와 규모를 더 확실히 인지하게 될 거라는 점이지."

2부

# 26

 알렉스는 피로로 인해 두뇌회전이 멎을 지경이다. 실제로 무슨 일이 일어난 건지 파악할 여유조차 없다.
 남은 마지막 안간힘까지 다 써가며 그녀는 새장이 더 요동치도록 흔들었다. 공포에 사로잡힌 쥐들은 경직된 움직임으로 발톱을 세워 판자에 매달려 있으려고 안달했다. 알렉스는 탈진상태를 무릅쓰고 짐승과도 같은 울부짖음으로 계속 절규했다. 동아줄 끝에 매달린 나무궤짝은 창고 안을 차갑게 휩쓸고 지나는 공기의 순환 속에서 이쪽저쪽으로 멈추지 않고 왕복했다. 마치 한 편의 희극과 위대한 비극 사이를 오가는 한 척의 곤돌라처럼.
 그녀의 생명을 구한 요행수는 동아줄이 그녀의 노력에 굴복하면서 새장의 각도가 아래쪽으로 쏠리기 시작한 순간에 찾아왔다. 차츰 해지기 시작한 줄 위에 시선을 고정한 채, 알렉스는 매듭의 마지막 올들이 하나하나씩 풀려가는 것을 본다. 대마가 고통에 겨워 뒤틀리는 듯 보이는가 싶더니 순식간에 궤짝은 자유낙하를 향해 한 걸음 더 다가선다. 그 하중에 못 이겨 상태 변화가 전격적으로 빨라진다. 기껏해야 몇 초의 시간 동안 알렉스의 머릿속에 땅에 곤두박질치는 순간에 대비하기 위해

온몸에 붕대라도 감아두고 싶다는 생각이 스쳐간다. 그만큼 충격이 극심할 테니. 가파르게 기울어진 모서리는 콘크리트 바닥을 향해 푹 박히고 싶어하는 것처럼 보일 지경이다. 추락의 결단을 내리기 전, 궤짝은 한순간 짧게 망설이는 듯하더니 이내 둔중하게 추락하고야 만다. 귀를 먹먹하게 할 정도로 삐걱거리는 파열음을 토해내며. 하지만 그건 알렉스에게 안도의 한숨 소리처럼 들린다. 그녀는 덮개에 머리를 짓찧었다. 그 첫 순간에 쥐들은 산산이 흩어졌다. 두 개의 판자가 부러졌으나, 궤짝이 완전히 박살난 건 아니었다.

그 충격으로 기절해 있던 알렉스는 의식의 표면으로 다시 떠올라 정신을 추스르기가 몹시도 힘겨웠다. 하지만 다행히도 머리는 그럭저럭 양호한 것 같았다. 방금 전 어떤 일을 겪었는지 생생히 기억난다. 궤짝이 떨어져 부서졌다. 측면 판자 하나는 두 조각으로 박살이 났다. 어쩌면 그쪽으로 빠져나갈 수 있을지 모른다. 체온이 저하된 알렉스는 과연 힘을 낼 수 있을지 자신이 없다. 그럼에도 부러진 판자 조각을 다리로 밀어내는 게 아니라, 처절한 절규와 함께 팔뚝으로 뜯어낸다. 갑자기 궤짝은 버티지 않고 알렉스에게 투항한다. 머리 위를 가리던 판자가 물러난다. 마치 그동안 먹구름으로 뒤덮여 있던 하늘이 찬연하게 열린 듯하다. 구약성서에 등장하는 홍해의 기적처럼.

그녀는 이 쾌거가 믿기지 않아 한동안 극렬한 감정에 내몰린다. 승리감과 안도의 기쁨에 휩싸인다. 이토록 무모한 전략이 성공했다는 게 그저 기적 같기만 하다. 그래서인지 일어나서 빠져나오는 대신 그녀는 새장 속에 남아 격하게 흐느껴 운다. 긴장이 풀린 후유증으로 인해 망연자실하게 허물어진 채, 한동안 멈추는 게 불가능할 정도로.

그 순간 이성이 그녀에게 새로 신호를 보내온다, 빨리 여기를 떠나야 한다고. 쥐들은 곧장 다시 달려들려 하지는 못할 것이다. 하지만 트라리외는? 오래도록 그는 오지 않았다. 그런데 지금 그가 다시 나타난다면?

그러니 지금 빨리 새장을 나와 우선 옷부터 챙겨 입고 여기서 벗어나야 한다. 달아나야 한다. 한시바삐.

그녀는 일단 몸을 쭉 펴본다. 이렇게 몸이 풀려날 수 있기를 얼마나 갈망해왔는지 모른다. 정말이지 너무도 가혹한 체형이 아닐 수 없다. 온몸 구석구석이 뻣뻣해진 것 같고, 일어나거나 다리를 쭉 뻗거나 팔뚝을 펴거나 보통의 자세를 되찾는 게 불가능한 일로 여겨질 정도다. 잔뜩 뭉쳐 있는 근육에는 딱딱하게 알이 배겨 있다. 그녀에게는 더 이상 아무런 근력도 없다.

일어나지 못해 1분, 아니 딱 2분만 무릎 꿇고 앉아 있기로 한다. 정말 견딜 수 없을 만큼 아파서 그녀는 맥없이 눈물을 흘린다. 그러면서 악을 쓰기도 한다. 분노에 찬 주먹으로 궤짝 판자들을 내리친다. 탈진상태가 온몸을 내리누르고 있다. 몸을 둥글게 말고 다시 쓰러진다. 너무 춥고 극도로 지쳤다. 얼어붙고 굳은 수족이 전혀 말을 듣질 않는다.

다시 몸을 펴서 움직이려면, 일단 의욕과 열의를 회복해야 한다. 하늘을 저주하면서라도 몸을 쭉 펴고, 골반을 들어올리고, 목을 돌리는 일에 엄청난 노력을 들여야 한다는 게 그녀로서는 기가 막힌다. 마치 살아남은 그녀와 사형에 처해진 그녀가 벌이는 하나의 사투와도 같다. 다행히 아주 조금씩 몸이 깨어나는 게 느껴진다. 고통스럽긴 해도 이제 몸이 깨어나는 중이다. 온몸이 얼어붙어 있던 알렉스는 결국 손으로 어깨를 감싸고 움츠리는 데 성공한다. 또한 몇 센티미터씩 궤짝 너머로 한쪽 발을 뻗어본다. 그리고 다른 쪽 다리를 다른 방향에 떨어뜨린다. 충격은 심하지만 그래도 그녀는 조심스럽게 자기 뺨을 차갑고 축축한 콘크리트 바닥에 가져다댄다. 그 순간 다시 흐느낌이 시작된다.

몇 분 후 그녀는 엉금엉금 기어나와 누더기가 된 옷을 집어든다. 그리고 어깨를 구부린다. 물병들 쪽으로 향해 가서 그것 중 하나를 쥐고 한 방울도 남지 않을 때까지 마셔댄다. 호흡도 정상을 회복한다. 마침내 벽에 등을 기대고 하체를 쭉 뻗는다. 이런 순간이 오기를 얼마나 오래 (정확히 며칠 동안이던가?) 기다려왔는지 모른다. 그동안 다시는 자기에게 이런 순간이 오지 못하리라 여기고 체념하기도 했다. 이 세상이 끝날 때까지 그렇게 새장 속에 갇혀 있을 줄 알았다. 그런데 이제 피가 다시 도는 게 느껴지기 시작한다. 체온이 돌아오고 있다. 관절에도 활력이 다시 찾아오고 있다. 근육이 되살아나고 있다. 모든 게 고통스럽고도 슬프다. 사람들의 손에 가까스로 구조된 동사 직전의 등산가가 겪는 감정의 파고란 게 바로 이런 것일지도 모른다.

이성이 지워지지 않는 얼룩처럼 냉엄한 현재 상황을 다시 알려준다. 이러고 있다 그가 도착한다면? 한시바삐 이곳을 떠나야 한다.

알렉스는 확인해본다. 입고 온 옷가지들이 고스란히 다 있다. 소지품 일체, 핸드백, 신분증, 돈, 심지어 자기가 납치당한 날 저녁까지 쓰고 있었으나 그자가 벗겨내서 소지품 더미에 던져둔 가발까지도. 그는 아무것도 가져가지 않았다. 그가 원한 것은 오로지 자기 목숨, 궁극적으로는 자기의 죽음뿐이다. 알렉스는 더듬더듬 옷가지를 주워든다. 쇠약해진 손이 덜덜 떨린다. 그녀는 근심 어린 눈길로 계속 사방을 두리번거린다. 무엇보다도 그가 때맞춰 돌아올 경우를 대비해 방어할 만한 무언가를 찾아둬야 한다는 생각에, 그녀는 잔뜩 포개져 있는 작업 재료들을 다급한 손길로 뒤적거린다. 노루발장도리 하나가 눈에 뜨인다. 궤짝의 판자에 박힌 못을 뜯어내는 데 쓰려고 둔 것이다. 과연 그는 어떤 순간에 그것을 쓰려고 생각했을까? 그녀가 죽었을 때? 그녀를 궤짝에서 꺼낸 다음 파묻기 위해? 알렉스는 노루발장도리를 바로 옆에 챙겨둔다. 그런 준비가 터무니없는 짓이라는 생각 따윈 하지 않기로 한다. 트라리외가 도착한다 해도, 그녀는 너무 쇠약해져서 그것을 휘두를 수조차 없을 테지만.

옷을 걸쳐 입으려는 순간, 그녀는 문득 자신의 고약한 체취에 생각이 미친다. 오줌과 똥과 토사물 냄새와 짐승에게서나 날 법한 구취 따위로 숨이 막힐 지경이다. 그녀는 물병 두 개를 쏟아부으며 몸을 박박 문질러 댄다. 하지만 그 동작은 몹시 느리다. 그래도 가능하나마 몸을 씻고 닦아낸다. 버려진 모포 한 장과 지저분한 넝마로 살갗을 비벼대자 몸이 다시 데워지는 것 같다. 물론 이곳엔 거울 같은 건 있을 턱이 없으니, 자신의 모습이 어떻게 보이는지 비춰보는 건 불가능하다. 가방을 뒤져보면 거울이 나오긴 할 테지만, 이성이 다시금 그녀를 재촉한다. 마지막 경고다. 빨리 빠져나가야 한다. 여기서 도망쳐야 한다. 지금 즉시.

옷을 입자 곧바로 몸에 포근한 온기가 느껴진다. 발이 몹시 부어오른 탓에 구두가 꽉 낀다. 그녀는 가까스로 버티고 일어선다. 이 상태로 걷기까지 하려면 자못 조심조심 몸을 놀려야 한다. 그리고 가방을 챙긴다. 노루발장도리는 그냥 그 자리에 놔둔다. 비틀거리며 여기서 빠져나가기 위해 걸음을 내딛는다. 어떤 동작들은 아예 불가능할 거라는 예감이 든다. 지금도 다리를 완전히 쭉 편다든가, 머리를 90도 각도로 돌린다든가, 상체를 일직선으로 곧게 펴는 동작은 어렵다. 그래서 연로한 노파처럼 상체가 반쯤 꺾인 채로 그녀는 앞으로 나아간다.

트라리외는 그녀가 이쪽에서 저쪽으로 되밟기만 하면 되도록 발자국을 남겨놓았다. 그녀는 그가 이용한 출구가 어디에 있을지 눈으로 좇는다. 달아나려고 시도하다 벽담 앞에서 붙들린 첫날, 그녀가 놓친 곳이 있다. 바로 담 모서리 밑쪽 바닥의 철제 뚜껑문이다. 거기 달린 철사 뭉치가 손잡이이다. 알렉스는 철사 뭉치를 틀어쥔 후 들어올려보기로 한다. 그것을 열지 못할까봐 더럭 겁이 난다. 있는 힘을 다해 끌어당기지만, 약지를 끼울 수 있을 만큼도 움직이지 않는다. 이내 눈물이 솟아오르고, 먹먹한 전율이 하복부에서 번져간다. 다시 시도해본다. 속수무책이다. 알렉스는 주위를 둘러보며 뭔가 없나 찾아본다. 다른 출구가 없다는 건 이미 알고 있다. 그런 까닭에 첫날 저녁 그는 그녀가 달아났을 때도 전혀 서두르지 않았던 거다. 그는 알고 있었다. 설령 그녀가 이 뚜껑 문까지 다다른다손 쳐도 그녀 힘으로는 도저히 그것을 열 수 없으리라는 사실을. 순간 분노가 머리끝까지 치솟는다. 살의에 가까운 분노. 가슴을 뒤덮는 분통. 알렉스는 악을 쓰며 달리기 시작한다. 그녀의 뜀박질은 장애인처럼 서툴다. 그러다 그녀는 뒷걸음친다. 과감하게 제자리에 돌아온 쥐들이 멀리서부터 자기들을 향해 달려오는 그녀를 보고 재빨리 자취를 감춘다. 알렉스는 노루발장도리를 집어들고 그것으로 판자 세 개를 부순다. 그러고는 쪼개진 나뭇조각을 손에 든다. 자신에게 얼마만큼의 기력이 남았는지는 안중에 없다. 그녀의 정신은 온통 다른 데 쏠려 있다. 그녀는 그저 탈출하고 싶을 뿐이다. 그 무엇도 그것을 막을 수 없다. 죽음을 불사하고서라도 여기서 탈출하고 말 것이다. 뚜껑 문 앞으로 다시 돌아온 그녀는 그 틈새에 노루발장도리를 끼워 넣고 그 위에 모든 체중을 싣는다. 뚜껑 문에 몇 센티미터 정도의 공간이 생기자, 이번에는 들고 온 나뭇조각 하나를 낑낑거리며 발로 밀어넣는다. 다시 들어올린다. 판자 조각을 하나 더 밀어넣는다. 그녀는 다른 조각을 찾아 달려갔다가 돌아와서 들어올리고 또 들어올린다. 결국 뚜껑 문은 장도리를 수직으로 고정시켜둘 만큼의 높이까지 열린다. 거기 생긴 공간은 40센티쯤 되어 보인다. 사람의 몸통 하나가 가까스로 빠져나갈 틈새가 벌어진 셈이다. 하지만 그곳을 통과하려면, 자칫 균형이 깨지기라도 하는 순간에 뚜껑 문이 가차 없이 그녀 위로 내려앉을 수도 있다는 위험 부담을 각오해야 한다.

알렉스는 멈춘다. 그리고 고개 숙여 귀 기울여본다. 이번에는 아무런 경고도 들려오지 않는다. 아무런 충고의 메시지도 없다. 극히 미세한 한 번의 변화, 극히 미세한 떨림, 그녀의 몸이 아주 살짝 장도리에 닿기라도 하면 철문은 곧바로 내려앉고 말 것이다. 철문 틈새로 핸드백을 던져넣는 데 약 30여 초의 시간이 소요된다. 핸드백이 바닥에 툭 하고 떨어지는 소리가 들린다. 그다지 깊지는 않은가보다. 그렇게 속으로 웅얼거리면서 알렉스는 바닥에 엎드려 살금살금 다리부터 뚜껑 밑으로 내려보낸다. 체감온도는 무척 낮지만 그녀는 이미 땀으로 흠뻑 젖어 있다. 아련히 다리 끝에 뭔가 걸리는 게 느껴진다. 계단이다. 마침내 그녀는 뚜껑 문 틈새로 몸을 빼내는 데 성공한다. 손가락은 아직 문가에서 빼내지 못했다. 머리를 돌리며 조바심 끝에 무리하게 서두르는 동작을 취하는 순간, 금속성의 삐걱거림과 함께 장도리가 미끄러지더니 뚜껑 문이 지옥에서나 들려올 법한 굉음을 내며 난데없이 무너져 내린다. 실로 찰나의 판단에 따라 그녀가 문가에서 얼른 손가락을 빼낸 건 뚜껑 문이 닫히기 바로 일보 직전이었다. 알렉스는 아연실색해서 어찌할 바를 모른다. 그녀는 계단 위에 서 있다. 주위는 한 치 앞이 보이지 않을 정도로 어둡다. 다행히 그녀는 온전하다. 시야가 겨우 트이기 시작하자 그녀는 몇 계단 아래 놓인 핸드백을 챙긴다. 호흡이 일시적으로 곤란해진다. 그녀는 빠져나갈 것이다. 탈출에 성공할 것이다. 하지만 그럴 것 같지가 않다…… 몇 계단 더 내려가자, 이음돌로 막힌 철문이 하나 나타난다. 기진맥진해 있는 탓에 그 돌을 밀어내는 데는 실로 오랜 시간이 걸린다. 철문을 열고 나가자 지린내가 풍기는 통로로 이어진다. 그러고는 두 번째 층계가 나온다. 너무 어두워서 장님처럼 난간을 두 손으로 꼭 잡고 더듬더듬 밟아 올라갈 수밖에 없다. 어디선가 새어들어오는 미명을 좇는다. 첫날밤 그자가 자기를 여기 끌고 왔을 때 머리를 심하게 부딪친

곳이 바로 이 계단이었다는 게 불현듯 기억난다. 당시 그녀는 곧바로 혼절하고 말았다. 층계 끝에 다다르자 세 칸의 철제 사다리가 놓여 있다. 그녀는 한 칸 한 칸씩 기어올라 통과하지만 여전히 넘어야 할 산이 계속된다. 이번에는 일종의 갱도처럼 벽 속에 수직으로 나 있는 철판이 이어져 있다. 바깥의 빛줄기가 철판 틈새로 새어들어온다. 어떻게 해야 잡아당길 수 있을지 알아내기 위해 알렉스는 일단 그 언저리에 손가락을 끼워넣는다. 손가락이 홈 속으로 파고드는 게 느껴진다. 알렉스는 그것을 자기 쪽으로 힘껏 잡아당겨본다. 다행히 철판은 그다지 무겁지 않다. 철판이 서서히 옆으로 물러나 그녀에게 여기서 빠져나갈 길을 내준다.

드디어 바깥이다.

신선한 밤공기가 이내 그녀의 코끝에 와 닿는다. 너무나 향긋하다. 이 저녁의 싱그러운 습기, 운하에서 전해지는 강바람, 되찾은 생. 불빛은 그리 많지 않다. 철판 출입구는 좁은 골목의 담벼락 안쪽 깊숙이 평평하게 감춰져 있다. 알렉스는 밖으로 나간다. 그러면서 철판 출입구를 다시 찾을 수 있을까 확인하기 위해 즉시 돌아서지만, 이내 단념한다. 이제는 그렇게 긴장감에 몸을 떨며 조심스러워할 필요가 없다. 서둘러 이곳을 벗어나기만 하면 된다. 고통스럽게 굳어버린 사지가 허락하는 한 되도록 빨리. 그녀는 골목 안쪽을 벗어난다.

약 30미터가량 이어지는 강둑은 황량하다. 저기, 주택가가 보인다. 대부분의 창가에 불이 켜져 있다. 큰길의 먹먹한 소음이 드문드문 귓가에 걸리는 걸로 보아, 여기서 그리 멀리 떨어져 있지는 않은 것 같다.

알렉스는 걷기 시작한다.

대로변으로 나온다. 몸이 너무 고단해서 오래 걸을 수 없었다. 게다가 갑자기 눈앞이 아찔해져서 바닥에 쓰러지지 않도록 가로등에라도 기대고 버티지 않을 수 없다.

무엇이라도 좋으니 교통수단이 지나다녔으면 하고 바라지만, 그러기에는 시간이 너무 늦은 모양이다.

아니다. 저기 택시정류장이 있다.

으슥한데다 위험천만해 보인다. 하지만 여전히 왕성히 활동하고 있는 신경회로망이 그녀에게 귀엣말을 전한다. 누군가의 눈에 띄려면, 여기보다 더 나은 장소도 없을 거야.

이 신경회로망이 자신에게 이보다 더 나은 최상의 해결책을 속삭여줄 수 없다는 점만 제외하면.

27

 오늘 오전처럼, 시급히 처리할 건수는 많은데 무엇부터 손대야 할지 난감할 때마다 카미유는 '가장 긴급한 문제는 현재 아무것도 할 일이 없다는 점이다'라고 받아들인다. 최대한 뒤로 물러나서 사안들에 접근하려는 그만의 해결 방법을 달리 표현한 말이다. 경찰학교 업무에 관여하던 시절, 그는 '항공 기법'이라는 나름의 명칭을 붙인 해결 방법을 고안해낸 바 있다. 약간의 거리를 두고 위에서 내려다보듯 사태를 관망하는 방식이다. 145센티미터밖에 되지 않는 단구의 사내가 명명했다는 점에서 그 말은 사람들의 웃음을 자아낼 수도 있었지만, 아무도 그런 위험을 감수하려 들지는 않았다.
 오전 6시다. 카미유는 잠에서 깨어나 일단 샤워부터 했다. 그리고 아침식사를 했다. 문가에서 물기를 닦고는 두두슈를 품에 안고 한동안 창밖을 바라본다. 손으로 고양이의 등을 긁어준다. 두두슈도 제 주인을 따라 창밖을 내다보고 있다.
 카미유의 시선이 어젯밤 그가 뜯어보기로 결심한 서류봉투에 가 닿는다. 서류봉투의 송신인이 공탁경매인이라는 사실을 왼쪽 상단의 인쇄된 글자에서 알아볼 수 있다. 이 경매는 유산 상속과 관련된, 부친의 마지막 법적 행위이다. 부친의 죽음이 그에게 큰 고통을 안겨주지는 않았다. 아니다. 카미유는 그로 인해 망연자실했고 심하게 동요했다. 침통한 슬픔 또한 겪었다. 하지만 그 죽음은 급작스러운 충격이 아니었다. 그로부터 비롯된 파문이 불시에 찾아온 재앙처럼 여겨지지도 않았다. 부친과 관련해서는 모든 게 늘 놀라우리만큼 예상가능한 일들뿐이다. 그의 죽음조차 예외가 아니었다. 카미유가 어젯밤 전까지 그 서류봉투를 뜯어볼 수 없었던 건, 그 봉투 속에 담긴 내용물이 부모와의 사별과 그 이후에 맞이할 번민을 고통스럽게 확인시켜주기 때문이다. 카미유는 이제 곧 쉰 살이 된다. 그의 주위에 있는 모든 이들이 다 죽었다. 모친에 이어 아내가 세상을 떠났고, 이제는 아버지까지 작고했다. 카미유에게는 자녀도 없다. 가족들 중 자기가 마지막 생존자로 남을 줄은 꿈조차 꾼 적이 없었다. 카미유가 혼란스러운 이유가 바로 그것이다. 부친의 죽음은 끝나지 않은 이야기 하나가 청산된 순간이지만, 카미유는 여전히 그 자리에 머물러 있다. 지루해지거나 고단해질 법도 한데 계속 거기 우두커니 서 있다. 이제 홀로 외로이 살아가야 한다는 점이 걸리긴 해도, 그는 자기 삶의 유일한 주인이자 유일한 수혜자이다. 누군가 생의 주인공이 되는 순간, 그 생은 더 이상 그다지 흥미롭게 여겨지지 않는다. 살아남은 자로서의 바보 같은 콤플렉스뿐 아니라 이토록 진부하게 느껴지는 구속감은 줄곧 카미유를 괴롭혀온 감정상의 찌꺼기들 때문이다.

 부친의 아파트는 처분되었다. 이제 남은 것은 부친이 그동안 소장해온 모드 베르호벤 여사의 작품 15점뿐이다.

 아틀리에에 대해서는 불문에 부치도록 하자. 카미유는 도저히 그곳에 갈 수 없다. 그곳은 모든 아픔의 교차점이다. 모친, 이렌…… 그렇다. 그는 그곳에 갈 수 없다. 언제까지라도 네 개의 계단을 밟아 올라 문을 연 후 그곳에 들어갈 수 없을 것이다, 결코.

모친이 남긴 그림들을 위해 그는 모처럼 의욕을 그러모아 모친의 친구 한 사람과 접촉했다. 모친과 함께 미술학교에서 공부한 동창이었다. 모친의 친구는 남아 있는 작품들의 일람표 작성을 받아들이기로 했다. 경매는 10월 7일 열릴 예정이다. 모든 게 확정되었다. 봉투를 뜯어보면서, 카미유는 출품된 그림들의 목록과 장소, 시각, 모드 베르호벤 여사의 그림들에 대한 배경 설명과 평가로 이루어질 저녁 행사의 프로그램 등을 쭉 훑어 내려갔다.

처음에 카미유는 모친의 그림을 단 한 작품도 보관하지 않기로 결심하면서, 그것이 정당하다고 강변될 만한 이유들을 나름대로 꾸며댔다. 그중에서도 가장 주목할 만한 것은, 모친의 모든 작품들을 여기저기 널리 전파하는 것이 그녀에게 진심어린 존경을 표하는 길이라는 발상이다. '나만 하더라도 모친의 그림을 보기 위해 일부러 미술관을 찾아가지 않을 수 없을 테니.' 그는 얼마간의 비장함이 뒤섞인 자족감 속에서 스스로를 그렇게 설득했다. 물론, 그건 어이없는 자기기만일 뿐이다. 진실은, 어머니를 이루 말할 수 없이 사랑하면서도 그가 혼자 남게 된 후부터 존경과 원망 그리고 씁쓸한 정념과 애틋한 추억 등이 혼란스럽게 뒤섞인 애증의 양가적 감정이 마음속에서 폭발했다는 데 있다. 모친에 대한 이런 애증의 줄다리기는 지금까지 카미유와 함께 자라온 셈이다. 하지만 평온을 회복한 지금, 이제는 이 모두로부터 벗어날 필요가 있다는 생각이 든다. 그림은 무엇과도 맞바꿀 수 없는 모친의 존재이유였다. 그녀는 그림에 자신의 일생을 바쳤다. 그리고 자신의 일생과 더불어 카미유의 삶도 희생시켰다. 삶 전체가 송두리째 희생되었다고 말할 순 없을지 몰라도, 그녀가 희생시킨 부분은 카미유의 숙명이 되고 말았다. 그녀는 카미유가 어떻게 태어날지 전혀 염두에 두지도 않고 임신했다는 사실을 무책임하게 받아들였던 것 같다. 하지만 이제 카미유는 모든 마음의 짐을 덜어내고 싶다. 그는 그저 그런 앙금의 하중에서 벗어나길 원할 뿐이다.

    모드 베르호벤이 지난 10년 동안 그린 열여덟 점의 그림은 경매를 거쳐 팔려나가게 된다. 순수 추상화 계열에 속하는 그림들이다. 어떤 작품에서는 로스코Mark Rothko의 그림들과 유사한 경향이 느껴지기도 한다. 색채들이 진동하다가 나중에는 쿵쿵 울리는 것 같기까지 하다. 그림이 어떻게 생동하는지 알고 싶으면, 바로 이 고동 소리를 먼저 전달받아야 한다. 두 점의 그림은 이미 선매되어 미술관으로 넘겨지게 된다. 극단적으로 정련된 이 두 그림은 모드 베르호벤이 말기 암과 싸우며 그린 작품들로, 가히 그녀 예술의 정점이라 할 만하다. 카미유가 소장하고자 남겨둘지도 모를 작품은 그녀가 서른 살 무렵에 그린 자화상이다. 그 자화상에서 모드 베르호벤의 얼굴은 다소 앳되어 보이면서도 골똘하고 무거운 모습으로 그려져 있다. 주인공의 시선은 그림을 보고 있는 사람 너머에 가닿아 있는 듯한데, 이 자태에는 뭔가 부재하는 것이 엿보인다. 그것은 성숙한 여성성과 아이 같은 천진난만함 등이 정교하게 포개진 혼합의 결실이다. 이제는 알코올에 찌들어버린 한 여인의 얼굴에도 한때는 싱그럽고 다정다감했던 청춘의 자취가 살아나 생생히 너울거릴 수 있는 것처럼. 이렌은 특히 그 그림을 마음에 들어했다. 어느 날 그 그림을 사진으로 찍어서 카미유에게 선물하기도 했다. 10×13 판형의 그 사진은 지금도 그의 사무실에 남아 있다. 그가 사무실에서 단 하나의 내밀한 개인적 오브제로 간직해온 4B연필을 꽂아두도록 이렌이 마련해준 유리 공예품과 함께. 아르망은 그 사진을 늘 연모의 눈길로 바라보곤 했다. 이 자화상은 그림의 형태가 충분히 구상적이라, 아르망이 모드 베르호벤의 작품 중에서 유일하게 이해할 수 있는 그림이다. 카미유는 언젠가 이 사진을 그에게 넘겨주기로 마음먹었지만 아직은 그러지 않았다.

그는 이 자화상도 결국 경매 품목에 포함시켰다. 모친의 작품들이 죄다 뿔뿔이 흩어지게 될 때 그의 마음속에는 비로소 참된 평안이 깃들 것만 같다. 어쩌면 카미유 자신과 연결된 지점이 전혀 없는 이 자화상 연작의 마지막 작품까지도 결국 팔아치울 수 있겠다는 생각이 든다. 그 그림은 몽포르의 아틀리에에 있다.

모친과 그녀의 그림에 대한 상념이 슬쩍 비켜난 자리에 또 다른 이미지들이 아른거리면서, 졸음이 몰려왔다. 한층 더 시급하고 한층 더 현실에 당면한, 갇혀 있다가 스스로 탈출한 그 여자의 이미지들. 그것은 죽음의 이미지에 속해 있지만, 그 죽음은 과거시제가 아니라 도래할 미래시제이다. 대체 어디서 그런 확신이 연유했는지는 분명히 밝힐 수 없지만, 부서진 궤짝과 죽은 쥐들 그리고 탈주의 발자국들이 어지러이 남아 있는 납치현장 앞에서 이 모든 것이 다른 어떤 것을 감추고 있으며, 그 너머에는 또 다른 죽음이 기다리고 있으리라는 예감이 들기 때문이다.

바깥 거리는 벌써 요란한 소음들로 활기를 띠고 있다. 카미유처럼 잠을 많이 자지 않는 사람에게는 상관없는 문제이지만, 이렌이라면 결코 여기서 오래 지낼 수 없었을지 모른다. 그와는 반대로, 소란을 일으키는 창밖의 광경은 두두슈에게 좋은 소일거리를 안겨준다. 두두슈는 수문이 개폐되며 드나드는 거룻배의 움직임에서 눈길을 떼지 않고 여러 시간 동안 창가에 붙박여 있기를 즐긴다. 수문이 조작되는 시간이 오면, 창턱은 마치 적당한 전망대처럼 한동안 두두슈의 안락한 지정석이 된다.

카미유는 생각이 조금 더 명확히 정리되면 슬슬 나가보기로 한다. 현재는 여러 복잡한 질문들에 허덕이고 있다.

팡탱의 화물 창고. 트라리외는 어떻게 그런 곳을 찾아냈을까? 지금 이런 질문은 중요한가, 그렇지 않은가? 여러 해 동안 방치돼 있었다고는 해도, 그만큼 거대한 창고 공간을 누군가 무단점거해서 사용했다는 것도 납득이 가지 않는 일이다. 노숙자들이라 해도 그런 곳까지 틈입해서 자리 잡기는 쉽지 않다. 우선 그곳의 비위생성이다. 극히 비위생적인 그곳 환경은 머물려는 생각을 꺾어놓기 십상일 정도다. 하지만 무엇보다도, 유일하게 바깥으로 통할 수 있는 출입구가 접근하기 극히 어려운 위치에 있다는 점을 간과할 수 없다. 게다가 거의 반지하 상태라 할 만큼 낮고 좁은 철판을 찾아서 열고 들어간다손 쳐도, 그 안에 머물기 위해 필요한 물품들을 조달해내기에는 거쳐야 할 통로가 너무 길고 복잡하다. 아마도 이런 까닭에 트라리외의 새장 크기가 그토록 작아질 수밖에 없었는지도 모른다. 통로로 옮겨올 수 있도록 판자 길이를 제한하지 않으면 안 되었을 테니까. 이런 통로로 여자를 어떻게 옮겨올 수 있었는가에 대해서도 상상해볼 필요가 있다. 그러자면, 그래야만 할 필연적 동기로 마음이 온통 들끓지 않고는 불가능한 노릇이었을 것이다. 그는 아들을 어디에 숨겼는지 자백할 때까지 필요한 만큼 오래도록 그녀를 괴롭히기로 작정하고 있었던 게 틀림없다.

나탈리 그랑제. 그녀의 본명은 그것이 아니다. 하지만 계속 그렇게 부르고 있다. 당분간은 어쩔 수 없다. 카미유는 그냥 '그 아가씨'라고 부르는 쪽이 더 마음에 들지만, 계속 그럴 수는 없는 일이다. 가짜 이름과 이름 없는 무명씨 사이에서 무엇을 선택해야 할까?

예심판사는 사건이 종결될 걸로 받아들였다. 단, 반대 증거가 나오기 전까지 트라리외의 아들을 곡괭이로 폭행한 후 아황산으로 사실상 목을 자르다시피 한 혐의가 있는 이 문제의 여자에 대해서는 일단 소환 조사가 필요한 증인이라는 명목에 따라 소재 파악을 중단하지 않기로 했다. 샹피니의 공동 세입자 샹드린은 몽타주만 보고도 확실히 그녀를 알아보았다. 하지만 그녀와 범행 사실을 한 묶음으로 엮자면 이보다 더 확실한 물증들이 나와야 한다.

팡탱의 화물 창고 안에서 사람들은 혈흔과 모발과 신원 추정에 필요한 모든 종류의 자료들을 채취한 바 있다. 그것들은 트라리외의 짐칸에서 발견된 흔적들의 주인공이 바로 그녀임을 신속히 확인해줄 것이다. 적어도 이 사실만은 분명하게 확보된 셈이다. 하지만 그건 중요한 게 아니다, 라고 카미유는 중얼거린다.

이 따끈따끈한 발자취를 지우지 않고 따라가기 위한 단 하나의 해법은, 10년 안에 일어난 사건들의 기록보관소에서 발견된 고농축 아황산 살인사건 두 건의 수사 기록철을 다시 살펴보는 일이며, 그로써 이 두 사건이 동일범의 소행인지 가려내는 일이다. 서장의 회의적인 시각에도 아랑곳없이, 카미유의 확신은 절대적이다. 그 사건의 살인자는 동일인이며 살인을 저지른 건 한 여자다. 사건기록철은 오늘 아침 올라올 예정이다. 사무실에 도착하자마자 그는 그것들을 검토할 예정이다.

카미유는 한순간 나탈리 그랑제와 파스칼 트라리외 커플에 관해 생각에 잠긴다. 이것은 치정극일까? 만약 그런 경우라면, 그는 이 사건을 다른 각도에서 접근해야 한다. 걷잡을 수 없는 질투의 발작에 사로잡혔거나 자기를 버리고 떠나가는 게 견딜 수 없어진 파스칼 트라리외가 순간적인 광기로 인해 머리가 헤까닥 뒤집히면서 나탈리를 살해하려 한다. 하지만 현실 속의 가해자와 피해자는 그 반대이다…… 그럼 혹시 사고사? 펼쳐진 모양새에 드러난 살해 수법을 고려할 때 신빙성이 떨어진다. 카미유의 생각은 이런 추정들의 가능성에 도무지 집중할 수가 없다. 두두슈가 상의 소맷부리를 발톱으로 긁기 시작하는 동안, 다른 맥락의 생각이 그의 머리를 스쳐간다. 그 아가씨가 화물 창고에서 탈출한 양상이다. 정확히 무슨 일이 벌어졌던 것일까?

납치현장의 분석 결과는 그녀가 무슨 수로 허공에 매달려 있는 궤짝을 바닥으로 떨어뜨리는 데 성공했는지 밝혀낼 것이다. 그런데 뒤이어 또 한 가지가 궁금해진다. 그녀는 어떻게 그런 착상을 실행에 옮길 수 있었을까?

카미유는 영화의 한 장면처럼 그 부분을 상상하려 해본다. 하지만 상상 속의 영화는 장면 연결이 미흡하다.

그녀가 자기 옷가지를 다 되찾아 입었다는 건 현장에서 확인된 바 있다. 경찰은 출구까지 이어진 통로에서 그녀의 구두 발자국을 찾아냈다. 그건 분명히 트라리외가 납치했을 때도 그녀가 입고 있던 옷들이었음이 틀림없다. 납치범이 그녀에게 구태여 새 옷을 가져다줄 까닭이 없기 때문이다. 그는 이 아가씨를 덮쳤다. 그녀는 저항했다. 그는 그녀를 짐칸 속에 내동댕이친 후 꼼짝 못하도록 결박했다. 그러면서 옷가지들은 어떤 상태가 되었을까? 아마도 너덜너덜해지고 여기저기 찢기며 지저분해졌을 것이다. 아무튼 말끔하지는 않았을 것이다…… 카미유는 가늠해본다. 거리에서 이런 옷을 입고 다니는 여자가 보인다면, 단번에 눈에 뜨일까, 그렇지 않을까?

카미유로서는 트라리외가 이 여자의 소지품들을 조심스럽게 다루었으리라고는 상상이 가질 않지만, 뭐 그건 아무래도 좋다, 라고 중얼거린다. 지금 그 아가씨의 모양새를 고려해보기 위해서 옷차림의 발자취를 따라가려는 노력은 이쯤에서 그만두자.

그녀가 얼마나 더러워 보일지는 굳이 눈으로 확인하지 않아도 미루어 짐작할 수 있다. 그녀는 일주일가량 유충처럼 벌거벗겨진 채 바닥에서 2미터쯤 떠 있는 궤짝에 갇혀 지냈다. 사진들 속에 나타난 그녀의 몰골은 단순히 고난에 빠졌다는 표현을 넘어서 죽음이 임박한 것으로 여겨질 정도였다. 또한 동물 사료 혹은 아파트에서 쥐를 잡기 위한 미끼

로나 쓰일 법한 크로켓들도 보였다. 이것으로 트라리외는 그녀가 죽지 않을 만큼만 먹여살렸다. 게다가 일주일 동안 그녀는 그 자리에서 용변을 다 해결해야만 했다.

"그녀는 지금 무지무지하게 탈진한 상태일 거야." 목소리 높여 카미유는 그렇게 중얼거린다. "그리고 머리카락이 잔뜩 낀 얼레빗처럼 더러워 보이겠지."

두두슈가 고개를 번쩍 쳐든다. 주인이 또다시 혼자 떠들기 시작했다는 것을 카미유보다 더 잘 알고 있다는 듯이.

땅과 누더기 위에 떨어진 물기와 여러 물병들에서 채취된 지문들로 보아, 그 화물 창고에서 탈출하기 직전, 그녀는 간단하게나마 몸을 씻은 게 틀림없다.

"설령 그렇다 해도…… 일주일 동안 갇혀 지냈다고 하면, 기껏 3리터 정도의 차가운 물과 더러운 넝마 두 조각으로 씻는다고 해봐야 얼마나 씻을 수 있을까?"

이런 의문을 거쳐 그는 중점적인 질문으로 되돌아온다. 남들 눈에 띄지 않고 집으로 돌아가기 위해 그녀는 과연 어떻게 했을까?


"누가 그러던가요? 아무도 그 여자를 본 사람이 없다고." 아르망이 말한다.

오전 7시 45분. 강력반. 옷차림 따위에 눈 돌릴 수가 없는 경황에서조차 루이와 아르망이 나란히 있는 모습은 기묘할 정도로 대조적이다. 루이는 금속성의 광택이 흐르는 잿빛 키튼 슈트에 스테파노 리치 넥타이를 매고 웨스턴 구두를 신고 있다. 아르망은 재고 정리하면서 남아돌 때 입수한 기동경찰 점퍼를 펑퍼짐하게 걸치고 있다. 지독하군, 아르망을 꼼꼼히 뜯어보면서 카미유가 속으로 웅얼거린다. 조금 더 절약해보자는 차원에서 한 치수 큰 걸 골라 입은 모양이다.

카미유는 커피를 한 모금 삼킨다. 맞다, 그녀를 본 사람이 아무도 없다고 누가 그랬나.

"조금 더 파고 들어가보자." 카미유가 말한다.

그녀는 조심스러웠다. 화물 창고에서 탈출한 뒤 어디론가 자취를 감추고 말았다. 감쪽같이 증발한 것이다. 받아들이기 어려운 사실이다.

"아마도 히치하이크를 한 게 아닐까요?" 루이가 짐작해본다.

그렇게 얘기해놓고도 루이 또한 자신의 짐작에 그럴 만한 개연성이 있다고는 믿지 않는 눈치다. 스물다섯 또는 서른 살쯤 된 아가씨가 새벽 1, 2시에 어딘가에서 히치하이크를 한다고? 그런데 곧장 태워주는 차가 없으면 보도 가장자리에 남아 계속 허공에 대고 엄지를 치켜세운다? 최악의 경우, 보도를 따라 걸어내려오며 지나다니는 차량을 향해 창녀처럼 손짓해 보인다?

"그럼 혹시 버스……"

가능하긴 하다. 그런데 이슥한 밤에 이쪽 노선으로 지나다니는 버스들이 많을 것 같지 않다는 사실을 감안하면, 그녀에겐 운이 따랐어야 한다. 그렇지 않다면 정류장에서 30분에서 45분가량, 아마도 흉흉한 몰골에 탈진한 몸 상태로 버스를 기다렸다는 얘기가 된다. 가능성이 적다. 설령 그렇다 해도, 혼자서만 버스를 기다릴 수 있는 보장이 없는 한, 버스정류장은 다른 사람들의 이목에 노출되기 쉬운 곳이다.

루이는 배차시간을 점검하고 운전사들을 심문하기 위한 메모에 들어간다.

"택시는……?"

루이는 점검 목록에 그것을 추가한다. 하지만…… 당시 그녀에게 택시비를 낼 만한 돈이 있었을까? 게다가 택시 운전사에게 요금을 지불할 만하다는 신뢰가 생기기에 충분한 차림새였을까? 그런데 아마도 그녀일 것으로 짐작되는 여자가 보도 위로 걸어가는 것을 그 거리에서 본 목격자가 있다.

그녀가 파리로 향했을 것이라는 사실에 대해서는 의심할 여지가 별로 없다. 그 주변을 샅샅이 캐봐야 한다. 그게 버스인지 택시인지는 몇 시간 후면 확실히 밝힐 수 있을 것이다.

점심 무렵 루이와 아르망은 출동한다. 카미유는 함께 청사를 벗어나는 그들을 바라본다. 아주 잘 어울리는 이인조의 쌍두마차이다.

그는 곧장 자기 사무실 뒤편으로 가서 그를 기다리고 있는 두 개의 사건기록철에 눈길을 던진다. 베르나르 가테뇨와 스테판 마시아크.

## 28

알렉스는 자기 집 건물 쪽으로 무거운 걸음을 내디뎠다. 그녀는 몹시 쭈뼛거리며 잔뜩 경계하는 기색이 뚜렷하다. 혹시 트라리외가 기다리고 있는 건 아닐까? 그가 자기의 탈출을 알아차렸을까? 하지만 아니다. 입구 현관에는 아무도 없다. 우편함도 한산하다. 층계에도 전혀 인적이 없다. 층계참도 마찬가지. 꼭 꿈속에 있는 것 같다.

그녀는 숙소의 문을 열었다. 그리고 꼭꼭 잠갔다.

정말, 꿈속에 머물러 있는 기분이다.

집으로 안전하게 대피했다. 불과 2시간 전까지만 해도 쥐들에게 뜯어 먹힐지도 모른다는 위협에 시달리고 있었다. 그녀는 금세라도 고꾸라질 것처럼 비틀거리다가 겨우 벽에 기대어 몸을 지탱했다.

곧바로 뭘 좀 먹어야겠다.

하지만 그 전에, 자기 모습을 돌아본다.

세상에나, 원래 나이에 열다섯 살 이상은 더 없어야 할 것 같다. 추하고 지저분하다. 게다가 늙어 보이기까지 한다. 눈가의 다크서클과 그 사이에 진 주름들, 얼굴에 남은 손찌검 자국들, 노랗게 뜬 피부와 초점 잃은 눈동자.

그녀는 냉장고에 남아 있는 음식들을 모조리 먹어치우기 시작했다. 요거트, 치즈, 식빵, 바나나 등, 욕조에 물을 받는 동안 그녀는 조난당한 사람처럼 악착스럽게 먹어댔다. 그러다 부리나케 욕실의 변기로 달려가서 다 게워냈다.

다시 호흡을 가다듬고는 우유 반 리터를 마셨다.

그런 다음 팔뚝 다리 손등 무릎 얼굴 등에 난 상처를 알코올로 씻어내야 했다. 밀려오는 졸음을 참고 견디며 욕실의 문턱에 서서 살균제와 장뇌가 함유된 크림 등으로 상처의 통증을 다스리려 해본다. 그녀는 너무 고단한 나머지 풀썩 주저앉고 만다. 얼굴에는 피멍 자국들이 또렷이 남아 있다. 납치당한 날 생긴 혈종들은 서서히 가라앉은 데 반해, 팔뚝과 다리에 난 상처들은 고약한 흉터로 자리 잡을 것 같다. 그 상처들 중에서도 특히 두 군데는 더러운 모양새로 곪아터진 것처럼 보인다. 조금 더 경계하지 않을 수 없다. 필요한 모든 조치를 다 취해야 할 것이다. 그녀가 아직 근무할 때, 직장에서의 소임을 다하고 퇴직하기로 한 마지막 날, 그녀는 매번 약장에서 약간의 약품들을 슬쩍 빼내오곤 했다. 마치 이삭줍기하듯 약품들을 남몰래 쓸어담는 건 무척 짜릿한 일이었다. 페니실린, 바르비투르산, 진정제, 이뇨제, 항생제, 베타선 차단제 등등……


그녀는 몸을 쭉 펴고 드러누웠다. 이내 눈앞이 캄캄해졌다.

13시간 동안 내리 잤다.

착지한다는 것은 일종의 코마와도 가까웠다.

지금 자기가 어디 있는지 이해하는 데 30분 넘게 걸린다. 자기가 어디서 왔는지 되돌아본다. 눈물이 다시 샘솟는다. 그녀는 아기처럼 침대 위에 잔뜩 웅크리고 누워 있다. 내내 흐느끼다 다시 잠든다.

5시간 후 두 번째로 잠에서 깨어난다. 저녁 6시다. 오늘은 목요일이다.

알렉스는 잠에 취한 채로 서서히 기지개를 켠다. 온몸이 쑤시고 아프다. 완만하게 잠에서 깨어나기 위해 침대에 그대로 누워 뒹굴뒹굴하면서 시간을 보낸다. 이어 아주 느리게, 특히 쑤시고 아픈 부위를 살살 풀어주려고 애쓴다. 온몸의 구석구석까지 단단히 굳어 있는 것 같다. 하지만 점진적으로 근육이 이완되기 시작하면서 사지의 전체적인 움직임이 서서히 회복되는 것 같다. 휘청거리며 침대에서 빠져나온다. 두 걸음 정도 옮겨본다. 현기증이 발끝부터 머리 꼭대기까지 그녀를 휩쓸고 지나는 게 느껴진다. 그녀는 얼른 책장에 기대어선다. 배고파 죽을 지경이다. 그러면서도 자기 모습을 살핀다. 상처들이 덧나지 않도록 조심해야 한다. 하지만 그것은 그녀의 의지가 아니라 머릿속에서 조곤조곤 들려온 자기방어의 조건반사이다. 어쨌든 너는 지금 안전한 곳에 대피해 있는 거야.

그녀는 도망쳤다. 트라리외는 그녀를 다시 잡아가려고 할 것이며 그녀를 뒤쫓으려 할 것이다. 숙소로 들어가는 길목에서 자기를 납치한 것만 봐도 그는 자기가 어디에 사는지 알고 있다. 시간이 이만큼 지났으니 그도 이제 알게 되었을 것이다. 알렉스는 흘깃 창밖으로 눈길을 준다. 거리는 평온해 보인다. 그가 자기를 납치한 저녁나절만큼이나 한적하다.

그녀는 팔을 뻗어 노트북을 집어든 후 소파에 앉아 그것을 자기 옆에 둔다. 그러고는 포털사이트를 열고 검색창에 '트라리외'라고 쳐본다. 성씨만 알 뿐 이름은 모른다. 파스칼이라는 그의 아들 이름만 알 뿐이다. 그녀가 검색해보는 대상은 그 부친이다. 그 머저리 쪼다 같은 아들 녀석을 자기가 어떻게 했는지, 그리고 자기가 녀석을 어디다 두었는지는 굳이 검색하고 말고 할 필요도 없이 지금도 생생하기 때문이다.

검색창 세 번째 줄에 '장 피에르 트라리외'라는 이름이 보인다. Paris.news.fr이라는 사이트다. 곧바로 클릭. 아래와 같은 내용이 뜬다.

**파리 외곽 순환도로에서의 참변, 경찰의 과잉대응?**

어젯밤, 50대 남성 장 피에르 트라리외 씨가 여러 대의 경찰 차량으로부터 추격받던 중 파리 외곽 순환도로의 비예트 다리 위에서 자신의 짐차를 세운 뒤 갑자기 뛰쳐나와 난간 아래로 투신한 끝에 달려오던 세미트레일러 트럭에 치여 그 자리에서 즉사했다.

경찰에 따르면, 트라리외 씨는 며칠 전 파리의 팔귀에르 거리에서 발생한 부녀자 납치사건의 유력한 용의자였다. 경찰은 이 납치사건을 '보안상의 이유로' 그동안 비밀리에 수사해오던 중이었다. 납치된 피해자의 신원에 대해서는 아직 뚜렷하게 확보된 사항이 없으며 트라리외 씨가 피해자를 억류해둔 납치장소는 경찰의 집요한 수사 끝에 밝혀졌으나, 경찰이 현장을 덮쳤을 때는 이미 텅 비어 있던 것으로 전해지고 있다. 구체적인 책임소재가 불분명한 가운데 이 용의자의 죽음—경찰에 따르면 그의 '자살'—은 두말할 나위 없이 석연치 않은 뒤끝을 남기고 말았으며 여러 의문점들을 계속 증폭시키고 있다. 사법적 지도감독의 책임을 수행하고 있는 예심판사 비다르 씨는 베르호벤 반장의 경시청 강력수사반이 맡은 이 사건에 대해 철저히 규명하겠노라고 약속했다.

알렉스의 정신이 최대한 빠르게 작동한다. 이런 기적이 닥치면 일단은 말문을 잃고 어안이 벙벙해지는 법이다.

그가 왜 자기 앞에 다시 나타나지 않았는지 비로소 그 까닭이 밝혀진 셈이다. 외곽 순환도로에서의 갑작스런 죽음으로 인해 그는 더 이상 그녀를 보러 올 수 없었던 거다. 물론 쥐들에게 먹을 것을 가져다줄 수도 없었다. 이 쓰레기 같은 인간은 경찰에 의해 그녀가 풀려나는 것을 속수무책으로 지켜보느니 차라리 자살하는 편을 택했다.

그 빙충이 같은 아들과 함께 지옥의 유황불 속으로나 떨어지기를.

그런데 또 하나 중요한 사항은 경찰이 그녀가 누군지 아직 파악하지 못하고 있다는 점이다. 그녀에 대해 아무것도 알려진 게 없다. 적어도 주초 동안에는 그녀에 대해 아무것도 모르고 있다.

그녀는 검색창에 알렉스 프레보스트라는 자신의 이름을 기입해본다. 동명이인들이 쭉 나오긴 해도 정작 그녀에 대해서는 아무런 정보도 올라와 있지 않다. 아무것도.

순간, 이루 헤아릴 수 없는 안도감이 느껴진다. 막중한 심적 부담에서 벗어난 듯이.

그녀는 휴대폰에 그동안 걸려온 부재중 전화가 있는지 살펴본다. 모두 여덟 통......

그런데 배터리가 다됐다. 그녀는 충전기를 찾아보려고 일어난다. 하지만 찾기도 전에 휴대폰 전원이 먼저 나간다. 그녀의 몸은 아직 그런 것까지 대처할 만큼 회복되지 못했기 때문이다. 그녀는 육중한 나무토막이 무너지듯 소파 위에 털썩 무너진다. 현기증이 도지면서 캄캄해진 눈앞에 깜박이는 빛들이 출몰한다. 빛들은 빠른 속도로 제자리에서 맴돌며 알렉스의 현기증을 가중시킨다. 심장박동이 극렬해진다. 알렉스는 입술을 꼭 깨문다. 몇 초 더 지속되다가 이런 몸 상태의 난조가 다소 가신다. 그녀는 조심스럽게 몸을 일으켜 충전기를 손에 넣고 그것을 휴대폰에 연결한 후 다시 와서 앉는다. 모두 8건의 부재중 전화. 알렉스는 확인해본다. 호흡하기가 훨씬 나아진 것 같다. 다 일과 관련된 전화들이다. 구직대행사에서 온 전화들. 어떤 쪽에서는 두 번이나 전화를 하기도 했다. 일자리가 있습니다. 알렉스는 음성메시지를 더 듣지 않고 꺼버린다. 나중에 다시 듣고 검토해보기로 한다.

"아, 너니? 안 그래도 네가 소식을 전해올 때가 되지 않았나 싶던 참인데."

이 목소리…… 그녀의 어머니. 그리고 그녀가 언제까지도 원망을 거둘 수 없는 상대. 그녀의 목소리를 들으면 감정적으로 매번 똑같은 느낌을 받는다. 목구멍 속에 조막만 한 멍울이 하나 부풀어 오르는 느낌. 알렉스는 대답하며 설명하고, 어머니는 늘 많은 질문을 해댄다. 어머니는 매사 회의적인 여자인데, 특히 딸과 관련된 일이라면 더욱 그런 편이다.

"직장 옮겼니? 오를레앙 어쩌고 하더니 지금 거기서 전화하는 거니?"

자신을 대하는 어머니의 목소리에는 언제나 회의적인 어투가 깔려 있다. 알렉스의 귀에는 그렇게 들린다. 그녀가 말한다, 지금 시간이 별로 없어. 그러자 어머니의 대답이 곧바로 튀어나온다.

"그럼 구태여 나한테 전화할 필요도 없었는데."

어머니는 전화를 자주 하지 않는다. 전화를 먼저 거는 쪽은 늘 알렉스다. 늘 그래왔다. 그녀의 어머니는 인생을 즐기며 사는 편이 아니다. 그녀는 필요 이상으로 스스로를 억제한다. 그녀와 이야기하려면 뭔가 대화거리를 찾아야 한다. 어머니와 대화하는 건 시험을 치르는 것과 비슷하다. 준비해야 하고 수정해야 하고 집중해야 한다.

알렉스는 고민하지 않기로 한다.

"근데 나 한동안 새 일자리도 알아볼 겸 지방에 좀 내려가 있을까 해. 그러니까 내 말은 다른……"

"아 그래? 어디지?"

"그냥 새 일자리도 알아볼 겸해서 가는 거야."

"그래, 그 말은 벌써 했잖아. 새 일자리 알아보러 간다고? 지방에? 그러니까 그 지방이 어디를 말하는 거냐고. 네가 가려는 그 지방 도시에는 이름도 없니?"

"구직대행사에서 알아봐줄 거야. 아직 정확한 행선지는 몰라. 그게 좀…… 복잡하거든. 확정되면 마지막에 알려준대."

"아, 차라리 네가 엄마처럼 그쪽을 챙겨주는 게 낫겠네."

그녀가 한 이야기를 곧이 믿는 눈치가 아니다. 살짝 서로의 신경이 맞부딪치는 한순간이 지나간다. 이어 어머니가 말한다.

"새로 일자리를 얻으려고 하는데, 거기가 어딘지도 모르고, 누가 있긴 한데, 그게 누군지도 모른다. 그런 얘기니?"

알렉스와 어머니는 아무런 예외도 없이 매번 이런 식으로 대화를 주고받는다. 이제는 퍽 익숙하기까지 하다. 하지만 지금 알렉스는 아주 나약해져 있는 상태이다. 훨씬, 평소보다 훨씬 느슨하게 방어막을 두르고 있다.

"아니, 그런 얘기가 아, 아니야……"

어찌 됐든, 어머니와 함께하는 건, 피곤하거나 피곤하지 않다. 알렉스는 어떤 순간이 되면 늘 말을 더듬곤 한다.

"그럼 뭔데?"

"근데 엄마, 지금 내 휴대폰 배, 배터리가 얼마 안 남았어……"

"아…… 그것도 수명이 다됐구나. 내가 네 배터리 수명이 얼마나 되는지야 알 수는 없지. 네 그 휴대폰 배터리처럼 일하다가 또 누군가가 잘린 자리를 네가 대신 차지하고, 그러다 한순간에 직장상사한테 이제 됐으니 그만 집에 돌아가도 좋다는 말을 듣고. 그런 거지?"

'느낌이 좋은' 다른 걸 찾아야 한다. 어머니의 표현을 따르자면 그런 것을. 알렉스는 그런 화젯거리를 별로 찾아내지 못한다. 혹은 찾아내긴 해도 늘 때를 놓쳐 너무 늦게, 그녀가 이미 전화를 끊은 뒤에나 층계에서 또는 전철 안에서 생각할 뿐이다. 그런 것을 찾아내는 순간 그녀는 바로 그거라며 손뼉을 친다. 그녀는 빼먹은 말을 안타깝게 주절거린다. 그리고 이따금 그 대목을 다시 떠올려보며 수정해서, 절대 까먹지 않도록 여러 날 동안 연습해볼 때도 있다. 정신에 해로우리만큼 헛된 짓이지만, 그녀로서도 어쩔 수 없다. 그녀는 연습 과정에서 그걸 제멋대로 윤색하는데, 시간이 지나면 이야기는 완전히 새로운 것으로, 예를 들면 자신이 대화의 매 순간을 완전히 압도해버리는 전투처럼 변하기도 한다. 그러고 나서 어머니에게 전화를 건다. 하지만 어머니와의 첫 마디가 시작되자마자 그녀는 KO패로 무너지고 만다.

어머니는 뭐 다른 할말 없느냐는 투의 냉랭한 침묵 속에 기다리고 있다. 알렉스는 결국 그만 물러나기로 한다.

"이제 정말 끊어야겠어······"

"그러자. 아 잠깐만, 알렉스!"

"응?"

"그냥 나도 잘 지낸다는 말을 하려고. 그래도 걱정해줘서 고맙다."

어머니는 전화를 뚝 끊는다.

알렉스는 마음이 무거워져오는 것을 느낀다.

그녀는 가볍게 부르르 떤다. 더 이상 어머니와 나눈 대화에는 매달리지 않기로 한다. 그 대신 이제부터 해야 할 일이 무엇인지 집중해야 한다. 트라리외, 정리된 사건. 경찰, 아직 논외대상이다. 어머니, 완료. 지금은 오빠에게 문자메시지를 보내야 할 순간이다.

'나 이제 곧 (가능한 행선지들 가운데 하나를 택하기 위해 그녀는 잠시 머뭇거린다) 툴루즈로 떠나. 거기서 새 일자리를 얻게 될 거야. 엄마한테는 대신 알려줘. 전화할 시간이 없네—알렉스'

오빠는 넉넉잡고 일주일 정도는 자신의 문자메시지를 보관하고 있을 것이다. 그가 실제로 이 내용을 어머니한테 전해준다고 한다면.

알렉스는 눈을 감고 심호흡을 한다. 자신은 거기에 다다를 것이다. 한 걸음 한 걸음, 고단한 몸 상태에 굴하지 않고 해야 할 일들을 하나도 빼놓지 않고 모조리 처리해나갈 것이다.

위장에서 밥 달라고 꼬르륵거리는 소리가 계속되는 동안 그녀는 다시 붕대를 감는다. 그러고는 욕실의 전신거울에 자기 모습을 비춰보러 간다. 아직도 10년은 더 늙어 보인다. 그래, 그러고도 남지.

찬물로 샤워를 마치고 나오자 몸이 오들오들 떨린다. 그래도 살아 있다는 건 신의 가호이다. 손으로 머리부터 발까지 마사지를 해본다. 생의 활력이 다시 솟아나는 것 같다. 이런 식으로 아픈 순간조차 신의 가호이다. 맨살에 스웨터를 걸치자 까슬까슬하게 가렵다. 예전에는 이런 느낌이 무척 싫었다. 하지만 오늘 이런 느낌은 그녀가 원하는 바다. 까슬까슬하게 가려운 감각을, 살아 있는 몸이 느끼고 있다. 사이즈보다 큰 면 바지는 살갗 위로 펑퍼짐하게 떠서 몸의 곡선을 받쳐주지 못한다. 볼품 없다. 하지만 탄력성은 좋다. 뭔가 넉넉하고 부드럽게 쓸어주는 느낌. 신용카드와 숙소의 열쇠를 챙긴다. 나가는 길에 누군가와 마주친다. 안녕하세요, 귀에노드 부인. 아 오랜만이네요. 여행 다녀왔어요. 아주 좋네요. 날씨는 어땠어요? 환상적이었죠. 필시 남부지방이었을 테죠. 맞아요. 어쩜 피곤해 보이네? 네. 일이 고돼서요. 요 며칠 잠도 많이 못 잤거든요. 오, 그치만 아무것도 아니에요. 목이 겹질렸는지. 하지만 별거 아니에요. 아 이거요? 그녀는 자기 이마를 보여준다. 바보처럼 발을 헛디뎌서 굴렀지 뭐예요. 다른 상처도 그래서. 아휴 그럼 그냥 서 있기도 힘들겠네요? 웃음. 괜찮아요. 좋은 저녁 보내세요. 부인도요. 그리고 거린다. 저녁나절이 시작될 무렵의 이 푸르스름함. 너무 아름다워 눈물이 찔끔 나올 지경이다. 알렉스는 광기 어린 웃음이 터져나오려는 걸 참아내느라 어깨까지 들썩거린다. 산다는 건 너무나 멋진 일이다. 저기 아랍 식료품상이 지나간다. 그녀가 한 번도 눈길을 준 적이 없는 이런 타입의 남자도 참 잘생겨 보인다. 참 잘생겼다, 그렇게 웅얼거리며 그녀는 자기 목소리에 귀 기울여본다. 그녀는 그윽한 눈빛으로 남자와 시선을 교환하며 그의 뺨을 살며시 쓰다듬게 될지도 모른다. 그녀는 생의 활력으로 가득 차오르는 것을 느끼며 웃음 짓는다. 바로 이 순간, 카페의 자리 하나를 차지하기 위해 필요한 모든 것, 그녀가 그동안 애써 무시해온 모든 것들이 보상처럼 여겨진다. 거기에는 감자칩, 초콜릿 크림, 염소젖으로 만든 치즈, 생테밀리옹 포도주 그리고 한 병의 베일리스 위스키도 포함된다. 그리고 다시 숙소로 귀가. 그녀는 최소한의 노고에도 지치고 눈물이 날 수 있는 상태. 난데없이 엄습하는 현기증. 그녀는 집중하고 경계해가며 현기증을 물리치는 데 성공한다. 잔뜩 봐온 장거리를 들고 승강기에 오른다. 그토록 절실한 삶의 욕구. 어째서 산다는 건 늘 이 순간 같지 않은 걸까?

알렉스는 속옷을 입지 않고 헐렁한 실내 가운만 걸친 채 전신거울 앞을 지난다. 이번에는 5년 더 늙어 보이는 선까지 내려왔다. 5년이라고 하니 양심에 걸린다. 좋아, 6년. 그녀는 아주 빨리 예전의 모습으로 회복될 수 있을 것이다. 그녀는 그것을 안다. 이미 그것을 느끼고 있다. 온몸에 난 상처와 혹과 다크서클과 시련과 슬픔들이여, 제발 걷혀다오. 그래서 이 알렉스에게 오로지 눈부신 모습만 남겨다오. 그녀는 가운을 활짝 열어젖히고 자신의 알몸을 거울 속에 비춰본다. 이 젖가슴, 이 배……
그러다보면 필경 울음을 터뜨릴 수밖에 없다. 그대로 서서, 자기 삶과
마주하여.

그녀는 울면서 웃는다. 그녀로서는 아직 살아 있어서 행복한 건지 혹
은 여전히 알렉스로 남아 있어 불행한 건지 갈피를 잡을 수가 없기 때
문이다.

저 심연으로부터 비롯된 이 곤경 앞에서 그녀는 어떻게 대처해야 할
지 잘 알고 있다. 그녀는 코를 훌쩍거리고 휴지로 코를 푼다. 다시 가운
자락을 여며 입는다. 생테밀리옹 와인이 담긴 유리잔과 가히 식탁의 광
기라 할 만큼 과도한 안주상을 차린다. 초콜릿, 위를 채울 토끼고기 파
이, 설탕으로 절인 비스킷 등등.

그녀는 먹고, 먹고 또 먹는다. 이어 소파 등받이에 기대어 축 늘어진
다. 베일리스 위스키 한 잔을 따르기 위해 상체를 앞으로 기울인다. 얼
음조각을 찾으러 가는 건 오늘의 마지막 육체적 노고일 것이다. 기력의
고갈이 임박했다. 하지만 가벼운 행복감은 깊은 골짜기에 울려 퍼지는
메아리처럼 여전하다.

잠에서 깨어나 눈을 뜬다. 그녀의 생체 리듬이 완전히 뒤바뀐 모양이
다. 시계를 보니 밤 10시다.

## 29

 폐유, 먹물, 휘발유 등 여기 고인 여러 가지 냄새의 성분이 무엇인지 일일이 쪼개서 열거하기는 어려워 보인다. 그 위에 가테뇨 부인의 몸에서 풍기는 바닐라 향수 냄새까지 은은히 떠돌고 있다. 가테뇨 부인은 오십대로 보이는 여인으로, 자동차 정비소 안으로 형사들이 들어오는 모습이 보이자마자 통유리로 된 자기 사무실에서 나왔다. 형사들 앞으로 다가서려던 견습공은 주인이 사무실에서 직접 나오자, 화들짝 놀란 강아지처럼 어디론가 사라졌다.
 "부인의 남편 건으로 방문했습니다."
 "어떤 남편을 말씀하시는 건가요?"
 부인의 반문에는 다소 까칠한 억양이 스며 있다.
 카미유는 마치 셔츠 깃에 목이 조인다는 듯 턱을 앞으로 내민다. 그리고 시선을 하늘로 돌리며 곤혹스러워하는 표정으로 목덜미를 긁적거린다. 어떤 말로 심문을 풀어가야 상황이 원활해질지 자문해본다. 부인은 필요하다면 제 몸을 지킬 만반의 준비가 되어 있다는 듯 날염된 드레스 위로 팔뚝을 굳게 엇걸어놓고 있다. 상당히 방어적이라는 인상을 주는 모습이다.

"베르나르 가테뇨 씨 말입니다."

곧바로 부인의 얼굴에 당황해하는 기색이 드러난다. 팔뚝을 다소 느슨히 풀면서 입술은 '오' 하는 모양새로 살짝 벌어진다. 그녀는 그 문제가 튀어나올 거라고는 전혀 예상하지 못한 듯, 베르나르에 대해서는 전혀 염두에 두고 있지 않은 것 같다. 우선 말해둬야 할 게, 그녀는 작년 일등 정비사이긴 하나, 게으름으로 치면 둘째가라도 서러워할 연하의 남자와 재혼했다. 그래서 그녀는 이제 조리스 부인으로 불린다. 그 여파는 그리 좋지 않았다. 정비소 업주와의 결혼에 새 남편은 푹 퍼졌고, 근무 시간에도 술집을 들락거렸다. 정비소에서는 그를 제재할 사람이 아무도 없으니까. 그녀는 고개를 절레절레 내젓는다. 완전 엉망진창이네.

"그건 정비소 때문이었어요. 아시겠지만, 여자 혼자 힘으로는……"
그녀가 해명조로 덧붙인다.

카미유에게는 무슨 말인지 이해가 된다. 정비소는 규모가 꽤 크다. 서너 명의 정비 직공과 두 명의 견습공, 일고여덟 대의 차량들, 열려 있는 보닛, 속도를 늦춘 엔진들이 여기저기서 가동 시험중이고, 거중기 위에는 엘비스 프레슬리가 몰고 다녔을 법한 장밋빛 덮개식 리무진 한 대가 놓여 있다. 에탕프에서 이런 차를 보는 건 흔치 않은 일이다. 어깨가 넓고 우람한 젊은 직공 하나가 지저분한 헝겊으로 손을 닦으며 다가와서 혹시 자기가 도울 일이 없는지 묻는다. 어쩐지 턱에서 위협적인 기운이 엿보인다. 그는 여주인에게 눈짓으로 무슨 문제가 없는지 떠보는 듯하다. 사장 가족 신변에 일말의 변고라도 닥칠 경우에는 당장이라도 들고 일어나 달려들 기세다. 직공의 이두박근은, 비록 경찰이라 할지라도 사장 가족에게 함부로 구는 건 용납지 않겠다고 고함치듯 범상치 않게 단련돼 있다. 카미유는 고개를 끄덕인다.

"그리고 아이들을 위해서이기도 했고요……" 조리스 부인이 말한다.

그녀는 자신의 재혼 얘기로 되돌아온다. 심문에 들어가려던 순간부터 그녀가 무척 방어적으로 경계하는 기색을 드러낸 것은 어쩌면 그런 이유에서일 수 있다. 자기가 너무 서둘러 재혼했으며 역시나 불행한 결혼 생활을 꾸리고 있다는 생각에 매달려 있는 탓이다.

카미유는 한 걸음 물러나서, 루이로 하여금 심문을 이어가도록 한다. 카미유는 앞 유리창에 매매액수가 흰 페인트로 적혀 있는 세 대의 중고 승용차들을 우측에서 바라본다. 그러고는 사방이 통유리로 덮인 사무실로 다가간다. 사무실의 시야가 통유리로 트여 있는 까닭은 회계업무를 보는 동안 직공들이 뭘 하는지 감시하기 위해서인 것 같다. 어쨌건 한 사람이 심문하는 동안, 다른 사람은 걸음을 옮겨 여기저기서 캐볼 만한 구석이 없는지 슬슬 둘러보는 건 좋은 방법이다. 이번에도 썩 유용하다.

"뭐 찾으시는 거라도 있습니까?"

묘하다 싶을 정도로 카랑카랑한 목소리다. 매우 정돈되어 있지만 한편으로는 몹시 성마르게 들리는 발성으로, 비록 자기 소유가 아니라 해도 이 공간에 무단침입하는 건 강력히 저지하겠다는 공격성을 띠고 있다. 다행히 아직 행동에 돌입하진 않았다. 카미유는 뒤돌아선다. 그의 시선은 근육이 잘 발달된 직공의 흉골 높이에 가닿는다. 그의 키에서 머리 세 개는 족히 높다. 그 결과로 그는 그 직공의 상박을 범상치 않은 각도에서 바라볼 수 있다. 정비사는 술집 주인처럼 너덜너덜한 헝겊으로 손을 계속해서 습관적으로 문지른다. 카미유는 고개를 들어올린다.

"플뢰리 메로기스?"

순간 헝겊이 멈춘다. 카미유는 문신이 새겨진 그의 상박을 검지로 가리킨다.

"이 모델로 보니 90년대에 살다 나온 모양이군. 아닌가? 얼마나 살았어?"

"지은 죄만큼 받고 살다 나왔어요." 정비사가 대답한다.

카미유는 이해한다는 손짓을 해 보인다.

"인내심을 배우고 나온 것 같아 다행이군."

그는 머릿짓으로 정비공의 뒤쪽에서 루이와 얘기하고 있는 여주인을 가리킨다.

"아무튼 자넨 이미 전과가 있으니까, 만약 이번에 또 들어가면 훨씬 오래 살아야 할지도 모르니 명심하라고."

루이는 나탈리 그랑제의 몽타주를 보여준다. 카미유가 다가간다. 조리스 부인이 눈을 휘둥그렇게 뜬다. 전남편의 정부를 한눈에 알아본 그녀의 숨결이 가빠진다. 레아다. "그게 이년 이름이에요. 모르셨어요?" 카미유는 그 질문에 곤혹스러워하는 표정을 짓는다. 루이는 신중하게 고개를 끄덕여 보인다. 레아, 그다음은? 아무도 모른다. 그냥 레아다. 그녀는 레아를 딱 두 번 보았을 뿐이다. 그럼에도 그녀에 대해 완벽하게 기억하고 있다. "마치 어제 본 것처럼요." "근데 이 그림보다 통통했는데." 그 그림에서 그녀는 참한 모습으로 나타나 있다. 하지만 당시 여자는 "엄청 풍만한 유방으로" 남자들을 꾀고 다니는 페스트 같은 존재였다. 카미유에게 '엄청 풍만한 유방'이란 퍽 상대적인 개념이다. 조리스의 부인의 앞가슴이 예외적일 정도로 평평하다는 사실을 감안하면 더욱 그렇다. 부인의 적개심은 레아의 풍만한 가슴에 고착되어 있는 것 같다. 마치 그 점 때문에 그들 부부에게 불행이 닥쳤다는 듯이.

우선 신경이 쓰이는 공란부터 사건의 전말을 재구성해 나가보자. 가테뇨 씨는 나탈리 그랑제를 어디서 만났는가? 아무도 모른다. 루이가 심문하고 있는 정비공들도 그 점에 대해서는 전혀 알지 못하는 것 같다. 그들은 2년 전부터 여기서 일해왔다. "아름다운 아가씨였어요." 한쪽 정비공은 그렇게 말한다. 그는 언젠가 그녀와 마주친 적이 있다. 그녀가 골목 구석의 차 안에서 자기 사장을 기다리고 있을 때였다. 그렇게 딱 한 번 보았을 뿐인데 몽타주의 여자가 그녀인지 확언한다는 건 신빙성이 떨어진다. 그에 반해 그녀가 타고 있던 차량의 마크와 색상 그리고 제작년도 (그가 정비공임을 상기해두자) 따위를 기억하는 건 있을 수 있는 일이다. 하지만 이런 요소들은 지금 시점에 썩 대수로운 상황증거라고 볼 수 없다. "눈이 담갈색이었어요." 다른 정비공이 말한다. 그는 거의 퇴직해야 할 연령대에 이르러, 이젠 여자들이 지나가도 뒷모습을 힐끔거리지 않을 듯한 사내다. 그러니 풍만한 가슴 따위는 그에게 별다른 인상을 남기지 않았을 수도 있다. 대신 사내는 여자의 눈을 본 셈이다. 하지만 몽타주만 봐서는 그로서도 뭐라고 확인해주기가 난감할 것이다. 기억할 게 아무것도 없을 때 관찰자가 된다는 게 무슨 소용인가. 카미유는 그렇게 웅얼거린다.

그녀를 어떻게 만났는지에 관해서는 아무도 모른다. 그 대신 벼락처럼 사건이 한순간에 벌어졌다는 사실에 대해서는 모두 입을 모아 동의하고 있다. 당시 사장은 완전히 얼이 빠져서 "하루아침에" 다른 사람처럼 변하고 말았다.

"그 여자는 관계의 끝을 아마 알고 있었을 겁니다." 예전 사장을 우스꽝스러운 호색한으로 기억하는 다른 정비공은 그렇게 말한다.

가테뇨는 정비소를 자주 비우기 시작한다. 한번은 가테뇨와 레아를 미행한 적이 있다고 조리스 부인이 털어놓는다. 남편의 바람기는 아이들 문제로 인해 그녀를 미치게 했다. 가테뇨와 레아는 그녀를 따돌리고 어디론가 사라졌다. 그날 밤 남편은 집에 돌아오지 않았다. 남편이 집에 기어들어온 건 그 다음 날이었다. 그런데 놀랍게도 "그 레아란 년이" 그를 찾으러 왔다. "집에 있을 거야!" 하고 부인은 고함을 질렀다. 정비공은 부엌 창문으로 그녀를 보았다. 한쪽에 사장 부인이 있었는데, 아이들은 보이지 않았다. ("때가 좋지 않았어요. 그때 아이들이 보였다면 혹시 그녀를 멈추게 했을지도 모르는 일이었는데.") 다른 쪽으로는 정원으로 통하는 문가에 "이 쌍년"이 있었다. (이곳에서 '레아'라 불리는 나탈리 그랑제는 어디서나 이런 평판과 별칭으로 통하는 모양이었다) 남편은 뭔가 주저하고 있는 것처럼 보였다. 그러더니 오래지 않아 자기 지갑과 재킷을 챙겨들고 바깥으로 나갔다. 그러고 나서 그는 월요일 밤에 에프원 호텔의 한 객실에서 시체로 발견되었다. 그를 처음으로 발견한 사람은 객실 미화원이었다. 이 호텔에는 프런트도 없고 안내직원도 없다. 접객요원 없이, 객실에 투숙하는 건 신용카드만으로도 가능하다. 이때 사용된 것은 남편의 카드였다. 그녀는 아무런 자취도 남기지 않았다. 시체 안치실에서 담당자들은 부인의 눈에 남편 얼굴의 하단이 들어오지 않도록 유의해야만 했다. 부인이 들여다보고 있을 만한 모습이 아니었으니까. 부검 결과가 나왔다. 어떤 외상의 흔적도 전혀 없다. 가테뇨 씨는 옷을 다 입고 심지어 구두까지 신은 상태에서 침대에 편히 누운 모습으로 발견되었다. 그런데 그는 산성용액 반 리터를 삼켰다. "배터리 만들 때나 쓰는 화공약품"이라는. (나중에 밝혀진 사실이지만, 이로부터 2년 후 조리스 부인은 또 한 번의 불행한 결혼생활을 견디지 못해 스스로 목숨을 끊고 만다)

강력반으로 돌아와, 루이가 보고서를 작성하는 동안 (그는 모든 손가락을 자유자재로 놀려가며 아주 능숙하고 정확하며 빠른 속도로 타이프한다. 신바람이 나서 건반 위에서 음계를 연습하는 것처럼 보일 정도다) 카미유는 사용된 산성용액의 농도에 대해 아무것도 짚어주지 않은 부검결과 보고서를 검토해보고 있다. 사내의 죽음을 야만적이고 비정한 자살 사건으로 보고 있는 사건기록철에서, 그 사내는 돈이 바닥나 있던 걸로 추정되었다. 그래서 여자는 호텔방에 그를 혼자 놔두고 떠났다는 것이다. 그런데 정비공이 밤에 사장의 신용카드로 인출해서 넘겨준 4천 유로의 행방이 감쪽같이 사라졌다. "정비소의 법인카드도 더불어!"

 더 이상 의심의 여지가 없다. 가테뇨, 트라리외 둘 다 나탈리/레아와 숙명적인 만남을 거친 것이다. 두 번 다 하찮은 금액이 절취된 것도 동일하다. 결국 털린 것은 트라리외의 목숨이다. 결국 털린 것은 가테뇨의 목숨이다. 여기에 이 사건의 공통점이 있다.

# 30

 몸은 서서히 안정을 되찾기 시작한다. 욱신거리는 통증이 완전히 가신 건 아니지만 이만하면 거의 완쾌된 셈이다. 고름은 그쳤고 온몸의 상처는 거의 아물었으며 혈종도 사라졌다.
 그녀는 귀에노드 부인에게 가서 갑자기 가족들에게 가봐야 할 일이 생겼노라고 지금 자기의 상황을 설명했다. 그녀는 다음과 같이 암시하는 위장술을 택했다. '제가 젊긴 해도 가족에 대한 의무를 다해야 한다는 책임감만은 아주 강하거든요.'
 "글쎄, 모르겠네…… 일단 봐야지……"
 알렉스의 통지는 귀에노드 부인에게 다소 급작스럽게 전해졌을 수 있다. 오래도록 소매상인으로 일해온 귀에노드 부인은 엄청난 자린고비이다. 그런데 알렉스가 두 달 치 방세를 그 자리에서 바로 지불해주겠다고 하자 귀에노드 부인은 자기가 이해해야지 뭐 어쩌겠느냐고 말했다. 그녀는 이렇게 약속하기까지 했다.
 "세입자가 일찍 나타나면, 말할 것도 없이 바로 상환해줄게요……"
 늙은 게 요망해가지구, 알렉스는 감지덕지하는 미소를 지으며 속으로는 그렇게 생각했다.

"감사하네요." 알렉스가 화답했다. 하지만 애교스러운 눈빛을 띠고 있지는 않았다. 그녀가 이 집을 떠나는 데는 사뭇 비장한 이유가 있기 때문이다.

그녀는 현금으로 방세를 지불한 후 거짓 주소를 남겨두었다. 그 주소가 수취인미상으로 밝혀진다 해도 귀에노드 부인으로서는 최선을 다하지 않을 게 뻔하다. 우송한 방세가 반송되어 돌아온다면 땡잡은 것으로 여길 테니까.

"임대차 계약조건이 마음에 좀 걸리네요."

"그런 건 아무 걱정 마요." 좋은 조건으로 방이 비는 게 만족스러운 집주인은 그렇게 보증해준다. "내가 다 알아서 확실히 처리해놓을 테니."

알렉스는 이제 우편함에 방 열쇠를 놔두기만 하면 된다.

차에 대해서도 별 문제가 없다. 그녀는 매달 공제되는 방식으로 마리옹 거리의 주차장을 이용해왔으니 굳이 신경 쓸 필요가 없다. 그녀의 차는 중고로 매입해서 6년 정도 탄 클리오이다.

그녀는 지하실에서 열두 개쯤 되는 보드상자들을 가지고 왔다. 그리고 소나무 테이블과 삼단 책장과 침대 등, 방에 있는 세간들을 분해해서 정리했다. 그녀는 자기가 왜 아직도 이런 세간들로 거추장스러워하며 사는지 알 수 없다. 침대만 제외하고. 그녀는 자기 침대에 집착한다. 거의 신성불가침이라 할 정도로. 거의 녹초가 되다시피 해서 그녀는 정리해둔 짐 전체를 바라본다. 이게 다인지 의심스럽다. 결국 한 사람의 삶도 마찬가지다. 삶은 사람들이 믿는 것만큼 그렇게 두툼하지 않다. 그래도 이 삶은 자신의 몫이다. 이삿짐을 옮기는 데 2미터짜리 박스 두 개면 될까? 이삿짐 운송업자는 세 개를 불렀다. 알렉스는 선선히 동의했다. 그녀는 운송업자들을 안다. 소형 용달차가 도착한다. 인부 둘이 달라붙을 필요도 없다. 그저 한 사람이면 충분하다. 그녀는 이삿짐 보관창고를 사용하는 데 드는 추가 요금과, 예약해둔 이삿날이 되자마자 출동하는 조건에 매겨지는 약간의 할증료에 대해서도 선선히 동의했다. 알렉스는 떠나기로 마음먹을 때, 즉시 실행에 옮긴다. 어머니는 자주 이렇게 말하곤 했다. "너는 늘 모든 걸 다 곧장 해버리려고 하는구나. 그러다보면 필시 제대로 해내지 못할 수도 있는데." 이따금 컨디션이 아주 좋을 때는 이렇게 덧붙이기도 한다. "네 오빠는 말이야, 적어도······." 하지만 오빠가 비교우위의 대상으로 거론되는 일은 점점 더 줄어들었다. 뭐가 어찌 되든, 어머니가 보기에 오빠가 해놓은 일은 늘 만족스러운 모양이었다. 어머니에게 그것은 삶의 원칙이었을지도 모른다.

통증과 피로에도 굴하지 않고 몇 시간 동안 그녀는 짐을 꾸리고 분해해서 정돈해두는 일을 다 끝냈다. 그녀는 자투리 시간을 활용해서 빈 공간과 책에 쌓인 먼지들도 청소했다. 소장한 책들은 일부 고전작품들을 제외하고 나머지는 규칙적으로 버려왔다. 클리냥쿠르 다리를 떠나면서는 이자크 디네센과 E. M. 포스터의 모든 작품들을 버렸다. 커머스 거리를 떠날 때 차례가 된 건 슈테판 츠바이크와 피란델로였다. 샹피니에서 이사할 때 버릴 책들은 뒤라스의 모든 작품들로 정했다. 그녀는 그렇게 주로 한번 빠지면 한 시기 동안 한 작가에만 몰입하는 편이다. 그녀는 마음에 들면 작가의 작품들을 모조리 다 읽어치웠다. (그녀의 이런 독서 태도에 대해 어머니는 일정한 기준이 없다고 혹평했다) 그렇지만 이후로 이사할 때 만만치 않게 무거운 짐이 된다 싶으면 어김없이 버렸다.

모든 짐들이 다 정리되자, 떠나기 전까지 그녀는 세간들이 담긴 보드상자들 사이에서 생활하며 침대 없이 바닥에 깔린 매트리스 위에서 잔다. '개인적인 물건이니 절대 손대지 말 것'이라고 써 붙여놓은 보드상자들이 두 개 있다. 그 안에 든 것은 실제로 그녀 자신의 내밀한 소유물들이다. 사실 상당히 하찮은 것들로, 터놓고 말하면 유치하기까지 한 물건들이다. 학창시절에 사용한 공책들과 간추린 메모들, 편지들, 우편엽서들, 그녀가 열한 살 때부터 열여섯 살 때까지 띄엄띄엄 써온 일기의 여러 토막들, 그리고 그다지 오래되지는 않았지만 예전 친구들이 건넨 쪽지들, 얼마 지나지 않아 버릴 수도 있을 잡동사니들이 고작이다. 그녀는 어떤 점에서 이것들이 유치한지 잘 알고 있다. 그 속에는 장난감 보석들과 이미 말라버린 낡은 만년필, 그녀가 퍽 좋아하는 삼각 모자, 어렸을 때 바캉스 가서 어머니, 오빠와 함께 찍은 가족사진 따위도 포함되어 있다. 언젠가는 다 처분해버려야지, 아무짝에도 쓸모가 없는 것들이니. 이런 것들을 간직하고 있으면 나중에 혹시 위험해질지도 모르지. 영화 티켓들, 소설에서 뜯어낸 낱장들...... 언젠가 때가 되면 몽땅 다 내버리고 말아야지. 하지만 지금은 두 개의 '개인소유물' 보드상자가 이 단출한 이삿짐들의 중심을 차지하고 있다.

모든 정리가 마무리되자 알렉스는 영화를 보러 갔다. 그러고는 샤르티에 레스토랑에서 저녁을 먹은 후 건전지용 산성용액을 구입했다. 만반의 준비를 갖추기 위해 그녀는 마스크와 고글을 착용하고 선풍기를 튼다. 그것도 모자라 주방 배기구를 가동한 후 부엌문을 잠근다. 대신 기체를 바깥으로 내보내기 위해 창문은 활짝 열어놓는다. 함유량이 80퍼센트에 이르도록 농축하려면 산성의 연기가 피어오를 때까지 용액을 가열해야 한다. 그녀는 6리터 반을 썼다. 그것의 농도는 내식성 플라스틱 플라스크로 조절한다. 그녀는 그런 실험 용기들을 레퓌블리크 광장 근처의 한 약국에서 구매했다. 그중 두 개만 꺼내 쓰고 나머지는 용도별 수납 칸이 있는 가방 속에 가지런히 정돈해두고 있다.

밤이 되자 다리의 근육 수축이 다시 도지기 시작한다. 통증으로 인해 그녀는 잠에서 깨어난다. 그건 아마도 악몽이었을 거다. 그녀는 악몽을 자주 꾼다. 그녀를 산 채로 뜯어먹는 쥐들의 장면에 이어 전기 드릴로 그녀의 머리에 철심을 박아넣는 트라리외. 트라리외 아들의 얼굴은 그녀의 꿈에 빈번히 나타난다. 그럴 수밖에 없다. 그녀는 그의 바보스러운 얼굴과 마주친다. 그런데 그 순간 그의 입에서 쥐들이 튀어나온다. 이따금 악몽은 현실에서 일어난 일들을 생생히 재현하기도 한다. 파스칼 트라리외가 샹피니의 정원에 놓인 한 의자에 앉아 있다. 그때 그녀가 그의 등 뒤에 나타나 삽을 머리 위로 치켜든다. 그런데 하필 그 순간에 그녀의 블라우스가 몹시 거치적거린다. 소맷부리가 팔목에 비해 너무 비좁기 때문이다. 당시 그녀의 몸무게는 요즘보다 12킬로가 더 나갔다. 그래서 유방이 유난히 풍만해 보였을 수도 있다…… 이 병신 같은 자식은 젖가슴이라면 환장해서 달려들곤 했다. 그녀는 그 치가 블라우스 속으로 손을 밀어 넣고 꼼지락거리도록 일단 놔둔다. 하지만 오래지 않아 그가 흥분하면서 손으로 그녀를 맹렬히 더듬기 시작하자, 그녀는 가정교사처럼 가볍게 한 방 갈긴다. 그러면서 손놀림의 단계에 따라 가격의 강도를 맞춘다. 그러니까 그의 두개골 후두부에 온 힘을 다해 그녀가 삽으로 퍼부은 일격은 그의 고조된 성욕에 상응하는 폭행이라고 할 수 있다. 그녀의 꿈속에서는, 삽으로 내리칠 때마다 괴이하리만큼 강한 잔향이 사방으로 퍼져간다. 게다가 현실에서처럼 그녀는 팔뚝으로 올라와서 어깨까지 전해지는 삽자루의 진동을 느낀다. 이미 반쯤 머리가 터져나간 파스칼 트라리외는 영문을 모르겠다는 표정으로 그녀를 향해 돌아앉으려 한다. 상반신이 심하게 흔들거리는 그는 그녀에게 경악스럽고 불가해하다는, 그러면서도 이상할 정도로 청명하게 가라앉아 있는 눈길을 보낸다. 그 눈길 속으로는 어떤 의혹도 스며들 수 없을 것 같다. 하지만 알렉스는 바로 그 순간에 다시 삽을 내리쳐서 끝내 의혹이 틈입하도록 한다. 그녀는 숫자를 센다, 일곱 여덟, 결국 트라리외의 윗몸은 정원 탁자 위로 엎어지고 만다. 그러면 어쩔 수 없이 자국이 남는다. 그 후,

꿈은 시퀀스의 고리를 훌쩍 뛰어넘어 곧바로 파스칼이 비명을 질러대는 장면에 이른다. 그의 입속에 처음으로 다량의 산성용액이 흘러들어갈 때다. 그는 너무나도 강렬하게 비명을 질러대서 당장이라도 벌떡 일어나 주위 사람들에게 구원을 요청하러 달려갈 것처럼 보일 정도였다. 이 쪼다 같은 새끼, 파스칼이 몸을 일으켜 세우지 못하도록 그녀는 다시 한 번 얼굴을 삽으로 내리친다. 통렬한 결정타다. 이 순간 삽에서 울려 퍼진 잔향이 얼마나 생생한지!

밤이 되자 그토록 흉흉한 꿈들이, 악몽들이, 신경통이, 경련의 발작이, 고통스런 근육 수축이 그녀의 잠자리를 어지럽힌다. 하지만 전체적으로 보면 몸은 거의 다 회복된 것 같다. 알렉스는 그렇게 믿고 싶다. 그런데도 지금 자기를 괴롭히는 요소들은 언제까지라도 완전히 지워질 수 없을 것만 같다. 그 누구도 그토록 작은 새장 속에서 일주일을 살 수는 없는 노릇이다. 더욱이 그 속에는 거대한 먹잇감을 눈앞에 두고 있다는 사실에 극도로 흥분한 한 떼거리의 쥐들이 도사리고 있었다. 그녀는 신체 단련과 체조 그리고 예전에 익혀둔 스트레칭 동작들을 반복한다. 또한 다시 뛰기 시작한다. 그녀는 아침 일찍 방에서 나와 몇몇 사람들이 모여 있는 조르주 브라상스 광장을 여러 바퀴 돈다. 하지만 자주 멈출 수밖에 없다. 피로가 수시로 그녀의 발목을 낚아채기 때문이다.


떠나야 할 날이 닥친다. 이삿짐센터 인부가 도착해서 모든 짐들을 다 나르고 싣는다. 인부는 건장하고 약간 허풍기가 있는 청년인데, 자꾸만 알렉스에게 작업을 걸어보려고 치근덕거린다. 누구에게라도 그렇게 보였을 것이다.

알렉스는 툴루즈 행 열차 승차권을 예매하고 여행가방을 수하물 보관소에 맡긴다. 그러고는 몽파르나스 역에서 나서며 손목시계로 현재 시각을 확인한다. 20시 30분. 몽토네르로 가볼 수 있는 시간적 여유가 아직은 있다. 아마도 그가 와 있을 것이다. 시끌벅적하게 떠들어대면서 무의미한 화젯거리에만 열 올리는 자기 친구들과 함께…… 그녀는 그들이 독신자 모임이라는 명목으로 매주 함께 저녁식사를 한다는 사실을 알고 있었다. 어쩌면 늘 같은 레스토랑을 정해두고 모이는 게 아닐 수도 있다.

가보니 늘 같은 레스토랑에서 모이는 게 맞는 모양이다. 그가 이번 주도 어김없이 친구들과 함께 거기 와 있는 게 보이기 때문이다. 그들의 수는 이전보다 훨씬 더 늘어난 것 같다. 이 정도면 작은 클럽을 이룰 정도이다. 오늘은 일곱 명이다. 알렉스가 보기에 레스토랑 사장이 다소 뾰로통한 표정으로 그들을 접대하고 있다는 인상이다. 이곳에서 클럽 같은 모임이 활성화되는 게 사장 입장에서는 가히 달갑지 않을 수도 있다. 아무튼 소란스럽다. 그런데 그때 다른 손님들이 고개를 돌린다. 예쁜 빨강머리 아가씨가 레스토랑으로 들어선다…… 종업원은 항상 그녀를 살갑게 맞아준다. 알렉스는 지난번보다 그와 눈이 덜 마주칠 수 있는 각도의 테이블로 가서 자리했다. 그러고는 그의 눈에 뜨일 수 있도록 일부러 상의를 앞으로 숙여본다. 아직까지는 기회가 없다. 그런데 결국 그가 그녀의 몸짓을 본다. 그들의 시선이 마주친다. 쉽지 않은 위치에서도 그를 바라보기 위해 노력한 몸짓이 그에게 충분히 전해진 것 같다. 좋아, 됐다. 그녀는 미소 지으며 그렇게 속으로 웅얼거린다. 그녀는 얼음이 든 청포도 알갱이들을 입에 쏟아넣고는 생자크 가리비조개와 딱딱하게 데친 야채샐러드 그리고 크렘 브륄레 등을 먹는다. 그리고 아주 진한 커피를 마신다. 잠시 후 마지막 서빙을 하기 위해 사장이 직접 다가온다. 그러면서 사장은 회식 손님들 때문에 시끄러워 죄송하다는 사과의 인사

말을 하고 식후의 리큐어로는 샤르트뢰즈가 어떠냐고 권한다. 그게 젊은 여성들을 위한 알코올이라는 자기 생각도 덧붙인다. 알렉스는 정중히 사양하며 대신 차가운 베일리스를 한 잔 주문한다. 사장은 싱긋 미소 지어 보인다. 이 아가씨, 참 매력이 철철 넘친단 말이야. 이제 그녀는 꾸물거리며 자리를 뜬다. 그러다가 테이블 위에 깜박 책을 놓고 나가서 테이블로 되돌아온다. 사내는 이제 친구들과 함께 있지 않다. 그는 상의를 걸치며 일어난다. 친구들은 그가 갑자기 자리를 뜨려 하자 어색한 농담을 던진다. 그녀가 레스토랑을 막 나서는 순간 그는 이미 그녀의 뒤에 와 있다. 그녀는 둔부에 꽂히는 남자의 시선을 느낀다. 알렉스의 히프는 단순히 예쁘기만 한 게 아니라 파라볼라 안테나처럼 감도가 상당히 예민하기도 하다. 그녀는 약 10미터 후방에서 시선이 날아오고 있다고 가늠했다. 어느새 그가 그녀의 옆으로 다가와 있다. 그가 "안녕하세요?" 하고 인사한다. 그녀가 그의 얼굴을 향해 고개를 돌린다…… 그런데 그 얼굴을 마주하자 격한 감정적 파문이 일기 시작한다.

펠릭스. 성씨는 밝히지 않는다. 손에 결혼반지는 없다. 그녀의 눈에는 그게 곧바로 들어온다. 하지만 손가락에 반지를 끼고 있던 자국은 남아 있다. 아마도 방금 전 순간적으로 반지를 빼서 감춘 모양이다.

"그럼 아가씨는 이름이 어떻게 되나요?"

"줄리아예요." 알렉스가 말한다.

"예쁜 이름이군요."

무슨 이름이 나오든 그는 그렇게 말했을 것이다. 그랬을 거라는 사실이 그녀에겐 흥미롭다.

그는 엄지로 자기 뒤쪽의 레스토랑을 가리킨다.

"꽤 소란스러웠던 거 같은데……"

"조금요." 알렉스는 살짝 미소 지으며 그렇게 답한다.

"아무래도 사내들끼리 모이다보니 그렇게……"

알렉스는 고개만 끄덕일 뿐 아무 대답도 하지 않는다. 자기가 끈덕지게 매달리면 하룻밤 재미볼 수도 있겠다, 그는 그렇게 느끼는 듯하다.

그는 일단 잘 아는 바에 가서 술 한 잔 하자고 제의했다. 그녀는 괜찮다고 사양했다. 그들은 나란히 걸음을 옮긴다. 알렉스의 걸음걸이는 별로 빠르지 않다. 그녀는 그를 더 유심히 바라본다. 그는 몸의 굴곡이 겉으로 고스란히 드러나는 옷들을 입고 있다. 식사를 조금 전에 막 마치고 나와서이긴 하겠지만 하복부 쪽을 여민 셔츠 단추가 터질 듯 팽팽하다. 그 이유뿐만 아니라 그에게 한 치수 더 큰 옷을 사야 한다고 얘기해주는 사람이 주위에 없기 때문일지도 모른다. 혹은 다이어트를 시작하라거나 운동을 해보라고 권하는 사람이.

"아니요, 그러지 말고요." 그가 말한다. "제가 약속할 테니까, 딱 20분만 얘기 나누다 가요……"

그러면서 늦게까지 술을 마셔도 자기 집까지는 전혀 멀지 않으니 괜찮다고 말했다. 알렉스는 별로 내키지 않는데다 자기가 지금 좀 피곤하다고 대답한다. 그들은 그의 차 앞에까지 온다. 아우디인데, 차 안은 심하게 어질러져 있다.

"뭐 하시는 분이에요?" 그녀가 묻는다.

"기계 설비 기술잡니다."

알렉스는 이 말을 수리공이라는 뜻으로 옮겨 받아들인다.

"스캔, 프린트, 하드디스크 등……" 마치 이렇게 부연해두면 자기 위상이 조금이라도 높아 보일 수 있다는 듯이 그는 구체적으로 관련 분야를 명시해준다.

그러고는 이렇게 덧붙인다.

"저는 팀 하나를 맡아서 이끌고 있습니다……"

하지만 그는 이내 그렇게 내세우는 것이 바보 같은 짓에 부질없는 짓으로 여겨진 듯 머쓱한 표정을 짓는다. 최악의 경우엔 역효과를 낼 수도 있으니까.

그는 손으로 뭔가 쓸어내는 동작을 해 보이는데, 마치 그 일이 실은 대수롭지 않으며 자기가 마지막으로 한 말을 쓸어버리겠다는 것인지, 아니면 이런 일에 관해 늘어놓은 것이 후회스러워져 처음부터 뱉어낸 말들을 다 취소하겠다는 것인지는 확실치 않다.

그가 차문을 열었다. 차갑게 찌든 담배냄새가 확 풍겨온다.

"담배 피우시나봐요?"

온기와 냉기의 교차. 알렉스 특유의 기술이다. 알렉스는 밀고 당기기에 꽤 능숙하다.

"아주 가끔씩요." 당황한 표정으로 사내가 말한다.

사내는 1미터 80센티쯤 되는 키에 어깨가 넓으며 밝은 밤색 머리카락으로 눈이 매우 검다. 그와 나란히 걸을 때 그녀는 그의 다리가 퍽 짧다는 것을 발견했다. 그의 몸길이는 전체적으로 균형 잡히지 못한 편이다.

"담배 피우는 친구들하고 같이 있을 때만 피워요." 그가 신사답게 부드러운 어투로 말한다.

순간적으로 담배 피우는 습관을 무마하기 위해 그가 아무 말이나 둘러대는 게 확실하다고 그녀는 여긴다. 그는 그녀가 정말 예쁘다고 생각한다. 그는 그 점을 그녀에게 말한다. "맹세코……" 하지만 그는 그녀를 실제로 보고 있는 게 아니다. 왜냐하면 그녀를 맹렬히 갈망하고 있으니까. 그건 사실상 그저 성적이고 동물적인 욕정에 지나지 않는다. 이 욕정이 그를 완전히 집어삼킨 것이다. 그는 그녀가 어떤 옷을 입고 있는지에 대해서조차 전혀 관심을 나타내지 않는다. 이러니 만약 그가 알렉스와 잠자리를 같이하는 데 실패한다면, 그는 곧장 집으로 달려가서 모든 가족들을 권총으로 쏴 죽이지나 않을까 걱정스러워질 정도이다.

"혹시 결혼하셨어요?"

"아니요…… 실은 이혼……했어요. 갈라서고 만 거죠……"

이런 대답을 듣자 알렉스는 그 말을 이렇게 옮겨서 받아들인다. 난 빠져나가질 못하고 있어. 그래서 발정 난 수컷처럼 아무 데나 비벼대며 소일하는 중이지.

"그럼 아가씨는요?"

"저는 아직 미혼이에요."

알렉스는 사실대로 대답한다. 이 대답은 진실의 울림은 전해준다. 그는 살포시 눈을 내리깐다. 그런 건 지금 여기서 걸림돌이 될 수 없어. 부끄러워 할 이유도 전혀 없지. 그는 그녀의 가슴을 바라본다. 알렉스는 자신이 원하는 대로 남자를 다룰 수 있다. 모든 남자들은 보자마자 그녀의 가슴이 너무 탐스럽다고 느낀다. 그녀의 가슴은 남자들의 관능적 욕망을 자극한다.

그녀는 미소 짓고는 이만 떠나겠다는 몸짓과 함께 이런 말을 던진다.

"그럼 다음 기회에, 혹시 가능하면……"

그가 잽싸게 그 틈을 파고들려 한다. 언제, 언제요? 그가 호주머니를 뒤진다. 그때 택시가 지나간다. 알렉스는 팔을 흔든다. 택시가 멈춘다. 알렉스는 택시 뒷문을 연다. 그에게 안녕히 가시라는 인사말을 하려고 돌아서자 그가 그녀에게 재빨리 명함을 내민다. 살짝 구겨져 있는 걸로 보아, 아마도 이 명함은 사내의 호주머니 속에서 아무렇게나 굴러다녔던 것 같다. 그래도 그녀는 그것을 받아쥔다. 하지만 별로 중요하게 여기지 않는다는 것을 보여주기 위해, 호주머니에 무심히 찔러넣는다. 택시 뒷거울에 그의 모습이 비친다. 그는 거리 한복판에 서서 택시가 멀어져가는 것을 한동안 지켜보고 있다.

## 31

 헌병은 자기가 동행해야 하는지 물었다.
 "제 입장에서는……" 카미유가 대답했다. "시간이 괜찮으시다면, 저야 물론 환영입니다."
 통상적으로 경찰과 헌병대 사이에 이루어지는 공조 수사는 까칠한 편이다. 하지만 카미유는 헌병들을 좋아한다. 자신과 헌병들 사이에 공통된 바가 많다고 느끼는 것이다. 완고하고 호전적이며 한번 실마리가 잡히면 철저히 물고 늘어지려는 근성 등이다. 거기에 냉혹한 면까지도. 헌병은 카미유의 제의를 존중한다. 그는 기병중대의 특무상사로, 카미유는 그를 '선임하사님'이라고 부른다. 그는 그런 경칭의 쓸모를 잘 파악하고 있다. 그런 경칭 덕분에 헌병은 경찰 쪽 강력반 반장에게 존중받고 있다는 기분을 느낄 수 있다. 그러니 그가 현명한 셈이다. 선임하사는 올해 마흔 살로 지난 세기에 유행했을 법한 콧수염을 근사하게 기른 데다 왕실 근위기병 같은 풍모를 과시하고 있다. 그에게는 다소 케케묵은 면과 근사한 매력이 동시에 엿보이는데, 전반적으로 딱딱하고 융통성이 별로 없어 보이는 건 사실이지만 꽤 명민한 사람이라는 사실은 누구나 금세 파악할 수 있다. 맡은 임무에 대한 자긍심도 높은 것 같다. 티

끝 한 점 없이 거울처럼 반짝거리는 그의 군화만 봐도 이 점은 분명해 보인다.
 흐리고 우중충한데다 바닷바람까지 드센 날씨다.
 페뇨이 레 랭스, 주민 800명, 두 개의 주요 도로, 두 차례의 세계대전 때 희생된 참전용사들을 위한 추모비가 세워진 중앙 광장. 이 지역의 인상은 천국에서 맞은 안식일처럼 호젓하고 쓸쓸하다. 이제 술집에 가야 한다. 그러려고 여기까지 온 거니까. 랑글루아 선임하사는 입구 바로 앞에 헌병대 차량을 주차해둔다.
 들어가자마자 각종 수프와 코르크 마개 그리고 세척제 등에 의해 버무려진 공기가 카미유의 목구멍 속으로 곧장 밀려드는 것 같다. 자기가 혹시 냄새에 관해 초고감도로 예민해진 게 아닐까 싶기까지 하다. 여러 기름 냄새가 뒤섞인 정비소에서조차 조리스 부인에게서 바닐라 향이 난다는 것을 감지했을 정도이니.
 스테판 마시아크는 2005년 11월에 사망했다. 그의 사망 직후 곧바로 새 주인이 술집을 인수했다.
 "정확히 말씀드리면 1월에 재개장했습니다."
 새 주인장이 스테판 마시아크에 대해 알고 있는 사항은 모든 이들에게 전해지듯, 사람들로부터 얻어들은 게 전부이다. 그는 이 업소의 인수와 재개장을 한동안 망설이기도 했다. 이런저런 사건사고들이 여기서 많은 잡음을 일으켜왔기 때문이다. 절도나 강도질 같은 종류의 사건은 물론, 살인사건이 일어난 적도 있었지만, (술집 주인은 말끝마다 랑글루아 선임하사가 증인이라도 된다는 듯 그의 동의를 구한다) 이와 같이 끔찍하고 황당한 사건은 정말이지…… 사실, 카미유는 이런 얘기를 듣자고 여기까지 온 건 아니었다. 또한 그는 증언 청취를 목적으로 온 것도 아니었다. 그저 장소가 어떤지 눈으로 봐두면서 이 사건의 전말을 느껴보고 자신의 추리를 구체화해보자는 게 방문 목적이었다. 그는 사건 기록철을 읽었다. 랑글루아 선임하사는 카미유가 이미 알고 있는 사실들을 확인해주는 데 그쳤다. 당시 마시아크의 나이는 57세였다. 그는 폴란드계였는데 평생 독신으로 살다 죽었다. 상당한 거구였으며 알코올중독 증세를 보이기도 했다. 그의 알코올중독은 한 남자가 자기 생활을 어떻게 하겠다는 계획이나 규율 없이 30년 동안 이런 카페를 운영해왔다고 할 때 누구나 예상이 가능한 수순일지도 모른다. 그의 삶에 관해서는 이런 술집을 차려놓고 오래도록 운영해왔다는 점만 빼면 이렇다 할 특기사항이 없다. 성생활의 측면에서 살피면, 그는 게르만 말리니에라는 포주가 운영하는 매춘업소에 자주 드나들었던 것으로 나와 있다. 여기 사람들은 이곳을 '네 갈보들'이라고 부른다. 그 외의 사항에서 그는 조용하고 멀쩡한 사람이었던 것으로 기록되어 있다.

"예상이 다 정확히 들어맞았어요."

새 주인은 심각한 표정으로 눈을 지그시 감는다. 그에게 이 사건은 영원히 떠안아야 할 멍에일지도 모른다.

그러다 11월 어느 날 저녁에…… 이야기를 시작한 쪽은 랑글루아 선임하사이다. 카미유와 그는 자기가 한턱내겠다는 주인장의 호의를 정중히 거절한 후 카페에서 나왔다. 그들은 희생자들을 위한 추모비가 있는 쪽으로 걸어간다. 그 추모비 위로, 폭풍우와 마주하여 앞으로 기울어진 참전용사 하나가 보이지 않는 적에게 총검을 겨누고 있는 조각상의 좌대가 보인다. 11월 28일. 마시아크는 평소와 다름없이 22시경 영업을 끝낸다. 셔터를 치고 카페 주방에서 늦은 저녁을 먹기 시작한다. 그는 틀림없이 오전 7시부터 틀어둔 TV 앞에서 밥을 먹었을 것이다. 하지만 그날 저녁 그는 식사를 하지 않았다. 그럴 시간이 없었다. 저녁 먹을 시간에 그는 뒷문을 열러 갔던 것으로 추정된다. 그는 카페의 홀로 돌아온다, 누군가와 함께. 정확히 무슨 일이 있었는지는 아무도 모른다. 단 하나 확실한 것은, 잠시 후 그가 머리통 후두부에 망치질을 당했다는 사실이다. 그는 경악했다. 그 충격에 흐느적거렸지만 죽지는 않았다. 부검 결과는 죽음에 이른 경위를 명시해 보이고 있다. 이어 그는 바에서 쓰는 행주로 손발이 묶였다. 그와 같은 사실은 이 사건이 사전에 계획된 범행일 가능성을 일축한다. 그는 카페 홀의 타일 바닥 위에 쓰러진다. 이 순간에 틀림없이 가해자는 예금통장이나 현금 다발이 어디 있는지 알아내려고 그를 다그쳤을 테지만, 그는 순순히 응하지 않는다. 가해자는 주방 뒤란을 통해 있는 차고까지 가서 소형트럭의 배터리 충전에 사용되는 산성용액을 가져온다. 그러고는 바로 마시아크의 목구멍 속에 반 리터를 쏟아붓는다. 이것으로 이들 사이의 대화는 종결되고 만다. 가해자는 일일정산이 된 금고 속의 돈, 137유로를 쓸어 담은 후 그것도 모자라서 층계를 엉망으로 어질러놓고 매트리스를 쭉 갈랐을 뿐 아니라 수납장까지 샅샅이 뒤진다. 그렇게 해가며 화장실 안에 숨겨둔 돈까지 해서 긁어모은 액수가 모두 2천 유로에 이르자 비로소 산성용액이 담겨 있던 용기를 챙겨 범행 현장에서 벗어난다. 빈 용기를 가져간 까닭은 아마도 그 표면에 남아 있을 지문을 우려했기 때문으로 보인다. 가해자가 누군지는 본 사람도 없고 아는 사람도 없다.

    카미유는 건성으로 세계대전에서 희생당한 참전용사들의 이름을 훑어내린다. 그러다 말리니에라는 이름을 세 명이나 발견한다. 방금 전에 전해들은 그 성씨가 떠오른다. 가스통, 외젠, 레몽. 장난삼아 카미유는 이 참전용사들과 네 갈보들과의 인척관계가 어떻게 될지 유추해본다.

    "이 사건 속에 혹시 특기할 만한 여자관계 같은 게 있습니까?"

    "하나 정도가 물망에 올라 있긴 한데, 그 여자가 이 사건에 연루되어 있는지는 아직 확실치 않습니다."

카미유는 등골에 살짝 전율이 스쳐가는 걸 느낀다.

"자 그럼, 선임하사님이 알고 있는 대로라면 이야기가 어떻게 되는 거죠? 마시아크는 22시에 카페의 문을 닫는다……"

"정확히 말하면 21시 45분입니다." 랑글루아 선임하사가 정정해준다.

그렇다고 해서 크게 달라지는 건 없다. 랑글루아 선임하사는 살짝 입을 삐쭉거린다. 그로서는 큰 차이인 모양이다.

"반장님도 보시다시피," 그가 말한다. "이런 종류의 중소상인들에게는 그날그날의 사정이 허락하는 한도 내에서 문 닫는 시간을 조금이라도 늦추고 싶어하는 경향이 있을 수 있습니다. 15분 일찍 문을 닫는 건 결코 흔히 벌어지는 일이 아니지요."

그러니 '마음 설레는 어느 아가씨와의 약속'이 있지 않았겠느냐는 게 랑글루아 선임하사의 추측이다. '마음 설레는' 운운도 그의 표현이다. 마시아크의 단골손님들에 따르면 한 여인이 날이 저물 무렵 카페에 나타났다. 여인이 늦은 오후시간부터 내내 카페에 머물러 있다보니 그들은 자연스럽게 많은 양의 술을 나눠 마셨을 수 있다. 한쪽은 젊어 보였지만 다른 한쪽은 나이가 꽤 들었다. 한쪽은 몸이 아담하지만 다른 한쪽은 거구였다. 어떤 사람들은 그녀가 누군가와 같이 온 것 같다고 주장하는 반면, 다른 사람들은 그렇지 않다고 부인한다. 또한 그녀의 어조에서 외국어 발성이 드러났다는 말도 있지만 그것을 식별했다고 믿은 이들 중에서 그게 어느 나라 말인지 구체적으로 짚어준 사람은 전혀 없었다. 사실상 그녀가 몹시 들뜬 것처럼 보이는 마시아크와 바의 한구석에서 장시간 담소를 즐겼다는 사실 외에는 그녀에 관해 아는 사람도 없고 아무것도 알려지지 않은 셈이다. 마시아크는 21시가 되자 카페에 남아 있던 단골들에게 45분 후에 문을 닫을 테니 오늘은 일찍 나가달라며 피곤해서 어쩔 수 없다는 설명을 덧붙였다고 했다. 그리고 그다음은 모두가

다 아는 대로이다. 현장과 가까운 호텔들에서는 작거나 혹은 큰, 젊거나 또는 나이 든 이 여인에 관해 아무런 흔적도 찾을 수 없었다. 증인들의 목격담에 도움을 기대해보기도 했지만 말짱 허사였다.

"탐문 범위를 조금 더 넓혀야 할지도 모르겠습니다." 오리무중에 빠진 수사 현황의 세목들을 더 이상 열거하고 싶지 않았던 선임하사가 그렇게 말한다.

지금으로서는 이 사건의 내역에 여자가 하나 끼어 있다는 사실만 확언할 수 있을 뿐이다. 그리고 그 너머에는……

랑글루아 선임하사의 몸가짐은 언제나 다소간 꼿꼿한 긴장상태를 유지하고 있는 것처럼 보인다. 경직돼 있고 풀 먹인 옷처럼 빳빳하다.

"저기 선임하사님, 뭐 마음에 걸리는 일이라도 있나요?" 눈길은 계속 세계대전에서 희생된 참전용사의 명단에 둔 채 카미유가 그렇게 묻는다.

"아니 뭐……"

카미유는 랑글루아 선임하사 쪽으로 눈길을 돌린다. 그러고는 대답을 기다리지 않고 바로 이어 말한다.

"저한테 가장 뜻밖으로 여겨지는 대목은, 사내의 입에서 아직 원하는 답을 얻지 못했는데도 가해자가 목구멍에 아황산을 쏟아부었다는 사실입니다. 만일 그를 입 다물게 하고 싶었던 거라면 충분히 납득이 갈 수도 있습니다. 하지만 숨겨둔 돈에 대해 밝히도록 하기 위해 그랬다는 건 당최……"

이런 얘기들이 랑글루아 선임하사의 긴장상태를 얼마간 누그러뜨린 모양이다. 경직된 차려 자세는 방금 전보다 한결 유연해진 듯 보인다. 마치 한순간 동안 차려 자세로 있어야 한다는 사실을 깜박 잊었다는 듯이. 그는 심지어 헌병 복무 내규와는 맞지 않게 입속에서 혀를 끌끌 차는 선까지 나아간다. 카미유는 규정 체계와 관련하여 그 점을 그에게 상기시킬까 말까 망설이지만, 자신의 이력관리 속에 랑글루아 선임하사는 유머라는 조항을 끼워 넣지 않은 게 틀림없을 듯싶어 그만두기로 한다.

"제가 생각해봐도" 선임하사가 결국 말문을 연다. "그 점이 좀 이상합니다…… 이렇게 겉으로 드러난 것만 볼 때 이 사건은 부랑자의 강도 행각으로 결론 나기 십상입니다. 마시아크가 뒷문을 열었다는 사실이 방문객이 그의 지인이었을 거라고 확증해주지는 않습니다. 그 사실이 최대한으로 확증해주는 것은, 찾아온 사람이 마시아크가 문을 열어줄 만한 상대였다는 점뿐이고 이렇게 추정하는 것은 별로 어려워 보이지 않습니다. 그런데 그게 혹시 강도였다, 카페는 텅 비어 있고 아무도 그가 들어오는 것을 보지 못했다, 그자가 곧바로 집어 든 망치로—카운터 밑에는 시설 보수용 공구함이 있었습니다—마시아크를 공격한 후 그를 결박한다, 이게 보고서에 나와 있는 사건 경위입니다."

"하지만 저와 마찬가지로 선임하사님도 마시아크의 재물이 어디 있는지 밝히도록 하기 위해 아황산을 썼다는 얘기에 대해 미심쩍어 하시니, 다른 쪽 가능성에 더 끌리시지 않을까 싶습니다만……"

그들은 참전용사 추모비 앞을 떠나 차로 다시 돌아온다. 바람이 조금씩 거세지기 시작했다. 그 바닷바람을 타고 계절의 끝자락에 매달린 추위도 함께 몰려오는 것 같았다. 카미유는 모자가 날아가지 않도록 꾹 눌러쓴 후, 트렌치코트 앞깃을 단단히 여민다.

"조금 더 논리적인 각도에서 제가 찾아낸 것을 한번 말씀드려보겠습니다. 왜 가해자가 마시아크의 목구멍 속에 아황산을 들어부었는지는 잘 모르겠습니다만, 제 직감으로 이건 절도행각과 아무런 관련이 없는 것 같습니다. 일반적으로 절도범들은 살인을 저지르게 될 때, 극히 단순하게 행동합니다. 사람을 죽입니다. 그다음 재물을 텁니다. 그러고 나서

도망칩니다. 흉악범들의 경우에는 고전적인 수법에 따라 희생자들을 고문하는 경우도 있긴 합니다. 심한 고통과 공포를 야기하려는 짓이지만 그렇게 하는 데는 다 알 만한 목적이 있기 때문입니다. 그렇게 함으로써……" 선임하사가 말한다.

"그렇다면, 아황산을 쓴 목적이 어디에 있다고 보시는지요?" 카미유가 묻는다.

카미유의 물음에 선임하사의 콧수염이 살짝 씰룩거린다. 그는 마침내 결심한다.

"일종의 의식을 거행하려 한 게 아닐까 하고 생각해보는 중입니다. 그러니까 이 말이 무슨 뜻이냐 하면……"

카미유는 선임하사가 무슨 말을 하려는 건지 아주 명확히 알아차린다.

"의식을 거행하려 했다면, 어떤 종류의 의식이었을까요?"

"글쎄올시다만, 아마도 성적인 측면에서……" 랑글루아 선임하사가 과감하게 자신의 추측을 입 밖으로 꺼낸다.

역시 명민하구나, 헌병대 선임하사여.

앞좌석에 나란히 앉아 두 남자는 차창 너머로 추모비의 참전용사 조각상 위에 빗물이 흘러내리는 광경을 바라보고 있다. 카미유는 아황산과 관련된 일련의 사건 일자들을 선임하사에게 정리해준다. 베르나르 가테뇨 2005년 3월 13일, 마시아크 같은 해 11월 28일, 파스칼 트라리 외 2006년 7월 14일.

랑글루아 선임하사는 고개를 주억거린다.

"보고서에 따르면, 희생자들은 모두 남성입니다."

카미유의 견해도 같다. 의식은 성적인 것이다. 이 아가씨는, 그녀가 범인이 맞다면, 남자들을 증오한다. 자기가 만난 남자들을 유혹한다. 어쩌면 그녀가 그들을 골랐을 수도 있다. 그러고 나서 첫 번째 기회를 놓치지 않고 그들을 무자비하게 살해한다. 왜 그 과정에서 아황산이 사용되었느냐는 점에 관해서는 그녀를 체포했을 때 더 자세히 조사해봐야 할 문제이다.

"분기별로 한 건씩 이런 부류의 대형 범죄가 발생하는군요." 랑글루아 선임하사가 묵묵히 말을 맺는다. "그래도 덕분에 혁혁한 전과를 쌓게 되는 것 같습니다."

그 말에 카미유는 동의한다. 선임하사는 그저 개연성 있는 추정을 꺼내놓는 데 만족하지 않고 좋은 질문거리들까지 제시해준 셈이다. 하지만 아니다. 카미유가 파악하기로, 희생된 남자들 사이에는 별다른 관계가 없다. 에탕프에서 자동차 정비소를 운영한 가테뇨, 랭스에서 카페를 꾸려온 마시아크, 파리 북부 외곽지역의 무직자였던 트라리외. 그들이 거의 유사한 범행 수법에 따라, 그리고 틀림없이 같은 가해자의 손에 살해당했다는 사실을 제외하면, 이들 사이의 주목할 만한 공통점은 전혀 눈에 띄지 않는다.

"이 아가씨가 누군지는 아직 아무도 모릅니다." 랑글루아 선임하사가 그를 역까지 태워다주기 위해 차를 출발시키는 동안, 잠시 이런저런 생각에 골똘해져 있던 카미유가 입을 뗀다. "하지만 확실한 게 한 가지 있다면, 남자의 경우, 혹시라도 길에서 그녀와 마주치지 않는 게 좋으리라는 점이죠."

## 32

알렉스는 우선 처음으로 눈에 띈 호텔에 투숙했다. 역 건물 맞은편에 있는 호텔이다. 밤차 안에서 그녀는 눈을 붙이지 못했다. 객차 안이 시끄럽지는 않았지만, 쥐들이 자꾸 들락거리는 악몽 때문에 시트에서 편히 잠을 청하기 어려웠다. 그러니 무슨 호텔이든 보이기만 하면 곧장 들어가기로 한 것이다. 깨어나기 바로 전 마지막 꿈에서는, 검붉고 우람한 놈이 1미터 바로 위에 매달려 있었다. 쥐는 수염을 곤두세우며 알렉스의 얼굴 앞에 주둥이를 들이밀었다. 그리고 시커멓고 반짝거리는 눈빛으로 그녀의 몸 구석구석을 쏘아보았다. 예리한 앞니가 늘어진 입술 위로 툭 불거져 나와 있었다.

다음 날 그녀는 업소 구인란에서 원하는 것을 찾아냈다. 프레 아르디 호텔. 다행히도 아주 비싸지 않은 객실들이 비어 있었다. 좋아, 비록 외진 데 떨어져 있긴 하지만 깔끔하니 좋을 것 같아. 도시는 그녀의 마음에 쏙 든다. 거리의 야경도 아름답다. 그녀는 산책하듯 쾌적하게 도시를 가로지르며 방금 찾아낸 호텔로 유유히 걸음을 옮겼다. 혼자 휴가를 즐기러 온 기분이었다.

하지만 막상 호텔에 도착했을 때는 하마터면 바로 뒤돌아 나올 뻔했다.

 호텔 여사장 자네티 부인 때문이었다. "하지만 여기서는 모두 나를 자클린이라고 불러요." 초면인데도 대뜸 친구 대하듯 지나칠 정도로 살갑게 구는 태도가 알렉스에게는 다소 거북스러웠다. 그럼 아가씨, 아가씨 이름은 뭐예요? 적당한 이름을 둘러대야 하는 순간이다. 로라요.
 "로라······?" 호들갑스럽게 깜짝 놀라는 표정을 지으며 여사장은 그 이름을 되뇌었다. "우리 조카 이름하고 똑같네요!"
 알렉스는 그게 그렇게 호들갑을 떨 정도로 놀랄 일인가 싶었다. 사람이라면 어차피 다 이름이 있게 마련이다. 호텔 여사장에게도, 조카딸들에게도, 간호사들에게도 모두 제각각 이름이 있다. 하지만 자네티 부인에게는 이런 일이 대단히 경이로운 우연쯤으로 여겨지는 모양이었다. 특히 그런 식의 너스레 때문에 그녀에 대한 인상은 썩 좋질 못했다. 단숨에 모든 사람들과 끈끈한 관계를 형성하려 하는 장사꾼 기질. 자네티 부인은 한마디로 '인간관계에 매달리는' 유형의 여자다. 늙어가면서, 방어본능에 따라 사람들과 쉽게 마음을 터놓고 지낼 수 있는 자신의 재능을 더 보강하려는 것 같기도 하다. 게다가 알렉스는 관계의 절반은 친구로, 나머지 절반은 어머니로 대하고 싶어하는 상대의 태도에 대해서도 짜증을 느낀다.
 겉모습으로 보자면, 자네티 부인은 젊었을 때는 아름다웠을 듯 보이지만 그 시절의 젊음을 지금도 유지해보겠다고 기를 쓰는 듯 보인다. 이런 욕심이 모든 걸 망쳐놓았다. 거듭된 성형수술은 때로 심각할 정도로 부정적인 결과를 초래한다. 그녀의 얼굴은 콕 집어 뭐가 잘못되었다고 말하기 어려울 만큼 이목구비가 엉뚱한 방향으로 틀어져 있다는 인상을 준다. 아무리 한 곳에 모으려 해도, 조화로운 배치의 비율에 철저히 어긋나 있는 느낌이다. 움푹한 피부에 뱀의 눈이 달린, 고혈압에 걸린 얼굴의 부조처럼 보일 지경이다. 경악할 정도로 두툼한 입술 언저리에 잔뜩 몰린 잔주름도 그런 인상을 더한다. 이마가 너무 좁은 탓에 눈썹은 있는 힘을 다해서 위로 치켜올린 것처럼 보이며, 얼굴 뒤쪽까지 길게 잡아 늘인 양쪽 볼살이 귀 밑으로 애교머리처럼 대롱대롱 매달려 있다. 그리고 흑옥 빛깔의 시커먼 머리는 엄청나게 부풀어 올라 있다. 그녀가 프런트에 나타났을 때 알렉스는 정말 깜짝 놀라 뒷걸음치고 싶은 마음을 간신히 참아야 했다. 말을 더 보탤 필요도 없이 이 여인네의 얼굴과 외양은 마녀 그 자체다. 호텔에 들어서자마자 당신을 맞는답시고 이런 괴기스러운 외양의 중년 여자가 눈앞에 나타난다면, 바로 그 순간 어떻게 해야 할지 단번에 결정하지 않을 수 없을 것이다. 마음속으로 알렉스는 이미, 서둘러 툴루즈에서의 볼일을 해치우고 빨리 돌아가야겠다고 결심했다. 첫날 저녁이 지나자 여사장은 한잔하자며 호텔 내에서 자신이 차지하고 있는 개인 객실로 그녀를 초대했다.

"나랑 이야기나 나누지 않을래요?"

위스키는 꽤 훌륭하고, 그녀의 아담한 응접실도 쾌적하다. 그 공간은 50년대풍 인테리어로 꾸며져 있다. 큼지막하고 검은 베이클라이트 전화기와 플래터스의 LP레코드가 걸려 있는 테파즈 전축 등. 어쨌든 그녀는 퍽 자상하다. 예전 손님들에 얽힌 재미난 에피소드들을 들려준다. 그러다보니 성형수술로 망가지다시피 한 그녀의 얼굴에도 슬슬 적응이 되기 시작한다. 그녀의 친절과 말솜씨 앞에서 그쯤은 잊어버릴 수 있다. 그녀가 의식하지 않는 듯 보여서 알렉스도 그렇게 된다. 그건 그저 하나의 핸디캡에 지나지 않는다. 어떤 순간부터 얼굴이 망가져 보인다는 점은 전혀 의식되지 않았고, 그녀의 다른 장점들이 속속 눈에 들어온다.

그들은 이어서 보르도 한 병을 땄다. "저녁거리로 뭐가 남아 있는지 모르겠지만 이거라도 일단 마시면서 저녁 같이하면 좋을 것 같은데."

알렉스는 선선히 그러겠다고 답했다. 저녁시간이 쾌적하게 길어져간다. 부인이 질문 세례를 퍼붓지만 그때마다 알렉스는 조리 있는 거짓말로 답한다. 이런 만남에서 이루어지는 대화의 장점은, 결코 진실에 얽매일 필요가 없다는 것이다. 여기서 나눈 이야깃거리들은 서로 아무려나 상관없는 내용들뿐이다. 알렉스가 그만 자러 가야겠다며 소파에서 일어났을 때는 벌써 새벽 1시가 넘은 시각이었다. 그녀들은 지금 이 순간의 작별을 위해 살갑게 포옹한 후, 덕분에 아주 즐거운 저녁시간을 보냈다는 말을 주고받는다. 그 말은 사실인 동시에 거짓이다. 아무튼 알렉스가 미처 의식하지 못한 사이에 시간이 이만큼 지났다. 그녀는 예상한 시각보다 훨씬 늦게 잠자리에 든다. 피로는 금세 그녀를 허물어뜨리고, 그녀는 꾸어야 할 악몽들과 약속을 잡는다.

다음 날 그녀는 서점을 한 바퀴 돌아본다. 그리고 날이 저물 무렵 예기치 않은 낮잠에 고통스러울 정도로 깊이 빠져든다.

"이 호텔은 총 스물네 개의 객실을 구비하고 있으며, 4년 전 모든 객실의 개보수를 완료했습니다"라고 말하는 자클린 자네티의 목소리가 들려왔다. "그냥 자클린이라고 부르세요. 아니요, 그러시라니까요. 괜찮습니다." 알렉스는 2층의 한 객실에 머물고 있다. 마주치는 사람은 거의 없다. 그저 주위 객실들에서 드문드문 새어 나오는 목소리가 귓전을 스쳐갈 뿐이다. 객실의 개보수는 방음설비를 완전히 갖추는 데까지는 이르지 못한 모양이다. 저녁나절에 알렉스가 은밀히 바깥으로 빠져나가려는 순간, 자클린이 프런트데스크 뒤에서 불쑥 튀어나온다. 한잔의 제의를 뿌리친다는 건 불가능하다. 자클린은 전에 없이 컨디션이 양호해 보인다. 그녀는 반짝반짝 빛나고 싶은 기분인지, 환히 웃고 너그럽게 미소 짓고 애교 있는 몸짓을 취하면서 이리저리 왔다갔다한다. 아페리티프나 비스킷 따위를 비롯해 전보다 훨씬 더 많은 양의 음식들을 차려놓았다.

밤 10시경 세 병째 위스키에 이르자 그녀는 춤추듯 발을 굴렀다. "같이 춤추러 가면 어떨까요?" 이렇게 제안하는 그녀의 눈빛이 즉각 열띤 찬동을 이끌어내려는 갈망으로 불타오른다. 하지만 알렉스로서는 춤을 춘다는 게 썩 내키지 않는다. 게다가 그녀는 그런 곳에가면 어쩔 줄을 모른다. "하지만," 거절당해 기분 상한 모습을 과장되게 연기하며 자클린이 알렉스를 설득하려 한다. "전혀 그렇지 않을 거예요! 가서 그저 춤만 추자는 거라니까. 내가 맹세할게요!" 그녀의 표정은 결연하기까지 하다. 마치 자기가 한 말이 사실이라는 것을 스스로도 굳게 믿고 있다는 듯이.

알렉스는 어머니의 요구에 따라 간호사가 되었다. 실제로 그녀에게는 남의 영혼을 보살피려는 간호사의 기질이 다분하다. 그녀는 남들이 기분 좋아하는 걸 보면 스스로도 무척 즐거워진다. 그녀가 결국 고집을 꺾지 않을 수 없었던 건, 춤추러 가자는 제의를 실현시키려는 자클린의 모습이 정말로 애달파 보였기 때문이다. 그녀는 장식용 브로치들을 가져오더니, 그녀가 일주일에 두 번씩 춤추러 가는 무도장에 대해 이야기한다. "아가씨도 곧 알게 될 거예요, 거기가 얼마나 끝내주게 재밌는 곳인지." 그녀는 늘 그곳에 홀딱 빠져서 지내왔던 것 같다. 사실대로 말하자면, 그녀가 살짝 애교 부리듯 털어놓는다. 사람들을 만나려고 가기도 해요.

알렉스는 보르도를 홀짝거린다. 그럴 거면 왜 구태여 저녁 식탁을 이토록 풍성하게 차렸는지 그녀는 이해가 가지 않았다. 아무튼 벌써 10시 반이다. 자 그럼 가볼까요?

# 33

 이미 파악한 대로, 파스칼 트라리외의 행적과 스테판 마시아크 사이에는 교차점이 없다. 스테판 마시아크의 행적 또한 가테뇨와 겹치지 않는다. 카미유는 신상카드를 소리 높여 낭독한다.
 "가테뇨, 생피아크르에서 출생. 피티비에르 기술고등학교 졸업. 그 학교에 견습공으로 들어감. 그리고 6년 후, 에탕프에 자신의 정비공장 개업. 곧이어 에탕프에서 견습공 시절의 스승으로부터 자동차 정비소를 인수하여 운영하기 시작(당시 나이 26세)."
 강력반 사무실.
 예심판사는 스스로 애써 '심문'이라고 발음하는 것*을 보고받기 위해 자리에 배석해 있다. 그는 그 단어의 중간 음절을 부자연스럽고 우스꽝스러운 영어식 억양으로 발음한다. 오늘은 코발트블루 빛깔의 넥타이를 목울대까지 꽉 조여매고 나타났는데, 그가 과시할 수 있는 부조리 패션의 극치라 할 수 있는 모양새였다. 그는 불가사리처럼 두 손을 앞섶에

---

\* 영어로 브리핑(briefing), 즉 '상황 보고'에 해당하는 단어를 굳이 비슷한 프랑스어인 데브리핑(débriefing)으로 발음하려는 예심판사의 버릇을 지적하는 대목인데 '데브리핑'은 사실 '보고'가 아니라 '심문'이라는 뜻이다.

가지런히 맞대고 서서 천연덕스러운 표정을 짓고 있다. 오늘 골라 입고 온 옷차림으로 남들에게 강렬한 인상을 심어주고 싶은 눈치이다.

"이 사내는 태어나서 사망할 때까지 주거지로부터 30킬로미터 반경 이상을 벗어난 적이 없습니다." 카미유가 계속한다. "결혼해서 세 자녀를 두었는데 47세 때 난데없이 악마 같은 늦바람의 수렁에 빠져들었습니다. 이로 인해 그는 반쯤 제정신을 잃은 것 같습니다. 하지만 이후 곧바로 죽음을 맞게 됩니다. 이상에서 알 수 있는 바와 같이 트라리와는 아무런 관련도 맺고 있지 않습니다."

예심판사는 아무 말도 하지 않는다. 르 구엔 서장 또한 말이 없다. 각자 속으로만 나중에 꺼낼 말들을 비축해두고 있을 뿐이다. 카미유와 함께할 때는 일이 앞으로 어떻게 돌아갈지 전혀 내다볼 수 없기 때문이다.

"스테판 마시아크, 1949년 생. 폴란드 혈통의 소박하고 근면한 가정에서 성장. 프랑스 이민 가족의 전형."

모인 사람들은 지금의 보고 사항에 대해 모두 알고 있지만, 오로지 까다롭게 구는 게 취미인 단 한 사람을 위해 이토록 번거롭게 조사 현황을 정리해줘야 하는 셈이다. 아니나 다를까, 카미유의 목소리에는 그가 성가셔 하고 있다는 게 분명히 전해진다. 경우가 이러니 르 구엔 서장은 마치 텔레파시로 그의 마음에 평안을 불어넣고 싶다는 듯 눈을 지그시 감고 있을 수밖에 없다. 루이 또한 자기의 상관을 진정시키려면 어찌해야 할까 싶어 조바심친다. 카미유는 이들의 짐작만큼 신경이 예민해져 있지는 않다. 하지만 이따금 어쩔 수 없이 우러나오는 성마름을 느끼고 있다.

"이 마시아크는 알코올중독자가 될 때까지 프랑스에 동화되려고 몸부림친 모양입니다. 그는 폴란드 사람처럼 마셔대지만, 가만 들여다보면 그런 방식으로나마 자기도 프랑스인이라고 인정받고 싶어했던 것 같습니다. 프랑스 국적을 유지하고 싶은 속내가 알코올에 탐닉하는 걸로 드러난 셈입니다. 그래서인지 몰라도 그는 술집에서 일합니다. 접시를 닦고 서빙을 하다가 급기야 지배인의 자리에까지 오릅니다. 여기서 우리는 폭음을 통해 신분상승한 근사한 예를 목도하게 되는 거지요. 우리나라처럼 근면한 노동을 강조하는 국가에서는 노력한 만큼 보상이 주어지는 법이고요. 마시아크는 32세에 에피네 쉬르 오르주에서 자신의 첫 카페를 위탁받아 관리하게 됩니다. 그는 8년 동안 이 카페의 운영을 지속합니다. 그러다 결국 자신이 이룬 신분상승의 정점을 맞이하는데, 약간의 신용담보를 끼고 랭스 부근의 술집을 인수하게 되는 겁니다. 하지만 바로 그곳에서 우리가 파악하고 있는 바와 같이 마시아크는 누군가의 손에 의해 살해당합니다. 그는 죽을 때까지 미혼이었습니다. 이 사실은 그가 어느 날 자기에게 관심을 보인 뜨내기 여자 손님과 급작스럽게 사랑에 빠졌을 수도 있다는 유추를 가능하게 합니다. 그는 41만 4천 387유로의 재산과 (장사하는 사람들은 마지막 단위까지 정확한 수치를 제시하는 걸 선호하지요) 그 보유 재산이 허락하는 한도 안에서 누릴 수 있는 삶의 기회를 남겨두고 있었습니다. 술집 인수에 이르기까지 쌓아올린 그의 이력은 꽤 착실했지만, 여자에 대한 그의 열정은 너무나 가파르고 위태로운 것이었다고 할 수 있습니다."

침묵. 마시아크의 그런 열정이 지금까지의 생활에 대한 염증에서 기인한 것인지(예심판사), 놀라움에서 기인한 것인지(르 구엔 서장), 인내에서 기인한 것인지(루이), 환희에서 기인한 것인지(아르망) 다들 궁금하게 여기지만, 하나같이 입을 다물고만 있다.

"카미유 반장님 보고대로라면, 희생자들 사이에는 뚜렷한 공통점이 없다고 할 수 있는데요. 그렇다면 가해 여성은 이 사람들을 우연히 죽였다는 얘기네요." 마침내 예심판사가 말문을 연다. "반장님이 보실 때는,

사전 모의나 계획된 범행은 아니라는 거로군요."

"계획 범행일 수도 있고 아닐 수도 있습니다. 그에 관해서는 아직 확실히 밝혀진 바가 없습니다. 그저 제가 명확히 짚어드릴 수 있는 사항은, 희생자들이 서로 알지 못했다는 점뿐입니다. 따라서 앞으로의 수사 방향이 이쪽은 아닐 거라는 점도 분명합니다."

"혹시 살해하기 '위해서'가 아니라면, 그 여성 용의자는 자기 신원을 왜 자꾸만 변경하는 걸까요?"

"살해하기 '위해서'가 아니라 살해했기 '때문'으로 보입니다."

일단 예심판사가 나름의 과감한 억측을 입에 올리기 시작하면, 카미유는 뒷걸음치지 않을 수 없다. 일이 그렇게 돌아가기 전에 카미유는 먼저 설명을 시작한다.

"정확히 말해 그녀는 신원을 변경한 게 아닙니다. 그냥 다른 이름으로 불릴 뿐입니다. 이 둘은 다른 거지요. 사람들이 그녀에게 이름이 어떻게 되느냐고 물으면, 어떤 때는 '나탈리'라고 했다가 또 어떤 때는 '레아'라고 대답하는 겁니다. 그런다 한들 아무도 그녀에게 신분증을 요구하진 않을 테니까요. 그렇게 그녀는 상황에 따라 다른 이름을 대고 다니는데, 왜냐하면 사람들을 죽였기 때문이겠지요. 현재까지 파악된 것만 남자 셋이지만 실제로 얼마나 되는지는 아직 모릅니다. 그녀는 최대한 행적을 흩뜨리면서 움직이고 있습니다."

"제가 보기에도, 그러고 다니는 데 성공한 것 같네요." 예심판사가 그런 말을 툭 내뱉는다.

"저도 압니다……"

카미유는 건성으로 받아넘긴다. 그의 시선은 이미 다른 곳으로 향해 있다. 모든 이들의 시선이 창가 쪽으로 쏠렸다. 계절이 지나가고 있었다. 벌써 9월 말. 아직 오전 9시밖에 안 된 시각이지만 난데없이 햇살이 수그러들었다. 쥐스티스 궁전의 유리창 위로 휘몰아치는 폭우가 더욱 거세지면서 맹렬한 기세로 포석을 두드려대고 있다. 이 장대비로 인해 2시간 전부터 이미 재해가 발생하기 시작했다. 빗살은 아직까지는 전혀 가늘어질 기미조차 보이지 않고 계속 이어진다. 카미유는 걱정이 깃든 눈길로 창밖의 재난을 바라보고 있다. 제리코\*가 그린 〈대홍수〉와도 같은 처연한 심판의 전조가 먹구름에 아직 나타나지 않았다면, 주위에 널리 퍼져 있는 이 위협적인 기운은 그저 두려움이 극대화된 것일 수도 있다. 카미유는 생각한다. 우리의 이 알량한 삶에 지나치게 매달려선 안 된다. 세상의 종말은 뚜렷한 형세 변화를 통해 도래하는 게 아닐지도 모른다. 그것은 이렇게 일상적으로 시작될 수도 있을 것이다.

"범행 동기는요?" 예심판사가 묻는다. "돈은, 글쎄, 별로 그럴듯해 보이지 않는군요……"

"저희도 그렇게 생각합니다. 그녀는 기껏해야 얼마 안 되는 액수만 챙겨서 달아났거든요. 만약 돈 때문이었다면, 그녀는 훨씬 많은 돈을 훔치든가, 더 비싼 금품을 골랐을 겁니다. 파스칼의 부친 장 피에르 트라리외가 털린 은행 잔고도 625유로밖에 안 되고, 마시아크의 경우에는 하루분의 매상에 불과했습니다. 가테뇨한테서도 신용카드에서 인출한 돈을 빼돌렸을 뿐입니다."

"다른 목적지로 향해 가느라 그렇게 소액만 훔쳤다 이거죠?"

"그럴 수 있습니다. 그런데 저는 오히려 이런 절도행각이 혹시 가짜 발자취를 남기기 위한 위장전술이 아니냐는 쪽으로 생각이 기울고 있습니다. 좀도둑질로 위장해서 수사를 교란에 빠뜨리고 싶어한 것일지도 모른다는 겁니다."

---

\* 프랑스의 대표적인 낭만주의 화가로 〈메두사의 뗏목〉과 〈도벽환자의 초상〉 같은 어둡고 드라마틱한 작품을 남겼다.

"그럼 어떻게 되는 거예요? 그냥 정신이상적 발작?"

"어쩌면 그럴지도 모르지요. 어쨌건 성적인 부분과 연관을 맺고 있는 것 같습니다."

사람들이 은밀히 기대하고 있던 말이 마침내 튀어나온 순간인지도 모른다. 이제부터 그 문제와 관련된 온갖 추측들이 자유롭게 쏟아져 나올 수 있다. 이들 역시 곧 거기에 골몰하게 될 것이다. 예심판사에게는 성적인 부분에 관한 나름의 견해가 있다. 카미유는 자신의 성적인 체험과 연관 지어 꺼내놓을 만한 게 별로 없지만, 학교에서 그쪽 분야의 수업에 충실했던 만큼 성적인 문제를 이론화해서 추리에 활용하는 데는 별 지장이 없다.

"그녀는…… 아, 그러니까 만약 범인이 여자가 확실하다면 말이지요……"

처음부터 예심판사는 이런 식으로 섣부른 단정은 미루겠다는 식의 언행에 집착해왔다. 아마도 이런 태도를 통해 주변 사람들에게 자신이 꽤 신중한 사람이라는 인상을 심어주고 싶은 모양이었다. 그러면서 매사에 이런 면을 자기우위의 핵심적인 근거로 삼아왔을지도 모른다. 규정에 대한 유의, 무죄추정원칙의 준수, 분명하게 손에 잡히는 사실들에만 의존해야 할 필요성 등, 그는 주위 사람들에게 원칙에 철저해지라는 설교의 쾌락에 푹 빠져 혼자 황홀해하고 있는 꼴이다. 그가 이 같은 암시를 입에 담을 때는, 아직 아무것도 증명된 바가 없다는 사실을 상기시키겠다는 속셈인데, 상대방으로 하여금 그 여백의 행간을 엿볼 수 있게 하려고 언제나 몇 초쯤 침묵의 순간을 굳이 마련하곤 한다. 르 구엔 서장은 예심판사의 그런 태도에 전폭적인 지지를 아끼지 않으면서도, 조금 후에는 이렇게 말할 것이다. '어쨌거나 다 커서 이런 작자와 어울리게 됐으니 그나마 다행이지. 이 친구를 대입 재수반 같은 데서 마주쳤다

고 한번 상상해봐, 얼마나 재수 없었을지.'

"그녀가 희생자들의 목구멍 속에 산성용액을 들이부었다던데," 암시의 여백을 주기 위해 한동안 뜸들이던 예심판사가 이윽고 입을 연다. "반장님 말씀대로 그게 만일 성적인 것과 관련된 행동이었다면, 그녀가 그것을 다르게 활용하려고 한 게 아니었을까 싶은 생각이 드는데. 그렇지 않나요?"

그는 그것이 뭔가에 빗댄 은유적 행동임을 제시하려는 모양이다. 즉, 어떤 것이 에둘러 표현되었다는 뜻이다. 이론에 밝을수록 실제와는 거리가 멀어지기 십상이지만, 그래도 이 순간에는 이론을 그런 식으로 적용하는 게 과히 그르지만은 않은 것 같다.

"조금 더 구체적으로 말씀해주시겠어요?" 카미유가 부탁한다.

"그러니까 뭐랄까……"

과장된 망설임의 시간이 좀 길게 이어진다. 카미유는 살짝 넘겨 짚어보기로 한다.

"네……?"

"그러니까 뭐랄지, 산성용액을 들이부었다는 건 말하자면……"

"음경과 연관돼 있다는?" 카미유가 말허리를 끊고 중간에 끼어든다.

"아니, 그러니까……"

"아니면 아마도 고환 쪽과 연관된 거라는? 아니면 둘 다?"

"제가 보기에는, 그런 것 같습니다."

르 구엔 서장은 천장을 올려다본다. 다시 발언권을 잡은 예심판사의 목소리가 이어지자, 그는 이제 '2라운드'로 넘어간다는 생각을 한다. 그리고 그런 생각에 앞당겨 피로가 몰려온다.

"베르호벤 반장님이 생각하시기로는, 이 여자가 강간당한 적이 있는 게 맞나요?"

"네, 강간당한 적이 있는 게 틀림없습니다. 제 생각으로는 그녀가 남자들을 살해하고 다니는 이유도 그렇기 때문이 아닐까 합니다. 말하자면 남자들에게 복수를 하러 나선 거지요."

"그런데 그녀가 희생자들의 목구멍에 하필 아황산을 들이부은 건……"

"구강성교에 대해 좋지 않은 기억이 있지 않느냐는 쪽으로 생각이 기울고 있습니다. 그런 경우가 발생하기도 하지요, 아시다시피……"

"앞뒤가 잘 들어맞네요." 예심판사가 말한다. "사람들이 생각하는 것 이상으로 그런 일은 빈번히 발생하는 모양입니다. 하지만 다행히 그런 충격적인 일을 겪었다고 모든 여자들이 연쇄살인범이 되지는 않습니다. 적어도 이 같은 수법까지 써가면서 그러지는 않을 텐데……"

뜻밖에도 예심판사는 혼자 싱글거리며 얼빠진 미소를 띠고 있다. 카미유는 약간 혼란스러워진다. 지금은 미소를 띨 계제가 아니기 때문이다. 어떻게 받아들여야 할지 난감해지는 순간이다.

"그 이유야 어찌 됐든," 카미유가 다시 말한다. "그녀가 벌여놓은 일은 그렇습니다. 아 네, 압니다. 범인이 그 여자라는 게 정말 확실하다면……"

이렇게 말하면서 카미유는 허공에 대고 검지를 빠르게 뱅뱅 돌려 보인다. 무슨 뜻인지 다들 알아차릴 만한 동작이다.

예심판사는 여전히 미소를 거두지 않은 채 고개를 끄덕이더니 자리에서 일어난다.

"여하튼, 그쪽이 사실이든 아니든, 어떤 이물질 같은 게 이 아가씨의 목구멍에 걸려서 한동안 넘어가지 않고 그대로 남아 있었을 가능성이 높네요."

예심판사의 이 말에 다들 아연실색하지 않을 수 없다. 특히 카미유가.

# 34

 알렉스는 춤추러 가자는 자네티 부인의 제의를 마지막으로 사양해 보려고 했다. 저는 옷도 갖춰 입지 않았어요. 이렇게 외출하는 게 좀 그래요. 갈아입을 옷을 한 벌도 가져오지 않았거든요. 그래도 아가씨는 완벽해요. 자클린은 불현듯 응접실 한가운데에 서 있는 알렉스에게 다가가더니 그녀의 파란 눈동자를 깊숙이 들여다본다. 그러고는 약간의 아쉬움이 뒤엉킨 찬탄을 고갯짓으로 표현한다. 마치 알렉스에게서 자기 인생의 한 부분을 발견한 듯이. 그녀의 모습이 얼마나 아름다운지, 얼마나 싱그러운지, 라고 말하는 듯한 표정을 짓는다. 그런 까닭에 그녀는 말하지 않을 수 없다. 그래도 아가씨는 완벽해요. 그것은 그녀의 진심이다. 그러니 알렉스는 더 이상 빼기 위해 말을 늘어놓기가 어렵다. 둘은 서둘러 택시에 오른다. 즐길 수 있는 시간은 빠듯하다. 마침내 그 앞에 도착한다. 무도장은 아주 크다. 그곳에 들어섰을 때부터 알렉스는 속으로 이런 공간이 비극적이라고 느낀다. 이곳은 마치 서커스장이나 동물원 같다. 이런 종류의 장소는 사람에게 까닭 모를 서글픔을 안겨준다. 전체를 다 채우려면 800여 명 정도는 필요할 것 같은데, 정작 모여 있는 사람들의 수는 채 150명도 넘지 못한다. 오케스트라 하나와 아코디언,

일렉트릭 피아노 등, 연주자만 50명 가까이 이른다. 오케스트라의 여성 악장은 땀을 뻘뻘 흘리면서도 밤색 인조모피를 두르고 있는데, 그러다가 연주 도중 뒤로 쓰러지지나 않을까 걱정스러울 지경이다. 주위에는 여기저기 의자들이 널려 있다. 중앙에는 너른 마루판이 새 동전처럼 반질거린다. 약 서른 명가량의 커플들이 짧은 에스파냐 식 상의나 결혼식 하객 예복으로 차려 입고 스페인 춤과 미국 흑인들의 춤을 춰대며 마루판 안팎을 들락거린다. 그 모습은 꼭 외로운 사람들이 교차로에 한데 모여 엉겨 있는 것만 같다. 하지만 자클린은 그걸 그런 식으로 보지 않는 모양이다. 그녀는 지금 자신의 공간에 와 있다. 그녀는 이곳을 아주 좋아하며, 그렇다는 게 확연해 보인다. 그녀는 여기 모인 몇몇 사람들과 잘 알고 지내는 듯, 그들에게 알렉스를 소개한다. "로라예요." 이어 그녀에게 한쪽 눈을 찡긋하더니 "내 조카딸이랍니다"라고 말한다. 사십대나 오십대로 보이는 사람들이다. 이런 곳에서, 삼십대들은 여자일 경우 천애고아처럼 보이고, 남자일 경우에는 어딘가 수상해 보인다. 그런데 자클린과 비슷한 연령대이면서도 화장과 헤어스타일로 한껏 폼을 낸 열 명가량의 부인네들이 무도장에 활력을 불어넣고 있다. 그녀들은 함께 온 남편들의 팔짱을 끼고 있다. 남편들은 하나같이 말쑥한 바지에 주름이 지는 것쯤은 아무렇지도 않게 감수할 만큼 부드럽고 자상한 남자들로 보인다. 아무튼 이 여자들은 수다스럽고 허풍기도 세다. 흔히 말하는 대로, '어디론가 늘 떠났다 돌아온' 관광객들처럼 보인다. 그들은 마치 이 만남을 오랫동안 초조하게 기다려오기라도 했다는 듯이 따뜻한 포옹으로 알렉스를 맞아주지만, 이내 그녀를 뒷전으로 밀어낸다. 무엇보다도 춤을 추어야 하기 때문이다.

사실 여기 춤추러 온다는 소리는 다 가소로운 핑계거리에 지나지 않아 보인다. 마리오가 있기 때문이다. 자클린이 여기 오는 것도 다 그를 보기 위해서이다. 그녀는 그 사실을 알렉스에게 미리 털어놓았어야 했다. 그랬다면 일은 훨씬 더 단순해졌을 것이다. 서른 살의 이 사내는 벽돌공 인부라는 직업이 외양으로도 전해지는 인상을 풍기는데, 약간 어색해하는 구석이 있긴 해도 이론의 여지없이 사내다워 보인다. 한편에 벽돌공 마리오가 있다면, 다른 한편에는 미셸이 있다. 예전에 중소기업을 이끌었다는 경영자의 몸가짐이 고스란히 드러나는 사내다. 그는 맨 위까지 끌어올려 단정히 매만진 넥타이 차림에, 손가락 끝으로 와이셔츠의 소맷부리를 끌어올려 자기 이름의 이니셜이 새겨진 커프스단추를 꼭꼭 채우는 유형이다. 항상 밝은 쪽빛 재킷을 입고 다니는데, 바지에는 곧은 기장을 따라 검고 얇은 장식선이 그어져 있다. 대부분의 사람들은 그가 이 무도장 외의 다른 곳에서도 이 같은 옷차림으로 다니는지 궁금해한다. 그는 자클린에게 연정을 품고 있는 것 같다. 이런 사실은 그가 마리오와 마주하여 자기 나이가 50대라는 것을 의식하면서 표정이 다소 어두워질 때를 제외하곤 겉으로 분명하게 드러나 보인다. 하지만 자클린은 미셸을 전혀 안중에도 두지 않고 있다. 알렉스는 이토록 투명하게 들여다보이는 관계의 윤무를 찬찬히 관찰한다. 여기서 모든 관계망을 읽어내자면 동물 행동학의 몇 가지 기본골자만으로도 충분할 듯싶다.

홀의 옆쪽으로는 바가 보인다. 이런저런 음식을 먹으며 쉴 수 있는 간이식당도 바 안에 포함되어 있다. 춤으로 큰 재미를 보지 못한 사람들은 그곳에 모여 앉아 서로 이런저런 잡담을 나눈다. 여자들에 대한 남자들의 접근이 주로 이루어지는 장소도 이곳이다. 어느 시점에 이르면, 홀의 한쪽 귀퉁이는 플로어에서 빠져나와 몰려든 사람들로 빽빽해진다. 그대로 남아 여전히 춤을 즐기고 있는 커플들도 이 순간만은 웨딩케이크 위에 꽂힌 장식 인형처럼 오히려 외로워 보인다. 오케스트라 악장은 기왕에 시작한 곡을 조금 더 빨리 마무리한 후 또 다른 곡에서 자신의 능력을 발휘하기 위해 종지부의 리듬에 가속을 붙인다.

새벽 2시가 넘어가자 홀이 슬슬 비기 시작한다. 남자들은 댄스플로어 한가운데에서 몇몇 여인들을 열정적으로 얼싸안는다. 좋은 쪽으로 결론을 이끌어낼 수 있는 시간이 얼마 남지 않았기 때문이다.

마리오는 어디론가 사라졌고, 미셸은 여인들에게 배웅해주겠다고 제의한다. 자클린은 사양한다. 사람들은 택시를 잡아타지만, 그 전에 서로 포옹하면서 근사한 저녁 시간을 보낼 수 있었다며 덧없는 약속의 말과 함께 몹시 아쉬운 표정으로 발길을 돌린다.

택시 안에서 알렉스는 얼근히 취기가 오른 자클린에게 미셸을 어떻게 생각하는지 한번 떠본다. 하지만 그녀는 허심탄회한 속내를 털어놓는 걸로 대답을 대신하려 한다. "나는 늘 연하의 남자들하고만 사랑을 해왔어요." 그녀는 마치 자신이 초콜릿의 유혹에서 영영 벗어나지 못하리라는 이야기를 하는 듯한 태도로 입술을 살짝 삐죽거린다. 초콜릿과 마리오, 그 둘에는 돈으로 구입 가능하다는 공통점이 있다, 라고 알렉스는 생각한다. 조만간 자클린은 마리오를 얻게 될 듯싶다. 하지만 마리오의 값은 초콜릿에 견줄 수 없을 만큼 비쌀 것이다. 어떤 식으로든.

"이런 얘기, 좀 지루하지 않았어요?"

자클린은 알렉스의 손 위에 자기 손을 얹은 후 꼭 잡는다. 묘하게도 그녀의 손은 차갑다. 누렇게 떠서 쭈글쭈글해진 손가락도 꽤 긴 편인데, 그 손가락 끝에서 이어지는 손톱의 길이는 차라리 하염없다고 해야 할 지경이다. 그녀는 이슥해진 시간과 그녀의 취기 상태가 고조시켜준 정감을 이런 어루만짐 속에 모두 담으려는 듯 보인다.

"아니에요." 알렉스는 확고한 어조로 그녀를 안심시킨다. "아주 재미있었어요."

하지만 그녀는 내일이 되자마자 여길 떠나야겠다고 마음먹는다. 아주 이른 시각에. 그녀는 아직 예매도 하지 않았다. 할 수 없지. 그래도 열차를 찾을 수는 있을 거야.

호텔에 도착한다. 자클린은 뾰족한 구두 뒷굽 위에서 비틀거린다. 자, 늦은 시간이다. 현관 입구에서 작별의 포옹을 한다. 다른 사람들을 깨울까봐 소리는 내지 않는다. 그럼, 내일 봐요? 알렉스는 그러자고 답한다. 그러고는 자기 객실로 올라가서 가방을 들고 다시 내려온 후 그것을 프런트 옆에 둔다. 수중에는 핸드백만 남겨둔다. 그리고 계산대 뒤쪽을 지나 자네티 부인이 쉬고 있을 개인용 응접실의 문을 슬며시 밀고 안으로 들어간다.

자클린은 구두를 벗었다. 그러고는 으리으리한 위스키 술상을 차려놓았다. 지금 그녀는 혼자 있다. 거울에 자신의 모습이 비친다. 10년은 더 늙어 보이는 것만 같다.

그때 알렉스가 들어오는 게 보인다. 그녀는 미소 짓는다. 뭐 잊은 거라도 있나요. 그녀가 말을 끝맺기도 전에, 알렉스는 감아쥔 전화 수화기로 그녀의 오른쪽 관자놀이를 강력하게 내리친다. 자클린은 엄청난 쇼크를 받고 비스듬히 돌아서더니 그대로 나동그라진다. 그녀의 손에 들려 있던 술잔이 바닥을 가로질러 뱅글뱅글 구른다. 알렉스는 자클린의 머리통을 여유 있게 치켜올린다. 그러고는 이번에는 두 손으로 베이클라이트 수지 전화기의 몸통을 한껏 들어올려 사정없이 그녀의 정수리에 내리꽂는다. 머리에 심한 충격을 입히는 것은 그녀가 사람들을 살해하는 과정에서 사용하는 특유의 수법이다. 이렇다 할 흥기가 없을 때 가장 신속하고 유효하게 일을 처리할 수 있는 방식이기도 하다. 이번 경우에는 그 쇼크가 배가되도록 최대한 높이 팔을 치켜올려 세 번, 네 번, 다섯 번 반복해서 정수리에 육중한 치명타를 가한다. 그러자 이내 상황이 마무리된다. 핏물을 뒤집어쓴 부인의 머리통은 거듭된 타격에 거의 찌그러들다시피 했다. 하지만 아직 목숨이 끊어지지는 않았다. 이게 바로 머리에 타격을 입히는 수법의 두 번째 장점이다. 그렇게 하면 반쯤만 죽여놓은 상태에서 결정적인 마무리 과정을 남겨둘 수 있게 된다. 얼굴에 강도 높은 두 번의 가격을 더하고 나서야 알렉스는 자클린의 치아가 실은 틀니라는 사실을 알아차린다. 그것의 반 이상이 비스듬히 빠져나와 있다. 천연합성수지로 된 모델인데, 방금 전의 가격으로 대부분의 치열이 다 으깨져 있는 상태라 시뻘건 인조 잇몸만 번들거리고 있다. 자클린의 코에서는 쉴 새 없이 피가 쏟아져 나온다. 아마도 코뼈가 내려앉은 모양이다. 알렉스는 조심스럽게 자클린에게서 비켜선다. 전화기의 연결선을 손발을 묶어두는 데 사용한다. 그렇게 해야 부인이 몸부림을 치더라도 걱정이 없다.

알렉스는 코와 얼굴을 가린다. 흐트러지지 않도록 자신의 머리카락을 한 움큼 틀어쥐고 멀찍이 떨어져서 손끝으로만 용기를 다룬다. 고농축 아황산이 틀니의 합성수지에 닿으면 폭발적인 강도로 끓어오를 수도 있으므로 그녀는 올바로 대처하고 있는 셈이다.

혀와 목구멍과 목뼈가 녹아내리는 고농축 아황산의 효과에 짓눌려 자네티 부인은 울지 못하는 짐승처럼 소리 없는 절규를 입 모양으로만 내지른다. 헬륨 가스를 주입하는 풍선처럼 그녀의 배가 점점 부풀어 오른다. 이 절규는 그저 조건반사적인 몸부림에 지나지 않을 것이다. 정확히 무엇인지까지는 알 수 없다. 그래도 알렉스는 그게 참혹한 단말마의 몸짓이기를 바란다.

그녀는 앞뜰에 면해 있는 창을 활짝 연다. 그러고는 환기가 되도록 문을 조금 열어둔다. 잠시 후 호흡이 가능할 만큼 공기가 어느 정도 순환된 것 같다고 여기자 다시 문을 닫지만, 창은 그대로 열어놓는다. 베일리스를 찾지만, 보이지 않는다. 대신 그녀는 보드카를 맛본다. 아주 나쁘지는 않다. 알렉스는 소파에 앉아 축 늘어져 있는 자네티 부인을 곁눈질로 흘낏 본다. 죽었다. 그녀의 몸은 거의 와해되다시피 한 듯 보인다. 뭉개져버린 얼굴은 아예 남아난 형체가 없다. 아황산으로 녹아내린 피부에서는 극심한 출혈과 함께 보형물이 쏟아져 나온다. 그로 인해 얼굴선 가두리가 누더기처럼 흉측하게 너덜너덜해지고 있다.

휴.

알렉스는 맥이 풀린 몸을 겨우 가눈다.

그녀는 잡지 하나를 주워들고 크로스워드 퍼즐을 하기 시작한다.

# 35

 상황은 여전히 답보상태에 머물러 있다. 예심판사, 날씨, 수사 상황 등 그 무엇 하나 양호한 게 없다. 르 구엔 사장도 신경이 예민해져 있다. 이 여자에 대해 그들은 아직 아무것도 알아낸 게 없다. 카미유는 보고서를 끝냈지만 잠시 꾸물거린다. 집에 돌아갈 마음이 별로 없다. 자기를 기다리고 있을 두두슈가 없었다면……
 그들은 하루에 10시간씩 일을 하고 있다. 열 가지가 넘는 공술서들을 철해놓고 열 장이 넘는 보고 문건들과 신상명세서들을 읽어치웠다. 정보들을 취합하면서 세부사항들을 요구하고 상세 내역과 시간을 점검했다. 그리고 사람들을 심문해왔다. 하지만 아무런 수확도 없다. 뭐가 문제인지 자문해봐야 할 일이다.
 루이는 고개를 돌려 이쪽저쪽으로 훑어보기도 하고 앞으로 쭉 내밀기도 한다. 책상 위에 흩어진 종잇장들을 보며 그는 반장에게 제스처를 해 보인다. 이걸 제가 할 수 있을까요? 카미유도 제스처로 답한다. 응. 루이는 종잇장들을 검토한다. 그것은 그 여자의 초상화이다. 신원조사팀에 의해 확정된 몽타주는 그녀의 얼굴을 기억하는 증인들이 수긍할 정도로 충분히 흡사한 모양이다. 하지만 그래봤자 그건 어디까지나 살아 있는 표정이 지워진 몽타주 초상의 전형일 뿐이다. 그런 까닭에 카미유는 자신의 기억력에 의존하여 그 얼굴과 추정 가능한 여러 모습들의 변주를 재구성해보았다. 이 여자에겐 이름이 없다. 하지만 이 데생들에서는 그녀에게 영혼이 깃들어 있는 것처럼 보인다. 카미유는 그녀의 얼굴을 서른 번도 더 넘게 그렸던 것 같다, 마치 그녀와 친밀하게 잘 알고 지내고 온 사이처럼. 카미유의 그림 속에서 그녀는 어느 레스토랑의 테이블 앞에 앉아 두 손으로 턱을 괴고 있다. 마치 상대방의 흥미로운 이야기에 귀 기울이고 있는 듯한 모습으로. 해맑은 그녀의 눈은 생글거리며 웃음 짓고 있다. 하지만 다른 데생에서 그녀는 울고 있다. 그녀는 고개를 치켜든 비통한 모습이다. 금세라도 무슨 말이 튀어나올 것처럼 입술이 파르르 떨리고 있다. 또 다른 데생에서는 거리를 걷고 있다가 문득 허리를 틀어 뒤돌아보고 있다. 자신의 놀란 얼굴이 비친 진열창 앞에 걸음을 멈추고 뚫어져라 바라보고 있다. 카미유의 필치 아래서 여자의 모습은 믿기지 않을 정도로 생생하게 되살아난다.

    루이는 카미유의 데생이 얼만큼 훌륭한지 털어놓고 싶어진다. 하지만 끝내 아무런 내색도 하지 않기로 한다. 그는 카미유가 이렌의 모습을 이렇게 매순간 자신의 탁자 위에서 그렸다는 사실을 기억하고 있기 때문이다. 늘 새로운 모습의 스케치가 카미유의 탁자 위에 쌓여갔다. 그는 심지어 누군가와 전화통화할 때조차 손을 놀리지 않고 휘갈겨 그리듯 이렌의 또 다른 모습을 금세 빚어내기도 했다. 그것은 구태여 의도하지 않아도 생각 속에서 자연스럽게 솟아나는 창조적 영감의 발현처럼 여겨질 정도였다.

    여하튼 루이는 그 데생들에 대해 아무 말도 하지 않는다. 그들은 헤어지기 전 마지막으로 몇 마디 말을 주고받는다. 아니다. 루이는 여기 조금 더 남아 있기로 한다. 오래 걸리지는 않겠지만 끝내야 할 일들이 있다. 카미유는 알겠다고 대답하며 일어나서는 외투를 걸쳐 입고 모자를 쓴 후 사무실을 나선다.

지나가는 길에 그는 아르망과 마주친다. 이 시간에 사무실에서 아르망과 마주치는 건 흔치 않은 일이다. 카미유는 놀라는 표정을 짓는다. 아르망의 양쪽 귓바퀴에는 담배 두 개비가 꽂혀 있고, 4색 볼펜의 위 꼭지가 낡은 웃옷 주머니 위로 삐져나와 있는 게 보인다. 아르망이 살고 있는 건물의 한 층에 새로운 세입자가 들어왔다는 표시이리라. 이런 상황에 관한 한 한 치의 오차도 허용하지 않고 살아온 아르망의 후각이 절대 놓칠 리 없다. 새로 입주한 세입자는 그 건물에서 채 두 발도 옮기기 전에, 이 나이 든 경찰과 마주치지 않을 수 없다. 경찰은 지상에서 가장 호감 가는 태도로 새 세입자를 대하며 그가 이 통로의 미로에서 길을 잃지 않도록 안내하고자 한다. 떠들썩한 소음이 들려와도 괜찮아요. 어차피 먹고산다는 일이 다 그렇게 소란스럽기 마련이죠, 뭐. 이런 식의 친근감 넘치는 말투와 표정. 경찰이라는 이 사내는 생각보다 너무나도 너그럽다. 요즘 젊은이들을 진짜로 이해하고 있는 것 같다. 카미유는 아르망의 이런 태도를 퍽 재미있어한다. 이 과정은 우연히 무대 위에 끌려나온 관객이 자기도 모르는 사이에 마술사로부터 손목시계와 지갑을 순간적으로 도난당하는 버라이어티 쇼의 한 대목과 비슷하다. 대화를 나누다보면 새로운 세입자는 자신의 담배와 볼펜, 수첩, 파리 지도, 지하철 승차권, 레스토랑 할인쿠폰, 주차카드, 잔돈, 주간 신문, 크로스워드 퍼즐 잡지 따위를 아르망에게 슬슬 털리게 된다. 아르망은 세입자가 이사한 첫날 닥치는 대로 다 뜯어낸다. 첫날을 넘기고 나면, 건물 내에 자자하게 퍼져 있는 자신에 대한 입소문으로 인해 때를 놓치기 때문이다.

카미유와 아르망은 함께 퇴근한다. 아침에 출근해서 마주치면 카미유는 루이와 악수를 나누지만, 저녁에 퇴근할 때는 한 번도 악수를 한 적이 없다. 아르망과는 저녁에 헤어지기 전에도 악수를 한다. 하지만 인사말을 주고받지는 않는다.

다들 알고 있지만 아무도 말하지 않는 사실 한 가지는, 카미유가 철저히 여러 가지 습관들에 얽매여 사는 사람이라는 점이다. 그는 그 습관들을 주위의 모든 사람들에게 적용하며, 그런 습관이 적용될 수 있는 경우들을 끊임없이 새롭게 고안해내기도 한다.

자기 습관에 대한 집착은 한 걸음 더 나아가면 개인적인 의식의 수행이 된다. 그것은 카미유에게 자기 자신을 돌아보는 방식이기도 하다. 산다는 건 크고 작은 의식들을 끊임없이 거행하는 일이다. 하지만 자신이 의식의 집전에 동참하고 있다는 사실을 아는 사람은 거의 없다. 언어에서도 마찬가지다. 카미유에 따르면, 가령 안경을 얼굴에 맞도록 조정하는 것조차 '나는 내 안경을 얼굴에 맞도록 맞춘다'라는 말을 곧이곧대로 의미하는 건 아니다. 경우에 따라서는 얼마든지 다른 의미를 가리킬 수도 있다. 숙고할 시간이 필요하니 제발 나를 가만 내버려둬. 나는 이제 늙었다는 걸 느껴. 혹은 10년 후에도 살아 있다면 좋겠네 등. 카미유에게, 안경을 얼굴에 맞도록 조정한다는 것은, 소맷부리를 끄집어 올림으로써 다른 의미를 전하고자 하는 루이의 보디랭귀지와 일맥상통하는 동작일 수 있다. 제각각의 맥락 속에서 유연하게 작동하는 기호 체계라 할 수 있다. 아마도 몸집이 너무 작다보니 카미유에게는 그런 면이 더 강고해진 모양이다. 세상에 뿌리 내리고 버텨야 한다는 절박함.

아르망은 카미유와 악수를 하고 곧장 전철역으로 달려간다. 카미유는 아직 발길을 옮기지 않는다. 이제 무슨 일을 할지 약간 난감해진다. 두두슈가 아무리 귀엽고, 할 수 있는 한 최선을 다한다 해도 저녁에 집에 돌아가면 그저 그뿐……

카미유는 어디선가 읽은 적이 있다. 마음이 가장 공허할 때 구원의 계시가 찾아온다고.

정확히 지금 이 순간에 바로 여기서 이와 같은 일이 일어난다.

한동안 주춤하던 폭우는 더욱 세차지기 시작했다. 카미유는 혹시라도 모자가 날아가지 않도록 손으로 그것을 누른다. 세찬 빗줄기에 회오리치는 바람까지 가세하고 있다. 그는 비바람에 휘둘리며 힘겹게 택시정류장을 향해 나아간다. 거리는 인적이 눈에 뜨이지 않을 정도로 호젓하다. 그 앞에 두 남자가 검은 우산을 펼쳐들고 다소 짜증난 듯한 태도로 택시를 기다리고 있다. 그들은 멀리 바라보다가 차도 쪽으로 상반신을 기울인다. 연착된 기차가 언제쯤이면 도착하려나 초조하게 선로를 살피는 승강장의 여행객들 같다. 카미유는 손목시계를 들여다본다. 그냥 전철을 타고 가자. 전철역으로 향하다 반쯤 돌아서서 택시가 오는지 확인하고, 몇 걸음 내딛다 또다시 반쯤 돌아서서 택시가 오는지 본다. 그는 걸음을 멈추고 택시정류장 근처의 회전목마를 멀거니 구경한다. 차 한 대가 버스전용차로로 진입하여 아주 느리게 지나간다. 얼마나 느린지, 보도 위에 있는 누군가에게 접근한 후 은밀하고 불법적인 거래를 제안하려는 것처럼 보이기까지 한다. 이어 차창이 내려간다…… 그런데 그 순간 문득 카미유는 확신한다. 찾았다고. 왜냐고 묻지 말자. 아마도 그저 여러 다른 해법들을 찾아 헤매다가 지쳤기 때문일 수도 있다. 다시 이 대목에 정신을 집중해보자. 그 아가씨가 화물 창고에서 빠져나왔을 때 집에 돌아가기 위해 어떻게 해야 했을까? 버스는 시간 때문에 불가능했다. 전철은 너무 위험해 보였을 수 있다. 도처에 보안카메라가 설치되어 있을 뿐 아니라 일정한 시간을 넘겨 객차 안이 한산해지면 머리부터 발끝까지 훑어보며 침을 질질 흘리는 놈팡이들이 나타나지 말라는 보장이 없다. 택시도 마찬가지다. 택시만큼 누군가에게 자기 존재가 가까이 노출되는 곳도 따로 없으니까.

따라서.

따라서, 어떻게 도착했는지 여기 그 답이 있다. 그는 그에 관해 더 오래 생각해보고 자시고 할 겨를이 없다. 모자를 푹 눌러쓰고, 그 차를 향해 앞으로 나오려던 승객을 앞지르며 미안하다고 웅얼거린다. 그러고는 내려간 차창 속으로 머리를 들이민다.

"발미 강변 가요?" 그가 묻는다.

"15유로 주실래요?" 불법 영업 차량의 운전자가 과감하게 본색을 드러낸다.

카미유가 보기에 동유럽 쪽에서 온 것 같긴 한데 정확히 어느 나라인지는 잘 모르겠다. 억양을 봐서는 글쎄. 아무튼 그는 뒷문을 열고 차에 오른다. 차가 출발한다. 운전사는 다시 차창을 올린다. 그는 양털로 짠 카디건을 입고 있다. 집에서 뜨개질한 듯 보이는 모양새인데 지퍼도 달려 있다. 카미유가 이런 옷을 본 건 적어도 10년 만에 처음이다. 자기가 입던 것을 벗어던진 후로는. 몇 분이 흐른다. 카미유는 눈을 스르르 감는다. 까닭 모를 안도감이 밀려온다.

"아니," 결국 그가 입을 연다. "그러지 말고 오르페브르 강변 방향으로 갑시다."

운전사는 뒷거울 쪽으로 눈을 치켜뜬다.

갑자기 제시된 카미유 베르호벤 반장의 경찰 신분증이, 룸미러의 사각 테두리 안에 꽉 들어차 있는 게 보인다.

루이는 막 퇴근하려고 알렉산더 맥퀸의 외투를 걸쳐 입던 중이다. 그때 카미유가 자신의 노획물을 앞세우며 사무실 안으로 들이닥친다. 루이는 깜짝 놀란다.

"퇴근을 조금만 늦춰줄 수 있나?" 카미유가 부탁하듯 묻는다. 하지만 그는 루이의 대답도 기다리지 않고 곧바로 그 운전사를 취조실에 끌어다 앉히고는 탁자를 사이에 두고 그와 마주 앉는다.

그리 오래 걸리지는 않을 것이다. 카미유는 일단 사내의 입이 금세 열리도록 약간의 멍석을 깔며 심문에 들어간다.

"점잖은 동네에서 온 사람들끼리니까 결국 말이 잘 통할 거요, 그렇지 않나요?"

쉰 살이나 먹은 리투아니아 출신의 사내에게 '점잖은 동네에서 온 사람들끼리' 같은 콘셉트는 약간의 콤플렉스를 자극할 수 있다. 카미유는 한층 더 확실하고, 더 원초적이며, 그런 만큼 확실히 더 효과적인 가치관에 호소하는 길을 택한다.

"우리, 그러니까 경찰을 의미하는 겁니다, 사람들은 한몫만 좀 챙겨서 갈 겁니다. 나는 북부 역과 남부 역과 몽파르나스, 그리고 생 나자르 사이를 연결해주고 손님들을 결집할 수 있습니다. 루아시 공항 쪽으로 출발하는 짐가방들도 합니다. 한 시간 안짝에 야만적인 파리 택시들이 두 명의 외국 손님들을 휩쓸어갈 수 있습니다. 그리고 두 달 동안 영업하는 것을 훼방놓습니다. 그래서 긁어모으는 사람들을 여기까지 태워다줍니다. 사람들은 불법 체류자를 분류합니다. 그래서 가짜 체류증 만들고 다 쓴 체류증 바꿉니다. 사람들은 그들한테 그들의 자동차 가격에 해당하는 벌금 먹입니다. 하지만 자동차들, 우리는 자동차들을 장악합니다. 아 맞아요, 우리는 다른 일을 할 수가 없습니다. 법 때문이지요. 너, 아니 당신도 이해하시겠지만요. 그러다 우리는 당신들 사이의 절반을 벨그라드, 탈린, 빌리우스로 가는 비행기에 태웁니다. (우리는 비행기 예약을 돌보고 있어요. 걱정하지 않으셔도 됩니다!) 그리고 남는 사람들은 2년 동안 영창에서 썩습니다. 너는 이것에 대하여 말씀하시는 건가요, 형사님?"

 리투아니아 택시기사는 프랑스어를 제대로 구사하지 못하지만, 핵심은 잘 파악하고 있다. 그는 몹시 조마조마해하며 탁자 위에 놓인 자신의 여권을 바라본다. 카미유는 그것을 손날로 자꾸만 문대고 있다. 마치 여권의 겉장을 말끔히 닦아주고 싶다는 듯이.

 "선생이 어떻게 나오느냐에 따라서, 나는 이 여권을 압수할 수도 있습니다. 우리가 마주친 기념으로. 하지만 어쩌면 당장 돌려줄 수도 있지요."

 카미유는 택시기사에게 자신의 휴대폰을 내민다. 베르호벤 반장의 안색은 순식간에 돌변한다. 더 이상 시시덕거리는 기색이라곤 없다. 그는 휴대폰을 철제 탁자 위에 쾅 하고 내려놓는다.

 "당신이 어떻게 하느냐에 따라서 나는 당신네들을 불법집단으로 간주해서 모조리 처넣을 수도 있어. 나는 한 여자를 찾는 중이야. 나이는 스물다섯에서 서른 살쯤 되었고, 썩 괜찮게 생기긴 했지만 거의 죽어가다시피 했지. 아마 몸이 무지 더러웠을 거야. 당신들 가운데 한 사람이 그 여자를 11일 화요일, 성당과 팡탱 어귀 사이에서 태웠어. 나는 그 작자가 여자를 어디로 데려다줬는지 알고 싶은 거거든. 당신한테 바로 지금부터 정확히 24시간을 주겠어."

# 36

 알렉스는 새장 안에서의 시련이 자기를 엄청나게 뒤흔들어놓았다는 사실을 잘 알고 있다. 또한 자기가 그 체험의 여파로부터 벗어나지 못하고 있다는 것도. 쥐들의 위협에 허덕이며 삶을 마감해야 할지도 모른다는 죽음의 공포…… 그것만 생각하면 그녀는 오싹한 전율에 사로잡히지 않을 수 없다. 그런 탓에 그녀는 자신의 상흔을 다시 돌아볼 수 없다. 균형을 회복한 후 꼿꼿이 몸을 일으켜 세우고 끝끝내 버텨야 한다. 그녀의 몸은 아직도 여기저기가 결리고 욱신거린다. 난데없이 엄습하는 근육 수축 증세로 밤에 수시로 깨어나기도 한다. 그것은 마치 지워지기를 거부하는 동통疼痛의 인장과도 같다. 한밤중의 열차 안에서 그녀는 혼자 고함을 지르고 말았다. 뇌가 살아남으려고 몸부림치며, 좋은 일들만 남기고 나머지 나쁜 기억들은 다 몰아내려고 애쓰는 모양이다. 충분히 그럴 수 있다. 하지만 그러자면 시간이 좀 더 필요할 것이다. 적어도 아직까지는. 눈을 감고 있는 시간이 오래 지속되자 알렉스는 또 다시 지독한 공포감이 뼛속 깊숙이까지 파고 들어오는 것을 느낀다. 이 망할 놈의 쥐새끼들……
 역을 빠져나온다. 거의 정오에 가까운 시각이다. 열차 안에서 그녀는 가까스로 잠들 수 있었다. 지금은 행인들로 붐비는 파리의 거리에 다시 와 있다. 어지러운 꿈자리에서 벗어난 듯한 기분이다. 정신이 몽롱하다.

하늘은 변함없이 우중충하다. 그녀는 바퀴 달린 트렁크를 끌고 몽주 거리의 한 호텔로 들어간다. 그리고 꺼진 담배꽁초 냄새가 희미하게 고여 있는 앞뜰 방향의 빈 방 하나를 잡는다. 곧바로 옷을 다 벗고는 샤워를 한다. 처음에는 수온이 아주 뜨거웠지만 곧 미지근해지는가 싶더니 이내 서늘해진다. 샤워를 마치고 그녀는 이런 호텔이라면 으레 구비돼 있는 타월 재질의 흰색 목욕 가운을 걸친다. 그러고 나면, 호텔은 궁색한 이들이 호화로움을 꿈꾸는 비루한 곳처럼 여겨지는 것이다. 젖은 머리를 하고 둔해진 움직임 속에 허기를 느끼며 그녀는 전신거울 앞으로 다가간다. 몸에서 유일하게 정말로 마음에 드는 곳은 자기 가슴이다. 머리를 말리면서 그녀는 가슴을 본다. 그녀의 유방은 뒤늦게 봉긋해진 편이었다. 그녀는 그게 더는 튀어나오지 않기를 바랐다. 유방이 봉긋해지기 시작한 것은 그녀 나이 열셋 혹은 열네 살 무렵이었고, 그전에는 '절벽'이었다. 초등학교와 중학교 다닐 동안 그녀는 늘 그런 놀림을 들어왔다. 그 무렵부터 반 아이들의 가슴은 부쩍 튀어나오기 시작했으며 친구들은 그걸 과시할 셈인지 몸에 착 달라붙는 스웨터를 입고 다녔다. 그중 몇몇 아이들은 티타늄 소재로 보이는 몽우리 따위를 꼭지에 붙이고 다니기도 했다. 하지만 그녀는 아무것도 하지 못했다. 어떤 아이들은 '빵판'이라고 놀리기도 했다. 그녀는 그게 무슨 말인지 전혀 알아들을 수가 없었다. 다른 사람들도 정확히 무슨 뜻인지 모르기는 마찬가지였지만, 그녀의 가슴이 빵을 자를 때 쓰이는 판만큼 평평해 보이는 것을 가리키는 표현이라고 하면 다들 알 만하다는 눈치를 보였다.

하지만 다른 아이들의 발육이 다 끝난 이후에도 그녀에겐 나머지 몫이 아직 더 남아 있었다. 그녀가 고등학교에 진학하고 나서였다. 열다섯 살이 될 무렵, 돌연 그녀의 외양이 어여쁜 꽃망울처럼 피어나기 시작했다. 유방, 미소, 히프, 눈, 체형 등 거의 모든 면에서 틀이 잡혔다. 뒤늦은 스퍼트가 시작된 셈이었다. 이전에 알렉스는 솔직히 못생긴 아이였다. 사람들이 완곡하게 표현하는 대로 '민망한 체구'라고 할 만했다. 그만큼 그녀의 몸에는 별다른 개성이 없어 보였다. 이렇다 할 특징이나 매력도 보이지 않았다. 너무 어중간해서 눈에 띌 만한 구석이라곤 찾아볼 수 없었다. 다른 무엇도 아닌 성별상으로만 여자아이로 보일 뿐이었다. 오죽하면 그녀의 어머니조차도 '우리 가여운 딸내미'라고 말하고 다닐 정도였을까. 겉으로는 그만큼 안타까워하는 듯 보였다. 하지만 사실 어머니는 이 외양의 '민망함'을 통해, 자신이 알렉스에 대해 어떻게 여기고 있는지를 분명히 확인해준 셈이다. 뭔가가 어그러져 있었다. 알렉스가 처음으로 화장을 한 날, 어머니는 그녀에게 아무 말도 해주지 않고 깔깔대며 폭소만 터뜨렸다. 그저 그뿐이었다. 알렉스는 당장에 욕실로 달려가서 얼굴을 박박 씻어냈다. 그러면서 거울에 비친 자기 모습을 들여다보았다. 그녀는 몹시 부끄러워졌다. 알렉스가 욕실에서 나왔을 때 역시 어머니는 한마디도 하지 않았다. 그저 아주 희미하게 입가에 미소만 띠고 있었을 뿐이다. 알렉스의 첫 화장에 그녀가 보인 수긍의 반응은 오로지 그것뿐이었다. 그러고 나서 그녀가 실제로 변하기 시작했을 때, 어머니는 아무것도 알아보지 못하는 척했다.

이제는 이 모든 일들이 다 기억 저편에서 아련히 어른거릴 뿐이다.

그녀는 슬립을 걸친다. 그다음에는 브래지어. 그러고 나서 트렁크 속을 뒤져본다. 그녀가 그걸 어떻게 했는지 전혀 기억이 나질 않는다. 잃어버리지는 않았다. 그건 확실하다. 다시 찾는 건 어려운 일이 아닐 것이다. 트렁크를 뒤집어 그 안에 든 물건들을 침대 위에 다 쏟아보고, 옆쪽 주머니 속도 까뒤집어본다. 어디다 두었는지 떠올려보려고 샅샅이 기억을 헤집는다. 그녀는 택시 타기 전 그 순간의 보도 위로 시간을 되돌려본다. 오케이. 그날 저녁, 자기가 무슨 옷을 입고 있었더라. 그런데 불현듯 떠오른다. 재킷 안주머니에 손을 찔러넣는다.

"아, 여기 있네!"

완벽한 쾌거. 그래서 그녀는 자신에게 속삭여준다.

"너는 영혼이 자유로운 여자야."

명함은 심하게 구겨지고 귀퉁이가 접혀 있다. 그가 자기의 손에 쥐여주었을 때부터 그것은 이미 한가운데가 반으로 접힌 상태였다. 느긋하게 전화번호를 누른다. 명함에 눈을 고정해두고 그녀가 말한다.

"저, 안녕하세요, 펠릭스 마니에르 씨 맞나요?"

"네, 누구시죠?"

"아, 안녕하세요? 제가 누구냐면……"

그녀는 자신이 판 구멍에 스스로 빠졌다. 그때 말해준 이름이 뭐였더라?

"혹시 줄리아예요? 여보세요, 정말 줄리아?"

그는 거의 함성을 외치듯 그녀인지 확인한다. 알렉스는 안도의 한숨을 내쉬며 싱긋 미소 짓는다.

"네, 줄리아 맞아요."

그의 목소리는 다소 감이 멀게 느껴진다.

"지금 밖에 계세요?" 그녀가 묻는다. "혹시 지금 전화받기 어려우신 건 아니에요?"

"아니요, 맞아요. 그러니까, 어쨌든 아니에요……"

그는 정말로 그녀의 전화를 받아 기뻐하는 눈치다. 그래서인지 다소 갈팡질팡하기까지 한다.

"그러니까 맞다는 거예요, 아니라는 거예요?" 웃음 띤 목소리로 알렉스가 그렇게 묻는다.

그는 한 방 먹은 셈이다. 그래도 이런 식의 유쾌한 일격은 사랑놀음쯤으로 여기고 언제든 환영할 듯하다.

"아가씨에 대해서라면, 언제나 '맞다'예요."

서로 아무 말 없이 몇 초가 흐른다. 남자는 아마도 이만큼 위트 있는 답변을 임기응변으로 내놓은 데 뿌듯해하는 모양이다. 알렉스는 상대의 장단을 맞춰주기 위해 약간의 침묵으로 그 말이 무슨 뜻인지 천천히 되새겨보는 체한다. 그가 먼저 말한다.

"이렇게 전화도 주고, 참 고맙네요."

"지금 어디세요? 집이세요?"

알렉스는 침대 귀퉁이에 걸터앉아 다리를 눈높이까지 들어올려본다.

"누구하고 같이 계세요?"

"지금 직장에······"

짧은 침묵이 이어진다. 그들 사이에는 상대의 속내를 어떻게 드러내야 할지 염탐하는 숨바꼭질이 벌어지고 있다. 각자 상대가 먼저 나서주기를 기다린다. 알렉스에게는 자신감이 넘친다. 이런 확신은 빗나가는 법이 없다.

"줄리아, 전화해줘서 너무 기뻐요." 펠릭스가 말한다. "진짜 기분 좋네요."

그렇단 말이지. 그런데 어떻게 이 일이 그토록 기쁘고 기분 좋을 수 있다는 말인가. 지금 그의 목소리를 듣고 있으니, 이자에 관해 더욱 생생히 떠오르는 것 같다. 관절염이나 근육통 따위로 위축되어가는 남자의 신체조건. 그로 인해 그는 최근 들어 부쩍 둔해지기 시작했을 것이다. 그리고 다리가 꽤 짧은 체형, 얼굴 표정······ 그에 관해 다시 생각나자 그녀는 갑자기 동요한다. 격한 감정적 파문을 선사한 그 순간의 표정, 그 눈은 살짝 쓸쓸해 보였고 어쩐지 초점이 약간 다른 곳을 향해 있는 것 같기도 했다.

"그럼 계속 직장에 계실 건가요?"

이렇게 말하며 알렉스는 열려 있는 창가로 시선을 옮긴다.

"지금 주말결산을 하는 중이에요. 내일 출장을 떠나야 하거든요. 바로 해놓지 않으면 한 주 미뤄지게 되는데 그러면 아시다시피 좀 곤란……"

그는 말을 뚝 멈춘다. 알렉스는 계속 미소 짓고만 있다. 재미있네. 그의 말을 멈추게 하거나 본 궤도 위에 올려놓자면 그녀는 그저 눈썹을 씰룩거리든가 아니면 말없이 가만히 듣고 있기만 하면 되는 것이다. 만일 그와 마주앉아 있었다면, 그가 하는 말을 끊거나 다른 방향으로 끝맺게 하기 위해서는, 약간의 표정을 담아 살짝 미소 짓거나 가볍게 고개를 갸웃하며 그를 빤히 바라보는 것만으로도 충분하지 않을까 싶다. 그녀가 방금 취한 태도가 정확히 그런 반응이다. 그저 입 다물고만 있었을 뿐인데도 그는 자기가 알아서 말을 뚝 그치고는 좋은 대답이 아니었다고 혼자 자책감을 느끼고 있다.

"뭐, 그런 건 아무래도 좋지요." 그가 말한다. "그럼 아가씨는 뭐하실 건가요?"

레스토랑을 나서면서, 그녀는 그에게 자기가 남자를 좀 다룰 줄 안다는 인상을 남겼다. 실제로 그녀는 그 조리법을 잘 알고 있다. 살짝 애처로워 보이도록 걷는 법, 자연스럽게 슬며시 상대방의 어깨를 쓸어주는 법, 고개를 약간 옆으로 기울이고 바라보다 순진해 보이도록 이따금 눈을 동그랗게 뜨는 법, 눈자위에 녹아들 듯이 입술을 촉촉이 유지하는 법 등…… 그날 저녁, 보도 위에서 어쩌면 자기를 소유할지도 모른다는 욕망에 한껏 달떠 있던 펠릭스의 모습이 다시 떠오른다. 그의 성적 갈망은 온몸의 모공에서 땀방울이 되어 흘러내리고 있었다. 그러니 이렇게 말해주는 건 별로 어려운 일이 아니다.

"저는 편히 누워 있어요, 제 침대 위에서요."

그렇다고 해서 선을 너무 넘어가지는 않는다. 지나치게 의미심장하고 감미롭게 벼려진 목소리도 내지 않는다. 쓸데없는 겉치레도 하지 않는다. 그저 조바심과 약간의 걱정만 불러일으킬 수 있을 정도의 언질이면 된다. 어조는 아나운서들처럼 담백하게 정보들만 전하는 선에서 유지하고, 화제 내용은 상대방이 알쏭달쏭해지도록 자꾸만 생각해볼 틈새를 열어두는 쪽으로 한다. 이어 침묵. 펠릭스의 정신 속에서 일어나고 있을 신경회로망의 빅뱅이 그녀의 귀에 폭음처럼 전해져오는 것만 같다. 그로서는 달리 할 말을 찾기가 쉽지 않을 것이다. 그는 돌연 음흉하게 낄낄거린다. 그런데도 그녀가 어떤 반응을 보이기는커녕 오히려 침묵 속에 남아 최대한 긴장된 기색을 드러내자, 펠릭스의 웃음은 목울대 속으로 서서히 잦아들더니 이내 쑥 꺼져버린다.

"아가씨의 침대 위에서……"

펠릭스는 자기 자신으로부터 빠져나온다. 불과 몇 초 만에 그는 자신의 휴대폰이 되었다. 그리고 그는 도시를 가로질러 퍼져나가는 전파들과 뒤섞여 그녀에게로 향했다. 그는 그녀가 호흡하는 공기이다. 그리하여 너무 작은 슬립에 꽉 죄어 억눌려 있을 그녀의 아랫배를 조금씩 부풀어 오르게 한다. 그는 그 슬립이 아주 작을 거라고 상상한다. 그러자 그는 그 순간에 슬립으로 변한다. 그는 슬립의 옷감이다. 그는 그녀가 묵는 방의 대기이며 그녀를 에워싸고 그녀의 몸 위에 내려앉는 먼지의 초미립자이다. 그는 더 이상 아무 말도 할 수 없다. 이미 그게 불가능하다. 알렉스는 부드럽게 미소 짓는다. 그는 그녀가 미소 짓는 소리를 듣는다.

"왜 웃나요?"

"펠릭스 씨가 저를 웃게 만드니까요."

누가 이렇게 이름으로 그를 부른 적이 있던가?

"아……"

그는 자신을 어떻게 다스려야 할지 몰라 쩔쩔맨다.

"오늘 저녁에 뭐 하실 거예요?" 알렉스가 이어 묻는다.

그녀의 물음에 그는 두 번씩이나 침을 꿀꺽 삼킨다.

"글쎄요……"

"혹시 저한테 같이 저녁식사 하자고 제의할 생각 없으세요?"

"오늘 저녁에요?"

"아니, 뭐" 알렉스는 단호한 목소리로 말을 잇는다. "제가 날을 잘못 고른 모양이네요. 죄송해요……"

그러자 그는 오히려 자기가 죄송하다며 여러 가지 설명과 이유와 동기들을 급류처럼 쏟아내지만, 요지는 결국 그러자는 말이다. 그런 말들을 듣는 동안 그녀의 미소는 얼굴 전체로 넓게 번져간다. 그러면서 그녀는 손목시계를 힐끔거린다. 7시 30분이다. 그녀는 여전히 진행중인 그의 장광설을 단 한마디로 끊어버린다.

"8시쯤 가능할까요?"

"그럼요, 8시!"

"어디로 갈까요?"

알렉스는 눈을 감는다. 그녀는 침대 위에서 다리를 꼰다. 참 너무 쉽다. 펠릭스는 자기가 약속장소로 염두에 두고 있는 레스토랑이 어떤지 설명하는 데 1분 이상 소요한다. 그녀는 머리맡 탁자로 몸을 기울여 그 레스토랑의 주소를 적어둔다.

"거기 정말 괜찮아요." 그가 장담하듯이 말한다. "당신도 가보면 거기가 아주 괜찮다고 느낄 거예요. 하지만 만약 마음에 들지 않으면 딴 데로 옮겨도 상관없죠 뭐."
 "괜찮다면서 왜 딴 데로 옮길 생각을 하세요?"
 "그런 건…… 서로의 취향 문제니까……"
 "맞아요, 펠릭스. 하지만 저는 당신의 취향이 어떤지 알아가는 것도 흥미로울 것 같아요."
 알렉스는 전화를 끊고 한 마리 암고양이처럼 나른하게 기지개를 켠다.

# 37

 예심판사가 수사 요원들의 소집을 요청했다. 모든 팀원들이 다 모였다. 르 구엔 서장을 필두로 하여 카미유, 루이, 아르망 등. 수사 현황은 딱하게도 여전히 답보상태에 빠져 있다.
 아직 그 상태에서 헤어나지 못하고 있지만…… 그래도 그게 전부는 아니다. 그동안 새로운 게 나왔기 때문이다. 그들은 실제적이고 중요하며 근본적으로 새로운 것을 건져내는 중이며, 여기 모인 팀원들은 그것을 활용해 수사에 박차를 가할 수 있을 것이다. 예심판사는 르 구엔에게 수사 범위를 더 확대하라고 지시했다. 그는 복도를 준열하게 울려대는 구둣발 소리와 함께 강력반 사무실에 방금 전에 막 들어섰다. 르 구엔은 자꾸만 눈짓을 보내며 카미유가 그 발소리에 자극 받지 않도록 가라앉히려고 노력한다. 카미유는 아랫배에서 까닭 모를 긴장감이 솟구치는 걸 느끼고 있다. 더 구체적인 사건 정황 속으로 깊숙이 파고들 준비를 하듯 손가락을 등 뒤에 대고 하나씩 자꾸만 비벼대고 있다. 그러다 그는 예심판사가 들어오는 모습을 본다. 수사 초동단계 때부터 그가 처신해온 양상을 보면, 그에게 지능의 증거라 함은 결정적으로 논쟁에서의 완승을 가리키는 것 같다고 미루어 짐작해볼 수 있다. 그런데 적어도 오늘

만은 죽 쒀서 개에게 던져주고 싶은 마음이 전혀 없다.

의상을 살피자면, 오늘 예심판사의 옷차림은 그런대로 깔끔하다. 수수한 회색 정장에 수수한 회색 넥타이를 매고 있어, 고뇌하는 정의의 사도라는 우아한 효과를 유발하기 좋을 것으로 보인다. 언뜻 체호프의 연극 주인공을 떠올리게도 하는데, 카미유는 이제부터 예심판사 비다르 씨가 무대에서처럼 고뇌하는 정의의 사도를 연기하려는 게 틀림없다고 짐작한다. 하지만 그가 그런 역을 소화할 만한 여지는 털끝만큼도 없다. 예심판사의 역할은 이미 정해져 있으며, 희곡의 제목은 다음처럼 붙여 볼 수 있다. '뒷북 연대기'. 팀원 전체가 그의 속셈을 다 꿰뚫어보고 있기 때문이다. 그러므로 그 작품은 다음과 같이 요약될 수도 있을 것이다. '당신을 진정한 얼간이로 인정합니다.' 카미유에 의해 대두되기 시작한 그 이론이 이만큼 제대로 적용될 수 있는 예를 따로 찾기도 힘들 거라는 직감이 방금 전 이들의 뇌수를 강타하고 지나갔기 때문이다.

2시간 전, 난데없이 비상통지문이 날아왔다. 툴루즈의 호텔리어 자클린 자네티 피살. 극렬한 폭행으로 치명적인 두부 손상. 결박 후 고농축 아황산 투입에 의한 살해.

카미유는 곧 들라비뉴에게 연락했다. 그들은 경찰 초년병 시절부터 가까운 동료로 지내온 사이였다. 20년 전 그는 툴루즈 경찰서로 발령받아 떠났다. 4년 동안 그들은 일고여덟 차례 정도 연락을 주고받았다. 들라비뉴는 일처리가 딱 부러지면서도 남을 잘 도와주고 연대할 줄 알며, 친구인 베르호벤의 일이라면 귀찮을 정도로 자상히 챙겨주려 드는 사내이다. 오전 내내 카미유는 전화상으로 마치 그가 거기 가 있기라도 한 듯이 최초의 피해자 신원 확인과 주변 인물들의 심문 과정에도 동참해야 했다.

"이젠 의심의 여지가 없습니다." 예심판사가 말한다. "이건 이의가 있을 수 없이 명백한 동일범의 소행입니다. 첫 번째 살인사건에서부터 이번 경우까지, 살인 수법에 거의 변화가 없습니다. 토요일 새벽녘에 발생한 자네티 부인의 피살사건을 연상시키는 유사성입니다."


"그녀의 호텔은 이쪽 동네에서 꽤 널리 알려진 명소 중 하나야." 들라비뉴가 말했다. "베리 콰이어트very quiet 한 숙박업소로 말이지."
아 그래, 그런 곳이로군. 들라비뉴에게는 말 중에 어떤 부분을 영어로 치장하려는 습성이 있다. 이런 습성은 카미유의 신경에 상당히 거슬린다.
"그 아가씨는 화요일 날 툴루즈에 도착했어. 우리는 그녀의 자취를 역 근방의 한 호텔에서 찾아냈지. 그녀는 그 호텔에 아스트리드 베르마라는 이름으로 투숙한 적이 있더군. 그런데 그녀는 다음 날 호텔을 바꿨어. 수요일부터 자네티 부인이 운영한 프레 아르디 호텔에 와서 묵기 시작한 거야. 숙박부에 기입되어 있는 이름은 로라 블로흐였어. 목요일 '인 더 나이트in the night', 그녀는 부인과 여러 번 통화를 했어. 아마도 수다를 떨기 위해서였겠지. 그 후, 부인을 아황산으로 살해하고 호텔 금고에 남은 돈도 모조리 훔쳐갔어. 약 2천 유로쯤 되는 액수인데, 그러고 나서는 자취를 감춘 거지."
"자기 신원에 관한 한 아낌없이 여러 카드를 쓰고 다니는 여자로군, 어쨌든……."
"맞아, 범행을 저지르기 위해서겠지. 더 말할 필요도 없이."
"우리는 아직 그녀가 차를 몰고 다니는지 아니면 기차나 비행기로 이

동하는지도 알아내지 못하고 있어. 그러니 일단 열차역하고 버스터미널 그리고 렌터카 대여점, 택시들까지도 한번 캐봐야 할 것 같네. 그러자면 시간이 좀 걸리겠군."

"그녀의 지문이 곳곳에서 채취되었습니다." 예심판사가 강조하듯 힘주어 말한다. "그녀가 묵은 객실에서, 자네티 부인의 응접실에서. 그런데 한 가지 눈에 띄는 점은, 우리가 자기 지문을 발견하든 말든 그녀는 이제 전혀 개의치 않는 것 같다는 사실입니다. 자신의 지문은 신원 정보 카드에 입력돼 있지 않다는 걸 알고 있음이 틀림없습니다. 그러니 애써 지문들을 제거해야 할 아무 이유가 없는 거죠. 그야말로 도발의 극치가 아닐 수 없습니다."

 범행 현장 안에 예심판사와 서장이 와 있다는 사실은 경관들이 카미유의 휘하에서 움직이는 데 별다른 영향을 미치지 못한다. 통합회의에서 경관들은 그 시간 내내 서 있어야 한다. 문가에 비스듬히 몸을 기대선 채 카미유는 그냥 입을 다물고만 있다. 하지만 속으로는 그다음 순서를 기다린다.

"그런 다음에 어쨌냐고?" 들라비뉴가 되묻고는 다시 말을 잇는다. "그런 다음에, 목요일 저녁 그녀는 자네티 부인과 함께 중앙무도장에 갔어. 그런 데 가면 상당히 보기 드문 정경들이 펼쳐지지. 뭐랄까, 좀 픽처레스크picturesque*하달까······."

---

\* '한 폭의 그림 같은' 혹은 '고풍스러운'이라는 뜻.

"어떤 의미에서?"

"외로운 노인네들이 춤판을 벌이거든. 혼자 사는 사람들과 댄스 애호가들. 흰 신사복을 갖춰 입고 나비넥타이를 맨 할아버지들과 야시시한 드레스로 한껏 멋을 낸 할머니들의 무도회를 한번 상상해봐…… 나는 이걸 차라리 퍼니funny하다고 느끼지만, 자네가 보면 좀 침울해할 것 같네."

"알아."

"아니, 자네도 실제로는 모를걸."

"이 부분에 대해서?"

"자넨 상상조차 안 갈 테니까. 피너클 오브 어취브먼트* 같은 일본인 관광객 패키지코스 속에 그 중앙무도장을 꼭 끼워 넣을 필요가 있어."

"알베르!"

"뭐?"

"자넨 그 잘난 영어놀음으로 나한테 유치한 농지거리를 걸 수 있다 여기는지는 몰라도, 나는 그거 진짜 신경 거슬리네."

"오케이, 보이."

"한결 낫군…… 그런데 이 외출이 살인사건과 연루돼 있나?"

"언뜻 보면 그렇지는 않아. 어떤 증언도 그쪽 방향과 일치하지는 않거든. 그날 저녁 모임의 분위기는 '활기차고' '즐거웠던' 모양이야. 어떤 사람은 '환상적이었다'고 표현하기도 했지. 요컨대, 청승맞은 저녁 모임이긴 했어도 별다른 문제는 없었는가봐. 별 시비도 없었다고 하고. 이성을 낚는 과정에 뒤따르는 몇 가지 잡음만 제외하면. 커플 맺기 놀이에서도 그런 잡음이 좀 있었나본데 그 아가씨는 거기 끼어들지 않았다고 하

---

* '업적의 정점'이라는 뜻.

더군. 한물간 늙다리들 같아 보였을 테니. 그녀는 그냥 자네티가 가자고 해서 거절하면 기분 나쁠까봐 그냥 한번 따라가본 모양이야.”

"그럼 그녀들은 서로 알고 지내온 사이였을까?”

"자네티는 그 아가씨를 자기 조카딸로 소개했다고 하더군. 자네티한테 형제도 없고 자매도 없다는 사실을 확인하는 데는 불과 한 시간도 채 걸리지 않았어. 매음굴에 있는 동안 받은 성체배령 말고는 자네티에게는 조카니 뭐니 할 만한 인척관계가 아예 없어.”

"성체배령에 대해 자네가 뭘 안다고 그래……”

"아이고 이 양반아, 모를 리가 있나! 툴루즈에서 성체배령에 관한 한 가장 확고한 사람은 바로 우리 동네 매음굴의 포주거든!”


"저는 반장님이,” 예심판사가 말한다. "툴루즈의 동료들을 통해서 이미 많은 정보들을 입수한 것으로 알고 있습니다만, 정작 흥미로운 부분은 그쪽이 아닌 것 같습니다.”

어디 한번 계속해보시게, 카미유는 속으로 그렇게 중얼거린다.

"흥미로운 부분은, 그녀가 지금까지는 자기보다 나이가 많은 남자들만을 골라 살해해왔는데, 이번에 일어난 오십대 여인의 살인사건으로 반장님의 추정이 옳지 않다는 게 드러났다는 사실입니다. 저는 지금 성적인 부분과 연관된 연쇄살인으로 그동안의 사건들을 파악해온 베르호벤 반장님의 수사 방향에 대해 언급하고 있는 겁니다.”

"그건 판사님의 견해이기도 했던 것으로 알고 있습니다만.” 르 구엔이다. 그도 약간 지겨워진 모양이다.

"물론입니다!” 예심판사가 그렇게 말한다. 그러고는 그런 반격이 나온 것을 만족스러워 하는 기색까지 내비치며 슬며시 미소 짓는다.

"그러니까 우리는 모두 같은 착오를 범한 셈입니다."

"그건 착오가 아닙니다." 카미유가 말한다.

일동의 시선이 그에게 쏠린다.

"요컨대," 들라비뉴가 말한다. "그녀들은 함께 무도장에 갔습니다. 그에 관한 증인들은 희생자의 친구와 지인 등 넘칠 만큼 많습니다. 사람들의 묘사에 따르면, 그 아가씨는 꽤 상냥하고 스마일리smiley(오, 소리sorry!) 했다고 합니다. 여러분이 저한테 보내주신 몽타주를 보여주니 전부 다들 금세 알아봅디다. 예쁘고 날씬하고 푸른 눈동자에 홍갈색 머리. 두 명의 여성은 그 머리가 가발일 거라고 짐작하더군요."

"그게 맞을 거야."

"중앙무도장의 저녁 모임을 마치고 호텔로 돌아온 시각은 새벽 3시경이었습니다. 살인사건은 그 직후에 벌어진 것 같습니다. 왜냐하면 (아직 석연치 않은 대목이라 더 확실히 하려면 일단은 부검 결과를 기다려볼 필요가 있지요) 법의학자가 사망 추정시간을 새벽 3시 반쯤으로 잡고 있으니까요."

"논란의 여지가 있나?"

"그럴 가능성이 있지. 시간이 다르다면 사건경위도 그에 따라 상당히 달라질 수 있으니까. 아황산으로 마무리를 지으려면……"

"무슨 소리를 들었다고 하는 사람도 전혀 나오지 않고 있나?"

"노 원No one. 소리Sorry…… 뭐 아쉽긴 하지만, 그 시각에는 다들 잠들어 있는 게 당연하니까. 게다가 어디선가 시끄럽게 통화를 해서 그 소리 말고 다른 소음은 잘 들리지 않았던 모양이야."

"자네티 부인은 혼자 살았나?"

"알려져 있기로는. 시기마다 달랐나 보더군. 최근에는 혼자 살고 있었던 게 맞고."

"반장님, 그런 식의 가정은 별로 중요하지 않습니다. 반장님이 자신의 논리에 얽매여 있는 거야 자유입니다만, 이로 인해 우리는 거기서 한 발짝도 나아가지 못할 위험이 있습니다. 안타까운 말씀입니다만, 거기에 매달려봤자 이미 벌어진 결과에는 아무런 영향도 끼치지 못합니다. 지금 우리는 도저히 예측 불가능한 어느 여성 살인마를 다루는 실정입니다. 이 여자는 여기저기 빈번하고 빠르게 옮겨다니면서 남자건 여자건 가리지 않고 무차별 살인을 범하고 있습니다. 아무 짓이나 막 저지르고 다니면서도 전혀 거리낌이 없는 것 같습니다. 왜냐하면 자기가 신원 정보 카드에 입력돼 있지 않다는 걸 이미 알고 있기 때문이지요. 그러니 제 질문은 단순합니다. 르 구엔 서장님, 이에 대해 서장님은 어떻게 대처하실 요량이신지요?"

## 38

 "그럼, 30분쯤 후에 만나는 걸로 얘기가 됐으니까…… 그런데 저 다시 데려다주실 거죠?"
 펠릭스는 아무 거나 다 맹세하려 든다. 그는 줄리아와의 통화가 생각보다 원활히 이루어지지 않았다고 여기는 것 같다. 그녀가 자기와의 대화에 그다지 열정을 보이지 않는 것처럼 보이기 때문이다. 그녀와 레스토랑 입구에서 처음으로 말을 튼 순간부터 이미, 그는 자기가 그녀의 눈높이에 턱없이 모자라는 게 아니냐는 자괴감을 느껴왔는데, 방금 전의 통화에서도 마찬가지였다. 이번 통화에서도 그는 그다지 선전한 것 같지 않았다. 굳이 위안을 삼자면, 아무튼 그녀가 자기에게 다시 연락을 걸어왔다는 것이다. 이건 좋아서 펄쩍 뛸 만한 사건이었다. 믿을 수가 없었다. 그리고 드디어 오늘 저녁에 만날 약속을 잡았다. 우선은 그 레스토랑이다. 그는 예전부터 복심을 품고 있었다. 기습공격으로 제압해버리기. 지금 이 아가씨의 속내는 대체 뭘까…… 나에게 전화를 걸어온다. 그것도 침대에 누워서. 나에게 묻는다. 오늘 저녁, 괜찮으세요? 어디서 만날까요? 그 순간부터 갈피를 잡을 수가 없다. 일단은 머릿속에 바로 생각나는 것부터 말하고 본다. 그리고 그다음에……

그녀는 그를 자꾸 자극해대는 게 너무나 짜릿했다. 그래서 그 자극이 지속될 만한 원피스를 골라 입었다. 그녀는 이런 옷이 어떤 효과를 낼지 잘 알고 있다. 그동안 결코 빗나간 적이 없었다. 그녀를 보았을 때, 그의 아랫턱이 떡 벌어져서 거의 포석 위에 닿을 정도로 보였다. 알렉스는 곧바로 그의 어깨에 손을 얹으며 "좋은 저녁이네요, 펠릭스 씨"라고 인사했다. 그러고는 가족끼리 인사 나누듯 그의 뺨에 입술을 살짝 가져다댔다. 그의 무릎이 휘청했다. 알렉스의 인사는 그를 헷갈리게 했다. 이렇게 인사하는 건 '오늘 밤에 괜찮아요'나, 마치 같이 일하는 사이처럼 '좋은 동료로 지내요'를 동시에 뜻할 수 있기 때문이다. 알렉스는 이렇게 상대방을 알쏭달쏭하게 하는 농간에 매우 능하다.

그가 자기 일에 대한 이야기를 늘어놓는 동안 그녀는 일단 가만히 듣고 있기만 했다. 스캐너, 프린터, 진행해나갈 프로젝트, 향후의 진급 기회, 자기의 발목 근처에도 미치지 못하는 직장 동료들과 마지막에 받은 월급의 액수 등. 그런 그의 말에 알렉스는 이따금 "오" 하는 탄성으로 장단을 맞춰주기도 했다. 그럴 때마다 펠릭스는 의기양양해하는 표정을 지었다. 이 탄성의 샷으로부터 탄력 받아 가파른 언덕배기를 거슬러 올라가고 있는 듯했다.

아니야, 알렉스는 생각한다. 이 남자가 그녀를 즐겁게 해주었던 것은 그녀 내부에 격한 감정의 파고를 일으킨 그의 표정뿐이다. 헤벌쭉하게 풀어져 있는 표정. 하지만 무엇보다도 거기서 엿보이는 성욕의 맹렬함이 그녀에겐 가장 흥미롭다. 그래서 지금 그녀가 이 자리에 와 있는 것이다. 그녀를 침대로 데려가고 싶어하는 그의 욕망은 살갗에 촘촘히 뚫린 땀구멍을 통해 바깥으로 계속 삐져나오고 있다. 그의 성욕은 최소한의 불씨만 댕겨도 당장 폭발해버릴 것만 같다. 살며시 미소 짓기만 해도, 이자의 성기는 감당 못할 정도로 빳빳하게 달아오를 것 같다. 그로 인해 혹시 앞에 놓인 레스토랑의 테이블이 들썩거리게 되지나 않을까 싶을 정도다. 이미 첫 번째 봤을 때도 이랬다. 조루 아냐? 알렉스는 속으로 그렇게 되뇐다.

이제 두 사람은 함께 차에 오른다. 알렉스는 원피스 자락을 필요 이상으로 높이 걷어올렸다. 저도 모르는 사이에 한 행동이다. 차가 출발한다. 펠릭스는 차를 몰면서도 한쪽 손은 이미 그녀의 허벅지 위쪽에 올려두고 있다. 알렉스는 아무 말도 하지 않는다. 그녀는 눈을 감는다. 그 윽한 미소와 함께. 다시 눈을 떴을 때 그녀는 거기가 파리 외곽 지역의 대로임을 알아본다. 이런, 정확히 파리 외곽 순환도로 길목이구나. 펠릭스의 흥분은 극에 달해 있다. 그가 여기서 곧바로 자기를 범하려 든다면 어떨까. 차는 비예트 다리를 건넌다. 트라리외가 세미트레일러에 깔려 죽은 곳이 바로 이 다리 밑이다. 알렉스는 몹시 기뻐한다. 속도 모르고 펠릭스는 손을 더 안쪽으로 밀어넣으려 한다. 그녀는 그 손을 제지한다. 하지만 차분하고 온기 있는 제지의 손길은 거부의 의사 표시라기보다 차라리 기약을 암시하는 쪽에 가까워 보인다. 그녀는 행간을 비워두는 듯한 태도로 그의 팔목을 움켜잡는다. 이 상태로 발기가 지속되다 보면 펠릭스는 끝장도 못 보고 결국 혼자 자폭해버릴 것도 같다. 그들은 아무런 말도 나누지 않는다. 차 안의 분위기가 뜨겁고도 농염한 쪽으로 무르익는다. 이 침묵은 기폭장치 위에서 번쩍이는 불꽃처럼, 유예된 긴장감을 차 안에 퍼뜨린다. 펠릭스는 차에 속도를 가한다. 알렉스는 불안해하지 않는다. 그렇게 쾌속으로 도로를 달려가자 제법 규모가 큰 주택단지가 나온다. 베란다 난간이 있는 아파트들이다. 어딘가 쓸쓸해 보인다. 그는 부리나케 차를 주차하고 그녀 쪽으로 고개를 돌린다. 하지만 그녀는 이미 차에서 내려 손으로 원피스 자락이 평평해지도록 쓸어내리고 있다. 바지 앞섶이 불룩하게 솟은 채 그는 아파트 쪽으로 어기적어기적 걸음을 옮긴다. 그녀는 그냥 못 본 척하며 눈길을 들어올린다. 베란다 난간과 함께 쌓아 올린 아파트의 층수는 한 채당 적어도 20층은 되는 것 같다.

"12층짜리예요." 그가 말한다.

상당히 퇴락해 보이는 아파트다. 담벼락은 죄다 지저분하고 외설적인 낙서들로 뒤덮여 있다. 몇몇 우편함들은 부서졌다. 그는 다소 겸연쩍어한다. 곧장 호텔로 그녀를 데려갈 수도 있었을 텐데, 그는 지금 아파트 건물이 낡았다는 생각에만 빠져 있는 것 같다. 하지만 레스토랑에서 나오자마자 '호텔'이라는 단어를 들먹이는 건 단도직입적으로 "나는 당신과 자러 가고 싶어요"라는 말로 전해질 소지가 다분하다. 그는 감히 그렇게까지 하지는 못했다. 하지만 그 결과 겸연쩍어할 수밖에 없다. 그녀는 상냥하게 미소 지으며 자기는 상관없다는 뜻을 전하려고 한다. 실제로 그렇기도 하다, 알렉스에겐 아무려나 상관없다. 그를 안심시키기 위해 그녀는 또 한 번 손으로 그의 어깨를 쓰다듬는다. 그가 방 열쇠를 찾는 동안 그녀는 그의 볼과 목덜미에, 아주 짧으면서도 따뜻한 입맞춤을 해준다. 그녀의 입술이 닿은 부위에 소름이 인다. 그는 잠시 멈춰 있다가 다시 열쇠를 찾아 문을 연 후 불을 켠다. "들어가요. 난 잠시만요."

독신자나 이혼하고 혼자 사는 사람들을 위한 아파트다. 그는 부리나케 침실로 달려들어갔다. 알렉스는 겉옷을 벗어 소파에 걸쳐놓는다. 그러고는 그를 살피기 위해 그의 침실 쪽으로 가본다. 침대만 정돈돼 있지 않은 게 아니라, 제대로 갖춰진 게 아무것도 없다. 그는 과장된 동작으로 여기저기 어질러져 있는 것들을 치운다. 그녀가 문턱에 와서 서 있는 걸 보자 그는 어색한 미소를 지으며 미안해한다. 그러더니 더 열심히 움직인다. 다급한 손놀림으로 정리정돈과 청소에 매달린다. 알렉스는 그가 최대한 빨리 해치우기 위해 발버둥치는 모습을 지켜본다. 여긴 여자의 손길이 전혀 닿지 않은 방이다. 오래된 컴퓨터와 아무렇게나 흩어져 있는 옷가지들, 철 지난 서류가방, 선반에 놓인 축구 트로피, 호텔 객실 같은 데서 흔히 볼 수 있듯이 액자틀에 끼워져 있는 수채화 복사본, 꽁초가 넘쳐나는 재떨이 등. 그는 침대 위에 무릎을 꿇고 앉아 앞으로 상체를 기울여가면서 시트를 가지런히 편다. 알렉스는 그쪽으로 다가가 그의 바로 뒤쪽에 선다. 축구 트로피를 두 손에 움켜쥐고 자신의 머리 위로 들어올린다. 그러고는 바로 그의 뒤통수를 내리찍는다. 이 첫 번째 가격만으로도 대리석 받침돌의 한쪽 모서리가 적어도 3센티미터쯤 펠릭스의 후두부에 박혔다가 나온다. 순간 둔탁한 충격음과 함께 허공에 선연한 소리의 파동이 퍼져간다. 그 충격의 강도는 알렉스의 몸조차 비틀거리게 할 정도이다. 그녀는 균형을 잡기 위해 옆으로 한 발짝 비켜서더니 다시 침대 쪽으로 돌아와서는 손에 쥔 트로피에서 가장 뾰족해 보이는 예각을 찾는다. 그리고 다시 팔을 머리 위로 치켜들고는 온 힘을 다해 두 번째로 내리찍는다. 빗나가지 않도록 머리통의 조준점을 정확히 겨냥한다. 그러자 이번에는 받침돌의 모서리각이 아예 후두골을 뚫고 들어간다. 배를 깔고 엎어진 펠릭스의 몸에 극심한 경련이 인다…… 지금 그의 상태를 스테이크의 굽기 정도와 비교해보자면, 바짝 익힌 상태에 해당한다. 조금 덜 험하게 다룰 걸 그랬나.

어쩌면 그는 벌써 죽어버린 것일 수도 있다. 자율신경계가 기계적인 경련의 반응을 일으키는 데 불과할지도 모른다.

그녀는 다가가서 궁금해하는 눈빛으로 몸을 수그리고 그의 어깨를 치켜세워본다. 아, 다행히 죽은 건 아니다. 그저 혼절해 있을 뿐이다. 그는 끙끙 앓는 소리를 내면서 아직 멀쩡히 호흡하고 있다. 눈꺼풀이 파르르 떨리기도 한다. 조건반사다. 그의 두개골은 심하게 움푹 파여서 의학적으로는 사실상 죽은 거나 다름없다. 한 3분의 2 정도는 이미 죽은 것으로 칠 수 있다.

다시 말해 완전히 죽은 건 아니다.

그래서 한편으로 참 다행이다.

아무튼 그가 골통에 입은 타격만으로는 당장 엄청난 위험에 직면한 건 아니라고 할 수 있다.

그녀는 그의 몸을 뒤집는다. 무겁다. 그래도 별 어려움 없이 돌아눕힌다. 손발을 묶어두기 위해 그가 착용하고 있는 넥타이와 허리띠를 푼다. 그리고 몇 분 동안 단단히 결박을 마무리한다.

그녀는 가방을 챙겨들고 부엌으로 간다. 그러고는 다시 침실로 돌아온다. 가방에서 작은 약병을 꺼내 그의 가슴께에 걸터앉는다. 램프 다리로 턱을 강하게 내리쳐서 앞니 몇 개를 깨뜨린다. 브이 자가 되도록 양손으로 꺾은 포크를 앞니가 깨져나간 틈바구니에 물려 입이 벌어져 있도록 고정한다. 그런 다음 멀찍이 떨어져서 고농축 아황산 반 리터가 그의 목구멍 속으로 흘러내려 가도록 태연히 약병 주둥이를 그 사이에 쑤셔 박는다.

아황산이 목젖을 타고 흘러내려 가는 동안 펠릭스는 그 고통으로 인해 필시 깨어나지 않을 수 없을 것이다.

하지만 그리 오래 깨어 있지는 못할 것이다.



그녀는 아파트 건물에 방음설비가 잘돼 있지 않아 분명히 소란스러울 거라고 짐작했다. 하지만 실제로는 밤에 꽤 조용하다. 이렇게 2층에서 내려다보니 이 일대도 꽤 아름다운 것 같다. 그녀는 여기가 어딘지 알려줄 이정표를 찾아보지만, 사위가 어둠에 잠겨 이정표가 어디쯤 있는지 가려내기가 쉽지 않다. 그녀는 이 근처를 지나가는 고속도로도 보지 못했다. 여기 올 때 펠릭스의 차는 지름길을 택한 게 틀림없는데. 아, 그게 여기서 보이면 파리는 다른 쪽 방향이겠구나. 알렉스는 방향감각이 둔한 편이다.

　그동안 집 안 관리를 소홀히 해왔다는 게 분명해 보이긴 해도 펠릭스는 자신의 노트북에 대해서만은 신경을 많이 쓴 모양이다. 예쁜 노트북 전용가방의 수납 칸에는 서류와 필기구 그리고 배전선 등이 가지런히 쟁여 있다. 알렉스는 모니터를 부팅한 후 인터넷 창을 띄운다. 그러고는 검색 기록에 호기심 어린 눈길을 보낸다. 포르노 사이트, 자동차 경주 게임 등. 그녀는 침실 쪽으로 잠시 고개를 돌리며 중얼거린다. "저 자식, 순 쓰레기네." 이어 그녀는 자기 이름을 포털사이트의 검색창에 쳐본다. 아무것도 나오지 않는다. 경찰은 여전히 자기의 신원을 파악하지 못한 모양이다. 그녀의 얼굴에 미소가 번진다. 그녀는 노트북을 닫을까 하다가 문득 짚이는 게 있어 다시 자판을 두드린다. 경찰/살해 용의자/수배 전단. 검색 결과들을 훑어가다가 결국 자신과 관련된 걸로 보이는 내용을 발견한다. 경찰에서는 지금 여러 명을 살해한 혐의가 있는 한 여자를 찾고 있다. 현재 증인들을 소환해서 조사중이다. 알렉스는 '극도의 위험인물'로 간주되고 있다. 지금 옆방에 있는 펠릭스의 상태만 놓고 봐도 이런 평판이 부당해 보이지는 않는다. 그리고 솔직히 말해서 자신의 몽타주도 꽤 성공적이다. 그들은 자신의 몽타주를 확정하기 위해 트라리외가 찍은 사진들을 활용한 게 틀림없다. 의심의 여지가 없다. 능숙한 일처리이다. 그런데 멍해 보이는 시선 때문인지는 몰라도 몽타주에 나온 초상은 대체로 이미 죽은 사람의 얼굴처럼 보인다. 헤어스타일을 바꾸고 서클 렌즈 같은 걸로 눈 색깔에도 변화를 줘보세요. 그럼 다른 사람처럼 변할지도 몰라요. 이게 정확히 그녀가 지금부터 해야 할 일이다. 알렉스는 무심히 노트북을 닫는다.

떠나기 전에 그녀는 마지막으로 침실의 참상을 한 번 훑어보러 간다. 축구 트로피는 침대 위에 나뒹굴고 있다. 모서리에는 뒤엉킨 머리카락과 함께 검붉게 굳어가고 있는 핏물들이 덕지덕지 묻어 있다. 그의 모습은 골이 확실한 슛을 날린 축구선수의 모습을 캡처한 장면 같다. 침대 깃털 위에서 얻은 그 골은 승리의 세리머니를 불러오지는 못했다. 아황산은 그의 목울대 전체를 녹여 없앴다. 이제 목울대가 있던 자리에는 흐물흐물하게 녹아내린 살집 더미만이 희고 붉은 빛깔로 남아 있을 뿐이다. 강하게 슛을 쏘는 순간 난데없이 그의 목이 몸통에서 떨어져 나간 걸로 상상할 수도 있겠다. 그는 두 눈을 커다랗게 부릅뜬 채 죽어 있다. 하지만 그 위로 그늘이 지면, 희미한 그늘의 너울에 쓸려 마치 곰 인형의 유리 눈처럼 스르르 두 눈이 감길 것처럼 느껴지기도 한다. 어렸을 때 알렉스에게도 그렇게 눈을 감았다 떴다 하는 곰 인형이 있었다.

그를 돌아눕히지도 않고 알렉스는 그대로 그의 재킷 아래 호주머니를 뒤져 자동차 열쇠를 찾아낸다. 그러고는 층계를 거쳐 주차장까지 곧바로 빠져나간다.

차에 탈 준비를 마치자 그녀는 마지막 순간에 차 문의 걸쇠가 풀리도록 리모컨을 누른다.

5분 후에 그녀는 비로소 차를 출발시킨다. 그러고는 바로 차창을 활짝 연다. 꺼진 담배꽁초에서 나는 냄새를 맡는 건 언제나 고역이다. 알렉스는 펠릭스가 방금 전 담배를 끊게 된 거나 마찬가지라고 생각한다. 그는 아주 좋은 계기를 맞은 셈이다.

파리로 넘어가는 문턱을 바로 앞에 두고 그녀는 조금 에둘러서 가다가 운하의 강둑에 차를 세운다. 운하 맞은편으로 종합제련제철소의 화물 창고가 눈에 들어온다. 육중한 초대형 건물이 밤의 어둠에 깊이 잠겨 있다. 선사시대의 거대 포유류 같은 모습. 자기가 그 안에서 무슨 일을 겪었는지 다시 떠올리기만 해도, 알렉스는 등골이 서늘해지는 걸 느낀다. 차 문을 열고 몇 발 걷다가 펠릭스의 노트북을 운하 밑으로 내던진 후 다시 차에 탄다.

이 시각이라면 예술의 전당 주차장까지 도착하는 데 불과 20분도 걸리지 않는다.

그녀는 지하 2층 주차장에 차를 버려두기로 한다. 그리고 자동차 열쇠는 지하철역으로 내려가기 전에 하수도 구멍에 던져넣는다.

# 39

팡탱에서 그 아가씨를 태운 불법 영업 택시를 찾아내는 데는 36시간이 걸렸다.

체포 유예시한을 벌써 12시간이나 초과했다. 다행히 그 즈음에 성과가 나타난 것이다.

세 대의 민간 위장 차량이 뒤따른다. 차는 팔귀에르 거리로 접어든다. 알고보니 여자가 납치당한 장소에서 그다지 멀리 떨어지지 않은 곳이다. 이로 인해 카미유는 슬슬 불안해진다. 사건발생일 저녁, 그들은 이곳에 사는 주민들을 심문하느라 꼬박 밤을 새우다시피 했지만 결과적으로 아무것도 얻어내지 못한 바 있다.

"그날 저녁에 우리가 뭐 놓친 거라도 있었나?" 그가 루이에게 묻는다.

"꼭 그렇지는 않을 겁니다."

그래도 혹시……

이번에 그들은 슬로바키아인이 모는 불법 택시에 승차해 있다. 눈이 부리부리한 슬로바키아 사내의 얼굴은 길쭉하고 뾰족한 편이다. 나이는 서른 살쯤 되어 보이는데, 때 이른 탈모로 옛 수도승들처럼 머리 뒤편 한가운데가 훤하다. 몽타주를 보여주니 그는 금세 여자의 얼굴을 알아보았다. 눈만 조금 달라 보이는군요, 그가 말했다. 당연하다. 그는 그녀의 눈이 청록색이었다고 주장하지만, 앞서 다른 이들의 증언에 따르면 파란색이었으니까. 경우에 따라 색상이 다른 서클 렌즈를 사용하는 게 확실해 보인다. 여하튼 이건 그녀가 맞다.

운전사는 극도로 신중하게 차를 몬다. 루이가 운전사에게 뭐라고 간섭할까 하는 참에, 카미유가 그보다 앞서 운전석 쪽으로 몸을 기울인다. 그런데 갑자기 허리가 요동치더니 그의 몸이 앞좌석 쪽으로 튀어오른다. 다리가 바닥에 닿는다. 그는 거의 서 있다시피 하게 되었다. 신경질이 한층 더 치민다. 그는 운전사의 어깨에 손을 짚고 말한다.

"이봐 친구, 좀만 더 밟아봐. 그런다고 아무도 속도위반으로 단속하진 않을 테니."

이 친구, 그 말에 발끈한 모양이다. 급격히 속도를 올린다. 그 바람에 카미유는 뒷좌석으로 확 밀려나면서 벌렁 나동그라진다. 괜한 성깔을 부렸다. 운전사는 이내 뉘우친다. 그는 속도를 줄이고 급히 사과한다. 하지만 반장에게 용서받으려면 그는 자신의 급료와 차, 심지어 와이프까지 바쳐야 할지도 모른다. 카미유의 얼굴이 붉으락푸르락해져 있는 게 보인다. 루이는 손을 팔뚝에 가져다대며 고개를 돌린다. 시간 내서 이 또라이 자식, 손 좀 봐줄까요. 그의 눈길이 전하는 말은 그런 게 아니다. 오히려, 지금 이런 사소한 일에 발끈할 시간이 없습니다. 안 그래요? 라고 되묻는 듯하다.

팔귀에르 거리, 라브루스트 거리.

여기까지 오는 길에 운전사는 다 이야기했다. 요금은 24유로에서 멈춰 있었다. 그가 팡탱 성당의 으슥한 택시정류장에서 그녀가 있는 쪽으로 차를 몰고 다가갔을 때, 그녀는 아무 말 없이 뒷문을 열고 차에 탔다. 그러고는 그대로 뒷좌석에 고꾸라졌다. 그녀는 탈진해 있는 것 같았다. 몸에서는 몹시도 나쁜 냄새가 났다. 땀도 많이 흘려 지저분했다. 운전사는 그녀와 아무 말도 나누지 않고 침묵 속에서 차만 몰았다. 그녀는 졸음에 빠지지 않으려는 듯 자주 도리질을 쳤다. 슬로바키아에서라면 상당히 수상쩍게 여겼음직한 거동이다. 약에 취한 건가? 이 구역에 도착하자 그는 그녀 쪽으로 고개를 돌렸다. 하지만 그 아가씨는 그를 쳐다보지 않았다. 그녀는 앞 유리창 너머로 거리만 뚫어져라 살피고 있었다. 그러더니 마치 뭔가 찾는 것처럼, 아니면 문득 어디가 어딘지 몰라 어리둥절하다는 듯이 고개를 두리번거렸다. 그러고는 말했다.

"조금만 여기서 기다려봐요…… 차를 한쪽으로 대주세요."

그러면서 우측 방향 어딘가를 손가락으로 가리켜 보였다. 그쪽은 그렇게 차를 대놓기에 썩 좋은 위치가 아니었다. 운전사는 역정을 냈다. 그가 진술한 상황의 양상에 따라 그때 차 안의 분위기가 어땠는지 느껴볼 수 있다. 뒷좌석에 탄 여자는 아무 말도 하지 않는다. 그녀의 체험과 전후 사정을 전혀 알지 못하는 운전사는 요금을 떼어먹고 달아나려는 속임수일지도 모른다는 생각에 호락호락하게 그녀가 원한 대로 움직여주지 않았다. 그 운전사를 보니, 이미 이런 일에는 어느 정도 단련이 되어 있는지라 어이없게 뒤통수나 맞고 다닐 만한 위인은 아니다. 이렇게 혼자 탄 아가씨한테는 더더욱. 하지만 그녀는 그 말만 반복할 뿐 그에게 눈을 돌리지 않는다.

"그렇게 저한테 화내실 필요 없고요, 여기서 기다리든지 아니면 그냥 내릴게요."

그녀가 위험을 감수하려 하지 않았다는 건 굳이 말할 필요도 없다. 그녀는 "기다리든지 아니면 경찰을 불러야겠네요"라고 말할 수도 있었지만, 그러지 않았다. 두 사람은 서로의 처지를 대충 헤아리고 있었다. 둘 다 탈법적인 입장에 처해 있는 것이다. 이로 인해 힘의 균형이 맞춰진 셈이다. 택시는 다시 슬슬 움직여 그녀가 가리켜 보인 지점에 정차한다.

"어떤 사람을 기다리는 중이거든요. 그렇게 오래 걸리지는 않을 거예요." 그녀가 그렇게 덧붙인다.

운전사는 별다른 목적 없이 한 곳에 오래 남아 있는 걸 과히 좋아하지 않는다. 그것도 지독한 악취가 풍기는 여자와 함께. 또한 무엇을 기다리고 있는지도 모른다. 그녀는 차가 큰길가가 보이는 맞은편에 머물러 있기를 원했다. 그러고는 한쪽 방향으로 집요한 시선을 보낸다. (그는 자기 앞쪽을 가리키며 무엇을 바라보았는지는 모르지만 그게 이 앞이었으며, 그게 다였다고 설명한다) 여기서 누군가와 만나기로 약속이 잡혀 있는 건가. 그는 금세 그렇지는 않은 것 같다고 여긴다. 전혀 위험해 보이지는 않는다. 차라리 불안해 보인다는 말이 더 적절할 듯싶다. 카미유는 운전사가 그녀와 함께 차 안에서 기다리고 있었다는 대목에 흥미를 보인다. 그는 이 운전사가 그러한 대기상태 속에서 그 아가씨의 말 못 할 속사정과 관련지어 멋대로 상상의 나래를 펴기 시작했을 거라고 추측해본다. 질투나 실연 따위로 인해 지금 이 아가씨는 연적관계에 있는 어떤 남자나 여자의 길목을 노리고 있는 게 틀림없다. 그게 아니라면 심각한 집안 문제 때문일 수도 있고. 그런 일은 사람들 생각보다 훨씬 자주 일어나니까. 룸미러로 흘낏 여자를 훔쳐보기도 한다. 깨끗하게 씻기만 한다면 못생긴 얼굴은 아니다. 그런데 이 정도로 기진맥진해 있는 걸 보면, 대체 어디서 나오는 길인지 궁금해지지 않을 수 없다.

어쨌든 한동안 그렇게 주변의 동정만 살피며 차 안에서 머문다. 그녀는 계속 경계를 늦추지 않는다. 하지만 아무 일도 일어나지 않는다. 트라리외가 자신의 도주 사실을 알아차린 후 혹시라도 집 근처에서 자기를 노리고 있는 게 아닐까 싶어 그녀가 그토록 집요하게 주변 동정을 살피고 있었던 것으로 카미유는 받아들인다.

그러다 잠시 후 그녀는 10유로짜리 지폐 석 장을 내민 후 아무 말도 없이 그냥 차 문을 열고 나갔다. 운전사는 그녀가 앞쪽으로 향해 가는 걸 보았지만, 어느 집으로 들어가는지는 보지 못했다. 그는 여기에 더 머물러 있고 싶지 않았다. 야반도주하듯 그는 차를 몰아 이 장소에서 빠져나갔다. 카미유는 차에서 내린다. 사건 발생일 저녁에, 경찰은 이 지점까지 수색했다. 그사이에 무슨 일이 있었던 걸까?

뒤따라오던 차량에서도 사람들이 내린다. 카미유는 자기 앞에 있는 주택들을 가리킨다.

"그녀는 이 자리에서 입구가 보이는 집에 살고 있는 것 같군. 루이, 지금 즉시 추가 요원을 지원해달라고 요청해. 그리고 나머지 사람들은 말이야……"

카미유는 각각 임무를 할당해준다. 다들 바삐 움직이기 시작한다. 카미유는 골똘한 표정으로 택시 뒷문에 몸을 기댄다.

"저는 이만 가봐도 될까요?" 운전사가 마치 자기 말이 들리는 게 두렵다는 듯이 은밀한 목소리로 그렇게 묻는다.

"엉? 아니, 안 돼. 일단은 자네를 붙들고 있어야겠어."

카미유는 지루할 정도로 길쭉하게 생긴 그의 두상을 바라본다. 그러면서 미소 짓는다.

"자네는 방금 막 영전한 거야. 형사반장의 개인 운전사로 고용된 셈이니까. 자네가 살고 있는 이 나라는 언제든 사회적 신분상승이 가능한 나라라니까. 몰랐어?"

40

"정말 친절하시네요!" 아랍 식료품상이 말했다.
 아르망이 아랍 식료품상의 심문을 맡았다. 그는 장사하는 사람들을 상대하는 일은 언제든 환영이다. 그중에서도 특히 식료품 가게를 운영하는 사람이라면 더 말할 나위가 없다. 이런 요행은 늘 찾아오는 게 아니다. 심문에 들어가면, 그는 노숙자 같은 추태로 상대를 질겁하게 한다. 진열대 사이로 걸어다니며 어쩐지 걱정스럽다는 어투로 시미치 뚝 떼고 뭔가 꺼림칙하다는 인상을 슬슬 퍼뜨린다. 이로써 그는 상점의 모든 물품들을 제 손아귀에 넣을 수 있게 된다. 한쪽에서는 추잉검 한 통을, 다른 쪽에서는 코카콜라 캔 하나를 챙긴 후 이 상점이 혹시 사건의 막후에 얽혀 있지 않느냐고 추궁하며 이런저런 심문들을 이어간다. 가게 주인은 그의 호주머니가 불룩해져 있는 걸 본다. 거기에 아랑곳하지 않고 그는 계속 이리저리 옮겨다니며 초콜릿, 사탕, 비스킷, 초코바 등을 야금야금 뜯어먹는다. 그는 특히나 단것을 좋아한다. 그 여자에 대해 가게 주인은 특별히 알고 있는 게 없다. 그는 그것을 일관되게 주장한다. 여자 이름이 뭐라고 했는지 혹시 들어본 적 없어요? 현금으로만 계산했어요. 한 번도 카드를 쓴 적이 없었어요. 수표도? 이 가게에 자주 왔습니까? 옷은 어떻게 입고 다녔나요? 그리고 사건 발생 전날 저녁에 정확히 뭘 샀습니까? 그리하여 더 이상 아무것도 끼워넣을 수 없을 만큼 호주머니가 빵빵해지자 그는 말한다, 선생의 협조에 진심으로 감사드립니다. 그러고는 주머니 속의 노획품들을 차의 트렁크에 옮겨놓으러 달려간다. 그는 차 트렁크 속에 이런 용도로 쓰려고 마트 같은 데서 얻어온 여러 장의 비닐봉지들을 항상 휴대하고 다닌다.

귀에노드 부인을 찾아낸 건 카미유였다. 머리에 헤어밴드를 하고 몸이 투실한 이 육십대 여자는 푸줏간 여인네처럼 땅딸막하고 다혈질적이며 사람과 마주했을 때 시선을 회피하는 습성이 엿보인다. 게다가 사람을 몹시 지겹게 하는 구석도 있다. 가령 누군가에게 장미다발과 함께 프러포즈를 받은 여학생처럼 심문하는 형사들 앞에서 몸을 자꾸만 배배 꼬며 수줍어하니, 정말 안 그러려고 해도 지겹게 여기지 않을 수가 없다. 형사들을 아주 짜증나게 하는 캐릭터다. 또한 툭하면 아무 일에나 경찰을 불러대고, 집주인으로서의 기득권을 내세우려는 경향도 강하다. 우리 건물에 사는 사람들은 단순히 나하고 집주인과 세입자의 관계로만 지낸 게 아니었어요. 뭐랄까. 부인은 그 아가씨를 알고 지냈지만 동시에 그런 게 아니기도 하다. 그녀가 내놓는 답변들은 하나같이 애매해서 알아듣기도 벅차다. 그러니 신경이 날카롭게 곤두설 밖에.
 카미유는 불과 몇 분 만에 귀에노드 할멈의 정체를 낱낱이 파헤친다. 가브리엘레라는 이름의 그녀는 거짓말과 기만, 위선을 전염시키고 돌아다니는 악의의 화신이다. 남편과 함께 빵집을 꾸려왔는데 2002년 1월 1일을 기점으로 신이 지상에 강림하는 사건이 일어났다. 신은 잠깐 체류하는 동안 유로화로 강생한다. 이어 인간의 몸으로 옮겨가자 그는 기적을 일으키는 데 인색하지 않은 부류의 사내가 된다. 빵의 생산량이 급증한 후 당연히 매상도 일곱 배 넘게 불어난다. 귀에노드 빵집은 하루아침에 졸부가 된다. 신은 모든 일들을 단순화시켜 드러내는 최고의 표상이다.

남편을 여의고 혼자 남게 되자, 귀에노드 할멈은 자신이 소유한 부동산들을 무허가로 임대한다. 그러면서 무허가 임대의 목적이, 없는 사람들의 편의를 봐주는 데 있다고 강변한다. "이러고 사는 사람은 오로지 나밖에 없을 거야, 호호호……" 그녀가 집을 비운 어느 날, 경찰이 불시에 이 동네로 들이닥쳤다. 나는 쥐비시에 있는 딸네 집에 가 있었어요. 그렇다 해도 별로 달라지는 건 없지. 부인이 딸 같다고 우긴 아가씨는 오래전 이 집에 살던 하숙인과 놀랍도록 흡사하게 생겼다는 사실이 밝혀졌다. 그런데도 부인은 그녀가 하숙할 당시 (툭하면 아무 일이나 경찰에 신고해대는 성향에 비춰볼 때 몹시 의아하게도) 이 문제의 조사를 경찰에 의뢰하지도 않았다. 당시 저는 그 하숙생 아가씨가 그 여자인지 알지 못했답니다. 제가 당시에 짐작만 했더라도. 무슨 말인지 잘 아시겠지요.

"감방에 들어가서 콩밥 좀 자셔야 정신을 차리시겠구먼." 카미유가 말한다.

순간 그녀는 안색이 핼쑥해진다. 위협의 효험이 직방으로 나타난 셈이다. 그 효험을 더 확실히 해두기 위해 카미유는 이렇게 덧붙인다.

"감방에 들어가시면 부인의 자린고비 정신을 감안해서 막사 식당에서도 그에 맞는 추가분 콩밥을 지급할 테죠."

여기에서 그녀는 엠마였다. 물론, 나탈리 이후에는 레아나 로라일 테고. 카미유는 또 부인의 딸로 등장할 만한 이름들을 완벽하게 주워섬긴다. 귀에노드 부인은 몽타주를 보기 위해 자리에 앉지만, 앉는 게 아니라 털썩 몸을 허물어뜨리는 데 가깝다. 맞아요, 그녀예요. 그녀가 틀림없어요. 아, 가슴이 떨리네요. 부인은 제 가슴을 감싸 안는다. 카미유는 부인이 악인의 천국에서조차 자신의 남편과 다시 만나지 못할 거라고 여기며 혀를 끌끌 찬다. 그녀는 이곳에 석 달밖에 머물러 있지 않았어요. 이름이 엠마였을 거예요. 머무는 동안 아무도 찾아온 적이 없는 것 같네요. 자주 집을 비웠어요. 바로 지난주에도 그랬지요. 지방으로 출장을 다녀왔다고 했어요. 목을 심하게 접질린 것 같았는데, 발을 헛딛는 바람에 계단에서 굴렀다고 하더라고요. 다녀온 곳은 남부 지방이었다나봐요. 그러더니 두 달분 방세를 미리 내놓고는 가족들한테 무슨 일이 생겨 갑자기 방을 빼야 한다고 말하고 부랴부랴 떠났어요. 그녀는 자기가 알고 있는 자초지종을 다 털어놓는다. 그 이상 어떻게 해야 베르호벤 반장의 심기를 풀어줄 수 있을지 몰라 그녀로서는 난감할 뿐이다. 감히 시도해볼 수만 있다면, 부인은 돈을 먹이는 방법까지도 불사했을 것이다. 하지만 이 작달막한 경찰을 냉정하게 살펴보니, 아무래도 그런 방법을 썼다간 화만 더 키우기 십상이겠다는 생각이 든다. 카미유는 어지럽게 늘어져 있는 정보들을 추려 이야기의 전말을 재구성하는 중이다. 그때 부인은 수납장의 서랍 하나를 가리킨다. 서랍 안에는 아가씨가 떠나기 전에 남겨두었다는 새집 주소가 있다. 그런 얘기를 듣고도 카미유는 과히 서두르지 않는다. 그 메모에 대해 거의 기대를 하지 않는 것이다. 그래도 그는 휴대폰을 꺼내들며 서랍을 열어본다.

"그 아가씨 글씬가요?"

"아니요. 제가 쓴 거예요."

"저도 그러리라 짐작했습니다만……"

그는 그 주소를 옮겨 적는다. 그러면서 전화를 걸어 통화가 연결되길 기다린다. 수납장 위로 사과나무 숲에서 서성거리는 사슴의 그림이 액자에 끼워져 있는 게 보인다.

"그림이 좀 엉성해 보이는군요, 특히 여기 사슴이……"

"그걸 그린 게 바로 제 딸내미예요." 귀에노드 부인은 아직도 아무에게 딸내미라고 하는 습관을 입에서 떼어내지 않는다.

"부인은 정말 어찌할 수가 없는 분이로군요."

귀에노드 할멈은 다시 기억의 밑바닥을 더듬어본다. 엠마는 은행에서 근무한다고 했다. 어떤 은행인지는 모르지만 어쨌든 외국계 은행이라는 것 같았다. 형식적으로 심문에 들어간 카미유는 부인이 내놓는 대답을 이미 훤히 알고 있다. 귀에노드 할멈은 말할 나위도 없이 터무니없는 액수의 방세를 거둬들여왔다. 그건 불법 임대에 따른 암묵적 계약 조건이다.

주소는 역시나 가짜다. 카미유는 휴대폰을 닫는다.

루이는 신원조사팀의 기술 요원 두 명을 대동하고 이쪽으로 온다. 부인은 다리가 짧아서 그들이 위층으로 올라갈 때 보조를 맞춰 따라갈 수가 없다. 그 방에는 아직 새로운 세입자가 들어오지 않았다. '엠마'의 셋방에서 사람들이 찾아내야 할 건 빤하다. '레아'의 지문들, '로라'의 DNA, 그리고 '나탈리'의 흔적들.

카미유는 이런 말을 툭 던져본다.

"아, 제가 한 가지 잊고 있었군요. 부인의 죄목에 살인공모혐의가 추가될 수 있다는 사실을 염두에 두셔야 한다는 걸 말이죠. 살인도 보통 살인이 아니라 아주 여러 명의 목숨을 앗아간……"

카미유의 입에서 그런 겁박이 튀어나오자, 앉아 있었음에도 불구하고 가브리엘레 귀에노드는 탁자 모서리를 짚으며 의지할 만한 데를 찾는다. 낯빛이 하얗게 질려 식은땀까지 흘려댄다.

"좋아요!" 갑자기 그녀가 소리를 지른다. "이삿짐 운송업자, 저는 그 사람을 알고 있어요!"

카미유는 제자리로 돌아간다.

보드상자들 속에는 해체된 가구들만 들어 있을 뿐 별다른 게 보이지 않는다. 아시겠지요. 부인은 알 만하지 않느냐는 듯 입을 샐쭉거린다. 카미유는 잘 알고 있다. 귀에노드 부인 같은 사람에게, 아무것도 가진 게 없는 사람이란 진짜 아무것도 아니거나 별로 대수롭지 않게 여겨지리라는 사실을. 이번에는 이삿짐 운송업자와 통화를 시도한다. 사무실 여직원이 전화를 받는다. 그다지 상냥하게 느껴지지 않는다. 문의사항에 대해 구체적인 정보들을 내놓지도 못한다. 그럼 이런 일을 도대체 누구에게 문의하라는 말인지 알 수가 없다.

"오케이" 카미유가 말한다. "내가 직접 알아보러 그쪽으로 가겠어요! 하지만 한 가지 미리 알려둘 게 있는데, 내가 몸을 움직이면 당신네 업소는 한 일 년 동안 문을 닫아야 할지도 모른다는 거요. 세무조사팀이 당신네 업소가 개업할 당시의 창업자금까지 거슬러 올라가서 모조리 다 파헤칠 테니까 그런 줄 아시오. 그리고 당신, 당신은 말이야, 내가 개인적으로 공무방해혐의를 적용해서 감방에 꼭 처넣고 말 거요. 혹시 아이들이 있는지 모르겠는데, 그럼 그애들은 곧장 후생복지시설로 직행해야 할 거야."

비록 터무니없는 으름장이긴 했지만 이런 경우에는 확실한 효과가 있다. 사무실 여직원은 몹시 당황하며 그 아가씨가 이런저런 수하물들을 맡겨둔 이삿짐 보관창고의 주소를 알려준다. 관련서류상에 기입돼 있는 그 아가씨의 이름은 엠마 제클리Emma Szekely이다.

카미유는 그 이름의 철자를 한 자 한 자씩 확인해본다.

"처음이 S, Z, 이거예요? 이 아가씨 짐에 아무도 손대지 못하도록 해줘요. 내 말 무슨 말인지 알겠어요? 글쎄, 아무도 안 된다고요. 알아듣겠어요?"

　보관창고는 여기서 10분 거리에 있다. 카미유는 전화를 끊고 다시 큰 소리로 부하들에게 외친다.

　"한 팀은 그쪽으로 지금 즉시 출발하도록!"

　그러고는 계단으로 급히 뛰어내려간다.

# 41

알렉스는 조심스럽게 계단을 통해 주차장으로 내려왔다. 즉시 시동이 걸린 클리오는 곧바로 주차장에서 빠져나간다. 차 안이 서늘하다. 차를 출발시키기 전 그녀는 잠시 룸미러로 자신의 모습을 살펴본다. 지금도 여전히 많이 고단해 보인다. 검지로 눈자위 밑을 살살 문지른다. 찌푸린 표정을 바꿔 한껏 미소 짓기도 한다. 혀를 날름 내밀기도 한다. 그리고 차를 출발시킨다.

하지만 아직 완전히 끝난 게 아니다. 그녀는 통행 배지를 내민다. 접근 표시등 위쪽에 불이 들어오면서 흰 바탕에 빨간 세로 줄무늬의 차단기가 열린다. 그녀는 빠져나가려다 말고 급정거한다. 정복을 입은 경찰 하나가 그녀 앞에 버티고 있다. 그는 한쪽 팔을 들어올리더니 그녀에게 옆쪽에 잠시 정차하라는 손짓을 한다. 쭉 내민 검지와 당당하게 벌리고 있는 두 다리가 사뭇 고압적이다. 그녀가 지시대로 출구 옆쪽에 차를 세우자 경찰은 이내 발길을 돌린다. 이번에는 어깨 높이까지 팔을 들어올리며 다른 차량들 또한 그쪽으로 진입하지 못하도록 막아 세운다. 곧이어 요란하게 사이렌을 울려대는 몇 대의 경찰 차량들이 한 줄로 지나가는 게 보인다.

잠시 후 그 뒤쪽에서 회전경보등을 켠 민간 차량 한 대가 곧바로 뒤따라온다. 꼭 대통령의 차량 행렬 같다. 그 차들이 지나자 정복 경찰은 그녀에게 이제 지나가도 좋다는 손짓을 한다. 그녀는 곧장 우측으로 방향을 튼다.

차가 다소 거칠게 급발진을 하자 트렁크 속의 보드상자들이 좌우로 요동치는 게 전해져온다. 그 상자들 위에는 '개인소유물'이라고 표시가 되어 있다. 그래도 알렉스는 태연하다. 산성용액이 든 병들은 철저히 밀봉되어 있다. 그러니 차가 심하게 요동친다 한들 아무 위험도 없다.

## 42

밤 10시가 가까워져가는 시각. 참담한 실패다. 카미유는 가까스로 평정을 되찾았지만 그래도 불쑥불쑥 머리 꼭대기까지 울화가 치밀어 오른다. 그러니 창고지기 녀석의 유들유들한 낯짝을 다시 떠올려서는 안 될 일이다. 녀석은 마치 굵직한 소시지 덩어리에 안경을 씌워놓은 것처럼 두껍고 지저분한 유리알 밑으로 희끄무레한 얼굴을 하고 쪼다 같은 짓만 골라서 했다.

이 친구와는 도무지 기본적인 소통 자체가 불가능했다. 그 아가씨 말이요. 어떤 아가씬데요. 그 차는. 어떤 차요. 보드상자들에는. 어떤 보드상자들 말인데요. 경찰은 비록 가명이나마 그녀의 이름이 붙어 있는 보관함을 열어보았다. 거기 모인 사람들의 심장이 모두 두근거린다. 모든 게 거기 담겨 있다. 스카치테이프로 봉해져 있는 열 개의 보드상자들. 그 아가씨가 쓰던 물건들. 그녀의 개인적인 비품들. 경관들이 그 위로 몰려든다. 카미유는 지금 바로 전부 다 열어보고 싶어한다. 하지만 그러자면 법적 절차를 밟아야 한다. 압수수색에 들어가야 합니다. 다행히 예심판사와의 통화를 통해 일처리가 신속해진다. 결국 보드상자들과 해체된 가구들을 비롯해 그녀의 모든 짐들을 가져간다. 짐들은 전혀 무겁지 않다. 그중에서 혹시 이번 사건과 연관된 개인적 내용물이나 그녀의 신원이 밝혀질 만한 단서 따위가 나오지 않을까 기대해본다. 이 물건들을 통해 수사에 결정적인 활로가 트일 수도 있다.

보관창고에는 각 층마다 감시카메라가 설치되어 있다. 그쪽에 실낱같은 희망을 걸어보지만 그런 기대는 오래가지 않아 무산된다. 그 아가씨와 창고지기가 나눈 대화는 이제 아무 도움이 안 된다. 그 카메라들 자체가 외양만 감시카메라를 본뜬 모조품에 불과했으니까.

"하하, 이걸 어쩌나. 말하자면 그거 그냥 장식 같은 거예요." 창고지기 녀석은 그렇게 말하며 뭐가 그리도 재미난지 혼자 시시덕거린다.


그녀가 쓰던 물건들을 일목요연하게 정리한 후 기술 요원들이 꼭 필요한 것만 추려 정밀조사에 들어가자면, 아무래도 고된 야근의 강행군을 각오해야 할 듯싶다. 일단 탁자나 책상 그리고 침대 따위처럼 어디서나 구입이 가능한 물품들은 따로 분류되었다. 기술 요원들은 면봉과 핀셋을 들고 그 위로 달려들었다. 그다음, 보드상자에 든 그 외의 내용물을 샅샅이 검토해보는 순서로 넘어간다. 운동복, 수영복, 여름옷, 겨울옷 등이 나온다.

"세계 어느 나라의 마트에서나 쉽게 구입할 수 있는 옷가지들뿐이로군요." 루이가 말한다.

책들은 거의 두 개 분량의 상자를 차지하고 있다. 대부분 문고본들이다. 셀린, 프루스트, 지드, 도스토옙스키, 랭보 등. 카미유는 책 제목들을 눈으로 훑어본다. 『밤의 끝을 향한 여행』 『스완의 사랑』 『사전꾼들』. 그런데 이 순간 루이는 멀거니 생각에 잠겨 있다.

"왜, 뭐 있어?" 카미유가 묻는다.

루이는 곧바로 대답하지 않는다.『위험한 관계』『골짜기의 백합』『적과 흑』『위대한 개츠비』『이방인』.

"『이방인』은 고교생들 논술교재용으로 편집된 판본 같네요."

사실, 이 책들은 권장도서목록의 추천에 따라 골라온 작품들의 전형처럼 보인다. 그녀는 여기 있는 모든 책들을 다 읽어치웠을 뿐 아니라 두 번 이상 재독한 책들도 꽤 되는 것 같다. 어떤 책들은 겉장이 문자 그대로 너덜너덜해져 있으며, 거의 모든 페이지들에 빠짐없이 밑줄이 그어져 있고 개중에는 마지막 페이지까지 표시가 남겨져 있는 책들도 더러 있다. 각 작품들의 여러 구절들에는 느낌표와 물음표, 크고 작은 가위표들이 기입되어 있는데, 주로 보라색 만년필이 사용되고 있으며 때로는 잉크자국으로 온통 얼룩진 페이지도 있다.

"일반적으로 권장되는 책들만 골라 읽은 것 같은데. 그녀가 원한 게, 이런 문학작품들의 주인공에게 자기를 이입해보는 일이 아니었나 싶군." 카미유는 거기서 한 걸음 더 나아가본다. "혹시 정신발육이라는 측면에서 미성숙의 예에 해당한다고 봐야 할까?"

"글쎄요, 아직 확실히 모르겠습니다. 어쩌면 정서적 퇴행성 징후로 볼 수도 있겠네요."

카미유는 루이가 일부러 돌려 말하려고 한 것이 무슨 뜻인지 꿰뚫어 보고 있다. 약간 긴가민가하긴 해도 핵심적인 메시지만은 명확하다. 즉, 이 여자는 온전히 다 자란 상태가 아니라는 것이다. 혹은 아직 성장이 끝나지 않았다고도 표현해볼 수 있다.

"그녀는 이탈리아어를 조금 할 줄 아는 것 같군. 영어도 조금 할 줄 알고. 외국 고전문학부터 읽기 시작했는데 아직 다 끝내지는 못한 모양이야."

카미유는 그녀가 알레산드로 만초니의『약혼자』, 카를로 푸르테로와

프란코 루첸티니의 『집 없는 연인』, 옴베르토 에코의 『장미의 이름』 등의 이탈리아어 작품들뿐 아니라 『이상한 나라의 앨리스』, 『도리언 그레이의 초상』, 헨리 제임스의 『여인의 초상』이나 제인 오스틴의 『엠마』 같은 영어권 소설들도 다 원어로 읽었다는 사실 또한 철저히 메모해두었다.

"마시아크의 살인을 조사하는 과정에서 나온 바로는, 이 아가씨의 어투에 외국어 억양이 섞여 있는 것 같다고 한 증인들이 있지 않았나?"

이로써 그 카페에 있던 뜨내기손님들의 증언이 사실로 확인된다.

"그녀는 골이 빈 바보가 아니야. 나름대로 공부도 열심히 한 모양인데 거기다 외국어를 두 가지나 구사할 줄 알고 말이야. 그런데 영어나 이탈리어나 둘 다 유창하게 하지는 못하는 게 확실해 보이긴 하는데 말이야. 그렇다면 혹시 외국에 체류하며 언어연수를 했을 수도 있다는 얘긴데…… 그러면서 파스칼 트라리외와 같이 있었다고?"

"그러면서 스테판 마시아크를 유혹했다?" 루이가 카미유의 의문을 이어받는다.

"그러면서 자클린 자네티를 살해했다?"

루이는 급히 메모를 서두른다. 출력해낸 자료들에 기대어 그는 아마도 이 여자의 여행 경로 또는 최소한 그 일부라도 재구성해볼 수 있을 것이다. 여행사의 몇몇 카탈로그에는 발행일자들이 찍혀 있는데, 이 일자들과 여행 경로에서 교차되는 지점을 도출할 수 있을지도 모른다. 하지만 이런 기대는 곧바로 장벽에 부딪치고 만다. 아직도 정확한 이름이 공란에 감춰져 있는 것이다. 신원을 확인할 만한 흔적도 아직 오리무중이고, 따라서 인적사항에 관한 기록도 전혀 찾을 수 없다. 이토록 거의 아무것도 소유하지 않고 살아오다시피 한 이 여자는 대체 지금까지 어떤 삶을 영위해왔다는 말인가?

야근의 막바지에, 결국 팀원들은 한 가지 결론에 도달한다.

"그녀는 자기 짐들을 선별적으로 분류해놓았습니다. 개인적인 사항과 관련된 내용물은 아무것도 나오지 않았습니다. 아마도 이 물건들이 경찰의 수중에 떨어질 경우에 대비한 게 아니었나 싶습니다. 상자들을 샅샅이 수색해보았지만, 결과적으로 거기서는 우리한테 도움을 줄 만한 최소한의 실마리도 발견할 수 없었습니다."

카미유와 루이는 자리에서 일어났다. 카미유는 코트를 걸쳤지만, 루이는 아직 어떻게 할지 망설이고 있다. 그는 계속 남아서 조금만 더 수색하고 검토해보다 갈까 싶기도 한 모양이다.

"그러다 자네, 등골이 나처럼 휘면 어쩌려고……" 카미유는 무심한 척 그런 말을 툭 내던진다. 그녀는 지나온 시간 동안 이미 썩 괜찮은 이력을 쌓아올린 셈이다. 자기 짐들을 정리해둔 양상에 비추어볼 때, 그녀의 앞날 또한 과히 나빠 보이지만은 않는다.


그건 르 구엔의 견해이기도 하다.

토요일, 저녁나절이 시작될 무렵의 발미 강변.

그는 카미유와 전화통화를 했다. 그런 다음 두 사람은 라 마린 레스토랑의 테라스에 자리를 잡았다. 운하가 길게 내려다보이는 탓인지 몰라도 어쩐지 자꾸 생선 요리가 입맛을 자극했다. 그와 함께 단맛이 나지 않는 백포도주 두 잔을 주문했다. 르 구엔은 신중한 태도로 의자에 앉았다. 대부분의 의자들이 그를 감당해내지 못한다는 사실을 익히 알고 있기 때문이다. 다행히 이곳의 의자는 그 하중의 쇼크를 그럭저럭 견딜 수 있는 모양이다.

그들의 만남과 대화가 사무실 바깥에서 이루어질 때는 대충 다음과 같은 순서를 따른다. 그들은 일단 아무 얘기나 나눈다. 그러다 일에 대한 논의는 자리를 파하기 직전 두세 마디쯤 주고받는다.

두말할 나위도 없이, 이 순간에 카미유의 머릿속을 뱅뱅 맴돌고 있는 것은 모친의 그림들의 경매 일정이다. 내일 아침이다.

"그럼 수중에 아무것도 소장해두지 않겠다는 건가?" 르 구엔은 놀랍다는 표정을 짓는다.

"네, 처분하려고요." 카미유가 말한다. "앞으로도 다 내놓을 겁니다."

"난 이미 다 내놓은 줄로만 알고 있었는데."

"그건 그림들이지요. 현재까지 경매에 넘긴 건 그것들이고요. 앞으로는 돈까지도 내놓겠다는 겁니다. 전부 다요."

정확히 언제부터 이렇게 마음먹었는지는 모르겠다. 여하튼 결의는 이렇게 우뚝 솟아올라 있다. 그리고 그는 이게 꽤 무르익은 결심이라고 느끼는 중이다. 르 구엔은 이에 대해 섣부른 논평을 삼가려 한다. 하지만 그럼에도 궁금증까지 억누를 수는 없는 모양이다.

"누구한테?"

그토록 확고한 결심에 반해, 카미유도 이 문제에 대해서 지금까지 생각해본 적이 없다. 그는 경매로 벌어들인 돈을 다 내놓기로 마음먹었지만, 정작 그 돈을 누구에게 넘길 것인지는 본인도 아직 모르고 있다.

# 43

 "이거 갑자기 가속이 붙은 건가, 아니면 내가 착각하고 있는 건가?" 르 구엔이 물었다.
 "아니요, 원래가 그런 리듬이에요." 그 물음에 카미유가 답한다. "거기에 익숙해져야죠."
 그는 가벼운 어조로 말하지만, 사실 사태는 정말 걷잡을 수 없이 번지고 있다. 얼마 전 펠릭스 마니에르라는 사내의 시신이 발견되었다. 그는 자택에서 살해당했다. 펠릭스 자신이 소집한 '중요 대책회의'에 참석하지 않은 것을 의아하게 여긴 직장 동료 한 사람이 비상을 걸었다. 사람들이 그를 찾았을 때 그는 단순한 시체 이상의 모습으로 죽어 있었다. 머리통은 거의 몸체에서 떨어져 나갈 지경이었고, 아황산에 의해 목덜미는 완전히 녹아내린 상태였다. 일과가 끝나갈 무렵 예심판사가 카미유를 긴급히 호출하면서 사건은 직접 베르호벤 반장의 수중으로 넘어왔다. 사태가 심각하다.
 주변 검색은 신속히 이루어졌다. 먼저 피살자의 휴대폰에서 통화내역을 확인한다. 마지막 통화는 사건발생일 저녁에 수신된 것으로 몽주 거리의 호텔에서 걸려왔다. 사실관계를 검토해보니, 유력한 여성 용의자가 사건을 일으킨 툴루즈의 호텔에 투숙한 시점과 일치한다. 그러니까 그녀는 같은 날 그와 저녁 약속을 잡은 셈이다. 직장 동료 한 사람은 그날 저녁 펠릭스가 황급히 사무실에서 빠져나갔다고 증언했다.

헤어스타일과 눈이 특히 실물과 퍽 닮아 보인다며 몽주 거리 호텔의 프런트 여직원은 몽타주를 보고 이곳에 묵은 적이 있는 여성 용의자를 금세 기억해냈다. 그 아가씨는 다음 날 아침 바로 체크아웃한 후 사라졌다. 장부에 기재되어 있는 이름은 가짜였다. 숙박비는 현금으로 지불되었다.

"어리석은 사내가 또 하나 걸려든 게로군. 펠릭스라는 친구는 어떤 사람인가?"

르 구엔은 그렇게 물으면서, 대답을 기다리지도 않고 카미유의 보고서를 뒤적거려본다.

"마흔네 살……"

"네." 카미유가 마저 확인해준다. "정보처리업체의 기술직 사원이었는데, 부인과는 이혼하고 혼자 살고 있었습니다. 알코올중독이었을 게 확실합니다."

르 구엔은 입을 꾹 다물고 관련 문건들을 빠른 속도로 넘겨본다. 그러면서 더러 '으으으음' 하고 앓는 소리를 낸다. 사람이란 원래 이보다 더 사소한 일에도 그런 소리를 내게 마련이다.

"이건 뭐요, 여기 이 친구 노트북 관련 사항이라는 거?"

"그게 사라졌다는 얘기죠. 하지만 장담건대, 이 사건은 남자한테서 노트북 따위나 절취하려고 벌인 강도행각이 아닙니다. 설마 그러기 위해 축구 트로피 같은 걸로 피살자의 두개골을 박살낸 다음 깔때기에 아황산 반 리터를 들이붓지는 않으니까요."

"그럼 이것도 그 여자 짓인가?"

"틀림없습니다. 아마도 그녀는 펠릭스하고 이메일 같은 걸 교환했을 겁니다. 아니면 그 노트북을 자신이 직접 사용한 적이 있든가요. 그래서 사람들의 눈에 발각되는 것을 원치 않았을 수도 있지요, 자기가 그 노트북으로 무엇을 했고 또……"

"됐고, 그래서? 그래서 결론이 뭐요?"

르 구엔이 버럭 신경질을 낸다. 원래는 이런 유형이 아니다. 국영 언론매체는 아직까지 자클린 자네티의 피살을 시끄럽게 떠들어대고 있지는 않았지만(그래도 이건 지방에서 터진 사건인지라), 서서히 이 연쇄살인사건에 주목하며 들끓기 시작했다. 센 생 드니의 헤드라인 편집은 공연한 도발을 피하고 있긴 하지만, 아황산으로 마무리하는 살인이라는 건 이들이 환호작약하며 달려들 만한 특종감임이 틀림없다. 처음에는 한 토막의 사건사고 기사에 불과했으나 시간이 흐르면서 새로운 양상으로 바뀌고 있다. 뭔가 괴이한 변고가 일어나고 있는 것으로 여기기 시작한 것이다. 현재까지 보도된 것은 두 건이다. 언론에서는 조심스런 반응 속에서 연쇄살인일 가능성이 있는 쪽으로 내다보고 있다. 덕분에 최근 들어 부쩍 사람들의 입에 자주 오르내리는 것이 사실이긴 하지만, 아직 흥분을 불러일으킬 만한 입담거리로서는 아니다. 이제 세 번째 희생자가 보도되고 나면 그제야 사람들은 드디어 자극적인 게 하나 튀어나왔다며 열광적인 반응을 표출할 것이다. 사건은 프랑스 국영 TV 8시 뉴스의 주요 소식 중 한 꼭지로 튀어오를 것이며, 그러는 동안 르 구엔 서장은 내무성의 맨 위층으로 불려가서 거의 내동댕이쳐지다시피 혼찌검이 나고 있을 것이다. 비다르 판사 또한 법무성의 맨 위층으로 불려가서 르 구엔 서장과 비슷한 곤욕을 치르지 않을 수 없을 것이다. 도처에서 비난과 책망이 장대비 쏟아지듯 빗발치기 시작할 것이다. 아직 보도되지 않은 랭스와 에탕프의 이전 사건이 언론으로 흘러들어가는 것을 피할 길이 있을지에 관해서는 감히 상상해볼 수도 없다…… 어쩌면 곧 희생자들의 기구한 일생이 소개된 프랑스 기념엽서(카미유도 이런 기념엽서를 여러 색상의 작은 집게로 꽂아 사무실 여기저기에 걸어두고 있다)나 프랑스 여인이 연쇄살인마로 등장하는 할리우드 로드무비의 제작발표회를 시중에서 접하게 될지도 모른다. 그러면서 세상은 야릇한 기쁨과 환희로 들썩일 것이다.

현재로서는 르 구엔 서장 혼자 '추락하는 공권력의 상징'으로 언론매체와 대중들의 과녁 역할을 감당하고 있다. 아직 최악은 아니지만, 이미 감당하기 어려워진 것은 부인 못 할 사실이다. 그런데 이로 인해 오히려 르 구엔 서장은 좋은 상관임이 입증되고 있다. 자신의 직위에서 비롯된 여러 가지 고난의 스트레스를 그는 혼자 걸머지려 한다. 바깥으로 드러난 건, 그 스트레스의 초과분에 지나지 않는다. 하지만 오늘은 카미유의 눈에도 썩 좋다고 할 수 없는 르 구엔의 기분 상태가 아무 데서나 범람하고 있는 걸로 비친다.

"위에서 한소리 들은 거예요?"

그런 질문을 받자 르 구엔은 아연실색해하는 표정을 짓는다.

"카미유, 또 무슨 상상을 하는 거요?"

이런 게 바로 이 콤비의 문제점이다. 요컨대 같은 장면이 늘 되풀이된다는 것.

"한 여자가 납치당한 후 자기를 호시탐탐 노리는 쥐들과 함께 새장에 갇혔는데, 파리 외곽 순환도로 앞에서 도주로가 차단당한 그 납치범은 결국 자살을 택했고……"

예컨대 이런 장면을 르 구엔과 카미유는 함께 근무해오면서 최소한 50번쯤 반복해서 연기했다고 할 수 있다.

"그날 밤, 놈이 납치한 그 여자는 경찰이 발견하기도 전에 스스로 탈출하는데, 알고보니 그녀의 실체는 아황산으로 이미 세 명의 남자를 죽인 연쇄살인범이다……"

카미유는 지금 르 구엔의 표정과 어조에서 싸구려 통속극의 한 장면을 연상하고는 그 소감을 털어놓으려 한다. 하지만 르 구엔은 대사를 연이어 하며 미처 끼어들 틈을 주지 않는다.

"경찰이 관련 서류를 챙기는 사이에, 그녀는 툴루즈의 호텔리어 하나를 골로 보내버리고는 파리에 돌아온다……"

하는 수 없이 카미유는 끝나기를 기다린다. 이러한 싸구려 통속극의 모놀로그가 어떻게 마무리될지는 충분히 예상이 가능하다.

"……그리고 그녀와의 잠자리를 원했을 게 빤한 이혼남 하나를 쥐도 새도 모르게 죽여버린다. 그런데 당신이 나에게 묻기를……"

"……위에서 한소리 들은 게 아니냐고?" 재빨리 제 역할을 찾아 카미유가 마무리한다.

카미유는 자리에서 일어나 문가로 가더니 지쳤다는 태도로 문을 연다.

"어디 가려고?" 르 구엔이 고함을 지른다.

"누군가한테서 나에 대한 책망을 들어야 한다면, 차라리 비다르 판사 쪽을 택하려고요."

"당신 취향 한번 정말 유별나구먼."

## 44

 알렉스는 두 대의 트럭을 지나쳐 보냈다. 이어 세 대째다. 주차해 있는 위치에서는 부두 하역장 앞으로 연달아 지나가는 세미트레일러 운전자들의 얼굴을 알아보는 게 충분히 가능하다. 두 시간 전부터 지게차 인부들은 집짓기하듯 트레일러 안에 높은 수송 운반대를 급히 옮겨넣고 있다.
 전날 밤 이미 알렉스는 한 번 봐두기 위해 이곳으로 왔다. 우선은 담벼락을 넘어야 했는데, 쉽지 않은 일이었다. 그녀는 차의 지붕을 딛고 올라갔다. 그 순간에 경비들에게 발각당했다면 이야기는 거기서 종료되고 말았을 것이다. 하지만 다행히도 그녀는 담벼락 위에 몇 분 정도 남아 주의 깊게 동정을 살필 수 있었다. 각각의 차량에는 스텐실로 채색된 전조등 위의 순번과 함께 목적지가 명기되어 있는 표지판이 붙어 있다. 차량들의 목적지는 모두 독일이다. 쾰른, 프랑크푸르트, 하노버, 브레멘, 도르트문트 등등. 그녀에게 필요한 것은 뮌헨 행이다. 그녀는 뮌헨 행 차량의 등록번호와 순번 등을 메모해두었다. 꼭 그렇게까지 하지 않아도 정면에서 쉽게 알아볼 수 있을 것 같았다. 지붕 바로 아래쪽에는 바비라고 쓰여 있는 스티커가 트럭의 앞 유리창을 쓸어내리며 너울거리고 있다. 뭔가 냄새를 맡고 알아차린 듯 이쪽으로 어슬렁어슬렁 다가오는 경비견이 보이자마자 그녀는 담벼락 위에서 바로 뛰어내려왔다.

약 30여 분쯤 전에 그녀는 운전사가 어디쯤에 있는지 눈으로 점찍어 두었다. 그는 자기 소지품들을 놔둔 후 이런저런 문서들을 정리하기 위해 운전석에 타고 있다. 파란색 작업복 차림으로 몸집이 크고 무뚝뚝해 보이며 짧게 친 스포츠머리에 빗솔처럼 두툼한 콧수염을 기른 오십대 사내다. 외양 따윈 아무려나 상관없다. 지금 중요한 점은 그가 그녀를 태워줘야 한다는 것이다. 그녀는 하역업체의 문이 다시 열릴 때까지 차에서 새우잠을 잤다. 그러다 새벽 4시경에 깨어났다. 30분 후부터 마음속에서 걷잡을 수 없는 소요가 일기 시작했다. 그 후로 마음이 전혀 가라앉지 않고 있다. 알렉스는 몹시 긴장하고 있다. 이번 기회를 놓쳐서는 안 되기 때문이다. 만에 하나 놓친다면 모든 전략은 수포로 돌아간다. 그럼 결국에는 호텔방에서 경찰을 맞아야 하는 신세로 전락하고 말겠지?

아침 6시에 다다르자 사내는 15분 전부터 이미 시동이 걸려 있는 자기 트럭으로 다가온다. 그러고는 문서들을 확인한다. 알렉스는 그가 지게차 인부 한 명에 다른 트럭 운전사 두 명과 농지거리 나누듯 웃으며 이야기하는 것을 본다. 이윽고 운전석에 오른다. 바로 지금이 차에서 나와야 할 시점이다. 반 바퀴를 돌아 트렁크로 가서, 트렁크를 열고 배낭을 챙겨든다. 그러고는 트렁크를 열어둠으로써 공연히 다른 트럭이 무슨 일인지 간섭하러 오는 일 따위는 없도록 미리 대비해둔다. 그리하여 마침내 자기가 점찍어둔 뮌헨 행 트럭이 나오는 게 확실하다 싶을 때 그녀는 차량들이 드나드는 출구로 냅다 달리기 시작한다.

"저는 절대로 도로 위에서는 히치하이크를 하지 않아요. 너무 위험하거든요."

바비는 수락한다. 아가씨 혼자 길에서 히치하이크를 한다는 건 자칫 예기치 못한 위험을 초래할 수도 있을 것이다. 그는 그녀의 영악한 술책에 감탄해 마지않는다. 도로변에서 엄지를 치켜들기보다는 아예 특정 하역업체의 문 앞에 와서 신중히 기다리고 서 있다니.

"그런데 다른 트럭들이 계속 지나가는 걸 보고도, 아가씨는 그중에서 확실한 놈 하나만 골라잡으려는 것 같았어요!"

계속 탄복을 금치 못하며, 그는 알렉스가 택한 히치하이크의 방법에 얼마나 많은 장점이 있는지를 입이 마르도록 열거한다. 지금은 다시 알렉스가 아니다. 이 운전사에게는 클로에이다.

"저는 로베르라고 해요." 계기판을 가로질러 손을 내밀어 보이며 그가 말했다. "하지만 사람들은 다 저를 '바비'라고 부르죠." 앞 유리창 위의 스티커를 가리켜 보이며 그렇게 자기소개를 마친다.

그러고도 다시 화제는 히치하이크로. 그는 계속 경탄한다.

"그래서 사람들이 다 저가 항공 비행기표를 찾나봐요. 인터넷을 뒤지다 보면, 40유로짜리도 더러 있는 거 같더라고요. 근데 그럼 뭐 하겠어요. 다 이용하기가 수월치 않은 시간대뿐이니. 어디 시간이 되어야 말이죠!"

"저도 자리가 잡히기 전까지는 돈을 좀 아껴 쓰고 살자는 쪽이에요. 게다가 여행을 한다는 건, 모르는 사람들도 좀 만나고 그러려는 목적도 있는 거잖아요, 안 그래요?"


사내는 단순하고 온정이 있는 편이다. 알렉스가 자기 트럭 앞에서 손을 흔들고 있는 게 보이자마자, 그는 조금도 망설이지 않고 그녀를 태워주었다. 지금 알렉스가 겨냥하고 있는 것은 그의 대답이 아니라 그 대답의 어투였다. 그녀가 우려하는 것은 욕정에 사로잡힌 눈길이다. 이렇게 쭉 고속도로를 타고 가다 들를 수도 있을 주유소에 머무는 시간 동안 혹시라도 호색한으로 돌변한 사내에게 맞서느라 괜한 말썽을 빚고 싶지는 않다. 바비는 성모 마리아의 소형입상을 룸미러에 걸어두고 있었다. 그리고 계기반 위에는 작은 그림판도 하나 보였다. 블라인드처럼 열렸다 닫히기를 반복하며 오버랩 효과에 따라 여러 사진들이 연이어 보이는 그림판이다. 같은 사진들이 끊임없이 순환하며 화면에 뜬다. 거기에 눈길을 주고 있으면 피곤해진다. 그는 이 그림판을 뮌헨에서 샀다. 30유로. 바비에게는 구입한 물품들의 가격을 일일이 소개하려는 버릇이 있는 것 같다. 으스대고 싶어서라기보다 세부적인 것을 명시해두기 위해서. 그는 그런 자기의 습성에 대한 설명도 꼼꼼히 덧붙인다. 그러고 보니 그에게는 매사에 자꾸 설명하려 드는 습성도 있는 것 같다. 바비와 클로에는 그 계기반 위의 슬라이드 영상에 대해 이러쿵저러쿵 서로 의견을 주고받으며 거의 30분 가까이 흘려보낸다. 그 영상 속에는 그의 가족들과 집, 그리고 강아지의 사진 등이 포함되어 있다. 특히 셋이나 되는 아이들의 사진이 많다.

"2남 1녀예요. 기욤, 로맹, 마리옹. 차례대로 올해 아홉 살, 일곱 살 그리고 네 살이죠."

늘 이런 식으로 세부적인 것을 밝혀둔다. 그래도 그는 적당히 자제할 줄도 안다. 자기 가족들에 관한 이야기로만 화제를 뒤덮으려 하지 않는다.

"나머지 이야기들이야 여기서 늘어놓아봤자 서로 따분한 화젯거리들일 테니까요. 그렇죠?"

"아니에요. 재미있는데요……" 알렉스는 고개를 가로젓는다.

"아가씨는 참 예의가 바른 분이로군요."

그런대로 쾌적한 하루 반나절이 지속되고 있다. 트럭은 생각보다 훨씬 편하다.

"잠깐 눈 좀 붙이고 싶으시다면, 언제든 말씀만 하세요."

그는 엄지로 운전석 뒤쪽에 설치해둔 간이침대를 가리킨다.

"저야 계속 운전해야 하니까 그렇지만 그래도 아가씨는 피곤할 테니……"

알렉스는 그러기로 하고 그 간이침대에서 한 시간 넘게 자다 일어났다.

"지금 어디쯤 왔어요?" 머리를 매만지며 다시 앞좌석으로 돌아와 그녀는 그렇게 물었다.

"아, 일어났어요? 어제 늦게 잠들었나보네요. 벌써 생트 므누예요!"

알렉스는 애써 감탄하는 시늉을 한다…… 아, 참 빨리도 왔구나. 꿈자리가 몹시 뒤숭숭했다. 만성적인 공황증세뿐만 아니라 깊은 비애까지 겹쳐 있었다. 한계를 향해 가는 이 여행의 끝에는 고통스러운 반환점이 기다리고 있겠지. 도주의 시작. 또는 종말의 발단.


둘은 대화거리가 끊기자 라디오를 켠다. 뉴스와 가요들이 흘러나온다. 알렉스는 잠시 멈춰 서는 순간을 노리고 있다. 고속도로에서 오래 운전하다보면 불가피하게 어딘가에 차를 세우고 잠시 휴식해야 하는 때가 오게 마련이다. 그 휴식시간에 바비는 우선 커피를 한 잔 마시고 싶어할 것이다. 그는 보온병과 약간의 간식거리들을 비롯해서 장거리 운전에 필요한 것들을 거의 다 갖추고 있다. 그렇다 해도 어디선가 트럭에서 잠시 내려 휴식을 취하는 게 필요할 수도 있다. 화물트럭을 모는 직업은 사람들이 아는 것 이상으로 중노동이다. 이제 곧 멈춰 설 만한 데가 나올 것 같다. 알렉스는 마음을 다져먹는다. 만일 간이 휴게소에 불과하다면, 그냥 자는 척하고 넘어가는 게 낫다. 너무 사람이 드문드문해서 한적한 곳은 오히려 자기 위치를 노출할 위험이 더 높기 때문이다. 만일 주유소라면, 위험요인은 한결 줄어든다. 그녀는 내려서 바비에게 커피를 사다준다. 그들은 어느새 좋은 친구 사이가 된 것만 같다. 마침 그 순간에, 커피를 홀짝거리면서 그는 왜 여행을 하는지 물어봐도 되냐고 알렉스에게 친밀히 말을 걸어왔는데, 그 말에 앞서 이렇게 물었다.

"아가씬 대학생이에요?"

바비 자신도 그녀가 대학생일 거라고는 믿지 않는 것 같았다. 그녀가 아무리 어려 보인다 한들 그래도 이미 나이가 삼십 줄에 접어들었으니 말이다. 게다가 그녀의 얼굴은 현재 처해 있는 심신의 컨디션이 고스란히 반영된 듯 과중한 피로의 기색에 찌들어 있다. 이것은 어떻게 해소할 수가 없는 문제다. 그녀는 그냥 웃고 만다.

"아니요, 저는 간호사예요. 지금 일자리를 알아보려고 그쪽으로 가는 길이에요."

"근데 왜 하필이면 독일인지 말해줄 수 있어요?"

"왜냐하면 저는 독일어를 전혀 할 줄 모르니까요." 자기가 할 수 있는 한 가장 확고한 어조로 그녀는 그렇게 답한다.

그 답을 듣자 바비는 무슨 말인지 이해가 안 간다는 듯 어이없어 하는 웃음을 터뜨린다.

"그럼 중국으로 갈 수도 있었을 텐데요. 물론 아가씨가 중국어를 할 줄 안다면 경우가 달라지겠지만 말이에요. 중국어 할 줄 아세요?"

"아니요. 실은 제 남자친구가 뮌헨에 살아요."

"아……"

그는 이제야 모든 게 다 이해된다는 몸짓을 한다. 그가 고개를 위아래로 한참 주억거리는 동안 두툼한 콧수염이 이리저리 실룩거리는 게 보인다.

"아가씨 남자친구는 거기서 뭐 하나요?"

"컴퓨터와 관련된 일을 하고 있어요."

"독일 사람이에요?"

알렉스는 고개를 끄덕여 보인다. 그녀는 이러다가 화제가 어디로 향할지 모르겠다는 생각을 한다. 자기가 꾸며대는 거짓말에 비해 대화가 너무 앞서간다는 생각도 든다. 이런 건 곤란하다.

"그런데 아저씨 부인도 일하세요?"

바비는 빈 종이컵을 휴지통에 집어던진다. 그의 아내에 대한 질문은, 물리적으로 타격이 가해진 것도 아닌데 실제로 그의 온몸을 욱신거리게 하는 화젯거리였다. 다시 트럭에 올라 먼 길을 나선다. 그는 슬라이드 영상에서 자기 아내의 사진을 찾아 고정해준다. 어디서나 볼 수 있는 사십대 여인인데, 특징적인 구석이 있다면 생머리를 길게 늘어뜨린데다 얼굴에 병색이 완연해 보인다는 점이다.

"다발경화증이에요." 바비가 말한다. "아이들이 셋이나 있는데, 상상이 가세요? 이제는 신의 섭리에 모든 것을 맡길 수밖에 없는 처지예요."

그렇게 말하며 그는 뒷거울 위에 매달려 가볍게 흔들거리고 있는 성모 마리아의 소형입상을 가리킨다.

"아가씨는 성모 마리아가 아가씨한테 뭔가 해줄 날이 올지도 모른다는 생각을 하기도 하나요?"

알렉스는 이 물음에 대답하고 싶지 않다. 그는 그녀 쪽으로 고개를 돌린다. 이런 그의 태도에는 아무런 억하심정도 엿보이지 않는다. 그저 다음과 같은 사실이 자명하지 않느냐고 확인하려는 반문의 표현일 뿐이다.

"그리스도의 대속에 대한 보답은 용서가 아닐까 싶어요. 그렇게 생각하지 않으세요?"

 알렉스는 무슨 말인지 정확히 이해할 수 없었다. 종교에 대해서는 한 번도…… 그녀는 또한 계기반 다른 쪽에 바비가 붙여놓은 스티커의 문구도 무슨 뜻인지 얼른 파악하기가 어려웠다. '그분이 다시 오시리라. 준비가 되었는가?'

 "아가씨는 아마도 신을 믿지 않나보네요." 가볍게 웃으면서 바비가 말한다. "그런 건 금세 드러나요."

 그러면서도 그는 자기 말투 속에서 그녀에 대한 비난의 가시가 전해지지 않도록 조심하는 것 같다.

 "저야 뭐,. 제가 여기에 의지할 수 없었다면……" 그가 말한다.

 "그렇긴 해도," 알렉스가 말한다. "만약 하느님이 계시다면, 하느님은 아저씨를 참 잘 이끌어주신 것 같아요. 아저씨는 원망을 품은 채 살아가고 있는 사람은 분명 아닌 것처럼 보이거든요."

 바비는 네, 알아요, 다른 사람들도 이미 그런 말로 나를 위로하려고 했죠, 라는 말이 담긴 듯한 동작을 해 보인다.

 "신은 우리를 시험에 들도록 하기도 하는 분이죠."

 "맞아요." 알렉스가 말한다. "거기에 대해서는 누구도 섣불리 반박할 수 없을 거예요……"

 그 대답을 끝으로 대화가 제풀에 잦아든다. 그들은 묵묵히 차창 너머로 곧게 뻗은 도로만 바라본다.

 얼마 지나지 않아, 바비는 잠시 쉬었다 가는 게 좋겠다고 말한다. 이내 한 도시를 옮겨놓은 듯한 규모의 초대형 주유소가 나온다.

 메츠로부터 24킬로미터 떨어진 지점에 와 있다.

 바비는 트럭에서 내려 다리도 풀어주고 심호흡도 해가며 한동안 휴식을 취하려 한다. 담배는 피우지 않는다. 알렉스는 그가 주차장 주위로

왔다갔다하는 모습을 지켜본다. 그는 팔 동작과 함께 약간의 스트레칭을 한다. 그녀는 자기의 시선 때문에 그가 그런 혼자만의 체조를 하다가 마는 게 아닐까 생각한다. 혼자 있을 땐 늘 저러면서 몸을 푸나? 이어 다시 그가 운전석으로 올라온다.

"저기, 죄송하지만 여기서 눈을 조금만 붙이다 갈게요." 간이침대에 몸을 눕히면서 그가 말한다. "걱정하지 않으셔도 돼요. 여기 알람시계도 있으니까요."

그가 자기 이마를 가리켜 보인다.

"그럼 저는 조금만 걷다 올게요." 알렉스가 말한다. "전화도 좀 해야 하고."

그는 딴에는 제법 재미있는 농담이랍시고 이렇게 덧붙인다. "저를 생각해서라도 남자친구한테 꼭 키스해주고 와요!" 그러면서 간이침실의 커튼을 친다.

알렉스는 주차장의 수많은 트럭들 사이에 있다. 조금 걸어야 할 것 같다.

시간이 지날수록, 그녀의 심장은 더욱 무거워져만 간다. 아마도 밤기운의 여파 때문일 거야, 별로 그렇지도 않다는 걸 잘 알고 있으면서도 그녀는 그렇게 웅얼거린다. 아마도 여행의 영향 때문일지도 모른다.

지금 이 상황에서 그녀의 모든 감각은 오로지 한 가지 사실에만 집중적으로 몰려 있다. 즉, 당장 마음만 먹는다면 이제 승부를 결판내기 좋은 순간에 이르렀다는 사실. 모든 감각은 그녀에게 지금이 얼마나 좋은 기회인가를 내내 강조하고 있다.

그녀는 안 그런 척하지만 진짜로 끝을 보는 게 실은 너무나도 두렵다.

내일로, 나중으로 계속 미루고만 싶다.

　잠들어 있는 거대 곤충들처럼 나란히 맞붙어 있는 화물트럭들 사이에 숨어서 알렉스는 소리 죽여 울기 시작한다. 그러면서 양팔을 가슴에 엇댄다. 삶은 우리를 늘 옥죄려 든다. 도무지 속수무책이다. 우리는 그 손아귀에서 결코 빠져나갈 수 없다.

　그녀는 훌쩍거리며 이 말들을 되뇐다. 코를 푼다. 그러면서 가슴에 돌덩이처럼 얹혀 있는 이 아픔의 멍에를 걷어내기 위해, 이토록 짓눌리고 지친 가슴에 활력을 불어넣기 위해 심호흡을 해본다. 하지만 그조차도 쉽지가 않다. 모든 것에서 벗어나야 한다, 용기를 되찾기 위해 그녀는 그 말을 자꾸만 주절거린다. 이후에는 더 이상 아무것도 생각하지 않게 되리라. 모든 것이 다 쓸려가고 말리라. 바로 그러기 위해 그녀는 지금 여기 이 고속도로 위에 있다. 지금 그녀는 모든 것에서 다 벗어나는 중이다. 이런 생각에 그녀의 가슴은 한결 가벼워진다. 그녀는 걷는다. 신선한 공기가 그녀를 소생시키고 평온히 가라앉히고 활기를 불어넣는다. 몇 번 더 숨을 길게 들이마시자 기분이 훨씬 더 나아지는 것 같다.

　비행기 한 대가 지나간다. 삼각형으로 번쩍거리는 불빛을 통해 그것이 비행기임에 틀림없다고 짐작한다.

　그녀는 비행기를 올려다보며 오래도록 한 자리에 머뭇거린다. 비행기는 이루 말할 수 없이 느린 속도로 하늘을 가로지르고 있다. 그럼에도 그것은 계속 날아가더니 어느새 가뭇없이 사라지고 만다.

　비행기는 어떤 문제에 대해 깊이 되새겨보도록 사람들을 이끄는 것만 같다.


　고속도로 위에는 주유소의 한쪽 끝으로 이어지는 구름다리가 놓여 있다. 구름다리로 통하는 길목에는 스낵바와 간이서점, 소형마트 등을 비롯해서 모든 종류의 상점들이 다 몰려 있다. 다리의 다른 쪽 끝으로 건너가면 파리로 돌아갈 수 있는 반대방향의 고속도로로 통한다. 알렉스는 다시 트럭으로 돌아와서 바비가 깨어나지 않도록 조심스럽게 차문을 잠근다. 트럭으로 돌아온 그녀의 기척에 그는 잠에서 깨어났다. 하지만 불과 몇 초 만에 호흡이 둔해지더니 다시 곯아떨어진다.

알렉스는 배낭으로 다가가서 점퍼를 꺼내 걸친 후, 혹시 잊은 게 없는지, 뭔가 주머니에서 흘리지나 않았는지를 점검해본다. 모든 게 다 제자리에 있다. 모든 게 다 순조롭다.

그녀는 좌석에 무릎을 꿇고 앉아 간이침실의 커튼을 살며시 열어젖힌다.

"바비……" 그녀가 소곤거리는 목소리로 그를 불러본다.

그녀는 그가 헐레벌떡 깨어나기를 원치 않는다. 하지만 그는 꽤 곤히 잠들어 있는 것 같다. 그녀는 몸을 돌려 비품함을 열어본다. 아무것도 없다. 다시 닫는다. 좌석 밑으로 손을 밀어넣어본다. 역시 아무것도 잡히지 않는다. 운전석 밑에서 비닐로 코팅된 케이스 하나가 잡힌다. 그녀는 그것을 끄집어낸다.

"바비?" 다시 그에게로 몸을 기울이며 그녀가 말한다.

이번에는 약간이나마 진척이 있다.

"뭐예요?"

그는 완전히 잠에서 깨어난 게 아니다. 반사적으로 뭐냐고 물은 것일 뿐 그의 정신은 아직 수면 위로 올라와 있지 않다. 할 수 없지. 알렉스는 단검처럼 십자드라이버를 손에 움켜쥔다. 그리고 단 한 번의 동작으로 그의 오른쪽 눈자위에 그것을 쑤셔 박는다. 그 동작은 날렵하고 빈틈이 없다. 어쩌면 당연한 것일지도 모른다. 그녀는 간호사였으니…… 그녀가 손아귀에 온 힘을 모으자, 바비의 한쪽 눈알을 꿰뚫은 그 십자드라이버는 믿기 어려울 만큼 머리 안쪽 깊숙이까지 파고 들어가서 심지어 뇌마저도 건드릴 듯 보인다. 물론 십자드라이버는 짧고 하찮은 공구의 하나에 지나지 않는다. 하지만 몸을 일으켜 세우려던 바비의 반응을 둔화시킬 만큼 깊숙이 박히고 있다. 그의 다리가 제멋대로 버둥거리기 시작한다. 그는 비명을 질러댄다. 알렉스는 그의 목구멍에 두 번째 십자드라이버를 꽂아 넣는다. 아주 날렵하고 빈틈없이. 십자드라이버를 목구멍에서 뽑아 한 번 더 찌르려 한다. 하지만 같은 곳을 두 번 찌르자니 시들하다. 그래서 어디쯤 찌르는 게 좋을지 조금 더 여유롭게 골라보기로 한다. 목울대 바로 위쪽이 눈에 들어온다. 비명소리는 산산이 찢긴 괴성으로 변한다. 알렉스는 미간을 찌푸리며 머리를 살짝 기울여본다. 이 사내가 뭐라고 지껄여대는지 단 한마디도 못 알아듣겠어. 그녀는 마구잡이로 허우적거리고 있는 바비의 손에 옷깃이라도 잡히지 않도록 유의한다. 그의 움직임은 황소 한 마리도 거뜬히 때려눕히고도 남을 만큼 위협적이기 때문이다. 목구멍이 찔려 기도가 손상되었을 그는 이제 숨이 막혀 심상치 않게 꺽꺽대기 시작한다. 지금 상황이 꽤 번잡하긴 해도, 알렉스는 마음먹은 대로 실행에 옮긴다. 또 다른 십자드라이버 하나를 손에 쥐고 한 걸음 뒤로 물러섰다가 눈여겨봐둔 목 언저리에 다시 푹 쑤셔 박는다. 이내 시뻘건 핏줄기가 분수처럼 터져나온다. 바비에 대한 긴장을 늦출 만큼 여유가 생긴 그녀는 배낭이 있는 쪽으로 몸을 돌린다. 여하튼 십자드라이버에 목울대와 눈알이 뚫려버린 바비가 뭘 더 어쩌겠는가? 그녀가 다시 그에게로 돌아온다. 그는 거의 빈사 직전에 처해 있다. 굳이 손발을 묶을 필요도 없다. 간신히 호흡만 유지하고 있는 상태이다. 그의 근육은 서서히 경직되어가는 중이다. 그는 이미 단말마의 가쁜 숨결 속에서 헐떡거리고 있다. 가장 고된 것은 그의 입을 벌려두는 일이다. 힘들다. 망치질이라도 하지 않으면 입을 벌리게 하느라 하루를 다 보낼 것만 같다. 그러니 망치를 동원한다. 이 케이스에는 요긴한 연장들이 다 갖춰져 있다. 이거, 참 끝내주는 요술보따리다. 알렉스는 정확한 망치질로 위아래의 앞니들을 모조리 깨부순다. 바비의 입속에 아황산 약병의 주둥이를 쑤셔 넣을 만한 틈새가 확보되도록. 지금 이 사내가 무엇을 느끼고 있을지 헤아리기는 어렵다. 그는 그런 상태에 있다. 이로써 그에게 무슨 일이 닥칠지 어찌 짐작할 수 있겠는가. 아황산이 입속으로, 목구멍 속으로 흘러들어간다. 그 누구라도 지금 이 순간 실제로 무엇을 느끼고 있을지에 관해 상상도 할 수 없을 것이다. 하지만 아무려나 상관없다. 사람들이 흔히 말하듯, 중요한 건 의도이니까.

소지품들을 하나도 빠짐없이 다 챙긴 후 알렉스는 이제 떠날 준비를 한다. 바비에게 마지막 눈길을 준다. 이 모든 일을 무사히 마칠 수 있도록 인도해주신 주님의 은혜에 감사드리며 자리를 뜬다. 그 은혜가 함께한 역사役事의 현장은 참혹하기 그지없다. 한쪽 눈알에 십자드라이버가 손잡이 바로 전까지 박혀 있는 한 사내가 길게 뻗어 있다. 바닥에 쓰러진 키클롭스처럼 보이기도 한다. 경정맥 절단으로 인해 채 몇 분도 지나지 않아 그의 몸에서는 피가 절반가량 빠져나간 것 같다. 그는 이미 세탁물처럼 하얗게 탈색되어가고 있다. 최소한 머리 위쪽은 그렇다. 아래쪽은 이루 형언할 수 없는 몰골이다. 간이침실 전체가 바비의 몸에서 흘러나온 핏물로 시뻘겋게 잠겨 있다. 나중에 핏물이 응고되고 나면 참상은 한층 더 무시무시해 보이게 될 것이다.

같이 핏물을 뒤집어쓰지 않고서야 이런 방식으로 한 남자를 살해하는 건 불가능하다. 경정맥이 끊긴 목울대에서는 엄청난 핏줄기가 쏟아져 나오고 있다. 알렉스는 배낭 속을 뒤져 여벌의 티셔츠로 갈아입는다. 그러고는 물병에 남아 있는 미네랄워터를 뿌려가며 손과 팔뚝의 핏자국을 급히 씻어낸 후 운전석 밑에 내팽개친 티셔츠로 닦는다. 그다음, 배낭을 등에 메고 구름다리를 건너 파리 방향의 고속도로 길섶에 있는 맞은편 주유소로 향한다.

그녀는 되도록 빨리 출발하려는 차를 택한다. 여기서 더 이상 꾸물거리고 싶지 않기 때문이다. 오드센 지역에 등록되어 있는 차량이다. 브랜드 따윈 알지 못하지만, 차가 빨리 달릴 수 있을지가 관건이다. 운전자는 꽤 젊어 보이고 늘씬하며 우아한 옷맵시를 보여주는 서른 살 안팎의 여자다. 갈색머리의 그녀에게서는 돈 냄새가 진동하는데, 그 때문인지 다소 혐오스러워 보이기도 한다. 그녀는 반신반의하는 알렉스의 물음에 곧바로 그렇다고 확언해주며 환하게 미소 짓는다. 모든 일이 다 잘 풀릴 테니 아무 걱정 말라는 표정이다. 알렉스는 뒷좌석에 배낭을 던져놓고 조수석으로 와서 앉는다. 여자는 이미 운전석에 승차해 있다.

"출발할까요?"

알렉스는 미소 띤 얼굴로 손을 내민다.

"저는 알렉스라고 해요."

45

 차를 되찾으러 가는 길에 시간을 내서, 알렉스는 샤를 드골 공항에도 들른다. 그녀는 이륙 비행기 편의 알림판을 오래도록 들여다본다. 남미는 그녀의 경제 사정을 고려할 때 너무 비싸다. 미국은 간단히 말해 경찰들의 나라라서 싫다. 그걸 빼면 결국 남는 건 어쩔 수 없이 유럽이다. 유럽에서 그녀가 고르기에 적당한 나머지 가능성이 있다면 그건 스위스 행이다. 모든 행선지 중에서 역시 그곳이 가장 낫다. 국제노선 플랫폼은 유목과 익명의 영역이다. 거기서부터 사람들은 차분히 자기 삶의 재정비에 들어갈 수 있다. 그곳에서 사람들은 전쟁 범죄를 표백하고 마약 자금을 세탁하기 시작한다. 스위스는 살인범들이 도피해 있기 좋은 나라다. 알렉스는 바로 취리히 행 비행기표 한 장을 구입한다. 내일 아침 08시 40분 출발이다. 그리고 기왕 여기까지 온 김에 비싸고 예쁜 여행용 트렁크 하나를 장만하기 위해 공항 내부의 지하상가 아케이드로 내려간다. 사실, 그녀는 아직까지 정말로 호화로운 고가품들을 구매해본 적이 전혀 없다. 처음 있는 일이다. 두 번 다시 오지 못할지도 모를 최고의 기회를 그냥 놓칠 수는 없다. 그녀는 트렁크를 포기하고, 표면에 모노그램이 정교하게 새겨진 천연가죽 재질의 작은 여행가방 하나를 고른다. 횡재한 것 같다. 기분이 황홀해질 지경이다. 그녀는 면세점에서 보모어 몰트위스키도 한 병 집어든다. 지불은 신용카드로 한다. 머릿속으로 액수를 가늠해보고는 안심한다. 결제한도에 근접해 있지만 아직까지는 별 문제 없이 통과된다.

그후, 그녀는 빌팽트로 향한다. 여전히 설비들이 가동되고 있는 산업단지다. 단지로 접어드는 길목에 여러 숙박시설들이 광활한 주차공간을 끼고 늘어서 있는 게 보인다. 일부 미개간지를 제외하면, 이 일대에 방치되어 있거나 외진 장소들은 더 이상 찾아보기 어려울 것 같다. 볼뤼빌리스 호텔. 호텔 프런트의 안내직원은 앵무새처럼 일률적인 목소리로 알려준다. "안락하고 아늑한 공간이 제공됩니다." 안락하다는 측면에서, 이 호텔은 100대의 차를 수용할 수 있는 주차시설을 보유하고 있다. 아늑하다는 측면에서, 이 호텔은 100여 개의 동일한 객실을 갖추고 있다. 선금을 내야 객실에 투숙할 수 있으며 환불은 보장되지 않는다. 알렉스는 다시 신용카드로 숙박비를 결제한다. 여기서 루아시까지는 얼마나 걸리죠. 그녀가 묻는다. 안내직원은 그런 물음에 익숙하다는 투로 대답한다. 25분이요. 알렉스는 여유 있게 잡아 내일 아침 8시쯤 택시를 불러달라고 주문한다.

엘리베이터의 거울에 자신의 모습을 비춰보니 몹시 지쳐 있는 게 확연하다. 얼굴이 너무 많이 상해서 스스로도 이게 자기 모습이라는 사실이 믿기지 않을 정도이다.

3층. 복도에 깔린 모켓도 지치기 시작한 것 같다. 객실은 이러저러하게 묘사해볼 만한 수준에도 못 미친다. 이곳을 거쳐 간 투숙객들의 수가 이루 헤아릴 수 없이 많았던 모양이다. 그동안 이 방에서 외롭게 맞이한 저녁나절의 횟수, 그동안 이 방에서 심한 불안 또는 이런저런 번민에 짓눌려 보낸 밤의 횟수. 얼마나 많은 불륜 커플들이 남들의 이목을 피해

몰래 이 방에 잠입해서 열병과도 같은 욕정의 불꽃에 휩싸인 채 침대 위를 뒹굴었을지, 그러고는 자신들의 삶이 수렁에 빠졌다는 회한과 함께 이 방을 나섰을지. 알렉스는 가방을 문가에 내려놓고 황당할 정도로 천박한 실내장식을 바라보며 어쩌자고 이 지경으로 해놓았는지 의아해한다.

정각 저녁 8시다. 손목시계를 볼 필요도 없이 옆방에서 들려오는 TV 뉴스의 시보를 듣는 것으로 충분하다. 샤워는 조금 있다 하기로 하고 그녀는 우선 블론드 빛 가발을 벗는다. 그러고는 트렁크에서 목욕용품들을 꺼낸다. 군청색 서클 렌즈를 눈에서 떼어내 변기에 버린다. 그러자 금세 다른 외모로 탈바꿈한다. 청바지와 상체에 딱 달라붙는 스웨터를 입는다. 침대 위에 놓인 자기 소지품 전부를 말끔히 치운다. 배낭을 메고 객실에서 나와 복도를 따라 걷다 층계로 접어든다. 다 내려왔지만 안내직원이 프런트 계산대 근처에서 멀어질 때까지 몇 초 동안 마지막 계단참 위에서 기다린다. 아무도 모르게 주차장에 숨어들어 간 후 차를 타기 위해서이다. 그녀는 날씨가 갑자기 매서워진 것 같다고 느낀다. 밤은 이미 깊은 어둠에 싸여 있다. 살갗 위로 소름이 돋는다. 주차장 위로 날아가는 비행기 소리가 들려온다. 비행기들의 소음은 두텁게 상공을 뒤덮고 있는 먹구름들에 가려 다소 약하게 전해지는 것이리라.

그녀는 두루마리 쓰레기 종량제봉투를 하나 구입했다. 그런 후 자동차 트렁크를 연다. 의지와 상관없는 눈물이 치솟는다. '개인소유물'이라고 표시되어 있는 보드상자 두 개를 연다. 다시 생각해보고 싶은 욕구를 뿌리치며 거기 담긴 내용물을 모두 싸잡는다. 그러고는 보지도 않고, 터져나오려는 흐느낌을 가까스로 억눌러가며 그것들을 전부 쓰레기봉투 속에 쑤셔넣는다. 중학교 때 필기한 노트들, 편지들, 일기의 여러 조각들, 멕시코 기념주화들. 그녀는 뒤집은 소맷부리로 눈물을 훔치며 서럽게 훌쩍거린다. 그래도 이대로 멈추고 싶지는 않다. 더 이상 어쩔 수 없다. 그건 불가능하다. 끝까지 가야 한다. 모든 것에서 벗어나야 한다. 장난감 가짜 보석들, 사진들, 모두 포기한다. 헤아리지 말고, 기억하지도 말고. 감명 깊게 읽은 어느 소설의 몇몇 페이지들, 다 버린다, 모두. 까만 목재로 만들어진 흑인 인형의 작은 머리통, 빨간 고무줄 속에 끼어 있는 몇 올의 금발 머리카락, 열쇠고리. 그건 그 하단에 찍혀 있는 이름의 주인공 '다니엘'과 주고받은 마음의 징표이다. 다니엘은 초등학교 시절 그녀의 첫사랑이다. 거기 새겨 넣은 글들은 거의 다 지워졌다. 결국 다 끝났다. 알렉스는 흰 비닐끈으로 세 번째 쓰레기봉투를 동여맨다. 하지만 이럴 수밖에 없는 상황이 그녀에게는 너무 과한 형벌로 느껴진다. 너무나 가혹하고 쓰라리다. 그 순간 그녀는 돌아서서, 자동차의 열린 트렁크 위에 무겁게 주저앉는다. 그러고는 머리를 두 손으로 감싸 쥔다. 그녀가 지금 가장 원하는 건 울부짖는 일이다. 울부짖자. 최대한 맹렬하게. 아직도 그럴 만한 기력이 남아 있다면. 그때 자동차 한 대가 주차장 통행로 속에서 서서히 전진하려 한다. 알렉스는 벌떡 일어난 후 트렁크 속에서 뭔가 찾는 시늉을 한다. 차는 앞으로 지나가더니 여기서 멀리 떨어진 쪽, 주차관리소가 있는 방향과 더 가까운 쪽에 주차한다. 사람들은 누구나 조금이라도 덜 걷는 위치에 차를 세워두고 싶어하는 법이다.

세 덩어리의 쓰레기봉투들은 바닥에 놓여 있다. 알렉스는 트렁크를 닫고 봉투들을 집어든 후 단호하고 보폭이 큰 걸음걸이로 주차장을 빠져나온다. 접근이 막혀 있는 미닫이 형태의 철책 출입구는 몇 년 전부터 사실상 폐쇄되어 있는 것 같다. 원래 백색이었을 철책 표면에는 잔뜩 녹이 슬어 있다. 통행이 거의 끊기다시피 한 산업단지 내의 거리에는 비슷한 외관의 호텔 사이에서 길을 잃고 헤매는 몇몇 승용차들만이 간간이 지나갈 뿐이다. 이어 어디론가 달려가는 스쿠터 한 대도 보인다. 행인들은 전혀 보이지 않는다. 알렉스 같은 처지가 아니라면 그 누구도 이토록 적막하고 쓸쓸한 밤거리를 배회하고 다닐 것 같지 않다. 이 거리들의 한 지점에서부터 발길을 옮긴다 한들, 어딜 향해 갈 수 있을까. 그래봤자 어차피 이곳과 내내 똑같이 생긴 거리들로 통할 뿐인데. 쓰레기 수거용 컨테이너들이 보도 위에 줄지어 정렬해 있는 게 보인다. 각 기업체들의 철책과 마주해 있는 그것들의 수는 약 열 개 이상이다. 알렉스는 몇 분 더 걷다 불현듯 결심한다. 이거다. 그녀는 컨테이너 하나의 덮개를 열고 그 안에 쓰레기봉투들을 버린 후, 배낭도 벗어서 던져넣는다. 그러고는 부랴부랴 덮개를 닫고 서둘러 호텔로 향한다. 알렉스의 삶이 여기 잠들다. 불행한 여자, 곧잘 계획적이면서도 나약하고, 고혹적이면서도 자멸의 충동에 시달리는, 경찰이 아무리 수사망을 넓혀도 결국 미지의 인물로 남아 있는 살인범, 거대한 이 밤의 여인 알렉스. 흘릴 눈물조차 메말라버린 알렉스. 그녀는 지금 단호한 걸음의 리듬에 맞춰 깊이 숨을 들이마시고 내쉬기를 반복한다. 그렇게 호텔에 도착한다. 이번에는 별다른 경계도 없이, TV에 빠져 있는 프런트 안내직원 앞으로 성큼성큼 지나간다. 그러고는 자기 방으로 올라간 그녀는 옷을 다 벗어던진 후, 샤워기의 뜨거운 물줄기 아래 온몸이 녹아내린 듯 쭈그려 앉는다. 수온은 꽤 뜨겁다. 그토록 뜨겁게 쏟아져 내리는 물줄기 속에서 그녀는 입을 한없이 크게 벌리고 있다.

# 46

 그가 내리는 결정들은 때로 스스로에게조차 풀지 못할 수수께끼와도 같다. 가령, 아래와 같이 아닌 밤중에 그 숲속의 아틀리에를 충동적으로 방문한 일이 그렇다. 카미유는 도무지 그걸 어떻게 설명해야 할지 알 수가 없다.
 날이 저물고 저녁나절이 시작될 무렵, 그는 경찰에 체포되기 전까지 앞으로도 이 아가씨가 기어코 저지르고 다닐 범죄들이 과연 얼마나 될지 생각해보았다. 하지만 그가 특히 장시간 동안 생각을 집중한 것은 그녀 자체였다. 수백 번도 넘게 그렸을 그녀의 얼굴에 대해, 그녀 안에 간직되어 있을 삶의 모든 기억들에 대해. 이날 저녁, 그는 자신의 잘못이 어디에 있는지 확실히 깨닫는다. 이 아가씨는 이렌과 아무런 상관도 없다. 그는 그저 인물과 상황을 혼동하고 있을 뿐이다. 물론 그녀의 납치 사건 때문에 즉시 이렌과 그녀를 결부 짓지 않을 수 없었다. 그러나 카미유는 이후에도 그 결연관계를 파기하지 못했다. 그는 여전히 이 사건이 떠올려준 죄의식과 더불어 여러 가지 착잡한 감정의 늪에서 헤어날 수 없었기 때문이다. 수사관이 개인적으로 너무 가까운 사건을 맡아서는 안 된다는 경찰 사이의 불문율이, 그 반대 경우에 대한 우려와 함께 권장되는 까닭이 바로 이것이리라. 하지만 카미유는 어쩔 수 없는 함정에 빠졌다기보다는 오히려 스스로 능동적으로 이렌과 이 사건의 용의자를 동일시하는 중이다. 카미유의 친구 르 구엔 서장은 실제 현실에 정면으로 대응해보라며 조언해줄 뿐이었다. 카미유는 손을 놓을 수도 있었지만 그러지 않았다. 그에게 닥친 일을 피하고 싶지 않았다. 그에겐 그러는 게 필요했다.

카미유는 구두를 꿰어 신고 상의를 걸친 후 자동차 열쇠를 챙겨든다. 그리고 한 시간 후쯤, 클라마르 숲가와 통하는 거리들에 다다르자 차의 속력을 낮춘다. 어둠에 싸인 거리는 괴괴하게 잠들어 있다.

우측으로 접어든 후 다시 좌측으로 틀자, 오른편에 울창한 숲 사이로 뚫려 있는 오솔길이 나온다. 그가 마지막으로 여기 왔을 때, 그는 넓적다리 사이에 총을 끼워두고 있었다.

50미터쯤 떨어진 거리에 건물이 나타난다. 전조등의 불빛이 지저분한 창유리 위에 반사되어 비치고 있다. 작은 직사각형 모양의 창유리들로, 발전소의 경사진 지붕처럼, 하나가 다른 하나와 오밀조밀하게 맞붙어 있는 모양새이다. 카미유는 차를 세우고 시동을 끄지만 전조등은 그대로 켜둔다.

마지막으로 온 날, 그는 의구심을 떨쳐버리지 못하고 있었다. 만약 자기가 오판한 것이었다면?

그는 전조등을 끄고 차에서 나온다. 여기서 체감하는 밤공기는 파리에서보다 훨씬 더 서늘하다. 어쩌면 공기가 더 서늘한 게 아니라 그가 추위를 타는 것일 수도 있다. 그는 차 문을 열어둔 채 놔두고 건물을 향해 걷는다. 난데없이 헬리콥터 한 대가 숲 꼭대기에서 솟아올랐을 때, 아마도 그는 여기 어딘가에 서 있었던 것 같다. 카미유는 헬리콥터의 소음과 숲이 뒤척이며 낸 수런거림 등에 놀라 거의 자지러질 뻔했다. 그는 달리기 시작했다. 그가 여전히 손에 총을 들고 있었는지는 이제 더 이상 기억나지 않는다. 그랬을 수도 있다. 벌써 까마득하다. 지금 시점에 세부까지 기억하는 건 무리이다.

아틀리에는 층이 없는 건물이다. 저택의 경비초소는 이제 사라졌다. 하지만 여기서 멀리 떨어져 있는 곳에 이즈바* 비슷해 보이는 막사 하나가 아직 남아 있긴 하다. 그곳은 살 울타리를 친 베란다를 갖추고 있는데, 거기에 흔들의자를 놓아두면 썩 어울릴 것 같다. 지금 카미유가 따라가고 있는 길은 그가 이 길을 자주 지나다닌 시절과 거의 변화도 없이 똑같다. 어린 시절에, 사춘기 시절에 어머니를 만나기 위해, 어머니가 작업하고 있는 것을 보기 위해, 그녀 곁에 앉아 공부하기 위해 여기까지 오곤 하던 그때. 어렸을 때, 그는 숲에 그다지 매혹을 느끼는 편이 아니었다. 숲가에 머물러 아주 잠시만 걷다 얼른 돌아오곤 했으며, 그냥 실내에 머물러 있는 게 더 좋다고 말한 적도 있었다. 그 시절의 카미유는 외로운 소년이었다. 스스로 자초한 면도 있었다. 그 작은 키 때문에 함께 어울려 놀 만한 친구들을 찾기가 어려웠기 때문이다. 그는 아이들의 놀림거리가 되고 싶지 않았다. 그래서 아무와도 어울리지 않는 편을 택했다. 사실, 그는 숲을 두려워하고 있었다. 요즘도 이런 기분은 여전하다. 저 우뚝 솟은 나무들만 보면…… 카미유는 이제 곧 쉰 살이 된다. 생각하기에 따라서는 아직 멀었다고 할 수도 있다. 어린 시절에 숲 속에 사는 대마왕의 습격을 받은 후로 나이를 초월하게 됐다고 상상해보기도 한다. 하지만 이곳에 오자 카미유는 자신을 열세 살 시절로 돌려놓는 추억에 사로잡히고 만다. 그런 추억의 엄습에 그는 저항할 수 없다. 이 밤, 이 숲, 이 쓸쓸한 아틀리에 건물 등이 그의 마음에 스산하고도 애

---

* 전나무로 만든 북러시아 농촌의 통나무집.

툿한 정서적 감흥을 불어넣고 있다. 한 가지 말해두자면, 바로 이곳에서 그의 모친은 작업을 지속해왔으며 또한 바로 이곳에서 이렌이 죽음을 맞았다.

# 47

호텔의 객실 안이다. 알렉스는 가슴에 두 팔을 엇대고 있었다. 오빠한테 전화를 걸어야 한다. 자기 목소리라는 걸 알아차리자마자 그는 이런 식으로 나올 게 뻔하다. "아, 너냐? 원하는 게 뭔데?" 통화하자마자 그는 화부터 내기 시작할 것이다. 그래도 어쩔 수 없다. 그녀는 객실 전화기를 집어들며 포스트잇에 적어둔 처리사항 목록을 바라본다. 외선으로 연결하려면 0번부터 눌러야 한다. 그녀는 오빠와 약속할 만한 장소의 위치를 파악해두었다. 산업단지 바로 근방이다. 쪽지에 주소를 메모해두었다. 그녀는 그 주소가 적힌 쪽지를 찾아낸 후 일단 호흡을 가다듬고 다이얼을 누른다. 자동응답 장치가 들려온다. 뜻밖이다. 그는 휴대폰을 꺼놓는 법이 없기 때문이다. 밤에도 마찬가지이다. 자동응답 메시지가 그가 일 때문에 바쁘니 전화받기 곤란하다고 말한다. 어쩌면 그는 지하차도를 지나는 중이거나 혹은 휴대폰을 현관 입구에 놔두고 외출한 건지도 모른다. 실은 이편이 더 나을 수도 있다. 그녀는 문자메시지를 남겨두기로 한다. '나 알렉스야. 좀 봤으면 싶은데. 급한 용무야. 오네에 있는 쥬브넬 대로 137번지에서 23시 30분. 혹시 늦더라도 기다려줘.'

그녀는 휴대폰을 닫으려다 말고 이렇게 덧붙인다. '하지만 오빠가 날

기다리게 하진 말아줬으면 싶어.'

이제 그녀는 객실의 고요한 분위기에 한가로이 빠져든다. 침대 위에 널브러져 한동안 오래도록 몽롱한 생각에 잠긴다. 시간은 느리게 지나간다. 머릿속의 생각들은 저 혼자 꼬리에 꼬리를 물고 이어져간다. 그 생각들의 고유한 움직임에 내맡겨져 있는 동안 그녀의 귀에는 옆방에서 켜둔 TV 소리의 잔향이 들려온다. 옆방 사람들은 그 소리가 얼마나 시끄러운지, 얼마나 방해가 될 수 있는지 배려할 줄 모르는 것 같다. 원한다면 옆방에서 아무 소리도 나지 않게 조치할 수도 있을 것이다. 방에서 나와 옆방 문을 두드리면 놀란 표정으로 사내가 문을 열고 나오겠지. 그녀가 처치해온 자들처럼 그냥 평범해 보이는 사내일 것이다. 그동안 얼마나 죽였나 세어보자. 다섯? 여섯? 그보다 더 많이? 남자를 다루는 요령에 따라 부드럽게 미소 지으며 이런 말을 하게 될 것이다. 저는 옆방에 묵고 있는 여잔데요, 고개를 까딱하고는, 지금 혼자 있는데 좀 들어가도 될까요? 잠시 얼빠진 표정을 짓겠지만 사내는 이내 문 옆으로 비켜서겠지. 그 방으로 들어가서 이렇게 말해보면 어떨까, 혹시 제 알몸을 보고 싶지 않으세요? 그리고 같은 어조로 이어서 말하는 거야, 커튼 좀 쳐주시겠어요? 경악을 금치 못한 사내의 입이 딱 벌어지겠지. 사내는 분명 배가 좀 튀어나왔을 거고 서른 살은 넘겼을 거야. 그자들은 모두 그랬으니까. 그동안 처치해온 사내들은 모두 배가 튀어나와 있었지. 파스칼 트라리외까지도. 맥주 한 잔을 곁들여 악마의 유혹처럼 멈출 수 없는 잔혹성을 내뿜는 고문이 시작되는 거야. 일단 샤워 가운 앞섶을 슬며시 열면서 이렇게 물어보는 것도 괜찮을 거야. 저 어떤가요? 그건 정말 한 번쯤, 딱 한 번쯤 실행해볼 수 있을 몽상일 것이다. 샤워 가운 앞섶을 열어 알몸을 노출한다. 그러고는 이미 어떤 대답이 나올지 뻔히 알면서 나 지금 어떠냐고 묻는다. 그러면 사내가 팔을 벌려 그녀를 안으려 할 테고, 그녀는 그 품에 쏙 안길 수도 있을 것이다. 하지만 실제 현실에서는 사내가 문가로 기어나오자마자 이렇게 말하게 될 것이다. 저기, TV 좀 꺼주시면 안 될까요? 사내는 미안하다는 말을 더듬거리며 TV 쪽으로 황급히 달려가겠지. 하지만 전원 버튼을 찾지 못해 허둥거릴 수도 있을 거야. 그런데 사내의 이런 모습에 뜻밖의 자극을 받을 수도 있어. 예기치 않게 찾아온 또 한 번의 기회. 그는 등진 상태에서 앞쪽으로 고개를 숙이고 있다. 그녀는 충동적으로 알루미늄 스탠드를 집어들지 않을 수 없다. 그러고는 두 손으로 있는 힘껏 그의 우측 귓바퀴 위쪽을 내리친다. 이보다 더 쉬운 일도 없을 것이다. 그가 이 타격에 충격을 받아 일단 비틀거리기만 하면, 그때부터 자기가 가지고 놀 수 있는 장난감이 된다는 뜻이다. 그녀는 몇 초 동안 뻗어 있게 하려면 주로 어디를 때려야 하는지, 그리고 마지막 결정타에 할당된 시간을 어떻게 해야 남겨둘 수 있는지 잘 알고 있다. 그러고는 침대 시트로 손발을 묶은 후 사내의 입에 물린 깔때기 속으로 고농축 아황산을 들이붓기만 하면 상황 종료. 이제 TV에서는 더 이상 아무런 소음도 흘러나오지 않는다. 다시 볼륨을 높인다는 건 원천적으로 불가능해졌다. 그리하여 평온한 저녁나절을 보낼 수 있게 된다.

두 손으로 머리를 베고 누워 알렉스는 이와 같은 백일몽을 즐긴다. 그렇게 머릿속의 이런저런 생각들이 아무렇게나 흘러가는 대로 내버려둔다. 삶에 남겨진 옛 추억들이 새록새록 떠오른다. 정녕, 그것들에 대해서는 아무런 회한도 없다. 어떤 양상으로든 그 죗값을 반드시 치러야 할 사람들이 그녀의 손에 죽어갔을 뿐이다. 그리고 그녀에겐 그런 응징이 필요했다. 그들을 고통스럽게 하는 것, 그들을 사지에 몰아넣는 것. 그래, 그런 자신의 행동에 대해서는 어떠한 회한도 정녕 없다. 이보다 더한 복수극들도 많았을 것이다. 역사에는 그런 기록들이 숱하다.

 문득 알코올이 필요하다는 생각이 든다. 그녀는 보모어를 플라스틱 톱니 모양의 유리잔에 따라서 간소한 술상을 차릴까 하는 생각을 했다가, 마음을 고쳐먹고 바로 병째 들이켠다. 알렉스는 담배도 함께 사지 않은 걸 아쉬워한다. 혼자만의 조촐한 자축연을 벌이려는 참이니까. 담배를 끊은 지는 어느덧 15년 가까이 지났다. 왜 오늘따라 유난히 담배 생각이 드는지 알 수가 없다. 사실 그녀는 담배를 좋아해본 적이 없기 때문이다. 그녀는 다른 사람들과 과히 다르지 않게 살고 싶었다. 또래의 젊은 여자들이 소망하는 대로 엇비슷한 꿈을 좇아 살아왔다. 그녀는 위스키에 좀 약한 편이다. 취기를 즐기자면 아주 약간만 마시는 걸로 충분하다. 그녀는 가사를 잊어버린 어느 노래의 멜로디를 흥얼거린다. 그렇게 전곡을 콧노래로 부르면서 방 안의 어질러진 소지품들을 정리하기 시작한다. 열심히 옷가지들을 하나하나씩 개켜둔다. 새로 장만한 여행가방은 조심스럽게 다룬다. 알렉스는 주변이 말끔하게 정돈되어 있는 걸 좋아하는 편이다. 그녀는 지금까지 살아온 숙소들을 항상 티끌 한 점 없이 깔끔하게 치우고 살았다. 욕실로 들어간다. 약간 건들거리는 작은 선반 위의 치약, 칫솔, 비누, 샴푸 등도 그녀의 손이 닿자 반듯하게 제자리를 잡는다. 플라스틱 선반모서리에 남아 있는 면도 거품 자국과 담뱃재의 그을음이 신경에 거슬리지만 그런 건 닦아내기 까다로우니 그냥 둔다. 세면도구 케이스에서 그녀는 실험용기 하나를 꺼내든다. 이제 곧 그녀를 행복으로 인도해 줄 용기를. 뚜껑 밑으로 머리카락 한 올이 담겨 있는 게 보인다. 그녀는 뚜껑을 열고 그 머리카락을 집어 올린다. 그러고는 손을 높이 들어 올려 마치 낙엽처럼 머리카락이 하늘하늘 타일바닥 위에 내려앉도록 한다. 그러면서 머리카락이 한 움큼쯤 된다면 얼마나 좋을까 생각한다. 떨어져 내리는 비나 눈송이를 손으로 받는 듯한 기분이 느껴질 수 있도록. 어렸을 때 친구 집에 놀러 가면, 그녀는 살수용 호수로 잔디 위에 물을 뿌리며 비를 맞듯이 그 물줄기 아래서 노는 걸 좋아 했다. 이런저런 정리정돈을 하면서도 그녀는 계속해서 술병을 홀짝거렸다. 하지만 취기를 조금만 더 완만하게 조절할 필요가 있었다. 술기운이 너무 빨리 도는 것 같다.

정리정돈이 끝났다. 알렉스는 살짝 비틀거린다. 그녀는 오래전부터 아무것도 먹지 못했다. 빈속에 과음을 하니 눈앞이 자꾸 어지러워지면서 발을 헛딛고 땅도 덩달아 요동치는 것 같다. 걱정할 필요는 없다. 이래봤자 자신이 어떻게 되지는 않는다. 아무것도 아니다. 신경질적이고 긴장된 웃음을 터뜨린다. 불안이 서려 있는 웃음. 그녀는 늘 그렇다. 이제 불안과 공황은 그녀의 두 번째 천성으로 굳어지고 만 것 같다. 거기에 잔혹함도 추가될 수 있으리라. 어릴 때는, 자신이 이 정도로 잔혹해질 수 있으리라고는 전혀 상상도 할 수 없었다. 새로 산 고가의 여행가방을 벽장에 올려두면서 그녀는 문득 그 점에 대해 돌아본다. 어렸을 때 그녀는 더할 나위 없이 얌전하고 착한 아이였다. 사람들은 언제나 이렇게 말하곤 했다. 알렉스는 참 귀엽고 사랑스러운 아이야, 정말 예뻐할 만해. 어린 시절의 외모가 상당히 못생기고 작았음을 감안하면, 사람들은 칭찬해줄 만한 장점을 그녀의 성격에서 찾고자 했던 게 틀림없다.

아무튼 그렇게 저녁나절이 지나간다. 어느덧 시간도 많이 흘렀다.

알렉스는 위스키를 계속 홀짝거렸다. 그러다 종당에는 찢어질 듯 오열하기 시작한다. 위스키로 인한 취기가 이토록 비통한 울음을 기약해두고 있을 줄은 미처 생각해보지 않았다.

하지만 울지 않고 버티기에는 이 밤, 너무도 가슴 시리게 고독이 사무친다.

# 48

 한밤에 피스톨을 한 방 맞은 듯한 기분. 아래로 발을 딛자마자 우지끈 내려앉으며 삐걱대는 목조계단의 울림. 카미유는 하마터면 밑으로 굴러떨어질 뻔하다가 가까스로 난간에 의지하여 몸을 추스른다. 하지만 그 자리에서 벗어나지 못했다. 오른쪽 발목이 부서진 판자 틈새에 빠져 붙들리고 만 것이다. 그때는 몹시 아프고 괴로웠다. 그는 빠져나오려고 발버둥치다가 어쩔 수 없이 그 자리에 주저앉을 수밖에 없었다. 아틀리에를 등지고, 전조등을 환히 켜둔 자기 차와 마주하고 있는 방향이었다. 그러다보니 그는 도착한 구조대원들과 정면으로 맞닥뜨리지 않을 수 없었다. 그는 더 이상 그 자신이 아니었다. 구조대원들은 앉아 있던 곳에서 얼빠진 듯 굳어 있는 그를 부축해주었다. 아니면 아마도 여기, 난간 옆에 서 있었던 것일 수도 있다.
 카미유는 일어나서, 조심스럽게 베란다의 판자 위로 발을 내딛는다. 그것은 금세라도 무너져 내릴 듯 위협적으로 삐걱거린다. 그는 당시에 자기가 정확히 어디쯤 있었는지 끝내 기억해내지 못한다.
 애써 뭔가를 기억해야 할 이유가 무엇인가? 시간을 절약하기 위해서다.

그 순간에 카미유는 문 쪽으로 돌아선다. 사람들은 그 문에 못질을 해서 출입을 차단했다. 하지만 아무 소용도 없었다. 합각머리의 들창 두 개가 부서져 있기 때문이다. 거기에는 창유리가 남아 있지 않다. 그는 들창을 뛰어넘어 맞은편 방향으로 내려선다. 낡은 적색 타일이 그의 발밑에서 균열을 일으킨다. 그의 눈은 어느새 어둠에 적응하며 초점을 맞추기 시작한다.

심장이 빠르고 강하게 고동친다. 그의 다리는 그런 박동을 지탱하기 버거워하고 있다. 그는 몇 걸음 앞으로 내디뎌본다.

회칠한 담벼락은 온갖 낙서 자국들로 얼룩져 있다. 노숙자들이 불법으로 이곳에서 묵고간 흔적들이 보이기도 한다. 우선 표면이 찢겨져나간 매트리스가 놓여 있다. 그리고 바닥에 떨어져 나뒹굴고 있는 두 개의 접시 위에는 다 타버린 촛농이 굳어 있다. 그뿐 아니라 여기저기에 빈 술병들과 깡통들도 흩어져 있다. 강한 바람이 방 안으로 난데없이 불어닥친다. 아틀리에가 있는 각도에서 지붕의 한쪽 귀퉁이가 허물어져 있다. 바람에 휘둘리며 뒤척이는 숲의 정경이 내다보인다.

이 모든 게 황량할 정도로 쓸쓸하다. 그의 비애를 의탁할 만한 것들이 여기에 더 이상 남아 있지 않기 때문이다. 비애의 방향이 달라졌다. 예기치 않게 애써 잊으려 했던 기억 한 가지가 불쑥 떠올랐다.

이렌의 시신과 태중에서 죽은 아기.

카미유는 털썩 무릎을 꿇고 앉아 눈물로 녹아내린다.

# 49

 여전히 호텔 객실 안이다. 알렉스는 알몸으로 제자리에서 뱅그르르 맴돈다. 고요한 분위기 속에서 눈을 감고 천천히. 그녀는 팔뚝 아래까지만 티셔츠를 걸쳐 입고 있어 흡사 발레나 체조할 때 쓰는 소맷부리의 장식을 두르고 있는 것처럼 보인다. 그녀의 눈앞에 여러 장면들이 생생하게 솟아오른다. 그녀가 사람들을 처치한 순간이 괴이하고 두서없는 순서로 하나하나씩 다시 펼쳐진다. 티셔츠 자락이 깃발처럼 펄럭거리며 객실 벽을 스치는 동안, 랭스에서 만난 카페 주인의 푸석하게 부어오른 얼굴과 튀어나온 안구 따위가 기억 속에서 재현된다. 그의 이름이 뭐였는지는 이제 생각나지 않는다. 그와 함께 다른 기억들도 뒤죽박죽으로 떠오른다. 알렉스는 춤추듯 제자리에서 돌고 또 돈다. 그러자 티셔츠 자락이 그 무엇도 그녀에게 범접할 수 없도록 방어막을 둘러치려는 방어용 무기처럼 여겨진다. 이번에 떠오르는 건 공포에 질려 비틀린 화물트럭 운전사의 입이다. 바비. 그 사내의 이름은 기억이 난다. 주먹 위로 둥글게 말린 티셔츠가 객실 문가에 부딪히더니 마치 보이지 않는 눈알 속을 십자드라이버가 파고들 듯이 천천히 미끄러져 내린다. 이어 그녀는 기대어 선다. 그러고는 더 깊이 파고들어가게 하려는 듯, 문가에 티셔츠 자락을 자꾸 문지른다. 그 압박에 못 이겨 객실 문 손잡이가 비명을 질러대며 발악의 몸부림을 치는 것처럼 느껴진다. 알렉스는 억세게 손잡이를 비튼다. 깊이 쑤셔 박힌 흉기는 어느새 사라진다. 알렉스는 기분이 좋아진다. 그녀는 뒤돌아서서 깡충 뛰어오른다. 그리고 춤추듯 몸을 마구 뒤흔들다 돌연 깔깔거리기 시작한다. 그렇게 한동안 오래도록, 주먹 위에 감긴 티셔츠 자락이라는 흉기로 그녀는 죽이고 또 죽이기를 반복하며 그 죽음의 순간들을 재생하고 또 재생한다. 하지만 곧 죽음의 무도를 이어갈 만한 춤동작이 고갈된다. 무용수가 그러하듯이. 이 모든 사내들은 정말 자기 몸을 탐냈던 걸까? 침대 발치에 무릎 사이로 위스키 병을 끼고 앉아 알렉스는 사내들의 욕정을 가늠해보기로 한다. 우선 펠릭스를 한번 보자. 욕망의 불길로 이글거리는 그의 눈이 다시 떠오른다. 그는 정말이지 욕정으로 터질 듯한 사내였다. 그와 마주하고 있다면, 그녀는 입술을 살며시 벌린 채 그와 속 깊은 눈맞춤을 나누었을 것이다. 양손에 둘러싸인 티셔츠로 그녀는 느리고 교묘하게 애무하는 시늉을 해 보인다. 무릎 사이에 끼어 있는 위스키 병이 거대하게 발기한 페니스처럼 여겨진다. 자기의 애무에 그도 이만큼이나 한껏 부풀어 올라 결국 폭발하지 않을 수 없었을 것이다. 펠릭스가 벌인 짓도 그와 마찬가지였다. 허공에서 공중폭발을 일으킨 나머지 탄두가 기폭장치의 몸체에서 떨어져 나와 침대의 다른 쪽까지 날아가버린 셈이다.

돌연 알렉스는 티셔츠에 피가 튀었다고 상상하며 그것을 허공 위로 휙 벗어던진다. 티셔츠는 문가의 모퉁이에 처박혀 있는 안락의자 위로 바닷새처럼 사뿐히 내려앉는다.

얼마 지나지 않아 야심한 시각에 이른다. 옆방의 이웃도 TV를 껐다. 그러고는 알렉스의 휴식을 방해하고도 아직까지 살아남아 있다는 게 얼마나 큰 기적인지도 모르고 잠들 준비를 하는 모양이다.

세면대 앞에 서서, 전신이 거울에 다 비치도록 최대한 멀리 떨어져서, 알렉스는 비록 벌거벗고 있긴 하나 심각하고 심지어 비장해 보이기까지 하는 자신의 모습을 바라본다. 오로지 그 모습을 거울 속에 비춰볼 뿐 다른 아무것도 하지 않으면서.

그래, 이거다, 알렉스. 고작 이것뿐이다.

자기 자신의 실상과 정확히 마주할 때, 눈물을 흘리지 않는다는 건 어쩌면 불가능한 노릇일지도 모른다.

그녀 안에서 뭔가가 쩍쩍 갈라지는 파열음을 내고 있다. 그녀는 자기가 치유되고 있다는 생각이 허물어짐을 느끼고 있다.

거울 속에 비친 그녀의 이런 이미지는 너무나도 완강하다.

그녀는 돌연 거울을 등지고 돌아서더니 바닥에 꿇어앉는다. 그러고는 한순간도 망설이지 않고 세면대 모서리에 뒤통수를 격하게 짓찧기 시작한다. 한 번, 두 번, 세 번, 네 번, 다섯 번, 아주 강하게. 머리통 한 곳에 자해가 반복된다. 한 번 짓찧을 때마다 그 강도는 전보다 한 단계씩 올라간다. 뒤통수와 세면대 모서리가 맞부딪힐 때마다 욕실 안에 끔찍한 충격의 여진과 반향이 퍼져나간다. 알렉스가 모든 에너지를 동원해서 머리를 들이박고 있기 때문이다. 마지막으로 짓찧고 나자 거듭된 쇼크로 그녀의 온몸이 축 늘어진다. 정신이 혼미해져온다. 얼굴은 그사이 쏟아져내린 눈물로 온통 젖어 있다. 알렉스의 머릿속은 되돌릴 수 없을 만큼 심하게 균열이 가 있고 모든 게 다 망가졌다. 하지만 방금 전의 자해 때문은 아니다. 이미 오래전부터 망가져 있었다. 그녀는 휘청거리면서 몸을 일으켜 세운다. 그러고는 침대까지 힘겹게 걸어가서 그 위에 엎어진다. 머리에 견딜 수 없는 아픔이 몰려온다. 통증이 머리를 꽉 죄어온다. 두 눈을 감는다. 귀 밑으로 피가 새어 나오는 게 아닌지 더듬어본다. 이어 왼손으로, 할 수 있는 한 가장 세심하게, 바르비투르산의 약병을 찾아 자기 배 위에 올려둔 후 손바닥 위에 조심스럽게 (머리에 가해진 고문의 충격은 얼마나 극심했을까!) 쏟아붓는다. 그러고는 손바닥에 담긴 것들을 단숨에 입 안으로 털어넣는다. 힘겨운 움직임으로 팔꿈치를 괸 그녀는 머리맡 탁자 쪽으로 상체를 튼다. 떨리는 손으로 위스키의 병목을 강하게, 할 수 있는 한 최대로 강하게 움켜잡고 입으로 가져와 마시고, 마시고, 또 마신다. 호흡이 허락하는 만큼 오랫동안 마셔댄 끝에 불과 몇 초 동안 병에 남아 있는 양의 반 이상을 비운다. 위스키 병이 손에서 미끄러진다. 모켓 위로 병이 굴러떨어지는 소리가 들린다.

알렉스는 육중한 망치처럼 침대 위에 다시 허물어진다.

속에서 솟구쳐 올라오려는 욕지기를 가까스로 억누른다.

눈물이 볼을 타고 흘러내리지만, 왜 이렇게 눈물이 나는지는 스스로도 알 수가 없다.

그녀의 몸은 여기 머물러 있지만 정신은 이미 다른 곳으로 넘어가고 있다.

정신이 제멋대로 굴러간다. 모든 것이 그녀의 삶 주위에 돌돌 말린다. 그러다 남은 것은 제 스스로 접힌다.

그녀의 뇌가 갑자기 공포의 충격에 짓눌린다. 신경회로망이 보내온 예비신호이다.

이제 그녀에게는 이후 벌어질 육체적 변화밖에 남지 않았다. 가물가물하게 헤아려지는 순간들, 다시는 돌이킬 수 없는 순간들이 지나자 알렉스의 의식은 이미 다른 세상에 가 닿아 있다.

만약 다른 세상이라는 게 정말로 있다면 말이지만.

50

　호텔 건물 안팎은 극도로 혼란스럽다. 도처에 접근금지구역, 만차 상태의 주차장, 여기저기서 번쩍거리는 회전경보등들, 다양한 차량들, 제복들. 투숙객들의 시선으로 보면, TV 미니시리즈의 한 장면 같을 수도 있다. 지금이 밤이 아니라는 점만 제외하고. 형사들이 등장하는 미니시리즈에서는 주로 시간적 배경이 밤일 때가 많으니까. 하지만 지금은 오전 7시다. 스타트라인에서 출발의 총성이 울리자마자 소요가 극에 달한 셈이다. 한 시간 전부터 호텔 사장은 자신의 여성 고객에게 일어난 일에 대해 몹시 비통해하며 사과의 말을 주절거리고 있다. 그러면서 가능한 한 최선의 조처를 취하겠다고 다짐한다. 하지만 지금 이 상황에서 그가 무엇을 약속할 수 있을지 의문이다.
　카미유와 루이가 도착할 즈음에 호텔 사장은 정문 입구에 나와 있다. 그가 누구인지 알아차리자마자 루이는 자기의 상관보다 앞서 나간다. 그는 이런 종류의 정황들에 익숙하다. 자기가 먼저 나서서 호텔 사장에게 말을 붙이는 편이 여러모로 이롭다. 카미유가 먼저 나서도록 내버려두면, 약 30분 후부터는 거의 내전사태에 돌입한다는 것을 경험으로 익히 알고 있기 때문이다.

루이는 호의적이고 이해심 많아 보이는 태도로 호텔 사장을 데리고 카미유에게서 멀찍이 떨어져 나온다. 통로가 비어 있다. 카미유는 먼저 도착해 있던 지방경찰서의 경관 한 사람을 따라간다.

"저는 수배되어 있는 그 아가씨를 곧바로 알아보았습니다."

그렇게 말해놓고 그는 상대방으로부터 칭찬의 인사말을 기대한다. 하지만 이내 오산임이 드러난다. 이 작달막한 형사에게서는 친근하고 사교적인 태도 따위는 전혀 찾아볼 수 없다. 그는 걸음이 무지 빠르고, 언제나 모든 관심사가 자신의 내부에만 쏠려 있는 듯한 인상을 준다. 꼭 그 안에 갇혀 있는 사람 같다. 그가 승강기 사용을 거부해서, 부득이하게도 이젠 아무도 이용하지 않는 콘크리트 비상계단을 걸어 올라갈 수밖에 없다. 한 걸음 디딜 때마다 계단 바닥이 성당 안처럼 울린다.

거기에 개의치 않고 경관이 덧붙인다.

"반장님이 도착하시기 전까지는, 누구도 현장에 들어가지 못하도록 조치했습니다."

신원조사팀의 기술 요원들이 도착하기 전까지는 사건이 발생한 객실로의 접근은 금지되어 있다. 루이가 호텔 사장을 진정시킬 겸 로비에 남아 있는 동안, 카미유는 유족인 척하고 그 방에 혼자 들어가본다. 마치 그가 희생자의 머리맡에 찾아온 친인척이라도 된다는 듯이. 현장 보존 요원들은 삼가는 태도로, 친인척의 심적 고통을 존중하는 의미에서 몇 초간만이라도 그가 유해 곁에 혼자 있을 수 있도록 배려해주기로 한다.

객실은 평범하다. 그런 공간에서 죽음을 맞이한 시신의 모습은 늘 통속적으로 보이게 마련이다. 이 젊은 여인도 그런 시각적 정황 속에 처하는 것을 피해가지 못했다. 그녀의 몸은 침대 시트에 둘둘 말려 있었다. 최후의 전신 경련이 그런 모양새가 되도록 그녀를 휘감고 지나간 것 같았다. 마치 미라로 묻히게 될 이집트 여인의 시신처럼 보인다. 그녀의 손은 침대 틀 바깥으로 삐져나와 있는데 몹시 파리해서 여성적인 인간미를 드러내고 있다. 그는 그녀의 얼굴에 주목한다. 천장을 향해 굳어 있는 시선에는 이미 아무런 초점도 없다. 그리고 입가에는 욕지기의 자국이 남아 있는데, 큼지막한 토사물 덩어리가 쏟아져 나오려다 말고 입속에 그대로 억눌려 있다는 것을 짐작할 수 있다. 이 모든 모습에서 죽어가는 과정이 꽤 고통스러웠을 거라는 유추가 충분히 가능해 보인다.

모든 주검들 앞에서와 마찬가지로, 이 방에서도 뭔가 베일에 싸인 듯한 신비감 같은 게 느껴진다. 카미유는 객실 문턱에서 서성거린다. 그는 시체들에 익숙하다. 25년의 경찰생활을 지속해오는 동안 숱하게 보아왔다. 구태여 셈해보자면 아마도 어지간한 마을의 인구수와 맞먹을지도 모른다. 그중에서는 카미유에게 강한 감응을 전해주는 시체들도 있고, 전혀 그렇지 않은 시체들도 있다. 무의식은 언제나 선별적이다. 그런데 이 여인의 시체는 그에게 퍽 괴롭게 와 닿는다. 솔직히 말해 고통스러울 정도다. 왜 그런지는 알 수 없다.

그는 무엇보다 결정적으로, 자기가 항상 너무 늦게 도착해왔다는 사실에 생각이 미쳤다. 이렌의 죽음과 이 사건을 자꾸 결부 짓지 않을 수 없는 자신의 강박관념 때문이다. 그는 도무지 적절한 대응을 할 수가 없었다. 그는 늘 얽매여 있었고, 그러다보니 너무 늦게 도착했다. 그녀는 결국 죽고 말았다. 하지만 지금 그는 여기 와 있다. 이 여자는 이렌이 아니며, 이 사건도 그와 비슷한 양상으로 반복되는 게 아니라는 것을 잘 알고 있다. 또한 그 어떤 죽음도 이렌의 자리에 겹쳐질 수 없다는 것도 알고 있다. 그리고 무엇보다도 이렌은 아무 죄도 지은 적이 없기 때문에 이 여자의 경우와는 거리가 멀다.

그럼에도, 그는 동요하고 있다. 이런 심경은 어떻게 설명될 수가 없다. 그는 직감으로 알고 있다, 자기가 이해하지 못한 그 무엇이 있다는 것을. 처음부터, 아마도 그랬던 것 같다. 그런데 이 아가씨는 결국 자신의 목숨과 함께 그 비밀도 거두어가고 말았다. 카미유는 그녀에게 다가갈 수 있기를, 그녀를 더 가까이서 들여다볼 수 있기를, 그녀와 이 비밀을 공유할 수 있기를, 그리하여 그녀의 일부나마 이해할 수 있기를 바라고 있다.

그녀가 살아 있는 동안 그는 그 꽁무니만 쫓아다닐 수 있었다. 죽고 나서야 비로소 그녀와의 대면이 이루어진 셈이다. 그러니 그는 그녀에 관해 아무것도 알 턱이 없다. 몇 살인가? 고향은 어디인가?

그리고 다른 무엇보다, 그녀의 본명은 무엇이란 말인가?

서 있는 곳 옆쪽에 놓인 의자에 핸드백이 하나 놓여 있다. 그는 고무장갑을 꺼내 끼고 가방을 집어든 후 열어본다. 신원에 관해 알 수 있는 모든 것들이 그 안에 다 들어 있다. 그토록 밝혀내지 못해 애태운 그녀의 신원을 수중에 확보하다니, 믿기지 않는 일이다. 그는 신분증을 찾아내 들여다본다.

서른 살. 대체로 시신들은 생전의 모습과 전혀 비슷해 보이지 않는 법이다. 그는 신분증 사진을 침대 위에 죽어 있는 여인과 비교해본다. 이 두 얼굴은 몽타주에 근거하여 지난주 내내 자신이 헤아릴 수 없을 만큼 많이 그려본 피해 여성의 모습과 전혀 닮지 않았다. 그러므로 이 여자의 얼굴은 정확히 파악될 수 없는 것으로 남을 수밖에 없다. 어느 쪽이 가장 괜찮은가? 오래전에 찍힌 듯한 신분증 사진? 아마도 그녀가 스무 살 무렵이었을 것으로 보인다. 철 지난 헤어스타일에, 약간의 웃음기도 없이 굳은 얼굴로 정면만 향하고 있다. 혹은 수십만 장의 사본이 유포된 연쇄살인자의 몽타주? 그 몽타주에 그려진 그녀의 얼굴은 위협적일 만큼 차갑고 단호하며 둔중해 보인다. 혹은 침대 위에 발가벗겨진 채 숨져 있는 실물은 어떤가? 마치 벗어진 허물처럼 보이는 그 육신은 더 이상 누구와도 소통할 수 없는 질곡에 빠진 듯 느껴진다.

카미유는 그녀가 괴이하리만큼 페르낭 펠레즈*의 〈희생된 여인〉과 비슷해 보인다고 여긴다. 그녀가 세상을 뜬 순간 죽음의 신이 내려와 이토록 경악스러운 조화를 부려놓은 건지도 모른다.

이 얼굴에 홀려, 카미유는 자신이 여전히 그녀의 이름도 모르고 있다는 사실을 잠시 잊고 있었다. 다시 신분증으로 눈길을 돌린다.

알렉스 프레보스트.

카미유는 그 이름을 되뇌어본다.

알렉스.

그러니 이제 더 이상은 로라도, 나탈리도, 레아도, 엠마도 아니다.

그녀의 이름은 알렉스이다.

더 정확히 하자면, 현재가 아니라 살아 있는 동안의 이름은 알렉스였다.

---

* 스페인계 프랑스 화가로 사회의식이 강한 사실주의 화풍의 회화들을 많이 남겼다.

3부

# 51

예심판사 비다르는 아주 만족스러워한다. 이 자살은 그의 분석과 지략과 뚝심 등으로 인해 도달한 논리적 귀착점이다. 자만심 강한 남자들이 흔히 그러하듯, 실은 요행과 정황의 산물에 불과한 것까지도 그는 자신의 실력이 빚어낸 공적이라 여기며 의기양양해한다. 카미유와 달리, 그는 성취감으로 한껏 들뜬 표정을 숨기지 못하고 있다. 하지만 냉정한 침착성도 유지하려 애쓴다. 신중해 보일수록, 사람들에게는 그가 승리했다는 인상이 더욱 강해질 테니까. 카미유는 그의 입에서, 그의 어깨에서, 그리고 보호 장구를 갖추는 데 집중하는 그의 태도에서 예심판사 비다르가 어떤 작자인지를 새삼 절감한다. 외과의사와도 같은 작업모에 파란색 실내화를 착용한 것은 가히 그다운 꼴불견이 아닐 수 없다.

그는 복도에 남아 이 모든 걸 그저 지켜보는 데 그칠 수도 있었을 것이다. 기술 요원들이 이미 작업에 착수해 있기 때문이다. 하지만 서른 살의 나이에 연쇄살인을 저지른 여성이 싸늘하게 죽어 있는 현장은 그에게 혁혁한 전과와도 같이 여겨진 모양이다. 그러니 더 가까이서 살펴보고 싶어질 수밖에. 그는 만족스러운 표정을 지어 보인다. 그가 문제의 객실에 들어서는 모습은 로마 황제의 위용을 방불케 할 정도이다. 침대 근처에서 기웃거리며 뭐라고 주절거리듯 그는 입술을 달싹인다. 아마도 계속 좋아, 좋아 같은 말들을 입 안에서 우물거린 것 같다. 객실에서 나가자마자 그는 사건종결, 이라고 선언하듯이 머릿짓을 한다. 그는 카미유에게 신원조사팀의 기술 요원들을 가리켜 보인다.

"조속한 시간 내로 사건종결 보고서가 필요합니다. 반장님도 잘 이해하고 계실 줄 압니다만······."

이 말은 그가 이 사건에서 손을 뗀 후 다른 책임자에게 서둘러 넘기고 싶어한다는 의미일 수도 있다. 어서 빨리. 카미유는 동의한다.

"하지만 일말의 의혹도 남지 않도록 모든 것을 철저히 규명해야겠지요?" 예심판사가 그렇게 덧붙인다.

"물론입니다." 카미유가 말한다. "철저히 규명해야지요."

예심판사는 막 떠날 준비를 한다. 카미유의 귀에는 화포에서 발사된 탄환이 하늘 높이 솟아오르는 소리가 들리는 것 같다.

"정말로 이제 이 사건을 마무리 지을 때가 된 것 같습니다." 예심판사가 말한다. "모두를 위해."

"판사님 말씀은 그러니까 결국 저를 위해서라는 의미인가요?"

"충심을 다해 말씀드리는 바입니다만, 네, 바로 그렇습니다."

그렇게 말하며 그는 보호 장구를 벗는다. 우스꽝스런 작업모와 실내화는 그가 한 말의 품격과는 전혀 어울리지 않는다.

"이 사건에서" 그가 다시 자기 견해를 이어간다. "반장님은 유난히 특유의 명철함을 잃고 헤매셨던 게 아닌가 싶습니다. 사건이 이미 발생하고 난 후 한참이 지나서야 비로소 달려가곤 하셨지요. 반장님이 그래왔다는 건 다른 누구보다 스스로 가장 정확히 자각하고 있을 겁니다. 희생자의 신원조차 죽고 나서 그녀 자신이 드러낸 것일 뿐 반장님은 그것도 밝혀내지 못했지요. 공gong이 반장님을 살린 셈이라고나 할까요. 하지만 반장님이 멀찍이 떨어져 있었다는 건 어김없는 사실입니다. 이렇게 다행스러운…… '돌발변수'가 튀어나오지 않았다면(그는 객실을 가리켜 보인다), 저는 반장님한테 이 사건을 계속 맡겨야 할지 아마 확신하지 못했을 겁니다. 제 생각에 반장님은……"

"능력껏 역할을 수행하지 못하고 있었다 이거지요?" 예심판사의 질타에 카미유가 먼저 선수를 친다. "네, 예심판사님, 그렇게 말씀하시면 됩니다. 그 말을 입에 담으려 하신 것 같은데."

예심판사는 다소 언짢은 기색을 드러내며 복도에서 몇 발 이리저리 옮겨본다.

"그거, 아주 좋은 견해십니다." 카미유의 신랄한 논평이 이어진다. "물론 무슨 생각을 하시는지 밝히기에는 용기가 충분치 않으신 것 같긴 합니다만. 또한 무슨 말을 하고 있는지 생각하기에는 진솔한 면이 다소 모자라 보이긴 해도 말이지요."

"저는 그저 반장님께 제 속마음을 말씀드리려던 것뿐입니다만……"

"치가 떨리는군요."

"저는 반장님이 이와 같은 중범죄들을 다시는 맡지 못하게 되진 않을지 심히 우려하고 있습니다."

그는 자신이 웅숭깊게 숙고하고 있음을 강조하기 위해 일부러 사이를 둔다. 하긴, 지적으로 성숙한 남자라면 자기가 중히 여기는 사안에 대해 결코 섣불리 입을 열지 않는다는 게 그의 철칙 중 하나일 것이다.

"반장님이 이번 사건의 마무리 수사를 계속 맡으실지는 확실하게 결정난 사항이 아닙니다. 어쩌면 이 사건에서 약간 거리를 두셔야만 할지도 모르겠군요."

## 52

 현장에서 수거된 모든 물품들은 일단 법의학 연구소로 넘어갔다. 그러고 나서 다시 카미유의 사무실로 이송되었다. 언뜻 봐서는 알아차리기 어렵지만 실제로 그 증거물들은 양이 상당해서 많은 공간을 차지한다. 원래 사무실에 놓인 옷걸이, 의자들, 간이소파 등을 옆으로 밀어낸 후, 아르망이 식탁보를 덮어놓고 사용하던 테이블 두 개를 더 들여와야 했다. 그러고 나서 그 위에 증거물 전체를 배열해두었다. 그중에는 그녀가 서른 살의 성인 여성에 속한다는 사실을 믿기가 어려운 증거물들이 태반이다. 정신연령이 의심스러워질 정도로, 어린아이들이나 썼음직한 꽤 많은 물건들이 눈에 들어오기 때문이다. 그걸 보고 있자니, 그녀가 한 사람의 어엿한 성인으로 자라나지 못했을 수도 있다는 인상을 받는다. 그렇지 않고서야 다 낡아빠진 싸구려 가짜보석 브로치나 영화 티켓 따위를 오랫동안 고이 간직하고 다녀야 할 까닭이 뭐람.
 경찰에서는 나흘 전에 호텔에서 이 물품들을 모조리 압수해왔다.
 자살한 아가씨의 객실에서 나온 직후, 카미유는 아르망이 프런트 안내직원의 증언을 듣고 있는 로비로 내려갔다. 금방 따귀라도 한 대 얻어맞은 것처럼 헤어젤을 잔뜩 발라 머리를 옆으로 쓸어넘긴 프런트 안내직원은 꽤 젊어 보이는 사내이다. 순전히 실용적인 이유에서 아르망은 투숙객들이 아침을 먹고 있는 레스토랑의 홀 안에 자리를 잡았다. 그가 물었다.

"실례 좀 해도 괜찮겠습니까?"

대답이 떨어지기도 전에, 그는 커피 한 잔, 크루아상 네 개, 오렌지주스 한 잔, 시리얼 한 접시, 삶은 달걀, 햄 두 쪽, 그리고 가공치즈 몇 조각 등으로 아침상을 차려 먹었다. 그렇게 아침식사를 하면서 그는 질문도 하고, 음식물이 입에 가득 들어 있을 때는 상대방의 답변을 주의 깊게 듣는 척하기도 한다. 입에 쑤셔 넣은 음식들을 목구멍으로 모두 넘기고 나서야 그는 답변의 구체적인 세목들을 뜯어본다.

"방금 전에 얘기하기로는 22시 30분이라고 하셨던 것 같은데."

"네, 맞습니다." 상당히 깡마른 형사의 왕성한 식욕에 질린 채 안내직원이 말한다. "하지만 25분을 넘긴 시각이라 어림잡아 그렇게 말씀드린 건데……"

아르망은 무슨 말인지 알겠다는 손짓을 한다. 심문이 끝나갈 때쯤 되면 그는 아마도 이렇게 말할 것이다.

"혹시 조그마한 종이상자 같은 것 좀 얻을 수 없을까요?"

역시나 대답이 나오기도 전에, 그는 석 장 정도의 냅킨을 널찍이 펼쳐 놓고 그 위에 비엔나 조각 케이크가 담긴 바구니를 통째로 엎은 뒤, 냅킨의 네 방향 귀퉁이를 깔끔하게 접을 것이다. 그러고는 손에 잡히는 리본 따위로 매듭을 짓는다. 마치 작은 선물 꾸러미처럼 보이기도 한다. 그러고는 어쩔 줄 몰라 하는 안내직원에게 이렇게 말한다.

"오늘 점심거리로 좀…… 이런 일에 종사하다보면, 밥 먹으러 갈 시간이 부족하거든요."

지금은 오전 7시 30분이다.

카미유는 증언 청취를 위해 루이가 호텔 측에 미리 협조요청을 해둔 세미나실로 들어선다. 루이는 거기서 알렉스를 처음으로 발견한 청소부 아주머니를 심문하고 있다. 일에 찌들려 피로해 보이는데다 안색이 핼쑥한 오십대 여인이다. 평소 그녀는 저녁식사 후 출근해서 새벽에 퇴근하곤 하는데, 더러 직원들이 부족할 때는 아침에 바로 다시 나와 오전 6시부터 호텔 시설물들의 청소와 정비에 들어가기도 한다. 매우 뚱뚱한 그녀는 등까지 살짝 굽어 있다.

일반적으로 그녀는 정오 바로 전에만 한 번씩 호텔 객실을 청소하러 들어가는데, 반드시 아주 길게 노크를 하고 문가에 귀를 대본 후에 문을 여는 습성이 생겼다. 자살로 생을 마감한 그 여자의 참상을 직접 목도한 후부터다…… 그녀가 이야기를 계속 이어가려는 참에 키가 작달막하고 험상궂게 생긴 형사가 들어오더니 매서운 눈초리로 이쪽을 주시하기 시작한다. 이 형사의 등장에 그녀의 말문이 얼어붙으려 한다. 그는 아무 말도 하지 않고 묵묵히 앉아 있기만 한다. 외투 옆주머니에 찔러 넣은 두 손은 여기 들어왔을 때부터 한 번도 빼지 않는다. 그녀의 눈에 이 형사는 몸이 썩 좋지 않거나 추위를 많이 타는 것처럼 보인다. 이 대목에 한해서는 그녀의 직감이 옳다고 할 수 있지만, 그녀는 방 번호와 관련해 실수를 저질렀다. 그녀의 장부에는 '317호'라고 적혀 있었다. 그런데 그 방의 투숙객은 이미 호텔을 떠난 걸로 추정된다. 방에 들어가서 청소를 해도 좋다는 녹색등이 들어와 있다.

"잘못 적힌 거였어요. 저는 '314호'로 정확히 읽었거든요." 그녀가 이렇게 설명한다.

그녀는 꽤 강경하게 나온다. 적어도 이 부분과 관련해서는 자신의 실수임을 자인할 의사가 전혀 없는 듯하다. 자기에겐 아무 잘못도 없다는 것이다.

"사람들이 객실 번호를 제대로 적어주었더라면, 이런 일은 일어나지 않았을 거예요."

그녀를 안심시키기 위해, 루이는 곱게 가다듬어진 손으로 그녀의 어깨를 살며시 토닥거려주며 눈을 감는다. 그는 정말 추기경 같은 태도를 보일 때가 간혹 있다. 여하튼 그런 실수로 인해 우연치 않게 314호로 들어가게 된 이 청소부 아주머니는 자신이 쉬지 않고 곱씹어보듯 방 번호를 착각한 민망함이 무색해질 만큼 충격적인 광경에 직면하게 된다. 아무도 없을 줄 알았던 그 방에는 젊은 아가씨가 아직 머물러 있었는데, 놀랍게도 싸늘히 숨져 있었던 것이다.

"저는 그 여자가 죽어 있다는 걸 금세 눈치챘어요."

청소부는 입술을 깨물며 무슨 말을 이어야 좋을지 몰라 고민스럽다는 표정을 짓는다. 살아오는 동안 그녀는 죽은 사람들을 이미 본 적이 있다. 아무리 그렇다 해도, 이런 순간은 매번 뜻밖일 수밖에 없다. 사람이 죽어 있는 모습과 마주하는 일은 어느 누구에게라도 충격적인 체험이다.

"무슨 돌덩이 같은 걸로 뒤통수를 한 대 얻어맞은 것 같았어요!"

이 장면이 기억 속에 떠오르기만 해도 몸서리가 쳐지는지 그녀는 손으로 입가를 틀어막는다. 루이는 그럴 만도 하다는 듯 묵묵히 고개를 주억거려 보인다. 카미유는 아무 말도 하지 않는다. 그는 청소부를 바라보면서 다음 증언이 이어지기를 기다리고 있다.

"세상에나, 그렇게 예쁜 아가씨가. 꽤 활달한 모습이었는데……"

"아주머니는 죽은 그 아가씨가 활달해 보였나요?"

그 부분을 놓치지 않고 카미유가 질문한다.

"아니 그게, 객실 안에서 죽어 있는 모습이 그랬다는 건 당연히 아니고요……"

두 형사가 뭔가 새로운 국면에 대한 증언이 나올 것을 기대한다는 눈치를 주자, 청소부는 약간의 망설임 끝에 이들을 돕기로 마음먹는다. 방 번호를 착각한 에피소드도 그랬지만, 그녀는 이런 증언을 털어놓음으로써 혹시라도 누군가에게 질책 당할지도 모른다는 우려로 흐트러지는 일이 없다. 그녀는 자기 자신을 직접 변호하고 싶어한다.

"사건 전날 실은 자살한 여자를 본 적이 있어요. 그때 그 아가씨가 무척 활달해 보였거든요! 제가 말씀드리려 한 건 바로 이거예요! 그녀는 아주 씩씩한 태도로 바쁘게 걸어가고 있었어요. 뭐랄까, 형사님들한테 어떻게 표현해야 할지 잘 모르겠지만요!"

청소부의 신경이 다소 날카로워진 것 같다. 루이가 차분히 그녀의 말을 받아 물어본다.

"사건 전날, 아주머니는 그러니까 그녀가 어디로 바삐 걸어가는 걸 보신 거죠?"

"그게 어디냐 하면, 저 앞쪽에 거리를 향해서였어요! 그녀는 쓰레기 봉투 같은 걸 손에 들고 있었고요."

그녀가 말을 맺기도 전에 두 형사는 이미 자리에서 일어나 쏜살같이 튀어나간다. 그들이 출구 쪽으로 화급히 달려가는 게 보인다.

지나가는 길에 카미유는 아르망을 낚아채서 같이 데리고 간다. 형사 세 사람이 모두 출구 밖으로 황황히 달려나가고 있다. 우측과 좌측, 거리의 각 방향에서 50여 미터쯤 떨어진 위치에 쓰레기 트럭 한 대가 컨테이너 박스를 막 옮겨 싣는 중이다. 환경미화원들이 그 밑에서 쓰레기 더미들을 추스르고 있는 게 보인다. 형사 세 사람은 그쪽으로 달려가며 일제히 고함을 지른다. 하지만 멀리 떨어져 있어서 이들이 뭘 원하는지 아무도 알아듣지 못하고 있다. 카미유는 아르망과 함께 환경미화원들에게 다양한 몸짓을 해가며 뛰어올라간다. 루이는 이미 달려 내려가는 중이다. 세 형사는 다급히 경찰신분증을 제시한다. 이들의 숨이 턱 밑까지 차오른다. 이들의 몸짓에서 환경미화원들은 뭔가 심상치 않다는 걸 직감하고 마비된 듯 일손을 멈춘다. 그러는 사이 세 형사는 숨이 넘어갈 듯 헉헉거리며 마침내 쓰레기 트럭 앞에 도착한다. 환경미화원들로서는 수년 동안 일해오면서 경찰이 쓰레기통을 체포하려고 달려드는 것은 지금까지 본 적도, 들은 적도 없는 진풍경이었을 것이다.

청소부 아주머니는 마치 기자들과 팬들에게 둘러싸인 데뷔 직후의 연예계 스타처럼 여기저기서 카메라 플래시가 터지는 호텔 로비 앞으로 이끌려 나온다. 그녀는 자기가 사건 전날 저녁 자살한 아가씨와 마주친 지점이 정확히 어디쯤인지 손가락으로 가리켜 보인다.

"저는 스쿠터를 타고 와서 저쯤에 멈춰 섰어요. 그리고 여기서 그 아가씨를 보았죠. 거의 이쯤인 것 같네요. 아주 정확하게는 글쎄, 잘 모르겠네요."

그때 세 명의 형사를 비롯한 몇몇 사람들이 스무 개 정도 되는 컨테이너 박스를 굴리며 호텔 주차장으로 들어온다. 호텔 사장은 이내 기겁한다.

"이러시면 안 되는……"

그가 제지하려는 태도를 보이자 카미유가 나서서 그의 말을 끊는다.

"뭘 하면 안 된다는 거죠?"

카미유의 위협적인 어투에 놀라 사장은 뒷전으로 물러난다. 참 더럽게 일진이 안 좋은 날이다. 여자의 자살사고가 터진 것으로도 모자라 이젠 주차장에 쓰레기더미까지 쌓이게 생겼으니.

문제의 종량제 쓰레기봉투 세 개를 발견한 이는 아르망이다.

쓸 만한 재활용품 같은 게 없나 뒤지고 다닌 후각은 절대 무시할 수 없다. 역시 경험은 소중하다.

# 53

 일요일 아침, 카미유는 두두슈가 재래시장을 내려다볼 수 있도록 창문을 열어준다. 두두슈는 그러는 걸 참 좋아한다. 아침식사를 마쳤지만 아직 오전 8시도 채 되지 않은 시각이다. 간밤에는 제대로 자지 못했다. 늘 그래왔듯이 머뭇거림의 긴 터널 속으로 들어간다. 그러고 있으면 모든 처리방법들이 죄다 시원치 않아 보이며, 뭔가 행하거나 행하지 않는 것도 결과적으로 다 거기서 거기로 보인다. 이 불확실함 속에서 가장 두려운 것은, 궁극적으로 무엇에 이끌려 가고 있는지 자신의 심연을 들여다보는 일이다. 스스로를 심문하는 척하는 것은 합리성을 빙자해서 골치 아픈 결정을 은폐하고 넘어가려는 몸짓에 지나지 않는다.
 오늘은 모친의 작품에 대한 경매와 입찰이 열리는 날이다. 그는 가지 않겠노라고 이미 말해둔 바 있다. 지금도 그 생각은 여전히 확고하다.
 이미 경매가 지나가버린 것 같은 기분도 든다. 카미유는 경매 자체보다 경매가 끝나고 난 이후에 대해 계획을 세우고 있기 때문이다. 현재 그가 고민하고 있는 문제는 자기에게 돌아올 수익의 처리와 관련돼 있다. 그러니까 이 돈을 자기 계좌에 예치해두기보다는 다 내놓겠다는 결심. 지금까지 그는 자기에게 얼마만큼의 돈이 들어올지 궁금히 여기는 걸 애써 거부해왔다. 하지만 그가 따져보길 원치 않는다 해도, 그의 뇌는 벌써 그 액수를 셈해보고 있다. 그로서도 어쩔 수 없는 일이다. 그래봤자 루이의 절반만큼이라도 부유해지기는 어려울 것이다. 하지만 그렇다 해도 사람이 재물에 끌리는 건 불가항력일지도 모른다. 그가 대충 헤아려보니, 1억 5십만 1천 유로에서 크게 멀지 않은 액수가 나올 것 같다. 어쩌면 그 이상, 2억 유로에 달할 수도 있다. 이런 계산에나 몰두하고 있는 자신에게 화가 나기도 하지만 자기 의지와 상관없이 머릿속에서는 자꾸 수중에 들어올 액수가 얼마나 될지 아른거리니 어쩔 도리가 없다. 이렌이 죽었을 때, 보험회사에서는 그들 부부가 처분했다가 카미유가 다시 사들인 아파트의 매매액을 보험금으로 지급해준 바 있다. 그때 그 돈에다가 약간의 주택담보 대출금을 보태 그는 지금 살고 있는 아파트를 장만했다. 어쩌면 경매에서 들어온 돈으로 일단 대출금부터 상환할 수도 있을 것이다. 이런 생각은 초심을 뒤흔드는 균열의 첫 신호이다. 그는 스스로에게 이렇게 말하려 할 것이다, 최소한 어음만 끊어주고 나머지 액수를 내놓을 수도 있는 거 아닐까. 이어 그는 또 이렇게 말을 바꿀 수도 있을 것이다, 어음만 끊어줄 게 아니라 차도 좀 갈고 나서 나머지 액수를 내놓는다 한들 누가 뭐라겠어. 애초에 마음먹은 처리방법에서 자꾸 물러나는 도미노 현상. 그러다보면 내놓을 나머지 액수가 끝내 바닥나는 선까지 밀려나겠지. 그는 고작해야 200유로를 암투병 환자들의 모임에 기부하는 데 그칠 수도 있다.

자, 이러지 말고, 카미유는 한숨지으며 자신을 타이른다, 핵심에 집중하자.

그는 오전 10시경 두두슈를 집에 혼자 놔두고, 재래시장을 가로질러 걸어서 강력반을 향해 간다. 날씨가 조금 춥긴 해도 햇살이 쾌청해서 걷기에는 그리 나쁘지 않은 것 같다. 시간은 걸릴 만큼 걸릴 것이다. 카미유는 최대한 빨리 걷는다고 걸어보지만 다리가 워낙 짧아 속보의 효과는 미미한 편이다. 괜한 고집에서 물러나 좋은 처리방법을 고른다. 전철을 타는 거다.


일요일이지만 루이는 오후 1시쯤 강력반에서 그와 합류할 거라고 말했다.
강력반 사무실에 도착한 후부터 카미유는 테이블 위의 증거물들과 묵언의 대화를 나누는 데 몰두한다. 마치 어느 어린 소녀의 애장품들을 진열해놓은 진열장 앞에 와 있는 기분이 든다.
이 아가씨가 호텔 객실에서 숨진 채 발견된 날 저녁, 알렉스의 오빠가 법의학 연구소에서 시신 확인 절차를 거친 직후, 경찰은 알렉스의 어머니 프레보스트 부인과 간단하게 면담을 나누었다.
프레보스트 부인은 상당히 아담하면서도 활력이 있어 보이는 여인이다. 모나고 각진 얼굴은 하얗게 센 머리나, 낡았지만 절도 있게 갖춰 입은 의상들과 어딘가 잘 어울리는 것처럼 보인다. 그녀의 모습에서는 모든 요소가 동일한 전언을 함축하고 있는 게 아닐까 하는 생각까지 든다. 즉, 우리는 검소하고 수수하게 살아가는 계층이랍니다, 라는 메시지를. 그녀는 외투를 벗으려 하지 않았고 핸드백도 손에서 놓고 싶어하지 않았다. 그저 서둘러 떠날 생각뿐인 듯했다.
"엄마란 사람이 딸이 자살했다는 소식에 이 정도로 태연자약한 걸 보면, 아마도 살아오는 동안 그녀한테는 단숨에 삭여버려야 할 소식들이 적지 않았나봅니다." 그녀를 처음으로 상대하며 이런 태도를 의아하게 여긴 아르망이 그렇게 말했다. 당신의 딸은 어젯밤에 자살했다. 그런데 자살하기 전 지금까지 밝혀진 건만 최소한 여섯 명을 살해했다. 어쩌면 그녀에게는 이 연쇄살인이 불가피한 일이었을 것이다 등등.

　카미유는 부인의 감정 상태를 시험해보기 위해 아르망과 복도에서 오래도록 상의했다. 프레보스트 부인은 곧 자신의 딸이 어렸을 때 혹은 사춘기 시절에 간직해온 여러 개인용품들과 마주하게 될 것이다. 그것들은 물론 별다른 가치가 없는 물건들에 불과하지만 자신의 자녀가 죽은 후에 남겨둔 유품이라는 의미에서 적어도 어머니에게 각별한 심적 고통을 유발할 수도 있을 것이다. 프레보스트 부인은 자제력이 대단한 편이다. 눈물도 흘리지 않는다. 그리고 자기는 모든 걸 이해할 수 있다는 말도 한다. 하지만 정작 알렉스의 추억이 담긴 테이블 앞에 서자 그녀는 정신을 잃고 쓰러지려 한다. 사람들이 그녀에게 의자를 가져다 준다. 이 순간은 옆에서 지켜봐야 하는 사람들에게 가슴 저미는 슬픔을 안겨준다. 그저 참고 지켜보기만 해야 하는 사람들은 어찌할 바 모르고 부인 곁에서 서성거릴 뿐이다. 그럼에도 프레보스트 부인은 마치 이곳에 일시 방문한 사람처럼 자신의 핸드백을 여전히 손에서 놓으려 하지 않았다. 그녀는 잠시 앉아 안정을 취한 후 딸이 쓰던 물건들을 가리켜 보이며 주춤주춤 테이블 앞으로 다시 다가간다. 그녀가 전혀 알지 못하거나 기억하지 못하는 게 많다. 그녀는 자주 난처해하면서 모호한 태도를 보인다. 그것은 마치 그녀가 중국 화풍으로 그려진 딸의 초상화 앞에서 그게 자기 딸임을 알아보지 못하는 정경과도 같다. 부인에게 이 물건들은 이제 아무 상관도 없는 옛 순간의 조각들로밖에 여겨지지 않는 것 같다. 물론 이제는 이승에서는 다시 보지 못할 자기 딸이, 아무렇게나 벌려져 있는 잡동사니들의 좌판 따위로 오그라든다는 건 부당한 처사처럼 느껴질 수도 있다. 그러니 애틋한 심정이 순식간에 앙분으로 뒤바뀌는 것을 함부로 탓할 수도 없을 것이다. 부인은 이리저리 고개를 돌린다.

"왜 얘는 이 따위 허섭스레기만 보관하고 있었을까요? 당신들, 이게 개 물건들이라는 건 틀림없는 거예요?"

카미유는 팔을 펼쳐 보인다. 그는 자신에게 공격적인 상황이 닥칠 때면 방어의 양태로 곧잘 이런 제스처를 보이곤 한다. 쇼크를 받은 사람들에게서 순간적으로 난폭성이 드러나는 경우는 드물지 않다.

"이거 보세요." 그녀가 다시 말한다. "네, 이거. 이건 그 아이 것이 맞네요."

그녀가 가리킨 것은 나무로 만든 흑인 인형의 작은 머리통이다. 그녀는 이 인형과 얽힌 이야기를 할까 하다 그만둔다. 그다음에는 이런저런 소설들에서 뜯겨진 페이지들.

"걔는 엄청나게 책을 많이 읽는 편이었어요. 손에서 책을 놓은 순간이 거의 없다시피 할 정도였으니까요."

루이가 도착했을 때 시각은 거의 오후 2시에 가까워져 가고 있다. 그는 책에서 뜯겨져나온 낱장들을 훑어보는 일부터 시작한다.『내일의 투쟁 속에서 스스로에 대해 되돌아보라』『안나 카레니나』. 많은 대목들에 보라색 잉크로 밑줄이 그어져 있다.『미들마치』『닥터 지바고』. 루이가 모두 이미 읽은 작품들이다.『오렐리앙』『부덴브로크가의 사람들』. 그녀가 마르그리트 뒤라스의 모든 작품들을 읽었다는 얘기가 나온 적이 있긴 하지만, 그중에서 뒤라스의 작품은『아픔』의 한두 페이지가 보이는 게 고작이다. 루이는 이 작품들의 제목 사이에서 구태여 어떤 연관성을 유추해볼 필요까지는 없다고 느낀다. 굳이 이 책들 사이에서 공통성을 찾자면 상당량이 낭만주의적인 작품에 속한다는 점이다. 이것은 그러리라 예상된 바이다. 감상에 빠지기 쉬운 젊은 아가씨와 엄청난 연쇄살인마는 마음이 여린 존재들이라는 의미에서 약간의 공통점이 있다고도 할 수 있다.

그들은 점심을 먹으러 간다. 식사하는 도중에 카미유는 오늘 아침의 경매를 주관한 모친의 동창에게서 전화를 받는다. 서로 별다른 얘기를 나누지는 않는다. 카미유는 새삼 감사인사를 전할 뿐이다. 그는 이제 어떻게 해야 할지 모르고 있다. 그는 조심스럽게 돈 얘기를 꺼내본다. 카미유의 휴대폰 저편에서 모친의 동창은 이 문제에 대해서는 나중에 긴히 논의해야 할 것이고, 자신은 무엇보다 오로지 모드 베르호벤을 위해 이런 경매에 나선 것뿐이라고 말한 것으로 짐작된다. 카미유는 입을 다물고만 있다. 그들은 이른 시일 내에 빨리 만나기로 약속한다. 하지만 그렇게 되지 않으리라는 사실을 서로 알고 있다. 카미유는 전화를 끊는다. 2억 8십만 1천 유로. 경매의 입찰 결과는 모든 기대치를 훨씬 뛰어넘었다. 다른 작품들에 비하면 다소 완성도가 미흡한 작은 자화상의 낙찰가조차도 무려 1만 8천 유로였다고 했다.

루이는 그다지 놀라지 않는다. 그는 이 방면의 시세동향을 잘 알고 있다. 그에게는 경매와 입찰에 참여해본 경험이 있다.

2억 8십만 유로라니. 카미유로서는 전혀 실감이 나질 않는 액수이다. 한번 계산을 해보고 싶어진다, 도대체 몇 년 치 월급을 모아야 이만한 액수에 도달할 수 있을까? 많이, 어쨌든 많이 모아야 한다는 것만은 틀림없는 사실이다. 이로 인해 갑자기 부담스러워진다. 자기의 호주머니가 무거워질 것만 같다. 실은 호주머니보다 어깨가 더 그럴 게 틀림없다. 그는 상체를 조금 구부려본다.

"모든 작품을 다 팔아치우기로 한 건 그릇된 결정이었을까?"

"꼭 그렇지는 않을 거예요." 루이는 신중한 목소리로 그렇게 답한다.

그럼에도 카미유는 이 부분에 관해 계속 자문해보지 않을 수 없다.

## 54

바싹 면도한 턱 때문인지, 네모난 얼굴에는 자발적인 의지가 충만해 보인다. 눈빛에도 생기가 그득하다. 두툼한 입술도 상당히 활력이 넘치고 정력적인 인상을 풍긴다. 곱슬곱슬한 갈색머리를 뒤로 바짝 붙여서 빗어 넘기지만 않았다면, 그는 더욱 근위병처럼 보였을 자세로 매우 꼿꼿이 서 있다. 은을 씌운 혁대 버클로 인해 하복부의 풍만한 양감이 더욱 두드러져 보이는데, 마치 자신의 사회적 위상과 비례해서 배도 그만큼 튀어나오는 게 아니냐고 당당히 내세우는 것 같다. 그것은 과다한 영양섭취를 가리키는 지표이거나 안정된 결혼생활의 영향 또는 사회생활에서 쌓인 스트레스의 반증, 아니면 이 세 요인이 고루 버무려진 결과일 수도 있다. 여하튼 그런 까닭에 그의 나이는 마흔도 더 되어 보인다. 하지만 실제로 그는 올해 서른일곱 살이다. 키는 180센티미터를 훌쩍 넘길 듯싶고 양 어깨도 널찍하다. 루이도 장신이긴 하지만 그다지 덩치가 우람한 편은 아니다. 그래서 옆에 같이 있으니 흡사 신체적으로 아직 더 자라야 할 소년처럼 보일 정도이다.

카미유는 이 사람을 법의학 연구소에서 이미 한 번 대면한 적이 있다. 그가 시신을 확인하러 왔을 때였다. 그때 그는 알루미늄 선반 위로 어색해하면서 심히 주저하는 표정과 함께 머리를 기울이고 있었다. 그러고는 아무 말도 하지 않았다. 그저 고개만 까딱거렸을 뿐이다. 네, 그 아이가 맞네요. 시신 위로 다시 시트가 덮였다.

그날 법의학 연구소에서 그들은 서로 아무 말도 나누지 않았다. 지금까지 확인된 것만 여섯 목숨을 앗아간 연쇄살인범이 고인일 때는 그 유족에게 조문인사를 전하기도 어려운 노릇이다. 이런 순간에는 무슨 말을 해야 할지 참으로 난감하다. 하지만 다행히도 그건 경찰의 소임이 아니다.

복도로 다시 돌아온 카미유는 말을 아꼈다. 루이가 말했다.

"저는 저 친구가 훨씬 더 명랑하고 익살스러운 성격인 줄 알고 있었는데……"

맞다. 카미유도 기억이 났다. 트라리외 아들의 죽음에 관해 수사할 즈음 루이는 이미 그를 거친 적이 있다.

월요일 오후 5시. 강력반.

다들 사무실에 나와 있다. 루이(브리오니 정장에 랄프 로렌 와이셔츠를 받쳐 입고 구두는 포지애리를 신고 있다)와 아르망이 나란히 앉아 있다. 아르망의 양말이 구두 위에서 나선형으로 돌돌 말려 있는 게 보인다.

카미유는 이들과 멀찍이 떨어져 사무실 안쪽에 앉아 있다. 의자 밑으로 그의 두 다리가 대롱거린다. 그는 마치 지금 돌아가는 상황에 무관심하다는 듯이 쌓여 있는 백지 더미 위로 상체를 잔뜩 수그리고 있다. 그렇게 한동안 그는 기억력에 기대어 자기가 어느 멕시코 연극에서 본 일이 있는 과달루페 빅토리아의 괴팍해 보이는 얼굴을 스케치하는 데만 몰두한다.

"시신은 저희한테 언제쯤 넘겨질 예정입니까?"

"곧 그렇게 될 겁니다." 루이가 말한다. "얼마 지나지 않아서 곧."

"벌써 나흘이나 지났습니다만……"

"네, 저희도 알고 있습니다. 이런 일은 언제나 시간을 많이 잡아먹는 법이지요."

이런 일을 수행해가는 과정에서 루이는 자기 쪽 입장에만 매달리려 하지 않고 엄격할 정도로 공정한 태도를 취하곤 한다. 그는 아주 일찍부터 누구도 따라할 수 없는 역지사지의 정신을 가문의 유산처럼 체득한 모양이다. 오늘 아침에 카미유는 루이를, 베니스 총독과 함께 나타난 성 마가로 그려보기도 했다.

루이는 자신의 수첩과 서류뭉치를 뒤적거린다. 되도록 빨리 고역스러운 이 요식절차를 끝내버리고 싶다는 표정이다.

"그러니까, 토마스 바쇠르 씨는 1969년 12월 16일 생이로군요."

"그런 인적사항은 관련 자료에 이미 다 나와 있는 내용으로 알고 있습니다만."

공격적이지는 않지만 다소 불퉁거리는 어투다. 신경에 거슬린다.

"아 네, 맞습니다." 루이는 과도하리만큼 정중한 태도로 응대한다. 경찰로서는 모든 게 다 정확한지 검토해봐야 할 의무가 있다. 자료를 완결짓자면 별다른 도리가 없다. 지금까지 확인된 바에 따르면, 당신의 여동생은 자그마치 여섯 명이나 살해했다. 여섯 가운데 다섯은 남성이고 하나만 여성이다. 여동생의 자살은 우리로 하여금 그 사건들의 진상이 무엇인지 밝혀내는 데 차질을 빚게 하고 있다. 우선 가족 안에서 벌어진 일들 중에 혹시 특기할 만한 것이 있다면 수사협조 차원에서 우리에게 털어놓기 바란다. 무슨 말인지 이해하겠는가. 이 얘기가 예심판사에게 미칠 영향 같은 건 신경 쓰지 말고.

그래, 카미유는 생각한다, 예심판사, 바로 그게 문제야. 예심판사는 이 사건을 넘기고 싶어 안달이었다. 이 작자는 미리 서둘러 윗선의 추인을 얻어냈다. 그렇게 해서 모든 이들이 사건을 넘기고 싶어 안달이 나 있다. 연쇄살인마의 자살로 사건이 종료된 것은 그다지 후련한 쾌거라 보기 어렵다. 그것은 체포해서 법의 심판에 회부하는 것보다 가치가 훨씬 떨어진다. 하지만 공공의 치안 유지와 시민들의 불안 해소, 사회적 안정이라는 측면에서 보면, 그 경위야 어찌 됐든 그렇게라도 끝을 본 게 잘된 일로 여겨지고 있다. 무차별 살인을 저지르고 다니던 여자가 죽은 것이다. 이것은 중세시대 때 사람들의 손에 늑대가 처치되었다고 공고하는 것과 비슷하다. 사람들은 그런다고 해서 세상의 표면이 바뀌지 않는다는 걸 알고 있지만, 이는 우리를 안도하도록 다독이면서 사람들이 따르고 의지할 만한 정의가 여전히 살아 있다는 신뢰감을 세간에 퍼뜨린다. 사람들이 따르고 의지할 만한 정의란 그러므로 환멸스러운 공모의 수렁 속에 빠져 있을 수밖에 없다. 비다르는 마지 못한 척 기자들 앞에 나서서 아무 말이나 지껄여대고 있었다. 그의 발표에 따르면, 경찰에 의해 벼랑 끝까지 몰린 살인범으로서는 계속 도망 다니며 살거나 스스로 목숨을 끊는 일 외에는 다른 대안이 없었다. 카미유와 루이는 어느 술집의 TV 중계로 이 장면을 지켜보았다. 루이는 체념했다는 듯 머리를 절레절레 흔들었고 카미유는 속으로 낄낄댔다. 범인의 자살로 사건이 마무리된 시점부터 예심판사는 아주 차분해졌다. 그런데 그는 지금 마이크 앞에서 거드름을 피우고 있다. 하지만 현재 시점에는 그것을 마무리 지어야 할 책임이 온전히 경찰의 몫으로 넘어온 셈이다.

이제는 희생자들의 가족에게 범인의 자살을 알리는 일이 문제로 대두된다. 토마스 바쇠르는 알겠다는 듯 고개를 끄덕인다. 하지만 그에게는 여전히 뭔가 짜증스러워 하는 기색이 남아 있다.

루이는 자신의 관련 자료철에 열중해 있다 말고 고개를 든 후 왼팔 소맷부리를 끌어올린다.

"그러니까 아무튼, 1969년 12월 16일생이 맞는 거지요?"

"네."

"그리고 도박 설비 임대업체의 판촉실장으로 재직중이시고요?"

"맞습니다. 카지노 오락실이나 호프집 또는 나이트클럽 등에 기기를 대여해주는 회삽니다. 프랑스 어디에나 저희 회사 기기가 다 있지요."

"결혼해서 자녀도 셋이나 두셨군요."

"그렇습니다. 저에 대해 다 파악하고 계시네요."

루이는 뭔가를 꼼꼼히 메모해둔다. 그러고는 다시 고개를 든다.

"지금 나이가 그러니까…… 여동생 알렉스보다 일곱 살 많은 거로군요."

이번에는 대답 대신 그렇다는 고갯짓만 짧게 해 보인다. 토마스 바쇠르의 답변 태도가 살짝 거슬린다.

"알렉스는 자기 아버지가 누군지 모르고 있었습니까?" 루이가 묻는다.

"네, 우리 아버지는 상당히 젊었을 때 돌아가셨습니다. 알렉스는 나중에 어머니와 다른 남자 사이에 생겨난 아이였습니다. 말하자면, 이부동생이지요. 하지만 어머니는 이 남자와 계속 살고 싶어하지 않았습니다. 그는 어느 날 어디론가 사라졌습니다."

"그러니까, 모친한테는 마치 지아비처럼 바쇠르 씨 당신 말고는 아무도 없었던 셈이로군요."

"그래서 저는 어머니를 많이 보살펴드리려고 했습니다. 저희 어머니에겐 그러는 게 필요했습니다."

루이는 잠시 말을 멈춘다. 침묵이 이어진다. 이윽고 바쇠르가 다시 입을 연다.

"알렉스는 예전부터 이미 그래왔습니다. 무슨 말이냐 하면, 예전부터 이미 정서가 꽤 불안했다는 겁니다."

"네." 루이가 말한다. "심각한 정서 불안, 바로 그게 모친이 저희한테 해준 얘기였습니다."

그는 가볍게 눈썹을 씰룩거린다.

"하지만 우리는 알렉스의 정신치료와 관련해서 아무런 증빙자료도 찾아낼 수 없었습니다. 그녀는 병원에 입원해 있었거나 감호처분을 받은 일도 전혀 없는 것 같더군요."

"알렉스는 미친 게 아니었으니까요! 걔는 그냥 정서가 심각하게 불안했던 것뿐이라고요!"

"아버지 없이 자랐다는 건……"

"특히 성격에서 그런 면이 많이 드러났어요. 어렸을 때, 걔는 누구와 친구가 돼서 어울려 놀지 못했지요. 항상 자기 안에만 갇혀서 외톨박이로 지냈지요. 말수도 거의 없었습니다. 그러더니 점점 더 생각도 조리 있게 하지 못하는 쪽으로 흘러가더군요."

루이는 무슨 말인지 알아들었다는 동작을 취해 보인다. 그러고는 아무 일 아니라는 듯이 이런 생각을 꺼내놓는다.

"어떤 테두리 안에 둘러싸이는 게 필요했을 수도 있겠죠……"

단순히 질문인지 또는 사실에 대한 단언인지 아니면 나름의 해석인지 받아들이기 애매한 어투이다. 토마스 바쇠르는 루이가 자기에게 질문을 던진 것으로 간주한다.

"확실히 그렇지요." 그가 그렇게 대답한다.

"역시 어머니만으로는 그녀한테 충분치 않았던 것 같군요."

"아버지의 빈자리는 그 어떤 것으로도 대신할 수 없지요."

"알렉스가 자신의 생부에 대해 이야기를 한 적이 있습니까? 그러니까 제 말씀은, 그녀가 아버지에 대해 물어본 적이 있느냐는 뜻입니다. 아버지를 보고 싶어하지는 않았나요?"

"아니요. 비록 아버지가 없다 한들 그래도 집에는 그 아이한테 필요한 가족들이 다 있었으니까요."

"당신과 모친 말이군요."

"어머니와 나, 이렇게."

"사랑과 권위라고 할 수도 있겠습니다."

"뭐, 원하신다면 그런 표현을 쓴다 해도 과히 틀리진 않겠군요."


르 구엔 서장은 예심판사의 결정에 온통 신경이 쏠려 있다. 그는 비다르 판사와 카미유 사이에 더 이상 충돌이 발생하지 않도록 서로 엮이는 것을 미리 차단하고자 부심한다. 이를 위해 자기가 할 수 있는 모든 노력을 다 기울인다. 자신의 거대한 몸집과 의도적인 근무 태만까지 동원해가며. 이 예심판사에게 뭘 얻어내자고 이렇게까지 해야 하나 싶은 회의가 들기도 한다. 비다르 판사는 전혀 호감이 가지 않는 타입이라 해도 좋을 정도다. 하지만 그런 점을 감안한다 해도 카미유는 여러모로 참 거치적거리는 존재가 아닐 수 없다. 며칠 전부터, 정확히는 알렉스가 자살한 이후부터, 사람들 사이에서는 그럴듯한 소문이 나돌고 있다. 베르호벤이 이 사건에서 물러나게 될 것이며 앞으로도 이런 규모의 수사에는 더 이상 나서지 못하리라는 소문이다. 프랑스 사람이라면 누구나 할 것 없이 이 사건에 대해 많은 말들을 쏟아내고 있다. 그 잔인한 살해수법은 둘째치고라도 2년 동안 한 젊은 아가씨가 여섯 명이나 살해해온 사건의 전말은 필경 모든 사람들의 이목을 자극할 수밖에 없다. 그런데 이 와중에 카미유가 사건을 수사해오는 동안 계속 동향에 뒤처지고 있었다는 인상을 준 것도 사실이다. 연쇄살인범의 자살로 사건이 마감되고 만 그 날까지.

르 구엔은 사건종결 보고서를 다시 읽고 있다. 카미유가 맨 마지막으로 작성한 보고 문건이다. 한 시간 전쯤, 카미유와 만났을 때 그가 이렇게 물었다.

"카미유, 당신의 문건 내용에 대해 자신 있습니까?"

"절대적으로요."

르 구엔은 고개를 끄덕인다.

"당신이 그렇게 말한다면야 뭐……"

"지금 괜찮으시다면, 나는 바로……"

"아니, 아니오, 그럴 필요 없어요." 르 구엔이 카미유의 말을 자른다. "내가 지금 몹시 바쁘거든! 당장 예심판사한테 달려가서 보고를 해야 해요. 그러니 우리, 나중에 다시 연락합시다."

카미유는 항복한다는 표시로 두 손을 들어 보인다.

"그런데 말이야, 카미유 당신, 예심판사하고 도대체 왜 그러는 거요? 노상 만나기만 하면 쉬지도 않고 다투려고만 하니, 이거 원! 어쩔 때 보면 본인의 의사와 상관없이 그런 태도가 나오는 것 같기도 하고."

"그 질문을 받아야 할 사람은 내가 아니라 예심판사 쪽이 아닐까 싶은데요."

서장이 한 말의 저간에는 대놓고 표현하기 어려운 것을 돌려 말하는 힐난이 담겨 있다. 혹시 그 작은 키 때문에 윗선의 권위에 자꾸 맞서려는 건 아니요?


"파스칼 트라리외와는 중학교 때 만나서 서로 알고 지낸 사이였군요." 토마스 바쇠르는 초조해하는 기색으로, 천장에 달린 촛불을 불어 끄려는 것처럼 허공에 대고 크게 한숨을 내쉰다. 자신이 지금 많이 억제하고 있음을 드러내려는 투로 "네"라고만 짧고 단호하게 답변한다. 그에 관해 다른 질문을 이으려는 의중이 사그라질 만큼 차갑고 매정한 어조다.

이제는 루이도 관계서류를 방패막이 삼아 방어적으로 응수하려 하지 않는다. 루이에게는 한 달 전 이미 그를 심문한 바 있다는 이점이 있다.

"처음 심문하는 자리에서 당신은 저한테 이렇게 말했습니다. 기억나는 대로 그 말을 떠올려보자면, '우리만 보면 성가실 정도로 나탈리라고 자기 여자친구 얘기를 그렇게 해대는 걸 보고는 이 자식이 이번에는 진짜 하나 제대로 건진 거구나 싶었더랬죠'라고 하셨던 거 같은데요."

"그런데요……?"

"그런데 요사이 이 나탈리라는 여자친구가 실은 당신의 여동생이었던 것으로 밝혀졌습니다."

"그게 밝혀진 건 요사이의 일이잖습니까. 하지만 당시에 저로서는 혹시 그럴지도 모른다는 생각 같은 건 전혀 할 수가 없었습니다……"

루이가 아무 말도 하지 않자, 바쇠르는 이에 관해 더 이상 부연하지 않는 게 낫겠다고 여긴 모양이다.

"이미 알고 계실 테지만, 파스칼은 좀 단순한 아이였습니다. 여자애들과 제대로 사귀어본 적도 없었지요. 그런데 나탈리라는 여자친구 얘기를 하도 떠들고 다니기 시작하니까 저는 얘가 공연히 허풍을 떠는 게 아닌가 싶었습니다. 그렇게 나탈리에 대한 얘기를 입에 달고 살다시피 하면서도 막상 다른 사람들한테는 여자친구를 소개해준 적이 없었어요. 그러니 아이들이 뒤에서 낄낄거릴 수밖에요. 아무튼 저는 파스칼의 말을 전혀 진지하게 받아들이지 않고 있었습니다."

"그럼에도 알렉스를 소개해준 사람은 바로 당신이었지요, 친구 파스칼에게 말입니다."

"사실이 아닙니다. 그리고 무엇보다 파스칼은 제 친구가 아니었어요!"

"아 그런가요, 그럼 뭐였습니까?"

"솔직히 말씀드리죠. 파스칼은 지능이 좀 모자란 편이었습니다. 아마 금붕어 아이큐 정도밖에 안 되었을 겁니다. 그런데 같은 중학교에 다녔다는 이유만으로 그런 아이를 어렸을 때 저와 함께 어울려 논 친구로 보시다니요. 그 아이와는 여기저기서 이따금 마주쳐온 게 답니다. 그러니 '친구'라고는 할 수 없는 사이였지요."

그렇게 말한 후 그는 파스칼 같은 녀석과 자기를 친구 사이로 미루어 짐작한 게 얼마나 우스꽝스러운지 강조하려는 듯 난데없이 너털웃음을 터뜨린다.

"파스칼과는 그저 여기저기서 마주쳐왔을 뿐이다……"

"간혹 가다 카페에서 차를 마시고 헤어질 때도 있었습니다. 인사만 간단히 나누고 지나치기가 멋쩍어서 그랬지요. 저는 제가 사는 동네에 이런 식으로 알고 지내는 사람들이 아주 많습니다. 저도 클리시에서 태어났고, 파스칼도 클리시에서 태어난데다 초등학교도 같은 곳을 다녔었지요."

"클리시에서."

"그렇습니다. 그러다보면 넓은 의미에서 '클리시의 고향 친구들'로 어울려 지내게 되는 셈이지요. 그렇지 않겠습니까?"

"좋습니다! 아주 좋아요."

루이는 다시 서류로 눈길을 돌려 분주하고 골똘한 표정으로 관련 사항들을 찾아본다.

"그럼 파스칼과 알렉스도 서로 '클리시의 고향 친구들'처럼 지내왔나요?"

"아니요, 걔들은 '클리시의 고향 친구들'이 아니었습니다! 허, 그놈의 클리시 얘기를 자꾸 해서 저를 진력나게 하시려는 모양이군요! 그렇게 나오신다면……"

"공연히 흥분하지 맙시다."

이 말을 던진 사람은 카미유이다. 그는 언성을 높이지 않았다. 지금까지는 사무실 구석에 처박혀 조용히 데생에만 몰입하고 있었으므로, 사람들은 그의 존재를 새카맣게 잊어버리고 있었다.

"우리들이 당신한테 질문하면," 그가 말한다. "당신은 그냥 그 질문에 맞는 답변만 조용히 내놓으면 되는 겁니다."

토마스는 카미유 쪽을 돌아보았다. 하지만 정작 카미유는 고개를 들지 않고 계속 자신의 데생에만 매달려 있다. 그러면서 이렇게 귀띔하듯이 곁들인다.

"여기 일이 돌아가는 게 원래 이런 식이에요."

이윽고 그가 눈을 들어 자기가 그린 게 잘 나왔는지 살피기 위해 손끝으로 데생을 들어올린 후 머리를 기울여가며 유심히 들여다본다. 시선은 그대로 데생에 둔 상태로 그가 토마스를 겨냥하여 다시 덧붙인다.

"당신이 또 소란스럽게 굴면, 당신에게 공권력 집행에 대한 모독의 죄목을 적용할 수도 있어요."

카미유는 책상 위에 데생을 내려놓는다. 그러고는 한 번 더 그 위로 몸을 기울여보기 전에 다시 입을 연다.

"나는 스스로도 어디로 튈지 잘 모르는 사람이라."

루이는 심문을 마저 하지 않고 몇 초간 그냥 시간을 흘려보낸다.

그사이 바쇠르는 냉정을 되찾았다. 또 다른 경찰의 관여에 어안이 벙벙해진 듯 살짝 입이 벌어진 그는 카미유와 루이를 번갈아 쳐다본다. 하늘에는 새카맣게 먹구름이 몰려 있어 집들이 내다보이는 창밖의 시야는 잔뜩 흐려져 있다. 금세라도 난데없이 뇌우가 몰아칠 것만 같다. 이런 날씨 변화는 햇살이 찬연하던 여름철도 이제 다 지나갔다는 사실을 새삼 일깨워준다. 바쇠르가 재킷의 앞깃을 올려세우려 한다.

"그래서요?" 루이가 다시 묻는다.

"그래서, 뭐가요?" 얼떨떨해하는 표정으로 바쇠르가 반문한다.

"알렉스와 파스칼 트라리외 이들 또한, 서로 '클리시의 고향 친구'로 지내왔느냐는 대목까지 이야기를 진행해온 것 같은데, 실제로 그런 사이였습니까?"

루이는 말할 때 모든 음절 사이를 부드럽게 이어 발음하는 습관이 있다. 가장 긴장되는 상황에서조차 그렇다. 방금 전에도 그는 '이들 또한'이라는 말을 그렇게 발음했는데, 이로 인해 그의 어조는 또박또박한 문어투에 가까우면서도 퍽 나긋나긋하게 들리는 편이다. 여전히 데생에 몰입해 있으면서도 카미유는 어떤 순간에도 변함없이 유지되는 루이의 발성 습관이 경탄스럽다는 듯 고개를 절레절레 흔든다. 이 친구는 정말 놀라워.

"아니라고 했잖습니까. 우선 알렉스는 클리시에서 살지 않았으니까요." 바쇠르가 말한다. "집이 이사를 했습니다. 그 아이가, 지금 언젠지는 생각이 잘 나질 않는데 아무튼, 아마 네 살이나 다섯 살 때였을 겁니다."

"그럼 그녀는 파스칼 트라리외와 어떻게 만난 겁니까?"

"모르겠습니다."

침묵.

"그렇다면, 여동생은 당신의 '클리시 고향 친구' 파스칼 트라리외와 엄청난 우연의 조화를 통해 만날 수 있었다는 얘기가 되는데……"

"실제로 그런 거라면 그렇게 믿어야지요."

"그런데 그녀는 나탈리로 불립니다. 그러다 샹피니 쉬르 마른에서 파스칼을 곡괭이로 찍어 죽이지요. 하지만 이 일은 당신하고 아무런 관련도 없다는 말이로군요."

"도대체 원하시는 게 뭡니까? 파스칼을 죽인 건 제가 아니라 알렉스 잖습니까!"

다시 신경이 곤두서는 모양이다. 그의 언성이 뾰족하게 치솟는다. 하지만 그는 달아오르는 순간만큼이나 급작스럽게 자기 자신을 멈춰 세운다. 썩 차갑게 가라앉은 어조로, 그는 느릿느릿 발음한다.

"도대체 이런 식으로 저를 심문하시려 드는 이유가 뭡니까? 저한테 무슨 혐의점 같은 거라도 발견하신 겁니까?"

"그런 건 아닙니다!" 루이가 구슬리는 어투로 대답한다. "하지만 왜 그러는지 곧 이해하시게 될 겁니다. 파스칼이 실종된 이후에 그의 부친 장 피에르 트라리외는 당신의 여동생을 찾아 발벗고 나섭니다. 그가 그녀를 찾아내서 그녀의 집 근방에서 납치한 후 감금해두고 고문을 자행하다 결국 죽이려고 했다는 사실은 이미 세상에 다 알려져 있습니다. 그녀는 기적적으로 탈출하는 데 성공합니다. 그 이후 상황이 어떻게 돌아갔는지에 대해서도 다들 알고 있지요. 그런데 여기서 우리한테 흥미로운 점은, 바로 다음과 같은 대목들입니다. 그녀가 가명으로 트라리외의 아들과 달아날 수 있었다는 점만 해도 이미 놀라운 사실이 아닐 수 없습니다. 그녀는 무엇을 숨겨야만 한 걸까요? 하지만 그 이상으로 우리의 관심을 자극하는 것은, 어떻게 장 피에르 트라리외가 그녀를 다시 찾아낼 수 있었는가 알아내는 일입니다."

"글쎄요, 저는 잘 모르겠군요."

"그 점에 관해 우리는 한 가지 유력한 추정을 해보는 중입니다."

루이가 이런 말을 꺼내자, 카미유는 그 말의 맥락에서 미묘한 감응을 전해받는다. 루이의 말에는 위협이나 논고 같은 무게감이 실려 있다. 그것은 행간의 의미로 상대방을 압박해간다. 루이의 입에서 이런 말이 들려오니, 그 의미는 엄중한 취조의 울림을 띠는 것처럼 전해진다. 전략적인 접근방식이다. 바로 이런 부분이, 영국식 신사이면서 동시에 전사 같은 면도 갖추고 있는 루이와 함께 일할 때 취할 수 있는 장점이다. 한번 결정되면, 그는 바로 실행에 돌입한다. 그 무엇도 그를 막아 세울 수 없으며 다른 쪽으로 돌려놓을 수도 없다.

"유력한 추정을 해보시는 중이라." 바쇠르가 그 말을 그대로 따라서 되뇌어본다. "무슨 내용인지 알 수 있을까요?"

"트라리외 씨는 자기가 다시 찾아낼 수 있는 범위 내에서 아들과 알고 지낸 사람들 모두를 직접 찾아 나섰습니다. 그는 그들에게 별로 화질이 선명하지 않은 사진 한 장을 보여주었지요. 나탈리, 즉 알렉스와 함께 있는 파스칼의 모습이 찍혀 있는 사진입니다. 하지만 그가 찾아가서 아들의 행방에 관해 물어본 여러 사람들 중에서, 사진 속에 같이 나와 있는 아가씨가 누군지 알아볼 수 있을 만한 사람은 오로지 당신뿐입니다. 그러니 우리로서는 당시에 일이 어떻게 돌아갔을지 곰곰이 따져보지 않을 수 없습니다. 그런 상황의 흐름 속에서 우리는 당신이 트라리외 씨에게 그녀의 집주소를 알려준 것으로 추측하고 있습니다."

반응이 없다.

"그런데," 루이의 말이 곧바로 이어진다. "트라리외 씨가 극도로 흥분해 있었을 뿐 아니라 그의 평소 모습도 극악무도해 보일 정도로 거칠었다는 사실에 비춰볼 때, 이는 충분히 예측 가능한 폭력행위를 방조 내지 묵인한 비위 사실에 해당됩니다, 최소한."

엄중한 취조의 울림이 긴장된 정적 속에서 실내를 한 바퀴 휘감고 지나간다.

"왜 제가 그렇게 했을 거라고 보십니까?" 정말 궁금해서 못 견디겠다는 어투로 바쇠르가 그렇게 묻는다.

"바로 그 점입니다. 우리도 그게 너무나 궁금한 나머지 어서 알아내고 싶군요, 바쇠르 씨. 트라리외 씨의 아들 파스칼은 당신의 표현대로라면 금붕어 아이큐밖에 되지 않는 사람이었습니다. 실은 그의 부친도 아들과 크게 다르지 않은 수준에 머물러 있는 사람이었고 그의 의도가 무엇인지 이해하기 위해 그를 오래 관찰할 필요는 없지요. 그런데 타인에게 심하게 곤경을 당하도록 여동생의 숙명을 등 떠밀었다는 점에서, 이건 당신이 그녀를 억압하고 강제한 옛일과 퍽 흡사하지 않나 싶군요. 하지만 이번에는 심하게 당하는 선에 그치는 게 아니라, 트라리외 씨가 그녀를 찾아내기만 하면, 그자의 손에 아예 여동생이 죽어 없어질 수도 있다는 사실이 빤해 보였습니다. 파스칼과 다름없는 그 아비의 지능을 고려할 때 이거야말로 당신에게는 참 손쉬운 해결책이었겠지요. 바쇠르 씨, 바로 이게 당신이 바라는 바 아니었습니까? 그가 당신의 여동생을 죽이기를, 즉 알렉스를 살해해버리기를 원한 거 아니었느냐 이 말입니다."

"당신들, 증거 있습니까?"

"하아!"

그쯤해서 그런 기함과 함께 다시 카미유가 나선다. 그 소리는 기쁨의 탄성처럼 시작해서 탄복을 금치 못한다는 투의 웃음으로 끝난다.

"하하하, 나는 이렇게 나올 때가 제일 좋더라!"

바쇠르가 돌아본다.

"참고인이 증거가 있느냐고 물을 때는," 카미유가 바로 말을 잇는다. "그가 더 이상 최종결론에 이의를 제기할 수 없다는 자인의 의미로 해석될 수 있거든요. 그런 사람은 그저 붙잡고 늘어질 지푸라기라도 찾느라 발버둥치기 마련입니다."

"좋습니다."

토마스 바쇠르는 방금 뭔가 결심을 굳힌 듯했다. 두 손을 책상 위에 나란히 올려두고 그 결심에 따르기로 한다. 그는 책상 위에 올려둔 자기 두 손에 한동안 시선을 고정해둔다. 그리고 곧 입을 연다.

"그럼 제가 이제부터 뭘 어떻게 하면 좋을지 말씀해주시겠습니까?"

명령조처럼 들릴 수도 있을 만큼 제법 강건한 목소리다. 카미유는 데생을 접는다. 이제는 책략이나 으름장이 아니라 정공법으로 나가야 할 시점이다. 그는 자리에서 일어나 앞으로 걸어나온다. 그러고는 토마스 바쇠르 앞에 우뚝 버티고 선다.

"알렉스가 몇 살 때부터 그녀를 강간하기 시작했습니까?"

토마스가 번쩍 고개를 치켜든다.

"하, 역시 그 문젭니까?"

그는 미소를 지어 보인다.

"그 문제라면 진작 좀 말씀하시지 그러셨습니까?"


어린 시절의 알렉스는 생각날 때마다 한 번씩 적어두는 방식으로 자기의 일기를 이어가고 있다. 여기저기에 몇 줄을 써놓고는 오랫동안 아무런 기록도 남기지 않은 페이지들이 많다. 게다가 늘 같은 공책에 일기를 써놓은 것도 아니다. 단지 첫 페이지의 여섯 줄에만 글을 남겨둔 연습장, 석양 속으로 달려가는 흑마가 하드커버에 그려져 있는 수첩 등 그렇게 흩어져 있는 노트들을 뒤지다보면 그녀에게 무슨 일이 벌어졌는지 거의 모든 일화들이 다 나온다.

읽기 힘든 어린아이의 글씨.

겨우 몇 구절만 간신히 알아보는 데 그친 카미유의 눈에 아래와 같은 내용이 들어온다.

'오빠가 내 방에 온다. 거의 매일 밤마다. 엄마도 그걸 알고 있다.'


토마스는 자리에서 벌떡 일어났다.

"좋아요. 지금 바로, 형사님들만 괜찮으시다면……"

그는 형사들 앞에서 이리저리 서성댄다.

"일이 이딴 식으로 돌아갈 거라고는 미처 생각지도 못했는데." 카미유가 말한다.

토마스가 그를 향해 홱 돌아선다.

"아, 그런가요? 형사님 생각에 따르면, 어떻게 돌아가야 하는 겁니까?"

"내 생각에 따르면, 일단 당신은 제자리에 다시 앉아서 우리들의 질문에 성실히 대답해야 하는 겁니다."

"무엇에 대한 질문 말입니까?"

"그동안 당신이 해온 여동생과의 성적 접촉."

바쇠르는 루이와 카미유를 차례대로 훑어본다. 그러더니 가식적으로 걱정스러워하는 표정을 지어 보인다.

"왜요, 그 아이가 고소하기라도 했습니까?"

지금, 그는 솔직히 말해 유쾌한 태도로 히죽거리고 있는 것처럼 보일 정도이다.

"형사님들은 정말 재미있는 분들이로군요. 그런 내밀한 얘기를 아무한테나 털어놓을 줄 아시나본데요, 그런 기대 따위는 접으시는 게 좋을 겁니다."

 그는 팔짱을 지르고는 영감을 추구하는 예술가처럼 측면으로 고개를 갸웃한다. 그러더니 감상에 젖은 어조로 입을 연다.
 "진실을 말씀드리자면, 저는 알렉스를 많이 사랑했습니다. 정말 아주 많이요. 동생에 대한 저의 사랑은 어마어마할 정도였죠. 그 아이는 참으로 매력적인 소녀였거든요. 두 분은 아마 상상도 못 할 겁니다. 약간 마르고 썩 예쁜 얼굴은 아니었지만 놀랄 만큼 매혹적인 데가 있었어요. 그리고 상냥했지요. 물론 정서적으로야 불안정했을 수도 있습니다. 제 동생은 아버지와도 같은 권위를 필요로 했으니까요. 그와 함께 한없는 사랑에도 목말라 했지요. 흔히 그 나이 또래의 어린 소녀들이 대개 그렇듯이 말입니다."
 그는 루이 쪽으로 고개를 돌리고는 미소 띤 얼굴로 허공에 대고 쭉 편 손바닥을 들어올린다.
 "형사님이 말씀하셨듯이, 저는 그 아이의 아빠 노릇을 했다고도 할 수 있습니다."
 그러고 나서 그는 만족스럽다는 표정으로 다시 팔짱을 지른다.
 "그런데도 형사님들, 알렉스가 강간당한 일로 고소를 했다고요? 어디 그 고소장의 사본이라도 제가 한 부 볼 수 없을까요?"

## 55

여기저기서 겹치는 정황들의 검토를 통해 카미유가 계산해보니, 토마스가 처음 '그녀의 방에 온' 시점은, 알렉스의 나이가 불과 열한 살도 넘기 전임이 틀림없다. 그러고 나서 열일곱 살이 될 때까지 드나든 것 같다. 이런 결론에 도달하기까지는 적지 않은 가정과 추론을 거쳐야 했다. 이부 여동생. 그녀의 보호자. 이 사건의 전말에는 정말이지 폭력적인 데가 많군. 카미유는 그렇게 웅얼거린다. 그래서 사람들이 나더러 자꾸 과격하다고 비난하는 건지……

그는 알렉스에게로 돌아온다. 어렸을 때 찍힌 사진들이 몇 장 확보되어 있다. 하지만 그 사진들에는 정확한 촬영일자가 나와 있지 않아 그게 언제쯤인지 헤아려보려면 인물의 뒤쪽에 어른거리는 배경(차량과 옷차림 등)을 참고해야만 한다. 이 사진에서 다른 사진으로 넘어가는 동안 부쩍 성장하고 있는 알렉스의 겉모습도, 이게 언제쯤 찍힌 사진인지 알아보는 데 대충 참고가 될 만하다.

카미유는 이 가족사에 대해 생각하고 또 생각해보았다. 어머니 카롤 프레보스트는 간호보조사로 근무하다 인쇄소 직공 프랑시스 바쇠르와 1969년 결혼한다. 그녀의 나이 스무 살 때 일이다. 그리고 같은 해 바로 토마스가 태어난다. 남편이 사망한 것은 1974년이다. 다섯 살 때 그런 일을 겪었으니 토마스에게는 아버지에 대해 아무런 기억도 남아 있지 않을 것이다. 알렉스가 태어난 것은 1976년이다.

알렉스의 생부가 누군지는 알려져 있지 않다.

"그 사람은 그냥 무가치한 인간이었어요"라고 강경한 어조로 부인은 말했다. 그런 자기 말이 얼마나 매정하게 들리는지는 별로 안중에도 없는 것 같았다.

그렇다고 해서 그 말을 우스개로 돌리기에는 유머감각 같은 게 전해져오지도 않는다. 하긴, 여섯 번이나 살인을 저지른 여자의 어머니로 경찰에 출두한 판국이니, 농지거리나 흘리고 다닐 계제가 아니긴 하다. 카미유는 부인에게 알렉스의 소지품들 속에서 찾아낸 몇 장의 사진들을 구태여 보여주고 싶지 않았다. 그는 그녀의 사진들을 그냥 책상 서랍 속에 도로 넣어두었다. 오히려 부인에게 알렉스의 다른 사진들을 제출해달라고 요구했다. 덕분에 알렉스의 여러 사진들을 추가로 거둬들일 수 있었다. 카미유는 루이와 함께 그 사진들을 분류하면서 장소와 촬영년도 그리고 부인이 그들에게 알려준 인물들에 관해 기록해두었다. 반면, 토마스는 아무 사진도 제출하지 않았다. 그는 가족사진이라면 단 한 장도 보관해두고 있는 게 없다는 주장만 되풀이했다.

어린 시절의 사진들에서 알렉스는 몸이 아주 마르고 얼굴도 야윈 소녀였다는 게 드러난다. 광대뼈가 심하게 튀어나온 얼굴 위로 움푹 들어가서 더욱 음영이 깊어 보이는 눈과 얇은 입술이 도드라져 있다. 그녀는 마지못해 사진기 앞에 서 있는 자세다. 사진 속 배경은 바닷가다. 튜브 볼과 파라솔 등이 보인다. 눈부신 햇살이 맞은편에 쏟아지고 있다. 르라방도우예요, 부인이 말했다. 그녀의 두 아이가 사진 속에 담겨 있다. 알렉스가 열 살, 토마스가 열일곱 살 때다. 토마스는 알렉스의 어깨에 팔을 두르고 있다. 그녀는 투피스 수영복으로 차려 입은 모습인데 그 치장이 무색하게 위쪽으로는 아직 여성스러운 테가 전혀 나타나 있지 않다. 그럼에도 앞으로 깍지를 껴서 양쪽 팔뚝으로 가슴을 가린 모습이 귀엽다. 다리는 너무 앙상해서 정강이뼈만 불거져나와 있다. 사진 하단에 잘려 발은 보이지 않는다. 허약하고 잔병치레에 시달린 여자아이로만 보일 뿐 아직 괄목할 만한 외모상의 특성은 드러나 있지 않으며 오히려 그녀의 이목구비가 그 나이 또래의 여자아이치고는 너무 볼품없어 보인다는 게 특징이라면 특징이라고 할 수 있을 정도이다. 그나마 그녀의 외관에서 눈길을 끄는 부위는 어깨선이다. 그녀의 어깨는 그걸 알아본 사람에 한해서는 기막힐 정도로 성숙하게 여문 곡선을 과시하고 있다.

토마스가 그녀의 방으로 찾아가기 시작한 건 대충 그 즈음일 것이다. 그 사진을 찍은 때가 그런 일이 벌어지기 전인지 후인지는 별로 중요치 않다. 이어진 시기의 사진들 속에서도 알렉스의 모습은 별로 달라 보이지 않기 때문이다. 열세 살 때 찍힌 알렉스의 사진 한 장이 여기 있다. 가족이 한데 어울려 있는 사진이다. 알렉스가 우측에, 어머니가 한가운데에, 그리고 토마스가 좌측에 있다. 파리 근교지역에 있는 한 빌라의 테라스이다. "먼저 세상을 뜬 저희 오빠의 기일을 맞아 그 집에서 찍은 사진일 거예요." 부인은 그렇게 말하며 재빨리 성호를 그었다. 간소한 한순간의 제스처에서, 때론 예기치 못한 추정의 전망이 트이기도 하는 법이다. 프레보스트 집안에서는 지금도 신에 대한 믿음을 유지하고 있거나 한때 신앙을 유지한 적이 있는 것 같다. 성호를 그어 보인 것은 그런 의미일 수 있다. 카미유에 따르면, 이런 종교적 습관은 어린아이들의 앞날에 불길한 전조의 그늘만을 드리울 뿐이다. 열세 살 때의 사진에서도 알렉스는 그다지 성숙해진 것처럼 보이지는 않는다. 그래도 키가 훌쩍 자란 것만은 확연하다. 하지만 여전히 너무 빼빼 마른 몸매에 키만

홀쭉해서 전체적으로 너무 어설픈 체형으로 여겨진다. 어딘가 균형이 맞지 않고 몹시 어색해 보이는 모습이라 스스로도 자기 몸이 편치 않아 보인다. 앙상하고 여윈 그녀의 몰골은 보는 이에게 어쩔 수 없이 보호해주고 싶다는 부성애를 자극하기 쉬울 듯하다. 이 사진에서 그녀는 어머니나 오빠보다 약간 뒤쪽에 서 있다. 사진 뒷장을 보니, 알렉스가 나중에 다 크고 난 후 쓴 것임이 분명해 보이는 필체로 이렇게 적혀 있다. '엄마는 여왕마마야.' 하지만 부인은 왕실의 마님처럼 군다기보다 그저 약간 젠체하는 청소부 쪽에 더 가깝다. 순간, 그녀가 고개를 돌리고는 자기 아들에게 미소를 지어 보인다.


"로베르 프라드리."

아르망이 루이의 근무를 이어받았다. 그는 새 볼펜으로 새 수첩 위에 토마스 바쇠르의 답변 내용을 적어두고 있다. 강력반 창설 기념일에 나눠받은 기념품이다.

"모르겠습니다. 알렉스가 죽인 희생자의 한 사람인가요?"

"맞아요." 아르망이 말한다. "트럭운전사였지요. 시신은 동부 고속도로 방면에 멈춰 있던 그의 트럭 안에서 발견되었더군요. 알렉스가 흉기로 사용했을 두 개의 십자드라이버가 각각 이 사내의 눈알과 목구멍에 깊이 박혀 있더랍니다. 아니나 다를까 알렉스는 이 사내의 입속에도 아황산 반 리터를 들이부었다는군요."

토마스는 문득 골똘해진다.

"아마도 알렉스가 그 남자한테 무지 원한이 많았나보네요······."

아르망은 그 말에 미소로 응대해주지 않는다. 이런 게 그의 힘이다. 그는 지금 상대방이 무슨 말을 지껄이는지 이해하지 못하는 것 같기도 하고 혹은 전혀 신경 쓰지 않는 것 같기도 하다. 하지만 실제로는 잔뜩 긴장한 상태에서 첨예하게 주의를 곤두세우고 있다.

"그래요, 어쩌면 그럴 수도 있겠지요." 그가 말한다. "이 사내가 당한 모습을 보니, 알렉스는 정말 심하게 격분해 있었나봅니다."

"하여튼 계집애들이란……"

형사 양반 당신도 계집애들이 어떤지 잘 알지, 라는 듯 넌지시 흘리는 암시의 어투. 바쇠르는 여자들을 노리개 삼는 말을 아무렇지도 않게 내뱉으면서 다른 남자들과 공모의 시선을 즐기고 싶어하는 부류의 사내임이 틀림없다. 이런 태도는 닳고 닳은 바람둥이들이나 여자들에게 자주 무시당해온 숙맥들 또는 성도착증 환자들에게서 자주 찾아볼 수 있다. 실은 모든 남자들에게서 일상적으로 엿보이는 모습일지도 모른다.

"그건 그렇고, 혹시 로베르 프라드리라는 사람에 대해" 아르망이 다시 말을 잇는다. "뭐 특별하게 짚이는 점이라도 없습니까?"

"전혀요. 그래야 하나요?"

아르망은 대답하지 않고 곧바로 서류철부터 뒤적거린다.

"그럼 베르나르 가테뇨에 대해서는?"

"지금 한 명 한 명씩 다 따져나갈 셈이에요?"

"그래봐야 여섯 명밖에 되지 않으니까 빨리 끝날 거요."

"이 사람들이 도대체 저랑 무슨 관련이 있다고 자꾸 이러시는 겁니까?"

"글쎄요, 당신과의 관련으로 말하자면, 베르나르 가테뇨를 당신이 알고 지냈다는 점이겠지요."

"허, 말도 안 돼!"

"하지만 사실이 그래요. 찬찬히 기억을 더듬어보도록 해요. 가테뇨, 에탕프에서 자동차 정비소를 하던 사람 말이오. 당신은 그자한테서 자동차 한 대를 구매했는데 그때가, 가만 있어보자…… (그는 자기 서류철에서 연도를 확인한다) 1988년이었군요."

바쇠르는 곰곰이 생각해보는 표정을 짓더니 한 발 물러난다.

"아마도 그랬던 거 같네요. 너무 오래전 일이라 지금 가물가물합니다. 1988년이면 제가 열아홉 살 때였는데, 갑자기 이때 일이 기억나느냐고 얘기하시니까……"

"하지만……"

아르망은 넘길 때마다 날갯짓처럼 너울거리는 서류철의 페이지들을 한 장 한 장씩 검토해본다.

"아, 여기 있네. 우리는 당신에 대해 똑똑히 기억하고 있는 가테뇨 씨 친구분의 증언을 확보하고 있습니다. 당시에 당신은 대단한 자동차 애호가였더군요. 차를 몰고 나가서 드라이브를 즐기는 게 취미……"

"언제 말인가요?"

"88년, 89년에……"

"그럼 형사님은 1988년에 알고 지낸 사람들을 전부 기억할 수 있습니까?"

"아니오. 하지만 그런 질문을 받아야 할 사람은 내가 아니라 바로 당신이란 말이오."

토마스 바쇠르는 지친다는 표정을 짓는다.

"좋습니다. 그렇다 치죠. 자동차를 몰고 나가 즐겨 드라이브를 했습니다. 자그마치 20년 전에. 그런데 그게 어쨌다는 건가요?"

"그런데 여기에는 관계의 연결망 같은 게 있지요. 당신은 프라드리 씨를 모르는 대신 가테뇨 씨는 알고 있습니다. 그런데 가테뇨 씨는 프라드리 씨를 알고 있고……"

"그런 식으로 치면 세상에 한 다리 건너서 알고 지내지 않는 사람이 과연 몇이나 될까 싶은데요."

토마스의 반박에 아르망은 딱히 응수할 말이 떠오르지 않아 부심한다. 그는 구조 요청하듯 루이가 있는 쪽으로 고개를 돌려본다.

"그래요." 루이가 나선다. "우리도 그런 이론이 있다는 건 알고 있습니다. 그게 꽤 설득력이 있어 보이긴 하죠. 하지만 혹시라도 그런 궤변으로 지금 우리의 핵심주제에서 빠져나갈 수 있다고 믿는다면 그건 오산에 지나지 않는다는 것을 분명히 경고해둡니다."


마드무아젤 투비아나는 올해 66세이다. 나이와 상관없이 꽤 활력 있는 모습이다. 그녀는 자기가 '마드무아젤'임을 강조하며 그렇게 불러달라고 요청한다. 그제 카미유가 이 여인을 찾아갔을 때 그녀는 시립 수영장에 있었다. 이 두 사람은 한 카페에 마주앉아 긴히 이야기를 나누었다. 그녀의 젖은 모발 사이로 흰 머리카락들이 많이 눈에 띄었다. 그녀는 나이가 들어가는 것을 서글퍼하기는커녕 오히려 즐기는 것 같았는데 나이가 들어도 여전히 탄력 있게 유지되고 있는 자신의 몸매를 더욱 과시할 수 있기 때문이다. 시간이 흐르다보면, 제가 가르친 반 아이들을 일일이 기억하는 게 여간 어려운 일이 아니랍니다. 그녀는 웃는다. 어쩌다 자기 자녀에 대해 얘기하는 학부형과 마주치기라도 하면, 그녀는 관심을 보이는 척 대처한다. 하지만 실은 단순히 기억만 못 하는 게 아니라 그 아이들에게 별로 관심도 없다. 부끄러워해야 할 일이지요. 하지만 알렉스에 대해서는 다른 아이들보다 훨씬 잘 기억하고 있다. 네, 맞군요. 사진을 보여주자 그녀는 이 말라깽이 소녀가 알렉스임을 바로 알아본다. 아주 흥미로운 아이였어요. 늘 교무실의 내 책상 앞에서 어정거리며 나를 기다리곤 했지요. 그 아이는 휴식 시간이 되면 자주 나를 찾아왔답니다. 지금 돌이켜보니 알렉스와 저는 서로 잘 통했던 거 같네요. 그렇긴 해도 알렉스는 별로 말을 많이 하지 않았다. 하지만 그녀는 몇몇 여자아이들과 자주 어울려 잘 노는 편이었다. 그런데 그런 그녀의 모습에서 유독 인상적인 것은, 그녀의 태도가 "돌연, 이렇게 교황처럼 숙연한 표정을 지으면서" 아주 심각해지곤 했다는 점이었다. 그 순간에 대해 마드무아젤 투비아나가 덧붙인 바에 따르면 이렇다. "그건 꼭 홀연히 사라져버리는 것 같은 느낌이었답니다. 그 아이가 마치 난데없이 바닥에 생겨난 구멍 속으로 꺼져버리는 것만 같았죠. 아주 기묘하게 여겨지더군요." 곤란한 상황에 처할 때면 그녀는 약간 말을 더듬는 습성도 드러냈다. 마드무아젤 투비아나는 그녀가 "말을 공처럼 굴리는 것 같았다"고 표현한다.

"아이의 그런 습성이 금세 파악되지는 않았어요. 그러는 때가 많지 않았거든요. 애가 그러는 것 같다는 느낌을 받았을 때부터 눈여겨보기 시작했지요."

"어쩌면 그해에 새로 전학을 와서 그런 것일 수도 있겠네요."

마드무아젤 투비아나도 그렇게 여긴 것 같다. 그녀는 고개를 끄덕인다. 카미유는 그녀에게 머리도 말리지 않고 이렇게 계속 있다간 자칫 감기 걸리겠다고 말한다. 그녀는 꼭 이 때문이 아니더라도 어차피 가을이 되면 한 번씩 앓아눕게 되더라고 응답한다. "면역 같은 게 아닐까 생각한답니다. 그렇게 한 번 앓고 일어나면 다시 가을이 돌아오기 전까지 한 해 동안은 건강을 보장 받는 셈이지요."

"바로 그해에 혹시 알렉스가 집에서 무슨 일을 겪었는지 떠오르시는 거라도 있습니까?"

모른다. 그녀는 고개를 가로젓는다. 눈빛이 수수께끼에 대한 의문으로 차오른다. 그녀는 그 점에 관해 딱히 떠오르는 말도, 생각도 없다. 모른다. 아무것도 떠오르는 게 없다. 지금까지는 자신과 가까운 곳에 머물러 있던 이 어린 소녀가 불현듯 멀어져가기 시작했다.

"알렉스의 말 더듬는 습관에 대해 혹시 아이 엄마와 상의한 적이 있느냐는 뜻으로 물으신 건가요? 그러니까 발음교정사의 지도가 필요하다는 조언을 해주었는지?"

"제 생각에 그건 이미 지나간 화젯거리가 아닐까 싶은데요."

카미유는 이 나이든 전직 여교사를 강렬한 눈빛으로 주시한다. 관상을 보니, 이와 같은 질문에 무슨 의미가 담겨 있는지 아무것도 인지하지 못할 유형의 얼굴은 아니다. 그는 그게 뭔지는 확실히 모르지만 뭔가 거짓된 게 있다고 느끼는 중이다. 그녀의 오빠 토마스는 그녀를 거의 매일 밤마다 꼬박꼬박 찾아갔다. 바쇠르 부인 역시 이렇게 말한 바 있다. "오빠로서 토마스는 알렉스를 늘 열성을 다해 돌봐주려고 했지요." 키가 크고 "썩 잘생긴 소년"으로 마드무아젤 투비아니는 그를 기억하고 있다. 마드무아젤의 그런 표현에도 카미유는 미소 짓지 않는다. 그 무렵 토마스는 기술고등학교에 다니고 있었다.

"그녀는 이렇게 오빠가 자기 방에 찾아오는 것을 반겼을까요?"

"아니요, 틀림없이 그렇지는 않았을 거예요. 어린 여자아이들한테는 언제나 더 성숙해지고 싶어하는 욕구가 있기 마련이죠. 그러니 되도록 혼자 시간을 보내고 싶어합니다. 그렇지 않으면 자기와 어울려 노는 여자아이들하고만 있고 싶어하지요. 그런데 그 아이의 오빠는 당시에 이미 성인이나 다름없었으니, 무슨 말인지 이해하시리라 봅니다만……"

그 순간, 카미유는 바로 치고 들어간다.

"알렉스는 자기 오빠한테 강간을 당하고 있었습니다, 선생님이 아이의 담임을 맡고 있던 그 즈음에 말이지요."

카미유는 자기 입에서 튀어나간 그 말들이 그녀에게 폭탄처럼 투하

되도록 내버려둔다. 하지만 예상과는 달리 폭발을 일으키지는 않는다. 마드무아젤 투비아니는 그저 다른 곳으로, 카운터 쪽으로, 테라스 쪽으로, 거리가 내다보이는 쪽으로 시선을 돌릴 뿐이다. 마치 거기에 누군가가 어서 도착하길 기다리고 있는 사람처럼.

"이 일에 관해 알렉스는 선생님께 의논하려고 시도한 적이 있습니까?"

마드무아젤은 다소 짜증나 보이는 손짓으로 이 질문의 이면에 담긴 물음을 묵살한다.

"약간요. 하지만 아이들이 말하는 내용들을 모두 귀담아 들을 수는 없는 노릇이랍니다! 더욱이 그런 이야기는 가족 내부의 문제니까 제가 나서서 어쩔 수 있는 일도 아니었지요."



"그러니까 트라리외, 가테뇨, 프라드리······"

아르망은 만족스러워 하는 것처럼 보인다.

"좋아······"

그는 문서들을 뒤적거린다.

"아, 스테판 마시아크도 있군. 물론 이 사람도 모르실 테고······"

토마스는 아무 말도 하지 않는다. 그는 일이 어떻게 돌아갈지 일단 기다려보자는 것 같다.

"랭스에서 카페를 연 사람이었는데······" 아르망이 말한다.

"랭스에는 지금까지 발도 들인 적이 없습니다."

"그러기 전에, 이 사람은 에피네 쉬르 오르주에서 다른 카페를 하고 있었어요. 당신의 고용주 디스트리페르 사장의 장부에 보면 1987년부터 1990년까지 그가 당신네와 지속적으로 거래해온 내역이 확인되죠.

그는 당신 회사에서 두 대의 핀볼 게임기를 위탁받아 관리한 적이 있군요."

"그럴 수도 있겠죠."

"바쇠르 씨, 그럴 수도 있는 게 아니라 이건 분명하게 있었던 일로 확인된 사항입니다."

토마스 바쇠르는 전략을 다소 수정한 것 같다. 손목시계를 자꾸 들여다보면서 나름대로 어떤 대비책에 관해 궁리해두려는 것처럼 보인다. 그는 안락의자에 푹 파묻혀 혁대 위에 깍지를 끼고 있다. 혹시라도 그러는 게 필요하다면 여러 시간 동안 참고 견딜 만반의 태세를 취하려는 것 같다.

"도대체 이 얘기들로 어쩔 셈인지 귀띔이라도 해주신다면, 혹시 제가 협조해드릴 수도 있을 텐데 말입니다."


1989년에 찍힌 한 장의 사진. 거기 담겨 있는 것은 에트르타와 생 발레리 사이에 있는 노르망디 지역의 어느 저택이다. 저택은 아도니스 양식의 지붕 아래 벽돌과 돌덩어리들로만 지어져 있다. 푸른 잔디밭이 펼쳐진 전방에 돛대 달린 어선 한 척과 과일나무들이 보인다. 그리고 가족들이 모여 있다. 르로이 가족이다. 그 집안의 가장은 이렇게 말하고 있는 것 같다. "그래, 내가 르로이다." 마치 어떤 의혹을 품으려면 자신에게 허가를 맡아야 한다는 듯한 표정이다. 그에게는 허세를 부리려는 취향이 있는 것 같다. 공업용 재료 총판으로 부를 쌓아올린 그는 재산 상속 문제로 사분오열된 가족들에게 사유지를 매입해주었다. 이후부터 그는 거기서 성주처럼 지냈다. 바비큐 파티를 벌이겠다며 자기 부하직원들에게 소환통지서처럼 여겨질 수도 있는 초대장을 돌리곤 했다. 사실 그는 시장 자리를 노리고 있었다. 명함에 그럴듯한 직함을 하나 박아넣기 위해서라도 정계에 입문하려는 의중이 다분했다.

그의 딸은 레네트이다. 우스꽝스러운 이름이 아닐 수 없다. 이 집의 가장은 정말이지 모든 것을 다 제 식대로만 밀어붙이며 살아온 모양이다.

레네트는 자기 부친에 대해 상당히 냉혹하게 얘기한다. 그녀는 카미유가 전혀 묻지도 않은 이야기들을 먼저 늘어놓았다.

어렸을 때 그녀는 알렉스와 함께 사진을 찍었다. 그 사진 속에서 두 소녀는 환히 웃으며 서로 얼싸안고 있다. 화창한 주말에 레네트의 부친이 찍어준 사진이다. 날씨는 다소 더운 듯하다. 두 소녀 뒤편에서, 스프링클러가 회전하며 밝은 빛살 속에서 부채꼴로 펼쳐지는 물줄기를 정원에 고루 뿌려주고 있는 게 보인다. 사진의 프레임은 엉성하다. 르로이 씨는 사진을 많이 찍어보지 않은 모양이다. 장사 말고는 할 줄 아는 게 거의 없었을 수도……

여기는 몽테뉴 가에서 가깝다. 영상물 제작업체의 사무실 안이다. 요즘에 그녀는 레네트보다 그냥 렌으로 불린다. 그러면 아버지가 저승에서라도 서운해할지 모른다는 고려 따위는 안중에도 없다. 그녀가 이곳에서 하는 일은 TV 미니시리즈의 기획과 제작이다. 부친이 작고한 후 노르망디의 저택을 팔아치운 자금으로 그녀는 이 회사를 설립했다. 그녀가 카미유를 맞아준 곳은 회의할 때도 사용하곤 하는 널찍한 응접실이다. 회사 직원들이 여러 업무들로 분주하게 이곳을 들락거린다. 그런 모습을 보니 여러 업무들 중에서도 중요하게 처리해야 할 사안이 있는 모양이다.

안락의자의 너비를 바라보기만 해도 카미유로서는 거기 앉고 싶다는 생각이 싹 가셨다. 그는 그냥 서 있기로 했다. 그러고는 아무 말 없이 일단 사진부터 꺼내들었다. 사진 뒷장에는, '내가 너무너무 좋아하는 친구

레네트, 내 마음의 여왕'이라는 알렉스의 글씨가 적혀 있다. 보라색 잉크로 가녀리면서도 큼지막하게 쓴 어린아이의 필체다. 그는 펜촉이 말라버린 만년필을 열어보았다. 보라색 잉크는 이미 다 소모됐고 빈 카트리지 껍데기밖에 남아 있지 않다. 싸구려 만년필. 그도 보라색 잉크를 사용했다. 보라색 잉크가 유행한 시기가 있었는지도 모르겠다. 그게 아니라면 알렉스의 소지품들 속에서 많이 찾아볼 수 있는 것처럼 조금 튀어 보이고 싶은 의도였을 수도 있다.

그녀들이 처음 만난 것은 4학년 때이다. 레네트\*가 일 년 늦게 입학하긴 했어도 출생년도로 따져서 그녀들은 같은 반이 된다. 하지만 레네트는 엄연히 알렉스보다 두 살이 더 많은 열다섯 살이다. 당시의 사진 속에서 그녀의 모습은 머리 주위로 칭칭 감겨 있는 댕기머리 때문인지 흡사 우크라이나 소녀처럼 보인다. 요즘에도 거울을 들여다볼 때마다 그녀는 한숨짓는다.

"하, 어찌 이렇게까지 지지리도 못생겼을 수가……"

이로 인해서인지 레네트와 알렉스는 끈끈한 우정으로 맺어졌다. 열세 살 때 흔히 그러하듯이.

"우리는 서로 떨어질 줄 몰랐죠. 하루 종일 내내 붙어 다녔죠. 저녁 때 집에서 부르기 전까지 같이 있어야 직성이 풀렸어요. 부모님들이 전화를 걸어와서 우리를 겨우 떼어놓곤 할 정도였죠."

카미유는 계속 이런저런 질문들을 던져본다. 그런 질문에 레네트는 제법 성의껏 답변해준다. 경찰의 방문을 받았다고 해서 공연히 주눅들 성향의 여인이 결코 아니다.

"네, 토마스요?"

---

\* 레네트(Reinette)는 프랑스어로 사과의 한 품종을 가리킨다.

카미유는 이 너절하고 추한 이야기를 꺼낼 때면 기력이 쇠진하는 걸 느낀다. 이야기가 끝을 향해 치달을수록…… 그는 심한 피로감에 허덕이지 않을 수 없다.

"그는 1986년부터 자기 여동생을 강간하기 시작했습니다." 그가 말한다.

그녀는 담배에 불을 붙인다.

"당시에 아가씨는 누구보다 그녀와 친하게 지냈습니다. 그녀가 아가씨한테 그 사실에 관해 털어놓은 적이 있습니까?"

"네."

짧지만 확고한 대답이다. 이런 종류의 이야기에서, 나는 당신들이 어쩌자는 것인지 잘 알고 있다. 하지만 그 문제로 시간을 낭비해서는 안 된다.

"네…… 그리고 그뿐입니까?" 카미유가 묻는다.

"네라고 답한 걸로 된 거지 그럼 뭘 더 원하시는데요, 제가 알렉스를 대신해서 고소라도 할까요? 열다섯 살 때 일어난 일을?"

카미유는 일단 입을 다문다. 그가 이렇게 지치지만 않았더라도 그에 관해 더 쏟아낼 말들이 많았을 테지만, 지금으로서는 그보다 우선 정보가 필요하다.

"그녀는 아가씨한테 그 일에 대해 뭐라고 하던가요?"

"오빠가 자기를 괴롭힌다고 했어요. 매번, 그가 자기를 아프게 한다고."

"아가씨와 알렉스는 상당히 친밀한 관계였는데…… 이걸 어떻게 말해야 하나?"

그녀가 살짝 웃음 짓는다.

"그러니까 우리가 같이 잔 적이 있는지 그걸 알아내고 싶으신 거죠?

열세 살 때?"

"알렉스만 열세 살이었지요. 아가씨 나이는 열다섯이었고요."

"맞아요. 실은 그런 적이 있긴 했어요. 흔히 쓰는 표현대로 제가 그 방면에 관해 알렉스를 교육시킨 거라고 할 수 있죠."

"그 관계는 얼마나 계속됐습니까?"

"글쎄요, 이젠 잘 생각이 나질 않네요. 오래가진 않았을 거예요. 알렉스가 실제로 그런 데 의욕을 보인 건 아니었으니까요. 이게 무슨 말인지 아시겠죠?"

"아니요, 모르겠습니다."

"걔는 그러니까 그걸…… 기분전환 삼아 한 것 같았어요."

"기분전환?"

"그러니까 무슨 말이냐 하면…… 이런 관계에 진짜로 끌리지는 않았다는 거예요."

"하지만 아가씨는 그녀를 설득할 수도 있었을 텐데요."

렌 르로이에게 이 말은 썩 유쾌하게 받아들여지지 않은 모양이다.

"알렉스는 자기가 원하는 대로 움직였어요! 걔는 저한테 얽매여 있던 게 아니라고요!"

"겨우 열세 살에 그럴 수 있을까요? 더욱이 오빠 문제로 괴로워하던 상황에서?"


"그래주시면 저희야 대환영이지요." 루이가 다시 나선다. "저는 당신이 협조해주실 수 있을 것으로 기대하고 있습니다, 바쇠르 씨."

그는 뭔가에 잔뜩 신경이 쏠려 있는 것처럼 보인다.

"하지만 우선, 한 가지만 구체적으로 짚고 넘어가야 할 게 있습니다.

당신은 에피네 쉬르 오르주에서 카페를 하던 마시아크가 기억나지 않는다고 했습니다. 하지만 디스트리페르 사장의 장부에 따르면, 4년 동안 당신은 모두 일곱 차례 이상 그를 방문한 것으로 나와 있습니다."
"고객관리 차원에서 방문한 걸 겁니다……"


렌 르로이는 담배를 비벼 끈다.
"정확히 무슨 일이 있었는지는 잘 몰라요. 어느 날, 알렉스가 사라진 적이 있었어요, 여러 날 동안. 그런데 그녀가 다시 돌아왔을 때 우리 관계는 그걸로 끝나고 말았어요. 그녀는 더 이상 저하고도 말을 나누려 하지 않았거든요. 그러고 나서 얼마 후 저희 집이 이사를 했어요. 그렇게 떠난 다음에는 그녀를 다시는 보지 못했죠."
"그게 언제였습니까?"
"글쎄요, 워낙 옛날 일이라 정확히 언젠지 말씀드리기가 어렵네요. 어쨌든 한 해가 끝나갈 무렵이었던 거 같아요. 1989년, 그때쯤인데…… 더는 드릴 말씀이 없네요."

# 56

구석 자리에 처박혀 카미유는 계속 귀를 열어두고 있다. 그러면서 데생에도 열중한다. 줄곧 기억력에 의존하여 그가 그리고 있는 것은 대충 열세 살쯤 된 알렉스의 얼굴이다. 노르망디 저택의 잔디밭 위에서 그녀는 친구와 함께 사진기 앞에서 포즈를 취한다. 두 소녀는 서로 허리를 감싸 안고 있으며 손에는 플라스틱 물컵이 들려 있다. 카미유는 그 사진에 나타난 미소를 데생 속에서도 재현해보려 한다. 특히 그 눈길. 바로 이게 그의 기억에서 가장 선명하지 않은 부분이다. 호텔 객실에서 그녀의 눈은 감겨 있었다. 눈길이 어떠했는지 그에게는 잘 떠오르지 않는다.

"아" 루이가 말한다. "이제 자클린 자네티의 차례에 이르렀군요. 그래도 그녀는 잘 아실 테지요?"

대답이 없다. 바쇠르는 점점 구석으로 몰리고 있다. 루이가 일하는 태도는 꼼꼼하고 치밀하며 투철한 지방 공증인과 흡사하다. 성가실 정도다.

"바쇠르씨, 대답하세요. 디스트리페르의 업체에서 근무한 지는 얼마나 되었습니까?"

"1987년에 일을 시작했습니다. 그건 이미 다 잘 파악하고 계실 텐데요. 그리고 미리 말씀드리고 싶습니다만, 형사님들이 저희 사장님까지 조사하려고 들었다면……"

"그러면?" 사무실 구석에서 카미유가 바쇠르의 말허리를 자르고 나선다.

바쇠르는 잔뜩 격앙된 표정으로 뒤돌아본다.

"우리가 당신 사장까지 조사하려고 들었다면? 계속해보도록 해요." 카미유는 바쇠르가 한 말을 또 한 번 반복한다. "당신의 그 말에는 약간 위협의 뉘앙스가 깔려 있다는 인상을 풍기는구먼. 그러니 자 어서, 계속해봐요. 이거 아주 흥미로운걸."

바쇠르는 답할 겨를이 없다.

"이 회사에 입사한 건 몇 살 때입니까?" 루이가 묻는다.

"열여덟 살 때였습니다."

그때 카미유가 다시 끼어든다.

"나한테 대답하시오……"

바쇠르는 루이와 아르망 그리고 카미유, 이 세 형사를 번갈아 돌아본다. 그러더니 결국 자리에서 벌떡 일어나 일부러 몸을 틀지 않고도 이 세 형사들과 동시에 맞상대할 수 있도록 자기 의자를 거친 몸짓으로 비스듬히 놓는다.

"뭘 물어보려고 하셨죠?"

"이 당시에 알렉스와의 사이는 어땠습니까?" 카미유가 묻는다.

토마스는 여유 있게 미소 짓는다.

"저와 알렉스는 늘 아주 잘 지냈지요, 서장님."

"반장이오." 카미유가 바로잡아준다.

"반장이든 서장이든 선장이든 저한테야 아무려나 상관없죠."

"입사한 후 곧바로 연수를 떠나는군요." 루이가 자기 심문의 맥락을 이어간다. "회사에서 마련한 직업연수였지요. 이때가 1988년이군요. 그리고……"

"좋아요. 됐어요. 오케이. 자네티, 아는 여잡니다. 저는 그 여자하고 딱 한 번 잔 적이 있습니다. 그깟 일로 이렇게 호들갑을 떨 필요는 없을 것 같은데요!"

"일주일에 세 번씩 툴루즈에 연수를 다녀온 것으로 나와 있는데……"

토마스는 못마땅한 표정으로 입을 삐죽거린다. 몰라요. 그런 횟수까지 일일이 기억할 수 있으리라고 믿으시나본데……

"아니요, 기억할 수 있을 겁니다." 루이가 그를 구슬린다. "확실히 말씀드리지만, 이에 관한 조사도 다 마쳤습니다. 일주일에 세 번. 그게 17일부터……"

"좋아요, 오케이. 세 번. 오케이!"

"조금만 더 차분히 답하면 어떨까 싶은 바람이 있는데……"

다시 카미유이다.

"지금 당신들이 한데 모여 쥐어짜고 있는 모습은 꼭 한물간 촌극의 한 장면 같군요. 서류철을 뒤적거리는 골든 보이에 심문하는 부랑자, 그리고 계급 질서의 밑바닥에서 나름대로 자기만의 색깔을 내기에 여념이 없는 난쟁이……"

카미유의 피가 거꾸로 솟구친다. 그가 의자에서 튀어오르는가 싶더니 순식간에 앞으로 달려나온다. 루이가 벌떡 일어나서 카미유를 두 손으로 제지한다. 스스로를 억제하려는 듯 눈도 지그시 감고 있다. 폭발하려는 카미유를 막아 세워야 할 때 그가 자주 쓰는 방식이다. 루이는 자기가 하는 대로 반장이 따라오길 바라면서 스스로 그런 동작을 먼저 취해 보이곤 한다. 하지만 이번에는 이런 수법도 아무 소용이 없다.

"그럼 너, 이 형편없는 또라이 자식, 네 촌극은 이런 거겠네. '네, 나는 그 여자하고 10년 동안이나 떡을 쳐왔어요. 근데 그 맛이 정말 끝내줬어요.' 네 생각에 이 짓거리가 이제 너를 어디로 몰고 갈 것 같냐, 응?"

"하지만…… 저는 그런 말을 결코 한 적이 없습니다!"

토마스도 발끈한다.

"당신들은 저에게 이 조사의 의도와 목적이 무엇인지 밝혀주셔야 합니다, 사실대로요……"

그는 꽤 침착한 어투로 지껄이고 있지만 불만스러운 기색이 역력하다.

"저는 그와 같이 입에 담기에도 민망한 말을 결코 한 적이 없습니다. 전혀요. 기껏해야 제가 털어놓은 거라고는……"

앉아 있을 때조차 그는 카미유보다 훨씬 크다. 우스꽝스러운 광경이다. 그는 잠시 뜸을 들이더니 잠시 후 말들을 씹어뱉듯 입 밖으로 꺼내놓는다.

"제가 털어놓은 것은, 제가 제 여동생을 극진히 사랑했다는 말밖에 없습니다. 그 사랑이 어마어마했다는 말뿐이었죠. 바라건대, 여기에는 아무런 죄도 없을 거라고 믿고 싶습니다. 설령 그렇다 해도 법에는 저촉되지 않는 것 아닙니까?"

그러면서 몹시 언짢아하는 표정을 짓는다. 그러고는 어이없다는 투로 덧붙인다.

"극진한 형제애가 법의 심판을 받고 짓밟힐 수도 있는 건가요?"

혐오감과 부패. 그가 그런 반문 속에 담으려 한 것은 바로 이와 같은 환멸의 감정이다. 하지만 그의 미소에는 전혀 다른 속내가 아른거리고 있다.

생일 때 사진. 이번에는 확실한 촬영일자를 알 수 있다. 사진 뒷면에 바쇠르 부인이 이런 메모를 남겨놓았기 때문이다. '1989년 12월 16일 토마스.' 그의 스무 번째 생일날. 사진이 찍힌 장소는 집 앞이다.

"차에서 찍은 사진이에요. 보시다시피 차는 시트 말라가인데 중고로 구입했어요. 그러지 않고서야 방도가 없었으니까요." 바쇠르 부인은 당당한 목소리로 그렇게 말했다.

사진에서 토마스는 활짝 열려 있는 차 문에 팔꿈치를 괴고 있다. 아마도 인조가죽으로 된 시트를 드러내 보이기 위해서인 것 같다. 그 옆에는 알렉스가 있다. 포즈를 취하기 위해서인지 그의 한쪽 팔이 여동생의 어깨를 두르고 있는 게 보인다. 보호자 같다. 하지만 저간의 속사정을 알게 될 때는 달리 보일 수도 있을 포즈이다. 사진이 너무 작다 보니, 카미유는 알렉스의 얼굴을 눈앞에 대고 자세히 들여다보아야만 했다. 간밤에 그는 잠을 미루고 내내 기억을 되짚어가며 그녀의 얼굴을 그려보는 데 몰두했다. 얼굴을 생생히 다시 떠올리기가 쉽지 않아 생각보다 애를 많이 먹었다. 이 사진에서 그녀는 미소 짓고 있지 않다. 때는 겨울이다. 두꺼운 외투로 전신을 두르고 있긴 해도 여전히 그녀의 몸이 앙상하다는 게 느껴진다. 당시 그녀의 나이는 열세 살이다.

"그런데 토마스와 여동생의 사이는 어땠습니까?" 카미유가 물었다.

"오, 아주 좋았지요." 부인은 그렇게 답했다. "토마스는 늘 여동생을 정성껏 보살펴주었거든요."

'오빠가 내 방에 온다. 거의 매일 밤마다. 엄마도 그걸 알고 있다.'

토마스는 신경질적으로 자기 손목시계를 들여다본다.

"자녀가 셋이나 있군……" 카미유가 말한다.

토마스는 또 다른 꿍꿍이속이 회오리바람처럼 불어닥치는 것을 느끼고 일순간 주저한다.

"네, 셋입니다."

"이중에 딸내미도 있나? 둘인 걸로 아는데, 아닌가?"

그는 루이 앞에 펼쳐져 있는 서류철 위로 몸을 기울여본다.

"맞습니다, 반장님. 저하고 같네요! 그렇게 엘로디…… 이 딸내미들, 지금 몇 살이나 되었죠?"

토마스는 이를 앙다물며 아무 말도 하지 않는다. 루이는 이쪽에서 분위기 전환을 위해서도 침묵의 막간이 필요하다고 느낀다.

"그러니까 자네티 부인하고는……" 그가 다시 시작한다. 하지만 그 말을 미처 마치기도 전에 카미유가 자르고 들어온다.

"아홉 살, 열한 살이군!"

그는 의기양양한 미소를 지으며 검지로 서류철의 한 페이지를 짚고 있다. 그러고는 가파르게 얼굴에 번진 미소를 거둬들이며 토마스 앞으로 몸을 기울인다.

"그런데 당신의 딸내미들한테는, 무슈 바쇠르, 어떤 식으로 사랑을 표현하십니까? 당신한테 자신 있게 한 가지 말씀드리자면, 부성애는 결코 법에 의해 처벌받지 않는다는 점이올시다."

토마스는 어금니를 꽉 깨문다. 그의 턱선이 흉하게 일그러지는 게 보인다.

"그 딸들도 정서가 불안합니까? 그 아이들도 권위를 필요로 하나요? 어떤 방식으로든 때론 어린 소녀들한테는 권위가 필요하겠죠. 그리고 사랑에 대한 목마름도 그와 겹칠 테고요. 모든 아버지들이 그 사실을 잘 알지요……"

바쇠르는 한동안 길게 카미유를 노려본다. 하지만 일순간에 천장을 향해 허탈한 듯 미소 지으며 고조된 긴장감을 어그러뜨린다. 그러고는 깊은 한숨을 내쉰다.

"당신은 정말 갑갑한 분이로군요, 반장이란 양반이…… 하긴 당신처럼 키가 작은 사람한테 이런 얘기들이 이해될 리 없지요. 내가 당신의 도발에 물러설 줄 아시나본데요, 그러기 전에 당신 면상에 주먹부터 한 방 날리고 당신이 내 앞에……"

그러다 문득 그는 상대의 범위를 넓힌다.

"당신들은 단순히 악의적이기만 한 게 아니라 정말 비루하고 무능한 인간들이에요."

그러더니 자리를 털고 일어난다.

"어디 이 사무실에서 한 발이라도 벗어나보시지." 카미유가 말한다.

이제 상황이 어디로 향해 갈지 누구도 알 수 없는 순간에 이르러 있다. 어조는 격앙되었으며 모든 이들이 다 일어서 있다. 심지어 루이조차도. 앞길이 막혀 있다.

루이는 돌파구를 찾아본다.

"당신이 툴루즈의 그 호텔에 투숙한 그 시기에, 자네티 부인은 펠릭스 마니에르와 연인 관계로 지내고 있었습니다. 마니에르 씨는 자네티 부인보다 훨씬 나이가 어렸지요. 그들 사이에는 열두 살 정도의 나이차가 났습니다. 그때 당신 나이도 열아홉, 스물, 이랬군요."

"그 이야기를 질질 끌지 말았으면 좋겠군요. 자네티라는 여자는 그냥 늙은 갈보에 불과했어요! 그녀가 살아오면서 한 짓들, 그녀의 흥미를 자극하는 단 하나의 일거리는 젊은 남자를 유혹해서 같이 자는 일이었습니다. 아마 그동안 호텔에 투숙해온 남자들의 절반 이상과 그러면서 살았을 겁니다. 내 경우만 보더라도, 그녀는 객실로 나를 안내한 후 문을 열어주자마자 곧바로 내 품에 달려들었으니까요."

"그러니까," 루이는 토마스의 진술을 참고하면서도 심문의 맥락을 집요하게 이어가며 말한다. "자네티 부인이 펠릭스 마니에르 씨를 알고 지냈다는 것도 사실입니다. 여기저기 무관하게 흩어져 있는 것처럼 보이는 인물들은 모두 이런 연결망에 따라 서로 얽혀 있다는 게 드러나는군요. 당신이 알고 지내온 가테뇨는 당신이 모르는 프라드리와 교분이 있었습니다. 또 당신과 알고 지낸 자네티 부인은 당신에게는 생소한 펠릭스 마니에르와 정을 통하고 있었습니다."

그리고 나서 루이는 다소 불안해하는 표정으로 카미유를 향해 돌아앉는다.

"지금 제가 명료하게 정리하고 있는 건지 잘 모르겠네요."

"그래, 썩 명료하지는 않아." 카미유 또한 걱정스러운 기색으로 그렇게 확인해준다.

"저도 그런 것 같아서 내심 찜찜했는데, 아무튼 더 분명히 해놔야 할 필요가 있겠네요."

그는 다시 바쇠르 쪽으로 돌아앉는다.

"당신은 여동생의 손에 살해당한 모든 인물들을 직간접적으로 알고 지낸 셈입니다." 그러고는 카미유에게 고개를 돌리며 이렇게 덧붙여 물어본다. "이렇게 해두면 될까요?"

차분한 어투로 카미유가 루이의 말을 받아 응답해준다.

"이보게 루이, 기분을 상하게 하고 싶지는 않네만 자네가 작성하는 공술서는 말이야, 누가 봐도 완벽하다고 할 만큼 명쾌하지는 않은 것 같구먼."

"그렇게 생각되세요?"

"응, 나한테는 그렇게 보이는데."

바쇠르는 이쪽저쪽으로 고개를 돌려보고 있다. 이 무슨 저질코미디의 한 장면인가……

"내가 해볼까?"

루이는 기꺼이 자리를 양보해드리겠다는 몸짓과 함께 옆으로 살짝 비켜난다. 카미유가 토마스 앞으로 나선다.

"무슈 바쇠르, 당신은 실제로 당신의 여동생 알렉스를……"

"네?"

"그동안 몇 차례나 팔아먹었습니까?"

침묵.

"그러니까 내 말은, 카테뇨, 프라드리, 마니에르…… 이런 사람들만 밝혀졌지 통틀어 얼마나 되는지는 아직 확실치가 않다는 뜻입니다. 이게 무슨 말인지 알아들으실 줄로 믿습니다. 따라서 우리로서는 당신의 협조가 절실한 상황입니다. 왜냐하면 당신은 이 일의 주최자로서 어린 알렉스의 몸을 마음껏 유린하도록 수차례에 걸쳐 당신의 지인들에게 매춘을 알선해온 책임이 있으니까요."

바쇠르는 꽉 깨문 어금니를 드러내며 으르렁거린다.

"지금 당신, 내 여동생을 창녀 취급하는 겁니까? 정말이지 망자에 대한 예의라곤 털끝만큼도 없는 겁니까?"

그렇게 으르렁거리다 말고 난데없이 그는 만면에 미소를 짓는다.

"형사님들, 한번 말씀해보시지요, 당신들한테는 이제 이 망발을 증명해 보일 책임이 있는데 어떻게 수습하시겠습니까? 알렉스를 증언대로 끌어내기라도 할 셈입니까?"

이게 그의 의도였는지는 확실치 않지만 어쨌든 형사들의 얼굴에는 그의 유머감각이 예상보다는 뛰어나다는 찬탄이 스쳐간다.

"그 당시 알렉스가 받은 손님들한테 연락해서 소환조사라도 벌이시

럽니까? 그게 쉽지는 않을 텐데요. 제가 알고 있기로는, 이른바 이런 쪽에 손님으로 드나드는 남자들이 그렇게까지 호락호락하지는 않을 것 같으니까요."

공책 또는 수첩. 알렉스의 일기에는 날짜가 전혀 적혀 있지 않다. 문장들의 뜻도 매우 모호하다. 그녀는 자기가 원하는 말들을 제대로 골라 쓰지 못하고 두려워한 것 같다. 혼자 일기를 쓸 때조차 그녀는 그 두려움에서 자유롭지 못했음이 틀림없다. 어느 날의 일기에서 그녀는 이렇게 적고 있다.

목요일, 오빠가 자기 친구 파스칼과 같이 왔다. 그들은 같은 초등학교에 다녔다. 파스칼은 좀 모자란 아이 같다. 오빠는 나를 파스칼 앞에 서게 했다. 그러고는 내 몸을 보여줬다. 파스칼은 즐겁게 낄낄거렸다. 그 후에 방에서도 계속 낄낄거렸다. 그는 뭐가 좋은지 늘 낄낄거리기만 한다. 오빠는 내가 자기 친구한테 착하게 굴어야 한다고 말했다. 그러고 나서 파스칼이 내 방에 들어왔다. 나는 그가 내 몸 위에서 낄낄거리는 것을 보았다. 내가 아파할 때도 그는 멈추지 않고 계속 낄낄거릴 것만 같았다. 그 인간 앞에서는 절대로 울고 싶지 않았다.

카미유는 파스칼이라는 얼간이 녀석이 어린 소녀를 성폭행하는 와중에도 낄낄거리는 모습을 상상해본다. 녀석은 사람들이 뭐라 하든 다 사실로 받아들였을 수 있다. 그녀가 이 짓을 좋아한다고 누군가 말했다 해도 내내 마찬가지였을 것이다. 그러므로 이런 성적 학대에서 파스칼 트라리외보다 더 무거운 책임을 물려야 할 주범은 바로 토마스 바쇠르일 수밖에 없다.


 "이게 다가 아니군요." 자기 넓적다리를 두드리며 토마스 바쇠르가 말한다. "하지만 지금 시간이 많이 늦었습니다. 이미 다 돌아보지 않았나요, 형사님?"
 "아직 한두 가지가 더 남아 있으니 계속 협조 부탁드리겠습니다."
 토마스는 노골적으로 자기 손목시계를 확인한다. 그러고는 이럴지 저럴지 오래도록 망설이다가 루이의 부탁에 응해주기로 한다.
 "좋습니다. 일단 그러기로 하지요. 하지만 되도록 빨리 끝내주셨으면 좋겠네요. 늦으면 집에서 걱정할 수도 있거든요."
 이젠 적당한 선에서 물러나줄 차례이니 무슨 말이든 어디 한번 해보시지요, 라는 듯 팔짱을 낀다.
 "저는 당신이 우리들의 가설에 대해 어떻게 받아들이는지를 명확히 표명해주시길 제안하고자 합니다." 루이가 그렇게 말한다.
 "그러시죠. 나 또한 사태가 명확한 걸 좋아하거든요. 핵심적인 것은 역시 명확성이 아닐까 싶습니다. 가설들로 일을 처리해야 할 땐 더더욱 그렇지요."
 그는 꽤 만족스러워 보인다.
 "당신이 여동생과 처음 자기 시작했을 때, 알렉스는 열 살이었고 당신은 열일곱 살이었지요."
 바쇠르는 황망해하는 태도로 카미유의 시선을 찾다가 루이의 시선으로 옮겨간다.
 "형사님들, 우린 당신들의 가설이 명확하다는 데 이미 동의하지 않았습니까!"

"전적으로 그랬지요, 바쇠르 씨."이내 루이가 말한다. "그런데 우리들의 가설에서 그 가설들이 내부적 자가당착이나 어떤 불가능한 일들…… 뭐 그런 종류의 문제들을 혹시 함축하고 있는 건 아닌지 밝혀주시길 당부하고 싶을 뿐입니다."

이쯤 되면 루이가 지나칠 정도로 상대방에게 자상한 친절을 베푸는 건 아닌지 의아스러워질 수도 있다. 하지만 전혀 그렇지 않다. 이건 그가 평소 일하는 스타일일 뿐이다.

"훌륭합니다." 바쇠르가 말한다. "그러니까 당신들의 가설이란 게……"

"첫째, 당신은 당신의 여동생을 성적으로 학대해왔습니다. 그런데 당시 그녀의 나이는 십대에 불과했습니다. 형법 제222조에서는 이에 관해 20년 이하의 징역형에 처하도록 규정하고 있습니다."

토마스 바쇠르는 대학교수처럼 사색적으로 검지를 허공으로 들어올린다.

"그건 피해자의 고소가 있는 경우에, 그 피해 사실들이 입증되었을 경우에 한해서, 그리고 에 또……"

"물론이죠." 루이가 굳은 표정으로 바쇠리의 말허리를 자른다. "이건 어디까지나 이렇게 상정해보는 데 지나지 않습니다."

바쇠르는 만족스러운 표정을 짓는다. 이 사내는 원칙에 어긋나지 않는 사태의 수습을 강조하는 축에 속한다.

"우리의 두 번째 가설은 그녀를 성적으로 학대하고 난 후, 당신은 그녀의 몸을 다른 남자들에게 떠넘겼으며 심지어 돈을 받고 빌려주는 짓까지 서슴지 않고 자행해왔다는 사실입니다. 이는 형법 제222조에 따라 매춘알선의 가중처벌이 적용될 수 있는 혐의입니다. 그렇게 되면 10년 이상의 징역형이 추가될 수도 있지요."

"잠깐만요, 잠깐만요! 형사님은 지금 '떠넘겼다'라고 말했습니다. 그런데 방금 전에는 (그는 사무실의 한쪽 끝에 있는 카미유를 가리켜 보인다) '팔아먹었다'라고……"

"제 생각에는 '임대했다'라고 하는 게 어떨까 싶군요." 루이가 말한다.

"팔아먹었다, 가 좋았는데! 아니요, 농담입니다! 오케이, 그냥 '임대했다'로 가죠."

"그러니까, 그녀의 몸을 다른 남자들에게 임대해왔습니다. 그 첫 상대가 중학교 동창인 파스칼 트라리외였고, 그다음이 가테뇨 씨로, 당신이 자동차 정비 관계로 만난 사이였지요. 이어 마시아크 씨가 고객이었지요. (이 '고객'이라는 말에는 두 가지 의미가 동시에 담겨 있다고 할 수 있겠네요. 그는 당신으로부터 도박 기기들을 자주 '임대해서' 카페에 설치해둔 회사 측의 단골손님이었으니까요) 이중에서 가테뇨 씨는 당신의 탁월한 접대 품목을 자기 친구한테도 추천해준 게 틀림없습니다. 그 친구가 바로 프라드리 씨였죠. 이제 자네티 부인으로 넘어갈 차례로군요. 당신이 툴루즈의 호텔에서 만나 한동안 내밀한 관계를 유지해온 이 여인은 지체 없이 이 탁월한 접대 품목을 자신의 어린 남자친구, 펠릭스 마니에르 씨에게 내놓은 것 같습니다. 내놓을 때는 아마 자기에게도 쾌적한 방식으로였겠지요. 어쩌면 둘이서 한 소녀를 같이 탐하는 쪽이 아니었을까 싶군요."

"이건 더 이상 가설이 아니라 사실관계를 함부로 짜맞춘 억측에 가깝습니다!"

"줄곧 실제 사실과는 아무 관련도 없는 얘기란 말입니까?"

"제가 알기로는 전혀 아무 관련도 없는 허구에 불과합니다. 하지만 그 논리적인 사고력만은 인정하지 않을 수 없겠네요. 또한 상상력도요.

알렉스는 당신들에게 틀림없이 감사하고 있을 겁니다."

"뭐에 대해서?"

"그 노고에 대해서겠죠, 기껏 자살해버린 한 여자를 위해 당신들이 바치고 있는……"

그는 두 형사를 번갈아 바라본다.

"……이젠 걔한테 아무 상관도 없어진 일들을 가지고 이만큼이나."

"이런 일을 겪었다면 당신 어머니한테도 아무 상관이 없었을까요? 당신 부인한테도? 당신의 딸들한테도?"

"아니요, 그렇진 않았겠지요!"

그는 루이와 카미유를 다시 번갈아 바라본다. 그러면서 카미유의 시선이 꼿꼿하게 이쪽으로 향해 있다는 걸 보고는 흠칫한다.

"자, 형사님들, 이런 비난을 아무런 증거나 증언도 없이 마구 쏟아내는 건 순전히 한 사람의 명예를 짓밟는 중상모략에 해당할 수도 있습니다. 이런 경우가 법에 걸린다는 것쯤은 다들 잘 알고 계실 텐데요?"


오빠는 내가 그를 즐겁게 해줘야 한다고 말하는데 이유는 그의 이름이 수고양이 같기 때문이라는 것이다. 그에게 여행을 제의한 사람은 그의 어머니다. 하지만 그의 얼굴은 전혀 수고양이와 닮지 않았다. 함께 있는 동안 한시도 거르지 않고 그는 나를 뚫어져라 바라보고만 있다. 말은 한마디도 하지 않는다. 그냥 희한한 표정으로 미소만 지을 뿐이다. 어쩌면 그는 내 머리를 먹고 싶어하는 것 같기도 하다. 이후에도 오랫동안 나는 그의 얼굴과 그 눈을 다시 보아야만 했다.


그녀의 수첩 속에서 이 구절들을 빼면 펠릭스에 대한 언급은 더 이상 찾아볼 수 없다. 하지만 곧 공책에서 그에 관한 얘기가 또 나온다. 아주 짤막하게.

수고양이가 다시 왔다. 이번에도 그는 아주 오랫동안 나를 바라보았다. 그러면서 처음 때처럼 미소 지었다. 그런 다음에, 그는 평소와 다른 것을 한번 해보자고 하더니 나를 아주 아프게 했다. 오빠와 그는 내가 막 펑펑 울어서 별로 기분이 좋지 않은 것 같았다.

당시 알렉스의 나이가 열두 살 때 일이다. 펠릭스는 스물여섯이었다.

불편하고 거북스러운 심기의 여진이 오래도록 사무실에서 가시지 않는다.
"이러한 가설들의 다발 속에서," 이윽고 루이가 다시 입을 연다. "우리에게는 분명하게 밝혀둬야 할 한 가지 사실이 남는 것 같습니다."
"마저 말씀해보세요."
"알렉스가 어떻게 이 사람들을 다 찾아낼 수 있었는가 하는 거죠. 어찌 됐든 자기가 겪은 수모는 거의 20년 가까이 지난 일들이었는데도 말이죠."
"지금 이 가설을 두고 말씀하시는 겁니까?"
"네, 그렇습니다. 사실로 단정 짓고 얘기한 것 같아 죄송하군요. 우리는 이 일들이 20년 가까이 거슬러 올라가는 것으로 추정하고 있습니다. 그 사이에 알렉스는 많이 변했습니다. 우리는 그녀가 상황에 따라 여러 다른 가명들로 살아왔다는 사실을 잘 알고 있습니다. 또한 그녀가 전략을 짜기 위해 많은 시간을 할애해왔다는 사실도요. 그녀는 그들과 각각 만나서 가까워지고자 아주 치밀하고 계획적으로 움직여왔습니다. 그들 주위에서 그녀는 그럴싸하게 여겨질 만한 역할을 연기했습니다. 파스칼 트라리외에게는 푹 퍼져서 아무렇게나 살아가는 소녀로, 펠릭스 마니에르에게는 고전적인 여인으로…… 하지만 여기서 의문이 하나 생깁니다. 도대체 알렉스는 어떻게 이 사람들을 다시 찾아낼 수 있었을까?"

토마스는 카미유를 돌아보고 이어 루이에게로 시선을 옮겼다가 다시 카미유에게로 향한다. 마치 머리를 어디에 둬야 할지 모르겠다는 듯이.

"이제 저한테 그만 좀……"

그 순간 들려오는 분노의 목소리.

"이제 저한테 그만 좀, 가설로도 여겨지지 않는 그 따위 의문들을 들이밀지 말아달라?"

카미유가 이쪽으로 돌아앉았다. 이 직업에서는 정말 자기 몫을 적절한 순간에 소화해낼 수 있어야 한다.

"아니요." 담담한 어조로 루이가 토마스에게 말한다. "어디까지나 하나의 가설일 뿐입니다."

"아아아아…… 그냥 다 말하세요."

"당신이 트라리외 씨에게 여동생의 신원과 주소를 건네주었을지도 모른다는 가정과 마찬가지로, 우리는 이 사람들이 지금 어디 있는지 다 찾아낼 수 있도록 당신이 여동생을 도와주었을 수도 있다고 가정하고 있습니다."

"하지만 알렉스가 이 사람들을 모조리 처치하기 전에…… 내가 그들을 다 알고 있었다고 가정한다면 (그는 이 대목에 주의하자는 의미로 다시 검지를 치켜올린다) 20년이 지난 지금 시점에서 제가 어떻게 그들이 어디 사는지 다 알고 있을 수 있겠습니까?"

"우선, 그중에서 일부는 20년 동안 이사를 하지 않고 계속 같은 곳에 살아왔을 수 있겠지요. 그다음으로는, 제가 생각하기에는 그녀에게 그들의 이름과 예전 주소를 넘겨주는 것만으로도 충분하지 않았을까 싶습니다. 그걸 받아든 알렉스가 나름의 검색 방법을 있는 대로 다 동원했을 테니까요."

토마스는 그런 추정에 감탄했다는 듯 슬쩍 손뼉 치는 시늉을 한다. 그러나 어디 이것도 한번 맞춰보라는 투로 불쑥 이렇게 반문한다.

"그럼 제가 도대체 왜, 무슨 이유에서 그랬을 거라고 보십니까?"

# 57

프레보스트 부인은 결코 시련이 두렵지 않다고 분명하게 의사표시를 하고 있다. 자기는 가난한 집안에서 태어나 지금까지 부유하게 살아본 적이 없다. 그렇지만 아무에게도 빚지거나 아쉬운 소리를 하지 않고 두 아이를 양육해왔다 운운. 이러한 입지전적 자부심이 의자에 대쪽같이 버티고 앉은 자세에서 배어나고 있다. 그러더니 결국 계속되는 심문에 흉금을 드러내가며 털어놓지는 않기로 결심한 것 같다.

월요일 오후 4시.

그녀의 아들은 5시에 출두하도록 예정되어 있다.

카미유는 모자지간이 서로 마주치거나 상의하는 일이 없도록 하기 위해 소환일정을 조정했다.

시신에 대한 확인 절차를 거쳐야 한 첫날, 그녀는 유족의 자격으로 입회를 요청받았다. 하지만 이번에는 소환되었다. 입장이 달라졌지만 아무것도 바뀐 건 없다. 이 여인은 살아오는 동안 자기만의 아성을 구축했으며 그것이 물샐 틈조차 없기를 바라고 있다. 그녀가 방어하려는 건 내적인 영역이다. 그래서인지 때론 모질고 표독한 태도로 자기 앞에 들이닥치는 현실을 처리하려 하기도 한다. 그녀는 시체안치실로 자기 딸의 시신을 확인하러 가지 않았다. 죽은 딸의 얼굴을 견디지 못할 거라는 게 그 이유였다. 카미유는 그녀의 뜻을 납득할 만한 것으로 여기고 받아들였다. 하지만 지금 부인이 자기 앞에 자리하고 있는 모습을 보면, 그녀가 그 정도로 섬약하다는 게 전혀 믿기지 않는다. 그녀의 모습은 도무지 소환조사를 받는 피의자 신분으로 보이지 않는다. 강단 있는 눈빛과 당찬 묵비권 행사 등과 같이 경찰 쪽에서 대하기 까다로운 태도로만 일관하고 있다. 여기가 경시청이라는 사실이 그녀로 하여금 스스로를 한층 더 단단히 무장하도록 자극했을 수도 있다. 그렇게 그녀가 자극받은 데는 이 작달막한 형사에게서 받은 인상도 한몫 거들었을지 모른다. 바닥에서 약 20센티미터쯤 떠올라 있는 두 다리를 대롱거리며 형사는 부인을 날카롭게 쏘아본 후 이렇게 질문한다.

"부인은 토마스와 알렉스의 관계에 대해 정확히 어떻게 알고 있습니까?"

잠시 움찔하는 안색이 부인의 얼굴 위로 스쳐 지나간다. 오빠와 여동생 사이의 관계에 대해 '정확히' 알고 있어야 할 게 뭐람. 부인의 두 눈이 빠르게 끔뻑거리기 시작한다. 카미유는 부인에게 생각할 시간을 주기로 하고 잠시 기다려준다. 어차피 이건 제로섬 게임이다. 그는 그 사실을 알고 있다. 그리고 부인도 그가 그 사실을 알고 있다는 사실에 대해 알고 있다. 고약한 상황이다. 카미유가 더 이상 참지 못하고 말문을 연다.

"부인의 아드님은 정확히 몇 살 때부터 알렉스를 강간하기 시작했습니까?"

순간, 부인이 소리 높여 고함을 지른다. 그걸 지금 말이라고 지껄이는 거야.

"프레보스트 부인." 여유롭게 미소 지으며 카미유가 말한다. "저를 바보 취급하지 마십시오. 주제넘게 충고 한 가지만 드리자면, 부인께서는 저를 지금 적극적으로 도와주셔야만 합니다. 그러지 않으면 앞으로 남은 인생을 감방에 갇혀서 보내도록 당신 아드님을 거기 처넣을 수도 있으니까요."

아들이 처벌 받을지도 모른다는 으름장은 부인에게 확실히 위협적으로 받아들여진 것 같다. 자기는 당신들이 원하는 대로 어떻게든 해도 좋다. 하지만 아들만은 건드리지 말아다오. 그럼에도 부인은 꼿꼿한 자신의 태도를 흐트러뜨리지 않는다.

"토마스는 자기 여동생을 아주 많이 좋아했어요. 걔는 알렉스의 머리카락 한 올도 결코 건드리지 않았을 겁니다."

"저는 지금 그녀의 머리카락에 대해 이야기하고 있는 게 아닙니다."

프레보스트 부인에게는 이런 카미유의 유머도 통하지 않는다. 그녀는 절대 그럴 리 없다는 듯 고개만 가로저을 뿐이다. 이게 자기는 모른다는 뜻인지 아니면 아무 말도 하고 싶지 않다는 뜻인지는 확실히 파악되지 않는다.

"그 사실에 관해 부인이 알고 있었음에도 그냥 내버려뒀다면, 부인은 강간을 방임하여 악화시킨 공모자에 해당됩니다."

"토마스는 절대로 자기 여동생을 건드리지 않았어요!"

"그 점에 대해서 부인은 무엇을 알고 있습니까?"

"저는 제 아들을 알아요."

이러다간 계속 원점만 맴돌게 될 것이다. 정말 대책이 안 선다. 고소도 되어 있지 않고, 증인 채택도 불가능하며, 범행 사실도 없고 피해자도 없다. 그러니 당연히 가해자가 나올 턱이 없다.

카미유는 가만히 한숨지은 후 그렇다는 듯 고개를 끄덕인다.

'오빠가 내 방에 온다. 거의 매일 밤마다. 엄마도 그걸 알고 있다.'

"부인은 딸에 대해서도 아들만큼 잘 알고 있습니까?"

"엄마로서 자기 딸에 대해 알 만큼은 안다고 생각해요."

"싹수가 글렀군."

"뭐라고요?"

"아니요, 아무것도 아닙니다."

카미유는 얇은 서류철 하나를 꺼내든다.

"부검결과 보고서입니다. 딸에 대해 잘 아신다고 하셨으니, 그 딸자식의 몸 상태가 어떤 지경이었는지도 잘 알고 계시리라 생각되는군요."

카미유는 안경을 벗는다. 이 상황에서 그가 안경을 벗는 것은, 비록 몹시 지치긴 해도 힘을 내서 끝까지 한번 가보겠다는 뜻이다.

"꽤 전문적인 얘기들이 많이 나오니까, 제가 설명을 좀 해드리죠."

프레보스트 부인은 미동도 하지 않는다. 처음 상태 그대로 뻣뻣한 자세를 계속 유지하고 있다. 이 여인은 뼛속까지 완고해 보인다. 모든 근육조직들도 팽팽한 긴장감으로 굳어 있을 것만 같다. 모든 내장기관들도 굳건한 저항의 의지를 불태우고 있는 게 아닐까 싶다.

"부인의 따님은 몸속 상태가 아주 좋지 않았는데, 전혀 모르셨나요?"

부인은 정면의 칸막이벽에만 시선을 고정해두고 있다. 마치 호흡이 멎어 있는 것처럼 보일 정도로 아무런 움직임도 없다.

"법의학 연구소의 부검의는," 보고서를 들추면서 그는 계속한다. "부인 따님의 생식기관이 산성용액으로 다 녹아 문드러져 있었다는 데 주목하고 있습니다. 산성용액에서는 황 함유 성분이 검출되었다더군요. 요약컨대, 우리가 흔히 황산염 또는 황산이라고 부르는 물질이지요…… 화상에 의한 피부 부식의 정도가 아주 심했던 것 같습니다. 그로 인해 음핵이 망가진 건 말할 나위도 없지요. 외관상 그건 할례가 행해진 모양새였다는군요. 황산은 대음순과 소음순을 다 녹여 없앴을 뿐만 아니라질의 안쪽까지 깊숙이 퍼져 있었다고 합니다…… 누군가가 모든 게 끝장나버릴 만큼 많은 양의 황산을 그녀의 몸속으로 들이부었던 게 틀림없습니다. 부검의의 결과 발표에 따르면, 점막조직이 대부분 와해되어 있었으며 속살도 문자 그대로 녹아 없어져서 일종의 점착성 응고상태로 생식기관 전체가 허물어져 있었습니다."

카미유는 눈을 들어올려 그녀를 빤히 바라본다.

"'살집의 점착성 응고상태', 이 말은 법의학 부검의의 용어입니다. 왜 이 지경까지 이르렀는지 알아보려면 아주 오래전으로 거슬러 올라가야 할는지도 모르겠습니다. 알렉스의 어린 시절로 말이죠. 이 시절에 일어났던 일로 부인에게 뭔가 짚이는 거라도 없습니까?"

프레보스트 부인은 카미유를 바라본다. 그녀의 안색이 하얗게 질려 있다. 그녀는 자동인형처럼 이번에도 마냥 고개만 가로젓고 있을 뿐이다.

"따님은 부인한테 그에 관해 전혀 의논한 적이 없습니까?"

"전혀요!"

그런 부인의 대답이 급작스럽게 불어닥친 삭풍 속에서 아들을 보호해내고야 말겠다는 어미의 일념으로 묵직하게 울려 퍼진다.

"압니다. 부인의 따님도 어린 시절의 자기 이야기들로 어머니가 곤란해지기를 원치는 않았을 겁니다. 어느 날 난데없이 자기한테 이런 일이 일어났다는 걸 차마 믿을 수 없었겠지요. 누군가가 자신의 질 속으로 아황산 반 리터를 쏟아붓는 일이 벌어졌습니다. 이어 그녀는 아무 일도 없었다는 듯 집에 돌아갔습니다. 정말 비밀을 지켜줄 줄 아는 사려 깊음의 표본이라 할 만하지 않습니까."

"저는 모르는 일이에요."

표정도, 자세도, 아무것도 바뀌지 않았다. 하지만 목소리는 한결 무거워진 것 같다.

"법의학 연구소 측에서는 꽤 묘한 부분을 한 가지 밝혀냈습니다." 카미유가 다시 말한다. "이 생식기관 부위 전체가 깊숙한 안쪽까지 심하게 손상을 입은 결과 신경기관의 말초세포가 흐물흐물해져서 배란관까지 돌이킬 수 없을 정도로 뒤틀리고 말았습니다. 세포도 다 녹아내리고 훼손된 나머지 설령 알렉스가 살아 있었다 해도 최소한의 복원 치료조차 불가능할 지경이었다고 하더군요. 부인의 따님은 정상적인 성생활의 가능성을 송두리째 박탈당한 몸으로 살아왔다고 할 수 있습니다. 그렇다고 저는 그녀가 다른 기대나 희망을 간직하고 살았을 수도 있었다는 얘길 하려는 게 아닙니다. 네, 그러니까 꽤 묘한 부분이라는 게 뭐냐면……"

카미유는 거기서 말을 멈춘다. 그리고 보고서를 책상 위에 던져놓은 후 안경을 벗어서 앞에 놔둔다. 그러고는 깍지를 끼고 알렉스의 모친을 바라본다.

"말하자면, 요도를 '수리 받아서' 가까스로 사망의 위협에서는 벗어날 수 있었다는 점입니다. 그쪽에는 자칫하면 죽음에 이를 수도 있는 위험요인이 도사리고 있었기 때문이겠죠. 요도가 녹아내렸다면 몇 시간 안에 틀림없이 사망에 이르고 말았을 겁니다. 그런데 우리의 부검의는 그렇게 요도의 기능을 복구하는 데 아주 조악한 수준의 의료기술이 동원되었다는 점을 지적하고 있습니다. 거의 야매에 가까운 수리 작업에 견줄 정도랍니다. 비뇨기를 유지하려는 목적에서 도관으로 멀찍이 밀어 넣은 노즐이 엉성하게 이어져 있었다는군요."

침묵.

"부검의에 따르면, 그런 시술을 받고도 환자가 버틴 게 기적이라고밖에 표현할 수 없는 결과라고 합니다. 사람을 거의 가축 다루듯 한 거죠.

부검결과 보고서에는 그런 표현이 나오지 않습니다만, 정신적인 면에서는 사실상 그랬다고 봐야죠."

프레보스트 부인은 침을 꿀꺽 삼키려 하지만 목구멍이 메말라서 여의치 않은 듯하다. 상식적으로 보자면, 숨통이 막히는 고통에 허덕이면서 바튼기침을 내뱉으리라고 기대할 수도 있다. 하지만 전혀. 그저 그뿐 아무런 반응도 없다.

"부인도 아시다시피, 그런 소견을 낸 사람은 의사입니다. 저는 경찰이지요. 그는 사실을 확인해줍니다. 저는 그걸 설명해야 하지요. 그러니까 저의 추정은, 누군가가 응급처치로 알렉스의 몸에 이런 시술을 감행했다는 것입니다. 아마도 병원에 데려가는 걸 피하기 위해서였겠지요. 그녀를 병원에 데려가는 순간 설명을 해야 했을 테고, 이런 짓을 저지른 작자의 이름도 밝혀야 했을 테니까요(제가 가해자를 남성으로 지목한 점에 대해 불만 없으시기 바랍니다). 왜냐하면 손상을 입은 부위의 정도와 크기가 너무 치명적이라 아무도 단순사고라고는 믿어주지 않았을 것이기 때문입니다. 그 상처로 보아 환자와 함께 온 사람이 의도적으로 저지른 짓일지도 모른다는 의혹의 눈초리를 피할 수 없었겠지요. 알렉스는 속사정들이 낱낱이 까발려져서 오빠와 어머니가 곤란해지기를 원치 않았을 겁니다. 그녀는 대담한 꼬맹이가 아니었으니까요. 부인은 그녀에 대해 잘 알고 있었습니다, 아무 말도 못 할 만큼 조심스럽고 신중한 아이라는 걸……"

프레보스트 부인은 결국 침을 한 번 꿀꺽 삼킨다.

"자, 사실대로 말씀해주십시오, 프레보스트 부인…… 도대체 언제부터 당신은 간호조무사 노릇을 해온 겁니까?"

토마스 바쇠르는 고개를 숙인 채 뭔가에 집중하고 있다. 방금 전 그는 잠자코 부검결과 보고서의 결론에 귀 기울였다. 지금은 루이를 바라보고 있다. 루이는 보고서를 읽어준 후 그에 대한 논평을 밝히는 중이다. 그러고는 천연덕스럽게 곧바로 "이에 대한 당신의 소감은?" 하고 토마스에게 묻는다.

바쇠르는 팔을 벌려 보인다.

"아주 슬프군요."

"이미 다 잘 알고 있는 얘기들일 텐데요."

"알렉스는," 가볍게 웃음 지으며 바쇠르가 말한다. "오빠한테 아무것도 감추는 게 없었죠."

"그럼 당신은 그녀한테 무슨 일이 벌어졌는지에 관해서도 소상히 밝혀줄 수가 있겠군요, 그렇지요?"

"안타깝게도, 그건 그렇지가 못합니다. 알렉스가 저한테 그에 관해 털어놓은 건 사실입니다. 제가 말할 수 있는 건 그게 전붑니다. 이해하시겠지만, 그게 워낙 은밀한 내용이 돼놔서인지…… 말하면서 자꾸 모호하게 얼버무리려고만 들었거든요."

"그럼 우리한테 해줄 수 있는 얘기가 아무것도 없다는 말입니까?"

"저도 유감스럽습니다만……"

"전혀 아무런 정보도……"

"전혀요."

"전혀 아무런 세부사항도……"

"더 나올 얘기도 없습니다."

"아무런 가설도……"

토마스는 한숨을 내쉰다.

"정 그러시다면, 제가 한번 가정을 해보죠…… 아마도 누군가가 몹시 신경질이 났다. 머리끝까지 화가 치밀어서 견딜 수가 없었다. 어떤가요?"

"그 누군가가 누군지…… 혹시 모르십니까?"

바쇠르의 얼굴에 미소가 번진다.

"전혀 모르겠는데요."

"머리끝까지 화가 치민 '그 누군가'라고 하셨는데, 무슨 일 때문에 그랬을까요?"

"그걸 잘 모르겠습니다. 앞쪽의 가설도 누군가 그런 짓까지 벌였다면, 그랬을 수밖에 없을 것으로 이해해본 것에 불과합니다. 그런데 지금 상황은, 적어도 현재까지는, '그 누군가'가 조심스럽게 물의 온도를 시험해본 후, 결국 제 뜻에 맞는 온도를 찾아낸 것과 비슷해 보이기도 합니다. 경찰들은 전혀 위협적이지 못합니다. 그 사람을 윽박지를 만한 단서가 아무것도 나오지 않기 때문이죠. 그들에게는 아무런 물증도 없습니다. 그러니 그 누군가의 표정과 태도가 득의만면할 수밖에 없겠죠."

어떤 양태로든, 도발과 깐죽거림은 천성적으로 타고난 그의 기질에 속하는 모양이다.

"아시는지 모르겠지만…… 알렉스한테는 이따금 사람을 아주 견디기 힘들게 하는 면도 있었습니다."

"어떻게 말입니까?"

"뭐랄까, 그녀는 좀 성질머리가 고약했어요. 제 성깔 내키는 대로 쉽게 휩싸이고 마는 그런 유형이라고 할 수 있죠."

하지만 그 말에 상대가 찬동하기는커녕 오히려 의아하다는 듯 고개만 갸웃거리자, 바쇠르는 자기가 한 말이 명확하게 전해지지 못했다고 여긴 것 같다.

"그러니까 제 얘기는, 이런 유형의 여자아이와 같이 있으면 늘 다소

간 화를 낼 수밖에 없는 상황에 이르고 만다는 말입니다. 아마도 아버지가 안 계셔서 그 모양일 거라고 이해를 하긴 하는데, 실제로 걔는 상당히…… 반항적인 성향이 다분했습니다. 실은 제가 보기에도 알렉스는 권위에 따르는 걸 전혀 좋아하지 않았던 것 같습니다. 당시에 이따금씩 그런 면이 걔한테서 두드러지게 나타나곤 했지요. 그러면 알렉스는 이유를 막론하고 무조건 싫다고, 아니라고, 안 된다고만 말합니다. 그 순간부터는 아무도 그 아이의 고집을 꺾을 수 없었지요."

이 주장에서는 단순히 회상의 차원을 넘어 바쇠르가 알렉스의 그런 모습을 생생히 되살리려 하고 있다는 감정이 전해져온다. 그는 어조를 한 단계 높여 이렇게 말한다.

"알렉스는 이런 아이였어요. 돌연, 뚝 멈춰 서서는 한동안 절대로 움직이지 않겠다는 투로 굴기도 했지요. 도무지 왜 그러는지 이해할 수도 없었어요. 분명히 말씀드립니다만, 그 아이한테는 정말 사람을 짜증나게 하는 면이 많았습니다."

"그래서 그녀한테 그런 일이 일어난 겁니까?" 거의 들리지 않을 만큼 미약한 목소리로 루이가 그렇게 묻는다.

"저야 모르죠." 바쇠르는 참 자상하게도 대답한다. "저는 거기 없었으니까요."

그러고는 형사들에게 미소를 지어 보인다.

"제가 말씀드릴 수 있는 것은 알렉스한테는 결국 이런 화를 자초할 수 있는 부분이 성격적으로 분명히 있었다는 점뿐입니다. 걔는 엄청난 고집불통인데다 내키는 대로만 하려고 하는 아이였으니까요…… 그러니 누구라도 인내심을 잃어버리고 말았을 겁니다, 무슨 말인지 이해가 가실지는 잘 모르겠습니다만……"

아르망은 벌써 한 시간째 한마디도 하지 않고 조각상처럼 우두커니 자리만 지키고 있다.

루이의 안색은 이 작자의 응수에 질렸다는 듯 밀랍처럼 하얗게 굳어 있다. 그는 다소 냉정을 잃어가고 있는 것 같다. 루이에게는 심지어 이런 면조차 세련된 형태로 가다듬을 줄 아는 자제심이 투철하다.

"바쇠르 씨, 우리는 지금 하찮은 체벌에 대해 이야기하고 있는 게 아닙니다! 우리가 이야기하고 있는 건…… 불과 열다섯 살밖에 되지 않은 여자아이에게 자행된 고문과 폭행의 범죄행위입니다. 그 여자아이는 성인 남성들한테 매춘까지 당해야 했고요!"

그는 각각의 음절들과 단어들을 하나하나 곱씹듯이 발음하면서 그렇게 말했다. 카미유는 루이의 속이 지금 얼마만큼 뒤집혀 있는지 헤아릴 수 있다. 하지만 자기제어의 명수인 바쇠르는 또 다시 그에게 물을 먹이고 말았다. 그것도 모자라 이제는 루이의 머리를 짓누르고 올라가기로 결심한 듯 이런 말까지 내뱉는다.

"매춘에 대한 당신의 추정이 옳다면, 저는 이런 게 바로 그 직업의 위험부담이라고 말씀드리고 싶군요."

이 말에 루이는 더 이상 견딜 수 없어진 모양이다. 그는 한순간 곤혹스러워하는 시선으로 카미유를 돌아본다. 카미유는 그저 미소만 짓고 있다. 그는 다른 쪽 파트, 즉 토마스의 모친을 맡아왔다. 그는 마치 다 헤아리고 있다는 듯이 바쇠르에 대한 결론을 자신도 공유한다는 의미에서 고개를 주억거려 보인다.

"당신 어머니도 다 알고 있었지요?" 카미유가 묻는다.

"뭐에 관해서 말입니까? 오, 그렇지 않습니다! 알렉스는 자기가 겪은 이야기들로 어머니를 힘들게 하고 싶어하지 않았거든요. 게다가 저희 어머니는 당신 몫의 걱정거리만으로도 늘 벅차서…… 하여튼 아닙니다, 저희 어머니는 전혀 아무것도 알고 있지 못했습니다."

"그렇다면 아쉬운 일이네." 다시 카미유가 말한다. "당신 어머니는 좋은 조언을 들려줄 수도 있었을 텐데. 간호조무사의 입장에서 말이요. 가령, 즉각적인 응급조치를 해줄 수도 있었을 테고."

바쇠르는 그저 가볍게 고개를 끄덕여 보이는 데 그친다. 가식적으로 비통해하는 태도를 꾸며가며.

"정말 어쩔 도리가 없었지요." 그는 체념조로 그렇게 말한다. "다시는 그런 일이 되풀이되지 않기를 바랄 따름입니다."

"그런데 알렉스에게 무슨 일이 일어났는지 알면서도 어째서 당신네들은 고소할 생각 같은 걸 하지 않았을까?"

바쇠르는 놀란 눈으로 카미유를 바라본다.

"하지만…… 누굴 말인가요?"

카미유의 귀에는 그의 반문이 이렇게 들린다. '뭐하러요?'

## 58

저녁 7시다. 햇살이 너무도 은밀히 사그라져서 심문이 지속되는 동안 창밖으로 어스름이 이만큼 짙어졌는지 아무도 알아차리지 못할 정도였다. 이 시간대의 어슴푸레함은 형사들과 토마스 바쇠르 사이에 벌어지고 있는 사실 확인의 공방을 비현실적인 그림자로 물들이고 있는 것처럼 보인다.

토마스 바쇠르는 피곤해한다. 그는 카드게임을 하느라 밤을 하얗게 지새우고 난 후처럼 점점 더 무겁게 눈꺼풀을 들어올리고 있다. 양 손을 허리에 짚고 상반신이 기울어지지 않도록 지탱하고 있으며, 이따금 괴로워하는 한숨을 내쉬기도 한다. 그리고 뻣뻣해진 다리를 올렸다 내렸다 하며 풀어준다. 형사들은 여전히 그 주위에 앉아 있다. 아르망은 의연하게 버티고 있음을 보여주기 위해 고개를 숙이고 서류철에 몰두해 있는 척한다. 루이는 신중한 손길로 자기 책상을 정리하고 있다. 그때 카미유가 자리에서 일어나 문 앞까지 가더니 반쯤 돌아선다. 그러고는 다소 지친 기색으로 이렇게 말한다.

"알렉스가 당신을 협박한 사실이 있더군요. 이 대목부터 다시 출발해봅시다, 당신만 괜찮다면."

"그렇지 않습니다, 죄송합니다만." 늘어지게 하품을 하면서 바쇠르가 말한다.

그의 얼굴은 아쉬움을 나타내 보인다. 적극적으로 협조해가며 도움을 드릴 수만 있다면 좋겠는데 그게 여의치 않으니 너무도 아쉽다는 표정이다. 그는 구겨진 셔츠 소맷부리를 반듯하게 편다.

"이제 저는 정말로 집에 돌아가봐야 할 것 같은데요."

"전화만 하면 될 텐데 뭘……"

그러자 그는 곤란하다는 손동작을 취한다. 마치 상대방이 마지막으로 한 잔만 더 하자는 제의를 사양하듯이.

"아니, 정말……"

"지금으로서는 두 가지 해결책밖에 없습니다, 무슈 바쇠르. 일단 그 자리에 계속 남는다, 그리고 마지막 질문에 성심성의껏 답변한다. 이건 한 시간이 걸릴지 두 시간이 걸리지 모르는 일이긴 하지만……"

바쇠르는 탁자 위에 손을 올려놓고 쫙 편다.

"그렇게 하지 않으면요……?"

그렇게 되물으며 그는 눈을 치뜬다. 그 모습은 마치 영화에서 막 주인공이 무기를 뽑아들려는 순간의 비장함이 강조되도록 하이앵글로 그 시선을 포착해내는 장면과 흡사해 보인다. 하지만 여기서는 비장함이 강조되기는커녕 아무런 효과도 얻지 못한다.

"그렇게 하지 않으면 나는 당신을 구류에 처할 수밖에. 그럼 내게는 최소한 24시간 동안 당신을 붙잡아둘 수 있는 권한이 생기지. 경우에 따라서는 얼마든지 48시간으로 늘일 수도 있고 말이야. 예심판사가 자살한 당신 여동생의 사안에 관심이 아주 지대하거든. 그러니 우리가 그보다 더 시간을 늘려 구류 신청을 한다고 해도 받아들이지 않을 까닭이 없을 거요."

바쇠르는 눈을 동그랗게 뜬다.

"아니, 구류처분이라니…… 도대체 무슨 명목으로 말입니까?"

"아무 거나 다 해당되지. 강간치상, 고문, 매춘알선, 살인 등과 같은 온갖 만행들. 나는 아무 상관 없으니까 당신이 마음에 드는 걸로 이중에서 하나 골라보쇼. 당신이 가장 잘했다 싶은 게 있으면……"

"하지만 당신들한테는 지금 아무 증거도 없질 않습니까! 그러니 말도 안 되는 소리 좀 그만해요!"

그의 분노가 폭발한다. 지금까지는 꾹꾹 참아왔지만 이젠 끝났다. 형사들이 직권을 남용하고 있는 것이다.

"당신들은 정말 나를 지치게 하는군요. 그러든지 말든지 이제 나는 그만 가보렵니다."

그 순간부터 토마스의 동작이 급격히 빨라진다.

그는 용수철처럼 자리를 털고 일어났다. 그러고는 아무도 알아듣지 못한 말을 주절거리면서 상의를 챙겨들었다. 누가 나서서 어떤 행동을 채 취하기도 전에 그는 벌써 문가로 향하더니 문을 열고 한 발 바깥으로 내딛었다. 복도에서 경비를 서고 있던 두 명의 정복경관이 즉각 앞길을 가로막고 나섰다. 바쇠르는 멈춰선 후 뒤돌아설 수밖에 없었다.

그 순간에, 카미유가 이렇게 말한다.

"내가 보기에 지금 이 상황에서 가장 나은 선택은 역시나 당신을 구류에 처하는 일이 아닐까 싶군. 그러기 위해 우리는 살인 혐의를 적용하기로 했소. 어떻게, 마음에 듭니까?"

"당신들한테는 나를 어떻게 할 만한 증거가 아무것도 없어요. 그런데도 나를 물고늘어져서 숫제 진을 빼놓기로 작정한 모양이군요. 역시 그런 겁니까?"

그는 눈을 감고 다시금 스스로를 억누르려는 듯 숨결을 가다듬는다.

그러고는 질질 끄는 발걸음으로 다시 제자리에 돌아온다. 염증이 날 정도로 지루한 공방전이 아닐 수 없다.
 "당신은 가족들한테 전화를 걸 수 있는 권리가 있습니다." 카미유가 말한다. "그리고 부검의와의 접견을 신청할 수도 있고요."
 "아니요. 내가 접견하고 싶은 건 변호삽니다."

59

 예심판사는 토마스 바쇠르의 구류처분에 대해 르 구엔에게 보고를 받았다. 그와 관련된 요식 절차는 아르망이 맡았다. 늘 시간과의 싸움이다. 구류조치가 24시간으로 한정되어 있기 때문이다.
 바쇠르가 더 이상 별다른 이의를 제기하지 않아 수속은 빨리 마무리 지어졌다. 이제 그는 아내에게 전화를 해서 이에 관해 어쭙잖은 핑계를 늘어놓아야만 할 것이다. 구두끈과 혁대를 풀고 지문과 DNA 채취에도 응해야 할 것이다. 경찰에서 필요로 하는 제반 조치가 신속하게 이루어진다. 이 과정 동안 그는 변호사가 도착하기만을 기다리며 입을 꾹 다물고 있다. 최소한의 형식적인 질문들에만 마지못해 답할 뿐, 나머지 사항들에 대해서는 아예 입을 열려고 하지 않는다. 변호사가 올 때까지 버티겠다는 심산일 것이다.
 집으로 전화를 해서 아내와 통화한다. 일 핑계를 댄다. 심각한 건 없는데 바로 당장은 못 들어갈 거 같네. 별일 없으니 걱정하지 마. 일 때문에 붙잡혀 있는 것뿐이니까. 상황을 둘러대는 말들이 다소 어색해 보인다. 자꾸만 다잡으려 하고는 있지만 통화하기 전부터 미리 준비를 잘해 둔 것 같지 않다. 부인의 추궁에 꾸며대는 태도가 영 서툴다. 당연히 설득력이 떨어진다. 그러자 그의 목소리가 고압적으로 변한다. 바로 이런 말들이 그의 입에서 튀어나온다. 자꾸 꼬치꼬치 캐물어서 사람 귀찮게 할래. 아내로서는 우물거림 속에 남겨져 있는 빈칸을 이해할 리가 없다. 글쎄, 지금 못 간다니까. 내 말했잖아! 그럼 거긴 그냥 너 혼자 가! 그는 버럭버럭 소리를 질러댔다. 자기도 모르게 그런 성질머리가 튀어나오는 것 같았다. 카미유는 그가 집에서 부인에게 손찌검도 서슴지 않을 것 같다고 생각해본다. 내일쯤 들어갈 거야. 정확히 언제인지 아직 얘기가 안 나왔어. 이제 가봐야 돼. 그래, 나도. 응, 내가 다시 전화할게.

이때가 저녁 8시 15분이다. 변호사가 도착한 건 밤 11시쯤이다. 걸음걸이가 빠르고 단호해 보이는 젊은 남자로, 다들 처음 보는 변호사다. 그는 자기가 수임하게 될 일을 잘 알고 있다. 30분이 주어져 있는 의뢰인과의 접견 시간 동안 변호사는 토마스에게 어떻게 처신해야 하는지를 설명하며 특히 신중한 언행을 강조한다. 그러면서 힘내자고 다독여준다. 관련 자료의 열람이 허용되지 않는 30분 동안 변호사가 의뢰인에게 들려줄 수 있는 말로 별다른 게 있을 리 없기 때문이다.

카미유는 일단 귀가해서 샤워하고 옷도 좀 갈아입기로 했다. 택시에서 내려 몇 분 정도 걸어 올라간 후 모처럼 엘리베이터를 탄다. 평소대로 층계를 밟아 올라가기에는 지금 몸이 너무 피곤하다.

웬 소포꾸러미가 문 앞에 놓여 있는 게 보인다. 크라프트지에 싸여 비닐 끈으로 칭칭 감겨 있다. 카미유는 이게 뭔지 바로 알아차리고는 그것을 집어들고 집으로 들어간다. 두두슈가 무심해 보이는 애무로 그를 잠시 맞아준다.

소포의 내용물은 모드 베르호벤 여사의 자화상이다. 그는 흥미롭다는 듯 그것을 들여다본다.

1만 8천 유로.

그걸 보낸 사람은 루이가 틀림없다. 루이는 경매가 있던 일요일 오전 시간에 자리를 비우더니 오후 2시가 되어서야 사무실에 나타났다. 1만 8천 유로나 하는 그림 값은 그에게 그다지 큰 액수도 아니었을 것이다. 그럼에도 루이의 이런 처사가 썩 편하게 받아들여지지는 않는다. 이 같은 상황에서는 자기가 다른 쪽으로 어떤 빚을 지는 셈인지, 그가 암묵적으로 무엇을 기대하는지, 그리고 이제 무엇을 어떻게 해야 하는지 파악하기가 난감해질 수밖에 없다. 받아들일까, 사양할까, 뭐라고 말해야 하나. 그게 어떤 형태이든, 뭔가를 기증하는 일에는 늘 그에 부응하는 보상이 뒤따르는 법이다. 이런 선물로 루이가 기대하는 게 뭘까? 옷을 다 벗고 샤워를 하는 동안에도 카미유는 자기 의사와 상관없이 경매의 수익에 대해 곰곰이 생각해보고 있다. 인도주의적인 복지 단체들에 이 돈을 무상으로 기부하겠다는 건 어쩌면 가혹한 제스처가 될 수도 있다. 그런 제스처를 취한 것은 그의 모친에 대고 이렇게 말하는 격이다. 당신에게 나는 이제 더 이상 아무것도 바라지 않아요.

아직도 그런 문제에 매달려 있기에는 그도 이제 나이가 들 만큼 들었다. 하지만 부모와의 내적 알력은 언제까지라도 끝나지 않을 고민거리로 자리할 수밖에 없을지도 모른다. 알렉스의 예만 보더라도, 그런 것은 한 사람이 자라온 세월만큼 지속되는 법임을 알 수 있다. 그는 몸을 말리며 원래 생각해둔 처리방식을 밀어붙이기로 단단히 마음먹는다.

그럴수록 마음이 안정될 테니까. 경매에서 벌어들인 모친의 유산과 결별하는 것은 어머니에 대한 부정이 아니다.

그저 과거의 앙금을 쓸어내는 과정의 하나일 뿐이다.

내가 정말로 그 어마어마한 액수를 다 기부하게 될까?

그와 상관없이 이 자화상은 보관해두기로 한다. 그는 옷을 갈아입으면서 안락의자 위에 놓아둔 그 그림을 바라본다. 그것을 소장하게 되어 만족스럽다. 아주 훌륭한 자화상이다. 모친에 대한 아무런 분노도 느껴지지 않는다. 그게 바로 이 그림을 이대로 소장하고 싶어 하는 그의 욕구를 입증해준 셈이다. 젊은 시절 그는 자기가 부친의 얼굴만 쏙 빼닮았을 뿐이라고 여겨왔다. 그런데 이 자화상 앞에서 난생처음으로 자신이 어머니의 얼굴과도 많이 닮았다는 사실을 깨닫고 있다. 그에게는 참으로 기분 좋은 발견이 아닐 수 없다. 그는 요즘 자기의 삶을 깨끗이 씻어내는 중이다. 이게 어디까지 향해 갈지는 알지 못한다.

다시 집을 나서려는 순간, 두두슈가 마음에 걸린다. 그는 두두슈가 드나들 수 있도록 문 하단의 우편함을 열어두고 간다.


카미유가 강력반에 돌아온 순간, 그는 막 접견을 마친 변호사와 마주친다. 접근 시간이 끝났음을 부저의 울림으로 알린 사람은 아르망이다. 그는 그사이에 사무실을 환기시켜놓았다. 그래서인지 이제는 다소 한기가 느껴진다.

루이가 사무실로 들어서는 게 보인다. 카미유는 그에게 은밀한 손짓을 해 보인다. 루이도 그에게 뭔가 물어보는 듯한 시선을 넌지시 보낸다. 카미유가 그렇다는 수신호로 답한다. 이 부분에 대해서는 나중에 서로 다시 이야기 나눌 기회가 있겠지.

토마스 바쇠르는 몸이 꽤 굳어 있는 것처럼 보인다. 마치 면도기 광고에서처럼 짧은 시간 동안 급속도로 턱수염이 꺼칠하게 자랐다. 하지만 얼굴 어딘가에는 여전히 음흉한 미소 한자락을 감춰두고 있다. 어떻게든 나를 이용하는 거야 좋은데, 그래봤자 당신들한테는 아무 증거도 없고 앞으로도 별다른 게 나오지 않을 거야. 이토록 아무 영양가도 없는 소모전에 나는 만반의 대비를 갖춰놓고 있다. 나를 바보천치로 아나본데 웃기지 마라. 변호사는 그에게 기다리라고, 어떻게 돌아가는지 일단 보라고, 답변에 신중을 기하라고, 절대 덤비지 말라고 적절한 대응 수법을 조언해준 모양이다. 어쨌건 이건 시간과의 싸움이다. 그러니 하루 동안만 일단 잘 버티고 넘기자는 속셈. 이틀이 아니라 단 하루. 변호사는 구류를 연장하려면 형사들이 예심판사에게 새로 얻어낸 것을 제출해야만 한다고 말한다. 하지만 이들은 아무것도 새로운 것을 얻어내지 못할 것이다, 결코 아무것도. 카미유는 소리 내어 지금까지의 심문 기록을 읽어보고 그것을 덮는다. 그러고는 가슴을 쫙 펴면서 심호흡을 한다.

이 심문에 들어간 후 처음 얼마 동안은 서로의 관계를 파악하는 데 주력해왔다. 카미유는 바쇠르를 처음 대했을 때부터 까닭 모를 혐오를 느낀 걸 기억한다. 그가 이 사건을 지휘해오는 동안 대부분의 양상이 이런 식의 까닭 모를 혐오감과 깊이 연관되어 있었다. 예심판사가 그 사실을 모를 리 없다.

카미유와 예심판사는 기실 서로 너무나 다르다. 그런 차이의 확인은 카미유에게 여러모로 전망을 어둡게 하는 요인처럼 여겨지지 않을 수 없다.

르 구엔 서장은 예심판사 비다르가 카미유의 전략에 동의하고 있다는 말을 전해왔다. 이게 무얼 뜻하는지 곧 밝혀질 것이다. 지금 카미유에게는 모든 종류의 감정들이 착잡하게 얽혀들고 있다. 이제 예심판사도 자기만의 방식에 따라 이 협연에 동참하려 한다. 그토록 완강하게 자기 입장을 고수하면서, 그는 카미유로 하여금 이 수사방향을 전면 재검토하도록 압박하려는 것일지도 모른다. 이런 식으로 한 수 배워야 한다면, 그건 생각만 해도 무척 불쾌해지는 일이다.

심문의 속행에 앞서 아르망은 그리스 비극에 등장하는 코러스처럼 날짜와 시간, 이름, 그리고 현재 이 자리에 모여 있는 인물들의 직급 등을 큰 소리로 공지한다.

카미유가 먼저 시작한다.

"무엇보다도 먼저, 당신은 '추정'이니 '가설'이니 하는 말로 나를 공연히 자극하는 짓부터 그만두는 게 좋을 거요."

심문에 들어가는 어투가 다소 바뀐 것 같다. 카미유는 책략에 맞춰 이런저런 생각들을 가다듬어보면서 손목시계를 들여다본다.

"그러니까, 알렉스가 당신을 협박한 사실이 있다는 얘기까지 한 것 같소만."

그는 다소 긴장된 목소리로 이 말을 했다. 그로 인해 그가 정작 겨냥하는 것은 이 대목이 아니라 다른 쪽일지도 모른다는 인상을 준다.

"그게 무슨 말인지 저한테 설명을 좀 해주시지요." 바쇠르가 그렇게 답한다.

토마스 바쇠르에게서는 끝까지 맥을 놓지 않겠다는 식의 전의가 엿보인다.

카미유는 기습적으로 아르망을 돌아본다. 그러자 아르망은 쏜살같이 달려가서 서류철을 뒤적거린다. 생각보다 시간이 많이 걸린다. 그 서류철을 뒤지는 데 잔뜩 열중하고 있는 아르망의 모습은 그 속에 접착시켜놨거나 여기저기 흩어져 있는 메모들과 종잇장들을 훔쳐가기 위해 열심히 살피는 도둑처럼 보인다. 당국에서 과연 도둑 잡는 형사 노릇에 적합한 사람을 제대로 뽑은 건지 의심스러울 지경이다. 그는 결국 찾아낸다. 아르망은 그게 무엇이든 간에 늘 잘 찾아낸다.

"당신네 사장 디스트리페르 씨한테 2005년 1월 15일에 2만 유로를 빌린 적이 있군. 은행에서 대출을 받기에는 지금 살고 있는 빌라를 매입하느라 빚이 너무 많았던 거지. 그러니 사장한테라도 찾아갈 수밖에. 그러고는 당신 실적에 상응하는 액수대로 매달 이자부터 갚아나간 거지."

"알렉스가 나한테 협박했다는 얘기하고 이게 무슨 상관인지 모르겠군요, 정말!"

"우린 알렉스의 방에서," 카미유가 계속한다. "모두 1만 2천 유로의 돈을 찾아냈거든. 은행에서 새 지폐로 갓 인출해온 것처럼 깨끗하고 빳빳한 현금다발이 플라스틱 띠에 가지런히 묶여 있더군."

바쇠르는 의심스러워하는 표정으로 입을 삐죽거린다.

"그래서요?"

카미유는 이제 기다리고 기다려온 아르망의 성과에 대해 소개할 차례라는 듯, 쇼프로 진행자와 같은 손짓으로 가리킨다. 그 소개에 아르망은 가볍게 목례로 답한 후 자기 성과가 무엇인지 풀어놓는다.

"당신의 주거래 은행에서는 2005년 1월 15일 회사 사장으로부터 2만 유로짜리 수표가 당신 계좌에 입금된 사실을 확인해준 바 있지요. 그리고 18일에는 같은 액수가 전액 현금으로 인출되었다는 사실도요."

카미유는 말없이 두 눈을 지그시 감고 손뼉 치는 시늉을 한다. 그러고는 다시 눈을 뜨면서 이렇게 말한다.

"당시, 무슨 이유에서 2만 유로씩이나 필요하셨는지요, 무슈 바쇠르?"

마침내 바쇠르의 얼굴에 동요의 기색이 어른거린다. 아무리 빠져나갈 구멍을 기대해본들, 새로운 혐의점들이 끊임없이 튀어나와 발목을 잡아채면서 점점 더 최악의 상황으로 몰아가고 있다. 이게 바로 바쇠르의 눈빛에서 어렴풋이 읽히는 결론이다. 형사들은 자기 사장에게 찾아갔던 것이다. 구류처분은 오후 5시 직전부터 시작되었으므로 끝나려면 아직도 19시간이나 더 남았다. 바쇠르가 판촉으로 잔뼈가 굵은 작자이긴 해도 이런 위기상황에서 벗어날 한 묘책이 지금으로서는 별로 없어 보인다. 그는 궁지에 몰려 있다.

"도박을 했습니다."

"당신 여동생과 도박판을 벌였다가 다 잃은 거다, 이겁니까?"

"아니요, 알렉스가 아니라…… 다른 사람하고 쳤습니다."

"그게 누굽니까?"

바쇠르는 제대로 호흡을 가누지 못하고 있다.

"우리 조금이라도 시간을 아껴봅시다." 카미유가 말한다. "이 2만 유로를 받은 사람은 바로 알렉스였지. 우리가 그녀의 방에서 발견한 1만 2천 유로는 거기서 쓰고 남은 액수임에 틀림없을 거요. 왜냐하면 그 현금들을 묶은 다수의 플라스틱 띠에서 당신 지문이 나왔거든."

형사들은 결국 이 지점까지 도달했다. 이들은 정확히 어디까지 거슬러 올라갔던 것일까? 이들은 무엇을 알고 있을까? 그리고 이들이 원하는 것은 무엇일까?

카미유는 바쇠르의 이마에 진 주름들과 그의 동공에서, 그리고 그의 손등에서 이런 의문들을 읽어낸다. 그렇게 읽어내는 데는 굳이 수사 전문가로서의 눈썰미도 필요치 않다. 그리고 그는 그것을 결코 입 밖으로 꺼내지 않을 것이다. 아무에게도. 하지만 카미유는 바쇠르를 증오한다. 이자를 죽도록 증오한다. 실제로 그는 이자를 죽이고 싶다. 이자를 언젠가 죽이고야 말 것 같다. 그는 몇 주 전 예심판사 비다르에 대해 이런 살의를 품은 적이 있다. 그는 자기 자신을 향해 이렇게 중얼거린다. 우연히 여기 끼지 않은 것일 뿐, 너는 잠재적인 살인자야.

"오케이." 바쇠르가 선택을 마친다. "저는 그 돈을 제 여동생한테 빌려주었습니다. 이것도 법에 걸리는 건가요?"

카미유는 마치 자기가 방금 전 담벼락 위에 백묵으로 십자가를 그려두기라도 한 것처럼 다소 긴장감이 완화되는 것을 느낀다. 그는 미소를 지어 보인다. 하지만 그건 썩 밝은 미소가 아니다.

"그게 법에 걸리지 않는다는 건 당신도 잘 알고 있을 거요. 그런데 왜 거짓말을 한 겁니까?"

"당신들하고는 아무 상관도 없는 일이니까요."

그 대답을 듣자 바로 떠올린 반박의 말은 입 밖에 내지 않고 그냥 속으로만 삭인다.

'당신이 처해 있는 현 상황에서 대관절 어떤 게 경찰과 아무 상관도 없는 일이지, 무슈 바쇠르?'


르 구엔의 호출이다. 카미유는 사무실에서 나온다. 서장은 토마스 바쇠르에 대한 심문이 어느 정도 진척이 되었는지 알고 싶어한다. 답하기 난감하다. 카미유는 가장 자신 있는 쪽을 골라서 대기로 한다.

"상당한 진척을 보았죠. 빌린 돈 문제에 초점을 맞춰 그의 행로를 샅샅이 추적해가는 중인데……"

르 구엔은 반신반의하는 눈치다.

"서장님 쪽은 어떻게……?" 카미유가 묻는다.

"구류시한 연장, 이건 정당하게 집행해야 할 사안이오. 하지만 필요하다면 그렇게 되도록 해야지."

"하여튼 더욱 집중해보도록 하죠."


"당신 여동생이……"

"이부 여동생입니다!" 바쇠르가 카미유의 말을 정정한다.

"이부 여동생, 뭐 그런다고 달라지는 거라도 있나?"

"그럼요, 결코 같은 말이 아니지요. 당신들은 단어 선택 하나에도 엄격하게 사실관계를 따져서 증거로 제시해야 할 의무가 있질 않습니까."

카미유는 루이와 아르망을 둘러본다. 너희들 봤지? 이 친구 응수가 제법인데? 그렇게 말하는 표정이다.

"그럼 그냥 알렉스라고 해둡시다. 그런데 알렉스의 자살 의도가 우리에게는 도통 석연치 않아 보입디다."

"그렇다 해도 걔가 결국 자살을 택했다는 사실은 변하지 않지요."

"그야 물론이지. 하지만 다른 사람보다 그녀를 더 잘 알고 있는 당신, 당신이 아마도 우리한테 설명을 해줄 수 있지 않겠나 싶은데. 애초부터 그녀가 죽으려고 마음먹은 게 사실이라면, 어째서 외국으로 달아날 준비를 했던 걸까?"

바쉬르는 눈썹을 치켜올린다. 이 질문을 아주 정확히 이해하려고 하진 말자.

그 틈을 타서 카미유는 루이에게 슬며시 가벼운 제스처를 취한다.

"당신 여동생은…… 아 죄송, 알렉스는 자기 본명으로, 죽기 전날에 다음 날 아침 그러니까 10월 5일 8시에 출발하는 취리히 행 비행기표를 예약해놓았더군요. 게다가 그녀는 공항에 들른 길에 그곳 아케이드 매장에서 여행가방도 하나 장만했지요. 이 가방은 우리가 호텔 객실에서 발견한 것으로, 그 안을 살펴보니 다음 날 바로 출발할 수 있도록 완벽하게 짐이 꾸려져 있었고."

"그건 여기 와서 처음 듣는 얘기로군요…… 글쎄요, 아마도 기분 전환이 필요했나보죠. 제가 말씀드리지 않았습니까, 걔는 정말 정서가 불안정하다고."

"그래서 그녀는 공항에서 가까운 호텔을 골라 투숙한 거겠죠. 더욱이 다음 날 아침에 공항까지 타고 갈 택시를 불러달라고 프런트에 부탁까지 해놨더군요, 자기 차는 그대로 주차장에 놔두고. 아무래도 차를 몰고 가면 주차장도 찾아야 하고 이것저것 번거로워지니까 비행기를 타는 게 편하다고 여긴 거겠지. 그녀는 홀가분하게 떠나고 싶어한 것 같습니다. 그동안 자기가 써온 일상용품이나 소지품들을 다 내버리려 한 것만 봐도 그렇지요. 어쩌면 이렇게 떠나는 마당에 자기 뒤에 아무것도 남겨놓고 싶어하지 않은 것일 수도 있어요. 버리고 간 물품들 속에는 산성 용액이 든 약병들도 포함되어 있었으니까. 우리 기술 요원들이 그 약병에 든 내용물의 성분을 분석해보니, 범행에 사용된 것과 정확히 일치한다더군요. 약 80퍼센트가량의 고농축 아황산. 그녀는 프랑스를 떠나 어디론가 멀리 도주하려 했던 게 틀림없어요."

"그래서 저한테 무슨 말을 듣고 싶으신 겁니까? 저는 그 아이의 그런 입장을 두둔해줄 수가 없겠는데요. 저뿐 아니라 아마 아무도 그 아이를 두둔하려 들지는 않을 겁니다!"

바쇠르는 아르망과 루이를 차례대로 돌아본다, 자기 말에 동의를 구하려는 듯. 하지만 본심은 그런 게 아닐 것이다.

"알렉스를 두둔해줄 수가 없다면" 카미유가 이렇게 제안해본다. "당신 자신의 입장을 두둔하는 쪽으로 답할 수는 있겠지."

"그렇게 할 수 있으면……"

"물론 잘해낼 거요. 자 그럼, 10월 4일 알렉스가 사망한 날 밤, 20시에서 자정 사이에 뭘 했습니까?"

그 질문을 받자 토마스는 일순간 머뭇거린다. 카미유가 재빨리 나선다.

"우리들이 기억나도록 좀 도와드려볼까…… 아르망?"

상황의 극적인 측면을 강조하려는 의도인지는 몰라도, 아르망은 마치 담임선생님으로부터 수업 시간에 국어책을 읽도록 호명당한 학생처럼 자리에서 벌떡 일어나 서류철을 높이 치켜든다. 그는 자신의 조사기록을 힘주어 낭독하기 시작한다.

"당신은 20시 34분경 한 통의 전화를 받았습니다. 그 시간에 집에서 쉬고 있었지요. 당신의 부인은 우리에게 이렇게 밝히고 있습니다. '남편이 직장에서 빨리 나오라는 호출을 받았어요. 긴급사항이라면서요.' 회사 내에서 당신이 차지하고 있는 직급에 비춰볼 때 퇴근 후 이토록 늦게 직장 쪽에서 다시 나오라고 연락을 취하는 경우는 거의 없을 것임에도…… '전화를 받더니 남편은 꽤 당황한 것처럼 갑자기 허둥대더군요'라고 부인은 우리에게 증언해주었습니다. 부인 얘기에 따르면, 당신은 21시경 집에서 나와 자정이 지나서야 귀가했습니다. 당신이 집에 들어온 시각이 정확히 몇 시 몇 분이었는지까지는 모른다더군요. 설핏 잠이 들어 있는 상태라 당시 시간에 주의를 기울일 수가 없었겠죠. 하지만 자정 이전이 아닌 것만은 틀림없다고 하더군요. 왜냐하면 그녀가 잠자리에 든 게 바로 그 시각이었기 때문이지요."

토마스 바쇠르에게는 갑자기 짜 맞춰야 할 퍼즐 조각들이 대폭 늘어난 셈이다. 자기 아내까지도 심문을 당했다. 그는 방금 전 그 생각에만 빠져 있었다. 이제 누가 또?

"그런데," 아르망이 계속한다. "우리는 이 모든 게 전혀 사실이 아니라는 것을 알아냈습니다."

"어째서 그렇지, 아르망?" 카미유가 묻는다.

"왜냐하면 20시 34분경, 바쇠르 씨가 전화를 받은 사람은 다름 아니라 알렉스였기 때문입니다. 알렉스가 호텔 객실에서 외선 연결로 이 번호를 누른 까닭에 통화 내역이 저장되어 있더군요. 또한 우리는 바쇠르 씨의 정황 조작에 대해서도 별로 어렵지 않게 알아낼 수 있었습니다. 사장이 명확하게 확인해주더군요, 그날 밤 아무런 긴급 소집도 없었노라고. 사장은 이렇게 덧붙이기까지 했습니다. '우리 일에 대해서 사람들의 인식이 너무 안 좋군요. 밤에 사장이 직원들을 긴급소집했을지도 모른다는 얘기나 떠돌고. 우리는 특수기동대가 아니에요.'"

"이 문제에 대해 오래 고민해온 것 같은 아주 그럴싸한 답변이로구먼." 카미유가 그렇게 말한다.

그러고는 바쇠르 쪽으로 시선을 돌린 후 점점 더 유리해지고 있는 정황을 심문에 활용해보려 한다. 하지만 미처 그럴 겨를도 없이 바쇠르가 카미유의 말을 대뜸 가로막는다.

"알렉스가 문자메시지를 남겼는데 내가 답신을 안 보내자 전화를 건 거였습니다! 좀 보자고 해서 11시 30분쯤 약속을 잡았습니다."

"아, 그게 이제야 생각나셨다 이거군!"

"오네 수 부아에서 만나기로 했습니다."

"오네, 오네, 잠시만…… 거긴 빌팽트 바로 근방이군요. 자기가 자살한 지점에서 아주 가까운 곳이고. 약속시간을 11시 30분으로 정해서 당신의 친애하는 이부 여동생이 전화를 했는데, 그래서 어떻게 했습니까?"

"그리로 나갔습니다."

"이런 식으로 약속을 잡는 게 오누이 간에 흔한 일입니까?"

"그렇지는 않습니다."

"그녀가 뭘 바라던가요?"

"집을 옮길 건데 한번 찾아오라면서 주소와 적당한 시간을 알려주더군요. 그게 다였습니다."

토마스는 모든 질문에 신중히 답하려고 애쓰지만, 조바심치며 빨리 여기서 풀려났으면 하고 바라는 게 확연히 느껴진다. 그러다보니 말들이 빠르게 튀어나온다. 원래 짜둔 전략대로 움직이기 위해서는 조금 더 스스로를 통제해야 할 필요가 있을 것이다.

"그래서 당신 생각에는, 결국 그녀가 원한 게 뭘로 보입디까?"

"전혀 모르겠습니다."

"이런 이런 이런, 전혀 모르시겠다……!"

"어쨌든, 걔는 저한테 아무 말도 하지 않았으니까요."

"예전 일을 한번 돌아봅시다. 작년에, 그녀는 당신한테 2만 유로를 요구한 일이 있습니다. 우리가 보기에는 말이죠, 이 돈을 얻어내기 위해 그녀는 자기가 겪은 일을 당신 가족들한테 알릴 수도 있다고 위협을 한 게 아닐까 싶은데. 즉, 열 살 때부터 오빠가 자기를 강간해온 거라며 심지어 친구들한테까지 매춘을 하도록 시켰다는……"

"다시 한 번 말하지만, 당신들한테는 그와 관련해 아무런 증거도 없질 않습니까!"

토마스 바쇠르는 벌떡 일어나서 그렇게 소리를 쳐댔다. 카미유는 싱긋 미소 짓는다. 바쇠르는 냉정을 잃고 있다. 확실한 수확이다.

"그냥 조용히 자리에 앉으시지요." 카미유가 말한다. "이미 말했지 않소, '우리가 보기에는'이라고. 이건 그냥 가설일 뿐이요. 나는 당신이 이런 걸 좋아하는 걸로 알고 있는데."

그는 침착하게 몇 초의 사이를 둔다.

"증거에 대해서 말하자면, 알렉스가 그중에 확실히 한 가지를 내놓고 있지요. 자기가 아주 좋지 않게 보낸 어린 시절에 대해 그녀로서는 당신 부인을 만나러 가는 것만으로도 충분했을 겁니다. 딸내미들 사이에서 이런 얘기들로 믿니 못 믿니 옥신각신했을 수도 있고, 그러다 결국 자기가 어렸을 때부터 써온 기록들이 그 자리에서 공개되었을 수도 있습니다. 알렉스가 만일 당신 부인한테 그걸 몇 초간이라도 공개했다면, 과연 당신네 가족들에게 어떤 감정적 파장이 미쳤을지 몹시 궁금해지는군요. 안 그렇소? 여기서 결론을 도출하자면, '우리 생각에는' 그녀가 다음 날 출국하려는 일정을 이미 다 세워둔 것으로 보아, 계좌에는 예치금이 바닥나 있는 상태이고 달랑 현금 1만 2천 유로밖에 남은 돈이 없다 보니…… 당신한테 돈을 더 요구하기 위해 전화를 한 게 아닐까 싶습니다만."

"그 아이가 전한 얘기는 절대로 그에 관한 내용이 아니었습니다. 게다가 한밤중에 제가 어디서 걔한테 줄 돈을 찾아올 수 있겠습니까?"

"우리가 짐작하기로는 알렉스가 당신한테 출국 준비가 끝나는 시점까지 돈을 마련해둬야 할 거라고 미리 얘기해둔 게 아니었을까 싶습니다. 그런데 당신도 당신 나름대로 뭐가 준비를 해둬야 할 필요가 있었겠지. 당신은 그녀를 묶어둬야 할 필요성이 아주 막대했을 테니까…… 아주 값비싼 도주 비용을 물어가면서 말이지요. 하지만 이 얘기는 나중에 다시 하기로 하고, 지금은 당신이 한밤중에 집에서 빠져나온 대목으로 돌아가봅시다…… 그러고 나서 어떻게 했지요?"

"알려준 주소로 찾아가보았습니다."

"주소가 뭔데요?"

"쥬브넬 대로 137번지."

"그래 가보니, 쥬브넬 대로 137번지에는 뭐가 있던가요?"

"아무것도 없었습니다."

"아니, 아무것도 없었다니, 이게 어떻게 된 거요?"

"진짭니다. 정말 아무것도 없더군요."

구태여 카미유가 루이 쪽으로 몸을 틀 필요도 없이, 루이는 벌써 컴퓨터 앞에 앉아 지도와 도정 안내 전문 사이트에서 해당 주소를 검색해보고 있다. 그리고 몇 초 후 카미유에게 이쪽으로 와보라고 손짓한다.

"진짜 그러네. 당신 말이 맞았군. 정말 아무것도 없군. 135번지는 사무실 건물이고 139번지에는 신문사가 있는데, 그 중간의 137번지는 원래 무슨 점포의 매장이었던 것 같은데 지금은 폐쇄중이네. 막상 알려준 주소대로 가보니 그 모양이라, 그녀가 그 점포를 사들인 줄 알았겠습니다그려?"

루이는 거리의 다른 쪽 일대도 살펴보느라 마우스를 이리저리 움직이고 있다. 그의 얼굴에서 별다른 성과가 없다는 게 드러난다.

"물론 아니지요." 바쇠르가 말한다. "그런데 저는 지금 얘가 뭐하자는 건지 도무지 납득할 수가 없더군요. 약속해놓고 오지도 않았거든요."

"그녀한테 연락은 취해봤습니까?"

"뜻밖에도 그 번호가 해지되어 있다더군요."

"맞습니다. 우리도 확인해보니 그렇더군요. 알렉스는 벌써 사흘 전에 자기 전화를 끊어놓은 상태였지요. 아무래도 출국에 대비해서 그렇게 해둔 것 같습디다. 그럼 그 점포 앞에서 얼마나 더 머물러 있었습니까?"

"거의 새벽 1시가 다 될 때까지요."

"음, 인내심이 대단하신걸. 좋은 겁니다. 흔히 사랑하는 마음이 있으면 인내심도 더불어 늘어나는 법이니까. 그건 세상이 다 아는 사실이죠. 혹시 그 시간에 누군가 당신을 본 사람은 없었습니까?"

"그런 건 생각해보지 않았습니다."

"그러기도 귀찮은가보군요."

"당신네들한테나 귀찮은 일이겠지요. 증거를 찾아야 할 사람은 제가 아니라 바로 당신들이니까요."

"당신한테도 그렇고 우리한테도 그렇고 별로 귀찮을 거 없습니다. 설령 그렇다손 쳐도 귀찮은 건 아주 잠깐이지요. 왜냐하면 바로 이 지점에 결정적인 행간이 숨어 있을 수도 있으니까. 그리고 거기서부터 의혹이 솟아납니다. 원래 의혹이라는 건 '흥미진진한 이야깃거리'를 만들어내는 양질의 재료일 수도 있으니까. 하지만 뭐, 아무려나 상관없습니다.

여하튼 거기서 당신과 알렉스 사이의 분쟁이 어정쩡하게나마 일단락되었으니 그만 집으로 귀가하셨으리라 생각됩니다만."

토마스는 가타부타 대답하지 않는다. 이 질문에 적절히 대응할 수 있는 알리바이의 지형을 찾기 위해 신경회로망이 빠른 속도로 머릿속에서 스캔을 실행하고 있다.

"이봐요, 헬로?" 카미유가 가볍게 다그쳐본다. "그러고는 귀가하신 것 맞지요?"

바쇠르의 뇌가 아무리 모든 방편들을 굴려봐도 만족할 만한 해결책이 튀어나오지 않는 모양이다.

"아니요, 알렉스가 묵고 있는 호텔로 갔습니다."

이로써 그는 물속에 뛰어든 셈이다.

"아, 그렇다면" 카미유가 깜짝 놀란 표정을 과장해가며 말한다. "그녀가 어느 호텔에 있는지 알고 있었다는 말입니까?"

"아니요, 알렉스가 전화를 걸어왔을 때 제 휴대폰에 뜬 그 번호로 통화를 시도해봤을 뿐입니다."

"오호라, 그러면 딱이었겠구먼! 그래서 어떻게……?"

"연결이 안 됐습니다. 바로 음성메시지 사서함으로 넘어가더군요."

"오, 이렇게 안타까울 때가 있나! 그래서 그냥 집으로 돌아갈 수밖에 없었겠군요."

이번에는 두 쪽으로 나뉜 대뇌반구들이 갈등 국면으로 접어들고 있다. 토마스는 두 눈을 감는다. 이런 기싸움이 결과적으로 자기에게 불리하다는 예감이 들지만, 그렇다고 이제 어떻게 해야 할지도 감이 오질 않는다.

"아니요." 그는 결국 사실대로 털어놓는 쪽을 택한다. "호텔로 찾아갔습니다. 그런데 문이 닫혀 있더군요. 프런트 안내직원도 보이지 않고요."

"루이?" 카미유가 묻는다.

"호텔 프런트가 열려 있는 시각은 22시 30분까지입니다. 이후에 호텔로 들어가려면 코드 번호가 필요하지요. 호텔 측에서는 투숙객이 오면 코드 번호를 알려준다고 합니다."

"그래서 어쩔 수 없이," 카미유가 다시 바쇠르에게 말한다. "집으로 돌아갈 수밖에 없었겠습니다."

"네."

카미유가 자기 부하들을 돌아본다.

"어허, 여기서 이렇게 과감한 모험을 감행하실 줄이야! 아르망……
내 눈에는 어쩐지 당신이 이 대답에 대해 어떤 의혹을 품고 있는 것처럼 보이네만."

이번에는 아르망도 일어나지 않고 그냥 자리에 앉아 차분히 조사 결과를 알려주는 데 그친다.

"르불랑제 선생과 파리다 부인, 이 두 분이 바쇠르 씨를 호텔 정문에서 목격했다고 증언한 바 있습니다."

"그 여자분 성함이 확실한가?"

아르망은 황급히 자기 메모를 들여다본다.

"아니네요. 반장님 지적이 옳습니다. 파리다는 부인의 이름이었군요. 파리다 사르타위 부인이십니다."

"무슈 바쇠르, 제 부하의 실수를 너그러이 양해해주십시오. 이 친구가 외국사람 이름만 나오면 꼭 저렇게 허둥댄답니다. 그러니까 말하자면 이 양반들은?"

"그 호텔의 투숙객들입니다." 아르망의 대답이 바로 이어 나온다. "그 분들은 그날 0시 15분경 호텔로 돌아오는 길이었지요."

"알았어요, 됐습니다, 그만 됐다고요!" 바쉬르가 결국 폭발한다. "아주 끝내주는군요!"

# 60

 첫 벨이 울리자마자 르 구엔이 전화를 받는다.
 "잘하면 오늘 밤 안으로 결판이 날 거 같습니다."
 "뭐가 어떻다고?" 르 구엔이 그렇게 묻는다.
 "지금 어디 있습니까?" 이번엔 카미유가 되묻는다.
 르 구엔은 선뜻 대답하지 못하고 머뭇거린다. 그렇다는 건 지금 어느 여인의 집에 와 있다는 뜻이다. 그 말은 르 구엔이 누군가와 사랑에 빠져 있다는 뜻인데, 그렇다고 해서 그가 그 여인과 잤다는 말은 아니다. 그러는 건 그의 성향과 거리가 멀다. 이게 또 무슨 말이냐면……
 "서장님, 내가 마지막 결혼식 때 진작 말해두지 않았습니까, 다시는 서장님 결혼 입회 같은 건 안 한다고 말이에요, 어떤 경우라도!"
 "그래, 알아요, 알아. 카미유, 그런 걱정일랑 붙들어 매시오. 그런 말 하고 싶어지면 테이프로 숫제 내 입을 봉해버릴 테니."
 "믿어도 됩니까?"
 "그렇고말고."
 "그렇게까지 나오시니 슬슬 또 겁이 나려 하는데요."
 "그건 그렇고, 그쪽 사정은 좀 어때요?"

카미유는 현재 시각을 확인한다.

"자기 여동생한테 돈을 넘겨주었고, 그날 밤 전화를 받고 나서 여동생이 묵고 있는 호텔로 들어갔다는 대목까지 넘어왔습니다."

"좋군. 어떻게, 견딜 만해요?"

"잘 풀릴 것 같습니다. 이제 문제는 얼마나 버티느냐만 남았죠. 바라건대, 예심판사만 좀 어떻게······"

"내가 한 큐에 손을 써놨으니 그 문제는 아무 걱정 마시오."

"다행이로군요. 지금 가장 요긴한 건 일단 한숨 푹 자두는 겁니다."

그리하여 시간은 바야흐로 깊은 밤을 가로질러 흐르고 있다.

새벽 3시다. 그로서도 어쩔 수가 없었다. 어쩐지 이번 기회에 해두지 않으면 후회할 것 같았다. 딱 다섯 번의 망치질. 카미유와 이웃들 사이가 아무리 좋다고는 해도 새벽 3시에 벽에다 대고 망치질을 해대니······ 카미유의 아파트 이웃들은 첫 번째 망치질에 놀라고, 두 번째 망치질에 잠을 깼으며, 세 번째 망치질에 무슨 사고가 나는 게 아닌가 싶어 어리둥절해졌으며, 네 번째 망치질에는 역정을 내기 시작하더니, 다섯 번째에는 급기야 못 참고 주먹으로 벽을 두드려댄다······ 다행히도 여섯 번째 망치질로 넘어가지는 않는다. 그러자 모두들 잠잠해진다. 이로써 카미유의 거실 벽 한쪽에는 모드 베르호벤 여사의 자화상이 걸리게 된다. 못은 단단히 박힌 것 같다. 이제 카미유의 심지도 그 못처럼 단단해 보인다.

그는 강력반 사무실에서 나올 때 잠시 루이와 얘기를 나누고 싶었지만, 루이는 이미 자리를 벗어난 후였다. 그럴 줄 알고 미리 달아난 것 같았다. 내일을 기약하는 수밖에 없다. 그에게 무슨 말을 해야 할까? 카미유는 자신의 직관과 상황 판단을 신뢰하는 편이다. 그는 루이가 선물한 그림을 결국 간직하게 될 테고, 그에게 감사할 것이며, 사례의 뜻에서 그에게 보답을 하려 할 것이다. 혹은 그러지 않을 수도 있다. 경매 수익금의 어마어마한 액수가 다시 한 번 카미유의 머릿속에서 어지럽게 맴돈다.

혼자 살게 된 이후부터 그는 늘 커튼을 열어놓고 자는 습관이 생겼다. 하루를 밝히는 햇살 속에서 잠을 깨는 게 좋기 때문이다. 두두슈가 그의 곁으로 바싹 다가왔다. 잠을 청해보지만 별로 졸립지 않다. 그는 거실 소파에서 모친의 자화상과 마주 앉아 그렇게 새벽녘의 나머지 시간을 보낸다.

바쇠르의 심문은 정신적으로 고역이다. 물론 그것만 그런 건 아니다.

얼마 전 밤 시간에 충동적으로 몽포르의 아틀리에로 가본 날 자신의 심층에서부터 솟아오른 기억들, 그리고 특히 알렉스 프레보스트의 시신과 호텔 객실에서 마주했을 때 그를 엄습한 감정들이 지금 다시 그의 내면에서 스멀거리고 있다.

하지만 이 사건은 그로 하여금 이렌의 죽음에서 생겨난 악령을 몰아냈을 뿐 아니라 모친에 대한 앙금도 말끔히 씻어낼 수 있도록 도와준 게 사실이다.

알렉스의 이미지, 그 파리하고 앙상한 소녀의 몰골이 난데없이 눈물을 몰고 온다.

어린 시절 일기장에 삐뚤빼뚤하게 적혀 있는 그녀의 글씨, 이토록 하찮은 잡동사니들, 이 사건의 전말, 모든 게 그의 마음을 저민다.

자신도 결국에는 다른 이들과 똑같다는 자괴감이 불현듯 밀려든다.

그에게도 역시 알렉스는 도구나 마찬가지였을지도 모른다.
그는 그녀를 지금까지 실컷 활용해온 셈이다.


이어진 17시간 동안, 바쇠르는 세 번 정도 유치장에서 강력반 사무실로 불려왔다. 아르망이 두 번, 그리고 나머지 한 번은 루이가 그의 심문을 맡아 세부사항들의 점검에 열중한다. 아르망은 그에게서 툴루즈에 체류한 일정이 정확히 어떻게 되는지를 자백받으려 한다.
 "20년이나 지난 일인데, 그런 게 그렇게 중요합니까?" 바쇠르가 거칠게 항변한다.
 아르망은 눈빛으로 답변을 대신한다. 당신도 내가 시킨 일을 하는 중이라는 걸 잘 알 텐데 그러네.
 바쇠르는 경찰이 원하는 대로 다 서명해주고, 원하는 대로 다 순순히 인정해준다.
 "이래봤자 어차피 나를 옭아맬 결정적 증거가 아직 아무것도 나오지 않았지요."
 "그러니까," 루이가 그의 말에 답한다. "바쇠르 씨 당신은 아무것도 두려워하실 필요가 없을 겁니다."
 이후로 시간은 빠르게 지나간다. 바쇠르는 조짐이 좋다고 느낀다. 구류시한 동안 마지막으로, 형사들은 스테판 마시아크와 정확히 언제 만났는지에 대한 자백을 받아내기 위해 그를 불러냈다.
 "이런 건 아무래도 좋습니다." 서명하면서 바쇠르는 그렇게 자신했다.
 그는 벽시계를 바라본다. 그런다고 해서 누구도 그를 탓할 권한은 없다.

그는 면도를 하지 않았다. 세면은 간단히 마쳤다.

사람들이 그를 또 한 번 끌어냈다. 이번에는 카미유와 대화를 나눌 차례이다. 사무실 문턱에 들어서자마자 그는 다시 벽시계를 힐끔거린다. 저녁 8시. 그로서는 정말 끔찍이도 긴 하루였다.

바쇠르는 의기양양한 표정으로 승리했다는 듯 카미유 앞에 다가와 앉는다.

"자, 대장님?" 만면에 미소를 띠며 그가 묻는다. "이제 곧 헤어질 시간이네요. 유감없으시겠지요?"

"어째서 그렇게 믿으실까?"

바쇠르를 만만한 존재로 여기는 건 금물이다. 이 작자의 영악스러운 감각은 칼날처럼 날카롭고도 예민하다. 그에게는 촉각이 발달해 있다. 그러므로 이내 어떤 기류를 감지해낸 모양이다. 그가 별안간 말을 잃고 안색이 하얗게 질려가면서 신경질적으로 다리를 꼬고 앉는 것만 봐도 그렇다는 걸 알 수 있다. 그는 카미유의 입에서 무슨 말이 나올지 기다린다. 카미유는 그를 한동안 아무 말 없이 바라보기만 한다. 이 순간은 어느 쪽이 오래 버티는지 겨뤄 우열을 판가름 내는 시험과정과 비슷하다. 그때 전화벨이 울린다. 아르망이 일어나 전화를 받는다. 여보세요. 듣는다. 고맙다고 말한 후 전화를 끊는다. 바쇠르에게 줄곧 시선을 떼지 않던 카미유가 이윽고 입을 연다.

"대단히 죄송한 말씀입니다만, 구류시한을 24시간 더 연장해도 좋다는 예심판사의 승인이 방금 막 떨어진 것 같소이다, 무슈 바쇠르."

"예심판사를 만나보고 싶습니다!"

"이걸 어쩐담, 무슈 바쇠르, 어허, 이걸 어쩐담! 비다르 판사는 아쉽게도 당신을 접견할 수가 없습니다. 업무 분담의 원칙상 그게 허용되지 않으니까요. 그러니 우리랑 조금만 더 붙어 지내셔야 할 것 같습니다그려.

유감없으시겠지요?"

바쇠르는 사방으로 고개를 두리번거린다. 현재 느껴지는 당혹감이 반영되어 나타난 행동이다. 이내 발작적으로 헛웃음을 터뜨린다. 그러고는 형사들을 향해 침통한 표정을 짓는다.

"그러면 이제, 뭘 어떻게 하실 건데요?" 그가 묻는다. "구류시한의 연장을 승인받기 위해 당신들이 예심판사한테 뭐라고 지껄여댔는지, 무슨 거짓말을 둘러냈는지 전혀 모르겠습니다만, 그게 지금이든 아니면 다시 24시간 후든 결국 나를 풀어줘야만 할 겁니다. 정말이지 당신들은……"

그는 이 맥락에 걸맞을 법한 어휘들을 찾아본다.

"애처롭기 짝이 없군요."


구류시한의 연장으로 앞으로 24시간 동안 바쇠르를 심문할 수 있는 시간이 처음부터 다시 시작된다. 하지만 형사들은 더 이상 그를 심문하려 들지 않는다. 심문하지 않고 이렇게 그를 묶어두는 게 지금 상황에서 가장 효과적인 구류 처분일 수도 있다. 카미유도 그게 최상의 선택이라고 믿는다. 그 시간 동안 뭘 더 알아내겠다고 발버둥칠 게 아니라, 조사를 최소화해서 그대로 시간만 보내기. 주어진 24시간 동안 아무것도 하지 않고 그렇게 시간을 보내는 일도 생각처럼 쉽지만은 않다. 일단 각자 자기가 할 수 있는 소임에 집중한다. 형사들은 돌파구를 상상한다. 그러자 바쇠르가 자기 상의를 벗고 넥타이를 푸는 모습이 상상된다. 그러고는 수사팀에 미소를 지은 후, 그가 머릿속에 굴려온 말들을 입 밖으로 꺼내는 모습이 떠오른다.

아르망은 또 다시 신참 연수생들에 달라붙어 담배와 볼펜 등 이것저것 짭짤한 수확을 올리고 있다. 이로써 한동안은 아쉽지 않게 버틸 만하다. 그의 호주머니가 두둑해진다.

오전 시간 내내 이상야릇한 숨바꼭질이 시작되었다. 카미유는 보내준 그림 얘기를 하기 위해 루이와 한쪽에 조용히 마주하고 싶어하지만, 상황은 생각대로 돌아가지 않는다. 루이가 외부에서 여러 번 호출을 받고 불려나갔기 때문이다. 카미유는 그들의 관계에 다소 거북스러운 부담감이 끼어드는 것을 느끼고 있다. 보고 문건을 타이핑하는 와중에도 거의 절반 정도의 시간 동안에는 진자운동하듯 루이 쪽으로 눈이 오간다. 그는 그림을 보내줌으로써 루이가 이 상황의 주도권을 잡게 되고, 그로 인해 공연히 그들의 관계가 복잡하게 꼬이는 것 같다는 데 대해 예민해져 있다. 카미유는 그저 고맙다고만 말할 참이다. 하지만 왜? 그는 루이에게 답례를 할 작정이다. 그래서 어쩌자고? 루이가 취하는 제스처는 카미유에게 약간의 가족주의 근성 같은 것으로 여겨진다. 시간이 흐를수록, 루이가 모친의 그림을 기증하면서 자기를 가르치려든다는 인상도 더욱 강해지는 것 같다.

오후 3시경, 그들은 결국 사무실에 둘만 남게 된다. 카미유는 더 이상 어렵게 생각하지 않기로 하고 그에게 불쑥 고맙다는 인사를 건넨다. 이게 가장 먼저 떠오른 첫마디 말이다.

"고마워, 루이."

하지만 이런 감사인사에만 그칠 수는 없다. 무슨 말이든 더 덧붙여야 한다.

"이게 말이야……"

하지만 그는 말을 이으려다 만다. 루이의 의아해하는 태도에서, 카미유는 그동안 자폐적인 궁리에 사로잡혀 혼자서만 허우적거리고 있었다는 사실을 깨닫고는 불현듯 부끄러워진다. 루이가 그림을 보내준 데는 정말 아무런 함의도 없었던 것이다.

"고맙다뇨, 뭐가요?"

카미유가 임시변통으로 둘러댄다.

"그냥 모든 게 다. 루이 자네의 충실한 보좌에 대해서도 그렇고⋯⋯ 여기까지 오는 동안 말이야."

그 말에 루이는 아니라고 답하면서도 다소 당혹스러워하는 표정을 감추지 못한다. 그들 사이에 이런 말이 오가는 건 흔한 일이 아니기 때문이다.

이런 게 아니다. 속내에 담아둔 말들을 나눌 수 있어야 한다. 그래서 카미유는 그렇게 했다, 그가 미처 그러리라 생각하지 못한 내용까지 털어놓게 된 정황에 스스로도 놀라움을 금치 못하면서.

"이 사건은 어쩌면 내 업보 같은 걸지도 모르겠어. 이런 생각 따위에 나 매달려 있으니 도대체 나란 사람은 결코 쉽게 살아갈 수 있는 타입이 아니지. 하지만⋯⋯"

루이, 가장 잘 안다고 여기는 동시에 때론 아무것도 모르겠다 싶을 때도 많은 이 불가사의한 부하 형사와 마주하고 있다는 사실이 이 순간에 돌연 카미유를 뒤흔들어놓은 것 같다. 평정을 잃고 요동치는 심경은 루이가 보내준 모친의 자화상을 다시 보았을 때보다도 어쩌면 지금이 더욱 극심할 수 있다.


형사들은 다시 한 번 바쇠르를 불러냈다. 이번에도 자잘하고 세부적인 사항들을 조율하기 위해서였다.

카미유는 르 구엔의 방으로 올라가서 짧게 노크한 후 바로 들어선다. 서장은 바쇠르에 대한 심문의 결과가 과히 좋지 않다는 보고를 예상한 듯 표정이 다소 어두워진다. 카미유가 그를 안심시키려는 듯 손을 높이

들어 보인다. 그러고는 심문에 관해 의논한다. 각각의 요원들은 최선을 다했다. 이제는 기다리는 일만 남아 있다. 그러다 문득 카미유는 모친의 작품에 대한 경매와 입찰이 있었다는 화제로 넘어간다.

"얼마라고?" 깜짝 놀란 기색으로 르 구엔이 되묻는다.

카미유는 액수를 다시 반복해서 일러준다. 그 액수는 점점 더 그에게 추상적으로 여겨진다. 르 구엔은 경탄을 금치 못한다는 듯 입을 쫑긋거린다.

카미유는 루이가 보내준 자화상 이야기는 생략하기로 한다. 깊이 숙고해볼 시간적 여유는 충분했다. 그는 경매를 주관해준 모친의 동창에게 전화를 걸기 위해 바깥으로 나간다. 이를 주관해준 보답으로 약소한 몫이나마 그에게 떼어주고 싶다는 의사를 밝힌 적이 있다. 모친의 동창은 그림으로 카미유의 호의를 대신 받고 싶다고 했다. 어쩌면 이게 가장 현실적인 처리방법일지도 모른다. 카미유는 한결 홀가분해졌다.

그는 전화를 해서 자기 뜻을 전한 후 사무실로 돌아온다.

시간이 지나가고 있다.

카미유는 결심했다. 곧 저녁 7시가 될 것이다.

이제 그 순간이 왔다. 저녁 7시다.

바쇠르가 사무실로 들어온다. 그리고 앞에 앉는다. 시선은 벽시계에만 단단히 고정되어 있다.

그는 몹시 고단해 보인다. 이 46시간 동안 그는 거의 잠을 자지 못했다. 이제 수면부족의 악영향이 여실히 드러나고 있다.

# 61

"잘 아시겠지만" 카미유가 말한다. "당신 여동생, 아니 미안합니다, 당신 이부 이동생의 죽음에는 몇 가지 석연치 않은 점들이 있습니다."

바쉬르는 아무런 반응도 보이지 않는다. 이게 무슨 뜻인지 말없이 헤아려보는 것 같다. 이러느라 그의 피로가 더욱 가중된다. 그는 심문받는 동안 자기에게 쏟아진 형사들의 질문들을 처음부터 차근차근 돌아본다. 그의 표정과 태도는 시종일관 태연자약하다. 알렉스의 자살에 대해 아무런 죄책감도 느끼지 않고 있는 게 틀림없다. 그의 외관에서 이런 마음가짐이 확연히 다 드러나고 있다. 그는 한숨지으며 편히 기지개를 켜고는 팔짱을 지른다. 다른 건 다 귀찮다는 듯 아무 응답도 없이 그저 벽시계에만 눈길을 붙박아두고 있을 뿐이다. 그러다 잠시 횡설수설하더니 이렇게 묻는다.

"구류시한이 20시까지죠, 아닌가요?"

"내가 보기에 당신한테는 알렉스의 죽음이 아무렇지도 않은 일 같군요."

바쉬르는 눈을 들어올려 천장으로 향한다. 그 모습은 무슨 영감이 떠오르길 기다리는 것 같기도 하고 혹은 식사 후에 디저트로 뭘 고를지

고민하는 모습 같기도 하다. 그러다 정말 성가셔 죽겠다는 투로 입꼬리를 씰룩거린다.

"걔는 죽고 나서까지 나를 이다지도 무지막지하게 괴롭히는군요." 이윽고 그가 입을 연다. "반장님도 가족 간의 유대라는 게 얼마나 강한 건지 잘 아실 겁니다. 하지만 어쩔 수 없질 않습니까…… 이건 그 아이가 앓아온 우울증의 문제인 것을요."

"지금 내가 당신한테 말하려는 건 그녀의 죽음 자체가 아니라 그녀가 죽어간 양상에 대해서입니다."

그는 이 말에 동의한다는 듯 고개를 끄덕인다.

"바르비투르산을 자기 몸에 투여하다니, 네, 정말 끔찍하지요. 그녀는 평소 수면장애에 시달린다는 말을 하곤 했어요. 그게 없으면 전혀 잠도 청할 수 없다더군요."

그렇게 말하면서 그는 몹시 지쳐 있음에도 이와 같이 표현하는 것을 즐기고 있는 것처럼 보인다. '잠도 청하지 못한다'는 표현에서 뭔가 음탕한 상상이 도지려는 것을 간신히 참고 있다는 게 느껴질 정도이다. 그래서인지 그는 근심 어린 어조를 과장한다.

"어찌 보면 그런 약물을 삼켰다는 게 그 아이한테는 가장 자연스런 자살방식이었을지도 모르지요. 그렇게 보지 않으십니까? 보세요, 간호사였으니 자기가 원하는 대로 자살에 필요한 약물들을 준비해두는 건 별로 어려운 일도 아니었을 테니까요."

그렇게 지껄여대고는 잠시 골똘해진다. 그러다 불쑥 이렇게 말한다.

"바르비투르산 같은 걸 삼키면 어떤 식의 죽음을 맞게 되는지는 잘 모릅니다만, 아마도 상당한 경련을 일으키지 않을까 싶은데, 그렇지 않은가요?"

"바르비투르산을 삼킨 직후 바로 인공호흡을 받지 못하면," 카미유가 말한다. "그 사람은 깊은 코마상태에 빠져들면서 외부의 자극에 대한 반사신경이 급속도로 마비됩니다. 그러다 폐에서부터 호흡장애를 일으킨 후 헛기침을 토하다 사망에 이르게 되죠."

바쇠르는 생각만 해도 끔찍하다는 듯 몸서리를 친다. 푸아. 그의 관점에 따르면, 이렇게 죽는 것은 사람으로서의 존엄성을 포기하는 짓이나 마찬가지이다.

카미유는 무슨 말인지 알겠다는 듯 고개를 주억거려 보인다. 이런 모습만 보면 토마스 바쇠르의 견해에 전적으로 동의하는 것처럼 여겨질 수도 있다. 하지만 손가락이 가볍게 떨리고 있는 것으로 보아 다른 속내가 숨겨져 있는 게 틀림이 없다. 그는 고개를 뒤로 젖히고 숨을 한 번 크게 내쉬어본다.

"자, 이번에는 당신이 호텔 입구에서 서성거리는 대목으로 한번 돌아가봅시다. 이게 바로 그녀가 죽은 날 밤이고 시각은 자정이 지났을 무렵이지요. 맞습니까?"

"당시 저를 본 목격자들이 있다니, 그 사람들한테 물어보시는 게 더 빠를 텐데요."

"우리는 이미 그런 확인 절차를 거쳤지요."

"그런데요?"

"그날 밤 0시 20분."

"저는 괜찮으니까 그럼 그 시각으로 돌아가보시죠."

바쇠르는 안락의자에 깊이 몸을 파묻는다. 그러고는 벽시계를 끊임없이 힐끔거리는 시선으로 이제 알아서 하라는 듯한 눈치를 준다.

"그러니까," 카미유가 다시 말을 잇는다. "당신은 그들을 뒤따라 들어갔습니다. 당신의 이런 행동이 그들한테 별로 이상하게 보이지는 않았을 겁니다. 공교롭게도…… 자기들과 같은 시각에 호텔로 돌아온 투숙객과 마주친 것으로만 보였을 테니까요. 아까 말한 두 명의 목격자들은 당신이 승강기를 기다렸다고 하더군요. 그리고 이후로는 어떻게 되었는지 모른답니다. 왜냐하면 그 사람들의 객실은 1층이었기 때문이죠. 당신은 그들의 시야에서 벗어나 곧 승강기에 올랐을 겁니다."

"아닙니다."

"아, 그래요? 하지만……"

"그렇지 않습니다. 제가 어디로 향해 갔을 거라고 믿고 싶으신 건가요?"

"무슈 바쇠르, 우리도 이 대목을 궁금하게 여기고 있습니다. 그 순간에 어디로 발길을 옮긴 겁니까?"

바쇠르는 미간을 찌푸린다.

"저기, 제 얘기를 차근차근 들어보세요. 알렉스가 자기한테 와달라고 전화를 해왔습니다. 이유도 밝히지 않고서요. 그런데 약속과는 달리 나타나지도 않았어요! 그래서 그 아이가 묵는 호텔로 찾아갔습니다. 프런트 안내도 끝났더군요. 그러니 이 순간에 제가 어떻게 해야 했을까요? 200개가 넘는 객실의 문을 일일이 다 두드려가면서, 실례합니다만 제 여동생이 지금 몇 호에 있는지 찾아 헤매는 중이라는 말을 하고 돌아다녀야 했을까요?"

"여동생이 아니라 이부 여동생이겠지!"

바쇠르는 어금니를 깨물고 한숨지으며 카미유의 지적을 알아듣지 못한 척한다.

"승강기를 탄 게 아니라 저는 그 호텔에서 조금 떨어진 거리에 세워둔 차로 가서 얼마간 기다렸습니다. 비단 저뿐 아니라 누구라도 그렇게 할 수밖에 없었을 겁니다. 제가 호텔로 간 건 프런트의 숙박부에서 알렉스를 찾을 수 있을 줄 알았기 때문입니다. 걔가 몇 호에 있는지 알아낼

방도라곤 그 길밖에 없었으니까요. 하지만 제가 도착했을 때는 이미 프런트에 아무도 남아 있지 않은 상황이었습니다. 모든 게 다 잠겨 있더군요. 당시에 제가 할 수 있는 일은 아무것도 없었습니다. 그러니 이제 그만 집으로 발길을 돌려야 했지요. 그뿐입니다."

"요컨대, 당신은 어떡할지 거기서 더 망설이지 않았다 이 얘기로군요."

"그렇습니다. 저는 거기서 더 망설이지 않았습니다. 그래봤자 달리 어떻게 할 수도 없었으니까 그냥 발길을 돌리기로 한 거죠."

카미유는 난감해하는 표정으로 고개를 갸웃거린다.

"그래서, 뭐가 달라지는 거라도 있습니까?" 격앙된 어투로 바쇠르가 그렇게 묻는다.

그는 루이와 아르망 쪽으로 고개를 돌려 다시 한 번 물어본다.

"그러면 뭐가 달라지는데요?"

형사들은 미동도 보이지 않고 침착한 눈길로 그를 바라본다.

토마스 바쇠르의 시선이 다시 벽시계 쪽으로 향한다. 시각이 구류시한에 가까워져가고 있다. 그는 다시 차분해진 태도로 여유롭게 미소를 지어 보인다.

"아무것도 달라지는 게 없다는 데 다들 동의하시나보군요. 한 가지 사실만 제외하고는……"

"그게 뭐죠?"

"내가 걔를 찾아냈더라면, 이와 같은 비극이 벌어지지 않았을 거라는 점만 제외한다면 말이지요."

"그렇다는 건 다시 말해서?"

토마스는 선행에 지대한 관심이 있는 사람처럼 깍지를 낀다.

"제 생각에, 저는 그 아이를 자살의 마수에서 구해냈을 것 같습니다."

"그렇다면 유감천만이네요. 이미 일은 벌어졌고 결국 그녀가 죽었으니 말입니다."

바쇠르는 자기로서도 어쩔 도리가 없었다는 것처럼 두 손을 벌려 보이며 미소 짓는다.

순간, 카미유의 안색이 달라진다.

"무슈 바쇠르." 그가 느린 어조로 다음과 같은 사실을 알려준다. "당신한테 사실대로 털어놓자면, 전문 인력들로 정밀조사를 마친 결과 우리 쪽에서는 현재 알렉스의 자살에 대해 강한 의혹을 품고 있습니다."

"강한 의혹이요……?"

"그렇습니다."

카미유는 이렇게 전해진 얘기가 바쇠르에게 충분한 파급효과를 미칠 때까지 잠시 기다렸다가 다시 입을 연다.

"우리는 당신 여동생이 실은 누군가의 손에 살해당했으며 그 살해자가 자살로 위장한 것이라고 보고 있지요. 그런데 뭐, 굳이 내 견해를 밝히자면, 그 위장 수법이 상당히 엉성합디다."

"이건 또 무슨 뚱딴지 같은 소립니까?"

그는 지금 이 순간에 느껴진 경악을 표정뿐 아니라 온몸으로 표현한다.

"가장 먼저," 카미유가 말한다. "자살하기로 마음먹은 사람이라고 하기에는 알렉스의 행적이 이와 전혀 걸맞지 않다는 사실을 들 수 있습니다."

"행적이……" 잔뜩 미간을 찌푸리며 바쇠르는 그 말을 되뇌어본다. 어안이 벙벙해진 그의 표정과 태도는 마치 이 단어가 그에게 생소한 의미로 들리는 것 같다는 인상을 자아낸다.

"죽기 전날 예약한 취리히 행 비행기표, 다음 날 먼 길을 떠나기 위해 구입한 여행가방, 아침에 공항까지 타고 가기 위해 프런트에 부탁해둔 택시 콜서비스, 이 모든 건 그냥 그렇다 치고 넘어갈 수도 있습니다. 하지만 결정적으로 의심스러운 게 몇 가지 더 남아 있지요. 예컨대, 그녀의 머리가 욕실의 세면대에 부딪쳐 깨져 있었다는 점은, 타살당하지 않았다고 하면 어떻게 설명해야 할지 난감해집니다. 부검 결과를 보니, 그녀의 두개골에는 누군가의 손에 폭행당했다고 보지 않을 수 없는 손상이 나타나 있더군요. 그러니까 우리로서는 당시 그녀가 다른 누군가와 같이 있었다고 볼 수밖에요. 그녀를 그토록 무자비하게 폭행한 그 누군가와 말입니다."

"그게…… 누구란 말입니까?"

"글쎄올시다, 무슈 바쇠르. 솔직히 털어놓자면, 우리는 그게 당신이었다고 믿는 중이오만."

"뭐라구?"

바쇠르가 자리를 박차고 일어나 버럭버럭 알아듣지 못할 고함을 쳐댄다.

"다시 제자리에 착석하시기를 정중히 권유하는 바입니다, 무슈 바쇠르."

시간이 걸리긴 했지만 바쇠르는 의자 끝에 엉덩이만 걸쳐두는 식으로 다시 자리에 앉는다. 금세라도 다시 자리를 박차고 일어날 듯이.

"이게 당신 여동생에 관한 사안이다 보니 모든 얘기들이 심적으로 얼마나 고통스러울지 나로서도 이해가 가긴 합니다. 하지만 감히 당신의 풍부한 감수성에 생채기가 날지도 모른다는 위험부담을 무릅쓰고 얘기해보자면, 자살하는 사람들은 목숨을 끊기 전 어떻게 자살할지에 관해 깊이 고민합니다. 그 결과, 창 밑으로 투신하든가 아니면 정맥을 끊게 되는 거지요. 이따금은 자기 신체를 훼손하기도 하고 이따금은 독극물을 삼키기도 합니다. 하지만 두 가지 수단을 동시에 쓰는 식으로 자살을 감행하는 경우는 거의 없습니다."

"그래서 이 점에 관해 내가 파악해야 할 게 뭡니까?"

이건 더 이상 알렉스에 대한 문제가 아니지 않습니까. 그의 목소리에서 다급함이 전해져온다. 그의 태도는 불신과 앙분 사이를 오가고 있다.

"어떻게 된 거냐 이겁니까?" 카미유가 되묻는다.

"아니, 그러니까 어떻게 해서 이게 나랑 상관 있다고 보느냐 이 말입니다!"

카미유는 루이와 아르망을 바라본다. 이 정도도 이해 못 시키다니 스스로의 능력에 몹시 낙담했다는 표정을 부하들에게 지어 보인다. 그러고는 다시 바쇠르 쪽으로 돌아앉는다.

"당신하고 상관이 있습니다, 현장에서 채취된 지문들 때문에라도."

"지문이라니, 무슨 지문 말입니까! 이거야 원, 무슨……"

그때 울린 전화벨이 바쇠르의 항변을 일시적으로 끊어놓지만, 그는 멈추지 않고 카미유가 전화를 받는 동안에도 아르망과 루이를 향해 계속한다.

"무슨 지문 말입니까, 응?"

대답 대신, 루이는 자기도 무슨 말인지 이해 못 하겠다는 사람처럼 입술을 쫑긋거린 후 아르망에게 넌 아느냐는 눈짓을 보낸다. 아르망은 아예 딴청을 피우는 중이다. 그는 새 담배를 말아 피우기 위해 잘게 찢은 종이 쪼가리들 위에 누가 피우다 버린 꽁초들을 분해하는 데 열중하고 있다. 그는 바쇠르 쪽으로 눈길도 돌리지 않는다.

바쇠르는 내내 전화통화하기에 바쁜 카미유 쪽으로 고개를 다시 돌린다. 카미유의 시선은 바쇠르가 아니라 창가에 머물러 있으며 매우 집중해서 통화 상대의 말에 귀 기울이고 있다. 바쇠르는 카미유의 침묵 앞에서 허우적거릴 수밖에 없다. 이 순간이 하염없이 길게 느껴진다. 이윽고 카미유가 전화를 끊고 바쇠르에게 시선을 향한다. 우리 어디까지 했지요?

"지문이라니 무슨 지문 말입니까?" 바쇠르가 다시 묻는다.

"아, 그렇지…… 현장에서 알렉스의 지문들이 나왔다는 얘긴데, 왜 뭐가 잘못됐습니까?"

그 말에 바쇠르가 펄쩍 뛴다.

"뭐라고요, 알렉스의 지문들?"

사실 카미유의 전언이 늘 단박에 이해하기 쉬운 것만은 아니다.

"그녀의 객실에서," 바쇠르가 말한다. "자기 지문이 나오는 건 당연한 거 아닌가요?"

그러고는 어이없다는 투로 너털웃음을 터뜨린다. 카미유는 이 말에 완벽하게 동의한다는 듯 손뼉을 몇 번 친다.

"맞습니다. 그런데 문제는," 그가 박수를 멈추면서 이렇게 말한다. "그 지문들이 거의 다 지워져 있었다는 데 있습니다."

바쇠르는 또 다른 문제 하나가 자기에게 떨어지고 있다는 것을 직감하지만 그게 정확히 무엇인지까지는 아직 파악하지 못하고 있다.

카미유는 토마스 바쇠르의 이해를 조곤조곤 도와주겠다는 듯 매우 자애로운 어조를 택해 이렇게 말한다.

"우리는 알렉스가 묵은 객실에서 그녀의 지문들을 놀랍게도 거의 약간밖에 찾아내지 못했습니다. 무슨 말인지 이제 이해가 좀 갑니까? 우리는 알렉스와 함께 있던 누군가가 자신의 흔적을 지우려 했다는 쪽으로 보고 있습니다. 그러다보니 알렉스의 지문들까지 함께 지워질 수밖에 없었을 테고요. 싹 다 지워지진 않았는데 그중에서…… 어떤 건 아주 의미심장해 보입디다. 가령, 현관문 손잡이에 남아 있는 지문들. 알렉스가 객실 안에서 만났을 누군가도 그 손잡이를 사용할 수밖에 없었겠지요……."

바쇠르는 기억을 되감아보느라 한동안 여념이 없어 보인다.

"무슈 바쇠르, 자살한 사람이 여기저기 남아 있는 자기 지문들을 싹싹 지우고 다닐 수야 없는 일 아닐까요. 그건 말도 안 되는 헛소리지요!"

이미지와 말들이 엉망진창으로 뒤엉키고 있다. 바쇠르는 꼴깍 하고 뜨거운 침을 목구멍으로 넘긴다.

"그래서 말씀입니다만," 카미유가 자신의 추정을 확고히 한다. "우리는 알렉스가 죽음을 당한 순간 그녀의 객실 안에 또 다른 누군가가 함께 있었다고 여기지 않을 수 없습니다."

카미유는 바쇠르가 방금 전해준 정보들에 관해 되새겨볼 수 있도록 약간의 시간적 여유를 베풀려 한다. 하지만 바쇠르의 안색으로 보아 역시 그가 나설 필요가 있는 것 같다.

카미유는 교육자와도 같은 어투로 자분자분한 설명에 들어간다.

"지문들에 관한 문제로 말할 것 같으면, 위스키 병도 우리한테 많은 질문거리들을 던져주고 있습니다. 알렉스는 거의 절반 가까이 위스키 병을 비웠더군요. 알코올 성분에 바르비투르산이 뒤섞이면 아주 강력한 상승작용을 일으키지요. 그 효과는 죽음에 직방입니다. 그런데 그 위스키 병도 말끔히 닦여 있었습니다. (병의 표면에서는 안락의자에서 발견된 티셔츠와 동일한 섬유 재질이 검출되었습니다) 더욱 묘한 것은, 거기 찍혀 있는 알렉스의 지문들이 말 그대로 뭉개져 있는 상태였다는 점입니다. 그건 마치 누군가가 그녀의 손을 잡아 올려 강제로 위스키 병에 찍어둔 듯했지요. 물론 그녀가 이미 숨을 거둔 후에 저질러진 짓임이 틀림없습니다. 그러니까 우리로 하여금 그녀가 병을 혼자서만 잡고 있었다는 방향으로 오인하도록 하려는 수작인 셈이지요. 그 점에 대해 뭐라고 할 말이 있으실 거 같은데?"

"전혀요…… 저는 전혀 아무것도 모르는 일입니다. 도대체 제가 그에 관해 무엇을 어떻게 알고 있을 수 있단 말입니까!"

"아실 텐데!" 카미유는 버럭 소리를 지른다. "당신은 틀림없이 그걸 알고 있습니다, 무슈 바쇠르. 왜냐하면 당시 거기 있었으니까요!"

"글쎄, 아니라니까요! 나는 객실에 들어가지도 않았다고요! 집으로 돌아갔다고 이미 제가 설명하지 않았습니까!"

카미유는 잠시 끼워 넣은 침묵으로 격앙되어가는 대화의 호흡을 조절해본다. 그러고는 자신의 작은 신장이 허락하는 한도 안에서 바쇠르 쪽으로 윗몸을 잔뜩 기울인다.

"당신이 당시 현장에 없었다면," 한결 가라앉은 목소리로 카미유가 이렇게 묻는다. "알렉스의 객실에서 당신의 지문들이 다량 채취된 사실을 어떻게 설명하시겠습니까, 무슈 바쇠르?"

이 물음에 바쇠르는 순간적으로 멈칫한다. 카미유는 다시 제자리로 돌아간다.

"그녀의 객실에서 당신의 지문들이 발견되었단 말입니다. 그런데 과학수사 지원팀에 의뢰해보니, 당신의 지문은 그녀가 죽어간 바로 그 시간대에 찍힌 것으로 추정되고 있습니다. 그러니 우리는 당신이 알렉스를 살해한 범인이라고밖에 간주할 수 없습니다."

바쇠르는 즉각 항변해보려 한다. 하지만 쉼표에 가로막힌 듯 그 목소리는 배와 목구멍 사이의 어딘가에 걸려 찔끔찔끔 새어 나올 뿐이다.

"그럴 리가 없습니다! 나는 그 객실에 발을 들여놓은 적도 없는데요. 내 지문이라니, 이게 어디서 나왔다는 겁니까?"

"우선, 당신의 여동생을 살해하는 데 사용된 바르비투르산 약병에서 채취되었지요. 거기 남은 지문도 마저 지워 없애야 한다는 걸 깜박한 것 같습니다만. 아마도 너무 흥분한 나머지 그런 게 아닌가 싶군요."

그의 머리가 닭대가리처럼 우왕좌왕하기 시작한다. 입에서는 두서없는 말들이 튀어나온다. 그러다 결국 그는 고함을 쳐대고 만다.

"왜 그런지 알겠습니다! 그 약병을 예전에 본 기억이 납니다! 장미색 알약들이 들어 있었지요! 그 약병에 손을 댄 적이 있습니다! 알렉스 때문에!"

무슨 말을 전하려는 건지 상당히 혼란스럽다. 카미유는 눈썹을 씰룩거린다. 바쇠르는 침을 한 번 삼킨 후 상황이 어떻게 된 건지 되도록 차분하게 표현해보려고 발버둥친다. 하지만 조바심과 두려움 때문에 그게 여의치 않아 보인다. 그는 눈을 감고 주먹을 불끈 쥔 후 숨을 길게 들이마신다. 그러고는 최선을 다해 자기가 늘어놓으려는 말에 집중하려 한다.

카미유는 마치 토마스 바쇠르의 진술이 원활해질 수 있도록 돕겠다는 듯이 크게 고개를 끄덕여 보이며 그를 북돋아준다.

"제가 그러니까 알렉스를……"

"네."

"마지막으로 보았을 때……"

"그게 언제였습니까?"

"정확히 기억은 안 나는데, 아마도 3주 전이나 한 달 정도 되었을 겁니다."

"좋습니다."

"그 아이가 그 약병을 꺼냈습니다!"

"아! 그게 어디서였나요?"

"저의 직장 부근에 있는 한 카페에서였습니다. 르 모데른이라고."

"아주 좋습니다. 어떻게 된 일인지 계속 설명해보시지요, 무슈 바쇠르."

그는 숨을 헐떡거린다. 그러자 누군가가 일어나 창문을 열었다. 이제 상태가 한결 나아지는 것 같다. 방금 전보다 조금 더 침착하게 상황을 설명해나갈 수 있을 것이다. 이건 누구라도 이해가 가능할 만큼 극히 단순명료한 이야기다. 형사들은 이 말을 듣고 상황이 어떻게 돌아간 셈인지 충분히 납득할 수 있을 것이다. 약병에 자기 지문이 찍혀 있다는 사실만으로 자기에게 살인자의 누명을 씌우려 하다니, 정말 황당하기 그지없는 노릇이다. 이런 얘기만으로는 기소의 요건을 갖출 수 없을 것이다. 그는 잠시 여유를 되찾아보려 한다. 하지만 뭔가가 목구멍을 꽉 죄어오는 것 같다. 그는 각각의 음절들이 또박또박 끊어지도록 분명하게 발음하려 애쓰며 말을 잇는다.

"거의 한 달 전쯤 되었을 겁니다. 알렉스가 먼저 나를 보자고 했습니다."

"돈을 요구하기 위해서였나요?"

"아닙니다."

"그럼 원한 게 뭐였습니까?"

바쇠르는 알 수가 없다. 실제로 그녀는 그에게 왜 만나자고 했는지 얘기한 적이 없다. 그들 사이에 오고 간 대화는 이렇다 할 용건도 없이 짧게 마무리되었다. 알렉스는 커피를 마셨고, 자신은 맥주 한 잔을 들이켰다. 그런데 바로 그 순간에 그녀가 불현듯 약병을 꺼내들었다. 바쇠르는 그녀에게 이게 뭐냐고 물었다. 그는 당시 자신의 태도가 다소 짜증스러워 보였을 수도 있음을 순순히 인정한다.

"걔가 난데없이 어디서 정체불명의 물건을 구해와서는 제 눈앞에 들이대니까……"

"약병이 눈앞에 보이면 당연히 여동생의 건강에 이상이 생겼는지부터 염려했을 법도 한데……"

바쇠르는 카미유의 핀잔을 못 들은 체한다. 지금 이런 얘긴 그의 귓전에 들어오지도 않는다. 빨리 이 덫에서 헤어나야 하는 것이다.

"제가 그 약병을 알렉스한테서 건네받아 만지작거린 기억이 납니다! 그때 약병에 제 손이 닿았던 겁니다! 그러면서 그 위에 저의 지문들이 묻을 수밖에 없었을 겁니다!"

이 순간 토마스 바쇠르에게 다소 충격적인 것은, 형사들이 이 말을 듣고도 전혀 수긍하는 것처럼 보이지 않는다는 사실이다. 그들은 마치 그래서 더 결정적인 얘기가 남았냐는 듯이 계속 어떤 진술이 이어질지만 기다리며 자기를 멀뚱멀뚱 바라보고 있다.

"약병 안에 든 것은 어떻게 생긴 내용물이었습니까, 무슈 바쇠르?"

"이름은 보지 못했습니다! 약병의 뚜껑을 열어보고 그 안에 장미색 알약들이 들어 있다는 것만 보았지요. 그런 다음 이게 뭐냐고 물은 게 답니다."

난데없이 세 형사들에게서 안도하는 기색이 전해진다. 이 한마디 진술로 상황이 훨씬 명료하게 정리된 셈이다.

"무슨 말인지 알겠습니다만," 카미유가 말한다. "방금 전의 진술을 통해 당시에 당신이 손을 댔다는 약병이 현장에서 나온 약병과 다른 거라는 사실이 확실해졌습니다. 알렉스가 삼킨 건 파란색 캡슐이었으니까요. 그러니 당신이 예전에 손을 댔다는 약병과는 전혀 아무런 상관도 없습니다."

"그래서 뭐가 달라지는데요?"

"틀림없이 똑같은 약병이 아니었다는 게 달라지는 부분이올시다."

바쇠르는 또 다시 격앙되기 시작한다. 그는 삿대질을 해가며 아니라고, 그럴 리 없다고 소리를 질러댄다. 입에서는 이런 말이 다급하게 튀어나온다.

"당신들이 꾸민 수작은 다 무효로 처리될 거요! 이건 다 무효가 될 거라고요!"

카미유가 자리에서 일어난다.

"괜찮으시다면, 이제 요점 정리로 넘어가보십시다."

그는 손가락으로 숫자를 헤아려본다.

"당신한테는 충분한 살해 동기가 있었지요. 알렉스가 당신을 협박했으니까요. 그녀는 이미 당신에게서 2만 유로를 갈취한데다 외국으로 뜬 후 그곳에 정착하기 위해서라도 더 많은 돈을 뜯어내고 싶었겠지요. 게다가 당신은 사건이 일어난 날 밤의 알리바이도 썩 명확치가 않습니다. 외출하기 직전 받은 전화의 내용에 대해서도 부인한테 거짓말로 둘러댔지요. 그리고 아무도 당신이 실제로 그랬는지 증언해줄 수 없는 장소에서 대기하고 있었다는 주장을 내세웠지만, 그런 주장과는 달리 알렉스를 만나러 호텔에 갔다는 사실이 밝혀지고 말았습니다. 그 사실을 우리에게 확인해준 목격자들이 두 명이나 나왔지요."

카미유는 바쇠르로 하여금 사태의 심각성이 증폭되는 것을 체감하도록 유도해보려 한다.

"이런 것들은 결정적인 증거라고 할 수가 없습니다!"

"글쎄요, 이로써 살해동기가 분명한 반면, 사건 당일 그 시간대의 알리바이는 명확치 않은데다 당신이 현장에 있었다는 정황들은 분명해진 게 아닌가 싶습니다만. 거기에 알렉스의 두부에서 심한 폭행의 흔적까지 발견되었으며 객실 주인의 지문이 거의 다 지워져 있는 대신 당신의 지문이 나왔다는 사실까지 덧붙여본다면…… 이것만으로도 이미……"

"아닙니다, 아니에요. 당신들이 어떻게 보시든 그것만으로는 절대로 충분치 않습니다!"

하지만 그가 아무리 강력하게 삿대질을 해가며 대든다 한들, 이 심문에서 확증된 사실들은 그 무엇으로도 뒤집힐 수 없다는 게 더욱 강고하게 느껴질 뿐이다. 그래서였겠지만 마지막까지 아껴둔 치명타를 날리듯 카미유는 새로운 사실 하나를 추가로 제시한다.

"우리는 또한 사건 현장에서 발견한 당신의 DNA까지 확보해두었습니다, 무슈 바쇠르."

카미유가 내다본 대로 치명타의 위력은 가히 압도적이다.

"알렉스의 침대 부근 바닥에 머리카락 한 올이 떨어져 있더군요. 당신은 당신의 지문들을 지워 없애려고 열심히 노력했을 테지만, 지문 이외에 당신이 다녀간 자취까지 효과적으로 제거하는 데는 아마 한계가 있었나봅니다."

카미유는 자리에서 일어나 그 앞에 꼿꼿이 선다.

"그럼 이제, 무슈 바쇠르, 당신의 DNA까지 나왔으니 이만하면 충분하겠구나 여길 만합니까?"

여태까지 토마스 바쇠르는 아주 적극적인 반응을 나타내온 편이었다. 베르호벤 반장의 추궁과 준비된 정황증거들에 맞서 완강하게 버텨보겠다는 전의가 활활 타오르고 있었다. 그런데 지금부터는 전혀 아니다. 이제 이야기를 어디로 끌고 가야 할지 불투명해졌다는 듯이 형사들은 그를 멀거니 바라보고만 있다. 바쇠르가 우두커니 깊은 고민의 수렁 속에 가라앉아 있기 때문이다. 더 이상 자리에 존재하지 않는 것처럼 보일 정도로 그는 조용히 무릎 위에 팔꿈치를 괴고 경련이 일어나는 양 손가락들을 맞댄 자세로 굳어 있을 뿐이다. 불안정한 그의 눈길이 재빠르게 발밑을 휩쓸고 있다. 그리고 발뒤축을 신경질적으로 바닥에 내리찍는다. 순간적으로 이자의 정신건강에 이상이 온 게 아닌가 하는 생각이 들 정도다. 하지만 그는 이내 다시 윗몸을 일으키더니, 카미유를 빤히 노려보면서 불길한 신경증적 징후의 동작들을 단번에 털어낸다.

"걔가 의도적으로 꾸민 게 틀림없습니다……"

마치 혼잣말을 하듯 그가 말한다. 하지만 그의 말은 형사들에게 제대로 전해진 것 같다.

"그러니까 그 아이는 제 등에 비수를 꽂으려고 이 모든 걸 다 조직적으로 계획했다 이겁니다. 이 말이 무슨 뜻인지 다들 아시겠습니까?"

지금 닥친 위기상황을 타개하기 위해 그가 다시 꿈틀거리기 시작한다. 그의 목소리는 고조된 흥분의 여진으로 마구 떨리고 있다. 자기 예상대로라면, 이런 추론에 형사들은 당혹감을 금치 못해야 한다. 하지만 역시나 이들에게서는 아무런 반응도 나타나지 않는다. 루이는 이제 다 끝났다는 듯 책상 위를 꼼꼼히 정리하는 데만 몰두하고 있다. 아르망은 반으로 잘린 클립 토막으로 손톱 손질을 하기에 여념이 없다. 오로지 카미유만이 바쇠르와의 대화에 주의를 기울이고 있을 뿐이다. 하지만 그마저도 심문을 이쯤에서 마무리 짓겠다는 듯이 책상 앞에 두 손을 모은 자세로 묵묵히 앉아 있기만 한다.

"제가 알렉스의 따귀를 갈겼지요……" 바쇠르가 말한다.

전혀 생기라곤 없는 목소리다. 그는 카미유를 바라보고 있지만 마치 자기 자신에게 웅얼거리는 듯한 느낌이다.

"카페에서 말입니다. 그 약들을 보니 갑자기 화가 치밀어 오르더군요. 걔는 나를 달래려고 하면서 손으로 제 머릿결을 쓰다듬었습니다. 그런데 손에 낀 반지가 머리카락 사이에 걸렸어요…… 손을 빼내려고 하니 무지 아프더군요. 제 머리카락들이 반지에 껴서 뽑혀나갔으니까요. 그 순간 저도 모르게 그만 반사적으로 그 아이의 뺨을 후려치고 말았습니다. 반지에 내 머리카락들이……"

바쇠르는 순간적인 마비상태에서 서서히 헤어나고 있다.

"그러고보니 처음부터 그 아이는 모든 게 다 계획적이었던 것 같습니다. 그렇게 보이지 않습니까?"

그는 시선으로 자기 주장에 호응해주는 사람이 있는지 찾아본다. 하지만 아무도 없다. 아르망, 루이, 카미유, 세 형사들은 그저 담담한 시선을 자기에게 고정해두고 있을 뿐이다.

"당신들도 이게 모략이라는 것쯤은 다 알고 있는 거죠? 이게 순전히 나를 겨냥한 조작극이라는 걸 당신들도 다 알지 않습니까! 취리히 행 비행기표를 예매하고, 여행가방을 구입했으며 택시 콜서비스를 요청했다는 등의 행적들 모두…… 자기가 외국으로 뜨고 싶어했다는 걸 당신들한테 믿도록 하기 위한 자작극에 불과하다고요. 자기가 전혀 자살할 의도가 없었다는 식으로 위장하려고 말이지요! 걔는 다른 사람들의 눈에 띄지 않을 만한 장소로 나오라며 약속을 잡았지요. 그리고 세면대에 자기 머리를 일부러 들이받았겠죠. 의도적으로 지문도 다 지웠을 겁니다. 그러고는 내 지문이 묻어 있는 약병을 놔두었겠죠. 객실 바닥에다가는 내 머리카락도 한 올 깔아놓았을테고요……"

"매우 안타깝게도, 그런 추정은 증명하기 어렵겠는데요. 우리가 내린 결론으로는, 당신은 그날 밤 그 자리에 있었으며, 당신에게는 알렉스를 해치워야 할 필요가 있었던 만큼 그녀를 무자비하게 폭행한 후 강제로 그녀의 입에 알코올을 들이붓고 이어 바르비투르산으로 살해를 완료했습니다. 현장에서 나온 당신의 지문과 당신의 DNA가 우리들의 견해를 강력하게 뒷받침해주는 물증이라고 할 수 있지요."

카미유가 일어난다.

"좋은 소식과 나쁜 소식이 동시에 있습니다. 우선 좋은 소식이란, 구류처분이 종료되었다는 겁니다. 그리고 나쁜 소식이란, 당신이 살인 혐의로 구속수감될 거라는 겁니다."

카미유는 씨익 하고 미소 짓는다. 의자 위에 힘없이 허물어져 있는 바쇠르는 그러나 고개만은 빳빳이 쳐들고 있다.

"내가 그런 게 아니라니까! 그 아이의 자작극이라는 건 당신도 알고 있지? 당신은 그 사실을 이미 알고 있는 거 아니냐구!"

이번에 그가 콕 집어서 겨냥한 사람은 카미유이다.

"당신은 내가 저지른 짓이 아니라는 걸 틀림없이 알고 있어!"

바쇠르가 뭐라 지껄여대든 상관없이 카미유는 얼굴에서 미소를 거두지 않는다.

"당신은 당신이 블랙 유머를 싫어하지 않는다는 사실을 이미 보여준 바 있지요, 무슈 바쇠르. 그러니, 실례를 무릅쓰고 위트의 첨단을 한번 걸어볼까 합니다. 당신 주장의 요지를 한마디로 정리해보자면, 이번에는 알렉스가 당신을 제대로 엿먹였다, 이겁니까?"

사무실의 한쪽 끝에서, 아르망이 손수 제조한 담배를 양쪽 귀에 꽂은 후 자리에서 일어나 문 쪽으로 향했다. 그러자 이내 두 명의 정복경관이 들어온다. 카미유는 진심으로 난처해하는 표정을 지으며 다음과 같이 결론을 맺는다.

"이토록 장시간의 구류에 처한 것을 진심으로 미안하게 생각합니다, 무슈 바쇠르. 이틀이라는 시간이 꽤 길다는 건 알고 있습니다. 하지만 여러 가지 검증과정과 DNA 비교 등…… 법의학 연구소가 너무 분주한 탓도 있었음을 밝혀두고 싶군요. 지금 돌이켜보면 이틀은 정말 최소한의 시간이었을 뿐입니다."

# 62

뜻밖에도 아르망의 담배가 카미유에게 그런 계기로 작용했다면 과연 어떨지. 그건 설명될 수 없는 부분이다. 어쩌면 버려진 꽁초들로 새 담배를 만들어 피우는 데서 연상된 가난 때문일 수도. 카미유는 아르망의 구두 발자국을 알아본다. 이 구두 발자국이 눈에 들어온 순간 난데없이 그의 마음이 요동친다. 어떠한 순간에도 그는 의심하지 않는다. 왜 그런지 설명할 수도 없다. 그는 그저 확신하고 밀어붙일 뿐이다. 그리고 그게 다다.

루이는 복도를 따라 걷고 있다. 그의 뒤에서 잔뜩 움츠린 어깨를 한 아르망이 질질 끄는 발걸음으로 따라온다. 그는 여느 때와 마찬가지로 뒤축이 닳은 구두를 신고 있다. 깨끗하긴 해도 많이 낡고 남루해 보인다.

카미유는 급히 자기 사무실로 돌아가서 1만 8천 유로짜리 수표 한 장을 작성한다. 그의 손이 살짝 떨린다.

이어 이런저런 서류들을 챙겨 빠른 걸음으로 복도에 돌아온다. 그에게는 이토록 충동적인 면이 있다. 이와 관련 있는 감정 문제에 대해서는 나중에 다시 따져볼 일이다.

그는 아르망의 사무실 앞에 도착한다. 그러고는 그의 눈앞에 수표를 꺼내놓는다.

"아르망, 아주 수고 많았네. 그동안 함께해서 정말 기뻤어."

아르망의 입이 떡 벌어진다. 그러느라 습관적으로 입에 물고 다니던 나무 이쑤시개를 흘린다. 그러고는 수표를 바라본다.

"아, 아닙니다, 반장님." 그러자 카미유는 일부러 노기 띤 목소리로 이렇게 말한다. "선물이야. 선물로 여기고 그냥 받아두게."

그렇게 말하고는 이내 미소 짓는 얼굴로 돌아간다. 아르망이 카미유의 수표를 받아들고는 춤추듯 쾌재를 부른다.

카미유는 자기의 크로스백을 뒤적거린다. 그러더니 모친의 자화상이 찍힌 사진을 찾아내서 아르망에게 건네준다. 그걸 받아든 아르망이 소리친다.

"오, 이거 너무 마음에 드는데요, 반장님. 정말 감사합니다!"

그는 진심으로 흡족해 보인다.


르 구엔은 카미유보다 두 계단 밑에 그대로 서 있다. 다시 날씨가 싸늘해지기 시작한다. 시간도 이슥해졌다. 예정보다 훨씬 앞질러온 겨울밤처럼 느껴질 정도이다.

"훌륭합니다, 여러분······." 예심판사가 서장에게 손을 내밀며 그렇게 말한다.

이어 계단 하나를 내려서며 카미유 앞에 와서 손을 내민다.

"반장님······."

카미유가 그와 악수를 나눈다.

"무슈 바쇠르는 모든 게 다 모략이라고 줄기차게 주장할 겁니다, 판사님. 그는 자기가 '진실을 요구할 거'라고 말하더군요."
 "네, 저도 무슨 뜻으로 하시는 말씀인지 다 압니다." 예심판사가 그렇게 화답해준다.
 그는 한순간 생각에 빠져 잠시 골똘한 표정을 짓다가, 이내 다시 걸음을 옮긴다.
 "진실이라, 진실이라…… 바로 이 자리에서 무엇이 진실이고 무엇이 그렇지 않은지 말해줄 수 있는 사람이 있다면, 그건 반장님이겠지요! 그런데 지금 우리한테 가장 절실한 미덕은 진실이 아니라 바로 정의일 거라는 생각이 드는데요. 그렇지 않은가요?"
 카미유는 환하게 미소 지으며 예심판사의 말에 고개를 끄덕인다.

## 감사의 말

지칠 줄 모르고 내게 호의를 베풀어준 파스칼, 원고를 꼼꼼히 거듭해서 읽어주고 명쾌한 조언까지 아끼지 않은 제라르, 의학에 관한 정보를 제공해준 조엘, 나의 다정한 후원자인 카티, 그리고 알뱅 미셸의 편집부 여러분께 심심한 감사의 인사를 전한다.

물론, 파스칼린에 대한 감사도 절대로 빼놓을 수 없다.

늘 그렇듯이, 나는 여러 작가들에게 많은 빚을 지고 있다.

이 자리에서 알파벳의 순서에 따라 그 이름들을 호명해보고 싶다.

루이 아라공, 마르셀 에메, 롤랑 바르트, 피에르 보스트, 표트르 도스토옙스키, 신시아 플뢰리, 존 하비, 안토니오 무뇨스 몰리나, 보리스 파스테르나크, 모리스 퐁스, 마르셀 프루스트 등등.

나는 이 작품 속에서 몇몇 작가들을 가볍게 차용함으로써 그들에 대한 나의 존경과 호의를 표하고자 했다.

옮긴이의 말

# 처연한 핏빛 소프 오페라

피에르 르메트르는 1951년 프랑스 파리 태생으로 오래도록 대학에서 영문학과 불문학을 가르치다가 2006년 55세의 나이에 첫 소설 『이렌 Travail soigné』을 발표한 이래 2009년 『웨딩드레스 Robe de marié』와 2010년 『실업자 Cadres noirs』 등을 거쳐 도합 일곱 권의 장편소설을 펴냈다.

아직까지 한국에서는 생소한 이름이지만, 피에르 르메트르의 소설들은 출간될 때마다 여러 나라의 언어들로 옮겨져 전 세계에 소개되고 있으며, 프랑스 안팎에서 이미 많은 독자층을 확보하고 있다.

특히 2009년 출간된 『웨딩드레스』는 작가 피에르 르메트르의 문명을 다져준 성공작으로, 의문의 사고사에 의해 남편과 아이 그리고 친정엄마까지 졸지에 잃어버린 후 정신이상의 징후를 보이기 시작하는 한 여인의 가련한 역정이, 치밀한 추리 기법과 스릴러의 충격효과 등에 의해 전혀 예기치 못한 공포와 전율을 불러일으키면서 언론과 독자들로부터 탐정문학계에 새로운 장인이 나타났다는 찬사를 불러일으킨 바 있다. 이 소설 속에서 피에르 르메트르는 다채로운 서사 흐름의 변환과 입체적인 인물 조형 그리고 감상적인 정황에 오히려 비정한 황량함만을 더

해주는 하드보일드 풍의 문체 등으로 독자들을 암울하고 잔혹한 서스펜스의 악몽 혹은 주인공과의 숨 막히는 교감 속에 몰아넣는다.

이어 2010년에 내놓은 『실업자』에서 작가 피에르 르메트르는 전작들과 마찬가지로 줄곧 탐정소설과 스릴러의 기법을 차용하면서도, 비가시적인 권력체계에 의해 관리되고 통제당하는 노동 소외와 광기의 탐구라는 카프카 스타일의 주제의식으로 또 다른 작품세계를 선보인다. 한 치 앞도 내다보기 어려운 스토리텔링의 곡예 속에서 작가는 독자들에게 거의 폐소공포증을 야기할 만한 공간적 구성의 긴박감과 위협적인 상황 설정의 묘미 등을 전해준다. 이 작품 또한 공포와 전율의 '새로운 로망 누아르'로 평가받으며 프랑스의 『타임』지라 할 『르 푸앵 Le Point』지 주관의 유러피안 탐정문학상을 수상한 바 있다.

이처럼 장르문학으로서의 사이코 스릴러나 탐정문학의 기법을 즐겨 차용하는 피에르 르메트르의 소설들에는, 그러나, 그런 장르문학의 외관 이상으로 멍에와도 같은 작중인물들의 내면적 상흔을 전경화하고 있는 특징이 두드러진다. 극도의 강박관념과 복수심 그리고 지금 자신의 허물을 벗어던진 후 새롭게 태어나고 싶다는 변태의 욕망 또는 자기 파괴의 충동 등은 이 작가의 작중인물들이 자주 노출하는 공통성이다. 그들은 대체로 자기에게 떠안겨 있는 정신적 외상에 허덕거리며 사회나 불특정 다수 또는 가족에 대한 복수를 갈망한다. 그런데 묘한 것은, 바로 이 지점에서 독자들의 감흥과 정서적 이입이 유발된다는 점이다. 그것은 피에르 르메트르의 소설들이 이러한 심적 어스름들을, 단순히 장르문학의 자극적인 소재로 활용하는 데 그치는 대신 인간들이 실존적으로 안고 살아갈 수밖에 없는 이면의 심해처럼 탐사하기 때문이다. 독자들은 피에르 르메트르의 잔혹하고 섬뜩한 전율의 서사에서 어쩌면 자기 자신에 대한 연민이나 어쩔 수 없이 침묵 속에 봉인해둔 앙분과 마주하는 것일지도 모른다.

그 뒤를 이어 출간된 이 소설 『알렉스』는 피에르 르메트르가 첫 소설 『이렌』을 발표할 때부터 구상해둔 카미유 형사반장 3부작의 두 번째 작품이다. 말하자면, 작가는 파리 경시청 강력반에서 재직 중인 형사반장 카미유 베르호벤을 주인공으로 내세워 모두 세 편의 연작소설을 쓰기로 계획해둔 셈이다.

그렇다면 이 3부작의 주인공 카미유 베르호벤 반장은 어떤 인물인가? 여기서 독자들은 탐정소설의 주인공으로서는 그 전례를 찾아보기 어려울 정도로 그 외양과 내면에 걸쳐 독특하고 강렬한 개성의 소유자와 마주하는 체험을 피할 수 없다. 우선, 그는 키가 145센티미터밖에 되지 않아 의자에 앉기만 하면 두 다리가 지면에서 20센티미터 이상 떠올라 대롱거리게 되는 단구의 사내이다. 이러한 그의 신체 조건은 오로지 자신의 그림에만 일생을 바친 모친이 임신 중임에도 아랑곳하지 않고 줄담배를 피워댄 데서 비롯된 영양 장애성 발육부진의 결과이다. 게다가 그녀는 늘 아들의 양육보다 자기 예술세계의 성취를 앞세워 어린 시절부터 카미유를 외롭게 방치한다. 때문에 그는 평생토록 모친에 대한 애증의 굴레에서 자유로워지지 못하고 이로 인한 강박증을 앓듯 괴로워한다. 그에게 가족과 가정의 품 또는 다사로운 홈드라마의 세계는 그저 사회가 유포해둔 환영이거나 도저한 냉소의 대상에 지나지 않는다. 그래서인지 그의 성미는 유난히 괴팍하고 까다로우며 예민하기 그지없다. 늘 자기 생각에만 먼저 사로잡히는 탓에 심지어 가장 흉금을 터놓고 지내는 부하형사와의 소통에서마저도 이따금 공연한 장애를 겪을 때가 있다.

그뿐 아니라 카미유에게는 자기가 끔찍이도 사랑한 아내 이렌을 납치범의 손에 잃은 기억의 흉터가 있다. 이 일은 그가 그녀를 너무나도 깊이 사랑한 만큼 언제까지라도 아물지 못할 트라우마로 남아 있을 수밖에 없다. 이 사건의 충격파는 카미유로 하여금 자신의 직책 수행을 반쯤 포기하도록 종용할 정도이다. 그는 이와 비슷한 유형의 동종 범죄를 더 이상 맡지 않기로 굳게 결심한 것이다. 사랑하는 아내가 납치된 끝에 싸늘한 주검으로 변해 돌아온 사건이 자신의 해묵은 기억 속에서 덧나는 것만큼 카미유에게 모질고 두려운 일도 달리 없을 것이기 때문이다.

말하자면, 이미 세상에 없는 모친과 아내는 각기 다른 대응의 양상 속에서 카미유가 죽을 때까지 안고 살아가야 할지도 모를 내면의 멍에로 그를 옭아매고 있는 셈이다. 죽음보다 더 길게 남는 그림자도 드물다는 사실이 카미유의 경우에서 드러난다고 할 수 있다. 거기서 생겨난 감정적 침전물들에 카미유는 계속 부대낀다. 그러니까 이것은 비틀린 홈드라마의 세계이자 말랑말랑한 소프 오페라의 변주 양식이다.

소설『알렉스』는 그런 카미유 베르호벤 반장의 거대한 트라우마를 배경 삼아 시작해서 소설의 두 주인공 알렉스와 카미유가 가족의 질곡에 갇힌 각자의 내면적 정황을 완벽하게 포개가는 과정에 따라 펼쳐진다. 가정과 가족은 안정된 자기정체성의 뿌리일지도 모른다. 그게 뒤흔들릴 때 자기정체성에는 균열이 생긴다. 그것은 덧없이 벗어던져야 할 허물로밖에는 여겨지지 않을 것이며, 정상적인 성장과 발육에서 퇴행하는 것으로 스스로를 지워 없애려 하는 죽음 충동과도 맞닿을 수 있다. 그 대목에 생보다 더 길게 남을 그림자가 드리워진다. 여기서 그 그림자는 알렉스의 일기 또는 피울음처럼 외로운 글쓰기이다. 그런 의미에서 알렉스가 형사들에게 결정적인 단서로 남긴 개인 유품이 하필 글이었다는 사실은 퍽 의미심장해 보인다. 모든 죽음 충동 속에는 어떤 형태로든 자기표현이 자리한다. 그리고 그 자기표현은 소프 오페라의 세계를 핏빛으로 처연하게 물들이는 예술적 발현의 모태일지도 모른다. 죽음 충동의 대응물이니만큼 그것은 무섭고 잔인하다. 모친의 끽연으로 단구에 멈춘 신체 조건과 '어린 소녀'라 불리는 새장, 알렉스가 죽을 때까지 품에서 놓고 싶어하지 않은 유년의 잡동사니 등은 모두 동일한 상징성의 연동장치들 속에서 이 어두운 소설에 생의 부정과 죽음의 축복을 아로새기고 있다.

피에르 르메트르의 문체는 꽤 간결하고 명확한 반면 당혹스러울 만큼 생략이 많고 행간 읽기의 여지를 남겨두려는 상황 비약이 심한 편이다. 자잘한 연결 장면의 묘사 없이 바로 그다음 시퀀스로 넘어가기도 하고, 때론 이른바 미자나빔(mise en abyme, 중요한 장면을 감춰두고 끝끝내 무슨 일이 있었는지 드러내지 않음으로써 독자들의 상상력을 자극하는 구성방식) 기법을 연상시키는 장면들의 배치로 독자들에게 현재 상황의 재구성을 적극적으로 유도하기도 한다. 또한 각각의 문장들에 유머가 풍부하고 반어법적인 표현들이 숱하다보니, 외국어 번역자로서 기본적인 구문 이해 이외에도 맥락에 따른 표현 의도와 욕망을 적절히 헤아려 하는 소설가로서의 필치가 상당부분 필요하다고 여기지 않을 수 없었다. 그렇다고는 해도 원문에 담긴 리듬감과 호흡 그리고 문장과 문장 사이의 흐름 등을 최대한 살리고자 부심했다. 그러면서도 다른 한편으로는, 비록 표현 대상과 구문 구조가 판이하고 그것을 드러내는 정서가 다른 만큼 이질적인 번역체가 불거질 수밖에 없다고 해도, 되도록 자연스럽게 읽힐 수 있는 우리말 소설 문장을 빚어내기 위해 노력했다. 지금으로서는 아무쪼록 노력과 성과가 비례했기를 바랄 따름이다. 소설을 쓰는 내게 소설을 쓴다는 일은 다른 여러 가지 요소들에 앞서 언어를 매만질 때 생겨나는 행복과 고통의 체험이기 때문이다.

말라르메는 일찍이 언어를 시의 언어와 일상 언어로 쪼갠 바 있으며 이를 이어받아 모리스 블랑쇼는 문학 언어와 비문학 언어로 나누고 있다. 소설 텍스트를 앙상한 이야기의 줄기로만 발라내려 드는 관점에서 보면, 소설의 언어는 이런 유형의 문학 언어에 속하는 게 아니라 한갓 범속한 일반적 언어체계에 속할 뿐이다. 하지만 외국소설의 번역 작업은 소설을 쓰는 내게 소설의 언어체계 역시 시의 언어 못지않게 특수화된 언어 유형임을 다시금 일깨워준다. 피에르 르메트르의 변화무쌍하면서도 치밀한 서사와 함께 이 같은 소설 언어의 고민이 독자들에게 전해진다면 역자로서 더 이상 바랄 게 없을 듯싶다.

이 소설의 원본으로는 Pierre Lemaître, *Alex*(Paris:Albin Michel), 2011을 사용했다.

# 알렉스 Alex

초판 1쇄 발행 2012년 5월 31일
개정판 1쇄 발행 2014년 8월 5일

지은이 피에르 르메트르
옮긴이 서준환
펴낸이 김선식

경영총괄 김은영
마케팅총괄 최창규
책임편집 박여영, 서유미
콘텐츠개발2팀장 김현정  콘텐츠개발2팀 박여영, 백상웅, 문성미, 서유미
마케팅팀 이주화, 이상혁, 도건홍, 박현미  홍보팀 윤병선, 반여진, 이소연
경영관리팀 송현주, 권송이, 윤이경, 김민아, 한선미

펴낸곳 (주)다산북스
주소 경기도 파주시 회동길 37-14 3층
전화 02-702-1724(기획편집) 02-6217-1726(마케팅) 02-704-1724(경영관리)
팩스 02-703-2219
이메일 dasanbooks@hanmail.net
홈페이지 www.dasanbooks.com
출판등록 2005년 12월 23일 제313-2005-00277호

필름 출력 스크린그래픽센타
종이 월드페이퍼(주)
인쇄·제본 (주)현문

ISBN 979-11-306-0359-9 (04860)
　　　 979-11-306-0357-5 (세트)

• 책값은 뒤표지에 있습니다.
• 파본은 본사와 구입하신 서점에서 교환해드립니다.
• 이 책은 저작권법에 의하여 보호를 받는 저작물이므로 무단 전재와 복제를 금합니다.

이 도서의 국립중앙도서관 출판시도서목록(CIP)은 서지정보유통지원시스템 홈페이지(http://seoji.nl.go.kr)와 국가자료공동목록시스템(http://www.nl.go.kr/kolisnet)에서 이용하실 수 있습니다. (CIP제어번호 : CIP2014020175)